EL SEÑOR DE LA GUERRA

BERNARD CORNWELL

EL SEÑOR
DE LA GUERRA

Sajones, vikingos y normandos XIII

Traducción de Tomás Fernández Aúz

edhasa

Consulte nuestra página web: https://www.edhasa.es
En ella encontrará el catálogo completo de Edhasa comentado.

Título original: *War Lord*

Diseño de la colección: Jordi Salvany

Diseño de la cubierta: Salva Ardid Asociados

© del mapa John Gilkes, 2020

Primera edición: octubre de 2023

© Bernard Cornwell, 2020
© de la traducción: Tomás Fernández Aúz, 2022
© de la presente edición: Edhasa, 2023
Diputación 262, 2º1ª
08007 Barcelona
Tel. 93 494 97 20
España
E-mail: info@edhasa.es

ISBN: 978-84-350-2263-7

Impreso en Barcelona por CPI Black Print

Depósito legal: B 17215-2023

Impreso en España

Dedico *El señor de la guerra* a Alexander Dreymon.

ÍNDICE

TOPÓNIMOS

La ortografía de los pueblos y lugares de la Inglaterra anglosajona ha estado sembrada de incertidumbres, ya que no ha sido posible evitar las incongruencias terminológicas ni la ausencia de consenso en muchos casos (incluso en los nombres mismos). De este modo, las fuentes pueden mencionar la ciudad de Londres de muy diversas maneras: Lundonia, Lundenberg, Lundenne, Lundene, Lundenwic, Lundenceaster y Lundres. Es indudable que habrá lectores que prefieran versiones distintas de los topónimos que enumero a continuación, pero, por regla general, he procurado emplear para el período histórico que coincide con el reinado de Alfredo el Grande (871-899 d. C.) –o para el que más se acerca a esa misma horquilla temporal– las voces que aparecen citadas en el *Oxford Dictionary of English Place-Names* o el *Cambridge Dictionary of English Place-Names*. Sin embargo, ni siquiera esta solución puede tenerse por infalible. En el 956, la isla de Hayling se deletreaba indistintamente de dos maneras: Heilincigae y Hæglingaiggæ. Ni yo mismo me he mostrado coherente. Así he preferido, por ejemplo, la forma moderna «Northumbria» a la mucho más clásica de «Norðhymbralond», ya que de ese modo evitaba sugerir al lector que los límites de ese antiguo reino coincidían, de hecho con los del condado actual. Por consiguiente, la lista de lugares que se mencionan en este libro es cuando menos caprichosa, al igual que su propia ortografía.

Bebbanburg	Bamburgh, Northumberland
Brynstæþ	Brimstage, Cheshire
Burgham	Eamont Bridge, Cumbria
Cair Ligualid	Carlisle, Cumbria
Ceaster	Chester, Cheshire
Dacore	Dacre, Cumbria
Dingesmere	Wallasey Pool, Cheshire
Dun Eidyn	Edimburgo, Escocia
Dunholm	Durham, condado de Durham
Eamotum	Río Eamont
Eoferwic	York, Yorkshire
Islas de Farnea	Islas Farne, Northumberland
Foirthe	Río Forth
Heahburh	Whitley Castle, Cumbria
Hedene	Río Eden
Hlymrekr	Limerick, Irlanda
Jorvik	Nombre de York en nórdico antiguo
Lauther	Río Lowther
Legeceasterscir	Cheshire
Lindcolne	Lincoln, Lincolnshire
Lindisfarena	Isla de Lindisfarne, Northumbria
Lundene	Londres
Mærse	Río Mersey
Mameceaster	Manchester
Mön	Isla de Man
Orkneyjar	Islas Orcadas
Rammesburi	Ramsbury, Wiltshire
Ribbel	Río Ribble
Scipton	Skipton, Yorkshire
Snæland	Islandia
Snotengaham	Nottingham, Nottinghamshire
Sumorsæte	Somerset
Strath Clota	Strathclyde, reino del suroeste de Escocia
Suðreyjar	Islas Hébridas

Temes	Río Támesis
Tesa	Río Tees
Tinan	Río Tyne
Tuede	Río Tweed
Wiltunscir	Wiltshire
Wir	Río Wyre
Wirhealum	The Wirral, Cheshire

PRIMERA PARTE

El juramento roto

CAPÍTULO I

La cota de malla lo sofoca a uno en verano, aunque se cubra con una camisola de lino pálida. El tejido metálico pesa lo suyo, y el calor se vuelve implacable. Bajo la tela de hierro hay un forro de cuero, y eso también agobia mucho… Y, por si fuera poco, esa mañana el sol parecía un hierro al rojo. Mi caballo, atormentado por los tábanos, estaba nervioso e irritable. No corría el más mínimo soplo de viento entre las colinas, aplastadas bajo los ardientes rayos del mediodía. Mi criado, Aldwyn, se encargaba de llevarme la lanza y el escudo de cinchos de acero pintado con la cabeza de lobo de Bebbanburg. Yo sólo llevaba mi fiel espada, *Hálito de Serpiente*, ceñida a la cadera izquierda, pero tenía que andarme con cuidado, porque la guarda estaba tan caliente que resultaba casi imposible tocarla. Con su cimera adornada con la testa lobuna de plata, el casco se bamboleaba pesadamente en el pomo de la silla de montar; el interior, que me cubría por entero la cabeza, también iba acolchado con cuero, y sus dos carrilleras, anudadas por encima de la boca, impedían que el enemigo viera otra cosa que mis ojos, asomados a un marco de acero reforzado. El yelmo ocultaba el sudor y las cicatrices de toda una vida dedicada a la guerra.

Pero sí les regalaría la vista otras cosas: la cabeza de lobo, la torques de oro en el cuello y los gruesos brazaletes ganados en combate. Sabrían a quién tenían enfrente, y los más valientes, o los más estúpidos, desearían acabar conmigo para cubrirse de fama y obtener el lustre que mi muerte habría de aportarles. Precisamente por eso había ascendido a aquella loma en compañía de ochenta y tres hombres, para que todo el que quisiera liquidarme tuviera ocasión de lucirse ante mis guerreros. Éramos soldados de Bebbanburg, la salvaje manada de lobos de las tierras del norte.

¡Ah, y un cura! Montado en uno de mis garañones, el clérigo no iba armado ni vestía cota de malla. Con la mitad de mis años, sin embargo, a sus sienes habían ascendido ya varias pinceladas grises. En su rostro alargado y perfectamente rasurado brillaban, perspicaces, dos ojillos astutos. Vestía una negra túnica talar, alegrada por el destello de la cruz de oro que llevaba al cuello.

–¿No tienes calor con ese manto? –gruñí, reteniendo el ánimo irascible que notaba crecer en mi interior.

–Hombre, un poco incómodo sí que estoy… –repuso el aludido.

Hablábamos en danés, su lengua materna, que yo conocía desde la infancia.

–¿Por qué demonios me veo siempre luchando en el bando equivocado? –exclamé.

El sacerdote sonrió al escuchar mi queja.

–Ni siquiera vos podéis escapar del destino, lord Uhtred –respondió ceremoniosamente–. De grado o por fuerza, habréis de cumplir la obra de Dios.

Me mordí la lengua para no responderle airadamente y opté por clavar la mirada en el amplio valle pelado, cuyas pálidas peñas heridas por el sol ceñían la relumbrante cinta de plata de un arroyo. Un puñado de ovejas pastaba en la vertiente oriental de la cañada. El pastor, que nos había visto, trataba de llevarse lejos al rebaño, hacia el sur, a cualquier sitio que no fuéramos a arrasar. Sin embargo, el bochorno había dejado aturdidos, exhaustos y sedientos a sus dos mastines, así que todo lo que conseguían era sembrar el pánico entre los corderos en lugar de conducirlos a lugar seguro. El rehalero nada tenía que temer de nosotros, pero no lo sabía… Y no lo culpo, porque lo que había visto en la cima del monte era a un cerrado grupo de jinetes con centelleantes armas, lo que sin duda ha de inquietar al más intrépido. Por lo más hondo del valle, avanzaba, recta como el asta de una sarisa caída a un costado del riachuelo, la antigua calzada romana, convertida ahora en poco más que una pista de tierra batida bordeada por losas semienterradas y cubiertas de maleza. Algo más allá, el camino torcía a poniente, justo al pie del alcor sobre el que nos habíamos apostado. Con las alas oblicuamente desplegadas en la tórrida atmósfera, un halcón comenzó a describir círculos en la vertical de la curva de la vía imperial. Al sur palpitaba el aire de la lejana línea del horizonte.

De esa vibración irreal surgió de pronto uno de mis exploradores, a galope tendido, lo que sólo podía significar una cosa: que se aproximaba el enemigo.

Hice retroceder a mis hombres y al cura hasta situar nuestra silueta por detrás de la línea del horizonte. Cogí el pomo de *Hálito de Serpiente*, saqué un palmo de acero de la vaina y dejé que regresara mansamente a su posición de descanso. Aldwyn me alargó la adarga, pero negué con la cabeza.

—Aguarda hasta que podamos verlos —le dije.

Le entregué el yelmo para que lo sujetara, desmonté y recorrí junto a Finan y mi hijo los escasos metros que nos separaban de la cresta montañosa en la que habíamos estado observando lo que ocurría al sur.

—Algo va mal —reflexioné en voz alta.

—Es el destino —respondió Finan—, y todos sabemos lo perra que es la fatalidad…

Nos echamos sobre la alta hierba para contemplar la columna de polvo que levantaba en la calzada el semental de nuestro rastreador.

—Debería estar cabalgando por un costado del camino, por las losas… —observó mi amigo—. Ahí no dejaría ese rastro.

El batidor, quien, por su porte y movimientos, era sin duda Oswi, torció bruscamente el sentido e inició la larga ascensión hasta la cima del altozano.

—¿Estás seguro de lo del dragón? –pregunté.

—¿Quién no echaría de ver a una bestia tan inmensa? –respondió Finan–. El endriago venía del norte, de eso no cabe la menor duda.

—Y la estrella describió un arco de norte a sur –terció mi hijo, metiéndose la mano en el pecho para acariciar la cruz que llevaba al cuello, como buen cristiano.

El amarillento penacho que habían levantado los cascos del caballo se fue difuminando. El enemigo se acercaba, desde luego, pero había un problema: no estaba seguro de quién era nuestro adversario. Todo cuanto sabía de firme era que ese día iba a tener que combatir a un rey que llegaba de tierras meridionales. Y me acababa de asaltar la sensación de que todo se había torcido –literalmente–, porque el lucero y la quimera habían dicho que el mal provenía del norte.

Buscábamos augurios que nos orientaran. Hasta los cristianos escudriñan el mundo tratando de captar alguno de esos signos. Estudiamos el vuelo de las aves, el ruido de una rama que se desploma nos sobresalta y llena de temor, examinamos los caprichosos dibujos que el viento pinta sobre la superficie de las aguas, inspiramos con fuerza al escuchar el tauteo de la hembra del zorro y acariciamos nuestros amuletos cuando se parte la cuerda de una cítara. Sin embargo, siempre es difícil interpretar los agüeros, a menos que los dioses decidan enviarnos un mensaje claro… Y tres noches antes, en Bebbanburg, el aviso de los habitantes del cielo no podría haber sido más diáfano.

El mal habría de venir del norte.

* * *

El dragón había sobrevolado el cielo nocturno de Bebbanburg. No lo había visto con mis propios ojos, pero Finan sí, y confío ciegamente en él. Me explicó que era enorme, cubierto de una piel escamosa como de plata martilleada, unos ojos como carbones incandescentes y una envergadura de alas capaz de ocultar los astros... Cada vez que batía los vientos para cobrar altura, el mar se estremecía, como sacudido por un golpe de galerna en día de calma chicha... Al verlo girar el pescuezo en dirección a Bebbanburg, Finan pensó que se disponía a escupir fuego y a arrasar hasta los cimientos la fortaleza entera, pero, de repente, la fiera había herido lentamente el aire con un nuevo impulso. Retemblaron las olas que rodaban en el abismo que se abría bajo su panza, y enfiló su almenada espina dorsal hacia el mediodía.

–Además, la noche pasada se desprendió una de las estrellas del firmamento... –intervino el padre Cuthbert–. Lo sé seguro, porque Mehrasa asistió a ello.

El padre Cuthbert, párroco de Bebbanburg, era ciego, así que veía gracias a Mehrasa, una exótica muchacha de piel oscura con la que se había casado tras rescatarla del repugnante cubil de un traficante de esclavos de Lundene, hacía ya muchos años. Si la llamo «muchacha» es por costumbre, pero evidentemente era ya una mujer de mediana edad. «Nos hacemos viejos», pensé.

–La estrella cayó del cielo boreal con rumbo al meridión –añadió el religioso.

–Y el dragón venía del norte –precisó Finan.

Preferí guardar silencio. Benedetta se reclinó en mi hombro. Tampoco ella articuló palabra, pero sentí que me oprimía suavemente la mano con una punzada de angustia.

–Señales y prodigios –sentenció el padre Cuthbert–. Algo espantoso está a punto de ocurrir... –añadió, al tiempo que se persignaba.

La mañana había dado paso a un apacible atardecer de estío. Nos hallábamos sentados en el exterior de la sala noble de Bebbanburg, absortos en el vuelo de las golondrinas que revoloteaban ágilmente de alero en alero, acunados por el incesante rumor de las largas olas que venían a romper, rendidas, en las playas abiertas al pie de los parapetos de levante. «El oleaje marca el ritmo de nuestra existencia», pensé, «como un infinito latido que pulsa y cesa, que pulsa y cesa». Yo había venido al mundo al son de esa cadencia, y no tardaría ya en abrazar la muerte. Acaricié el martillo que llevaba como amuleto al cuello y rogué a los dioses que me permitieran expirar al compás de las olas de Bebbanburg, saludado por el griterío de sus gaviotas.

–Algo espantoso y cruel –reiteró el sacerdote–, y llegará del norte.

¿Acaso el dragón y la estrella fugaz eran presagios que anunciaban mi inminente muerte? Volví a acariciar el martillo. Todavía puedo montar a caballo, sostener el escudo y blandir la espada, pero con el fenecer del día el dolor que aúlla en mis articulaciones me recuerda que soy ya un anciano.

–Lo peor de la muerte –reflexioné en voz alta para romper el espeso silencio– es no saber qué oculta al otro lado…

Si pretendía animar la conversación, fracasé, porque desde luego nadie dijo esta boca es mía en un buen rato. De pronto, noté que Benedetta volvía a estrujarme la mano.

–Estás chiflado, ¿lo sabías? –me reprendió con cariño.

–Lo ha estado siempre –la animó Finan.

–¿Quieres decir que vosotros, los paganos, podéis ver lo que sucede desde vuestro alto Valhalla? –terció el padre Cuthbert.

Aunque fuera un clérigo cristiano y tuviera supuestamente vedado creer en la morada de Odín, hacía mucho tiempo que había aprendido a tolerarme. Esbozó una sonrisa.

–¿O tal vez estáis pensando en uniros a la Iglesia de Roma, señor? –añadió maliciosamente–. ¡Os aseguro que desde el cielo del Todopoderoso se ve magníficamente bien la Tierra!

–Hace años que venís haciendo grandes esfuerzos para convertirme a vuestra fe –respondí–, pero nunca os he oído decir que se sirva cerveza en el paraíso.

–¡Santo Dios! ¿He olvidado mencionarlo? –preguntó retóricamente, sin abandonar la sonrisa.

–Vino es lo que hay en el cielo –puntualizó Benedetta–, el buen vino de Italia.

Aquello volvió a cuajar el silencio. A ninguno nos gustaba demasiado el vino.

–Me han dicho que el rey Hywel ha partido hacia allí –comentó mi hijo tras la pausa–; aunque quizás haya entendido mal y en realidad sólo esté pensando en viajar hasta allí… No estoy seguro.

–¿Estás diciendo que va a visitar Roma? –quiso averiguar Finan.

–Eso dicen.

–Me encantaría ir a Roma –suspiró melancólicamente el padre Cuthbert.

–No hay nada que ver en Roma! –exclamó Benedetta con desdén–. ¡Ratas y ruinas! ¡Eso es todo!

–Y el santo padre –matizó amablemente nuestro cura.

Volvimos todos a callar.

Hywel me agradaba. Era soberano de Dyfed y, si juzgaba seguro salvar la distancia que lo separaba de Roma, por fuerza tenía que haberse sellado la paz entre sus galeses y los sajones de Mercia, ya que de otro modo habría gran agitación en la zona. Sin embargo, el dragón no procedía del sur ni del oeste; venía de las regiones boreales.

–¡Escoceses…! –vociferé de improviso.

–Están más que atareados manteniendo a raya a los pueblos nórdicos –intervino bruscamente Finan, que había captado a la perfección el curso de mis divagaciones.

–Y también con sus incursiones de saqueo en Cumbria –señaló amargamente mi hijo.

–Y no olvidéis que Constantino es ya anciano… –completó el padre Cuthbert.

–Todos hemos envejecido –me lamenté yo.

–Y Constantino tiene más afición a levantar monasterios que a librar batallas –continuó Cuthbert, sin dejarse arrastrar por mi insinuación.

Eso último me pareció muy dudoso. Como rey de Escocia, Constantino era conocido por su determinación, y desde luego me gustaba charlar con él. Podía conceder que se trataba de un hombre sabio y elegante, pero no confiaba en él. A todos los habitantes de Northumbria les escamaban los escoceses tanto como nosotros a ellos.

–Nunca acabarán… –aseguré en voz baja.

–¿A qué te refieres? –se propuso averiguar Benedetta.

–A las guerras y a los conflictos, a las dificultades.

–Cuando todos seamos cristianos… –empezó a decir el padre Cuthbert.

–¡Ja! –lo interrumpí secamente.

–¡Pues el dragón y la estrella no mienten! –insistió él–. Los problemas caerán sobre nosotros desde el norte. ¡Así lo ha dicho el profeta en las Escrituras! *Quia malum ego adduco ab aquilone et contritionem magnam.*

Se detuvo, esperando que alguno de nosotros le pidiera por favor la traducción.

–«Yo traeré una calamidad del norte» –intervino Benedetta, para consternación de clérigo, que vio esfumarse su oportunidad de lucimiento– «y gran destrucción».*

–¡Y gran destrucción! –exclamó en tono apocalíptico el padre–. ¡El mal vendrá del norte! ¡Palabra de Dios!

Y a la mañana se desató efectivamente el mal.

Aunque vino del sur.

* * *

O, al menos, el barco llegó por el mediodía. Apenas soplaba una brizna de viento, y el mar permanecía quieto, calmoso, como si sólo le quedaran fuerzas para arrojar perezosamente suaves ondas moribundas sobre las vastas playas de Bebbanburg. Al aproximarse la nave y quebrar su proa coronada

* Jeremías, 4, 6. *(N. del T.)*

de una cruz el horizonte, vimos destellar, dorada por el primer sol de la mañana, la ancha hendidura blanca que el tajamar abría en las aguas de cera. Avanzaba al cadencioso ritmo de los remos, alzados y abatidos en una suave y cansina alternancia.

—Esos pobres desdichados deben de haber estado bogando toda la noche —empatizó Berg, al que había confiado el mando de la guardia apostada esa mañana en los parapetos y contrafuertes de Bebbanburg.

—Cuarenta remos —señalé, más por charlar de algo que para detallar una obviedad que saltaba a la vista.

—Y viene hacia aquí —me hizo observar él.

—Sí, pero ¿de dónde?

El comandante se encogió de hombros.

—¿Cuál es el plan del día? —se informó Berg, haciendo que fuese yo al que le tocase alzar ahora las clavículas.

Lo previsible era asistir a la rutina de siempre. Pondríamos calderos al fuego para hervir agua en la que lavar la ropa; las bateas alineadas en el flanco septentrional de la fortaleza nos proporcionarían sal por evaporación del agua de mar; los hombres se ejercitarían con los escudos, las espadas y las lanzas; los caballos se desentumecerían los miembros, pondríamos pescado a ahumar, extraeríamos agua de los pozos y elaboraríamos cerveza en las cocinas del bastión...

—No tengo previsto nada en particular —contesté—, pero tú podrías ir con un par de hombres a recordarle a Olaf Einerson que tiene pendiente el arriendo. Y que ya lleva mucha renta atrasada...

—Su mujer está enferma, señor.

—Eso dijo también el pasado invierno.

—Y los escoceses le han robado la mitad del rebaño.

—Lo más probable es que haya vendido esas cabezas —solté agriamente—. Ningún otro aparcero se ha quejado de incursiones escocesas esta primavera.

Olaf Einerson había heredado el arriendo de su padre, quien nunca había dejado de pagarme lo debido, fuera en lana o en plata. Olaf hijo era un hombretón fuerte y perfectamente capaz de desempeñar cualquier tarea, pero me estaba empezando a dar la impresión de que sus ambiciones lo hacían anhelar vuelos muy superiores al de cuidar de carneros montaraces en las tierras altas.

—Pensándolo mejor... —dije a Berg—, llévate a quince guerreros, y haz que ese maldito cabrón se cague en los calzones. No me fío de él.

Para entonces, la embarcación se había aproximado tanto que ya se divisaba claramente la silueta de tres hombres, sentados en el extremo de la plataforma de popa. Uno de ellos era un clérigo, o al menos vestía una larga túnica negra. De pronto, el desconocido se puso en pie y comenzó a agitar los brazos para enviar un saludo a los habitantes del fortín. No respondí a sus señales.

—Sean quienes sean —dije a Berg—, llévalos a la sala noble. Allí me encontrarán trasegando plácidamente un bocal de cerveza... ¡Ah! Y espera un poco; no salgas inmediatamente a inculcar un poquito de buen juicio al cabezota de Olaf...

—¿Por qué debo aguardar, señor?

—Es mejor enterarse primero de la empresa que traen éstos —expliqué sucintamente, señalando con la cabeza al barco que viraba ya para enfilar la estrecha bocana del puerto de Bebbanburg. El navío no parecía llevar cargamento alguno, o al menos yo no alcanzaba a divisar nada, pero sus remeros parecían exhaustos, lo que me hacía pensar que debía traer noticias urgentes.

—Es un buque de Æthelstan —deduje.

—¿De Æthelstan? —se interrogó Berg.

—Bueno... Fíjate que no parece una embarcación de Northumbria —comenté.

Los barcos de Northumbria tienen muy poca manga a proa, al revés que los de las regiones del sur, cuyos carpinteros de ribera prefieren darles más anchura. Además, el recién llegado exhibía una cruz, y muy pocos barcos de Northumbria la llevaban.

–Y, además, ¿quién recurre a los sacerdotes para transmitir mensajes?

–El rey Æthelstan, tienes razón.

Observé las maniobras de la nave en la entrada del canal y después, acompañado de Berg, abandoné los parapetos de la fortaleza.

–Cuida de esos remeros. Envíales cerveza y víveres. Y tráete a ese puñetero cura al salón.

Subí al vestíbulo, donde un par de criados declaraban la guerra a las telarañas armados con largas varas de sauce con el extremo provisto de un manojo de plumas. Benedetta supervisaba la operación para cerciorarse de que se expulsaba hasta al último bichejo de la fortaleza.

–Tenemos visita –le dije–, así que ya puedes declarar la tregua a las patilargas. Ya habrá tiempo para batallar más tarde con ellas.

–No tengo que parar ningún combate, porque esto no es ninguna de tus campañas –respondió ella–. Me gustan las arañas, pero no dentro de casa… ¿Y quién dices que viene a visitarnos?

–No lo sé seguro, pero creo que son enviados de Æthelstan.

–¡Entonces debemos recibirlos como se merecen!

Benedetta batió palmas y ordenó a la servidumbre que trajera unos bancos.

–Acercad también el trono que está en la plataforma –añadió.

–No se trata de un trono. Sólo es una especie de escabel fantasioso –discrepé.

–¡Uf! –bufó ella sonoramente.

Era algo que siempre se oía a Benedetta cuando se exasperaba. Su agobio me arrancó una sonrisa, pero lo único que conseguí fue aumentar todavía más su irritación.

–¡Es un trono! –aseguró para remachar la idea–. ¡Y tú eres rey de Bebbanburg!

–Señor de Bebbanburg… –la corregí.

–Eres tan soberano como el chalado de Guthfrith –insistió, dibujando en el aire el signo con el que se conjuran todos los males–; o como Owain, o cualquiera de esos desatinados…

Aquélla era una discusión recurrente, así que preferí dejarlo pasar.

–Pide a las chicas que traigan cerveza –dije– y algo de comer. Y que no esté rancio, a ser posible.

–Pues tú harías bien en ponerte la túnica negra… Voy por ella.

Benedetta era una hermosa italiana. Unos traficantes de esclavos la habían arrancado de su hogar siendo una niña y, tras una larga serie de compraventas por las que había tenido que recorrer buena parte de la cristiandad, había terminado en Wessex. Yo la había liberado y convertido en la señora de Bebbanburg, aunque no en mi esposa.

–Mi abuela –me había comentado ella en más de una ocasión, santiguándose siempre al empezar su relato– me aconsejó que no se me ocurriera casarme. ¡Si lo hacía, quedaría maldita! Y ya he tenido bastantes maldiciones en mi vida. ¡Ahora soy feliz! –aseguraba–. ¿Para qué arriesgarme a sufrir la maldición de la que hablaba mi abuela? ¡Mi abuela no se equivocaba nunca!

Aunque un tanto malhumorado, dejé que me colocara la cara prenda encima de los hombros. A lo que sí me negué fue a llevar la torques de bronce bañado en oro que me había legado mi padre. Hechos los preparativos, con Benedetta a mi lado, aguardé la llegada del emisario.

Reconocí al instante que la figura que había oscurecido por un instante la brillante luz del sol en la polvorienta penumbra del gran vestíbulo de Bebbanburg era la de un viejo amigo. Tenía ante mí al padre Oda, elevado ahora a la dignidad de obispo de Rammesburi. Se acercó a mí con su inconfundible porte de hombre alto y elegante, envuelto en una larga vestidura talar de color negro y ribetes de tela carmesí. Los dos soldados de Sajonia Occidental que lo acompañaban entregaron cortésmente las armas a mi senescal antes de seguirlo.

–¡Cualquiera que os viera –exclamó jovialmente el obispo acercarse– creería hallarse ante un rey!

–Y así es –remachó Benedetta.

–¡Y hasta el más pintado pensaría –respondí yo– que vos sois un obispo!

Oda sonrió.

–Pues lo soy, mi querido lord Uhtred, por la gracia de Dios…

–Por la gracia de Æthelstan –lo contradije, antes de incorporarme y recibirlo con un fuerte abrazo–. ¿Debo felicitaros?

–Si gustáis… Creo que soy el primer danés al que se ordena obispo en Englaland.

–¿Así llamáis ahora a estas tierras?

–Bueno, al menos me resulta más fácil que decir que soy el primer obispo danés de Wessex, Mercia y Anglia Oriental… –desgranó, inclinándose para hacer una reverencia a Benedetta–. Me alegra veros de nuevo, *señora*.

–Lo mismo digo, mi señor obispo –replicó ceremoniosamente la bella italiana, subrayando la frase con una genuflexión.

–¡Acabáramos! –exclamé alegremente–. ¡Esto desmiente todos los rumores! ¡La cortesía no ha desertado de Bebbanburg!

Oda me dedicó una ancha sonrisa, divertido por las chanzas, y yo le devolví la mirada con expresión no menos risueña. ¡Oda al frente del obispado de Rammesburi! ¡Quién lo hubiera dicho! Lo único sorprendente de su nombramiento era precisamente que el designado hubiera sido un danés, e hijo, para más señas, de los inmigrantes paganos que habían invadido Anglia Oriental al servicio de Ubba, muerto por mi mano. ¡Y ahora ese extranjero nacido en el seno de una familia descreída administraba la sede episcopal de la

Englaland sajona! No estoy diciendo que no lo mereciera. Oda era un hombre de clara y sutil inteligencia, y honesto a carta cabal tantas horas como tiene el día.

Se produjo una pausa. Finan, que lo había visto llegar, se acercó a saludarlo. Oda había sido de la partida cuando nos vimos obligados a defender la Crepelgate de Lundene, el combate que había terminado con Æthelstan en el trono. Por alejado que me encuentre yo de los cristianos, y por escasa que sea la estima que me inspira su religión, resulta sumamente difícil no apreciar a un hombre que ha luchado hombro con hombro contigo y compartido la frenética desesperación de un combate a vida o muerte.

—¡Ah, el vino! —exclamó con júbilo Oda al tiempo que saludaba al criado que lo traía. Al momento, se volvió hacia Benedetta y añadió amablemente—: bendecido sin duda por la caricia del sol de Italia, ¿no es cierto?

—Es más probable que lo haya meado una tropa de campesinos francos… —protesté yo.

—Sus encantos no van a menos, ¿verdad *señora*? —señaló jocosamente Oda mientras tomaba asiento.

De pronto se fijó en mí y sopesó con la mano la gran cruz de oro que pendía sobre su pecho.

—Soy portador de noticias, lord Uhtred. —Su voz adquirió súbitamente un tono serio y receloso.

—Eso suponía.

—Y son nuevas que no van a gustaros… —Oda seguía con las pupilas clavadas en mí.

—Y no van a gustarme… —salmodié, remedando el eco y aguardando la continuación.

—El rey Æthelstan —comenzó a decir con alarmante sosiego y sin dejar de escrutarme un solo instante— está en Northumbria. Hace tres días que sentó sus reales en Eoferwic.

Se detuvo, como si esperara verme estallar en protestas, pero decidió continuar al comprobar que yo permanecía en silencio.

–Y el rey Guthfrith –precisó el obispo– ha entendido mal nuestra llegada y se ha dado a la fuga.

–Ha malentendido el gesto… –reflexioné en voz alta.

–Ni más ni menos.

–¿Y decís que ha huido de vos y de Æthelstan? ¿Únicamente de los dos?

–¡Pues claro que no, hombre! –exclamó Oda, con esa pasmosa capacidad de impacientarse calmosamente propia de los clérigos–. Nos escoltan más de dos mil hombres.

Bastantes batallas había tenido ya… Lo único que quería era quedarme en Bebbanburg, escuchar el largo rodar de las olas en la playa y los suspiros del viento prendido en los gabletes del zaguán. Sabía que no me quedaban muchos años de vida, pero al fin los dioses se habían mostrado clementes. Mi hijo era ya un hombre y heredaría una vasta extensión de tierras. Yo mismo me encontraba todavía lo suficientemente en forma como para montar a caballo e ir de caza. Y además tenía a Benedetta junto a mí. Cierto es que tenía el endiablado temperamento de una comadreja en celo, pero era cariñosa y leal; sin contar con que irradiaba una luminosidad que hacía resplandecer los cenicientos cielos de Bebbanburg. La amaba.

–Dos mil hombres, ¿eh? –dije fríamente–. ¿Y aun así me necesita?

–En efecto, señor. Digamos que solicita vuestra ayuda…

–¿No consigue sujetar por sí mismo las riendas de esta invasión? –El tono de mi voz empezaba a revelar una irritación creciente.

–No se trata de ninguna invasión, señor –respuso Oda con su calma chicha–, sino de una simple visita real. Un gesto de cortesía entre monarcas.

Podía darle el nombre que le diera la gana, pero eso no iba a cambiar las circunstancias. Y decididamente yo había perdido la paciencia.

Me sentía furioso, porque Æthelstan había jurado en una ocasión no invadir jamás Northumbria mientras yo siguiera con vida. Y sin embargo ahora se plantaba en Eoferwic con un ejército, obligándome a apostarme con ochenta hombres a esperar tras la cresta de la colina que se alza al sur de Bebbanburg, a poca distancia de la fortaleza, dispuesto a obedecer sus órdenes. Me habían entrado ganas de rechazar la encomienda de Oda. De hecho, a punto había estado de decirle con malos modos que se metiera en su maldito barco, regresara a Eoferwic por donde hubiera venido y le escupiera en la cara a Æthelstan. Me sentía traicionado. Æthelstan me debía el trono y, sin embargo, desde aquel lejano día en que había combatido en la puerta de Crepelgate, me había ignorado por completo. Pero no era eso lo que me exasperaba. Soy un viejo habitante de Northumbria, vivo lejos de sus tierras, y todo cuanto deseo es que me dejen en paz. Pese a todo, sabía en lo más hondo de mi ser que nada en todo aquello podía ser pacífico. En la fecha en la que vine al mundo, la Britania sajona estaba dividida en cuatro naciones: Wessex, Mercia, Anglia Oriental y mi propia patria, Northumbria. El rey Alfredo, abuelo de Æthelstan, había concebido el sueño de unir esos cuatro reinos en uno solo, al que proyectaba llamar Englaland, y ahora esa visión estaba realmente empezando a cobrar forma. El rey Æthelstan gobernaba en Wessex, Mercia y el Anglia Oriental; sólo quedaba Northumbria, aunque Æthelstan me había jurado que no se apoderaría de ese territorio mientras me quedara un soplo de vida… Pero hete aquí que lo tenía de pronto a mis puertas, y no sólo con un ejército, sino con el atrevimiento de solicitar incluso mi ayuda en la tarea. Era consciente de que no era la primera vez que me pedía auxilio. En lo más recóndito de mi alma, yo mismo estaba convencido de que Northumbria estaba condenada; sabía que en un futuro Æthelstan o Constantino acabarían apoderándose de ella, ya fuera por conquista o por anexión, y que debía lealtad a todos cuantos hablaran mi mismo idioma, esa lengua sajona a la que damos el nombre de Ænglisc. Por eso había reunido a ochenta hombres de Bebbanburg para tender una emboscada al rey Guthfrith de Northumbria, que había salido huyendo al tener noticia de la incursión hostil de Æthelstan. El sol lucía con fuerza en el cénit de su carrera, y la atmósfera estaba en calma…

A lomos de su montura, cubierta de una blanca capa de sudor espumoso, Oswi nos informó de que Guthfrith se aproximaba.

–¡Pronto, señor! –avisó.

–¿Cuántos son?

–Unos mil cuatrocientos. Y también llevan unos cuantos prisioneros.

–¿Prisioneros? –saltó extrañado Oda, que había insistido en acompañarnos–. Sólo esperábamos que hubiera un cautivo.

–Pues han capturado a unas cuantas mujeres, señor –siguió enumerando Oswi–. Las pastorean como a un rebaño.

–¿Van a pie esas desdichadas? –pregunté.

–Y algunos de los hombres también, señor. Muchos de los caballos cojean visiblemente… ¡Han venido al galope tendido!

Oswi cogió el odre que le tendía Roric, se enjuagó la boca con la cerveza, la escupió en la hierba y tomó un largo trago.

–Da la impresión de que se han pasado la noche avanzando a marchas forzadas.

–Y para haber cubierto tanta distancia en tan poco tiempo es muy posible que sea así –lo interrumpí.

–Desde luego, ahora mismo están extenuados –comentó Oswi con sorna.

El obispo Oda también me había explicado los últimos acontecimientos en Eoferwic, y su barco había realizado el viaje en dos días, pese a tener que capear fuertes ráfagas de viento. En cambio, las tropas que se aproximaban por el largo tramo recto de la calzada habían huido de la ciudad a caballo. Según mis cálculos, se tardaba una semana en cubrir con un buen animal la distancia que separaba Eoferwic de Bebbanburg, aunque debía admitir que ése era el ritmo que yo mismo me permitía, ya que incluía largas noches de juerga en las moradas de mis buenos amigos. En una ocasión había logrado recorrer ese mismo trayecto en cuatro días, aunque nunca con el bochorno de estos primeros avisos del verano. Las huestes habían salido huyendo de Eoferwic a toda prisa, para emprender después una cabalgata no menos veloz, pero los remeros del obispo Oda los habían rebasado sin dificultad, y por eso sus extenuadas monturas los conducían ahora tan mansamente hacia la emboscada que les habíamos tendido.

—No es ninguna emboscada —había protestado insistentemente Oda cada vez que me había escuchado pronunciar esa palabra—. Si estamos aquí es únicamente para convencer a Guthfrith de que le conviene regresar a Eoferwic. Y, por cierto, el rey Æthelstan también requiere tu presencia en la ciudad.

—¿Mi presencia? —exclamé bruscamente.

—En efecto. Es más, os pide asimismo que obtengáis la liberación del cautivo de Guthfrith.

—Querrás decir «cautivos» —lo corregí.

—Bueno, sí…, da igual —repuso Oda, displicente—. Lo más importante es que Guthfrith regrese a Eoferwic. Todo lo que necesita es que alguien lo tranquilice y lo persuada de que el rey Æthelstan ha venido en son de paz.

—¿Con más de dos mil soldados? ¿Todos revestidos de su correspondiente cota de malla y armados hasta los dientes?

—Al rey Æthelstan le gusta viajar con pompa y circunstancia —contestó con altiva grandilocuencia Oda.

Æthelstan podía empeñarse cuanto quisiera en afirmar que su visita a Eoferwic respondía a designios amistosos, pero ya se habían dado varios enfrentamientos en la ciudad, porque lo cierto es que se había tratado de una conquista en toda regla a partir de una invasión relámpago. Y por más que me resistiera yo a conceder mérito alguno a Æthelstan, no podía evitar un sentimiento de admiración por lo que acababa de conseguir el monarca. Oda me había explicado que el rey había cruzado la frontera de Mercia al frente de un ejército de más de dos mil hombres, a los que había guiado después a marchas forzadas hacia el norte, dejando en la estacada a todo hombre o caballo que vacilara o diera signos de debilidad. Galopando sin tregua, la caballería se había plantado en Eoferwic sin dar apenas tiempo a que su presencia en Northumbria fuese otra cosa que un rumor sin confirmar. Los soldados de Sajonia Occidental que se habían infiltrado en la localidad fingiéndose mercaderes habían abierto la puerta sur de Eoferwic, permitiendo así la irrupción del ejército de Æthelstan, que en pocos minutos había inundado las calles.

–Se ha producido algún que otro encontronazo en el puente –me había comentado Oda–, pero gracias a Dios los paganos han sido derrotados y los supervivientes han puesto pies en polvorosa.

Esos supervivientes eran justamente los que ahora capitaneaba Guthfrith, y por eso Æthelstan había enviado al obispo Oda a mi presencia, con la específica encomienda de lograr que yo bloqueara los caminos del norte, impidiendo con ello que Guthfrith escapara a Escocia. Y ésa era asimismo la razón de que yo me hallara aguardando en la falda de aquella colina, bajo un sol ardiente. Finan, mi hijo y yo nos habíamos tumbado boca abajo en la cima del otero, mirando al sur, pero el obispo Oda había preferido permanecer en cuclillas a nuestra espalda.

–¿Y por qué habría de huir Guthfrith a Escocia? –pregunté con acritud al prelado.

Oda contuvo un suspiro, tratando de no mostrar demasiado a las claras la consternación que le producían mis escasas luces.

—Porque eso ofrece a Constantino un motivo para invadir Northumbria. Le bastaría fingir que se está limitando a reinstaurar en el trono a su legítimo soberano.

—Pero Constantino es cristiano —objeté—. ¿Por qué habría de luchar en defensa de un rey pagano?

Oda volvió a reprimir malamente un suspiro, obligándose a tender la vista en los lejanos confines en que el calor difuminaba la calzada.

—El rey Constantino —explicó— sacrificaría a sus dos hijas en los altares de Baal si con ello alcanzara a expandir su reino.

—¿Quién demonios es Baal? —preguntó Finan.

—Una divinidad pagana —replicó desdeñosamente Oda—. ¿Y cuánto tiempo creéis que se avendrá Constantino a tolerar a Guthfrith? —añadió, volviendo al meollo del asunto—. Le devolverá la corona, lo casará con una de sus hijas y poco después directamente hará que lo estrangulen... Y ya tenéis a los escoceses como amos y señores de Northumbria. En definitiva, que no, que Guthfrith no debe llegar a Escocia bajo ningún concepto.

—¡Mirad! —se sobresaltó de repente Finan, al tiempo que señalaba a un lejano grupo de jinetes que acababa de hacer su aparición en el sendero de la cañada. Apenas se distinguían los caballos, salvo por una masa borrosa de crines y soldados difuminados por la calima estival.

—Están agotados —observó Finan.

—A Guthfrith lo queremos vivo —me advirtió Oda—. Y es importante que regrese a Eoferwic.

—Eso ya me lo has dicho —rezongué—, y todavía no sé a qué viene tanta cabezonería.

—A que así lo exige el rey Æthelstan, sencillamente.

—Guthfrith no es más que un montón de mierda inútil —aseguré—. Sería mucho mejor acabar con él.

—El rey Æthelstan desea que conserve la vida. Te ruego que atiendas su petición.

—¿Y te parece que debo obedecerlo? Æthelstan no es mi señor.

Oda me miró con severidad.

—No olvides que es *Monarchus Totius Brittaniæ...*

Yo me limité a mirarlo impertérrito, hasta que se vio obligado a brindarme una traducción.

—Es soberano de toda Britania —aclaró.

—¿Así es como se hace llamar ahora? —pregunté, intrigado.

—Tal es su título, en efecto —respondió el obispo.

No pude por menos que recibir la noticia con un resoplido de desdén. Æthelstan llevaba arrogándose el pomposo nombre de soberano de los sajones y los anglos desde el mismo día de su coronación, y es verdad que podía reivindicar tal cosa legítimamente, pero esto era distinto. ¿Gobernante de toda Britania? ¡Vamos, hombre!

—Supongo que los reyes Hywel y Constantino discrepan un poquitín, ¿no? —sugerí con acritud.

—Desde luego —contestó Oda con su infinita paciencia—, pero, en cualquier caso, el rey Æthelstan desea que impidas que Guthfrith alcance tierras escocesas y que liberes a su prisionero sin hacerle el menor daño.

—A sus prisioneros, querrás decir.

—No. A su cautivo. Nada más.

—¿No te importa la suerte que puedan correr las mujeres? —pregunté.

—Rezo por ellas, como puedes comprender. Pero también entenderás que dedique mis más fervientes oraciones a la paz.

—¿A la paz? —me asombré, y dejé salir una punta de cólera en la voz—. ¿Qué te hace pensar que la invasión de Northumbria vaya a pacificar la isla?

Una expresión de pesar ensombreció el semblante de Oda.

–Britania vive un período de peligrosa agitación. No sólo se ve amenazada por los pueblos nórdicos, también los escoceses están inquietos. Por eso, el rey Æthelstan teme que se esté fraguando una guerra. Y aún le preocupa más que se trate de la contienda más terrible que jamás hayamos conocido. Su máximo anhelo consiste en evitar una matanza, y con ese fin en mente, señor, os suplica que rescatéis al cautivo y que conduzcáis a Guthfrith sano y salvo hasta su hogar.

No veía razón alguna para aceptar que el regreso de Guthfrith a su feudo pudiera contribuir a la pacificación de Britania, pero recordé la silueta del dragón que había sobrevolado los contrafuertes de Bebbanburg y el siniestro anuncio de devastación que su presencia suponía. Miré a Finan, que se encogió de hombros, como queriendo decirme que tampoco él entendía del todo aquel embrollo, pero estaba claro que lo mejor que podíamos hacer era atender al llamamiento de Æthelstan.

Poco a poco empezamos a divisar con mayor claridad la silueta de las tropas que avanzaban por el fondo del valle, y percibí incluso al grupo de mujeres presas que caminaban en la retaguardia de la larga hilera de caballos.

–¿Qué hacemos? –consultó Finan, para saber a qué atenerse.

–Lo primero es cabalgar hasta el pie de la colina –respondí, al tiempo que me alejaba de la cima–, esgrimimos nuestra mejor sonrisa y decimos a ese estúpido canalla que nos disponemos a hacerle prisionero.

–Que le rogáis que os siga como invitado... –me corrigió Oda.

Roric me ayudó a encaramarme a la silla, y Aldwyn me tendió el yelmo de cresta plateada. El sol había calentado tanto el forro de cuero que, al ponérmelo, tuve una desagradable sensación de sofoco. Lo sujeté firmemente bajo la barbilla, teniendo buen cuidado, no obstante, de dejar las carrilleras sueltas. Hecho esto, tomé la rodela de cabeza de lobo que Aldwyn sujetaba.

–De momento, no voy a coger la lanza –le indiqué–, y si ves que hay jaleo, quédate lejos de la lucha, no quiero que te metas en líos. ¿Entendido?

–Antes me decía a mí lo mismo –señaló Roric con una gran sonrisa.

–Y por eso sigues todavía con vida –gruñí. Roric había sido mi anterior ayudante, pero ahora ya tenía edad para aguantar a pie firme en un muro de escudos.

–No habrá ningún combate –aseguró secamente Oda.

–¡No te olvides de que estamos hablando de Guthfrith! –exclamé–. ¡Sabes perfectamente que es un insensato y que se lanza de cabeza a la batalla sin pensárselo dos veces! Pero haré todo cuanto esté en mi mano para traerte vivo a ese cabestro… ¡En marcha!

Conduje a mis hombres al oeste, cuidando siempre de permanecer ocultos a los ojos de Guthfrith y sus mesnadas. La última vez que conseguí situar su posición debía de encontrarse aproximadamente a media milla del recodo que hacía la calzada, y desde luego avanzaba con una lentitud exasperante. Nosotros, en cambio, progresábamos a gran velocidad, ya que nuestros caballos estaban mucho más frescos; bajamos caracoleando la colina, serpenteamos por entre los pinos, cruzamos a toda prisa el rápido arroyo que lamía el pie del monte y nos plantamos en el camino. Una vez en posición, formamos una hilera de dos filas de fondo a fin de que, en el momento en el que aparecieran, los fugitivos se encontraran ante un doble frente de jinetes revestidos de cotas de malla, protegidos por brillantes escudos y armados con lanzas de relucientes moharras. Todo cuanto nos quedaba por hacer era esperar.

Guthfrith no me gustaba nada, aunque debo decir que la antipatía era mutua. Había insistido durante tres años en que pronunciara un juramento de lealtad a su persona, y yo siempre me había negado. Dos veces había enviado guerreros a Bebbanburg, y tanto en uno como en otro caso había mantenido cerrada a cal y canto la Puerta de la Calavera, desafiando así a sus lanceros, que sin embargo nunca se habían atrevido a asaltar la fortaleza y cada una de las veces se habían dado sistemáticamente media vuelta.

Ahora, bajo el ardiente sol, sus piqueros hollaban una vez más mis tierras, con la única diferencia de que en esta ocasión los encabezaba el propio Guthfrith. Tenía la clara impresión de que, ahora, liderados por su jefe, el encontronazo iba a ser más duro; al fin y al cabo, Guthfrith estaba convencido de que se le estaba usurpando el reino. No tardaría ya en divisar el comité de bienvenida que le había preparado, en ver en los escudos de mis hombres la divisa de la cabeza de lobo de mi casa... Entonces volvería a sentir en su fuero interno el odio que siempre me había tenido, aunque con una diferencia: que esta vez comprendería de inmediato que me superaba abrumadoramente en número. Oda podía abrigar todas las piadosas expectativas que se le antojaran y asegurar que la sangre no iba a llegar al río, pero, acorralado, Guthfrith se comportaría como un turón en un talego, de modo que echarle mano iba a ser como agarrar a una criatura enfurecida, malvada y loca de terror.

Y además traía rehenes.

Y no se trataba sólo del grupo de mujeres, por muy cierto que fuese que había que rescatarlas, sino de que Guthfrith, de pérfida astucia, había tomado la precaución de apresar al arzobispo Hrothweard en la mismísima catedral de Eoferwic.

–¡Y en plena celebración de la misa! –había estallado Oda, horrorizado, perdiendo por un instante su eterna compostura–. ¡En mitad de la misa! –repitió–. ¡Han entrado armados en la catedral!

Me pregunté si Guthfrith se atrevería realmente a hacer daño al arzobispo. Si cedía a ese impulso, se ganaría la enemistad de todos los gobernantes cristianos de Britania, aunque siempre existía la posibilidad de que Constantino se tragara la ira el tiempo necesario para volver a aupar a su marioneta al trono de Northumbria. Un arzobispo muerto era un precio muy arreglado si con ello conseguía ensanchar las tierras de Escocia.

Fue entonces cuando aparecieron. Los primeros jinetes doblaron el recodo del camino y, al vernos, tiraron de las riendas y detuvieron las monturas. Poco a poco, el resto de la tropa fue imitándolos.

—Vayamos hacia ellos —pidió Oda.

—De ninguna manera —respondí.

—Pero…

—¿Quieres provocar una carnicería? —rugí.

—Pero es que… —trató de balbucear de nuevo el obispo.

—Déjame a mí —solté impulsivamente.

—Pero…

—Iré solo —contesté, zanjando todo comentario.

Entregué el escudo a Aldwyn y me descolgué de la silla.

—Debería acompañarte —porfió, impertérrito, Oda.

—¿Y añadir otro prelado a su colección de rehenes? ¿No te basta con un arzobispo, y se te ocurre darle un obispo? Seguro que a él le encanta la idea…

Oda observó a los hombres de Guthfrith, que lentamente iban formando una línea que rebasaba por ambos lados a la nuestra. Entre los enemigos, al menos una veintena viajaba a pie, dado que sus animales estaban demasiado agotados para soportar su peso. Sin embargo, todos se estaban encasquetando el yelmo y embrazando los paveses, en los que campeaba el símbolo de un jabalí de larguísimos colmillos.

—Invítalo a venir a hablar conmigo —dijo Oda—. Y asegúrale que no tiene nada que temer.

Preferí no hacer ningún comentario a lo que acababa de sugerirme y opté en cambio por dirigirme a Finan.

—Voy a intentar entrevistarme con Guthfrith a medio camino —le expliqué—. Si lleva escolta, mándame el mismo número de hombres.

—Yo mismo encabezaré ese grupo —aseguró Finan con una gran sonrisa.

—No, tú quédate aquí. Si hay problemas, sabrás cuándo intervenir; y, si lo haces, cerciórate de actuar lo más rápido posible.

Asintió con un suave cabeceo, consciente de que mi postura era la más razonable. Finan y yo llevábamos tanto tiempo combatiendo juntos que rara vez tenía que detallarle lo que planeaba. Lo vi sonreír de nuevo, ahora con cierta malicia en la mirada…

—Acudiré veloz como el viento.

—Lord Uhtred… —comenzó a decir Oda.

—Sí, sí, ya sé… Haré todo cuanto esté en mi mano para mantener a Guthfrith con vida… —lo interrumpí—. Y también a los rehenes.

No estaba seguro de poder cumplir aquella promesa, pero no me cabía la menor duda de que, si nos acercábamos todos a caballo hasta hallarnos a tiro de piedra de los hombres de Guthfrith, la pelea sería poco menos que inevitable, aunque también cabía la posibilidad de que reluciera el acero junto a la garganta de los cautivos. Guthfrith era un chiflado, pero también orgulloso y altivo. Y desde luego no había que ser adivino para saber que rechazaría toda exigencia que lo obligara a entregar a los prisioneros y a regresar sumisamente a Eoferwic. Y es que además *tenía* que negarse, ya que de lo contrario perdería la dignidad ante sus soldados.

Y aquélla no era una tropa cualquiera, sino una mesnada de guerreros nórdicos, tipos fornidos y arrogantes que se creían los combatientes más temidos del mundo conocido. Nos superaban terriblemente en número, y no estarían viendo más que una ocasión de oro para la carnicería y el espolio. Muchos de ellos eran extremadamente jóvenes y querrían hacerse un nombre, adquirir reputación de valientes, cubrirse los brazos de ajorcas de oro y plata, lograr que la sola mención de sus personas suscitara estremecimientos de terror. Sin duda, desearían matarme, robarme los brazaletes, las armas y las tierras.

Por eso avancé a pie al ir a su encuentro, deteniéndome al poco de haber mediado la distancia que separaba a mis fieles de los exhaustos mesnaderos de Guthfrith, que ahora me observaban a un largo tiro de flecha de donde yo estaba. Esperé, y, al ver que Guthfrith no hacía el menor movimiento, me senté en un miliario romano caído, me despojé del yelmo y me puse a contemplar el rebaño de ovejas que triscaba apaciblemente en los altos de la lejana colina, admirando al mismo tiempo a un alcotán que vibraba, como una hoz de acero, en la suave brisa del mediodía. El ave comenzó a volar en círculos, así que no vi ningún signo de los dioses en sus movimientos.

Si me había presentado sin escolta alguna había sido porque me proponía conseguir que Guthfrith también acudiera solo, o al menos con dos o tres leales nada más. Estaba absolutamente seguro de que se aprestaba a luchar, pero también era muy consciente de que sus hombres llegaban maltrechos y sus caballos, reventados. Eso me había convencido de que, por estúpido que fuese, lo más probable era que Guthfrith tanteara la posibilidad de evitar un combate si llegaba a la conclusión de que podía salir victorioso sin sacrificar a una docena de hombres o más. Por otra parte, viajaba con una partida de rehenes, y estaba claro que su intención era valerse de esa ventaja para obligarme a emprender una humillante derrota.

Sin embargo, Guthfrith siguió impertérrito y sin dar señal de inquietud alguna. Tal vez había sucumbido al desconcierto. Me veía allí, muy cerca, solo y aparentemente tranquilo; y, como ningún hombre se aúpa al trono sin un mínimo manejo de la astucia, sin duda se estaría preguntando en qué consistía la celada. Decidí hacerle creer que no había trampa alguna, así que me levanté, fingí dar distraídamente unas cuantas patadas a varias de las piedras semienterradas de la antigua calzada, me encogí de hombros y empecé a volver sobre mis pasos.

Aquello lo incitó a picar suavemente los ijares de su garañón para acercarse a mí. Oí el ruido de los cascos, me giré, me enfundé el yelmo y volví a ponerme en actitud de espera.

Lo acompañaban tres de sus soldados. Dos eran hombres de armas, y uno de ellos llevaba de la brida un potro sobre el que iba montado el arzobispo Hrothweard, todavía envuelto en las túnicas brillantemente recamadas propias de los prelados cristianos en sus templos. No parecía herido ni magullado, pero sí desfallecido; tenía el rostro quemado por el sol y los blancos cabellos hechos un breñal.

Escuché entonces el trote de caballos a mis espaldas y, al girar lentamente el cuello para echar un vistazo, vi que Finan había enviado a mi hijo y a Berg.

—Quedaos justo detrás de mí —grité para que pudieran oírme bien.

Al observar que Guthfrith y sus dos secuaces habían desenvainado la espada, también ellos extrajeron de las fundas sus largas hojas de acero. Berg se situó a mi lado, tras mi hombro derecho, frente al individuo que sujetaba el ronzal de la montura de Hrothweard. Mi hijo permaneció a mi izquierda, plantando cara al otro guerrero.

—¿Qué dem…? —intentó preguntar mi hijo.

—¡Ni una palabra! —lo corté.

Guthfrith refrenó su alazán a sólo dos o tres pasos de mí. Enmarcado por el reborde metálico del yelmo, su rostro regordete, bañado en sudor, brillaba con luz propia. Su hermano, Sigtryggr el Tuerto, había sido un hombre de facciones correctas. Guthfrith, en cambio, había envasado tanta cerveza y mascado tanto tocino que su figura parecía desmoronarse pesadamente en la silla. Con sus recelosos ojillos de comadreja, su nariz chata y la larga barba trenzada que pendía sobre la trabajada cota de malla, tenía una estampa verdaderamente digna de verse. Montado sobre un caballo de arreos de plata, y con el yelmo coronado por una negrísima ala de cuervo, acababa de colocar la espada a dos dedos del gaznate de Hrothweard.

–Señor arzobispo... –dije suavemente, a modo de saludo.

–Lord Uht... –comenzó a decir el clérigo, bruscamente interrumpido por la presión del filo de la espada de Guthfrith sobre su garganta.

–Dirígete primero a mí –me gruñó malhumoradamente Guthfrith–. No olvides que yo soy tu rey.

Lo miré con el ceño fruncido.

–Perdona, pero refréscame la memoria... ¿Cómo dices que te llamas? –Y al decir esto escuché que a mi hijo se le escapaba una risita entre dientes.

–¿Quieres que rebane el pescuezo a este cura? –preguntó, iracundo, el ofendido Guthfrith.

La presión de la espada obligaba a Hrothweard a forzar la posición hacia la grupa del caballo, fijando en mí, por encima del grisáceo acero, unos ojos despavoridos.

–No tengo excesivo empeño, la verdad –solté en tono despreocupado–. Me cae bastante bien.

–¿Lo suficiente para suplicar que lo deje con vida?

Fingí tomarme la pregunta en serio y estar sopesando los pros y los contras, pero al final asentí con un gesto de cabeza.

–Te suplicaré que lo dejes con vida si me juras que vas a liberarlo.

Guthfrith hizo una mueca de desdén.

–Eso tiene un precio –advirtió.

De pronto, me fijé en que Guthfrith parecía hallarse en una postura extremadamente incómoda. Tenía a Hrothweard a la izquierda, pero sostenía la espada con la mano derecha.

–Todo tiene un precio… –respondí, dando al mismo tiempo un imperceptible pasito a la izquierda para obligar a Guthfrith a girar parcialmente la cabeza y apartar la vista del arzobispo.

La espada empezó a vacilar.

–Lo único que pretende el rey Æthelstan –empecé– es hablar contigo. Promete respetar tanto tu vida como tu reino.

–Æthelstan –dijo Guthfrith– es una apestosa boñiga de puerco. Quiere apoderarse de Northumbria.

Y tenía razón, claro; al menos, en cuanto a los designios de Æthelstan.

–Æthelstan es un hombre que cumple sus promesas –aseguré, aun pensando que en realidad me había traicionado y faltado conmigo a la palabra dada. Y, a pesar de todo, allí estaba yo, atendiendo a la embajada y haciendo exactamente lo que Oda me había dicho que deseaba el monarca.

–Pues, si no recuerdo mal, había prometido no invadir Northumbria mientras tú siguieras con vida –soltó Guthfrith con sorna–. ¡Y ya ves! ¡Resulta que aquí está!

–Ha venido a conferenciar contigo, nada más –insistí.

–Tal vez deba matarte. Quizá sea eso lo que pretende ese pequeño montón de estiércol.

–Inténtalo si quieres… –repuse con altivez.

A mis espaldas, el caballo de mi hijo dio un bufido e hizo entrechocar los cascos contra las piedras sueltas del camino.

Guthfrith acercó el garañón al punto en el que me encontraba yo y, describiendo un amplio círculo descendente con la espada, situó la hoja frente a mis ojos.

–Nunca me habéis prestado juramento de lealtad, lord Uhtred –dijo ampulosamente–, y, sin embargo, soy vuestro rey.

–Es muy cierto… –convine.

–¡Entonces, arrodíllate, *jarl* Uhtred! –bramó fuera de sí con una voz teñida de desdén–. ¡Jura sumisión y acatamiento a mi persona!

–¿Y si me niego?

–¡En tal caso serás pasto de *Colmillo de Jabalí*!

Supuse que ése era el nombre de la espada que tan cerca tenía ahora de la cara. Veía claramente las melladuras que daban a su aguzado filo doble un aspecto aserrado, notaba el calor del metal, que casi me rozaba la mejilla, al tiempo que el brillo del sol que se reflejaba en las difusas espirales que el martillo de forja había impreso en el acero batido me hería la vista.

–¡De rodillas! –rugió Guthfrith, sacudiendo la hoja.

Levanté la vista y estudié sus oscuros ojillos recelosos.

–A cambio de mi juramento quiero que me garantices la vida del obispo –exigí– y las del resto de los rehenes.

–¡No estás en posición de hacer ninguna demanda! –vociferó–. ¡Ninguna! –aulló, descompuesto.

Me aguijoneó con el arma, rascando con la punta la cota de malla hasta encajarla en uno de los eslabones y obligarme a retroceder un paso.

–Te obligarás a mí como vasallo juramentado –declaró– y obtendrás tan sólo cuanto yo tenga a bien concederte… ¡Y ahora, híncate de hinojos! –gritó, aumentando la presión del hierro.

Escuché el contenido resuello de asombro de mi hijo al ver que me arrodillaba mansamente e inclinaba la testuz. Guthfrith soltó una risita y me colocó el arma a dos dedos de la piel.

–Besa la hoja –pidió–. Di la fórmula.

–Mi rey y señor –comencé a decir humildemente, pero de pronto algo me detuvo. La mano izquierda acababa de dar con una piedra del tamaño de un puño.

–¡Más alto! –bramó Guthfrith.

–Mi rey y señor –repetí–, juro por Odín…

Y, con el nombre del dios aún en los labios, alcé la piedra y la estampé en los belfos de garañón de Guthfrith. Le acerté en el bocado, aplastando los adornos de plata, pero el golpazo debió de resultar bastante doloroso, ya que el animal retrocedió dando relinchos de alarma. La espada de Guthfrith desapareció de mi vista como por ensalmo.

—¡Ahora! —rugí, pese a saber que ni mi hijo ni Berg necesitaban que se les espoleara.

Mientras, Guthfrith trataba de mantenerse desesperadamente en la silla de su encabritado caballo. Me levanté, maldiciendo interiormente lo lastimadas que me habían quedado las rodillas, y lo atrapé por el brazo en el que blandía la espada. Aunque más cerca, mi hijo seguía a mi izquierda, ocupado en distraer al soldado de ese flanco lanzándole un mandoble al vientre. Tiré de Guthfrith con todas mis fuerzas, pero no conseguí terminar de desestabilizarlo. Volví a pegar un tirón, y esta vez fue su montura la que me arreó, haciéndome trastabillar a la derecha. Pese a todo, Guthfrith acabó mordiendo el polvo del camino. Agarré la espada y, retorciéndola, se la arrebaté de las manos. Acto seguido, me dejé caer de rodillas sobre su oronda panza y le planté el metal de *Colmillo de Jabalí* en la barba, indecorosamente desparramada sobre su pecho.

—¡De mí sólo vas a obtener un juramento, miserable sapo de cloaca! —grité—: el que te hago de arrebatarte la vida como no cambies de rumbo.

Intentó incorporarse con una sacudida, pero lo obligué a pegar los omóplatos en tierra cargando todo mi peso sobre la hoja plana de la espada, y eso le enfrió los ánimos.

Oí que, a mis espaldas, Finan se lanzaba a la carga. Mis hombres habían levantado en ristre los rejones, arrancando destellos a las moharras bajo el implacable sol. Las tropas de Guthfrith habían tardado mucho en reaccionar, pero también se precipitaban ya a nuestro encuentro.

Y una vez más sentí que me atenazaba la incertidumbre de no saber de cierto si luchaba o no por una causa justa.

CAPÍTULO II

¿Me había precipitado al defender un desafuero?

No me gustaba nada Guthfrith. Era un borracho pendenciero y bravucón, un estúpido chiflado, y en el breve espacio de tiempo que llevaba ocupando el trono de Northumbria lo único que había conseguido había sido encoger el territorio. Y ahora, tendido de espaldas sobre las duras losas de la vieja calzada, todo cuanto alcanzó a hacer fue gruñir una especie de queja ininteligible, obligándome a presionarlo con el lado plano de la espada para cerrarle la boca.

Tras atravesar la panza de su oponente, mi hijo había arrancado el acero de la herida, vuelto grupas en redondo y asestado un profundo y mortal tajo al desdichado en el cuello. Brutal, rápido y definitivo. El tipo se tambaleó en la silla y, con ello, hizo vacilar al caballo. Luego, con un ruido sordo, cayó desmadejado entre la maleza de la cuneta. Entre convulsiones, el cuerpo terminó de vaciarse de sangre en el polvo del camino.

Guthfrith volvió a sacudirse con fuerza, en un desesperado intento de zafarse de mi presa, así que, cargando todo mi peso sobre la hoja de *Colmillo de Jabalí*, le aplasté aún más la barba contra la nuez.

–¡Eres huésped en mis tierras –le grité–, así que compórtate!

Berg había liberado a Hrothweard. El hombre que sujetaba la montura del arzobispo había soltado el ronzal e intentaba dar media vuelta para huir. Ese gesto se reveló letal, sobre todo ante un hombre de la feroz habilidad de Berg, que

51

también procedía de las regiones nórdicas. Ahora el hombre se retorcía de dolor en tierra, y su caballo se alejaba al trote en compañía del garañón de Guthfrith, que sacudía las crines, espoleado por el dolor en los belfos ensangrentados.

–¡A mí, Berg! –llamé.

Casi sin aliento, Guthfrith trataba de decir algo y manoteaba suavemente, pidiendo un respiro.

–Si haces el menor movimiento –le advertí–, te rebano ese gordo pescuezo tuyo.

Tuvo el buen juicio de permanecer quieto como una estatua.

Con los caballos de sus leales arrancando nubes de polvo al reseco suelo, Finan acudía a mi encuentro veloz como el viento, tal y como había prometido. Nuestros animales estaban muchísimo más enteros que los exhaustos alazanes de las tropas de Guthfrith, de modo que Finan alcanzó mi posición mucho antes que ellos.

–¡Alto! –ordené a Finan con un bramido que superó el estruendo de los varios centenares de pezuñas que herían la pista–. ¡Deteneos! ¡Deteneos todos! ¡Altooo!

Tuve que ponerme en pie y abrir los brazos en cruz para conseguir que me entendieran, cosa que Guthfrith aprovechó para intentar derribarme, lo que me obligó a arrearle un cate en la cimera del yelmo con la hoja plana de *Colmillo de Jabalí*. Enfurecido, el muy idiota agarró el arma con la mano desnuda, y al tirar yo de ella vi manar la sangre entre sus dedos.

–¡Imbécil! –mugí, al tiempo que lo golpeaba de nuevo en la dura cabezota.

–¡Gerbruht! ¡Gerbruht, aquí!

Mis hombres habían detenido su loca carrera y se encontraban ahora envueltos en la polvareda que ellos mismos habían levantado. Gerbruht, un frisio enorme de fuerza titánica, espoleó su caballo, llegó hasta mí y se dejó caer de la silla.

–Decid, señor.

–Sujétalo en pie –dije–. Es un rey, pero puedes dejarlo sin sentido de un porrazo si ves que intenta dar guerra.

Pese a haber tardado demasiado en comprender lo que estaba pasando, los hombres de Guthfrith habían terminado por lanzar los caballos al galope para acudir en auxilio de su monarca. Sin embargo, al ver ahora que el gigantesco Gerbruht lo sostenía en pie y que se hallaba indefenso, con el amenazador filo de una espada en la garganta, tiraron de las riendas, ralentizaron el paso y se detuvieron.

Guthfrith no trató de resistirse. Se limitó a escupirme, aunque sin conseguir otra cosa que una mayor presión del arma de Gerbruht en el cuello.

–No acabes con él –dije a regañadientes.

Había apresado a un rey, a un soberano que había desbaratado su reino, robado a sus súbditos y dejado que sus enemigos cabalgaran a placer por sus dominios, pillando y devastando las tierras de poniente. Y ahora otro rey, Æthelstan, se había presentado en Eoferwic. Æthelstan era un monarca justo, adusto y severo, pero aceptable. Y si había alcanzado el trono había sido sólo porque yo mismo había combatido en favor de su causa en la Crepelgate de Lundene. Hubo un tiempo en que lo consideraba como a un hijo. Lo protegí de más de un enemigo poderoso, le enseñé todas las técnicas y trucos que ha de dominar un guerrero y lo vi crecer física y mentalmente. Sin embargo, ahora me traicionaba. Había jurado no invadir jamás Northumbria, no mientras yo siguiera con vida… Pero aquí estaba, en mis tierras, y con un ejército.

Soy un hombre de Northumbria. Mi patria está en el norte, en sus costas batidas por el viento, en las oscuras colinas que la lluvia vuelve aún más sombrías, en los imponentes peñascos y riscos de las desoladas tierras boreales. Los paisajes que conquistaron mis antepasados cubren un amplio territorio, de las fértiles tierras de cultivo que rodean Eoferwic a los altos pastos de áridos suelos en los que el pueblo llano arranca esforzadamente su magro sustento; de las aguas bravías en las que los hombres pescan a los afligidos páramos y bosques impenetrables en que cazamos el ciervo. Allí se instalaron mis antecesores, en esa dura tierra se asentaron y levantaron sus haciendas y fortalezas. Ése es el suelo que defendieron con su sangre, suelo que compartimos sajones y daneses, anglos y noruegos. Nosotros somos el pueblo de Northumbria.

Sin embargo, un país pequeño en un gran territorio tiene mal futuro. No se me ocultaba esa verdad. Al norte se extendía, regida por Constantino, la región de Alba, a la que nosotros llamamos Escocia. Y si a alguien temía Constantino, era a los sajones que bullen al sur de la agreste Northumbria. Tanto escoceses como sajones eran cristianos, y los cristianos se hartan de decirnos que su Dios es un Dios de amor, que debemos amarnos los unos a los otros y poner la otra mejilla; pero, si lo que peligra es la tierra, todas esas creencias se esfuman como por ensalmo y hablan las espadas. Constantino gobernaba Alba, y Æthelstan poseía Wessex, Mercia y Anglia Oriental. Y uno y otro codiciaban las riquezas de Northumbria...

–Northumbria es una región de nuestra misma lengua –me había dicho Æthelstan en una ocasión–; es la que habla nuestra gente, y por fuerza han de formar parte de un mismo país. ¡El país de quienes hablan Ænglisc!

Ése había sido el sueño del rey Alfredo. En los antiguos tiempos en que los daneses parecían haberse enseñoreado de toda Gran Bretaña y en que Alfredo hubo de huir a los cenagales de Sumorsæte, esa ensoñación se había debilitado como la agonizante luz de los viejos hachones de juncos impregnados de sebo. Pero eso no nos impidió pelear, y tampoco vencer, y por eso era el nieto de Alfredo quien gobernaba ahora todas las tierras de Englaland, salvo las mías, en la fría Northumbria.

–¡Lucha conmigo! –se oyó clamar a una voz.

Me giré para ver que era Guthfrith quien había hablado.

–¡Tú mismo podías haber presentado batalla en Eoferwic! –aullé–. ¡Pero preferiste huir con el rabo entre las piernas!

Guthfrith me odiaba. Aunque hacía grandes esfuerzos por dominarse y hablar con inteligible sosiego, los músculos del rostro se le estremecían bajo la piel de pura rabia.

–Eres pagano, Uhtred, un hombre de Northumbria… ¿Acaso quieres dar la victoria a los cristianos?

–No.

–¡Entonces, combate a mi lado! ¡Tus hombres y los míos, juntos, serán una fuerza soberbia! ¡Y Egil Skallagrimmrson también va a acudir con un ejército!

–Y aun así seguirán superándonos en número –dije secamente–: seis de los suyos por cada uno de los nuestros.

–¿Y qué más da eso, si nos resguardamos tras las murallas de Bebbanburg? –alegó Guthfrith–. ¿Qué importancia tendrá entonces esa diferencia de tropas? ¡Constantino nos ayudará!

–Para apoderarse de nuestro reino –objeté.

–¡Ha prometido no hacer tal cosa! –explotó finalmente y a la desesperada el humillado Guthfrith.

Me detuve un instante. Tenía que reflexionar.

–¿Eso ha prometido? –pregunté.

Pero no obtuve respuesta. Había sido sin duda la exasperación lo que había desatado la lengua de Guthfrith, lo que le había hecho decir más de lo que hubiera querido. Y estaba claro que ya se estaba arrepintiendo. «Así que Constantino ha enviado heraldos a Eoferwic», me dije. Y Guthfrith les había concedido audiencia. Me entraron ganas de desenfundar a *Aguijón de Avispa*, mi espada corta, y embutírsela en las tripas, pero a un lado tenía al arzobispo Hrothweard y al otro al obispo Oda, que además había desmontado y ya se encontraba junto a mí.

–Mi rey y señor –comenzó a decir Oda, haciendo una cortés reverencia a Guthfrith–, me envía, con su fraternal saludo, el rey Æthelstan. –Oda lanzó una áspera mirada a Gerbruht y añadió–: ¡Soltadlo inmediatamente! ¡Dejadlo libre!

Guthfrith se limitó a mirar fijamente al clérigo, como si no pudiera dar crédito a lo que estaba oyendo, y Gerbruht me miró a mí, en busca de confirmación. Y, aunque a regañadientes, asentí con un leve movimiento de cabeza.

–Lord Uhtred os devolverá la espada, mi señor. –Oda hablaba en un tono aplomado y tranquilizador, como si se estuviera dirigiendo a un chiquillo asustado–. Por favor, lord Uhtred, ¿querríais tener la amabilidad de proceder?

¡Aquello era una locura! Retener a Guthfrith como rehén era la única posibilidad de evitar una masacre. Sus hombres seguían blandiendo espadas y lanzas, listos para actuar, y nos superaban abrumadoramente en número. Guthfrith se sujetaba la mano, que no había dejado de sangrar.

–¡Dámela! –exigió, pero no moví un dedo.

–Su espada, señor –dijo suavemente Oda.

–¿Deseáis que luche? –pregunté, sin disimular mi cólera.

–Nadie va a ceder a la violencia… –señaló Oda, mirando directamente a Guthfrith, que inmovilizó los músculos del rostro y acabó afirmando con un brusco movimiento de la frente.

–Os ruego que devolváis el arma al rey, lord Uhtred –insistió Oda en el tono más formal que jamás le había escuchado.

No acababa de decidirme.

–Por favor, señor –repitió Oda.

–¡No hagas un solo gesto! –gruñí a Guthfrith.

Omití deliberadamente la ensangrentada mano que me tendía y me acerqué a él. Era una cabeza más alto que él, y eso le disgustó profundamente. De hecho, cuando vio que agarraba su tahalí recamado en oro, no pudo evitar un gesto de temor. Probablemente pensara que iba a robárselo, pero lo que hice fue deslizar a *Colmillo de Jabalí* por la abertura de la funda, forrada de vellón. Acto seguido, di un paso atrás y saqué a *Hálito de Serpiente*. Guthfrith echó mano de la empuñadura de su arma, pero, al ver que yo hacía espejear el acero, se detuvo.

—El rey Æthelstan —empezó a señalar Oda sin perder su santa calma— os suplica que os reunáis con él, mi señor, y responde tanto de vuestra vida como de vuestro reino.

—Tanto como Constantino, sin duda… —intervine.

Oda hizo caso omiso de mi comentario.

—Son muchas las cuestiones que debéis abordar de común acuerdo, señor.

—¡Y una de ellas es ésta! —escupió duramente Guthfrith, dirigiendo un violento gesto a mi persona y a mis hombres—. ¡De esto hemos de discutir!

—Un malentendido —ponderó Oda—, nada más. Un lamentable malentendido…

El arzobispo Hrothweard, que hasta entonces no había abierto la boca, limitándose a mirarnos con expresión atemorizada, asintió con fuerza.

—El rey Æthelstan es hombre de palabra, mi rey.

—Por favor —remachó Oda, mirándome fijamente—, no hay necesidad alguna de desenvainar la espada, lord Uhtred. ¡Estamos entre amigos!

Un chillido de mujer alteró el aire.

Desde donde estábamos, no podíamos ver a los cautivos. Los hombres de Guthfrith los mantenían ocultos, pero Finan sí que debía de haber captado algo, porque clavó espuelas y salió al galope, gritando a los hombres de Guthfrith para que le abrieran paso. Sin embargo, un jovencito impaciente alzó la lanza e hizo que su montura avanzara de un salto hacia Finan. *Ladrón de Almas*, el acero de mi amigo, apartó de un golpe la moharra, tocó el pecho del impetuoso individuo y le perforó la cota de malla, pero, por suerte, pareció rebotar en una de las costillas. Dolorido, el imberbe se echó para atrás en la silla, y la mano, insensible, dejó caer la lanza. No le quedó más remedio que contentarse con ver pasar como una exhalación a Finan, que aún tuvo el descaro de trazar en el aire un molinete y arrear un trastazo en el cuello al imprudente joven, aunque poniendo buen cuidado en hacerlo con la hoja plana. La acción arrancó un rugido de rabia entre los mesnaderos de Guthfrith, que rápidamente volvieron grupas para perseguir a Finan, lo que a su vez provocó la embestida de mis tropas, dispuestas a defender al irlandés. Todo sucedió en un abrir y cerrar de ojos. Aunque tensa y agusanada de recelos, la situación, que parecía controlada un instante antes, estalló de pronto en un torbellino de galopes, un aguzado relumbrar de hierros y bramidos de cólera, por obra y gracia de una simple voz de espanto.

La reacción de Guthfrith fue más rápida de lo que esperaba. Dio un tremendo empujón a Oda, y el obispo, dando trompicones, cayó en brazos de Hrothweard, y apenas un instante después se alejaba ya, tropezando a su vez con las piedras del camino y pidiendo a gritos a sus hombres que le trajeran un caballo. Sin embargo, al ser un hombre corpulento, extremadamente acalorado y exhausto, no me fue difícil darle caza, así que, una vez a su altura, le pateé la corva de una de las rodillas y lo dejé tendido, brazos y piernas abiertos, en la vieja calzada. Aprovechando que uno de sus soldados acababa de espolear a su montura para acudir en su ayuda, el derribado rey trató de arrearme un puñetazo. Inclinado sobre la silla, el mesnadero bajó la lanza, dispuesto a ensartarme, y Guthfrith volvió a blandir el brazo, aunque esta vez para golpearme con una piedra. Por fortuna, su furibundo ataque sólo consiguió apartar de un porrazo el astil de la lanza, pero su extremo romo me golpeó fuertemente en la mano, tanto que a punto estuve de soltar a *Hálito de Serpiente*. Guthfrith intentó desnudar el arma, pero justo en ese momento me adelantó Gerbruht, y de una impresionante patada en la vaina hizo que el rey soltara la empuñadura. El jinete acababa de volver grupas. Su garañón azulejo, cubierto de blancos espumarajos de sudor y desviado de la vertical en su terrible arrancada, levantaba furiosas ráfagas de gravilla y polvo mientras el hombre, con las riendas tensas, perforaba la grisácea oscuridad del yelmo de rebordes grises con los ojos y la boca abiertos en redondo. Era un guerrero en plena juventud, y su expresión crispada traicionaba un grito de combate, aunque a mis oídos no llegaba sonido alguno. Castigaba coléricamente los ijares de su poderosa montura, pero, al llegar frente a mí, el animal se encabritó. El soldado, que trataba de cambiar la lanza y la asía ahora con la mano izquierda, la dejó caer de pronto para agarrarse al pomo de la silla y evitar que las sacudidas del alazán dieran con él en tierra. Pero ése iba a ser el menor de sus problemas, porque le hundí muslo arriba toda la longitud de mi acero, rasgando malla, tela y músculo de la rodilla a la ingle, y estuvo a punto de caer de espaldas. La hoja de *Hálito de Serpiente* giró brutalmente, y la pierna se le abrió en canal cuando su caballo brincó y salió de estampida carretera adelante, como si quisiera alcanzar a mis hombres, que habían abierto en las filas de Guthfrith un boquete tan grande como el que hace un hocico de verraco* al partir en dos un muro de escudos.

–¡Deteneos! –aullaba Oda–. ¡Cesad la lucha! –se desgañitaba.

Gerbruht, que había atrapado a Guthfrith, lo obligó a postrarse a sus pies. El rey se las había arreglado para recuperar la espada, pero le aparté el arma de un manotazo y le coloqué la ensangrentada hoja de *Hálito de Serpiente* en la garganta.

---

* *svinfylking*: en nórdico antiguo, formación en cuña, utilizada a manera de ariete desde la Edad de Hierro por los pueblos germánicos y escandinavos. *(N. del T.)*

–¡Basta! –bramé a los jinetes–. ¡Bastaaa! ¡Bastaaa! –repetí hasta enronquecer.

Guthfrith intentó apuñalarme el pie con la punta de la espada, pero le presioné a tiempo el gollete con la mía. Lo oí gemir, así que deslicé levemente el filo del acero sobre su cuello, apenas media pulgada, y le susurré:

–Suéltala, canalla.

La dejó caer.

–Me vas a asfixiar –graznó.

–Podría ser… –respondí, aliviando sólo muy levemente la presión.

Se nos acercaba en ese momento al galope un hombre a caballo con el jabalí de Guthfrith pintado en el escudo. Cabalgaba con la lanza en ristre, en posición de ataque, y me apuntaba con la moharra. Sin embargo, cuando ya estaba a pocos pasos, vio al rey suspendido de mi espada y frenó violentamente al animal. Decidió mantener la punta de la lanza directamente alineada con mi frente, pero vi que parpadeaba desconcertado, mirando alternativamente mi rostro de piedra y la asustada expresión de Guthfrith. Estaba sopesando sus posibilidades e intentando decidir si podía atravesarme el hombro antes de que mi arma abriera el gaznate del rey.

–No seas loco, muchacho –dije, pero sólo conseguí enrabietarlo todavía más.

Me miró impertérrito, alzó ligeramente el filo de la lanza y se hizo el silencio. Sólo se escuchaba el profundo jadeo del caballo, que revolvía los ojos, agotado. De pronto, el jinete arqueó la espalda y echó la cabeza hacia atrás, y vi aparecer una segunda moharra.

El ataque, que había venido por detrás, destrozó la columna vertebral del joven, se abrió paso entre sus entrañas, esbozó un extraño bulto en el interior de su cota de malla, reventó desde dentro los eslabones de hierro y acabó clavándose con un ruido sordo en el pomo de su silla de montar. Berg, que había sido quien le había hincado la pica a dos manos, soltó el arma al oír el funesto gemido del muchacho, mientras observaba cómo su víctima se aferraba con espanto al astil que ahora lo mantenía prendido a la silla. Berg desenvainó la espada e hizo dar media vuelta al caballo para plantar cara a los demás jinetes, pero los encontronazos estaban llegando a su fin. Entonces, me miró.

–¡Estos perros no quieren combatir, señor!

Acercó su cabalgadura a la del jovencito moribundo y asestó un formidable tajo al astil del rejón, a fin de cortarlo y liberar al desdichado, que cayó pesadamente al suelo.

Algunos habían querido pelear, pero sin convicción. Estaban agotados y, además, el ataque de Finan había sido tan rápido y brutal que la mayoría habían tratado de escaquearse. Y, para colmo, los pocos que habían dado un paso al frente o se habían visto obligados a significarse habían terminado de la peor manera. Al regresar de su fulminante incursión, Finan tenía la cota de malla empapada en sangre.

–¡Desmontad! ¡Y tirad las armas! –exigió Finan a los hombres de Guthfrith antes de girarse en la silla para lanzar una sombría amenaza a un chiflado que parecía reacio a obedecer.

–¡Al suelo! ¡Tú! ¡Sí, tú, montón de mierda! ¡Tira la espada!

El arma resbaló dócilmente a tierra. Yo ya estaba acostumbrado a que los hombres se acobardaran cuando Finan desataba su faceta más implacable.

Di una patada al acero de Guthfrith para que no lo tuviera al alcance y le devolví la libertad de movimientos.

–Ahora ya puedes dialogar con este cabronazo de testa coronada –espeté a Oda.

Sin embargo, al ver que Finan espoleaba al caballo para colocarse a nuestra altura, el clérigo vaciló. El irlandés atrajo mi atención con un gesto de cabeza.

–El joven Immar tiene un feo corte en el hombro, pero por lo demás todo en orden. No hay más heridos, señor. Aunque este malnacido no puede decir lo mismo…

Lo vi arrojar una especie de atadijo a los pies de Guthfrith…

–Oídme bien, rey: aquí tenéis a uno de vuestros esbirros –rugió mi amigo.

El extraño bulto había rodado desmañadamente por el suelo hasta detenerse junto a Guthfrith, en un gran charco de sangre. Sólo entonces comprendí que se trataba de una cabeza cercenada.

–Creyó poder llevarse a un chiquillo para divertirse –me explicó Finan–. Pero ya he tomado medidas para que las mujeres y los mocosos queden protegidos. Vuestro hijo se ha puesto personalmente al frente de la guardia.

–También vos, mi rey, estáis a salvo –acertó a decir Oda, dirigiendo un nuevo gesto de deferencia a Guthfrith–. Y me atrevería a decir que vuestro anhelo de entrevistaros con nuestro soberano Æthelstan es ahora mayor que nunca…

Hablaba como si no hubiera pasado absolutamente nada, como si no nos mirara, atónita, la ensangrentada cabeza de un maldito nórdico desde las losas de la calzada, o como si nadie viera retorcerse en tierra a un joven traspasado por una lanza rota.

–¡El rey tiene grandes deseos de veros! –prosiguió Oda con absurda jovialidad–. ¡Lo está deseando! –remató.

Guthfrith mantuvo el pico cerrado. Temblaba de la cabeza a los pies, aunque no podría decir si a causa de la rabia o el miedo. Recogí del suelo a *Colmillo de Jabalí* y se lo lancé a Gerbruht.

–Yo diría que, de momento, no va a necesitarla.

Esta afirmación sólo consiguió que Guthfrith frunciera todavía más el ceño.

–Debemos partir a Eoferwic, majestad –añadió Oda.

–Dios mediante… –susurró Hrothweard.

–Disponemos de un navío –indicó con radiante rostro el obispo–, así que podremos plantarnos en Eoferwic en un par de días, tres a lo sumo.

–Querréis decir Jorvik –gruñó Guthfrith, dando a la localidad de Eoferwic su nombre danés.

–Pues a Jorvik, entonces –convine.

Había visto a Boldar Gunnarson entre los jinetes vencidos. Era un hombre mayor de barba plateada que había perdido un ojo y tenía una pierna destrozada y medio inútil por el lanzazo de un sajón. Había sido uno de los soldados de confianza de Sigtryggr, guerrero de gran experiencia y buen sentido. Me sorprendió ver que había jurado lealtad a Guthfrith.

–¿Y qué otra cosa podía hacer, señor? –dijo a modo de explicación cuando lo mandé llamar–. Los años pesan, y mi familia vive en Jorvik. ¿Qué opciones tenía?

–Sí, pero ¿por qué servir a Guthfrith?

Boldar se encogió de hombros.

–Bueno, está claro que no es como su hermano… –señaló, tratando de relativizar las cosas.

Se refería a Sigtryggr, mi yerno, un hombre en el que yo creía y al que apreciaba.

–Podías haber acudido a mí cuando falleció Sigtryggr.

–Lo pensé, señor, pero Jorvik es mi hogar.

–Muy bien, pues regresa a casa –dije–, y llévate a tus hombres contigo.

–Así lo haré… –asintió con la cabeza.

–¡Y no armes jaleo, Boldar! –le advertí–. ¡Deja en paz a mis aldeanos! Si llega a mis oídos un solo rumor de robos o violaciones, le haré lo mismo a tu familia.

Al oír mis palabras, se encogió casi imperceptiblemente, pero asintió de nuevo.

–No habrá problemas, señor –aseguró, deteniéndose un instante a reflexionar–. Pero ¿qué hacemos con los heridos y los muertos?

—Entierra a tus bajas o déjaselas a los cuervos. Me da igual. Y llévate a los heridos.

—¿Llevarlos? ¿Adónde? —quiso saber Guthfrith. Empezaba a serenarse y a recordar su condición de rey, lo que a su vez le hacía recuperar la arrogancia. Me apartó de un empujón y se encaró con Boldar—. ¿Adónde pretendes llevártelos?

—¡A casa! —grité, volviéndome airadamente hacia él y apartándolo de un golpe—. ¡Boldar va a llevar a esos hombres a casa y no va a darnos más problemas!

—¡Los soldados se quedan conmigo! —insistió Guthfrith.

—Tú vas a embarcar, miserable gusano. —Di un paso adelante y lo obligué a retirarse—. Y no hay sitio para tus tropas a bordo —proseguí—. Puedes escoger a cuatro leales. ¡Pero sólo a cuatro!

—Seguramente se… —empezó a decir Oda, pero lo interrumpí del modo más tajante.

—¡Elegirá a cuatro y se acabó!

Y cuatro fueron los que lo acompañaron.

Regresamos a Bebbanburg en compañía de Guthfrith, sus cuatro guerreros y el arzobispo Hrothweard, que nos siguió a caballo, siempre al lado de Oda. Mi hijo escoltó a las mujeres al sur y aguardó para cerciorarse de que Boldar y sus huestes partían sin contratiempos. El barco que había traído a Oda a Bebbanburg lo condujo a Eoferwic, junto con el arzobispo y el rey cautivo.

—El rey también desea veros a vos, señor —me recordó Oda con gran ceremonia.

—Bueno, pues ya sabe dónde encontrarme.

—Querría que fuerais vos quien acudiera a verlo a Eoferwic.

—Pues de aquí no me muevo —gruñí.

—Él os lo ordena —indicó suavemente Oda.

Yo permanecí callado, y, tras un largo rato de silencio, Oda se encogió de hombros.

—Como gustéis, señor —concluyó al fin.

Al día siguiente, asistimos a la maniobra de los remeros de la nave de Oda, que se disponía a abandonar el puerto. Soplaba un viento helado del noreste, aunque con la buena ventura de hinchar perfectamente la vela. Vi introducir los remos en la nave y correr rauda el agua por los flancos del barco, abriendo una blanca estela a popa al pasar junto a las islas de Farnea. Contemplé su avance hasta que se desvaneció en el borrón grisáceo del aguacero que se derramaba al sur.

—O sea, que al final no vamos a Eoferwic, ¿no es eso? —se informó Finan.

—Ni hablar. Nos quedamos aquí —insistí.

Æthelstan, al que yo mismo había criado siendo un muchacho y ayudado a encaramarse al trono, se daba ahora a sí mismo el sonoro título de *Monarchus Totius Brittaniæ*, así que más le valía arreglárselas solo para poner orden en tan proclamadas posesiones.

Por mi parte, estaba firmemente resuelto a no moverme de Bebbanburg.

* * *

Dos días después, me enfrasqué en la ardua tarea de sentarme al sol de la mañana en compañía de Finan y Benedetta. Las altas temperaturas de los días anteriores habían dado paso a un frío impropio de la estación. Benedetta remetió unos cuantos mechones de su hermosa melena bajo su tocado y se estremeció.

—¿Y llamas verano a esto? —dijo, disgustada.

—Prefiero este tiempo al que hemos tenido los dos últimos días —aseguró Finan.

El fresco ventarrón del noreste que había llevado hacia el sur al barco de Oda había traído también una tenaz llovizna que sumía el paisaje en un sombrío silencio. Empezaba a temer por las cosechas, pero hacía ya un buen rato que había escampado, y el campo había quedado libre para un sol raquítico. «Si el viento amaina», pensé, «volveremos a tener calor».

—A estas alturas, Oda ya debe de estar en Eoferwic —comenté.

—Bueno… —dijo Finan, muy divertido—. ¿Y cuánto crees que tardará Æthelstan en enviarte una convocatoria formal?

—Es probable que ya esté en camino.

—¿Irás? —preguntó Benedetta.

—¿Si lo pide amablemente? Puede que sí.

—O puede que no —rio Finan.

Mientras hablábamos, nos entreteníamos viendo los ejercicios de esgrima de mis más jóvenes guerreros. Berg era su instructor.

—Roric es un inútil —gruñí.

—Está aprendiendo.

—¡Y mira a Immar! ¡No vencería ni a una babosa!

—Ten en cuenta que todavía se resiente de la herida.

—¿Y qué me dices de Aldwyn? ¡Cualquiera diría que está segando la hierba!

—No es más que un muchacho… Ya aprenderá.

Me incliné para acariciarle los ásperos cabellos a uno de mis perros lobo.

—Y, además, Roric se está poniendo fondón.

—Anda cepillándose a una de las chicas de la vaquería —explicó Finan—. La gordita. Me da en la nariz que lo está cebando a base de mantequilla.

—¿Sólo te da en la nariz? —rezongué.

—Sí, y creo que añade nata a la mantequilla. Haré que la vigilen.

—Y que le den unos buenos azotes si descubres que anda sisándonos la comida.

—¿Y a él también?

—Por supuesto —bostecé—. ¿Quién ganó el concurso de comilones ayer noche?

Finan acogió la pregunta con una gran sonrisa.

–¿Tú qué crees?

–¿Gerbruht?

–¡Come como un buey!

–Y es un buen elemento, además…

–¡Ya lo creo! –exclamó mi amigo–. De hecho, también ganó el torneo de pedos.

–¡Puagg! –soltó Benedetta con una mueca de asco.

–Déjalos. Así se lo pasan en grande –insistí.

La noche pasada, mientras estábamos en los muros del flanco marítimo de la fortaleza contemplando el largo sendero de plata que dibuja la luna sobre las aguas, había escuchado las risotadas de mis hombres, entretenidos en el gran salón de Bebbanburg. Había salido para airearme un poco y sumirme en sesudas cavilaciones sobre Æthelstan. No terminaba de ver claros los motivos que podían haberlo impulsado a plantarse en Eoferwic; también me preguntaba cuántos años o meses tenía aún por delante, antes de que todo aquello dejara de tener la menor importancia para mí…

–La verdad es que se divierten con cualquier tontería –ponderó Finan.

–Allí hay un barco –dije de pronto, señalando al norte.

–Sí. Llevo viéndolo un buen rato –comentó Finan, que siempre tuvo vista de halcón–. Y desde luego no es ningún carguero.

Tenía razón. La embarcación se dirigía hacia nosotros, y era una esbelta nave larga y baja, hecha para el combate, no para el comercio. El oscuro casco concordaba elegantemente con la vela, casi negra.

–Es el *Trianaid* –concluí. Un nombre que significa «Trinidad».

–¿Lo habías visto antes? –se extrañó Finan.

–Sí. Es un navío escocés. Coincidí con él en Dumnoc, hace varios años.

–El mal llegará del norte… –recordó Benedetta gravemente–. ¡La estrella y el dragón! ¡No mentían!

–No es más que un barco –dije para tranquilizarla.

–Pero viene hacia aquí –añadió Finan.

El drakar, que llevaba todo el trapo desplegado y navegaba por las aguas próximas a Lindisfarena, comenzó a virar de proa, enfocando la cruz que decoraba el vértice de su tajamar hacia la embocadura del puerto de Bebbanburg.

–Como no se ande con cuidado, ese jodido imbécil va a embarrancar el barco.

Pero el timonel del *Trianaid* conocía bien su oficio, y la embarcación sorteó hábilmente los bajíos arenosos, arrió el velamen y sacó los remos para adentrarse en el canal, donde la perdimos de vista. Aguardé a que los centinelas del parapeto norte me dieran noticia de lo que estaba sucediendo. Un barco no puede representar un peligro. Como mucho, el *Trianaid* podría transportar a sesenta o setenta hombres. Pese a todo, mi hijo alertó con presteza a los guerreros que se hallaban descansando y los envió a las murallas. Berg interrumpió la instrucción y, poniéndose al frente de sus pupilos, organizó una partida para ir en busca del grueso de los caballos de Bebbanburg, que poco antes habían sido conducidos a los pastos situados justo a las afueras de la población. Algunos aldeanos, asustados por la posibilidad de que la llegada del oscuro navío constituyera el presagio de una rápida y brutal incursión, habían empezado ya a embocar el ganado por la Puerta de la Calavera.

Pronto, Vidarr Leifson me informó de las novedades.

–Son escoceses, señor –dijo–. Nos han hecho señas de saludo y se han puesto al habla con nosotros. Están atracados en el puerto, a la espera.

–¿A la espera de qué?

–Dicen que quieren parlamentar con vos, señor.

–¿Han izado algún pabellón?

–Sí, una mano roja que sostiene una cruz.

–¡Domnall! –exclamé, sorprendido.

–Hacía una eternidad que no coincidíamos con ese cabroncete –comentó Finan. Domnall era uno de los jefes militares de Constantino y un formidable guerrero–. ¿Lo dejamos entrar? –quiso saber.

–Sí, a él y a seis de los suyos –dije–. Pero no más de ese número. Lo recibiremos en el gran vestíbulo.

Pasó una media hora o más antes de que Domnall terminara sus preparativos y ascendiera por el camino que conducía a la sala noble de Bebbanburg. Todos sus hombres, salvo los seis que lo acompañaban, permanecieron en el barco. Estaba claro que se les había dado orden de no provocarme, porque ninguno de ellos trató siquiera de echar pie a tierra. De hecho, Domnall llegó incluso a entregar voluntariamente la espada en el zaguán de la fortaleza y a dar orden a sus escoltas de imitarlo.

–¡Sé que os aterroriza mi presencia, lord Uhtred! –bramó Domnall mientras mi senescal se hacía cargo de las armas–. ¡Pero no os inquietéis, venimos en son de paz!

–Cuando los escoceses hablan de paz, lord Domnall –repliqué–, acostumbro a guardar a mis hijas bajo siete llaves.

Hizo una pausa, saludó cortésmente con una leve inclinación de cabeza y, cuando volvió a hacer uso de la palabra, me di cuenta de que en su voz resonaban ecos de amable consideración.

–Sé que teníais una hija, señor, y siento vuestra pérdida. Era una mujer valiente.

–Ya lo creo –repuse.

Mi hija había muerto defendiendo la plaza de Eoferwic del ataque de los guerreros nórdicos.

–¿Y vuestras hijas? –pregunté–. ¿Están todas bien?

–Muy bien, sí –respondió mientras cruzaba el vestíbulo con grandes y reposados pasos para acercarse al crepitante fuego que acabábamos de reavivar en el gran hogar–. Las cuatro están casadas y trayendo chiquillos al mundo como buenas hembras de cría. ¡Doy gracias al cielo! –Acercó las manos a las llamas–. ¡Vaya día tan desapacible! –concluyó.

–Ciertamente.

–El rey Constantino os envía sus mejores saludos –soltó despreocupadamente, antes de añadir, con mucho mayor entusiasmo–: ¿Tenéis cerveza?

–La última vez que os bebisteis la que elaboramos dijisteis que os recordaba a los meados de vuestro garañón...

–Y es probable que vuelva a pasarme otra vez, pero ¿qué otro remedio nos queda a los que nacimos sedientos?

Se fijó entonces en Benedetta, sentada junto a mí, y se inclinó en una reverencia de saludo.

–Mi más encarecido encomio, señora.

–¿Encomio? –se extrañó ella, y no porque no conociera la palabra.

–Lo dice porque vivís conmigo –expliqué, mientras indicaba con un gesto a Domnall que se aproximara con nosotros al otro extremo de la mesa, donde los bancos corridos podían acoger cómodamente a todo su séquito.

El recién llegado se entretuvo contemplando los detalles y adornos del salón. Le llamó poderosamente la atención el alto techo sostenido en gruesas y bien talladas vigas y travesaños. La parte inferior de las paredes había sido reconstruida en piedra labrada, y el suelo, cubierto de juncos frescos, se había rehecho con anchos tablones de pino. Me había gastado una fortuna en la fortaleza, y se notaba.

–Es un lugar magnífico, lord Uhtred –ponderó el escocés–. Sería una lástima que lo perdieseis.

–Haré todo lo posible para evitarlo.

Rio quedamente ante mi irónica evasiva y pasó sus dos larguísimas piernas por encima del banco. Era un tipo enorme, de esos que le hacen dar a uno gracias a los dioses por no haber tenido que echárselos a la cara en una batalla. Me caía bien. Y, salvo por un sacerdote de tez muy pálida, todos sus compañeros exhibían un físico igualmente impresionante. Estaba claro que los habían escogido para intimidarnos. El más llamativo, sin embargo –otro auténtico gigante–, era el que se sentaba a la derecha de Domnall. De unos cuarenta años, su rostro arrugado y cubierto de cicatrices, muy curtido por el sol, hacía destacar aún más la sorprendente blancura de sus cabellos, extremadamente largos. Me miró fijamente con indisimulada antipatía. Con todo, lo más extraño de aquel personaje eran los dos amuletos que pendían sobre su bruñida cota de malla. Uno era una bella cruz de plata, y el otro, justo al lado, un martillo de Thor del mismo metal. Cristianismo y paganismo en una misma persona. Curioso.

Domnall se allegó una jarra de cerveza e hizo señas al cura para que tomara asiento a su izquierda.

–No os preocupéis, padre –dijo al clérigo–, puede que lord Uhtred sea pagano, pero no es mala gente. El padre Coluim –añadió Domnall, dirigiéndose ahora a mí– es persona de código del rey Constantino.

–En tal caso, sabed que sois bienvenidos, padre –respondí cortésmente.

–Que la paz sea con vos en vuestra casa –soltó el curita con una atronadora voz que transmitía muchísimo más aplomo que el previsible a la vista de su nervioso y frágil cuerpo.

–Sus altos parapetos, junto con una nutrida guarnición y un puñado de hombres valientes son lo que la mantiene en paz, padre –apunté.

–Y vuestros magníficos aliados –intervino Domnall, echando nuevamente mano a la frasca de cerveza.

–Y mis aliados, sí –repetí.

A espaldas de los escoceses cayó suavemente uno de los troncos que ardía en el hogar entre una constelación de chispas. Domnall se sirvió un buen bocal de espumosa.

–Pero esta vez, lord Uhtred –prosiguió–, no tenéis ninguno.

Su tono era suave y sosegado, y en él volvían a vibrar acentos de empatía.

–¿No voy a tener aliados? –pregunté. Me había dejado tan desconcertado que no acerté a decir nada más.

–¿Con qué amigos contáis? –Fue la enigmática respuesta–. El rey Constantino os tiene en alta estima, pero no es aliado de Northumbria.

–Muy cierto.

Domnall se inclinó hacia delante, hundiendo en mis ojos sus intensas pupilas. Entonces, susurrando con un timbre de voz tan suave que los hombres de los extremos de la bancada tuvieron que aguzar el oído para no perderse la confidencia, dijo:

–Mercia solía ser vuestra mejor amiga –añadió–, pero ya no está en el mundo de los vivos.

Asentí tristemente con la cabeza. En vida de Æthelflaed, hija de Alfredo y señora de Mercia, había encontrado en ella a una verdadera aliada –y a una amante también–, pero preferí no responder a la insinuación de Domnall.

–Hywel de Dyfed os admira –continuó implacable el escocés–, pero Gales está muy lejos. Y, además, ¿qué interés podría tener Hywel en acudir en vuestra ayuda?

–No veo motivo alguno que pudiera inducirlo a ello, en efecto –concedí.

–Y ya que estamos…, ¿por qué habría de socorreros cualquiera de los otros monarcas galeses?

Hizo una solemne pausa, como esperando una repuesta, pero volví a guardar silencio.

–Además, los nórdicos de Cumbria os odian –dijo Domnall, retomando el hilo de la conversación. Se refería a las agrestes e indómitas tierras que se extienden al oeste de Northumbria, al otro lado de los montes–. Demasiadas veces los habéis vencido –explicó para justificar su aserto.

–No las suficientes –gruñí.

–Así es. Y crían como conejos: si matas a uno, se te echan encima por docenas… Por otro lado –añadió, no contento aún con su alegato–, vuestro propio rey Guthfrith os .

detesta... No levantaría un solo dedo de su borrachuza mano para socorreros.

—No puede ni verme —contesté—, y menos desde que hace un par de días le puse una espada en la garganta.

Aquello dejó claramente atónito a Domnall, cuyo asombro creció todavía más al informarle yo de que Guthfrith había huido de Eoferwic.

—Sospecho que se dirigía a vuestras tierras —dejé caer como de pasada.

—¿Y vos lo detuvisteis? —preguntó Domnall, con suave precaución.

Preferí no revelar que estaba al tanto de que los escoceses habían enviado legados al territorio de Guthfrith a fin de parlamentar con él, así que me encogí de hombros.

—Sus hombres habían violado a algunas de las mujeres de mis aldeas, y eso es algo que no me hace ninguna gracia.

—¿Acabasteis con él?

—Le di a elegir: lucha conmigo o regresa a tu cubil. Y optó por lo segundo.

—O sea, que Guthfrith ya no es vuestro aliado.

Domnall, aun sumamente intrigado por todo lo que le estaba refiriendo, empezaba a darse cuenta de que no iba a conseguir averiguar nada con su mal disimulado interrogatorio.

—Entonces, ¿a quién tenéis ahora mismo por aliado? ¿A Æthelstan?

Mi respuesta lo pilló por sorpresa.

—Owain de Strath Clota es enemigo de vuestro rey —dije—, y me atrevería a decir que no le haría ascos a una propuesta de alianza. Aunque eso tampoco quiere decir que necesite apoyos. ¿Cuánto tiempo lleváis intentando derrotarlo?

Lo más curioso es que el sorprendido acabé siendo yo, dado que Domnall se giró hacia el hombre que se sentaba a su derecha, el guerrero de sombrío aspecto y largos cabellos marfileños que lucía una cruz y un martillo en el pecho.

–Te presento a Dyfnwal –comenzó a decir Domnall, sin abandonar el tono mesurado–, el hermano de Owain.

Debí dejar que el asombro se me asomara al rostro, porque el duro semblante de Dyfnwal se crispó en una mueca burlona.

–Dyfnwal… –solté inconscientemente, dándome al mismo tiempo cuenta de que estaba pronunciando de forma sumamente torpe el extraño nombre. Se trataba de una palabra galesa, porque Strath Clota era un reino de esa región que había sido constituido por los britanos, que habían tenido que replegarse al norte, empujados por la invasión sajona. Pese a que, como es lógico, la mayor parte de los britanos se hubieran asentado en Gales, unos cuantos habían preferido refugiarse en la costa occidental de Alba, y, una vez allí, su pequeño reino se había reforzado con la llegada de los pueblos nórdicos venidos a esa parte del mundo con la esperanza de hallar tierras en las que prosperar.

–Owain de Strath Clota ha hecho las paces con nosotros, y por eso hemos establecido un pacto –dijo Domnall–. Eso quiere decir que el rey Constantino no tiene enemigos al norte de Bebbanburg. Owain está de nuestro lado, igual que Gibhleachán de las islas. La cuestión es otra, lord Uhtred: ¿con qué aliados contáis vos?

–Me respalda Egil Skallagrimmrson –contesté.

Era una respuesta huera, sin sentido, y tenía clara conciencia de ello, pero algo había que responder. Egil era un amigo, un hombre del norte y también un gran guerrero, pero no disponía de muchos soldados, apenas los suficientes para dotar de tripulación a un par de barcos. Yo le había concedido unas tierras al norte de Bebbanburg, a lo largo de la orilla sur del Tuede, río que también hacía las veces de frontera entre Northumbria y el Alba de Constantino.

–¿Y cuántos hombres obedecen las órdenes de Egil? –replicó Domnall, con un tono que casi denotaba una cierta lástima por mi improvisado y desvalido argumento–. ¿Tal vez ciento cincuenta? Y sí, es verdad, todos son guerreros de primer orden, pero nadie podrá decir que Egil sea un aliado cuyo nombre alcance a sembrar el pánico a una nación...

—Sin embargo, me atrevería a decir que en vuestro viaje hasta aquí habéis puesto buen cuidado en navegar bien lejos de sus costas, ¿me equivoco?

—No, no os equivocáis. Preferimos ser prudentes, es cierto. Izamos el trapo a gran distancia de sus costas. ¿Qué sentido tiene patear un nido de avispas si no hay verdadera necesidad de hacerlo?

—¿Y a mí cómo me veis? ¿Me tomáis por un escarabajo pelotero?

Domnall sonrió ante mi chusca salida.

—Vos sois un gran guerrero, pero carecéis de aliados poderosos –aseguró–. ¿O acaso tenéis a Æthelstan por amigo?

Hizo una pausa, como si pretendiera sopesar meticulosamente sus siguientes palabras.

—¿Qué es un amigo, si no tiene inconveniente en quebrantar sus juramentos?

Aquella conversación, pensé, no debía de diferir demasiado de la que sin duda había debido de mantener Guthfrith con los enviados de Constantino. Al enterarme de aquel cónclave, sentí que se me hervía la sangre, y, sin embargo, allí estaba yo ahora, departiendo amigablemente con Domnall en mi propia fortaleza. Demasiado bien sabía que Æthelstan no tardaría en enterarse de esta conversación. Estaba convencido de que en Bebbanburg había hombres pagados que le enviaban informes de cuanto sucedía, y aun suponiendo que no fuera así resultaba indudable que tenía espías a sueldo en la corte de Constantino, quienes se asegurarían de hacerle llegar puntual noticia de mis palabras, de manera que debía cerciorarme de que le dijesen lo que a mí me interesaba hacerle saber.

—El rey Æthelstan –dije secamente– no ha roto juramento alguno.

–¿Ah, no? –respondió con amable continente mi interlocutor.

–Ninguno –afirmé tajante.

Domnall, que seguía inclinado hacia mí, se apartó un poco y dio un largo trago al bocal de cerveza. Se restregó después la barba y los labios con el dorso de la manga y remató el gesto con un signo de cabeza dirigido al curita sentado a su lado.

–¿Padre Coluim? Cuando queráis.

–Hace poco más de un mes –comenzó a decir el clérigo con voz sorprendentemente grave–, durante la solemnidad de santa Cristina, virgen y mártir –se detuvo un instante para santiguarse–, en la gran iglesia de Wintanceaster, el arzobispo de Contwaraburg pronunció un sermón ante el rey Æthelstan. En su alocución, el prelado instó a los presentes, en los más acuciantes términos, a tener muy presente que los juramentos empeñados con un pagano no resultan vinculantes para los cristianos. De hecho, sostuvo que el deber piadoso de un seguidor de Cristo consiste justamente en faltar a la palabra dada en esos juramentos.

Tuve un instante de vacilación antes de estallar:

–¡El rey Æthelstan no puede hacerse responsable de las tonterías que dé en vomitar un cura!

El padre Coluim encajó impertérrito mi áspera salida.

–Ese mismo día –prosiguió tranquilamente–, el soberano honró al arzobispo concediéndole la custodia de la lanza de Carlomagno que Hugo, duque de los francos, le había obsequiado.

Sentí un escalofrío. Tenía a hombres y mujeres en Wintanceaster que me mantenían al tanto de lo que se cocía en la ciudad, pero nadie me había mencionado ese sermón. Por no mencionar que, en teoría, los juramentos que habíamos intercambiado Æthelstan y yo eran secretos.

–Se trata de la misma lanza –continuó perorando el sacerdote– con la que un soldado romano perforó el costado de Nuestro Señor… –Aquí el padre Coluim volvió a marcar una pausa para persignarse–, y al día siguiente, en la festividad de Santiago Apóstol –nueva interrupción para otra señal de la cruz–, el arzobispo basó su prédica en el libro del Deuteronomio, en el que se inflige castigo a las habitaciones de los paganos y se confía al poder del rey el muy cristiano deber de erradicar esa abominación de sus tierras a fin de apartarla de sus gentes.

–Infligir castigo… –repetí en voz alta aquella palabra tan poco habitual.

–Y, en reconocimiento de la misión encomendada –Coluim hablaba ahora clavando sus pupilas en las mías–, el soberano hizo al arzobispo depositario y guardián de la espada de Carlomagno, que contiene una astilla de la Vera Cruz en la empuñadura.

Se produjo un silencio total, únicamente roto por el crepitar de los leños del hogar, el silbido del viento y el largo rodar de las olas que batían la costa.

–Es extraño, ¿no os parece? –intervino Domnall, rompiendo el mutis general y elevando la vista a las vigas del techo–. Que el rey Æthelstan continúe soltero, digo.

–Estoy seguro de que no tardará en hacerlo –afirmé, aunque no tenía en modo alguno esa certeza.

–Y también me llama mucho la atención que se haga trenzar los cabellos para formar con él dos rodetes entreverados de hilos de oro –añadió, abandonando la contemplación de los travesaños y dedicándome una aviesa sonrisa.

–Es la moda –señalé con ademán displicente.

–Rara moda para un rey, ¿no os parece?

–Un rey guerrero, no lo olvidéis –repliqué con firmeza–. Lo he visto luchar, y es temible.

Domnall asintió con un gesto, como para admitir que el tocado de Æthelstan era cosa de poca monta. Se cortó una buena cuña de queso, pero no se la llevó a la boca.

–He oído que vos mismo le enseñasteis a combatir. Fuisteis su maestro de armas, ¿no es cierto?

–No. Sólo actué como protector.

–Un rey tan belicoso y marcial –prosiguió, midiendo cautelosamente sus palabras– no necesita protectores ni maestros. Únicamente precisa... –se detuvo un momento para tratar de encontrar el término exacto–, ¿asesores?

–A ningún monarca le faltan consejeros –señalé.

–Muy cierto –convino Domnall–, pero por regla general lo único que desean es que se les proponga lo que quieren oír. Un asesor que contradiga a su monarca no conservará largo tiempo su puesto. –Una gran sonrisa se le dibujó en el rostro–: ¡Qué bueno está este queso!

–Es de cabra.

–Si pudierais prescindir de una pequeña cantidad, mi rey lo consideraría un valioso obsequio. Le encanta el queso.

–Daré orden de que os lo preparen –respondí cortésmente.

–Sois muy generoso –agradeció Domnall sin dejar de sonreír–. Pero, volviendo a lo de antes, parece que vuestro rey guerrero ha encontrado al fin a un consejero que coincide gratamente con sus criterios.

–Bueno, cuenta con Wulfhelm –esgrimí, sin esconder mi desdén.

Wulfhelm era el nuevo arzobispo de Contwaraburg y llevaba fama de ser un feroz divulgador de la palabra divina, aunque la verdad es que no lo conocía como persona.

–Estoy seguro de que el rey Æthelstan presta cuidadosa atención a las admoniciones de sus prelados. Es bien conocida su devoción, ¿no es cierto?

–Sí, como también lo fue su abuelo.

–Sin embargo, el consejero áulico del rey Alfredo no era nórdico –señaló Domnall antes de añadir con cierta vacilación–. ¿O debería llamarlo compañero?

–¿Por qué lo decís?

–Bueno… Cazaban juntos, oraban hombro con hombro hincados de hinojos en el templo, comían en la misma mesa…

–¡Ah! Os referís a Ingilmundr.

–¿Habéis tenido ocasión de conocerlo?

–Sólo en un par de breves encuentros.

–Un muchacho muy agraciado, me han dicho.

–Es joven, simplemente –respondí.

–Y el rey Æthelstan cuenta con otros… –se detuvo– consejeros. Ealdred de Mærlebeorg es quien lo ilumina con su discreción en ausencia de Ingilmundr.

No dije nada. Había oído hablar de Ealdred, un vigoroso guerrero que se había labrado una espléndida reputación luchando contra los reinos del sur de Gales.

–Sin embargo, Ingilmundr parece ser… –hizo una nueva pausa– el que lleva la voz cantante. ¿Sabíais que el rey le ha donado generosamente una vasta extensión de tierras en Wirhealum?

–Pues no, lo ignoraba –contesté.

Ingilmundr era un caudillo nórdico que, tras huir a Irlanda junto a sus leales, había desembarcado en Wirhealum, una ancha faja de terreno situada entre las estribaciones marítimas del Dee y el Mærse. Allí había conocido a Ingilmundr, en la fortaleza que Æthelflaed había mandado construir en Brunanburh con el fin de defender la zona de las incursiones y pillajes que efectuaban los pueblos nórdicos en su ascenso por el río Mærse. Recuerdo que se trataba de un hombre asombrosamente atractivo, en la flor de la edad y realmente encantador, aunque tan imprevisible como un halcón sin entrenar. Sin embargo, Æthelstan había confiado en él. Le gustaba.

–Por cierto –prosiguió Domnall–, ¡me han dicho que Ingilmundr es ahora un buen cristiano!

–Eso habrá sido del agrado de Æthelstan –respondí secamente.

–Desde luego he oído que hay otras muchas cosas que le agradan de Ingilmundr –insistió Domnall con su alargada sonrisa–, sobre todo los consejos que le brinda en relación con Northumbria.

–¿Y qué consejos son ésos? –quise saber.

La sola pregunta indicaba a las claras que desconocía el asunto, salvo que mi invitado diera en pensar que me hacía deliberadamente el tonto. Algo que, sin embargo, resultaba poco probable, pues ¿qué otra razón podría haber inducido a Constantino a enviarme aquella embajada de Domnall como no fuera la de darme esa sorpresa?

–Nos han informado de que Ingilmundr sostiene que Northumbria es un territorio agreste e indómito que pertenece a Æthelstan por derecho propio y que necesita de la mano firme de un gobernante decidido. ¿Un nórdico quizá? Un escandinavo cristiano que jure lealtad a Æthelstan y se entregue incansablemente a la tarea de convertir a los numerosos paganos que infestan las regiones septentrionales…

Permanecí unos instantes en silencio, valorando la parte de verdad que podía contener lo que Domnall acababa de decir. Y no me gustaba nada la sugerencia.

–Lo que yo me pregunto –dije– es cómo se las ha arreglado el rey Constantino para averiguar tantísimas cosas sobre los consejos que pueda dar o no un compañero de cacerías.

Domnall se encogió de hombros.

–Vos recibís sin duda noticias de otras regiones y pueblos, lord Uhtred, y lo mismo nos pasa a nosotros. Además, el rey Owain, con el que hemos trabado reciente amistad –comentó señalando con un cortés gesto de cabeza al tenebroso Dyfnwal, hermano y jefe militar de Owain–, tiene la dicha de contar a su vez con otras amistades, algunas de las cuales trabajan al servicio de Anlaf Guthfrithson. –Hizo una pausa antes de añadir–: En Irlanda…

No dije una sola palabra, pero volví a sentir un escalofrío. Anlaf Guthfrithson era primo de Sigtryggr y Guthfrith, y no sólo tenía fama de ser un guerrero tan magnífico como despiadado, sino que se había ganado una reputación de cruel salvaje tras derrotar a sus rivales escandinavos en Irlanda. Y poco más sabía de su persona, en realidad, salvo que se trataba de un hombre joven, que su belicosa aureola de temible guerrero había cuajado en muy poco tiempo y que reclamaba el trono de Northumbria en razón de su parentesco; reivindicación que desde luego no me quitaba el sueño por las noches, porque Irlanda está muy lejos de Eoferwic y Bebbanburg.

–En Irlanda… –repitió con toda intención Domnall.

–Es mucha la distancia que nos separa de Irlanda –le hice observar en pocas palabras.

Dyfnwal abrió por primera vez la boca.

–Un buen barco puede cubrir la distancia que media entre Strath Clota e Irlanda en media jornada, o menos. –Su habla, extremadamente dura, carecía de entonación.

–¿Y qué tiene que ver Anlaf Guthfrithson con Ingilmundr? –pregunté a Domnall.

–Hará cosa de un año –respondió Dyfnwal con el mismo timbre de voz monocorde, anticipándose a mi invitado–, Ingilmundr y Anlaf se dieron cita en una isla llamada Mön. Hicieron muy buenas migas.

–Bueno, es lógico. Ambos son escandinavos –aseguré con desdén.

–Muy buenas migas… –terció Domnall, repitiendo deliberadamente la última palabra de Dyfnwal.

Me limité a mirarlo fijamente, y ambos permanecimos así un largo instante. Pasé un momento sin saber qué decir. Mi primer impulso me hubiera llevado a cuestionar sus insinuaciones, a negar que Æthelstan pudiera siquiera concebir la loca idea de confiar en Ingilmundr. Deseaba defender a un rey al que había criado y querido como a un hijo, al que había ayudado a auparse al trono, pero lo que decía Domnall me parecía creíble.

–Continúa –dije con la misma monotonía vocal que Dyfnwal.

Domnall se reclinó, relajándose, como quien llega a la conclusión de que el mensaje que le habían encargado transmitirme se había incrustado debidamente en mi mollera.

–Hay dos posibilidades, lord Uhtred –comenzó–. La primera es que el rey Æthelstan se proponga de veras anexionarse Northumbria y agrandar su reino. A fin de cuentas, sabemos que está empeñado en alumbrar, ¿cómo lo llaman?, ¿Englaland? –señaló, acentuando con profundo desdén aquella palabra nueva–. Si el plan es cierto, una vez conquistada entregará el gobierno de la región a un amigo, a un hombre en el que pueda confiar.

–Claro, claro. A Ingilmundr –gruñí.

Enarbolando una media sonrisa, Domnall alzó suavemente una mano, como queriendo indicarme que aguardara aún un poquito más para que pudiera representarme adecuadamente la situación.

–En cualquier caso, y con independencia de quien sea el elegido para regir los destinos de Northumbria –prosiguió–, ya se trate de Ingilmundr o de otra persona, lo que está claro es que Æthelstan querrá consolidar su frontera septentrional. Mandará levantar burgos, reforzará los castros que ya existen y querrá que los dirijan hombres que le sean perfectamente leales.

Estaba hablando de Bebbanburg, evidentemente.

–El rey Æthelstan –repuse– no tiene motivo alguno para dudar de mi fidelidad.

–Y también deseará que esos hombres –continuó diciendo Domnall, como si yo no hubiera dicho esta boca es mía– sean cristianos.

Quedé mudo.

–La segunda posibilidad –siguió perorando Domnall al tiempo que se vertía un nuevo bocal de cerveza– es que Ingilmundr maniobre para que el soberano lo nombre gobernador de Northumbria, y que una vez se encuentre firmemente afincado en Eoferwic, y con Æthelstan muy lejos, en Wintanceaster, tenga la ocurrencia de instar a Anlaf Guthfrithson a que sume sus fuerzas a las suyas. Los escandinavos necesitan un reino, y ¿por qué no el que todos llaman «Northumbria»?

Me encogí de hombros.

–Ingilmundr y Anlaf no están hechos para entenderse. Se querellarán salvajemente, como dos gatos monteses. Sólo uno puede ceñir la corona, y ninguno de ellos se avendrá a rendir pleitesía al otro.

Domnall asintió con la cabeza, como queriendo indicar que coincidía conmigo.

–Eso es muy cierto. Pero hay una excepción: la de que tengan enemigos comunes. En ese caso, hasta las más fieras alimañas traban improbables amistades –razonó, manteniendo la sonrisa y señalando con la cabeza a Dyfnwal en prueba de sus palabras.

El aludido no movió un solo músculo de la cara.

–Anlaf Guthfrithson tiene una hija –explicó–, y ésta sigue soltera. Ingilmundr tampoco está casado –detalló, alzando al mismo tiempo los hombros para indicar que aquello verificaba la argumentación de Domnall.

Y, sin embargo, ¿qué me estaban demostrando, a fin de cuentas? ¿Que Æthelstan ambicionaba las tierras de Northumbria? Eso no era ninguna novedad. ¿Que Æthelstan había jurado no invadir mis posesiones mientras yo continuara en el mundo de los vivos, y que a pesar de todo había quebrantado su juramento? Bien, eso podía ser verdad, pero Æthelstan no se había explicado aún. ¿Que Ingilmundr era un escandinavo indigno de confianza al que la codicia llevaba a urdir planes para el sometimiento de Northumbria? Lo mismo podía decirse de Constantino. Y, desde luego, todos topaban con un gran obstáculo en el camino hacia sus objetivos: Bebbanburg.

No voy a pretender que mi fortaleza sea inexpugnable. Uno de mis antepasados la había asaltado con éxito varios siglos atrás, y yo mismo había tenido que reconquistarla, pero una cosa está clara: Bebbanburg es para cualquier hombre, sajón, escandinavo o escocés, un formidable desafío. De hecho, yo había reforzado el fortín, ya de por sí imponente, así que el único modo de acometer tamaña empresa con cierta garantía de éxito pasaba ahora por desplegar una flota frente a las costas de Bebbanburg y a sus puertas un ejército que cortara todas las vías de suministro de víveres con el objetivo de rendirnos por hambre. De no hacerse así, sólo podría recurrirse a la traición.

–¿Qué queréis? –pregunté a Domnall, animado por el deseo de poner fin a tan incómoda conversación.

–Mi rey y señor –empezó a decir cautelosamente– os ofrece un pacto. –Alzó la mano para impedir que me precipitara a intervenir–. Jurará no atacaros bajo ningún concepto y, es más, se comprometerá asimismo a acudir en vuestra ayuda si alguien osa acometeros.

Hizo una pausa, en espera de una respuesta, pero mi silencio se alargó.

–Y os entregará como rehén a su hijo primogénito, lord Uhtred –añadió.

–Ya tuve ocasión de acoger a su hijo en otro tiempo –contesté.

–El príncipe Cellach os envía su más cordial saludo, por cierto. Nunca ha tenido sino palabras de agradecimiento hacia vuestra persona.

–Lo mismo os digo. Es un espléndido muchacho –repuse con sinceridad.

Había custodiado a Cellach como rehén varios años antes, al solicitar Constantino una tregua entre las tierras de Alba y Northumbria. La suspensión de las hostilidades funcionó, de modo que el joven príncipe hubo de permanecer en mi casa durante un año, tiempo en el que acabé cobrándole afecto. Ahora ya debía ser un hombre hecho y derecho.

–¿Y qué quiere de mí a cambio el rey Constantino?

–Cumbria –replicó Domnall.

Observé a Dyfnwal.

–Eso pertenece a Strath Clota, ¿no es cierto? –procuré confirmar.

Cumbria tenía frontera con ese pequeño reino, y me parecía inimaginable que el rey Owain aceptara tener guerreros escoceses en sus estribaciones meridionales. Como ninguno de mis huéspedes se aventuraba a replicar, volví a clavar la vista en Domnall.

–¿Sólo Cumbria?

–El rey Constantino –Domnall hablaba ahora con gran cuidado, midiendo prácticamente cada una de sus sílabas– desea hacerse con todas las tierras que se extienden al norte del Tinan y el Hedene.

–¿Intenta convertirme en escocés? –sonreí.

–Cosas peores hay –respondió Domnall con su sempiterna sonrisa.

No era la primera vez que Constantino esgrimía esa reivindicación, ya que afirmaba que el gran muro que los romanos habían construido de costa a costa de Britania, entre el río Tinan al este y el Hedene al oeste, constituía el límite natural entre escoceses y sajones. Era una demanda audaz, y yo sabía que Æthelstan se opondría a ella con todas sus fuerzas. Si el plan llegaba a materializarse, Bebbanburg pasaría a ser una fortaleza escocesa, y, aunque no se hubiera formulado como petición expresa, resultaba obvio que se me exigiría jurar lealtad a Constantino.

«Northumbria», pensé. ¡Pobre Northumbria! Una pequeña y mal gobernada región flanqueada a uno y otro lado por dos naciones de muy superior tamaño. Al norte, los escoceses; al sur, los sajones. Y ambos querían apoderarse de mis ricas tierras. Lo más probable era que los escandinavos de Cumbria, la comarca occidental de Northumbria, prefirieran a los escoceses, pero los sajones de la Northumbria oriental habían aprendido por amarga experiencia que los escoceses eran temibles y que el mejor medio de hallar defensa era arrimarse al poder de Bebbanburg.

—¿Y qué pasa con Bebbanburg? —pregunté.

—El rey jura que os pertenecerá enteramente, a vos y a vuestros herederos, por siempre.

—Eso de «por siempre» parece mucho.

—Sí, pero Bebbanburg es una fortaleza eterna —dijo Domnall.

—¿Y qué me decís de los escoceses? —seguí indagando—. ¿Cuánto tiempo aguantará su fe cristiana la necesidad de convivir con los paganos?

—El rey Owain —intervino nuevamente Dyfnwal— respeta las creencias de los escandinavos de nuestro país.

Aquello explicaba que el martillo pendiera de su cuello junto a una cruz.

—El monarca sólo respetará sus convicciones mientras precise de sus espadas —respondí ásperamente.

—No lo niego —coincidió Domnall, que observaba al mismo tiempo las reacciones de mi hijo, sentado a mi derecha.

—Veo en todo caso que vuestro sucesor es cristiano —aventuró gentilmente.

Asentí con la cabeza.

—Entonces, con el tiempo, lord Uhtred —prosiguió—, y quiera el cielo que sea mucho, mucho tiempo, Bebbanburg se regirá por los designios de un cristiano.

Gruñí de mala gana al escuchar esas palabras, pero no articulé un solo pensamiento. ¿Me tentaba la idea? Desde luego. Pero lo que Constantino acababa de proponerme era tan atrevido, tan drástico, que realmente no sabía qué responder. Domnall pareció caer en la cuenta del dilema que me atravesaba.

—No os pedimos una contestación inmediata, lord Uhtred —señaló con inteligente aplomo diplomático—; sólo esperamos que consideréis seriamente la cuestión. Podréis hacernos llegar vuestra decisión en tres semanas.

–¿Tres semanas?

–En Burgham –dijo.

–¿Y eso? –pregunté, totalmente desconcertado.

–¿No habéis sido convocado? –Parecía sorprendido.

–¿Y dónde está Burgham? –me informé.

–En Cumbria –aclaró Domnall–. El rey Æthelstan nos ha mandado llamar a todos –había hablado con un deje agrio en la voz, pero sus siguientes palabras salieron prácticamente escupidas de su boca–. Quiere reunir un witan[*] de toda Britania.

–No se me ha comunicado nada –lamenté, preguntándome al mismo tiempo cómo podía haber omitido Oda semejante información–. ¿Y acudiréis vos a ese encuentro?

–Nos han llamado –contestó con la misma acritud en la voz– y, si nuestro amo y señor nos manda comparecer, nuestra obligación es obedecer.

Aquello significaba, sin duda, pensé para mis adentros, que Æthelstan deseaba impresionar a los escoceses y atemorizarlos con la visión de su vasto ejército, quitándoles así de la cabeza cualquier atisbo de reivindicación territorial en Northumbria. «Pero ¿qué demonios puede animar a los escoceses a asistir al encuentro?», me dije. Sólo se me ocurrió una cosa: que Æthelstan era el soberano más poderoso de Britania, que tras toda convocatoria a una asamblea latía una amenaza de guerra y que eso era justamente lo que Constantino no deseaba desencadenar aún.

La cuestión era que Domnall había presentido que Æthelstan no iba a conformarse únicamente con Northumbria, sino que también ansiaba hacerse con Bebbanburg.

Así, la única conclusión posible era que mi fortaleza volvía a verse amenazada, y que esta vez carecía de aliados.

Y aquello me decidió a presentarme en Burgham.

---

[*] Abreviatura de *witenagemot* o «asamblea de sabios»; institución política de la Inglaterra anglosajona, activa entre los siglos VII y XI. *(N. del T.)*

CAPÍTULO III

¿Quería realmente Constantino que accediera a su propuesta? ¿Esperaba de veras que le jurara lealtad y entregara a Escocia Bebbanburg y sus vastos territorios? Me conocía demasiado bien para acariciar siquiera la expectativa de un acuerdo de esa naturaleza, pero al fin y al cabo tampoco había enviado a Domnall con idea de arrancar de mí un pacto así. El auténtico motivo de la entrevista había consistido en advertirme de que Æthelstan también ansiaba el señorío de Bebbanburg. Y a eso sí que había que darle crédito, porque las gentes de Wessex me habían transmitido informes de lo que estaba ocurriendo en la corte de Æthelstan, y no eran nada agradables. Las vigas del gran salón central de Wintanceaster brillaban ahora con el oro que las recubría; el trono había sido revestido de magníficos paños de púrpura, y los guardias del monarca lucían mantos escarlata y cascos hermoseados con plata. Æthelstan quería deslumbrarnos con gran pompa, y por eso se rodeaba de jóvenes ambiciosos que también ansiaban tierra, lujo y boato para sí mismos.

De pronto, el rey de toda Britania me llamaba a su presencia y me instaba a comparecer en Burgham. Fueron cuarenta jinetes, capitaneados por un sacerdote, quienes me trajeron el pliego de requerimiento. Todos los escoltas embrazaban escudos con ese fiero dragón de Wessex que blande un rayo en una de las garras.

–El rey os envía sus mejores saludos, señor –dijo el cura a modo de presentación, al tiempo que desmontaba torpemente e hincaba la rodilla en tierra para tenderme un rollo de pergamino atado con una cinta roja y un sello impreso con la misma quimera lanzadora de relámpagos: el emblema de Æthelstan.

Apenas podía disimular mi mal humor, ya que Domnall me había convencido de que podía resultar peligroso no desconfiar del rey. Sólo permití el paso a media docena de los sajones occidentales que integraban el pequeño destacamento, y aun así accedí únicamente a que cruzaran la Puerta de la Calavera, prohibiéndoles después que se adentraran más allá del patio de caballerías, donde, aunque a regañadientes, ordené que se les sirviera un poco de cerveza rebajada, exigiéndoles, no obstante, que abandonaran mis feudos antes de que se pusiera el sol.

—Vos mismo deberéis partir con ellos —advertí al religioso, un jovencito de cabellos hirsutos y lánguidos ojos dominados por un desagradable moqueo nasal.

—Estamos exhaustos por el viaje, señor —suplicó el clérigo.

—En ese caso, tanto mejor será que regreséis cuanto antes a vuestros lares —gruñí, al tiempo que desgarraba el sello y desataba la cinta del rollo.

—Si necesita que le ayude a descifrarlo, señor… —comenzó a decir el religioso, pero, al ver mi sombría mirada, transformó su torpe ofrecimiento en un balbuceo incomprensible.

—Antes de que oscurezca —repetí a modo de despedida antes de dar media vuelta y desaparecer.

Fui muy descortés, lo reconozco, pero estaba furioso.

—¡Debo de parecerles demasiado viejo! —lamenté al oído de Benedetta una vez que la embajada desapareció.

—¿Demasiado viejo para qué?

—Hubo un tiempo Æthelstan me consideró útil —expliqué, pasando por alto la pregunta de mi compañera—. ¡Me necesitaba! Pero ahora ha llegado a la conclusión de ya no resulto de interés. Se dice, sin duda, que mis huesos están ya muy secos para hacer caldo… ¡Soy como el rey del *tæfl*!

–¿El *tæfl*? –preguntó ella, desconcertada ante aquella palabra desconocida.

–Sí, mujer, ya sabes... El juego ese en el que hay que mover unas piezas sobre un tablero. Y Æthelstan se figura que me tiene atrapado porque los años me han vuelto idiota y se me escapan los arcanos de las más simples jugadas.

–¡Pero si es amigo tuyo!

–¡Lo fue! Ahora quiere que desaparezca. Ansía hacerse con Bebbanburg.

Benedetta se estremeció. El día había sido caluroso, pero ahora, al ponerse el sol, el viento del mar lanzaba fríos gemidos entre los altos gabletes de la fortaleza.

–Pero, entonces, ¿qué es lo que ha dicho el escocés? ¿Verdad que sí? ¿Que te defendería? ¿No es eso?

Solté una carcajada desvaída, deshabitada.

–No tienen intención de ayudarme. También ellos desean adueñarse de Bebbanburg.

–En ese caso, ¡yo misma saldré en tu defensa! –aseguró con leal fiereza–. ¡Y esta noche, sin más tardanza! Ven conmigo a la capilla.

No dije una palabra. Si Benedetta quería rezar por mí, la acompañaría, desde luego, pero tenía serias dudas en cuanto al resultado. No creía que sus oraciones pudieran contrarrestar la ambición de los reyes. Si mis sospechas iban bien encaminadas, Æthelstan deseaba apoderarse de Bebbanburg, igual que Constantino, ya que un reino se apoya en el poder. El rey Alfredo había demostrado que las grandes fortalezas, ya fueran burgos fortificados como Mameceaster o plazas fuertes como la propia Bebbanburg, eran el elemento más disuasorio para cualquier posible invasor. Por eso mismo, el baluarte de Bebbanburg serviría tanto para proteger la frontera septentrional de Æthelstan como el límite meridional de Constantino, y su comandante no respondería al nombre de Uhtred, sino que sería un hombre de incuestionable lealtad al monarca el que acabara alzándose con la victoria.

La pregunta era, por tanto, otra: ¿acaso no me había mostrado yo fiel a mi señor? Había criado y formado a Æthelstan, le había enseñado a luchar, de mis manos había recibido el trono... Pero no profesaba la religión cristiana, no tenía las correctas facciones de Ingilmundr y no practicaba el untuoso arte de la adulación, a diferencia, según se decía, de quienes ahora aconsejaban al rey de Wessex.

El mensaje que había traído el sacerdote me instaba a reunirme con Æthelstan en Burgham en la festividad de Ceferino –santo del que lo ignoraba todo–, y me conminaba a no presentarme con más de treinta de mis hombres, poniendo buen cuidado, eso sí, en llevar conmigo víveres suficientes para alimentarlos a todos por espacio de diez días. ¡Treinta hombres! ¡Ya puestos, lo mismo podría haberme pedido que me arrojara de propio intento sobre la espada y tuviera la previa amabilidad de dejar abierta y sin atrancar la gran Puerta de la Calavera!

Pero obedecí, a pesar de los pesares.

Tomé únicamente los tres guerreros permitidos.

Sin embargo, también pedí a Egil Skallagrimmrson que me acompañara con setenta y uno de sus fieros combatientes escandinavos.

Y así fue como nos pusimos en marcha, rumbo a Burgham.

* * *

La noche anterior a nuestra partida había ido a la capilla de Bebbanburg. No era desde luego un lugar que visitara a menudo, y por regla general tampoco me presentaba allí por voluntad propia. Sin embargo, Benedetta me lo había pedido tan encarecidamente que tuve que resignarme a tomarla de la mano para guiarla por los gélidos corredores en los que se insinuaba el viento hasta llegar a la capillita erigida junto al gran vestíbulo central.

Pensé que bastaría con que me limitara a soportar sus tediosas plegarias, pero no tardé en comprobar que la italiana había planeado con todo esmero aquel encuentro piadoso, dado que en el oratorio aguardaban, pulcramente dispuestos, una jofaina no demasiado honda, un aguamanil lleno hasta los topes y un curioso frasquito. El altar resplandecía al calor de los cirios, cuyas esbeltas llamas todavía se agitaban cuando llegamos a su altura, sobresaltadas por el brusco ramalazo de aire que nos había precedido al abrir la puerta. Una vez cerrada, Benedetta se cubrió la negra cabellera con la capucha del manto y se arrodilló junto a la jofaina.

–Tienes enemigos –dijo desolada.

–Todos los hombres padecen ese mismo sino, de lo contrario no pueden considerarse hombres.

–Yo te protegeré… Arrodíllate.

No me hacía ninguna gracia, pero obedecí. No era la primera vez que una mujer me instaba a plegarme a sus hechicerías. Gisela solía echar las suertes y predecir el futuro con unos palitos; mi hija se había valido de encantamientos y conjuros, y mucho tiempo atrás, en una oscura caverna, algo me había enviado sueños premonitorios. Los hombres también ejercen el oficio de brujos, evidentemente, y resultan temibles, pero las artes ocultas de las mujeres son más sutiles.

–¿Qué vas a hacer? –pregunté.

–Shhh… –me mandó callar para poder concentrarse en el agua que había empezado a verter en la jofaina–. *Il malocchio ti ha colpito…* –comenzó a decir en voz muy baja.

No le pregunté lo que significaban aquellas palabras porque tuve la sensación de que no me las decía tanto a mí como a sí misma. Destapó el corcho de la redoma y, acto seguido, con todo cuidado, dejó caer en el agua tres gotas de aceite.

–Espera un poco –me dijo.

Las tres gotitas relucientes se esparcieron por la superficie, dibujando al instante formas caprichosas. El viento pareció arrancar suspiros a la techumbre de la capilla, y la puerta quiso contestarle con un par de inquietos chasquidos. El oleaje batía en la playa.

–Hay peligro –señaló Benedetta tras contemplar largo tiempo las filigranas que se habían formado en el agua moteada de grasa.

–Siempre lo hay –repuse yo.

–El dragón y la estrella –prosiguió–. Venían del norte, ¿verdad?

–En efecto, sí.

–Pues aquí hay un peligro que llega del sur.

Parecía desconcertada. Tenía la cabeza completamente volcada sobre la jofaina; la capucha le ocultaba el rostro. Volvió a quedar en silencio, y de repente me hizo un gesto.

–Acércate.

Avancé sin modificar la postura, arrastrando las rodillas.

–¿No podría ir contigo? –preguntó con expresión quejumbrosa.

–¿Habiendo peligro? De ninguna manera.

Benedetta aceptó la respuesta, aunque a regañadientes. Ya antes había tratado de convencerme de que la dejara acompañarme, pero yo había insistido en mi negativa, argumentando que ninguno de mis hombres podía llevarse a su mujer, así que no iba a hacer una excepción a mi conveniencia.

–Es que no sé si esto va a funcionar –aseguró con voz triste.

–¿Esto? ¿A qué te refieres?

–*Hai bisogno di farti fare l'affascinò* –explicó al tiempo que levantaba la vista para mirarme con el ceño fruncido–. Debo protegerte con… –añadió antes de marcar una pausa y rebuscar en su mente la palabra exacta–, ¿cómo se dice? ¿Un «encanto»?

–¿Te refieres a un conjuro?

–¡Sí! Pero debes saber que una mujer –continuó sin abandonar el velo sombrío que se había abatido sobre su hermoso rostro– sólo puede hacer esto tres veces en la vida. ¡Nada más que tres!

–¿Y tú –señalé cautelosamente– has agotado ya ese cupo?

–He lanzado maldiciones –aseguró–. A los esclavistas. En tres ocasiones.

Benedetta, esclavizada cuando todavía era una niña, había sido llevada de un confín a otro de la cristiandad hasta dar con sus huesos en la cruda y fría Britania, donde acabó sirviendo a la tercera esposa del rey Eduardo. Ahora se había convertido en mi compañera.

La vi santiguarse.

–Pero es posible que Dios permita un último hechizo, dado que ya no se trata de una maldición...

–Eso espero –bromeé.

–Dios es bueno –dijo ella–. Hizo que te encontrara, y con ello me devolvió la vida y la alegría. No va a dejarme de su mano en este trance. –Hundió el dedo índice en una de las manchitas de aceite–. Acércate.

Me aproximé todo lo que pude para que ella, alargando la mano, pudiera untarme la frente con aquellos óleos.

–Eso es todo –señaló–. A partir de este momento, cuando sientas que el peligro se cierne sobre ti, lo único que has de hacer es escupir.

–¿Sólo escupir? ¿Sin más?

Encontré aquello muy divertido.

–¡Escupir, sí, tonto! –respondió, enfadada, al ver que yo recibía su reconcentrado esfuerzo con una sonrisa escéptica–. ¿Acaso crees que Dios, los ángeles y los demonios necesitan cosas más complicadas? Ellos saben bien lo que acabo de hacer. Y con eso basta. ¡Hasta tus dioses están al tanto de esta suerte!

—Gracias, Benedetta —respondí humildemente.

—¡Vuelve a mí, Uhtred de Bebbanburg!

—Lo haré —le prometí.

Sólo tenía que acordarme de lo del escupitajo.

* * *

Ninguno de nosotros sabía llegar a Burgham, aunque el asustado curita que había traído el pliego de convocatoria a la fortaleza había asegurado que se encontraba en Cumbria.

—Creo que está al norte de Mameceaster, señor —habían sido sus palabras.

—Es muy grande la extensión de tierras que se abre al norte de Mameceaster —repuse.

—Bueno… —vaciló—, Burgham se distingue porque es sede de un monasterio —acertó a decir esperanzado, aunque al ver que de mi semblante no se despintaba la hosquedad trocó su expresión alegre por otra de lastimoso abatimiento. De repente, se le iluminó la cara—. Me parece que hubo una batalla muy cerca del pueblo, señor.

—Te parece…

—Estoy casi seguro, señor, porque he oído a varios hombres hablar de esa gesta. ¡Dicen que vos mismo intervinisteis en ese lance de guerra, señor! —exclamó de pronto con una ancha sonrisa, erróneamente convencido de que yo le iba a contestar con otra—. ¡Todos aseguran que obtuvisteis una gran victoria! En el norte, señor, cerca de la muralla romana. Dicen que… —Su voz se fue apagando poco a poco.

La única batalla que encajaba con su descripción era el choque de Heahburh, así que, siguiendo las vagas indicaciones del religioso, dirigimos nuestras monturas al oeste, junto al viejo murallón imperial que cruzaba Northumbria de parte a parte. El tiempo se había estropeado, y la fría lluvia torrencial que nos llegaba de los montes de Escocia ralentizaba terriblemente nuestro avance por las tierras altas.

Nos vimos obligados a acampar una noche entre las pocas piedras de un fuerte romano que aún resistían el paso del tiempo y que en su día habían dado forma a uno de los bastiones de los legionarios enviados a proteger el muro. Me senté, encogido, al socaire de una pared semiderruida, con los pensamientos perdidos en los espantosos combates que habíamos librado bajo los parapetos del fuerte de Heahburh. Esa noche, las llamas de nuestras fogatas lucharon desventajosamente con la lluvia, que no dejó de arreciar en ningún momento, y dudo que alguno de nosotros consiguiera conciliar verdaderamente el sueño. Sin embargo, el amanecer nos trajo grandes claros y algo de sol, así que, en lugar de proseguir la marcha, optamos por dedicar la mañana a secar la ropa y limpiar las armas.

—Llegaremos tarde —confesé a Finan—. No es que me importe demasiado, pero ¿no era hoy la festividad de san no-sé-qué?

—Creo que sí, aunque no estoy seguro. ¿No será mañana?

—¿Quién era el tipo ese, te acuerdas? —traté de averiguar.

—El padre Cuthbert dijo que era un perfecto idiota, un bruto que acabó convertido en Papa. Ceferino el Imbécil...

Al reír de buena gana con la salida de mi amigo, levanté la cabeza, y vi que el sol estaba ya muy alto y que un gavilán cruzaba el firmamento.

—Me parece que deberíamos reemprender camino.

—¿Vamos a Heahburh? —quiso saber Finan.

—No del todo, aunque pasaremos muy cerca —dije.

No tenía ningunas ganas de regresar a tan tétrico escenario, pero, si el fraile aquel acertaba en sus conjeturas, Burgham debía de encontrarse al sur del viejo campo de batalla, aunque no supiéramos exactamente dónde. Con esa intención seguimos los senderos, tan enrevesados como escabrosos, que cruzan las yermas colinas de la zona, y pasamos la noche en el valle del Tinan, cobijados bajo las frondosas copas de unos árboles. A la mañana siguiente, saludados por una suave llovizna, salimos del valle y, al coronar una de las crestas que lo limitaban, pude distinguir, en la cima de un distante otero, la eminencia de Heahburh. Un rayo de sol atravesaba el viejo fuerte, arrojando duras sombras sobre los fosos defensivos romanos en los que muchos de mis hombres habían perecido.

Egil cabalgaba a mi lado, pero nada dijo de los encontronazos de Heahburh.

—¿Qué esperamos que ocurra en Burgham? —me preguntó.

—Algo que sin duda habrá de hacernos muy desdichados —respondí en tono sombrío.

—Bueno, eso tampoco es nada nuevo —reflexionó Egil con idéntica melancolía.

Alto y bien parecido, Egil era un fornido guerrero nórdico de cabellos rubios y nariz prominente. Había dedicado largos años a merodear sin rumbo fijo hasta encontrar finalmente un buen asentamiento en mis tierras, razón por la que me honraba con la lealtad de un buen amigo. Solía decir que no me debía la vida, pero sí una vida, porque había salvado a su hermano pequeño, Berg, de un crudo final en una playa de Gales, aunque desde mi punto de vista aquella deuda llevaba ya largo tiempo saldada. A mi juicio, si el joven Berg se había quedado conmigo había sido porque ambos nos apreciábamos sinceramente.

—¿Crees que Æthelstan dispone efectivamente de esos dos mil hombres? —intentó precisar.

—Eso es lo que nos han dicho.

—Si resulta que no le caemos bien del todo —observó con suave ironía—, vamos a vernos levemente superados en número.

—Un poquitín, sí.

—¿Crees que llegará la sangre al río?

Negué tajantemente con la cabeza.

—No ha convocado esta reunión para declarar una guerra.

–¿Y qué demonios pretende entonces, viniéndose hasta aquí?

–Está haciendo lo mismo que los perros… –dije–. Ya sabes: va por ahí marcando el territorio, echando una meadita aquí y otra allá, para hacer saber a todos que la zona es suya.

Ése era el motivo de que Æthelstan se hubiera presentado en Cumbria, siendo como era una indómita y salvaje región del oeste de Northumbria. Los escoceses querían hacerse con ella, los escandinavos de Irlanda la reclamaban para sí, nosotros mismos habíamos combatido por su dominio, y ahora era Æthelstan el que acudía dispuesto a plantar su estandarte en ese codiciado pedazo de tierra.

–¿Me estás diciendo que se nos van a mear encima? –preguntó Egil, entre atónito y divertido.

–Eso es justamente lo que pienso que va a ocurrir –contesté.

Egil palpó distraídamente el martillo que llevaba como amuleto al cuello

–Una cosa es cierta: no le gustan los paganos.

–Entonces nos meará con más saña y por más tiempo.

–Yo creo que lo que pretende es hacernos desaparecer. Nos tiene por extranjeros… Peor aún, por un puñado de forasteros impíos.

–Tú vives aquí –comencé a decir enérgicamente–, así que ahora eres tan de Northumbria como pueda serlo yo. Has luchado para conservar estas tierras, así que tienes tanto derecho a conservarlas como el que más.

–Sí, pero Æthelstan quiere convertirnos en Ænglisc –explicó, tratando de pronunciar cuidadosamente tan extraña palabra–, y también desea que, una vez seamos Ænglisc, nos hagamos además cristianos.

–Si se propone devorar Northumbria –salté encolerizado–, le haremos ver que para tragarse lo bueno se tendrá que echar también a la panza la parte correosa. ¡La mitad de

Cumbria es pagana! ¿De verdad va a ponérselos en contra, a convertirlos en enemigos?

Egil volvió a encogerse de hombros.

—En definitiva, que hemos venido para que se nos mee encima, aguantar la humillación y volvernos para casa con el rabo entre las piernas. ¿Es realmente eso lo que me estás diciendo?

—Si con eso se le infla el orgullo y cree que le sirve para pavonearse mejor entre los suyos…, que lo haga. ¿Qué más nos da?

Lo dije con la esperanza puesta en que verdaderamente fuese así, aunque lo cierto es que sospechaba que iba a tener que rechazar, y tajantemente, una reivindicación de hegemonía sobre Bebbanburg.

Esa misma tarde, a última hora, mientras descendíamos por una trocha a un amplio y bien irrigado valle, vimos surgir de pronto, a la vuelta de un recodo, un velo de humo en el cuadrante sur del horizonte. No era una de esas vastas y negras columnas de hollín que acostumbran a revelar el incendio de una fortaleza o una granja, sino una suerte de neblina morosamente suspendida sobre los fértiles campos de cultivo que tapizaban la vega fluvial de la vaguada. Tenía que ser por fuerza una señal de que había hombres acampados y dispersos por la zona, así que optamos por torcer bridas al sur. Esto nos permitió llegar, al día siguiente y sin mayores contratiempos, a nuestro destino.

El lugar había sido habitado desde antiguo y, de hecho, sus primeros pobladores habían desplazado una serie de enormes peñascos y formado extraños círculos con ellos. Al ver aquellas construcciones tan raras toqué con los dedos el amuleto del martillo. Los dioses tenían que conocer por fuerza ese emplazamiento, pero ¿qué dioses? Debían de ser divinidades mucho más antiguas que las mías y que ese profeta al que habían terminado clavando en una cruz. Por otra parte, los seguidores del crucificado me habían dicho que esos monumentos tan chocantes eran sitios maléficos; espacios de esparcimiento para el diablo, aseguraban. Y, sin embargo, Æthelstan había elegido como punto de encuentro uno de esos ruedos de piedra.

Los círculos se encontraban al sur del río. En un primer momento, sólo vi dos desde mi posición, pero luego descubrí que había un tercero algo más allá. El mayor de todos se encontraba al oeste, y allí mismo estaban también los pendones de Æthelstan, ondeando sobre cientos de hombres, centenares de tiendas y decenas y decenas de toscos abrigos de turba, entre los que se apreciaba el rebullir de un gran número de caballos, todos atados en varias hileras de postes, y el serpenteo de las llamas de los fuegos de campamento. Era una auténtica marea de estandartes. Unos cuantos, mayoritariamente emplazados al sur, en las inmediaciones de otro arrebatado arroyo de lecho pedregoso y escasa profundidad, tenían la forma triangular propia de los *jarls* escandinavos. Algo más cerca del círculo más amplio había un verdadero enjambre de banderas, y ésas sí que me resultaron extremadamente familiares. Eran las insignias de Wessex: cruces y santos, dragones y potros encabritados, el negro venado de Defnascir, los gallardetes con las espadas cruzadas y la cabeza de toro de Cent. Recordaba muy bien haber visto todos esos pabellones batidos por el viento de las batallas, unas veces en mi lado, entre los guerreros del muro de escudos que me tocaba defender, y otras enfrente, como avisos de pendencia. El ciervo rampante de Æthelhelm también campeaba allí por sus respetos, aunque ya había dejado de tener por enemiga a esa casa real. La idea de que pudiera considerarla encabezada por un rey amigo me suscitaba serias dudas, pero la larga enemistad de nuestros linajes se había esfumado con la muerte de Æthelhelm el Joven. Entre los confalones de Wessex flameaban las enseñas de Mercia y el Anglia Oriental, como reconocimiento de que, ahora, todas esas regiones y feudos

101

aceptaban como señor supremo al rey de Wessex. Lo que tenía ante mí, por tanto, era el ejército sajón, que se había desplazado al norte; y, a juzgar por el número de gallardetes, Æthelstan se había traído al menos a un millar de hombres a Burgham.

Al oeste, en un pequeño campamento independiente, se desplegaban un conjunto de guiones totalmente desconocidos, aunque entre ellos pude distinguir la roja mano que empuña una cruz del señorío de Domnall, así que pensé que debía de tratarse de los escoceses, que habían plantado allí sus tiendas o levantado sus abrigos de turba. Algo más al sur, y para mi sorpresa, se agitaba al viento el dragón encarnado de Hywel de Dyfed. Mucho más cerca del punto en el que nos encontrábamos, justo al otro lado del vado del río, había una docena de tiendas presididas por el ondeante banderín de Guthfrith y su jabalí de terribles colmillos. El propio Guthfrith se encontraba allí, ya que su reducido acantonamiento destacaba por la presencia de una guardia de guerreros protegidos por la cota de malla y provistos de los característicos escudos de borde metálico de los hombres de Æthelstan, adornados con el emblema del dragón tonante. La misma divisa se agitaba en el blasón de Æthelstan, izado en lo más alto del tronco de pino de monstruosa altura que los soldados habían hincado en la entrada del mayor de los círculos de piedra. Junto a él, sobre un poste de idéntico tamaño, una pálida oriflama sobre la que destacaba una cruz del color de la sangre seca.

–¿Qué bandera es ésa? –Finan señaló con un gesto de cabeza el distintivo.

–¡Cualquiera sabe! –respondí con perfecta indiferencia–. La de Æthelstan, supongo.

–¡Veo que Hywel también está aquí! –exclamó Finan–. Creía que estaba en Roma.

–Sí. Lo más probable es que haya vuelto –contesté–. O quizá viaje hasta allí tras este encuentro. No hay forma de saberlo. En todo caso, lo importante es que los galeses hayan aceptado venir.

–¿Y dónde está nuestra enseña?

–En Bebbanburg –dije–. Ni me he acordado de ese detalle, la verdad.

–Bueno, pues yo en cambio me he traído dos banderas –intervino Egil, muy contento.

–Entonces iza una cuanto antes –indiqué.

Quería que Æthelstan observara el banderín del águila negra y supiera que acababa de llegar a su campamento un caudillo pagano del norte.

Levantamos una doble cortina de agua al zambullirnos al galope en el vado, lo que inmediatamente suscitó la reacción de los sajones occidentales que vigilaban las tiendas de Guthfrith.

–¡Alto! ¡Quién va! –gritó con aire de pocos amigos el soldado que nos salió al paso.

–Egil Skallagrimmrson.

Yo había tenido la picardía de indicar a Egil que encabezara la marcha. Se hallaba así al frente de nuestra columna, flanqueado a derecha e izquierda por sus guerreros nórdicos, lo que nos permitía a Finan y a mí disimularnos discretamente en las filas del fondo. Como nuestra comitiva formaba una larga hilera, nos encontrábamos en el propio lecho del río, con la corriente batiendo las cernejas de nuestros garañones.

–¿A dónde vais? –preguntó en tono imperativo el individuo de cara agria.

–A donde me plazca –afirmó taxativamente Egil–. Estoy en mis tierras.

Egil hablaba muy bien el Ænglisc, lengua que había aprendido gracias a su habitual contacto con las sajonas que tan deseosamente se dejaban seducir por él. En esta ocasión, sin embargo, pronunciaba de forma deliberadamente torpe las palabras, como si se tratara de un idioma que no le resultara familiar.

–Sólo podéis venir aquí si contáis con la preceptiva invitación. Y no creo que sea el caso… –parloteó el tipo malencarado, al que acababa de sumarse una docena de lanceros de Sajonia Occidental con escudos de Æthelstan. También un puñado de hombres de Guthfrith se había arremolinado a su alrededor, ansiosos por asistir a cualquier trifulca que pudiera sacudirles el tedio de encima. De todas partes, nuevos pelotones de sajones occidentales acudían a la carrera con idénticas ganas de presenciar un altercado.

–Voy en esa dirección –aseguró Egil, señalando al sur.

–Vais a volver grupas y a regresar por donde habéis venido –dijo el avinagrado guardia–; vais a desaparecer todos de mi vista, y a volver sobre vuestros pasos hasta llegar al maldito país del que hayáis salido, al otro lado del mar.

Su pequeño contingente armado crecía por momentos y, semejante a los rumores, que se difunden como el humo, tan rápida como insidiosamente, el campamento sajón no dejaba de enviar hombres con los que engrosar cada vez más sus filas.

–Dad media vuelta –aconsejó el guardia con insultante lentitud, como si estuviera hablando con una panda de chiquillos obstinados– e idos a la mierda.

–¡Ni hablar! –exclamé yo, adelantando mi caballo hasta colocarlo entre los de Egil y su portaestandarte.

–¿Y quién eres tú, abuelo? –preguntó pendencieramente el fulano, tomando no obstante la precaución de alzar la lanza.

–¡Acaba con ese viejo chiflado! –berreó uno de los hombres de Guthfrith–. ¡Hazle medir el suelo con las costillas!

Los compañeros empezaron a burlarse de mí, probablemente envalentonados por la presencia de los guardias de Æthelstan. El exaltado que acababa de chillar era un jovencito melenudo que se había arreglado el cabello hasta formar una gruesa trenza. Se abrió paso a empellones por entre los sajones occidentales y se plantó ante mí con mirada insolente.

—Te reto a un duelo —rugió.

Siempre hay algún lerdo ansioso por hacerse con fama de valiente, y liquidarme era una vía rápida para conseguir esa reputación. El joven era, sin duda, un buen guerrero. Además de ser muy fuerte, resultaba evidente que no le faltaban agallas. Tenía los antebrazos cubiertos de anillos arrebatados al enemigo en la batalla, y ansiaba la nombradía que sin duda habría de procurarle mi muerte. Por otra parte, la presión de la turbamulta que lo respaldaba le prestaba audacia, ya que todos habían comenzado a gritarme que desmontara y aceptara el desafío.

—¿Quién eres? —le pregunté.

—Me llamo Kolfinn, hijo de Hæfnir —replicó—, y sirvo a Guthfrith de Northumbria.

Enseguida sospeché que debía de tratarse de uno de los soldados que habían acompañado a Guthfrith el día en que le impedí huir a Escocia, de modo que lo que ahora perseguía Kolfinn Hæfnirson era vengar esa humillación. Me había retado y, según la costumbre, me tocaba responder a la bravata.

—Escúchame bien, Kolfinn, hijo de Hæfnir —comencé—, jamás he oído hablar de ti y, sin embargo, me precio de conocer a todos los guerreros de Britania que merecen ser recordados y tenidos en consideración. Lo que no sé es por qué iba yo a molestarme en arrancarte el corazón. ¿Qué pendencia tienes conmigo, Kolfinn, hijo de Hæfnir? ¿Qué entuerto pretendes deshacer conmigo?

Pareció desconcertado por un instante. En su patente cara de bruto destacaba la nariz, totalmente desfigurada por algún golpazo, y los aretes de oro y plata que tintineaban en sus brazos sugerían que se trataba de un joven militar colmado de victorias y extremadamente ufano por haber sobrevivido a muchos combates. Lo que no le veía por ninguna parte era una espada, y, de hecho, fijándome bien, observé que ni siquiera iba armado. En realidad, sólo los sajones occidentales que capitaneaba el tipejo de rostro amargado llevaban lanzas o espadas...

–Bien –insistí–. ¿Qué querella te propones dirimir conmigo?

–No puedes –intentó terciar el de la cara agria, pero se detuvo al ver que lo cortaba con un gesto

–¿Qué me reclamas, Kolfinn, hijo de Hæfnir? –repetí una vez más.

–¡Eres enemigo de mi rey! –vociferó al fin.

–¿Enemigo de tu rey? ¡Entonces vas a tener que luchar con la mitad de Britania! –contesté en son de burla.

–¡No eres más que un cobarde! –me espetó, dando al mismo tiempo un paso hacia mí, pero se detuvo al ver que Egil adelantaba su alazán y desenvainaba a *Adder*, su magnífica espada. Una extraña sonrisa resplandecía en el rostro de mi amigo.

La vocinglera muchedumbre que se parapetaba tras los anchos hombros de Kolfinn calló de repente, y desde luego no puedo decir que me sorprendiera. Hay algo en la sonrisa de un escandinavo armado con su mejor acero que consigue helar la sangre al más pintado.

Pedí cortésmente a Egil que retrocediera.

–No tienes nada contra mí, Kolfinn, hijo de Hæfnir –aseguré–, pero ahora yo sí que guardo pleito contigo. Saldaremos esas diferencias en el punto y hora que yo decida. De eso puedes estar bien seguro. Y ahora apártate de nuestro camino y déjanos pasar.

El sajón encargado de vigilar el acceso al recinto trató de imponerse avanzando un paso más, con la evidente intención de reforzar su escasa autoridad.

–Si no habéis sido invitados –dijo–, debéis marcharos.

–Pero sí que cuenta con invitación –se oyó decir de pronto a alguien.

El que había hablado acababa de unirse al creciente grupo de curiosos que nos cerraba el paso. Igual que el tipo que nos había estado desafiando, también el recién llegado lucía la cruz y el rayo de Æthelstan en el escudo.

—¿Y qué debemos pensar de ti, Cenwalh? —prosiguió nuestro inesperado defensor, encarándose con el desagradable individuo de expresión huraña—. ¿Que se te ha reblandecido el cerebro y te has vuelto completamente imbécil, o que tienes la absurda intención de luchar contra lord Uhtred? Estoy seguro de que aceptará gustoso tu bravata.

Cenwalh, mudado el rostro, murmuró algo para el cuello de su jubón, bajó la lanza y se retiró, al tiempo que el autoritario personaje que tan providencialmente había intervenido se inclinaba ante mí en respetuoso saludo.

—Sois muy bienvenido, señor. Doy por supuesto que habéis sido convocado.

—Así es. Pero, decidme, ¿quién sois vos?

—Me llamo Fraomar Ceddson, señor, pero casi todo el mundo me llama «Pecas».

Sonreí al escuchar el apodo porque, en efecto, la cara del tal Fraomar Ceddson era una auténtica masa pecosa, cruzada por la tajadura de una cicatriz cuya blancura destacaba aún más violentamente debido a la hirsuta mata de cabellos rojos que parecía incendiarle el cráneo. El heraldo levantó la vista y sonrió a Egil.

—Os agradecería que enfundarais la espada —dijo suavemente—. El rey ha ordenado que sólo la guardia porte armas en el interior del campamento.

—Sí, pero él es mi guardia —respondí.

—¿Me hacéis el favor? —insistió Fraomar, sin dejar de observar a Egil, haciendo caso omiso de mi moderada protesta.

El fiel Egil, que sabía ser atento y cortés, envainó el largo acero de *Adder*.

—Gracias —dijo Fraomar.

Ahora que lo examinaba con más detenimiento, calculé que debía de mediar la treintena. Su aspecto de persona eficaz inspiraba confianza, y lo cierto es que su sola presencia había bastado para dispersar a los mirones, aunque me percaté de que los mesnaderos de Guthfrith se giraban para dedicarme una última mirada en la que se leía claramente algo muy próximo al odio.

–Habrá que encontraros un lugar para que asentéis los reales –añadió Fraomar.

Al oír estas palabras, señalé un espacio a medio camino entre el flanco sur y el horizonte de poniente, con el campamento de los sajones a un lado y el de los galeses al otro.

–Ese punto nos servirá –aseguré, al tiempo que desmontaba y arrojaba las riendas del garañón a Aldwyn para dirigir a pie a mis hombres, secundado por Fraomar–. ¿Hemos sido los últimos en llegar? –me informé.

–Sí, la gran mayoría lleva aquí tres días –contestó mi escolta, antes de marcar una incómoda pausa–. De hecho, prestaron juramento el día de San Bartolomé.

–Ah, pero ¿no era el de San...? –me detuve, incapaz de recordar el nombre–. ¿Y cuándo tuvo lugar esa celebración?

–Hace dos jornadas, señor.

–¿Y de qué juramentos habláis, por cierto? –quise saber–. ¿Qué juramentos son ésos?

Hubo una nueva pausa tensa.

–No sabría deciros, señor. No estuve presente. Siento que os haya molestado ese estúpido de Cenwalh.

–¿Por qué lo decís? –le interpelé por simple inercia.

La verdad es que deseaba saber en qué habían consistido las manifestaciones de lealtad a las que aludía Fraomar, pero resultaba más que evidente que él no tenía la menor intención de aclarar el asunto, así que no insistí, sobre todo porque tenía la sensación de que no iba a tardar en enterarme. También me proponía averiguar los motivos para que el nervioso curita que me había traído el pliego de convocatoria me hubiera dado unas instrucciones pensadas para impedir que llegara a tiempo. Sin embargo, supe claramente que Fraomar desconocía la respuesta.

—¿Se cuenta Cenwalh entre los hombres que os sirven? —dije, obviando la pregunta anterior.

—Es de Sajonia Occidental —replicó Fraomar, al que traicionaba su fuerte acento de Mercia.

—¿Y sois de los que creen que los sajones occidentales siguen guardando rencor a vuestros compatriotas? —solté sin ambages.

Æthelstan también era sajón, pero el ejército que encabezaba con la intención de conquistar el trono de Wessex estaba formado casi íntegramente por soldados de Mercia.

Fraomar negó con la cabeza.

—No, y lo cierto es que ya no hay demasiados problemas. Los sajones son conscientes de que Æthelstan es su mejor baza. Puede que todavía quede algún obtuso decidido a reavivar viejas batallas, pero no son demasiados.

Esbocé una mueca de disgusto.

—Sólo un loco querría repetir una batalla como la de Lundene.

—¿Os referís a la que tuvo lugar frente a la puerta principal de la ciudad, señor?

—Sí. Fue horroroso —recordé en voz alta.

Y no exageraba. El combate que habían librado mis hombres contra las tropas de élite de Sajonia Occidental se había saldado con una carnicería que todavía me despertaba por las noches bañado en sudor y con la sensación de hallarme ante un abismo.

—Yo estuve allí, señor —aseguró Fraomar—. O al menos asistí a los últimos coletazos del choque… —matizó.

—¿Estabais con Æthelstan?

—Cabalgué a su lado, señor. Vi luchar a vuestros hombres, lord Uhtred.

Caminó en silencio unos pasos, y luego se volvió para echar un vistazo a Egil.

—¿Hablabais en serio al decir que está con vos, señor?

—Por supuesto —exclamé—. Es un jefe escandinavo, además de un poeta, un gran guerrero y un magnífico amigo, así que podéis estar bien seguro: está conmigo.

—Es sólo que me resulta extraño… —percibí un titubeo en la voz de Fraomar.

—¿A qué os referís? ¿Al hecho de veros rodeado de tantos paganos?

—Sí, por paganos, desde luego; pero también por los malditos escoceses. Y no olvidemos a los galeses…

El comentario me hizo pensar lo sensato que había sido Æthelstan al ordenar que nadie llevara espadas en el campamento, salvo, evidentemente, los encargados de la guardia.

—¿Acaso no confiáis en paganos, escoceses y galeses? —pregunté.

—¿Vos sí, señor?

—Yo formo parte de ellos, Fraomar. Soy pagano.

Las facciones de mi escolta se detuvieron en un rictus de incómodo bochorno. Tenía que saber por fuerza que no estaba ante un cristiano. El martillo que adornaba mi pecho debería habérselo indicado sin la menor ambigüedad, suponiendo que mi reputación no me precediera.

—Sin embargo, mi padre solía decir que vos erais el mejor amigo que jamás alcanzó a tener Alfredo, señor.

Reí de buena gana al escuchar aquella salida.

—Nunca consideré en verdad que Alfredo y yo fuéramos amigos —comenté—. Simplemente, yo lo admiraba, y él tenía la gentileza de aguantarme.

—Pues no hay duda de que el rey Æthelstan sabe lo que hicisteis por él, señor —afirmó, aunque en un tono que despertó una extraña aprensión en mí.

—Estoy seguro de que valora lo que cualquiera de sus

fieles haga por él –repuse con firmeza, todavía algo desconcertado.

–¡Menudo combate el de Lundene! –exclamó de repente Fraomar, claramente aliviado porque yo no hubiera detectado, al menos en apariencia, el tono de su anterior observación.

–Desde luego –coincidí, antes de añadir, del modo más trivial que pude–: No he vuelto a ver al soberano desde entonces.

Fraomar mordió el anzuelo.

–¡Ha cambiado mucho desde entonces, señor! –saltó, sin tiempo para titubear en exceso, ya que era evidente que debería matizar su comentario–. Ha adquirido… –se detuvo de nuevo– una inconfundible grandeza.

–Es lógico en un rey.

–Muy cierto –había un deje de pesar en su voz–. Supongo que también yo me juzgaría grande si ciñera una corona.

–¿Seríais el rey Pecas? –lo interrumpí con sorna. Él rio, y con ello se esfumó el pasajero momento de tristeza que lo había embargado–. ¿Está aquí? –quise saber, haciendo un discreto gesto a la enorme tienda levantada en el centro del gran círculo.

–No. El monarca se aloja en el monasterio de Dacore –puntualizó Fraomar–. No está lejos. Vos podéis acampar aquí.

Se había detenido en un amplio prado de mullida hierba.

–Podéis recoger agua del río y leña del bosquecillo. Es éste un punto muy confortable para instalarse. Hay servicio de misa al atardecer, aunque imagino que… –La voz quedó en suspenso–. ¿Debo anunciar al rey vuestra llegada, señor? –se informó, dejando una vez más en el aire alguna duda incómoda.

Sonreí.

–Él mismo se percatará de mi llegada. Pero –me interrumpí–, si vuestro cometido consiste en hacérselo saber, dadle la noticia, no tengo inconveniente.

Fraomar se despidió, y nos pusimos a levantar nuestros refugios, aunque no sin tomar antes la precaución de enviar a Egil al mando de una partida de doce hombres a fin de reconocer los alrededores. No es que esperara que surgiesen problemas, al fin y al cabo había demasiados soldados de Æthelstan para que a ningún escocés o galés se le ocurriera la peregrina idea de iniciar una guerra; pero no conocía aquel rincón de Cumbria, y si por azar llegaban a complicarse las cosas quería saber cuál era nuestra mejor vía de escape. Por consiguiente, mientras el resto del grupo se acomodaba, Egil salió a investigar.

No habíamos traído tiendas. Benedetta había propuesto confeccionar una con la lona de una vela, pero yo le había asegurado que estábamos más que acostumbrados a hacernos refugios improvisados, y que nuestros animales ya tenían demasiado peso que transportar, cargados como iban con cubas de cerveza, barriles de pan y sacos de carne ahumada, queso y pescado. De ese modo, en lugar de montar unas tiendas, mis hombres se pusieron a cortar ramas con las hachas de guerra, para luego unirlas con varas de mimbre y armar así unos sencillos abrigos de forma triangular. Hecho esto, pasaron a arrancar tepes con el puñal, a fin de techarlas, mullendo después el suelo con helechos. Evidentemente, no podían hacerlo sin más: se pusieron a competir entre sí, aunque no para ver quién terminaba antes, sino para comprobar cuál de los equipos conseguía dar el mejor acabado a la madriguera. Me concedieron el privilegio de instalarme, junto con Finan, Egil y su hermano Thorolf, en la cabaña ganadora, una impresionante choza de hierba y tierra cuyo tamaño igualaba prácticamente el de un pequeño zaguán. Naturalmente, los hombres esperaban que premiáramos al vencedor y a los demás esforzados con unos buenos pedazos de plata regados con cerveza clara y una catarata de elogios, cosa que obviamente hicimos. Ya acomodados a resguardo, nos entretuvimos viendo el denuedo

de dos compañeros, que habían decidido talar y descortezar un altísimo tronco de alerce sobre el que finalmente
izaron el estandarte de Egil, con su hermosa silueta de águila. Con todas estas operaciones se nos echó el crepúsculo
encima, así que encendimos varias fogatas. Unos cuantos
de los cristianos que formaban parte de nuestra expedición
se dieron un paseo para acercarse al punto en el que varios
centenares de hombres se habían sentado en tierra con la
intención de escuchar el sermón de un clérigo. Por mi parte, preferí compartir el calor de la crepitante lumbre con
Finan, Egil y Thorolf.

Contemplaba con malhumorado semblante la caprichosa danza de las llamas. Me había dado por divagar sobre
el asunto de los juramentos, sobre la tensa atmósfera que
reinaba en aquel campamento que, además de extenso, exigía la organización de grupos de lanceros armados hasta
los dientes para mantener el orden, sobre las cosas que
Fraomar había soslayado deliberadamente y sobre la extraña circunstancia de que se me hubieran dado instrucciones
explícitamente orientadas para que llegara a Burgham varios días más tarde que los demás. Pensaba también en
Æthelstan. La última vez que lo había visto, me había dado
las gracias por haberle puesto en bandeja la plaza de Lundene, me había cubierto de lisonjas en el palacio y arrancado ovaciones a la soldadesca. Lundene le había permitido cubrirse la cabeza con una corona de esmeraldas, pero
desde aquel lejano día no había vuelto a enviar un solo
mensaje ni ofrecido favor alguno. Acababa de recompensar
a la tropa con plata por haberme construido un buen refugio, y sin embargo el premio de entregar un reino a un
hombre quedaba en el olvido.

Wyrd bið ful āræd.

El destino es inexorable.

El sermón había llegado a su fin. Los devotos se dispersaron y regresaron a sus cobijos, seguidos por un grupo de

monjes que, envueltos en túnicas de color oscuro y cubiertos por amplias capuchas flotantes, comenzaron a difundir sus cánticos por el inmenso campamento. El religioso que encabezaba la marcha alumbraba con un fanal a la docena de hombres que salmodiaban graves antífonas a sus espaldas, saturando de inquietantes tonos el aire de la noche.

—¿Es ésta la magia cristiana? —preguntó Thorolf con un amargo deje en la voz.

—Se limitan a rezar para que durmamos en paz —comentó Finan, haciendo al mismo tiempo la señal de la cruz.

Los monjes no se acercaron a nuestras bordas, sino que al cabo de un rato dieron media vuelta y regresaron a las hogueras que habían prendido para iluminar el sermón de la tarde. Sus voces fueron apagándose, devoradas por la oscuridad. De pronto, en el campamento galés estalló una carcajada femenina. Egil exhaló un profundo suspiro.

—¿Cómo es que no nos hemos traído a las mujeres?

—Porque no había necesidad —replicó Finan—. Aquí tienes a todas las zorras que hay de Cair Ligualid a Mameceaster.

—¡Vaya! —sonrió Egil—. ¿Entonces por qué demonios sigo metido en un refugio con tres tipos como vosotros?

—Si lo prefieres, puedes meterte en ese bosquecillo de allí —dije yo, señalando con un gesto de cabeza la parda arboleda que nos separaba del asentamiento de los galeses.

Sólo entonces vi la flecha.

Fue un súbito parpadeo entre las llamas de la púrpura noche, un chispazo prendido a una punta de acero seguida de un penacho de plumas pálidas. Y venía directo hacia nosotros. Di un empujón a Finan con el brazo izquierdo y otro con el derecho a Egil, y al instante yo mismo me tendía de espaldas en tierra. La flecha me arañó el hombro, haciéndome sentir una quemazón intensa, y acabó enganchada en el manto que me había echado por encima.

—¡Moveos! ¡Rápido! —grité.

Y los cuatro salimos en estampida, alejándonos del fuego para zambullirnos en las sombras.

Una segunda flecha rasgó las tinieblas. Fue a clavarse en la turba de la cabaña.

–¡A mí! –aullé.

Había logrado refugiarme en un lugar seguro, oculto a los ojos del arquero que debía haber disparado los dardos, disimulado entre los negros troncos de los árboles contiguos.

Egil, Thorolf y Finan acudieron a mi lado a la carrera. Mis hombres abandonaban en ese mismo momento sus abrigos, ansiosos por descubrir qué me había obligado a reclamar su ayuda.

–¿Alguien lleva armas encima? –pregunté. Un unánime coro de voces respondió afirmativamente, así que un instante después di a todos orden de seguirme.

Corrí hacia el bosquecillo. Di un brusco quiebro a la izquierda, esperando que mi silueta no se destacara sobre las altas hogueras que ardían por detrás. Sabía muy bien que, a pesar de aquella mínima precaución, el enemigo me vería, pero estaba convencido de que el cobarde que se camuflaba entre las sombras estaba solo, porque de haber tenido compañía habría caído sobre nosotros una lluvia de saetas, no dos aisladas. También tenía la seguridad de que, fuera quien fuese, el atacante ya había puesto pies en polvorosa. Era evidente que había visto que se le echaban encima veinte hombres; el brillo de nuestras espadas desnudas, heridas por la lumbre de los fuegos de campamento, le habría indicado claramente nuestras intenciones, y, a menos que tuviera intención de morir absurdamente, se habría dado a la fuga. Y, sin embargo, aun con todas aquellas cavilaciones, algo me impulsaba a seguir corriendo.

–¡Bebbanbuuurg! –bramé, arrancando el grito de guerra a las gargantas de mis soldados.

Entramos como furias, rugiendo a pleno pulmón, en el monte bajo del sotillo, aplastando zarzas y renuevos. No volvieron a volar más flechas, y la turbamulta se fue apaciguando poco a poco. Al fin, me detuve junto a la tenebrosa silueta de un árbol de grueso tronco.

–¿Por qué estamos dando estos alaridos de lobos hambrientos? –preguntó Berg entre atónito y divertido.

–Por esto –señaló Finan, extrayendo el dardo que seguía prendido de mi capote. Una vez liberado lo puso a la luz para examinarlo con detalle–. ¡Dios! ¡Menuda flecha! ¡Es larguísima!

–¡Vuelve a las sombras! –le advertí–. ¡Y vosotros también!

–Ese canalla ya ha desaparecido –gruñó mi amigo–. No puede vernos.

Era una noche sin luna, pero nuestras fogatas, unidas a las formidables llamaradas de las hogueras galesas, sumían el vasto espacio del campamento en un vivo resplandor rojizo que se filtraba entre los árboles y envolvía el bosque en tétricas tonalidades de sangre.

Me eché a reír.

–Se suponía que nadie debía portar armas –dije, describiendo un amplio círculo con la mano para señalar a los hombres que buscaban indicios en la arboleda, todos provistos de espadas y hachas.

Y, como si alguna confirmación necesitara lo que acababa de decir, otro gran grupo de guerreros de afiladas hojas de acero abandonó el calor de los refugios y vino a nuestro encuentro.

Egil guio a un puñado de los suyos al extremo más meridional de los árboles, pero prefirió no pasar de allí. Permanecieron atentos, observando la noche en busca de un arquero al que se habían tragado las sombras. Finan sopesó pensativamente el proyectil.

–Esto no es de ningún arco corto –aseguró con expresión grave.

–Está claro que no –coincidí.

—Es una flecha de caza —prosiguió, pasando los dedos por el emplumado—. Es de uno de esos enormes arcos que usan los galeses.

—Hay sajones que también se valen de ellos —puntualicé.

—Sí, pero es muy raro.

De repente, hizo un leve gesto de dolor, como si se hubiera pinchado al comprobar la punta del dardo.

—Y la acaban de afilar. Ese mierdecilla quería mandarte al otro mundo.

Me estremecí al recordar el acerado chispazo que había perforado la oscuridad del lado del bosque mientras, en ese momento, comprobaba que las sombras comenzaban a desvanecerse parcialmente, ahuyentadas por las antorchas de las partidas de mesnaderos que acudían en número creciente, atraídos por la batahola. Los hombres de Gales eran los que se hallaban más cerca de nuestras chozas, así que fueron los primeros en llegar, acaudillados por un hombretón inmenso, envuelto en un manto de piel y armado con una imponente hacha de guerra. Ladró destempladamente una pregunta en su propia lengua y encajó impertérrito el amenazador gesto de mis hombres, que alzaron simultáneamente las espadas para encararse con él. Sin embargo, sin dar tiempo a que nadie asestara el primer golpe, un sacerdote alto y calvo apartó de un empellón al gigante. El recién llegado me miró.

—¡Lord Uhtred! —dijo en tono casi jocoso—. ¡No me digáis que sois hombre al que acosan los problemas!

—¡Yo diría que más bien me persiguen, padre Anwyn! —repuse yo con la misma jovialidad—. Me alegro de veros.

—Bueno, ahora tenéis ante vos a un obispo —respondió el tonsurado, que luego se volvió y dirigió unas ásperas palabras al tipo aquel de tan formidable corpulencia. Éste, al escucharlo, accedió, aunque a regañadientes, a bajar su temible hacha.

El recién llegado echó un vistazo al bosquecillo, ahora ocupado por mis hombres y brillantemente iluminado por las antorchas que habían traído los galeses. Contó los amuletos y esbozó una sonrisa.

–Veo que seguís cultivando las malas compañías, lord Uhtred. ¿Y qué gritos eran ésos? ¿Acaso no sabéis que estábamos celebrando un servicio religioso? ¡Os habéis perdido la prédica del obispo Oswald! –El prelado detuvo un instante su perorata para observar con detenimiento mis reacciones–. ¡El obispo Oswald! –repitió.

–¿Acaso pensáis que lo conozco? –lo interrumpí en tono agrio.

La forma en que Anwy había hablado parecía sugerir que el tal Oswald era hombre de mucha fama, pero eso no me importaba un ardite. ¡Demasiados sermones cristianos me había visto obligado a escuchar en mi ya larga vida!

–¿Y cómo es que vos mismo no os habéis estado deleitando con tales palabras? –pregunté abruptamente a Anwyn.

–¿Y para qué demonios voy yo a necesitar que un maldito obispo sajón me diga cómo debo comportarme? –repuso, y su alargado y huesudo rostro, tan severo por lo general, se abrió en una amplia sonrisa.

Habíamos trabado amistad varios años antes, en una playa galesa en la que mis hombres y los del rey Hywel habían acabado con los vikingos de Rognvald. De hecho, en esa misma costa había perdonado Hywel la vida a Berg.

–¿Y a qué toda esa algarabía? –insistió Anwyn–. ¿Os ha sobresaltado algún pobre ratoncillo?

–No, amigo mío, más bien esto –respondí, enseñándole la flecha que había recogido Finan.

Anwyn la tomó en las manos, la sopesó cuidadosamente y frunció el ceño. Debió de adivinar lo que estaba pensando, porque sacudió negativamente la cabeza.

–No ha sido ninguno de los nuestros. Acompañadme, será mejor que hablemos con el rey Hywel.

–¿Pero no estaba en Roma?

–¿Creéis que os pediría que conversarais con él si estuviera allí? –contestó el obispo–. La sola idea de tener que estar a vuestro lado en tan larga caminata me llena de espanto, lord Uhtred, pero Hywel quiere veros. No sé qué extraña razón lo mueve a hablar bien de vos...

Sin embargo, antes de poder dar un solo paso, otro gran grupo de hombres, casi todos con antorchas, surgió de improviso por el recodo occidental del bosquecillo. Muchos portaban escudos con el dragón y el rayo de Æthelstan. Los guiaba un joven montado en un impresionante garañón gris. Tuvo que agachar la cabeza para evitar las ramas de los árboles y, al llegar a mi altura, detuvo a su magnífico animal.

–¡Os descubro en posesión de una espada! –rugió, mirándome fijamente a los ojos para después girar el rostro, como queriendo pasar revista al resto de nuestro armamento–. ¡El rey ha dado orden de que sólo porten armas los centinelas!

–Y yo lo soy –contesté altivamente.

Aquello lo incomodó, tal y como pretendía. Volvió a clavar sus pupilas en las mías. Era un hombre extremadamente joven, tal vez de veintiuno o veintidós años. Su rostro aparecía perfectamente rasurado, y sus ojos, de un azul intenso, destacaban bajo la resplandeciente cabellera rubia, que reforzaba, junto a la larga nariz, su expresión altanera. La verdad es que se trataba de un muchacho de rasgos sorprendentemente correctos, y la calidad de su cota de malla, unida a la gruesa cadenilla de oro que llevaba al cuello, añadía aún más impacto a su innegable atractivo. Se había presentado con la espada desnuda, lo que me permitió observar que en la pesada guarda brillaba igualmente el valioso metal amarillo. No apartó un solo instante la vista de mi persona, aunque en sus facciones se leía claramente el desagrado que le producía mi figura.

–¿Y quién sois vos? –preguntó con autoridad.

Uno de los hombres que lo acompañaban esbozó una respuesta, pero se frenó en seco al ver que Fraomar, que formaba parte del séquito del joven, chistaba. Una sonrisa iluminaba el rostro del educado cortesano de Mercia que me había recibido a mi llegada. Anwyn también parecía divertirse de lo lindo con el espectáculo.

–Soy un centinela –repetí.

–Debéis llamarme «señor», anciano –exclamó el jinete, al tiempo que se inclinaba en la silla y, alzando la hermosa espada de empuñadura de oro, señalaba con la hoja el martillo que llevaba yo al cuello–. Debéis darme tratamiento de señor –repitió–, y haced el favor de ocultar esa baratija de idólatra que bailotea sobre vuestro pecho. Pero, decidme, ¿quién sois?

Sonreí.

–Soy el hombre que va a embutiros el largo acero de *Hálito de Serpiente* por el puñetero ojo del culo hasta cortaros la lengua y arreglaros esa jeta de rata que tenéis, maldito zurullo de lombriz.

–¡Alabado sea Dios! –se apresuró a decir el obispo Anwyn–. Veo que lord Uhtred sigue hablando como los ángeles.

La bella y rica espada descendió blandamente, como respondiendo al asombro que parecía leerse súbitamente en el rostro del jovencito. Para gran satisfacción mía, también él daba la impresión de estar asustado.

–Y también vos habéis de llamarme «señor» –gruñí.

El tipo había quedado mudo. Su caballo relinchó, pateando vigorosamente de lado al ver que el obispo Anwyn daba un nuevo paso al frente.

–No veáis ofensa ni maldad en esto, lord Ealdred. Si nos hemos acercado hasta aquí, ha sido únicamente porque el rey Hywel ansía volver a estrechar a lord Uhtred entre sus brazos.

Así que aquél era el famoso Ealdred, uno de los compañeros favoritos de Æthelstan. Se había puesto en ridículo al pensar que su íntima amistad con el monarca lo convertía en un ser invulnerable, pero ahora comprendía súbitamente que sus hombres y él mismo se hallaban frente a una horda de irritables galeses y guerreros del norte que no sólo los superaban en número, sino que se ufanaban de tener por irreconciliables enemigos a los sajones.

–En el campamento –comenzó a decir, aunque ya sin asomo de su anterior arrogancia– no deben manejarse armas.

–¿Hablabais conmigo? –pregunté secamente.

–No, señor… –titubeó, poco menos que atragantándose con la última palabra.

El joven tiró brutalmente de las riendas de su garañón para volver grupas y clavó espuelas para salir disparado de aquel absurdo atolladero.

–Pobre muchacho –suspiró divertido Anwyn–. Pero no perdáis de vista que ese atolondrado chiquillo va a causaros más de un quebradero de cabeza, señor.

–Que lo intente –solté con mi mejor mueca de desdén.

–No os lo toméis demasiado a la ligera. Será el propio rey Hywel quien os lo dé a entender. Y, por cierto, le agradará saber que ya estáis aquí. Si tenéis la bondad de seguirme, señor…

Y, de ese modo, alegremente flanqueado por Finan, Egil y Berg, me dispuse a entrevistarme con un rey.

* * *

Muchos soberanos he conocido y saludado en los largos días de mi vida. Algunos, como Guthfrith, eran simples imbéciles; otros vivían en permanente zozobra, pues nunca acertaban a saber qué determinación tomar, y unos cuantos –muy pocos, a decir verdad– revelaron ser hombres capaces de despertar lealtad en el corazón de sus hombres. Alfredo había sido uno de los más templados, y Constantino de Alba también. Y el tercero de ese grupo de elegidos era sin duda Hywel de Dyfed. De los tres, Alfredo había sido al que mejor había conocido, y desde que falleciera mucha gente me había pedido que le contara cosas sobre su persona, a lo que invariablemente contestaba que había sido tan honesto como astuto; pero ¿era realmente así? Desde luego, podía igualar en sagacidad a Constantino o a Hywel, pero para todos ellos la malicia y la zorrería estaban siempre al servicio de lo que juzgaban mejor para su pueblo. Innumerables habían sido las discrepancias que me habían opuesto a Alfredo, pero había confiado ciegamente en él, porque era hombre de palabra. Apenas conocía a Constantino, pero quienes lo habían tratado a fondo lo comparaban a menudo con Alfredo. Los tres eran, o habían sido, los más encumbrados y dignos monarcas de mi época, y los tres poseían prudencia y autoridad naturales. Con todo, al que más apreciaba y quería era a Hywel. Tenía el desparpajo que a Alfredo le faltaba, y un sentido del humor tan distendido como su ancha sonrisa.

–¡Dios mío! –exclamó al verme–. ¡Fijaos lo que los ásperos ramalazos del viento han traído a mi tienda! ¡Y yo que pensaba que algún puerco se había tirado un pedo!

Me incliné ante él.

–Mi rey.

–Sentaos, hombre, sentaos. Ya se sabe que los príncipes *sais*[*] se alojan en un vasto monasterio, pero nosotros, los pobres galeses, hemos de contentarnos con esta, esta… –se interrumpió para describir un amplio círculo con la mano y señalar la enorme tienda, cubierta con gruesas alfombras de lana, entibiada por un gran brasero, provista de mesas y bancos e iluminada por una legión de cirios altos y gruesos– choza.

Se volvió entonces para dirigirse en galés a un criado, que se apresuró a traerme un cuerno que llenó inmediata-

[*] Es decir, sajones. (*N. del T.*)

mente de vino. Había en la tienda otros doce hombres, todos ellos sentados en los bancos corridos que se habían dispuesto en torno al brasero, dedicados a charlar y escuchar con clara expresión de agrado la suave melodía que desgranaba un arpista discretamente retirado en un ángulo oscuro. Con un suave ademán, Hywel indicó al músico que cesara de tocar y me sonrió.

–¡Veo que seguís con vida, lord Uhtred! ¡No sabéis cuanto me alegra veros con buena salud!

–Sois muy gentil, mi señor.

–¡Ah, ved cómo me lisonjea!

Había dedicado el comentario a los presentes, aunque la gran mayoría debían de desconocer el sajón, o eso sospechaba yo, al menos. En cualquier caso, todos sonrieron a modo de respuesta.

–A quien sí le he dedicado mis mejores y más corteses atenciones ha sido a su santidad el Papa –prosiguió Hywel–, que padece fuertes dolores en las articulaciones. Le dije que se las frotara con grasa de oveja mezclada con orina de cabra. ¿Y qué creéis que hizo? ¿Me escuchó? ¡Para nada! ¿Sufrís también vos algún dolor, lord Uhtred?

–Me ocurre muy a menudo, mi rey.

–¡Pis de cabra! Untaos el cuerpo con ello, amigo mío. No lo dudéis ni por un segundo. ¡Y hasta es posible que mejore vuestro propio olor! –exclamó con una gran sonrisa socarrona.

Tenía el aspecto de siempre. El mismo que yo recordaba; la misma figura de hombre fornido de ancho rostro enrojecido por el sol y la intemperie. Idénticos ojos chispeantes, siempre dispuestos a irradiar una jubilosa alegría. La edad le había blanqueado parcialmente la bien recortada barba, y sobre el cabello, que también llevaba muy corto, lucía un simple aro de bronce redorado. Debía de rondar los cincuenta, pero conservaba todo su vigor. Hizo una seña a los hombres que me acompañaban.

–Sentaos, por favor, sentaos. Vuestra cara me resulta conocida –dijo mirando a Finan–. ¿Sois el irlandés?

–En efecto, majestad.

–Finan –añadí, para completar las presentaciones.

–Sí, recuerdo que peleabais como un demonio. ¡Cómo olvidarlo! ¡Casi estoy por deciros que os compadezco! ¡Yo habría jurado que las armas de un irlandés de valía como vos podrían encontrar sin dificultad mejores empeños que el de combatir junto a un señor *sais*! No me equivoco, ¿verdad? –dijo, buscando la complicidad de Finan–. Y vos sois… –añadió, volviendo ligeramente el rostro hacia Egil.

–Me llamo Egil Skallagrimmrson, majestad –se presentó el aludido con una suave reverencia, poniendo al mismo tiempo la mano en el antebrazo de Berg–. Y éste es mi hermano, Berg Skallagrimmrson, que tiene con vos una gran deuda de gratitud.

–¿Conmigo? –se sorprendió Hywel–. ¿Y por qué habría de estarme agradecido un escandinavo?

–Me perdonasteis la vida, majestad –aclaró Berg, inclinándose, con el rostro encendido a causa del azoramiento.

–¿En serio?

–En la playa –recordé al rey–, donde disteis muerte a Rognvald.

El semblante de Hywel se enserió al evocar el choque, y se santiguó.

–¡Muy cierto! ¡Por mis barbas…! Aquel tipo era un auténtico mal bicho. No me complace en modo alguno la muerte, pero los berridos de dolor de aquel cerdo para mi alma como el bálsamo de Galaad. –Me miró–. ¿Es honesto? –preguntó, señalando con la cabeza hacia Berg–. ¿Es un buen hombre?

–Magnífico, majestad –aseguré.

–Pero no es cristiano… –concluyó, tajante.

–Juré educarlo en la fe –respondí–, porque así lo exigisteis vos como condición para hacerle gracia de la vida, y, creedme, no he faltado a mi palabra.

–Sin embargo, él prefirió después adorar a otros dioses, ¿no es eso?

–Así es, señor.

–No son insensatos lo que falta en este mundo, ¿no os parece? Pero decidme, mi buen obispo –dijo dirigiéndose ahora a Anwyn–, ¿cómo es que os veo con esa flecha en las manos? ¿Acaso planeáis agujerearme la piel?

Anwyn explicó lo que había sucedido en la oscuridad de la noche, lejos de las fogatas. Se expresó en galés, pero no necesité ningún traductor para comprender la historia.

Al terminar el prelado su relato, Hywel emitió una suerte de gruñido.

–¿Creéis, lord Uhtred –preguntó, con la flecha en la mano–, que ha podido ser alguno de mis hombres?

–No lo sé, majestad.

–Pero ¿consideráis que la flecha os ha quitado la vida?

Sonreí.

–Yo diría que no, señor.

–Entonces no ha sido ninguno de mis muchachos. Esos chicos no fallan el blanco. Y, por otra parte –se interrumpió–, esta flecha no es como las que usan mis guerreros. Nosotros les ponemos plumas de oca. ¿Os parece que éstas lo sean? Yo diría que son más bien de águila...

Lanzó la flecha al brasero, haciendo que el astil de fresno se encendiera con luz incandescente y desapareciera en un instante.

–Y, además, convendréis conmigo en que tampoco somos los únicos que usamos largos arcos de caza en Britania, ¿verdad? –dijo como en una reflexión en voz alta el rey–. He oído que tienen muy buena mano con ellos en Legeceasterscir.

–Son muy raros los arqueros que saben manejarlos. Y menos aún con destreza, majestad.

–Muy cierto, muy cierto. De hecho, la destreza es tan escasa como la prudencia, y me temo que vais a necesitarla, lord Uhtred.

–¿Qué queréis decir, majestad?

Hywel hizo señas al hombre que estaba sentado a su lado, cuyo rostro permanecía oculto bajo la inmensa capucha del manto que lo cubría.

–¡Extraños son los visitantes que acuden a mí esta noche, lord Uhtred! –exclamó alegremente el rey–. Vos, vuestros paganos, y ahora una nueva amistad venida de tierras lejanas…

El hedor del ardido emplumado de la flecha agriaba el aire de la tienda, otorgando aún mayor misterio al hombre encapuchado. Se descubrió entonces y comprobé, sorprendido, que se trataba de Cellach, el primogénito de Constantino y príncipe de Alba. Incliné la cabeza en señal de respeto.

–Mi señor príncipe –saludé.

Supe inmediatamente que Hywel llevaba razón: iba a necesitar toda la circunspección del mundo.

Era uno de los enemigos de Æthelstan…

CAPÍTULO IV

Tiempo atrás, hace ya muchos inviernos, Cellach había permanecido junto a mí y vivido todo un año en mi casa en calidad de rehén, y desde luego había terminado por tomarle afecto. En aquella época, era un muchacho, pero ahora tenía ante mí a un hombre en la flor de la vida. Se parecía notablemente a su padre. Tenía su mismo cabello castaño, que llevaba muy corto, igual que él; idénticos ojos azules, y también el grave rostro de la familia. Me acogió con una sonrisa recelosa, pero sin decir palabra.

–Imagino que pensaréis –comenzó a explicar Hywel– que una reunión de los principales reyes de Britania es cosa digna de celebración, ¿me equivoco?

–¿Debería congratularme, majestad?

Hywel percibió mi escepticismo y esbozó una sonrisa.

–¿Diríais entonces que nos hallamos efectivamente reunidos, lord Uhtred?

Le respondí con la misma fórmula que había usado con Egil durante nuestro viaje a Burgham:

–Creo que nuestro convocante es como un perro de caza –aseguré–. Anda marcando su territorio.

–¿Queréis decir con eso que Æthelstan se nos está meando encima? –comentó Hywel.

Asentí, y vi que Cellach reprimía una mueca.

–O quizás es que se está dedicando –continuó el rey, levantando la vista hacia el techo de la tienda– a mear allende de sus fronteras… ¿Creéis que puede estar tratando de ampliar sus dominios?

–No tengo ni la menor idea –respondí.

Hywel se encogió de hombros.

—Pues deberíais saberlo, lord Uhtred. Sois amigo suyo, al fin y al cabo.

—Pensaba que lo era, desde luego.

—¿Lo dudáis? ¡Pero si luchasteis por él! ¡Los soldados todavía hablan de vuestra batalla en la puerta de Lundene!

—Esos lances siempre tienden a exagerarse, majestad. Ya sabéis: basta que veinte hombres se peleen para que los cantares hablen de sangrientas gestas heroicas.

—¡Muy cierto! —convino jovialmente Hywel—. ¡Pero me encantan los bardos! ¡Logran que mis pobres escaramuzas adquieran resonancias próximas a la matanza de Badon!* —Se volvió hacia Cellach con un rictus entre taimado y malicioso—. ¡Menuda batalla fue ésa, mi señor príncipe! ¡Con ejércitos de miles de soldados! ¡Y ese día, nosotros los britanos machacamos de lo lindo a los *sais*! Caían ante nuestras lanzas como el trigo maduro bajo la hoz. Estoy seguro de que lord Uhtred podrá contaros la historia.

—Fue hace trescientos años, majestad —intervine—, ¿o son ya cuatro los siglos que han pasado? Puede que sea ya un anciano, pero ni siquiera mis muchos otoños me permiten recordar tan lejanos hechos.

Hywel rio quedamente.

—Y ahora resulta que el soberano de los *sais* se presenta aquí con la intención de orinarnos encima… Lleváis razón, lord Uhtred. Ha exigido al rey Constantino unas condiciones muy similares a las que me demandó a mí hace apenas doce lunas. ¿Tenéis idea de las barbaridades que pedía?

—He oído decir que el pacto buscado contenía términos muy duros.

—¿Duros?

---

* Batalla de datación polémica, probablemente librada entre finales del siglo v y principios del vi entre los britanos y los anglosajones de la Britania postromana. (*N. del T.*)

El tono de Hywel se había vuelto súbitamente áspero…

–Vuestro rey Æthelstan quería que le entregáramos veinticuatro libras de oro, trescientas de plata y diez mil cabezas de ganado al año. ¡Al año! ¡Todos y cada uno de los malditos años hasta los trompetazos del puñetero fin del mundo! ¡Y también pretende que le ofrezcamos halcones y sabuesos! Se supone que debemos enviar todas las primaveras un centenar de aves y doscientos perros a Gleawecestre, para que él pueda elegir a los mejores.

–¿Y aceptasteis pagar tales tributos? –lo pregunté, pero demasiado bien sabía la respuesta.

–¿Y qué otra cosa podía hacer? Æthelstan cuenta con los ejércitos de Wessex, Mercia y Anglia Oriental; posee varias flotas y, por si fuera poco, en mis tierras hay todavía unos cuantos reyezuelos que me zahieren e irritan como la pulga al buey… ¡Puedo luchar contra Æthelstan! Pero ¿qué conseguiría? Si no satisfacemos sus demandas, se nos echará encima con una horda de guerreros, los señores de esos pequeños feudos díscolos se unirán a él, y la casa de Dyfed sufrirá acoso y persecución por valles y colinas.

–¿Pagaréis entonces hasta que suenen esos clarines de perdición? –lo incité.

Un sombrío remedo de sonrisa se dibujó en el semblante del rey.

–El fin de los tiempos es cosa que se desvanece en la lejanía, lord Uhtred, y la rueda de la Fortuna nunca deja de girar, ¿verdad?

Volví el rostro hacia Cellach.

–¿Exige otro tanto de vuestro padre, mi príncipe?

–Más –respondió Cellach con brusca calma.

–Y ahora se propone añadir el ejército de Northumbria a sus mesnadas. Está meando más allá de las lindes de su reino, lord Uhtred, os lo digo yo… Mea sobre vuestra propia cabeza.

–Entonces lo único que está haciendo es imitaros –solté sin ambages–. Reproduce lo que vos mismo infligís a todos esos reyezuelos que os desazonan como chinches. O repite, si lo preferís, los pasos de vuestro padre –añadí, volviéndome a Cellach–, o lo que desearía hacer con Owain de Strath Clota, con el reino de las Hébridas o aún con… –vacilé un instante, pero enseguida decidí plantar cara a mi interlocutor–. ¿Qué es exactamente lo que os proponéis hacer con mis tierras?

Cellach se limitó a mirarme fijamente. Tenía que estar por fuerza al tanto de la visita que me había hecho Domnall en Bebbanburg, pero no dijo nada ni dejó traslucir su estado de ánimo.

Hywel debió de percibir el súbito instante de tensión que había surgido entre los dos, pero lo pasó por alto.

–¡El rey Æthelstan –empezó a decir– afirma estar decidido a sellar un acuerdo de paz! Qué propósito tan cristiano, ¿verdad?

–¿Un pacto de paz? –me extrañé, como si fuese algo de lo que jamás hubiera oído hablar.

–Y para rubricarla nos obliga a venir a este desolado lugar para que le rindamos pleitesía en calidad de… –se detuvo–. ¿Cómo llamarlo? ¿De nuestro rey?

–*Monarchus Totius Brittaniæ* –se oyó una voz agria que surgió de una zona en sombra de la tienda, lo que nos hizo volvernos hacia allí, para vislumbrar la silueta de un sacerdote sentado en un banco–. Soberano de toda… –comenzó a traducir el cura.

–Sé muy bien lo que significa –lo corté.

–Y, como monarca de toda Britania, nos pisará el cuello –añadió Hywel suavemente.

–Se nos meará encima –terció de pronto Cellach, dejando salir al fin la ira retenida que lo había estado corroyendo por dentro todo el rato.

–Y, para preservar esa paz tan cristiana –prosiguió Hywel–, nuestra excelsa majestad tendrá que dotar de fuertes guarniciones sus fronteras.

–Guarniciones cristianas –apostilló Cellach.

Una vez más opté por responder con el silencio. Hywel exhaló un hondo suspiro.

–Demasiado bien sabéis a lo que nos estamos refiriendo, lord Uhtred, aunque también es verdad que esto es todo cuanto conocemos. ¡Los hombres parecen chiquillos obedientes y aceptan prestar juramento a Æthelstan sin rechistar! Yo mismo he jurado preservar la paz, igual que Constantino... Hasta Guthfrith ha hincado la rodilla.

–¿Guthfrith? –me asombré.

Hywel parecía disgustado.

–Se ha arrastrado por el fango como un sapo. Y ha jurado dejar que Æthelstan mantenga tropas permanentemente apostadas en sus tierras. De hecho, el clero ha supervisado todos los juramentos efectuados hasta la fecha y los ha fijado en pergamino para sellarlos con lacre y entregarnos después copias a todos. Sin embargo, hemos tenido noticia de que al menos uno de esos compromisos solemnes se ha efectuado en secreto... Ninguno de mis espías ha logrado averiguar cuál es su contenido; sólo han podido informarme de que Ealdred se arrodilló ante el rey.

–Y no ha sido la primera vez –intervino sarcásticamente Cellach.

Todo aquello yo lo ignoraba por completo.

–¿Ealdred ha prestado juramento? –pregunté a Hywel.

–Así es, pero ¿a qué se ha comprometido? ¡Eso es lo que no sabemos! Y lo más preocupante es que, después de empeñar su palabra, Ealdred ha desaparecido. Nadie ha vuelto a verlo ni a saber nada de él. ¡La única noticia que nos ha llegado es que ha sido nombrado señor! ¡Resulta que ahora hemos de llamarle «señor»! Pero ¿señor de qué? ¿Dónde tiene su señorío?

Se produjo un espeso silencio, únicamente quebrado por el suave golpeteo que la lluvia esparcía, en rápidas y oscilantes oleadas, sobre el techo de la tienda.

–¿Acaso desconocemos cuál es su territorio? –quise saber.

–No. Podría ser Cumbria –sugirió Hywel–. O tal vez Northumbria.

–O quizá Bebbanburg –gruñó Cellach.

Giré la cabeza y escupí.

–¿Os desagrada mi hospitalidad? –preguntó retóricamente el monarca, al que parecía divertir mi incomodidad.

Si había escupido había sido para hacer honor a la promesa hecha a Benedetta, y porque no quería dar crédito a lo que Cellach acababa de insinuar.

–Acabo de ver a Ealdred hace un momento –dije a Hywel.

–¡Ah! En ese caso, también yo habría escupido. Espero que os acordarais de llamarle «señor».

–Creo que lo llamé «cara de rata» y «mierda de gusano»… Algo por el estilo.

Hywel soltó una carcajada y se levantó, lo que hizo que todos los presentes lo imitáramos. Hizo un amplio gesto para señalar amablemente la entrada de la tienda.

–Se ha hecho tarde –comentó–, pero dejad que os acompañe, lord Uhtred.

Una veintena de hombres de mi séquito aguardaba frente a la tienda y se unió a nosotros, junto con una escolta de guerreros de Hywel formada por el doble de guerreros.

–Dudo que el arquero que os ha atacado vuelva a probar suerte –dijo Hywel–, pero será mejor que os aseguréis de que ni siquiera encuentre la oportunidad de hacerlo, ¿no os parece?

–No se atreverá, majestad.

–No ha sido ninguno de mis soldados, os lo aseguro. No tengo pendencia alguna con Bebbanburg.

Caminamos lentamente hacia las fogatas que delimitaban nuestro campamento. Estuvimos un buen trecho sin decir palabra, pero al cabo de un rato Hywel se detuvo y me puso la mano en el antebrazo.

—La rueda de la Fortuna gira lentamente, lord Uhtred, pero nunca se detiene. Aún no me ha llegado la hora de actuar, pero ese momento terminará por presentarse. Sin embargo, dudo que Constantino esté dispuesto a esperar pacientemente a que los vuelcos del destino se alineen como corresponde.

—Sí, pero de todas formas sigue unido por un juramento a Æthelstan, ¿no es cierto?

—Cuando un rey ordena desplegar tres mil soldados en vuestras fronteras, ¿qué otra opción os queda?

—¿Tres mil? Me habían dicho que sólo disponía de dos mil.

—Dos mil son los que cercan Eoferwic, pero aquí hay al menos otros mil, y el rey Constantino sabe contar escudos como cualquiera; no se llama a engaño al evaluar la magnitud de quien lo amenaza. Se ha visto obligado a prometer que no habría de entrometerse en el destino que Æthelstan pueda reservar a Northumbria, y a garantizar con su palabra el pago del tributo pedido. Aceptó las condiciones impuestas, sí…

—Muy bien, pero eso sólo significa que está efectivamente juramentado.

—¡También lo estabais Æthelstan y vos mismo! Y, sin embargo, todos los hombres de Britania saben lo que ha sido de esa obligación solemne… El rey prometió no invadir vuestras tierras, pero aquí lo tenéis. Vos y yo seguimos las antiguas costumbres del honor, lord Uhtred, creemos que un juramento nos ata las manos para siempre, pero ahora hay quienes aseguran que un juramento pronunciado bajo coacción no tiene fuerza alguna y no nos somete a compromiso.

Aquella observación me hizo reflexionar.

—Y puede que estén en lo cierto. ¿Qué libertad le queda a un hombre para empeñar o no su lealtad cuando otro le aprieta la garganta con la espada?

—¡La libertad de no jurar, evidentemente! Quizá pueda trocar la atadura por la firma de un tratado. Pero ¿jurar por la lanza de Carlomagno? ¿Por la hoja misma que perforó el costado de Nuestro Señor?

Se estremeció.

—La cuestión es si vos también habéis jurado o no —pregunté, a sabiendas de que mi curiosidad podía irritarlo.

Lo que resultó, sin embargo, fue que mi inquietud le resultaba más divertida que molesta. Rio quedamente y volvió a apoyar amistosamente la mano en mi antebrazo, como queriendo indicarme que siguiéramos andando.

—Juré preservar la paz, simplemente. Y, en cuanto al tributo… —se detuvo—, acepté pagarlo, pero no juré satisfacerlo. Dije que no podía obligar con mi palabra la voluntad de mis sucesores, y el muchacho lo entendió. No le hizo ninguna gracia, creedme, lord Uhtred, pero no es ningún idiota. No quiere líos con los galeses ahora que tiene los ojos puestos en las regiones del norte.

—¿Y qué me decís de Constantino? —continué—. ¿Lo juzgáis dispuesto a cumplir su juramento?

—No lo hará. Al menos no, si quiere conservar el trono. Sus pares no verán con buenos ojos que su rey acepte semejante humillación, y los escoceses son un pueblo orgulloso.

Caminamos un trecho en silencio.

—Constantino es un buen hombre, un buen cristiano, e incluso diría que un buen rey, pero no puede permitir que lo avasallen. Por eso se ha limitado a ganar un poco de tiempo. Eso es lo que ha querido lograr con su juramento. La cuestión es: ¿está dispuesto a mantenerlo? ¿Con Æthelstan? ¿Con un jovencito que rompe sus promesas? ¿Queréis que os diga lo que realmente pienso, lord Uhtred? No creo que Constantino conserve demasiado tiempo la paciencia. ¡Y su reino es mucho más fuerte que el mío, muchísimo más!

—¿Me estáis diciendo que tiene intención de marchar al sur?

–Lo que os digo es que no puede permitir que lo intimiden. Me encantaría tener la posibilidad de rebelarme igual que él, pero, de momento, necesito preservar la paz con los *sais* si no quiero desmembrar mi reino... Ahora bien, Constantino está en una situación muy distinta. Ha hecho las paces con Strath Clota y se dispone a hacer otro tanto con Gibhleachán de las Hébridas, sin olvidar a los salvajes de Orkneyjar... Cuando lo haya hecho, no tendrá un solo enemigo en el norte, y su ejército podrá rivalizar con el de Æthelstan. Si yo fuera el joven rey de los *sais*, tendría graves motivos para preocuparme.

La imagen del dragón y la estrella fugaz cruzó por mi mente. Ambos símbolos venían del norte y, si Hywel estaba en lo cierto, los dos traían una profecía de guerra.

–Rezo para que no estallen las hostilidades –prosiguió el rey, como si me hubiera leído el pensamiento–, pero me temo que la contienda está cada día más cerca. –De repente, bajó bruscamente la voz–. Será un choque atroz, lord Uhtred, y Bebbanburg, pese a que me han dicho que es formidable, es un lugar pequeño y poco indicado para verse atrapado entre dos grandes reinos.

Hywel paró en seco y me puso la mano en el hombro.

–Elegid con cuidado el bando al que vais a ligar vuestra suerte, lord Uhtred. Hacedlo con el mayor esmero y sensatez.

Suspiró y levantó la vista para estudiar el cubierto cielo nocturno.

–¡Parece que mañana va a llover! –exclamó–. Os deseo un buen reposo, amigo mío.

Me incliné ante él.

–Gracias, majestad.

–¡Puede que pertenezcáis al pueblo de los *sais* –dijo Hywel levantando la voz tras dar unos pocos pasos–, pero siempre es un placer conversar con vos!

Y debo reconocer que también me había resultado muy grata la entrevista, al menos hasta cierto punto. Porque Ealdred se había convertido en señor. Pero ¿señor de qué? ¿De Northumbria? ¿De Cumbria?

¿De Bebbanburg?

Dormí francamente mal.

* * *

Esa noche, Finan hizo la primera guardia, al frente de la docena de hombres que desplegó alrededor de nuestros refugios. Conversé un rato con Egil, y después intenté conciliar el sueño sobre la mullida capa de helechos que habíamos amontonado. Me desperté al alba para descubrir que estaba lloviendo. Un verdadero aguacero de levante azotaba el paisaje, volvía raquíticas las fogatas y ensombrecía el firmamento. Egil había insistido en que unos cuantos de sus guerreros vigilaran por la noche cualquier movimiento junto a mis hombres, pero sólo uno de ellos observó algo que le pareció digno de mención.

—He visto un búho nival, señor —me dijo uno de los escandinavos—; volaba muy bajo.

—¿Qué dirección llevaba? —pregunté.

—Iba hacia el norte, señor.

Eso quería decir que iba hacia el pequeño campamento de Guthfrith. Aquello era un presagio. El búho es símbolo de prudencia y sabiduría. ¿Estaría huyendo de mí? ¿O habría venido para indicarme algo?

—¿Sigue Egil por aquí? —inquirí al centinela.

—Partió antes de romper el alba, señor.

—¿Se ha marchado? ¿A dónde? —se asombró Finan, que acababa de unirse a nosotros, envuelto en una piel de foca para protegerse de la lluvia.

—Ha ido a cazar —respondí.

—¿A cazar? ¿Con este tiempo?

—Ayer noche me comentó que había visto varios jabalíes al otro lado del río —expliqué señalando al sur y volviéndome al mismo tiempo hacia el escandinavo–. ¿Cuántos hombres se ha llevado?

–Dieciséis, señor.

–Ve a calentarte –dije al hombre de guardia– y descansa un poco. Finan y yo vamos a ejercitar un poco a los caballos.

–Hay criados que pueden encargarse de eso –gruñó Finan.

–Sólo tú y yo –insistí.

–¿Y qué ocurrirá si Æthelstan manda llamaros?

–Que espere –repliqué rápidamente, dando la orden a mi sirviente Aldwyn de que ensillara los animales.

Pese a las ráfagas de viento y a la lluvia, que seguía arreciando, Finan y yo espoleamos a nuestras monturas y pusimos rumbo al norte. Íbamos revestidos de nuestras cotas de malla con sus grasientos, fríos y húmedos revestimientos de cuero. Yo me había embutido el yelmo y ceñido a *Hálito de Serpiente* en la cintura. A nuestro alrededor se extendía la amplia zona sembrada de tiendas y refugios en la que se habían congregado, inquietos, la gran mayoría de los guerreros de Britania, convocados por mandato de Æthelstan.

–Míralos –dije al cabo de un rato, dejando que los garañones se orientaran libremente por los altos pastos empapados–. Se les ha dicho que están aquí en son de paz, pero hasta el último de los hombres se prepara para la guerra.

–¿También tú? –preguntó Finan.

–Me parece inevitable, tanto que estoy convencido de que lo que debería hacer es elevar los parapetos de Bebbanburg y encerrarme dentro para aislarme del mundo.

Mi amigo contestó con un gruñido.

–¿Y tú crees que el mundo nos iba a dejar en paz?

–No.

–Arrasarían las tierras, matarían al ganado, incendiarían las granjas y los campos quedarían yermos –enumeró–. ¿De qué servirían entonces las murallas?

En lugar de responder a la pregunta, preferí plantearle otra.

—¿De veras creéis que Æthelstan estaría dispuesto a entregar Bebbanburg a Ealdred?

Aquello me había estado rondando toda la noche por la cabeza.

—Si toma semejante decisión, es que es imbécil. ¿Acaso pensáis que desea teneros por enemigo?

—Cuenta con miles de hombres —repuse apesadumbrado—, y yo sólo tengo unos cuantos centenares. ¿Qué puede temer?

—A vos —aseguró firmemente Finan—. A mí. A nosotros.

Sonreí y torcí bridas al este. Seguíamos la orilla norte del río Lauther, que, como bajaba muy crecido a causa de la tormenta, gorgoteaba y bullía entre remolinos de espuma sobre su pedregoso lecho. A nuestra izquierda, el campamento de Guthfrith parecía agazaparse sobre el terreno en un vano intento de protegerse de los embates de la lluvia, que fustigaba el paisaje, impulsada por el viento. Lo poblaban a esas horas muy pocas siluetas, ya que la mayor parte de los soldados se habían resguardado de las inclemencias del tiempo, aunque media docena de mujeres se afanaban en sacar agua del torrente con cubos de madera. Nos observaron, nerviosas, para después apresurarse a llevar su pesada carga de vuelta a las tiendas, donde las fogatas que habían sobrevivido al aguacero nocturno humeaban débilmente. Frené al caballo y estudié los abrigos que habían construido los hombres de Guthfrith.

—Me ordenaron que trajera sólo treinta hombres. Ni uno más —expuse—. ¿Cuántos crees que tiene Guthfrith?

Finan contó las toscas chozas.

—Como poco, un centenar. —Reflexionó un instante y frunció el ceño—. ¡Por lo menos cien! —exclamó, sorprendido por su propia constatación—. ¿Y qué demonios están haciendo aquí?

Calló un instante en espera de respuesta, pero no dije nada, sólo seguí contemplando la escasa actividad del asentamiento de Guthfrith.

–¿No te parece que podrían estar apuntándonos en este mismo momento y que ofrecéis un blanco fácil? –preguntó Finan.

–¿Para un arquero, quieres decir? No hay arma que pueda tensarse con esta lluvia. La cuerda estaría totalmente empapada. Y, además, hay centinelas –añadí, señalando a un grupo de jinetes de Sajonia Occidental que se apostaban en actitud de espera en el camino que serpenteaba al otro extremo del campamento de Guthfrith. El sendero vadeaba el río Eamotum para enfilar después al norte, hacia territorio escocés, así que supuse que los que protegían el paso fluvial eran los mismos que nos habían interpelado al llegar; los mismos que, supuestamente, estaban encargados de mantener el buen orden en el punto de reunión–. Avancemos un poco más al este –indiqué.

A medida que progresamos por la tierra húmeda, los chubascos fueron disminuyendo, el viento se hizo intermitente, y una banda de nubes doradas vino a coronar los montes que se alzaban a levante. Bordeamos los pequeños parches arbolados que crecían junto a la corriente de agua y cruzamos praderas cubiertas de hierbas altas y correosas.

–Vamos, que Guthfrith ha jurado lealtad a Æthelstan, ¿no es eso? –comenté de improviso.

–Es posible. Pero sigue luchando en nombre de Constantino –respondió mi compañero.

–Es lo más probable, desde luego.

No dejaba de pensar en el consejo que me había dado Hywel sobre que escogiera bien el bando. Mi familia llevaba prácticamente un siglo rigiendo los destinos de Bebbanburg, pese a que nuestro modesto feudo estuviera rodeado de un reino gobernado por forasteros, hombres del norte, fueran aventureros daneses o noruegos. Northumbria se había convertido en el último reino en manos paganas, y tanto Æthelstan como Constantino lo contemplaban con ojos codiciosos y anhelantes.

–¿Y cómo es que Æthelstan no se limita simplemente a acabar con Guthfrith? –me pregunté en voz alta.

–A causa de Anlaf, evidentemente –contestó Finan en tono confidencial.

Anlaf. Para mí no era más que un nombre, pero de resonancias cada vez más familiares y crecientemente amenazadoras. Se trataba de un joven escandinavo, rey de Dyflin, en Irlanda, y desde luego nadie podría decir que no se había labrado una reputación, y de forma rapidísima, además. De hecho, todo lo que se oía de él hacía pensar que era un guerrero temible. Había conseguido dominar a la mayoría de los reyes escandinavos de Irlanda y, según se decía, poseía una flota capaz de entenebrecer los mares.

–Guthfrith es pariente de Anlaf –continuó Finan– y, si Guthfrith llegara a morir, Anlaf se proclamaría heredero y reclamaría el trono. Eso le permitiría surcar las olas con su ejército. Y no olvides que también él quiere Northumbria…

Giré levemente al norte, buscando el amparo de un bosquecillo, y repuse fuerzas bajo la enramada, observando el camino que habíamos recorrido. Una gran mancha de hollín emborronaba el cielo, alimentada por la miríada de hogueras de las tropas de Æthelstan. Finan ató su caballo junto al mío.

–¿Crees que Guthfrith mandará que nos sigan? –indagó.

–Sospecho que el arquero de ayer noche era uno de sus hombres.

–O puede que no.

–Es más, yo diría que Guthfrith ofrecería mi muerte a Æthelstan, como si se tratara de un obsequio –añadí con terrible amargura.

–¿Porque quiere hacerse con Bebbanburg?

140

–Porque la necesita. Tiene que hacerse con todas las fortalezas que jalonan las tierras del norte, y sabe que nunca rendiré Bebbanburg. Nunca.

Finan, de cuyo casco caía, cimera abajo, una constante cortina de agua que plateaba después, con rápidos culebreos, su barba cana, quedó callado unos instantes, y al final dijo:

–Æthelstan os lo debe todo.

–No creas… Se ha aupado a posiciones muy superiores a la mía. Él es rey de Britania, y yo, viejo y prescindible. Lo que desea es una nueva Britania dominada por Englaland, y yo sólo soy una piedrecilla pagana entre sus regios y muy cristianos borceguíes.

–¿Y qué pensáis hacer?

Me encogí de hombros.

–Esperar a que me mande llamar. Escucharé lo que tiene que decirme, y después tomaré una decisión.

Esbocé una sonrisa irónica.

–Si salgo vivo de ésta… –añadí, señalando con un gesto de cabeza el horizonte de poniente.

Una docena de jinetes nos seguía la pista. Acababan de dejarse ver entre los árboles de escaso porte que festoneaban la orilla del río. Vestían cota de malla, se cubrían con yelmos e iban armados de espadas y lanzas. En sus escudos se apreciaba la hirsuta silueta del jabalí que Guthfrith tenía por blasón.

–Sigamos –indiqué, espoleando suavemente al caballo.

Continuamos camino al este, avivando el paso de los animales, cuyos pesados cascos empezaron a levantar empapados terrones de hierba. A nuestra derecha, el Lauther corría a su confluencia con el río Eamotum, oculto por los gruesos árboles por la izquierda. Nos encontramos frente a un nuevo cinturón boscoso y, al penetrar en su umbrío interior, perdimos de vista a los hombres que nos perseguían.

—¿Vamos por ahí? —preguntó Finan, señalando al norte, donde la corriente de agua se abría paso entre auténticas paredes arbóreas.

Ciertamente, si nos metíamos en aquel vasto pedazo de tierra cubierto de tan espesa vegetación, quizá pudiéramos despistar a nuestros perseguidores. Pese a todo, preferí negar con la cabeza.

—Es mejor continuar a este lado —aseguré.

—Pero…

—¡Sígueme!

Me agaché para esquivar una rama baja y me lancé al galope por una zona de pasto saturada de lluvia. Ante nosotros, los dos ríos se aproximaban cada vez más, formando una especie de cuña.

—¿Creéis que podemos cruzarlos? —preguntó Finan, escéptico.

—Si es necesario, salvaremos el Lauther —afirmé, señalando el curso de agua que discurría a nuestra derecha.

Lo había dicho con escasa convicción, porque, a pesar de que el crecido arroyo no era excesivamente profundo, la corriente formaba atropellados remolinos sobre su pedregoso cauce.

—De todos modos, será mejor que no lo intentemos —añadí—, porque, si los caballos dan un solo traspiés, tendremos encima a esos canallas. Como sea, debemos tratar de mantenernos entre los dos ríos.

—Sí, pero… ¡fijaos, parece que terminan uniéndose!

—Y así es.

Finan me miró con expresión de asombrada curiosidad. Volábamos a galope tendido hacia la estrecha lengua de tierra en la que se juntaban los dos ríos, y, por si fuera poco, los jinetes de Guthfrith nos bloqueaban el camino de vuelta al campamento. Y, sin embargo, Finan comprendió por mi tono de voz que la situación no me causaba inquietud alguna. Echó un vistazo a nuestras espaldas, observó con serio semblante la veloz carrera de los cursos de agua y sopesó la posibilidad de adentrarnos en los sombríos y espesos bosques que nos bordeaban por el flanco izquierdo. De pronto, estalló en una breve carcajada.

–¡La caza del jabalí! –soltó triunfante–. ¡A fe mía que podéis ser un cabrón escurridizo, señor! –exclamó con jocosidad.

–¿Tú crees?

Volvió a reír con ganas, súbitamente feliz por haber salido a cabalgar conmigo bajo la lluvia. Torcimos bruscamente bridas al norte, en dirección a los árboles, y a nuestra grupa surgió de pronto la silueta de los hombres que nos perseguían. Aún se encontraban a buena distancia, pero debían de haber comprendido que estábamos atrapados en el embudo que formaban los dos ríos de grueso caudal, a los que la tormenta había prestado fuerza y velocidad. Tiré de las riendas de mi garañón, obligándolo a frenar. Entonces, di media vuelta y me apresté a plantar cara a los jinetes. Si Egil no estaba donde suponía, nos veríamos realmente en una trampa, pero confiaba en el escandinavo tanto como en Finan.

–Quiero que Guthfrith caiga en la tentación de intervenir y que desvele así sus intenciones –expliqué–, porque hay demasiadas cosas que no entiendo.

No estaba seguro de que el propio Guthfrith formara parte del grupo de perseguidores, pero en cualquier caso los jinetes se estaban desplegando en línea con el propósito de empujarnos hacia el punto en el que el terreno se estrechaba para permitir la tumultuosa confluencia de las dos corrientes de agua. Se acercaban muy lentamente, casi al paso, con mucha cautela, aunque con la confianza de que ya no teníamos escapatoria.

–No sé qué se han prometido Guthfrith y Æthelstan –dije, deteniéndome a observar a los jinetes–, y quiero averiguarlo.

Los jinetes seguían todavía bastante lejos, a unos doscientos pasos de distancia. Entretanto, Finan y yo nos habíamos colocado a unos cincuenta del espeso bosque.

—Estate atento. Ya no falta nada —le advertí.

—¿Aún estáis convencido de que Egil anda por aquí?

—¿Y qué más da? Sólo son doce, y nosotros, dos. ¿Qué te preocupa?

Se echó a reír.

—¿Y si Guthfrith es de la partida?

—Pues acabamos con el muy canalla —dije—. Pero no sin interrogarlo antes.

Todavía estábamos sumidos en tan plácida conversación cuando vimos que la docena de esbirros de Guthfrith clavaba espuelas, ponía en ristre el armamento y se cubría con los escudos, entre el sordo estruendo de su galopada por la turba reblandecida. Respondimos lanzándonos de inmediato al norte, rumbo al bosque, como si pretendiéramos refugiarnos entre los árboles. Justo entonces, mientras mi garañón se movía con elasticidad para adquirir velocidad, vi destellar entre las hojas el acero de las moharras.

Y Egil Skallagrimmrson apareció bajo el hermoso estandarte del águila de alas extendidas. Las monturas de sus exploradores abandonaron la oscuridad de la arboleda en dos grupos. Uno de ellos fue a encontrarse directamente con los secuaces de Guthfrith, y el otro maniobró para colocarse a sus espaldas y cortarles la retirada. De pie en los estribos, Egil profirió su grito de guerra, cortando la lluvia con su fiel *Adder*. A su lado se agitaba la inmensa silueta de su hermano, el poderoso Thorolf, que, a horcajadas sobre un semental de enorme alzada, blandía un hacha sedienta de sangre. Los escandinavos se disponían al combate, y Finan y yo torcimos tan bruscamente bridas que nuestros animales derraparon suavemente antes de enfilar hacia los atacantes.

Los hombres de Guthfrith tardaron unos instantes en constatar, horrorizados, que habían caído en la trampa. La lluvia les venía de cara y, cuando ya creían tenernos en el saco, alguien dio la voz de alarma. También ellos orientaron los caballos hacia el pelotón de Egil, pero con la mala suerte de que uno de los pencos resbaló y fue a dar con el jinete en tierra. Con la pierna atrapada bajo el peso del animal, el caído soltó un aullido de dolor, agravado sin duda por los esfuerzos que el pobre equino hacía para incorporarse. En ese mismo momento, los lanceros de Egil arrojaron sus flechas y tiraron a tres adversarios al suelo.

La sangre sonrosó la lluvia. Egil apartó brutalmente una pica con el lado plano de *Adder*, giró la hoja e incrustó el filo en la cara de uno de sus atacantes. El resto, atrapados por el segundo grupo de jinetes escandinavos, decidieron tirar lanzas y espadas, berreando consignas de rendición. Sólo un hombre trató de huir, ensangrentando los ijares de su corcel con las espuelas en su intento de ganar el Lauther.

–¡Dejádmelo a mí! –bramó Finan, lanzándose en pos del fugitivo.

–¡Lo quiero vivo! –rugí–. ¡Vivo!

El tahalí del valiente que había salido al galope aleteaba desbocadamente, sacudido por la grupa del caballo que iba a toda velocidad entre el herbazal inundado. Por un momento, pensé que tal vez se tratara del mismísimo Guthfrith, pero el tipejo no sólo era demasiado delgado, también dejaba salir una larga trenza rubia bajo el yelmo.

–¡Finan! ¡Vivo! –repetí, saliendo a toda velocidad tras mi amigo.

El soldado que intentaba alejarse del atolladero forzó a la montura al bajar la fortísima pendiente que daba a los rápidos del Lauther. El garañón hizo un rehúse, se encabritó, y las espuelas volvieron a sacar sangre. De pronto, el animal debió de pisar con los cascos delanteros alguno de los grandes cantos rodados ocultos bajo las aguas embravecidas, porque lo vimos caer aparatosamente de costado. El jinete se vio arrastrado en la caída, pero consiguió no soltar ni la espada ni el escudo. Tras un forcejeo, logró extraer la pierna aprisionada bajo su enloquecida montura e intentó incorporarse. Sin embargo, Finan, que ya había echado pie a tierra, le hizo sentir la punta de *Ladrón de Almas* en la garganta. Me detuve en el vértice del ribazo. El maltrecho alazán del mesnadero de Guthfrith salió del agua con un paso tembloroso, mientras su dueño hacía un vano intento de alcanzar a Finan con un rápido barrido de la espada, aunque tuvo que inmovilizarse de inmediato al notar que *Ladrón de Almas* le arañaba la piel.

–Me parece que éste va a tener una conversación interesante –dijo Finan con sarcasmo, agachándose para recoger la espada del hombre.

Al acercarme, vi que se trataba de Kolfinn, el joven que había tratado de desafiarme al llegar a Burgham. Finan arrojó el acero a la orilla y animó a incorporarse a Kolfinn con el suyo.

–En pie, amiguito –le ordenó–. Y deja ahí el escudo; no vas a necesitarlo.

Chorreando, Kolfinn trató de auparse torpemente al cenagoso ribazo. Amagó con subirse al caballo, pero, con un golpe seco, Finan le hizo notar el peso de la espada en la cimera del yelmo.

–Y tampoco tienes que preocuparte de la montura, jovencito. Limítate a caminar delante de mí.

Kolfinn me lanzó una mirada enfurecida, y por un momento tuve la impresión de que estaba a punto de decir algo, aunque se rehízo y optó por permanecer callado. La larga trenza rubia le colgaba por el espinazo, goteando, y, al echar a andar por tierra firme, a punta de espada, las botas le borboteaban cómicamente a cada paso. Finan lo condujo hacia el pequeño grupo de supervivientes, rodeados por los lanceros de Egil.

–Ha sido más fácil de lo que esperaba –refunfuñó Egil cuando estuve a su altura.

Habíamos capturado a ocho de los doce perseguidores, y todos habían sido ya despojados de las cotas de malla, las armas y los cascos. El jefe de la partida era un hombre taciturno llamado Hobern, al que aparté del resto, mientras los demás, obligados por las moharras escandinavas, arrojaban a sus camaradas muertos a las aguas del Lauther. Uno de los hombres de Egil empezó a decir a Kolfinn que se quitara la protección metálica del torso, pero lo detuve con un suave ademán.

—Dejadlo en paz.

—¿Señor?

—No hace falta presionarlo. Dejad que conserve la cota de malla.

Me acerqué con Hobern a la confluencia de los dos ríos, seguido por Thorolf, que no se separaba de su inmensa hacha, como si ansiara hundírsela entre los omóplatos al prisionero.

—Dime, Hobern, ¿qué es eso tan interesante que han pactado Æthelstan y Guthfrith?

—¿Pactado, decís? —preguntó, sin abandonar su expresión hosca.

—Cuando tu amo juró vasallaje a Æthelstan —gruñí—, ¿qué fue exactamente lo que se comprometió a hacer?

—Lo de siempre: entregarle un tributo, junto con tropas y misioneros —aseguró con la voz amortiguada por una suerte de tristeza personal.

Se había mostrado reacio a hablar, pero Thorolf lo había puesto de rodillas de un empellón. Hobern, desprovisto de las armas, el casco y la cota de malla, temblaba de frío bajo el gélido aguacero. Para animarlo a hablar, decidí ponerle a dos dedos de la cara el filo de un estilete.

—¿Misioneros? —me asombré, divertido.

—Guthfrith tiene la obligación de bautizarse —susurró.

Me eché a reír.

—¿Y vosotros? ¿También tenéis que convertiros?

–Eso asegura nuestro rey, señor.

No sé de qué me extrañaba. Æthelstan quería unir a las tribus sajonas hasta constituir un único reino, Englaland, pero también deseaba que todos los habitantes de la nueva nación fueran cristianos, y desde luego Northumbria distaba mucho de ser un territorio afecto a esa fe. La venían gobernando daneses o noruegos prácticamente desde que tenía memoria, y el mar seguía trayendo sin parar nuevas remesas de paganos. Æthelstan podía convertir al país pasando a espada a todos los que él tenía por descreídos, pero, si daba ese paso, tal vez desatase una guerra que animaría a los pueblos nórdicos a abandonar sus moradas septentrionales para intervenir. Era mejor, mucho mejor, convertir a los hombres del norte, y la manera más rápida de lograrlo era llenar de ideas cristianas la mente de sus líderes. Era un sistema que ya se había revelado eficaz tanto en Anglia Oriental como en Mercia, y por eso los daneses que se habían asentado en esas tierras se arrodillaban ahora ante el dios clavado en el madero. De hecho, algunos de ellos, como el obispo Oda, habían empezado a medrar en el seno de la Iglesia. No me cabía la menor duda de que Æthelstan quería ver muerto a Guthfrith, pero matándolo sólo conseguiría que otro miembro de su familia tratara de reivindicar el trono. Con eso, serían muchas las probabilidades de que el reclamante fuera Anlaf, el escandinavo cuyos navíos ocultaban el mar y cuyos ejércitos habían sometido a casi todos sus rivales irlandeses. No, Æthelstan saldría claramente mucho mejor parado si mantenía a un tipo débil y contentadizo como Guthfrith en el trono. Resultaba mucho más fácil obligarlo a aceptar el bautismo, a distribuir por todo el país tropas de guarnición sajonas, leales a Æthelstan, y a socavar él mismo su autoridad exigiendo jugosos pagos de plata como tributo.

–¿Y por qué te ha ordenado Guthfrith que nos siguieras? –reanudé el interrogatorio.

Hobern pareció titubear, pero desplacé el puñal hasta que la punta se cernió amenazadoramente sobre sus ojos.

—Os odia, señor.

—¿Y?

Nueva vacilación y nuevo movimiento del punzón.

—Quiere veros muerto, señor.

—¿Porque le impedí llegar a las tierras de Constantino de Escocia?

—Simplemente porque os detesta, señor —insistió el prisionero.

—¿Comparte Æthelstan ese deseo de acabar conmigo?

Tuve la sensación de que la pregunta lo sorprendió, pero si así fue logró dominarse. Se encogió de hombros.

—No me ha dicho nada de eso, señor.

—¿Te refieres a Guthfrith? ¿Es Guthfrith quien te ha ocultado esa información?

—Sí, señor. Asegura que debéis pagarle tributos con regularidad, señor.

—¿Yo? ¿Pagar tributo a ese montón de mierda?

Hobern volvió a levantar expresivamente los hombros, como queriendo indicar que las respuestas no obedecían a su voluntad, sino a la de su amo.

—El rey Æthelstan sostiene que Bebbanburg se encuentra en las tierras de Guthfrith y que, por tanto, vos tenéis que jurar lealtad a Guthfrith. Mantiene que vuestros campos y territorios pueden proporcionar grandes riquezas a mi señor.

—¿Y por eso ha de declararme Guthfrith la guerra?

—No, pero sí se ve en la necesidad de exigiros tributos, lord Uhtred.

Y, si yo me negaba a pagar, cosa que todos sabían que sucedería, Guthfrith se cobraría en ganado la suma que tuviera la veleidad de exigir. Eso significaría la guerra entre Eoferwic y Bebbanburg y, de ese modo, la contienda nos debilitaría a ambos y proporcionaría a Æthelstan una excusa perfecta para intervenir y presentarse como el gran pacificador.

—¿Quién disparó las flechas ayer por la noche? —pregunté de improviso.

–¿Ayer por la noche? –se extrañó Hobern. De inmediato, se encogió, dolorido, al notar que el aguzado trozo de acero que sostenía bajo su ojo izquierdo le pinchaba la piel.

–Kolfinn, señor… –murmuró.

–¡Kolfinn! –exclamé, asombrado a mi vez.

No obstante, si digo la verdad, ya sospechaba vagamente que pudiera haber sido el irritado jovencito que había tenido la osadía de llamarme cobarde.

–Es el montero mayor de Guthfrith –susurró Hobern.

–¿Fue Guthfrith quien ordenó mi muerte?

–No lo sé, señor. –La enésima presión hizo que se doblara–. ¡No lo sé! –gritó.

Retiré el cuchillo un par de dedos.

–Guthfrith se ha entrevistado con varios enviados de Constantino, ¿no es cierto?

Asintió con la cabeza.

–En efecto, señor.

–¿Y qué quería Constantino? ¿Pactar una alianza con Guthfrith?

Volvió a mover afirmativamente la cabeza y a unir al gesto la palabra:

–Así es, señor.

–¿Se comprometió Constantino a mantener a Guthfrith en el trono?

Por el semblante de Hobern volvió a cruzar la sombra de la duda, pero una vez más el brillo de la cuchilla lo decidió.

–No, señor.

–¿No?

–Sólo le prometió que podría convertirse en señor de Bebbanburg.

–De Bebbanburg –repetí sin entonación.

Cabeceó suavemente.

–Eso es al menos lo que Constantino le prometió.

Me incorporé, maldiciendo la punzada de dolor que la postura me había provocado en la articulación.

—En ese caso, Guthfrith no es más que estúpido —concluí brutalmente—. Constantino lleva años codiciando Bebbanburg. ¿Y tú crees que va a entregárselo así, sin más, al mentecato de Guthfrith?

Enfundé la puntilla y me alejé unos cuantos pasos. ¿Debía extrañarme realmente de todos aquellos tejemanejes? Constantino había enviado a Domnall a Bebbanburg con la oferta de un generoso tratado, pero, en realidad, la propuesta sólo escondía una ambición mayor: la de gobernar Northumbria, nada menos. Y para ello —bien lo sabía toda una generación de habitantes del norte— era imprescindible poseer su mayor baluarte, es decir, mi fortaleza. Si Guthfrith se hubiera aliado con Constantino, no habrían tardado en encontrarlo muerto, y en mi espléndido fortín ondearía la bandera de Alba.

—Bueno, ¿qué os ha contado? —preguntó Finan, que se había acercado hasta nosotros.

—Que no debo confiar en nadie.

—¡Hombre, eso va a ser de gran ayuda! —soltó con sarcástica mordacidad.

—Todos quieren apoderarse de Bebbanburg. ¡Todos!

—¿Y qué queréis vos?

—Zanjar una disputa —respondí, irritado—. ¿Te has traído la espada de aquel canalla?

—¿La de Kolfinn? Claro, aquí está —dijo, tendiéndome el arma.

—Dásela.

—¿Qué?

—Dásela, te digo.

Y anduve, malhumorado, hacia los desconsolados prisioneros. Kolfinn era el único que vestía cota de malla, pero estaba empapado hasta los huesos y tiritaba, azotado por el viento racheado que soplaba de levante al que seguía acompañando una lluvia fría y menuda.

—Me has llamado cobarde —gruñí—, así que toma tu espada.

Me miró, nervioso, y después trató de discernir alguna pista de lo que estaba pasando en el rostro de Finan. Finalmente tomó la espada que le ofrecía el irlandés.

Desenvainé a *Hálito de Serpiente*. Estaba enfadado, mucho. No con Kolfinn, ni siquiera con Guthfrith, sino conmigo mismo, por no aceptar la jodida realidad, que por otro lado estaba más clara que el agua. Ahí estaba Englaland, casi enteramente constituida. Ahí estaba Alba, animada por la ambición de ampliar los territorios sujetos a su dominio. Y entre unos y otros quedaba Northumbria, una tierra que no era ni pagana ni cristiana, ni escocesa ni Ænglisc, y muy pronto iba a tener que decantarse por un lado u otro. Y aquello significaba que iba a tener que combatir, me gustara o no.

Pero ahora mismo tenía otras peleas menores que dirimir, y aquélla, pensé, serviría para aplacar, siquiera en parte, la cólera que me provocaba, quemándome por dentro, la otra discordia, incomparablemente más grave.

—Te has permitido el lujo de llamarme cobarde —repetí en tono acusatorio a Kolfinn—, y te has mostrado perfectamente resuelto a retarme a un duelo. Pues bien, acepto el desafío —afirmé, dando un rápido paso hacia él.

Tuve que detenerme en seco y retroceder de inmediato, porque me di cuenta de que Kolfinn, al echarse hacia atrás, había tenido que moverse lentamente a causa de sus botas, a las que el peso del agua convertía en un incómodo lastre. Tras dejarle un tiempo para rehacerse, volví a acometerlo, tajando el aire con el filo de *Hálito de Serpiente* en un amplio y brutal semicírculo que lo obligó a levantar el arma para parar el golpe. Sin embargo, antes de que chocaran los metales, hurté el cuerpo, y su contragolpe quedó en nada.

—¿Eso es todo lo que sabes hacer? —lo pinché—. ¿Cómo has conseguido esos brazaletes que luces? ¿Midiéndote con chiquillos?

—Estás muerto, anciano —musitó, abalanzándose sobre mí en un acceso de rabia.

Era extremadamente ágil, y se me echó encima con la misma vehemencia con la que yo mismo me había precipitado hacia él. Su ataque fue tan fulminante y violento que me vi en apuros para detener el terrible mandoble inicial. Sus ropas empapadas entorpecían sus movimientos, y creo que fue eso lo que me salvó. También yo estaba calado, pero no tanto como Kolfinn, cuyo rostro se deshacía en horribles muecas con el esfuerzo de cada nueva estocada. Seguí azuzándolo, fingiendo que su bárbaro asalto me estaba obligando a retroceder. Pude ver nítidamente que la dicha le inundaba la cara, previendo ya los elogios que iba a cosechar al convertirse en el matador de Uhtred de Bebbanburg. Kolfinn quería acabar rápidamente conmigo, así que apretó los dientes y arremetió contra mí, gruñendo al lanzar un fendiente destinado a abrirme las entrañas, pero yo hundí el vientre, me doblé hacia delante y le estampé en la cara la guarda de *Hálito de Serpiente*. El golpe fue morrocotudo. El pomo le aplastó un ojo, y el intenso y súbito dolor le calmó los ímpetus. Empezó a retroceder, tambaleándose, así que le di un empujón con todas mis fuerzas para que midiera el suelo con las costillas.

—Me has tratado de cobarde —susurré, mientras le deslizaba suavemente el filo de *Hálito de Serpiente* por la muñeca hasta cercenarle los tendones de la mano con la que sostenía el acero.

Los dedos dejaron de apretar la empuñadura, y de una patada lancé la espada lejos, entre la hierba empapada.

—¡Noo! —chilló.

—No quiero volver a ver tu podrida cara en el Valhalla —le anuncié, antes de hundirle a dos manos en el pecho la punta de *Hálito de Serpiente*, rompiéndole la protección de hierro y el revestimiento de cuero y partiéndole el esternón.

Se agitó, convulsionando, y emitió un largo gemido que acabó convirtiéndose en un quejido ahogado. Saqué bruscamente la espada del cuerpo, ya inerte, y se la tendí a Roric.

—Límpiala —ordené.

Me agaché para quitar a Kolfinn los seis anillos que le cubrían los brazos, dos de oro y cuatro de plata, de los cuales uno llevaba gemas incrustadas.

—Quédate con su tahalí —dije a Roric, algo más calmado.

Despojamos a los hombres de Guthfrith de todos sus objetos de valor: caballos, monedas, cotas de malla, yelmos, botas y armas.

—Di a Guthfrith que puede venir cuando quiera a socavar la fortaleza de Bebbanburg —solté ásperamente a Hobern—. Y que lo aguardaré a pie firme si lo intenta.

Y cabalgamos de vuelta al campamento. Por fuerza tuvo que vernos pasar Guthfrith al frente de una docena de garañones sin jinete, pero prefirió permanecer guarecido en su cabaña.

Fraomar me estaba esperando. Me saludó con una leve inclinación de cabeza en cuanto desmonté, pero, al ver los caballos que habíamos capturado y a los hombres de Egil descargando el armamento que llevábamos como botín, me fijé en que en su cara pecosa se pintaban los rasgos de la consternación. Tuvo el buen sentido de no decir una palabra y se limitó a inclinarse por segunda vez.

—El rey, lord Uhtred, requiere vuestra presencia.

—Que espere —respondí, cortante—. Tengo que ponerme ropa seca.

—Lleva ya largo rato esperando, señor.

—Entonces ya habrá adquirido práctica en la espera, así que... —contesté, sin preocuparme de rematar la frase.

Al final no me cambié. La lluvia había lavado la sangre que impregnaba mi cota de malla, pero en el manto todavía se veían las manchas, convertidas ahora en unas cuantas rayas negruzcas, pero inconfundibles. Abusé un rato de la paciencia de Fraomar, pero al poco cabalgaba ya en su compañía hacia poniente, rumbo al monasterio de Dacore. Se encontraba en el hondón de un valle azotado por la lluvia, rodeado de un mosaico de campos de cultivo y de un par de bien cuidados huertos de árboles frutales. Entre los pedazos de tierra labrada, se alzaban más tiendas y abrigos, todas apretujadas unas contra otras, hileras de estandartes empapados y cubiertos de barro y varios cercados repletos de caballos. Se hallaba acantonado allí otro contingente sajón del ejército de Æthelstan, ciñendo como una loba protectora a su cachorro el monasterio de madera en el que se cobijaba el rey.

Tuve que dejar a *Hálito de Serpiente* en el portillo del vasto edificio. Sólo los miembros de la guardia real estaban autorizados a llevar armas en presencia del monarca, aunque esto era una particularidad de Æthelstan, ya que la noche anterior Hywel no había puesto objeción alguna a mi fiel espada. Me acompañaban Finan y Egil, así que también ellos abandonaron a *Ladrón de Almas* y a *Adder* en una mesa, junto a una docena más de aceros distinguidos. Incluimos asimismo nuestros *seaxes*, es decir, las feroces hojas cortas de punta oblicua que tan letales resultan en los frenéticos forcejeos de un muro de escudos. Mi daga, *Aguijón de Avispa*, había quitado lentamente la vida a Waormund el día en que puse la corona de Englaland en manos de Æthelstan, dado que la desaparición del temible gigante había desatado el posterior desmoronamiento del ejército que se había alzado contra el soberano que ahora mismo me aguardaba.

—Debería dar a este puñal el nombre de *Hacedor de Reyes* —dije al senescal, que se limitó a mirarme con muda expresión vacía.

Fraomar nos condujo por un interminable corredor.

—En esta ala sólo viven unos cuantos monjes —observó al pasar frente a una larga serie de puertas que se abrían a otras tantas celdas desiertas—. El rey necesita esta parte del edificio para acomodar a los miembros de su séquito, así que hemos enviado a los frailes al sur, a otra casa de religiosos. ¡Pero al abate le ha parecido estupendo!

—¿Y eso?

–Hemos reconstruido el refectorio, y el rey, evidentemente, ha sido sobradamente generoso. Ha donado al monasterio el ojo de santa Lucía.

–¿El qué?

–Santa Lucía murió martirizada, pero antes de torturarla le sacaron los ojos –explicó Fraomar–. ¡Es un milagro! ¡No está seco ni marchito, y hace ya setecientos años que falleció! Estoy seguro de que el rey tendrá mucho gusto en enseñároslo.

–Ardo en deseos de verlo –gruñí, antes de detenerme ante la puerta de dobles batientes, inmensos y macizos, que un par de guardias cubiertos por los mantos escarlata de Æthelstan habían comenzado a abrir con solemne parsimonia.

La cámara debía de ser el refectorio recién construido, porque todavía se percibía en el aire el olor a madera fresca. Era una habitación muy larga, de techos altísimos, rematados por unas vigas enormes sobre las que se sustentaba la cubierta de paja exterior. Seis de sus ahusadas ventanas permanecían cerradas para impedir que las golpeara la implacable lluvia, así que el recinto se hallaba iluminado con docenas de gruesos cirios apoyados en unas mesas inmensas en las que se acomodaban unos cincuenta o sesenta hombres. En el extremo más alejado de la entrada, se había levantado un estrado, y sobre él descansaba la mesa de estado, bajo un enorme crucifijo.

Fui recibido al son de un ronco clamor de bienvenida, lo que me sorprendió muy gratamente. Algunos de los presentes me vitoreaban puestos en pie. Eran guerreros con los que había peleado hombro con hombro en más de un muro de escudos. Merewalh, un buen hombre que había capitaneado las tropas de la casa de Æthelflaed, me dio un fuerte apretón de manos, y Brihtwulf, un rico y joven combatiente que había conducido a sus valientes en el choque de la Crepelgate junto a mí, me dedicó un sentido abrazo.

Instantes después, un fuerte y rápido repiqueteo percutió el tablero de la mesa principal para exigir orden y silencio en la sala.

Æthelstan se hallaba allí sentado, presidiendo el salón, justo bajo el gran crucifijo, en compañía de seis notables. El obispo Oda, que se hallaba inmediatamente a su lado, era quien había acallado la algarabía golpeando la mesa con el pomo de un cuchillo. El rey ocupaba el lugar central, y su adusta figura destacaba bajo la cálida luz amarillenta de las velas, que arrancaban brillantes destellos al aro de oro que ceñía su larga cabellera morena, en la que pude ver, una vez más, los relucientes hilos dorados que mantenían ahormados y lisos sus abundantes rizos trenzados. Supuse que si Oda había pedido calma había sido para permitirme cumplir el deber ceremonial de saludar protocolariamente al soberano antes de dirigirme al resto de los reunidos. Acertó, porque, como de costumbre, Oda sabía dar realce a un ritual, así que hice una profunda reverencia.

—Majestad —dije con todo respeto.

Æthelstan se puso en pie, obligando a todos los presentes a abandonar igualmente sus asientos, inundando la sala, súbitamente silenciosa, con el áspero concierto de rasponazos de las patas de los bancos sobre el duro suelo sin desbastar. Me incliné por segunda vez.

El silencio se adensó, prolongado por la expectativa. Æthelstan me miró fijamente, y yo le mantuve la mirada. Empezaba a notársele la edad, lo que por supuesto era perfectamente lógico. El jovencito que recordaba se había convertido en un agraciado monarca de sienes ligeramente plateadas y finas hebras grises en la barba. Su rostro alargado mostraba una expresión severa.

—Majestad —repetí, rompiendo el silencio general.

Una suave sonrisa iluminó el semblante del rey.

—¡Amigo mío! —dijo con voz cálida—. ¡Querido y viejo amigo! ¡Acercaos! —añadió, uniendo el gesto a la palabra.

Dirigió un discreto gesto a los criados que permanecían en los recodos oscuros del salón.

–Bancos para los compañeros de lord Uhtred –solicitó, al tiempo que señalaba una de las mesas–. ¡Y que no les falten viandas ni buen vino!

Volvió a dirigirme una amable sonrisa…

–¡Pero venid, señor, uníos a mi mesa!

Inicié el movimiento para incorporarme a la mesa de estado, pero me detuve.

Cuatro de los hombres que se hallaban en lo alto de la tarima junto a Æthelstan eran jóvenes guerreros que lucían en el cuello y los brazos los anillos de oro con los que se marcan los éxitos y las conquistas. Reconocí sin dificultad a Ingilmundr, muy sonriente, y a Ealdred, de expresión mucho más taciturna. A los otros dos, sin embargo, no los había visto en mi vida.

Junto a aquellos hombres de armas había también dos clérigos, lo que no constituía ninguna sorpresa. El obispo Oda, que ocupaba el lugar de honor, a la derecha de Æthelstan, me recibió con una sonrisa de bienvenida, igual que Ingilmundr y el propio rey.

Sin embargo, en el rostro del prelado que se sentaba a la izquierda del monarca no se veía ninguna expresión amable, sino todo lo contrario, ya que era toda ella un ceño fruncido. Desde luego, no se trataba de ningún amigo. De hecho, esa persona me odiaba.

Era mi hijo mayor.

* * *

Había sido precisamente el asombro de reconocer a mi propio hijo entre los presentes lo que me había frenado en seco. Pero no había sido sólo la sorpresa, también se me revolvió el estómago. Tentado estuve de dar media vuelta y largarme de allí. Sin embargo, me limité a mirar de nuevo a Æthelstan, lo que me permitió observar que su semblante risueño había dado paso a una expresión a medio camino entre el desafío y una suerte de malévolo deleite. Sin duda, había querido provocar el enfrentamiento, y la situación debía de obedecer, por tanto, a algún objetivo concreto. Empecé a sospechar que la conocidísima hostilidad de mi hijo por los paganos formaba parte de ese propósito.

Æthelstan estaba en deuda conmigo. Allá en Lundene, el día en que la sangre de los sajones occidentales regó la calzada de la Crepelgate, había reconocido la obligación que lo unía a mí. No en vano le había entregado la ciudad en bandeja. Y eso no era cualquier cosa, porque con la plaza venía la corona de los tres reinos de Mercia, Wessex y Anglia Oriental. Sin embargo, en los años transcurridos desde entonces, el rey me había ignorado por completo. Ahora entendía el porqué de aquella actitud. Æthelstan estaba rodeado de asesores. Muchos eran guerreros, como Ingilmundr y Ealdred, y otros eran hombres de Iglesia, como Oda. Pero a esos religiosos se les había unido ahora otro: el padre Oswald. Y el padre Oswald me detestaba. De pronto recordé que Anwyn, el cura galés, había dicho la noche anterior que el obispo Oswald iba a pronunciar un sermón. Mi hijo se había convertido en obispo y en uno de los más íntimos consejeros del monarca.

Cuando vino al mundo, le dimos el nombre de Uhtred. Es la tradición familiar. Mi hermano mayor también se llamaba así, pero, cuando un maldito danés le arrancó la cabeza y la arrojó al pie de la Puerta de la Calavera de Bebbanburg, mi padre me cambió el nombre, convirtiéndome desde entonces en Uhtred de Bebbanburg.

También yo había puesto Uhtred al primogénito de mi linaje. Sin embargo, ese hijo había sido una constante fuente de disgustos. De niño era nervioso y exigente; lo asustaban los soldados de mi séquito con sus imponentes cotas de malla, y nunca quiso aprender a manejar la espada. Confieso, no obstante, haber sido un mal padre. También eso era tradición en la familia, porque lo único que hice, en realidad, fue calcar la conducta del mío. Quería mucho a mis hijos, pero estaba siempre ausente, guerreando, y al fallecer Gisela apenas encontré tiempo para ellos. Alfredo había metido internos a los chicos en un colegio de Wintanceaster, donde Uhtred había mamado ansiosamente de la teta cristiana. De hecho, súbitamente horrorizado, recordé el día en que lo vi envuelto en blancas túnicas y cantando en el coro con sus compañeros de escuela. Mis dos hijos se habían convertido al cristianismo. Sólo mi adorada hija había seguido a los dioses de antaño.

El hecho de que mi hijo pequeño, que ahora respondía por Uhtred, hubiera abrazado la fe del crucificado, no le había impedido adherirse a la vida militar. Había aprendido a valerse del acero, tanto de la lanza como de la espada, y a blandir eficazmente el escudo. Mi hijo mayor, por el contrario, había tomado un camino muy distinto, una senda que lo había llevado a transformarse en sacerdote cristiano. El día en que tomó el hábito lo desheredé. Lo llamé «padre Judas», y él se apropió del apelativo durante un tiempo, antes de decidir definitivamente que su nueva identidad debía llevar la palabra «Oswald» como mascarón de proa. Lo eché al olvido y no volví a pensar en él, salvo en las raras ocasiones en que irrumpía sin previo aviso en mi vida. Estaba a mi lado el día en que el benjamín de la casa mató a Sigurd Ranulfson y en el que Cnut, el hermano de Sigurd, estuvo a punto de enviarme al Valhalla. El padre Oswald había rondado en esa ocasión por nuestro muro de escudos, dedicándonos rezos e insuflándonos ánimos, pero no hubo reconciliación. Él condenaba a los paganos, y, sencillamente, yo no soportaba que se hubiera desentendido del destino de la familia.

Fue entonces cuando Brida –aquella perra infernal que aborrecía a los cristianos y que en otro tiempo fue mi amante, pese a que también ella hubiese acabado por maldecirme– apresó al padre Oswald y lo castró. Mi hija había dado buena cuenta de ella, enviándola destripada al inframundo, y la ultrajante herida del padre Oswald consiguió sanar. Yo mismo cuidé de él en esos días y me ocupé de que se restableciera, pero todavía no le había perdonado que abandonara Bebbanburg. No habíamos vuelto a hablar desde entonces, pero a veces, en la oscuridad de la noche, cuando aúlla el viento que las olas lanzan sobre los tejados de la fortaleza, impidiéndome conciliar el sueño, la mente viaja hasta su recuerdo; aunque nunca con afecto. Todo cuanto consigo sentir es cólera y pesar. Aquel extraño había traicionado el deber que el destino ha impuesto a nuestra familia, renegando de nuestra obligación de conservar y mantener viva Bebbanburg hasta que el caos final enturbie la tierra, evapore los océanos y arroje a los dioses al abismo, envueltos en el sudario de su propia sangre.

Y allí lo tenía ahora. Solemnemente sentado a la siniestra de Æthelstan y ordenado obispo. No podía creerlo. Me miraba fijamente desde el estrado, petrificado el rostro, regodeándose del lugar de honor que ocupaba junto al rey.

–¡Venid, señor! –volvió a insistir Æthelstan, reiterando la sonrisa–. ¡Sed bienvenidos! ¡Acercaos!

La gratitud, solía decir mi padre, es una enfermedad que sólo afecta a los perros. Por eso me animé a encaramarme a la tarima, dispuesto a descubrir si quedaba en Æthelstan algún síntoma de esa dolencia y si mi hijo mayor trabajaba o no con la vista puesta en destruir la ambición de mi vida, que no era otra que la de conservar Bebbanburg hasta el fin de los tiempos.

Wyrd bið ful āræd.

El destino es inexorable.

CAPÍTULO V

Apenas probé bocado y más desdeñé aún la bebida. Æthelstan me sentó en el lugar más eminente, a su derecha, haciendo que el padre Oda se corriera un puesto en el banco para hacerme hueco. El soberano me ofreció vino, jamón, distintos quesos, pan recién horneado y almendras, que, según dijo, eran un regalo del rey de los francos. Se interesó por mi salud y me preguntó por Benedetta.

–Me han dicho que ahora vive con vos –comentó–. Recuerdo bien la época en que estuvo en la corte de mi padre.

–En la que vivió esclavizada –gruñí.

–Y también me acuerdo de que era una mujer bellísima –continuó, haciendo caso omiso de mi tono y actitud–. Y, en efecto, es verdad que era una esclava. ¿Es ésa la razón que os ha impedido casaros con ella, señor?

–Por supuesto que no –respondí secamente, pero luego llegué a la conclusión de que lo más sensato era añadir una explicación–. Ella ve el matrimonio con recelosa superstición –dije.

–Lo mismo me ocurre a mí –respondió Æthelstan con amable semblante.

–Pero vos sí que debierais casaros, majestad –aseguré–. Vuestros reinos precisan un heredero.

–¡Y lo tienen! Mi hermanastro Edmund. Vos ya lo conocéis, sin duda.

–Lo recuerdo, pero en esa época no era más que un chiquillo cargante.

Se echó a reír.

—Nunca os han gustado demasiado los niños, ¿verdad? Ni siquiera los vuestros.

Las últimas cuatro palabras contenían un dardo envenenado.

—Adoraba a mis hijos —repliqué—. Pero he perdido a tres —señalé, al tiempo que acariciaba el martillo que llevaba prendido al cuello.

—¿Tres? —se extrañó el rey.

—Tuve un hijo de mi primer matrimonio —detallé—. Falleció en la más tierna infancia.

—Lo siento. No lo sabía.

—Y luego murió Stiorra.

Æthelstan, que había comprendido que al hablar de una tercera pérdida me refería al obispo Oswald, prefirió no ahondar en el asunto. Y es que, en efecto, mi hijo mayor era ahora un gran prelado, cabeza de la diócesis de Ceaster. Continuaba sentado a la izquierda del rey, pero no me hizo el menor caso, y obviamente yo tampoco se lo hice a él. Al verme subir al estrado, mi hijo había inclinado levemente la cabeza, a modo de frío saludo, pero no moví un músculo para corresponderlo. De hecho, ni siquiera lo miré a los ojos. En ese momento, aprovechando un momento de distracción de Æthelstan, me giré hacia el obispo Oda.

—¿Por qué no me has avisado? —le dije en voz baja.

Oda no necesitaba que le explicaran la razón de la pregunta, así que se encogió de hombros.

—El rey quería daros una sorpresa, señor —respondió, dedicándome una larga mirada con sus ojos graves e inteligentes, en los que sin embargo nada pude leer porque había preferido permanecer hermético.

—Querrás decir que deseaba dejarme turulato.

—Lo que pretendo haceros ver es que reza por vuestra reconciliación. Como todos, por cierto... Vuestro hijo es un buen hombre, señor.

—Ése no es hijo mío.

La ira y los remordimientos me ensombrecieron el ánimo. Por muchas muestras de afecto y distinción que me hubiera prodigado Æthelstan, seguía teniendo la sensación de que se me había tendido una trampa. Acabar con Kolfinn había sido pan comido, pero esta recepción en un vasto salón recién construido estaba empezando a ponerme los pelos de punta.

–¡El príncipe Edmund es un joven muy prometedor! –exclamó de pronto el monarca, en un rapto de entusiasmo–. Se ha convertido en un temible guerrero, señor. Desea acompañarnos a las tierras del norte, pero he juzgado más conveniente dejarlo al mando de Wintanceaster.

Solté un quedo gruñido por toda respuesta y me dediqué a observar muy atentamente la inmensa sala, cálidamente iluminada bajo la inquieta luz de los velones. Todos los presentes me devolvieron la mirada. Conocía prácticamente a todos, aunque para los más jóvenes yo no era más que un extraño, una especie de reliquia, un nombre redorado pero de otra época. Habían oído hablar de mí, les habían referido relatos en los que se detallaban los combates a muerte que había librado o los ejércitos que había vencido, y desde luego se fijaban en los brillantes anillos que me cubrían los brazos, la cicatrices que la guerra me había dejado en las mejillas, pero al mismo tiempo no podían ignorar la barba gris y las profundas arrugas que me surcaban el rostro. No veían a una leyenda, sino a un hombre del pasado. Y ellos eran el futuro. Me había convertido en alguien sin importancia.

Æthelstan levantó la vista para estudiar la escasa luz que se colaba por las cerradas contras de las ventanas.

–Me parece que el sol intenta asomar la nariz –dijo efusivamente–. De hecho, tenía la idea de cabalgar un rato –prosiguió–. ¿Querríais acompañarme, lord Uhtred?

–Ya me he dado una buena cabalgata esta mañana, majestad –contesté groseramente.

–¿Con esta lluvia?

–Había un hombre que merecía la muerte –comenté–. Y debía llegarle por mi mano –añadí.

Se limitó a mirarme largamente con sus oscuros ojos, profundamente hundidos en su alargado rostro. Sus enemigos habían tratado de ridiculizarlo llamándolo «niño bonito», pero ahora todos cuantos habían osado oponérsele estaban muertos, y el «guapito» había dejado atrás sus aires «muchachiles» para transformarse en un atractivo hombre en plena madurez de solemne y hasta impresionante figura.

–La cuestión es que el tipo del que hablo ha tenido ya su merecido –concluí.

Vi dibujarse un fugaz esbozo de sonrisa en el adusto rostro del rey. Sabía que estaba intentando provocarlo, pero se negó a dejarse arrastrar por la hosquedad de mis modales, así que no se dio por enterado. Yo acababa de confesar una muerte, y el rey había preferido hacer caso omiso, pese a que él mismo hubiera prohibido toda querella entre los acampados y dado orden de despojar de las armas a los congregados.

–Daremos ese paseo a caballo –dijo firmemente–. Y llevaremos unos cuantos halcones, si os place. –Dio unas palmadas para atraer la atención de los comensales–. ¡Ha salido el sol! ¿Os apetece una partida de caza?

Uniendo el gesto a la palabra, el soberano empujó el asiento hacia atrás y se incorporó, obligando a la sala entera a ponerse en pie.

Acababa de decretarse una cacería.

* * *

Ninguno de los dos obispos, ni Oda ni Oswald, juzgó oportuno unirse a la montería, lo que desde luego vi con gran alivio. Oda me había dicho que Æthelstan deseaba que Oswald y yo nos reconciliáramos, y temía que me obligara a soportar toda la tarde la compañía de mi hijo. Sin embargo, el rey juntó su garañón al mío y cabalgó a mi lado mientras el resto de los invitados nos seguía a cierta distancia. Nos escoltaba un gran grupo de soldados perfectamente revestidos de sus cotas de malla. Sus capotes escarlata apenas diluían el aspecto inquietante de sus rostros, tenebrosos y ceñudos, aparentemente concentrados en sostener en posición de descanso las gigantescas sarisas con las que iban armados sobre sus no menos imponentes sementales.

—¿Teméis la súbita irrupción de algún adversario, majestad? —pregunté a Æthelstan en cuanto abandonamos el monasterio.

—No me cuido de enemigo alguno —respondió alegremente—, pues cuento con la mejor guardia.

—También yo dispongo de hombres bravos que me protegen —repliqué—, pero esta noche un arquero ha probado puntería con mi persona.

—¡Eso me han dicho! ¿Creéis acaso que también pueden intentar atacarme a mí?

—No sería impensable…

—¿Pensáis que podría haber sido alguno de los hombres de Hywel?

Aquella pregunta me indicó que estaba al tanto de la entrevista que había mantenido apenas unas horas antes.

—Los galeses utilizan arcos largos para la caza —señalé—, pero Hywel jura que ninguno de sus hombres ha tenido nada que ver en este asunto.

—¡Y estoy seguro de que así es! Hywel no tiene pendencia con vos, y además ha hecho las paces conmigo. Es persona que merece mi confianza.

Sonrió y levantó la vista al cielo por unos instantes.

—¿Habéis tratado de tensar alguna vez un arco largo de caza? —continuó luego—. Yo lo hice en una ocasión. ¡Cielo Santo! ¡Menuda fuerza hay que tener! Conseguí llevar la cuerda a la máxima tensión, pero el esfuerzo fue tal que la diestra me temblaba. –Se giró para dirigir la palabra a Eal-dred, que cabalgaba a su izquierda–. ¿Habéis tenido vos ocasión de probar uno, lord Ealdred?

–No, majestad –contestó el aludido.

No le hacía ninguna gracia que se le obligara a perma-necer en mi compañía, y se negaba a mirarme.

–¡Deberíais hacerlo! –exclamó animadamente Æthels-tan, que llevaba en el puño un halcón que meneaba brusca-mente la cabeza a un lado y a otro, pese a tenerla cubierta por una caperuza de cuero.

–Es un *tiercel** –explicó el rey, levantando al mismo tiem-po la muñeca para permitirme observarlo de cerca–. Lord Ealdred prefiere las hembras; son más grandes, evidentemen-te, pero os juro que este pequeño cabroncete es mucho más fiero y despiadado.

–Todas las aves de esta raza son salvajemente agresivas –repuse. Yo no llevaba ningún pájaro. Si voy de caza me gus-ta utilizar una lanza para jabalíes, pero a mi hijo, el segundo, le encanta valerse de estos animales de presa. Lo había deja-do al frente de Bebbanburg, y esperaba que ningún violento canalla intentara hacerse con el control de la fortaleza apro-vechando que yo me encontraba en la otra punta de Nor-thumbria.

Cuando al fin regresamos al campamento, Æthelstan frenó la montura junto al gran círculo de piedra en el que se elevaba su tienda. Señaló el anguloso pedrusco que se ele-vaba a la entrada.

–Nadie ha conseguido explicar el origen o el propósito de estas placas –comentó.

–Es obra de los antiguos –dije convencido.

–Sí, pero ¿con qué objeto?

---

* Término de la antigua cetrería francesa y anglosajona para el halcón macho. Se cree que alude a la circunstancia de que es aproximadamente un tercio más pequeño que la hembra. *(N. del T.)*

–Porque no sabían hacer nada mejor, majestad –aseguró Ealdred con suficiencia.

El rey enserió ligeramente la cara al contemplar con detalle las hechuras de la piedra. Varios soldados del campamento nos habían visto llegar, y unos cuantos se acercaban distraídamente hacia nuestros caballos, aunque los fornidos miembros de la guardia montada los apartaron sin dilación.

–¡Hay un montón! –exclamó Æthelstan en alusión a las piedras–. ¡Las hay por todo el reino! Grandes círculos pétreos, y no sabemos con qué fin los erigieron.

–Puras supersticiones paganas –se entrometió Ealdred, en tono desdeñoso.

–Vuestro hijo –comenzó a explicar el rey, volviéndose hacia mí (y en clara referencia al primogénito)– quiere que echemos abajo esta extraña construcción.

–¿Y por qué?

–¡Porque son paganas, evidentemente!

–Pero esos dioses ya están muertos –aseguré, señalando el círculo con un suave gesto de cabeza–. Ya no pueden causar problema alguno.

–¡Nunca estuvieron vivos, lord Uhtred! ¡No hay más que un Dios!

Æthelstan llamó con un ademán al hombre que se hallaba al frente de su escolta.

–¡No los apartéis! ¡No pretenden hacernos ningún daño!

Lo decía por los hombres que habían acudido, movidos por la curiosidad, al verlo pasar. El celo de sus guardias debió de molestarlo bastante, porque el rey se aproximó a caballo, se detuvo a su lado e intercambió unas palabras con ellos. Lo oí reír.

«Tiene el don de encandilar a la gente», pensé. Caía bien a los hombres. Su aspecto era el que asociamos con la idea misma de la monarquía, claro está, y eso siempre ayuda, pero Æthelstan aportaba al halo de la corona una elegancia personal que sólo a él pertenecía. Ahora, al salir a cabalgar con el halcón en la mano, llevaba en la cabeza un simple aro de oro que destellaba acariciado por los débiles rayos de sol. Su montura, un semental gris de buena alzada, había sido guarnecida con gualdrapas de suave cuero trabajado y adornado con insignias doradas. Las espuelas también eran de oro, y la bastilla de su largo manto negro aparecía rematada con hilos del precioso metal. Me fijé en que el rostro de los curiosos que lo escuchaban se mostraba radiante de contento. Se veía que les agradaba mucho que el rey se hubiera detenido a conversar con ellos. Lo escuchaban, risueños, y de vez en cuando estallaban en una comedida carcajada por alguna gracia que el soberano les contaba. Conocían perfectamente los rumores que circulaban, pues ¿quién podría ignorarlos?, y las malas lenguas aseguraban que el rey se negaba a casarse y que prefería la compañía de hombres jóvenes y atractivos. Sin embargo, todo aquello no importaba a los que ahora departían con él, porque Æthelstan era la viva imagen de la realeza, porque los había guiado en la batalla y porque les había demostrado que sabía combatir con tanta bravura y fiereza como cualquiera de sus soldados. ¡Y porque les caía bien, no había más que verlos! Les inspiraba confianza. Ahí estaba, bromeando despreocupadamente como uno más. Al final prorrumpieron en vítores de entusiasmo.

—Es un buen rey —dijo Ealdred, que acababa de situar su caballo junto al mío.

—Siempre ha sido así —respondí, sin apartar la vista de Æthelstan.

Se produjo una incómoda pausa, al término de la cual Ealdred se aclaró la garganta.

—Debo pediros disculpas, señor.

—¿Y eso?

—Ayer por la noche, señor. No os reconocí.

–Pues ahora ya sabéis quién soy –repuse cortante, espoleando al caballo y alejándome de él.

No me estaba comportando adecuadamente. Era perfectamente consciente de ello, pero no podía evitarlo. Había demasiados secretos, demasiados hombres ambiciosos con los ojos puestos en Northumbria. Y Northumbria es mi patria. Soy el *jarl* Uhtred de Northumbria, y mis antepasados no sólo habían conquistado esa tierra a los britanos, también habían sabido conservarla frente a daneses y noruegos. Y ahora estaba persuadido de que iba a tener que defenderla una vez más. Pero ¿de quién?

Torcí bridas al caballo, volviendo la espalda a Ealdred, y vi que Egil conversaba animadamente con Ingilmundr, que también era noruego.

Ingilmundr se dio cuenta de que los estaba mirando e inclinó respetuosamente la cabeza. No respondí a su cortés saludo, pero me fijé en la gruesa cruz de oro que se bamboleaba sobre su pecho. Finan se acercó a mí.

–¿Habéis averiguado algo? –preguntó por lo bajo.

–Nada de nada.

–Pues yo me he enterado de que Ingilmundr ha sido bautizado.

–Sí, acabo de ver la cruz.

–¡Como para no verla! ¡Si se podría crucificar a una oveja en ese chisme! Además, asegura que va a ponerse al frente de todos los noruegos de Wirhealum para conducirlos a Ceaster y hacer que también ellos se bauticen.

–¡Ceaster! –repetí con voz sombría.

–Dicen que todo se debe al obispo Oswald, que los ha convencido de que su religión es la verdadera –añadió Finan en tono neutro. Sabía perfectamente que no resultaba aconsejable recalcar que el prelado era hijo mío–. ¿Será verdad? –se preguntó Finan al cabo, dando una oportunidad a la duda.

Gruñí. Los paganos se convertían, estaba claro, el obispo Oda era buena prueba de ello, pero no me fiaba un pelo de Ingilmundr. De él se podía esperar lo mismo que de un lobo hambriento en un redil de ovejas.

—Ingilmundr me ha comentado —prosiguió Finan— que ahora todos somos Ænglisc.

—¿En serio?

—Pensé que te gustaría.

Me eché a reír, aunque sin excesivas ganas, pero Æthelstan, que acababa de regresar de su contacto con el pueblo para reunirse con nosotros, dijo al escucharme:

—Os veo muy alegre, lord Uhtred.

—Siempre lo estoy en vuestra compañía, majestad —contesté agriamente.

—¡Y Finan, viejo amigo! ¿Qué tal estáis?

Æthelstan no aguardó la respuesta.

—¡Dirijámonos al norte! Lord Uhtred, ¿querréis hacerme compañía?

Cruzamos el vado del río Eamotum y lanzamos los caballos a pleno galope, poniendo buen cuidado de hacerlo sobre la turba empapada que flanqueaba la recta calzada romana. Tras alejarnos del campamento, Æthelstan mandó llamar a un criado para que lo liberara del pájaro de presa.

—No le gusta volar con un tiempo tan húmedo como éste —me explicó.

Sin embargo, sus palabras no consiguieron que me formara la idea de que, en realidad, no tenía auténtica intención de cazar. Se habían unido a nosotros nuevos grupos de jinetes, todos ellos embozados en mantos de color escarlata, protegidos por sus cotas de malla, yelmos, escudos y pesadas sarisas. Varios pelotones se destacaron al frente para explorar las zonas de terreno elevado y establecer un amplio cordón defensivo en torno al rey, que me guio hasta una suave colina cubierta de hierba rala en la que alguien había erigido, mucho tiempo atrás, unos muros de turba y delimitado con ellos un espacio toscamente cuadrado. En uno de los ángulos de la formación, se elevaban unas paredes de mampuestos, tan antiguos que las viejas piedras aparecían ahora cubiertas de hierbajos y líquenes.

–Debió de ser en su día un campamento romano –señaló Æthelstan al desmontar–. ¡Caminemos juntos un instante!

Su guardia escarlata rodeó el añoso reducto, pero sólo el monarca y yo penetramos en el inundado pedazo de turba encerrado entre los muros derruidos.

–¿Qué os dijo Hywel ayer noche? –preguntó de pronto, sin ningún preámbulo y apeando todo tratamiento.

La brusquedad de sus maneras me cogió de sorpresa, pero le respondí con toda sinceridad, y es muy probable que lo que le dije le agradara.

–Que va a mantener el tratado que tiene establecido con vos.

–Lo hará, lo hará… –dijo, haciendo una pausa y frunciendo levemente el ceño–. O eso creo, al menos.

–Sin embargo, parece que lo habéis tratado con dureza, majestad.

–¿Con dureza?

Parecía asombrado.

–Me ha asegurado que os paga veinticuatro libras de oro, trescientas de plata y diez mil cabezas de ganado al año.

–Y así es.

–¿Es que los reyes cristianos no saben hacer las paces sin poner un precio?

–No se trata de un precio –se avino a puntualizar Æthelstan–. Somos una isla asediada. Los nórdicos inundan el mar de Irlanda, el viento del norte nos manda sus flotas por oleadas, y sus guerreros ansían hacerse con nuestras tierras. Gales es un territorio pequeño y muy vulnerable… Sus costas ya han sufrido varios ataques. Esos caudales, lord Uhtred, sirven para sufragar el coste de las lanzas que las defienden.

–¿Son lanzas vuestras?

–¡Mías, por supuesto! ¿Te ha ocultado eso Hywel? Si su

173

territorio se ve acometido, lo defenderemos. Estoy forjando una paz cristiana, una alianza de naciones cristianas unidas contra el norte pagano, y la guerra cuesta dinero.

–Entonces vuestra paz exige que los débiles paguen a los fuertes. ¿No deberíais ser vos quien entregara tesoros a Hywel para que él pudiera mantener bien pertrechado a su propio ejército?

Æthelstan fingió pasar por alto la pregunta. Continuó andando a grandes zancadas, con el semblante cada vez más grave.

–Somos una isla, y un ataque a cualquiera de los reinos cristianos es una agresión al conjunto de los aliados. Alguien tiene que ponerse al frente de la unión, y Dios ha decretado que nosotros seamos el reino de mayores dimensiones y el más fuerte. Por eso debemos encabezar la defensa y la lucha contra cualquier pagano que se presente en nuestras costas con ánimo de arrasar la isla.

–¿Significa eso que si los hombres del norte desembarcan en las regiones más septentrionales de Alba vos marcharéis hasta allá para presentar batalla? –quise saber.

–¿Si Constantino no logra doblegarles el pulso, queréis decir? ¡Por supuesto!

–¿Debo entender, por tanto, que Hywel y Constantino pagan simplemente por su propia protección?

–¿Y por qué no habrían de hacerlo?

–Porque no lo han solicitado –repliqué ásperamente–. Sois vos quien se lo habéis impuesto.

–Si lo hago es porque carecen de visión de futuro. La paz que estoy labrando es por su bien…

Se había acercado a los muretes de mampuestos y se sentó en ellos, invitándome a unirme a él.

–Con el tiempo lo comprenderán.

Se detuvo un instante como si esperara una respuesta, pero al ver que yo permanecía en silencio comenzó a mostrarse inquieto…

—¿Por qué creéis que he convocado esta gran reunión en Burgham? —dijo al fin.

—No tengo ni idea.

—¡Porque esto es Cumbria! —exclamó, describiendo un amplio círculo con la mano y haciendo centellear en ella sus numerosos anillos cuajados de piedras preciosas—. Es tierra sajona, es nuestra patria. La conquistaron nuestros antepasados, y hace siglos que nuestra gente la trabaja. Hay iglesias y monasterios, carreteras y mercados… y, sin embargo, ¡no hay en toda Britania un lugar más dominado por el caos! ¿Cuántos hombres del norte se han instalado ya aquí? ¿Cuántos daneses? Owain de Strath Clota la reivindica como propia. ¡Constantino se ha atrevido incluso a nombrar a un hombre para que la gobierne! Pero ¿a quién pertenece? ¡Esto es Northumbria!

Había recalcado las tres palabras, dando palmadas a una piedra al pronunciar cada una de ellas.

—¿Y qué ha hecho Northumbria para expulsar al invasor? ¡Nada! ¡Nada de nada! ¡Absolutamente nada!

—Perdí hombres para derrotar a Sköll Grimmarson en Heahburh —dije con fiero orgullo—. ¡Y entonces no obtuve la menor ayuda, ni de Mercia ni de Wessex! ¿Sería porque no les había pagado tributo alguno?

—Señor, señor… —se apresuró a interrumpirme el rey, tratando de apaciguarme—. Nadie pone en duda vuestro valor. Nadie discute la deuda que tenemos contraída con vos. De hecho, si he venido ha sido justamente para saldarla.

—¿Invadiendo Northumbria? —Seguía sintiendo una rabia inmensa—. ¡Faltáis al juramento de no hacerlo mientras yo alentara!

—Y vos jurasteis matar a Æthelhelm el Mayor —apuntó suavemente—, y tampoco habéis cumplido. Otros han tenido que encargarse.

Me limité a mirarlo fijamente a los ojos. Tenía razón en lo que acababa de decir, pero no por eso resultaba menos ultrajante. Si Æthelhelm estaba muerto, era precisamente porque yo había derrotado a sus hombres, destripado a su campeón y puesto en fuga a sus tropas. Æthelstan había aportado cierta ayuda, evidentemente, pero sólo había conseguido sumarse al combate por la resistencia que habían ofrecido los míos y porque yo mismo le había puesto en bandeja la ciudad de Lundene al tomar la Crepelgate.

—Un juramento es un juramento —seguía hablando en tono perfectamente calmado, pero con firme autoridad—. Os comprometisteis a matar a un hombre, y no lo habéis hecho, así que el juramento quedó invalidado. —Alzó una mano para detener mi protesta—. Y eso sin contar con lo que en todas partes se clama a voz en cuello: que quien jura a un pagano no adquiere compromiso. Únicamente los juramentos que se hacen encomendándose a Jesucristo y sus santos tienen fuerza irrefrenable. —Volvió a frenar mi réplica con un gesto imperioso—. Pero eso no impide que me sienta obligado a pagaros la deuda que tengo contraída con vos. Y para eso estoy aquí.

Es imposible que un solo hombre, aunque sea el señor de Bebbanburg, alcance a rechazar al ejército de los tres reinos. Me sentí traicionado. De hecho, me estaban apuñalando por la espalda, pero me las arreglé para morderme la lengua y refrenar la ira.

—¡Cantad, pues, la deuda! —exclamé en tono arisco.

—Dentro de un momento lo haré, señor, en un instante.

Se levantó y empezó a recorrer a grandes zancadas el reducido espacio que limitaban los muros derruidos.

—Cumbria ha caído en la anarquía. Coincidís conmigo en eso, ¿verdad?

—Así es.

—Y, sin embargo, forma parte de Northumbria, ¿no es cierto?

—En efecto.

—Y Northumbria es un reino Ænglisc, ¿no lo negaréis?

Todavía no había conseguido habituarme a ese nuevo nombre, tal y como me ocurría con la voz «Englaland». Había gente que prefería la denominación de Saxonland, pero los sajones occidentales, que lideraban los esfuerzos encaminados a unir a todos los hablantes de la lengua Ænglisc, preferían Englaland. No sólo incluía a los sajones, sino también a los anglos y a los jutos. Estábamos a punto de dejar de ser sajones o anglos para convertirnos en Ænglisc.

–Northumbria es Ænglisc, desde luego –admití en respuesta al rey.

–¡Y, sin embargo, en Cumbria hay más hablantes de las lenguas septentrionales que de nuestro propio idioma!

Titubeé un instante, pero terminé encogiéndome de hombros.

–Así es en muchos casos, sí.

–Hace tres días fui a cazar con mi halcón y me detuve a charlar con un guardabosques. ¡El tipo hablaba noruego! Habría dado lo mismo que me hubiera dirigido a él en galés, porque no entendía una sola palabra. ¡Y estamos en un país Ænglisc!

–Sus hijos hablarán nuestra lengua –señalé.

–¡A la mierda sus hijos! ¡Crecerán siendo paganos!

Dejé que sus palabras resonaran un momento en el paisaje y me dediqué a observar los ansiosos andares de Æthelstan. Llevaba buena parte de razón. Northumbria raramente había ejercido poder en Cumbria, pese a que la región formara parte de su reino, y los pueblos nórdicos, al percatarse de la debilidad de la zona, desembarcaban en la costa y construían granjas en los valles. No sólo no pagaban tributo alguno a Eoferwic, sino que lo único que les impedía extender sus pillajes tierra adentro, penetrando a fondo en los dominios de Æthelstan, eran las poderosas plazas fortificadas de la frontera de Mercia. Y no sólo los noruegos habían percibido la flojedad de las defensas de Cumbria. Strath Clota, situada en la frontera septentrional de Cumbria, soñaba con apoderarse de esas tierras, igual que Constantino.

Como Æthelstan, por cierto.

—Si os desagradan los noruegos —me aventuré a decir— y queréis que Cumbria sea Ænglisc, ¿por qué permitir que Guthfrith siga siendo rey de Eoferwic?

—Veo que os disgusta.

—Es un individuo asqueroso.

Æthelstan asintió suavemente con la cabeza, volvió a sentarse y me miró directamente a los ojos.

—Mi primer deber, señor, es no acabar con los pueblos nórdicos, aunque bien sabe Dios que los degollaría a todos sin dejar uno solo en pie si tal fuese su voluntad. Pero, como os decía, mi más importante obligación es convertirlos.

Hizo una nueva pausa, convencido de que yo encontraría algo que replicar, pero no dije ni pío.

—Mi abuelo me enseñó que quienes servimos a Cristo —prosiguió— no somos ni sajones ni noruegos ni anglos ni daneses, sino del pueblo de Jesús. ¡Fijaos en Ingilmundr! Llegó aquí siendo un bárbaro del norte, un pagano, y ahora profesa la fe cristiana y se halla a mi servicio, pues soy su rey.

—Y es también el mismo hombre que se reunía recientemente con Anlaf Guthfrithson en la isla de Mön —lo interrumpí sin contemplaciones.

—Por orden mía —replicó Æthelstan de inmediato—. ¿Por qué no habría de hacerlo? Si envié a Ingilmundr a esa entrevista fue para hacer llegar a Anlaf esta advertencia: que si sus ambiciones se extendían a esta isla lo desollaría vivo y mandaría curtir su pellejo para hacerme una silla de montar. Y creo que el aviso hizo su efecto, porque ahora Anlaf ha puesto los ojos en Cumbria.

—Todo el mundo anhela apoderarse de esta región, majestad; hasta vos mismo la deseáis.

—Pero, si consigo convertir a los paganos de Cumbria —añadió—, lograré también que luchen por su piadoso monarca cristiano en lugar de hacerlo a beneficio del primer aventurero pagano que abandone las costas de Irlanda. Sí, lleváis razón, Guthfrith es un hombre asqueroso, ¡pero la gracia de Nuestro Señor Jesucristo opera por su medio! Ha aceptado bautizarse. Ha consentido que levante castros y plazas fuertes en Cumbria y que sean mis soldados quienes las provean de guarniciones. En ellas hallarán cobijo y protección los valientes sacerdotes llamados a llevar la palabra de Dios a los impíos. Ha permitido que dos señores, Godric y Alfgar, gobiernen Cumbria. Y serán sus tropas las que procuren amparo a nuestros religiosos. Entonces, los paganos escucharán a Guthfrith, porque es uno de ellos y habla su misma lengua. Le he dicho que si quiere conservar el trono en el que se sienta tiene que poner en mis manos una Cumbria cristiana... Y pensad por un instante lo que sucedería si Guthfrith llegase a fallecer.

–Que las mujeres estarían más seguras.

Æthelstan no hizo caso de mi comentario.

–Puede que su familia rija los destinos de Irlanda. Eso no es lo malo... Lo malo es que creen que su destino es gobernar Dyflin y Eoferwic. Si Guthfrith muere, será Anlaf quien intente apoderarse de Northumbria. Asegurará que le pertenece por derecho de nacimiento. Es mejor tener que soportar a un estúpido beodo que verse obligado a combatir con un guerrero de talento.

Lo miré con gesto hosco.

–¿Y por qué no os limitáis a cortar el pescuezo al granuja de Guthfrith y os proclamáis vos mismo rey? ¿Por qué no declaráis que Northumbria ha dejado de existir y que en lo sucesivo todo habrá de pertenecer a Englaland?

–Porque ya soy el rey de estas tierras, sencillamente por eso –aseguró arreando un pisotón a la turba mojada–. ¡Cumbria ya es Englaland! Guthfrith me ha jurado lealtad; mío es el señorío, y suyo el vasallaje. Sin embargo, si lo quito de en medio, me arriesgo a sufrir la venganza de sus parientes irlandeses, y, si los nórdicos que se han instalado en Irlanda me atacan por el flanco oeste, sospecho que Constantino me acometería por el este. En ese caso, los noruegos de Cumbria y los daneses de toda Northumbria sucumbirían a la tentación de aliarse con los invasores. ¡Hasta los galeses me traicionarían! Por más promesas que haya podido hacerme Hywel, ¡ninguno de esos pueblos nos aprecia! Somos los *sais*, y temen nuestro poder; quieren socavarnos, debilitarnos y, si todos nuestros enemigos se suman a la guerra, nos enfrentaremos a la más terrible batalla que jamás se haya vivido. ¡Ni siquiera mi abuelo conoció jamás un espanto comparable! No quiero que eso ocurra. Estoy decidido a poner orden en Northumbria. ¡No deseo más caos! ¡Hay que evitar los derramamientos de sangre! Y, conservando a Guthfrith al frente de una nube de humo, bien sujeto por una inflexible brida, convertiré a los paganos del norte en gentes cristianas temerosas de la ley. Eso convencerá a nuestros adversarios de que Northumbria no está ahí para estimular el apetito de oportunidades de los hombres ambiciosos. Deseo una isla pacífica, próspera y cristiana.

—Gobernada por Englaland —dije, ensombreciendo el rostro.

—¡Regida por Dios Todopoderoso! —exclamó el rey—. Ahora bien, si Dios dicta que Englaland sea el reino más poderoso de Britania, entonces sí, Englaland habrá de ponerse al frente del país.

—¿Y para materializar esos propósitos —añadí, sin abandonar el tono agriado— confiáis en que un borracho estúpido alcanzará a convertirnos a nosotros, los paganos?

—Sí… Y también contribuirá a mantener a raya a Anlaf, no lo dudes.

—Y eso os ha animado a indicar al embriagado bobo de Guthfrith que debía exigirme tributo a mí.

—Vivís en esta isla. ¿Por qué no habríais de contribuir a sanear sus arcas? ¿Por qué no jurarle lealtad? ¿Acaso no es cierto que os halláis afincado desde muy antiguo en Northumbria?

Quedé tan pasmado al escuchar la bastarda sugerencia de que pensara siquiera un solo instante en prestar juramento de fidelidad a Guthfrith que a mi rostro únicamente debió asomar una escuetísima expresión de ultraje e indignación.

–¿Creéis hallaros por encima de la ley, lord Uhtred? –soltó Æthelstan con severidad.

–Guthfrith no entiende de leyes –repliqué cáusticamente–. ¿Y pretendéis que le pague tributos? ¿Por qué habría de pagarle yo la cerveza y las rameras?

–Lord Ealdred va a despachar una guarnición a Eoferwic. Se asegurará de que vuestra plata se emplea sensatamente. ¿Y qué más os da el juramento? Daréis ejemplo a los demás.

–¡A la mierda los demás! –grité, enrabietado, y girando al mismo tiempo el cuerpo para encararme con el rey–. Me han dicho que se ha nombrado señor a lord Ealdred –escupí prácticamente el nombre.

–Así es, en efecto.

–¿Señor de qué?

Æthelstan vaciló.

–De Northumbria –confesó al fin.

Había creído en él hasta ese mismo momento. Había hablado con arrebatada vehemencia y convicción, animado por sus ambiciosos planes, desde luego, pero también por una auténtica fe en su dios. Sin embargo, las dos palabras que acababa de pronunciar habían salido de su boca en un tono evasivo, como quien trata de escurrir el bulto. Eso me encendió todavía más y avivó mi ánimo beligerante.

–Yo soy el *jarl* de Northumbria.

Sonrió, recuperando al punto la ecuanimidad.

–Pero una tierra avasallada por la anarquía precisa autoridad, y eso es algo que emana del rey y que destila su nobleza. De mí procede en esta isla toda soberanía –afirmó con solemne tranquilidad mientras acariciaba la cruz de oro que le colgaba del pecho–. El rey que tenéis ante vos ha decidido que, si Northumbria ha de ser domeñada, es imperativo dotarla de más de un señor. Serán Godric y Alfgar en el oeste, junto con vos mismo y lord Ealdred en el este. Ahora bien, antes de que empecéis a deshaceros en protestas, recordad que he venido a pagaros una deuda…

–El mejor pago sería dejarme simplemente en paz –gruñí–. Soy ya anciano. He estado guerreando desde los tiempos de vuestro abuelo. Tengo una buena mujer a mi lado y un hermoso hogar. No necesito nada más.

–Pero suponed por un instante que os entrego todo Wiltunscir… –me interrumpió.

Me quedé observándolo sin pestañear, incapaz de salir de mi asombro, mudo como una piedra. Al devolverme él la mirada me pareció súbitamente imposible que fuera la misma persona a la que había criado y protegido, el muchacho al que había querido como a un hijo. Mostraba un aplomo demasiado alejado de la frágil inseguridad del jovencito que tan fuertemente había quedado prendido en mi memoria. Se había convertido en rey, y su ambición abarcaba la totalidad de la isla de Britania. Y quizá se extendía más allá de sus batidas costas.

–Wiltunscir –repitió– es uno de los condados más ricos de Englaland. Puede ser vuestro, señor, y con él casi todas las antiguas haciendas y posesiones de Æthelhelm.

Seguí en mi silencio. Æthelhelm el Joven, señor de Wiltunscir, había sido mi enemigo, el hombre que había desafiado a Æthelstan y puesto en duda su derecho al trono de Wessex. Æthelhelm había perdido su arriesgada apuesta y dejado en ella la vida y el honor. Entonces sus posesiones habían pasado a manos del monarca. Aquello representaba una riqueza inmensa, y Æthelstan me ofrecía en bandeja la práctica totalidad de esa bonanza. Sus vastísimas fincas, a caballo de los tres reinos, sus altas mansiones, sus bosques repletos de caza y pesca, los pastos y vergeles, las poblaciones y sus prósperos comerciantes. Y todo, o casi, me lo ponían de pronto como un obsequio ante mis narices.

–Después del rey –dijo Æthelstan con una gran sonrisa–, seréis el señor más poderoso de Englaland.

–¿Y vais a confiar tan dilatados dominios a un pagano? –quise saber.

Volvió a sonreír.

–Perdonad que os diga esto, señor, pero sois ya hombre de una edad… Podréis disfrutar de las riquezas una o dos temporadas, y vuestro heredero será quien herede a continuación vuestras posesiones. Y vuestro hijo es cristiano…

–¿A cuál de mis hijos os referís? –pregunté con voz destemplada.

–Al que vos llamáis Uhtred, por supuesto. ¿No os ha acompañado?

–Lo he dejado al mando en Bebbanburg.

–¡Me cae muy bien ese joven! –exclamó, súbitamente entusiasmado–. ¡Siempre me ha agradado!

–No en vano crecisteis juntos.

–¡Muy cierto! ¡Muy cierto! Tengo gran afecto a vuestros dos hijos varones.

–Sólo hay un varón en mi linaje.

Æthelstan dejó pasar mi comentario.

–Y no se me pasa un instante por la cabeza que vuestro primogénito pueda anhelar un rico patrimonio. El obispo Oswald no ansía los bienes terrenales, sólo la gracia de Dios.

–Entonces es el más extraño de los hombres de Iglesia –mascullé.

–Lo es, creedme. Y también os digo que es un buen hombre, señor. –Hizo una pausa–. Tengo en sumo aprecio sus consejos.

–Me odia.

–¿Y a quién atribuís la culpa, señor?

Gruñí, malhumorado. Cuanto menos habláramos del obispo Oswald, mejor.

–¿Y qué queréis a cambio de las maravillas de Wiltunscir? –inquirí, para cambiar de tema.

Vaciló un breve instante, pero concluyó:

–Sabéis bien lo que quiero.

–Bebbanburg –me oí decir, en el tono más neutro que jamás se me haya colado entre los dientes.

–¡No digáis nada, señor! ¡No digáis nada ahora! Pero sí, quiero Bebbanburg.

Lo obedecí y mantuve la lengua quieta. Y acabé alegrándome de haberlo hecho, porque mi reacción inmediata habría consistido en negarme airadamente. Soy un hombre de Northumbria y he dedicado la vida a recuperar Bebbanburg. No salía de ahí, me lo repetía una y otra vez, pero después, tras ese primer impulso, me sorprendí a mí mismo prestando atención a otros pensamientos. El rey me ofrecía riquezas sin fin; Benedetta disfrutaría de todas las comodidades que siempre había merecido, y mi hijo heredaría una fortuna. Æthelstan debía de haber previsto mi confusión y por eso había levantado las manos para disuadirme de una respuesta rápida. No quería un parecer irreflexivo, sino una contestación meditada.

De hecho, eso fue lo que dijo.

–Pensad en ello, señor. Dentro de dos días habremos levantado el campo. Los reyes se separarán, los monjes regresarán a Dacore, y yo viajaré al sur, a Wintanceaster. Mañana por la tarde daremos un gran banquete. Será entonces cuando deberéis hacerme saber vuestra decisión.

Se levantó, avanzó hacia mí y alargó el brazo para ayudarme a ponerme en pie. Dejé que tirara de mí hasta incorporarme, y, de repente, Æthelstan cogió mi mano entre las suyas.

–Os debo mucho, señor. Tal vez más de lo que esté en mi poder pagaros nunca, pero en el tiempo que aún hayáis de vivir sobre la tierra quisiera teneros cerca de mí, en Wessex, como asesor y experto consejero. —Sonreía, haciendo gala de todo su carisma y atractivo—. Tal y como en otro tiempo me cuidasteis —dijo en voz muy baja—, habré de cuidaros yo ahora.

—Mañana —dije, con una voz que más parecía un graznido a causa de la emoción.

—¡Mañana al atardecer, señor! —respondió él, dándome una enérgica palmada en el hombro—. ¡Y acudid en compañía de Finan y de vuestros buenos amigos, los hermanos noruegos!

Salvó a grandes zancadas la distancia que nos separaba de nuestras monturas, cuyas riendas sostenía el caballerizo que nos aguardaba al otro lado del murete de tierra apisonada del viejo campamento romano.

De pronto, el rey se giró sin previo aviso.

—¡Aseguraos de traer a vuestro leal capitán y a esos dos guerreros del norte!

No había dicho nada de las tropas de Egil que me habían acompañado, pese a que él mismo me hubiera dado orden de no venir con más de treinta soldados. Comprendí que no le había importado.

—¡Venid los tres! —gritó dando otra vez media vuelta—. ¡Y ahora, que comience la montería!

Los cristianos cuentan una historia en la que el diablo condujo al dios crucificado a la cima de una montaña para mostrarle los reinos de este mundo. Todo aquello podría ser suyo, le prometió el demonio, con sólo hincar la rodilla y jurar lealtad al maligno. Como a esa divinidad clavada en el madero, acababan de ofrecerme riqueza y poder. El dios de la cruz rechazó la oferta. Pero yo no era ningún dios, y me sentía muy tentado...

* * *

Caí pronto en la cuenta de que Æthelstan estaba jugando al *tæfl*.* Movía sus peones por los escaques para hacerse con la pieza maestra y alzarse con la victoria. Sin embargo, al ponerme al alcance de la mano las opulentas tierras de Wiltunscir, lo que se proponía era expulsarme del tablero de juego. Y desde luego, la tentación era muy fuerte. Pero no acabó ahí la cosa, porque siguió zahiriéndome con el apetecible señuelo al asegurar durante la batida, como quien no quiere la cosa, que seguiría siendo señor de Bebbanburg.

–¡La fortaleza y las tierras son vuestras a perpetuidad, señor, de modo que lo único que os estoy pidiendo es que me permitáis nombrar al comandante y a su guarnición! ¡Y aun esto únicamente hasta que podamos juzgar garantizada la paz con los escoceses! ¡Una vez que esos malandrines hayan probado estar verdaderamente dispuestos a honrar su juramento, Bebbanburg permanecerá indefinidamente en manos de vuestra familia! ¡Toda vuestra!

Me dedicó una vez más su deslumbrante sonrisa y se alejó al galope.

La tentación seguía ahí, horadándome el cráneo. Conservaría Bebbanburg, pero viviría en Wiltunscir, dueño y señor de tierras, hombres y lingotes de plata. Moriría siendo un hombre rico. Y mientras lo seguía, observando el veloz vuelo de los halcones, que fulminaban como el rayo palomas y perdices, repasé mentalmente esa promesa informal, casi fortuita, de que Æthelstan sólo conservaría Bebbanburg hasta que se rubricara la paz con los escoceses. Al oírselo decir, pensé que sonaba bien, que resultaba tranquilizador, pero enseguida recordé que nunca hemos estado en paz con los escoceses, y que lo más probable era que jamás lle-

---

* Hay varios juegos *tæfl* («mesa», en nórdico antiguo), todos ellos de estrategia. Se desarrollan en un tablero cuadrado, cubierto de casillas simétricas. Las fuerzas que se enfrentan son desiguales, y una de ellas es el rey. Pese a su semejanza con el ajedrez, parece que tiene su origen en el *latrunculi* romano, derivado, a su vez, de las damas egipcias. *(N. del T.)*

guemos a estarlo. Por mucho que los escoceses se llenaran la boca con palabras pacificadoras, lo cierto es que siempre, invariablemente, se preparaban para la guerra. Y cuando nosotros les dirigíamos idénticas palabras, deshaciéndonos en expresiones de dulce concordia, por detrás no nos afanábamos menos que ellos en forjar lanzas y más lanzas y en armar una legión de escudos. Era una enemistad eterna. Aun así, ¿y Wiltunscir? ¿Qué decir de la rica, próspera y fértil tierra de Wiltunscir? Cuidado, lo que un rey da otro puede quitarlo. Me vino a la cabeza lo que me había dicho Hywel: que sus sucesores podrían no sentirse atados por los acuerdos que él había alcanzado con Æthelstan. ¿Se darían por enterados los herederos de Æthelstan por los pactos que éste diera en rubricar conmigo? ¿Respetaría el propio Æthelstan la palabra empeñada? ¿Qué necesidad tenía Æthelstan de contar conmigo una vez que tuviera la posesión de Bebbanburg?

Me había tomado afectuosamente de la mano, me había mirado a los ojos y prometido cuidar de mí como en otro tiempo había cuidado yo de él. Y yo quería creerlo. Tal vez fuera mejor pasar mis últimos años entre los lustrosos pastos y fructíferos vergeles de Wiltunscir, con el sosiego de saber que mi hijo, mi segundo hijo, recibiría en prenda lo que por nacimiento es suyo en cuanto los escoceses se hincaran de hinojos ante el rey.

–¿Crees que los escoceses se avendrán a firmar la paz algún día? –pregunté esa noche a Finan.

–¿Pensáis que el lobo yacerá con el cordero?

–¿Te parece que somos corderos?

–No. Somos la lobuna manada de Bebbanburg –exclamó con orgullo.

Éramos cuatro hombres frente al fuego, pues estábamos sentados junto a Egil y su hermano Thorolf. Aunque mediada, la luna brillaba con fuerza, oculta de cuando en cuando por las incansables nubes que surcaban, altas y raudas, el cielo frío, mientras el viento –un brusco y gélido soplo de levante– arrancaba atolondradas espirales de centellas a la hoguera. Nos rodeaba el membrudo canto de los hombres, acuclillados ante otras lumbres y devotamente empeñados en traernos poco a poco cerveza, pese a que Æthelstan me hubiera enviado un barrilete de vino. Thorolf, al probarlo, había escupido al punto lo bebido.

–¡Esto sólo vale para bruñir cotas de malla! –protestó–. ¡Úsalo para cualquier otra cosa, y verás que es una puta mierda! –sentenció.

–¡Puro vinagre! –coincidió Egil.

–No le gustará a Æthelstan oíros –terció socarrón Finan.

–Se ve que no le interesaba el vino... –dije–. ¿Qué demonios podría importarle que nos parezca malo?

–No le gustará oíros decir, señor –susurró Finan sin abandonar la guasa–, que pensáis quedaros en Bebbanburg.

–¿Y qué va a hacer? –me pregunté en voz alta.

–Tal vez asediaros –sugirió sin excesivo aplomo Egil.

–Hombres tiene para eso y más –gruñó Thorolf.

–Y barcos –remató su hermano.

Hacía ya dos años que llegaban rumores de que el rey estaba construyendo embarcaciones nuevas y mejores. Su abuelo Alfredo había armado una auténtica flota, pero sus navíos, lentos y pesados, nada tenían que ver con los de Æthelstan, o eso es lo que nos habían dicho, ya que de sus astilleros estaban saliendo buques capaces de admirar hasta a un noruego.

Finan mantenía la vista fija en la constelación de chiribitas que el viento hacía revolotear acrobáticamente.

–No me cabe en la cabeza que pueda poner cerco a la fortaleza, señor. ¡Vos le habéis dado el trono!

–Pero ya no me necesita.

–¡Está en deuda con vos!

–Y no olvides que tiene al obispo Oswald vertiéndole el veneno del odio en los oídos –recordé a todos.

—Lo mejor que puede hacerse con los obispos —dijo con salvaje arranque Thorolf— es sacarles las tripas, como a los salmones que brincan en los arroyos del verano.

Se hizo un grave silencio. Finan avivó las brasas con una rama.

—Bueno, ¿y que pensáis hacer? —trató de concretar.

—No lo sé. Realmente no lo sé.

Egil volvió a dar un sorbito al vino.

—Creo que ni siquiera para limpiar la cota de malla irían bien estos meados de chivo —aseguró con una horrible mueca—. ¿Habéis dado ya una respuesta al rey Constantino? —se interesó—. Creo que estaba aguardando vuestras noticias, ¿no es cierto?

—No tengo nada que decirle —contesté secamente.

Era muy posible que Constantino estuviera efectivamente a la espera de mis palabras, pero estaba convencido de que mi silencio era suficientemente elocuente.

—¿No os ha preguntado nada Æthelstan sobre el particular?

—¿Por qué habría de hacerlo? —pregunté.

—Porque está enterado de vuestra entrevista —repuso Egil—. Sabe que los escoceses os hicieron una visita en Bebbanburg.

Lo miré fijamente a través de las llamas.

—¿Lo sabe?

—Eso me ha dicho Ingilmundr. Quería saber si teníais pensado aceptar la oferta de Constantino.

Llega un momento, en toda batalla, en la que uno sabe con seguridad que se ha equivocado de medio a medio, que el enemigo se ha adelantado a todas nuestras tácticas, a nuestras más astutas estrategias, y que está a punto de hacernos morder el polvo. Es algo que se vive con una sensación de vértigo, de horror insuperable. Y de pronto noté que me invadía ese mismo aturdimiento. Seguía con los ojos clavados en Egil, pero mi mente intentaba digerir lo que acababa de decirme.

–Pensé en comentárselo –admití–, pero, como él no dijo nada, tampoco yo juzgué oportuno sacar a relucir el tema.

–En cualquier caso, está perfectamente al tanto de la maniobra de Constantino –insistió Egil con voz sombría.

Solté una áspera maldición. Desde luego, había sopesado la posibilidad de hablar a Æthelstan de la embajada escocesa, pero al final me había parecido preferible callar. «Es mejor no decir nada», había pensado, «que despertar bruscamente a un tejón dormido».

–¿Y qué contestaste a Ingilmundr? –pregunté a Egil.

–¡Que no había oído hablar de ese asunto!

Había sido un imbécil. Aquello significaba que Æthelstan me había ofrecido con una mano la riqueza mientras con la otra se escondía la baza de esa información secreta que, aun no siéndolo ya para él, veía que yo me guardaba celosamente. No debía haber echado al olvido que la corte de Constantino estaba agusanada de espías y que muchos de ellos trabajaban para Æthelstan, de la misma forma que Constantino disponía de confidentes en el entorno del flamante soberano de la triple corona. ¿Qué estaría pensando Æthelstan ahora? ¿Que había tratado de engañarlo adrede? Y, si al día siguiente le decía que no tenía intención de entregarle Bebbanburg, lo más seguro es que creyera que mis planes pasaban por poner mi lealtad al servicio de Constantino.

Escuché de pronto los monocordes cánticos de los monjes. Era el mismo grupito de religiosos de la noche anterior, encabezados otra vez por el hombre del fanal que tan aficionado parecía a deambular con lento paso y solemne continente por el campamento.

–Me gustan esos cantos –confesé.

–Veo que en lo más recóndito de vuestra alma habita un cristiano reprimido –soltó Finan con una gran sonrisa burlona.

—No olvides que me han bautizado –dije–. ¡Y tres veces, a falta de una!

—Eso contraviene las leyes de la Iglesia. Con una hay más que suficiente.

—Pues, en mi caso, ninguno de los intentos funcionó. La segunda vez casi me ahogo…

—¡Vaya! ¡Es una lástima! –bromeó Finan con eterna sonrisa–. ¡Habríais subido derechito al cielo y ahora mismo estaríais cómodamente sentado en una nube, tocando deliciosas melodías con el arpa!

No le contesté como se merecía, porque el coro de monjes había torcido el rumbo y enfilaba hacia el campamento galés. Sin embargo, uno de ellos acababa de dejar furtivamente el grupo y venía en nuestra dirección. Levanté la mano para pedir silencio al tiempo que señalaba discretamente con la cabeza al religioso, que parecía empeñado en alcanzar a toda prisa la hoguera a cuyo alrededor nos habíamos sentado.

Y, en efecto, quería parlamentar. La enorme caperuza le ocultaba el rostro en una especie de oquedad cavernosa, tanto que ni siquiera a pocos pasos pudimos adivinar quién era. Ceñía con una simple cuerda la cintura de su oscura túnica marrón, sobre la que una cruz de plata oscilaba al ritmo de sus andares. Llevaba las manos fuertemente entrelazadas, en actitud orante. No nos saludó al llegar ni preguntó si lo recibíamos de buen grado o no; se limitó a sentarse justo frente a mí, entre Finan y Egil. Había estirado la capucha hacia delante, hundiendo todavía más la cabeza en la impenetrable sombra, así que seguíamos sin saber de quién se trataba.

—Haced el favor de sentaros y uniros a nosotros… –lo invité con indisimulado sarcasmo.

El monje permaneció sumido en su hermetismo. Los cánticos empezaron a disiparse, perdidos en la lejanía, en algún punto situado al sur. El viento dispersaba las chispas del fuego de campamento, elevándolas al cielo como inquietas estrellas en miniatura.

–¿Un sorbo de vino, hermano? –se ofreció Finan–. ¿O preferís cerveza?

El recién llegado meneó la cabeza en sentido negativo. La hoguera relumbró brevemente en sus ojos, pero apenas alcancé a ver otra cosa que un resplandor rojo, nada más.

–¿Ha venido a predicarnos? –exigió saber Thorolf en tono agrio.

–Si estoy aquí –comenzó a decir–, es sólo para deciros que abandonéis Burgham.

Contuve bruscamente la respiración para impedir que me desbordara la ira que acababa de desatarse en mi interior. No se trataba de ningún monje; nuestro visitante tenía rango de obispo, y una voz que me era perfectamente familiar. Era Oswald, mi hijo. Finan también lo reconoció, porque me lanzó una rápida mirada antes de volverse hacia él.

–¿No os agrada nuestra compañía, obispo? –pregunté suavemente.

–Todos los cristianos son bienvenidos –respondió el embozado.

–Pero no el pagano de vuestro padre, ¿no es eso? –solté amargamente–. ¿Quién ha elevado a vuestro rey y amigo en el trono que ahora ocupa?

–Soy leal a su majestad –respondió Oswald con perfecta calma–, pero mi primer y más importante deber es el que me obliga con Dios Nuestro Señor.

Estuve a punto de escupir una contestación mordaz, pero Finan me detuvo poniéndome la mano en la rodilla.

–¿Cumplís ahora algún deber divino? –le preguntó el irlandés.

Oswald tardó unos momentos en contestar. Seguía siendo imposible verle el rostro, pero tuve la clara sensación de que me estaba mirando fijamente.

–¿Habéis llegado a algún acuerdo con Constantino? –preguntó al fin.

–No –contestó categórico Finan.

Oswald aguardó, decidido a esperar mi respuesta.

–No –repetí–. Y no tengo intención de hacerlo.

–El rey teme que hayáis pactado con su enemigo.

–Pues ya podéis tranquilizarlo –recalqué.

Oswald volvió a titubear. Por primera vez desde que se presentara tan inopinadamente ante nosotros, pareció desconcertado.

–No debe saber que he hablado con vosotros.

–¿Y por qué no? –repliqué, combatido, con el ánimo irritado.

–Lo consideraría una traición.

Dejé que esa última observación flotara un momento en el aire, pero al cabo de un rato miré uno a uno a mis compañeros.

–No seremos nosotros quienes le comentemos esta conversación –aseguré, haciendo que Finan, Egil y Thorolf asintieran en silencio–. Pero ¿por qué una traición? –rematé, ya en tono más conciliador.

–Hay ocasiones –dijo Oswald, con un deje de vacilación prendido aún en la garganta– en que el consejero de un monarca ha de hacer lo que considera correcto, no lo que el rey quiere.

–¿Y eso es traición?

–En sentido estricto, sí, pero, entendidas las cosas con algo más de perspectiva, no... Desde ese punto de vista, es lealtad.

–¿Y qué es lo que él querría y vos desobedecéis? –trató de precisar Finan en un susurro.

–Bebbanburg.

–Bueno, él mismo acaba de contármelo esta tarde –señalé con una mueca desdeñosa–, pero, si yo no quiero concederle ese deseo, tendrá que combatir al pie de mis parapetos y superar mis defensas.

–El rey ve las cosas de otro modo.

–¿Y de qué otro modo, si puede saberse? –me interesé.

–Allí donde la fuerza tienda a fracasar –dijo Oswald–, tal vez encuentre la astucia formas de triunfar.

Pensé en la inteligente estrategia que había permitido a Æthelstan hacerse con el control de Eoferwic. En el modo en que su intrépida intervención había obligado a Guthfrith a emprender la huida, preso del pánico, y sentí un escalofrío de pavor.

–Continúa –pedí.

–El rey está convencido de que os habéis conjurado con Constantino –explicó Oswald–, y tiene la firme determinación de frustrar ese pacto. Os ha invitado a un banquete mañana. Y, mientras vosotros celebráis el festín, entre ricos manjares y copas alegres, lord Ealdred recorrerá Northumbria al frente de doscientos hombres.

Oswald hablaba en tono neutro, apagado, como si algo dentro de él fuera reacio a tales confesiones.

–Y Ealdred será portador de una carta dirigida a mi hermano, escrita por el propio rey. Æthelstan y él son buenos amigos, así que el receptor de la misiva, vuestro hijo, creerá sin recelos todo lo que ésta contenga y abrirá de par en par las puertas de la fortaleza a los soldados de la corona... Y eso convertirá a Ealdred en señor de Bebbanburg.

Finan masculló una maldición mientras reavivaba el fuego con una nueva brazada de leña seca. Egil se inclinó hacia delante.

–¿Por qué se empeña el rey en dar crédito a una mentira? –preguntó abruptamente.

–Porque sus consejeros lo han convencido de que Constantino y mi padre se han aliado.

–Asesores... –gruñí–. ¿Qué asesores? ¿Ingilmundr y Ealdred?

Oswald asintió con un leve cabeceo.

–Al principio no quería creerlos, pero hoy habéis ocultado la reunión mantenida con los hombres de Constantino en Bebbanburg y ha llegado a la conclusión de que el pacto existe.

–¡Si nada he dicho es porque nada hay que decir! –protesté, colérico, recorrido una vez más por la abrumadora sensación de que mi silencio había sido propio de un imbécil–. Hubo reunión, pero en modo alguno pacto. No existe alianza entre nosotros. Despedí a sus hombres con el obsequio de unos cuantos quesos de cabra, eso es todo.

–El rey está persuadido de lo contrario.

–Entonces es que es un… –retuve a tiempo el insulto que me quemaba ya la boca–. ¿Dices que ha enviado a Ealdred?

–Sí. A lord Ealdred. Al frente de doscientos guerreros.

–¿Y se ha nombrado a Ealdred señor de Bebbanburg? –supuse, empezando a ver la punta de la celada que se me estaba tendiendo.

La tenebrosa cogulla se movió afirmativamente, y de su interior salió la voz de mi hijo:

–En efecto.

–¿Antes incluso de que tuviera ocasión de entrevistarme con el rey?

–El soberano confiaba ciegamente en que aceptaríais su oferta. Ha sido generosa, ¿no es cierto?

–Mucho –admití a regañadientes.

–Entonces podríais presentaros ante él esta misma noche y aceptarla, ¿no os parece?

–¿Y permitir que Ealdred se convierta en señor de Bebbanburg?

–Mejor él que Ingilmundr –replicó Oswald.

–¡Y mejor que siga siéndolo yo! –exclamé, sin ocultar la ira.

–En eso estoy muy de acuerdo con vos –afirmó Oswald para mi sorpresa.

Volvió a instalarse un breve silencio. Finan, pensativo, aprovechó para remover las brasas.

–Ingilmundr posee tierras en Wirhealum, ¿me equivoco?

–No, no. Es muy cierto… –contestó Oswald.

–Y eso forma parte de vuestra diócesis, ¿verdad, obispo?

–Sí. –La voz sonó cortante.

–¿Y…?

Oswald se puso en pie.

–Creo que es un farsante. Que ha fingido interesadamente su conversión. Ruego a Dios que mis recelos vayan mal encaminados, pero ni con toda la caridad del mundo consigo dar crédito a su fe.

–Pero el rey sí lo cree.

–En efecto, el rey sí lo cree –dijo sin entonación–. Vos sabréis lo que os toca hacer, padre –concluyó instantes antes de girar sobre los talones y volver sobre sus pasos.

–¡Gracias! –dije, levantando la voz lo suficiente para que me oyera, pero no hubo respuesta–. ¡Oswald! –exclamé ya casi gritando, sin lograr más que la reiteración del silencio.

Me levanté.

–¡Uhtred!

Ése era el nombre que le correspondía antes de que yo se lo negase. Esta vez mi llamamiento consiguió que se volviera. Me acerqué despacio a él.

–¿Por qué? –quise saber.

Dejándome asombrado por segunda vez, Oswald echó hacia atrás la enorme caperuza parda. A la suave luz de la hoguera vi que tenía el rostro demacrado y empalidecido. Estaba más viejo. Los cabellos, tan cortitos como la barba, se le habían vuelto grises. Traté de encontrar algo que decir, algo que nos recordara los tiempos de un pasado mejor, en un intento de recibir su perdón. Pero las palabras se negaban a acudir a mi mente.

–¿Por qué? –repetí.

–El rey teme que los escoceses se apoderen de Northumbria –intentó aclarar.

–Pero Bebbanburg jamás ha dejado de ofrecer resistencia, y nunca se le ha negado la victoria. Los rechazará siempre, tantas veces como quieran intentarlo.

–¿Siempre? –preguntó Oswald–. Lo único que persiste, lo único que es para siempre es la misericordia de Dios. Hubo un tiempo en que nuestra familia dominó todas las tierras que se extienden hasta el Foirthe, y ahora los escoceses reivindican toda la región que se abre al norte del Tuede. No tardarán en reclamar el resto...

–¿Acaso piensa el rey que no voy a combatirlos? –protesté–. ¡Juré proteger a Æthelstan, y he cumplido mi palabra!

–Pero ya no necesita vuestra protección. Es el monarca más poderoso de Britania, y sus consejeros, que le están envenenando el alma, le aseguran que ya no sois hombre de confianza. Quiere ver flamear su estandarte en lo alto de las empalizadas de Bebbanburg.

–¿Y tú, en cambio, no? –pregunté.

Se detuvo a reflexionar, esforzándose en ordenar sus pensamientos.

–Bebbanburg es nuestro –dijo al fin–, y, aunque yo deplore vuestra religión, creo firmemente que la defenderéis con más fiereza que cualquier tropa que Æthelstan alcance a apostar en sus murallas. Y, por si fuera poco, el choque echará a perder los hombres del monarca.

–¿Qué quieres decir con eso de «echar a perder»?

–El rey cree que, si su plan de paz fracasa, la isla de Britania se verá abocada a sufrir la más terrible contienda de su historia, y, si tal cosa se produce, padre, no será en Bebbanburg donde se resuelva el choque...

–¿No?

–La única posibilidad que los escoceses tienen de vencernos es que los paganos se unan a su causa, y los impíos más poderosos son los noruegos de Irlanda. Sabemos que Constantino ha enviado obsequios a Anlaf. Le ha regalado un garañón, una espada y un plato de oro. ¿Por qué? Porque trata de lograr una alianza. Si los escandinavos de Irlanda deciden echársenos encima con todo su poderío, está claro que tomarán la ruta más corta, lo que significa que desembarcarán al oeste. –Hizo una pausa–. ¿Tuviste ocasión de combatir en Ethandun, padre?

–Sí.

–¿En la batalla en la que Guthrum se puso al frente de los hombres del norte?

–La misma.

–¿En la que Alfredo fue el campeón de los cristianos?

–Allí estuve, en efecto. También por él luché, como ahora por Æthelstan –dije con toda intención.

Oswald pasó por alto mi observación.

–Eso significa, padre, que, si Anlaf nos acomete, veremos a los nietos organizar otra guerra para dirimir sus diferencias. El nieto de Guthrum contra el nieto de Alfredo… Y la ofensiva se desarrollará muy lejos de Bebbanburg.

–Lo que me estás diciendo, en definitiva, es que debo volver a casa para proteger mi hogar.

–Lo que te estoy diciendo es que tú deberás decidir lo que más te conviene.

Hizo un brusco movimiento de cabeza y se cubrió rápidamente con la capucha.

–Buenas noches, padre.

–¡Uhtred! –exclamé al verlo dar media vuelta.

–Me llamo Oswald.

Y lo dejé partir.

Quedé un instante solo, envuelto en la más lóbrega oscuridad, abrumado por sentimientos que no había suscitado y que no deseaba. Me corroían la culpa por el hijo que había apartado de mi lado y la cólera por lo que acababa de revelarme. Durante un breve instante, noté el agudo escozor de las lágrimas al querer asomar a unos ojos secos. Pero al final me rehíce, gruñí entre dientes, volví la espalda y regresé al fuego de campamento en torno al cual resplandecían tres rostros de mirada inquisitiva. Una vez entre mis hombres, di finalmente rienda suelta a la ira y le arreé una patada al barril, derramando entre el siseo de las llamas el mal vino, o los meados de cabra, que Æthelstan había tenido el mal gusto de regalarnos.

–Partimos esta misma noche –solté sin más preámbulo.

–¿Esta noche? –repitió Thorolf, incrédulo.

–Como lo oyes. ¡Nos iremos sin hacer ruido, pero aquí ya no pintamos nada!

–¡Santo cielo! –saltó Finan.

–El rey no debe observar nuestros preparativos de marcha –insistí, antes de girarme hacia Finan–. Nosotros saldremos primero; tú, nuestros hombres y yo. –Miré a Egil y a Thorolf–. Sin embargo, vosotros y vuestras tropas abandonaréis el campamento justo antes del amanecer.

Se hizo una vez más el silencio. El vino seguía burbujeando entre las brasas de los bordes de la fogata, arrancándoles bufidos malolientes.

–¿De verdad crees que Æthelstan planea usurparte Bebbanburg? –preguntó Finan.

–¡Sé que lo desea! Y también quiere vernos a los cuatro en el banquete de mañana. Lo malo es que, mientras estemos allí, ordenará que un nutrido grupo de jinetes se dirija a Bebbanburg. Entregarán una carta a mi hijo… No olvidéis que él y Æthelstan son viejos amigos y que, por lo tanto, mi hijo dará crédito sin titubear a todo lo que se diga en el pliego. Abrirá la Puerta de la Calavera, y los hombres del rey penetrarán por ella y se adueñarán de nuestra fortaleza.

–¡Entonces será mejor que partamos de inmediato! –exclamó Finan, poniéndose en pie de un salto.

–Pondremos rumbo al sur –expliqué a Finan–, porque no muy lejos, en esa dirección, hay una pista romana que lleva a Heahburh.

–¿Cómo te has enterado de la existencia de esa trocha? –preguntó mi amigo, totalmente asombrado.

–Sé que hay un camino que avanza al sur desde Heahburh. Servía para llevar el producto de las minas de plomo y plata hasta Lundene. Sólo tenemos que encontrarlo. Además, Æthelstan no se imaginará que vayamos a internarnos por ahí. Pensará que hemos ido al norte, hacia Cair Ligualid, para después seguir el muro hacia el este.

–¿Es precisamente ésa la ruta que debemos seguir nosotros? –quiso puntualizar Egil.

–En efecto.

Egil había traído más hombres que yo a Burgham, y tenía la esperanza de que Æthelstan creyera que nos habíamos echado todos a la calzada romana del norte y enviara un destacamento en su persecución. Eso nos daría una oportunidad a Finan y a mí, que entretanto cruzaríamos a todo galope, con la velocidad de un diablo furibundo, las tierras altas que nos separaban de Bebbanburg.

–Salid antes de que despunte el día –dije a Egil–. ¡Y cabalgad a matacaballo! Enviará detrás de vosotros a sus hombres… ¡Ah, no os olvidéis de mantener vivas las hogueras hasta el mismo momento de partir! Así pensará que seguimos aquí hasta que sea tarde.

–¿Y qué hacemos si los soldados de Æthelstan intentan detenernos? –se informó Thorolf.

–¡No los ataquéis, por nada del mundo! ¡No les deis un pretexto para declarar la guerra a Bebbanburg! Tienen que ser ellos los que inicien las hostilidades.

–¿Podremos luchar, si llega el caso? –preguntó Thorolf.

–Sois hombres del norte, ¿qué otra cosa ibais a hacer?

Thorolf dejó que le asomara al rostro una amplia sonrisa, pero su hermano parecía preocupado.

–¿Y qué hacemos cuando lleguemos a nuestro hogar? –se inquietó.

No supe qué decirle. Æthelstan interpretaría sin duda mi huida como un acto hostil, pero ¿le llevaría eso a creer que efectivamente había trabado alianza con los escoceses?

Me senté pesadamente unos instantes, paralizado por la indecisión. Quizá fuera mejor aceptar su oferta… Pero, qué demonios, yo era el señor de Bebbanburg, y había dedicado buena parte de mi vida a intentar reconquistar su inmensa fortaleza. ¿Iba a rendir ahora la plaza por la caprichosa ambición de un rey que sólo anhelaba presumir de flamear su estandarte en lo alto de mis parapetos?

–Si ataca nuestra patria –dije a Egil y a Thorolf–, firmad lo mejor que podáis la paz con él. No os dejéis la vida en la defensa de Bebbanburg. Y, si no está dispuesto a pactar en nombre de la concordia, saltad a bordo de vuestros navíos. ¡Volved a actuar como vikingos!

–Llevaremos… –comenzó a decir con un vehemente gruñido Thorolf.

–¡… los barcos a Bebbanburg! –soltó Egil, terminando por su cuenta la frase del hermano, que asintió complacido al ver que se entendían a la perfección.

Había combatido tanto tiempo y con tan desesperados ímpetus por la seguridad de mi hogar… Me lo habían arrebatado en plena niñez, y había luchado a lo largo y ancho de Britania para recuperarlo. Y ahora resultaba que tenía que volver a lanzarme a la refriega para conservarlo. No tardaríamos en espolear a nuestros caballos con la vista puesta en las suaves luces de nuestra tierra.

CAPÍTULO VI

Cabalgamos envueltos en una oscuridad apenas difuminada por la luna. Cuando las nubes ocultaban la rodela de plata, teníamos que detenernos y esperar hasta que un nuevo claro nos permitía distinguir el camino. En los pasos más escabrosos, desmontábamos y guiábamos a los caballos, tropezando tanto como ellos en la negrura espesa y húmeda de la madrugada, huyendo de un rey que había jurado ser mi amigo.

Nos había llevado bastante tiempo ensillar a los animales, sujetar las bolsas de cuero y pieles de los víveres y recorrer al tranco los primeros tramos del camino que viraba al sur más allá del campamento de los galeses, para recorrer después la senda romana que, de seguirla hasta el final, nos habría conducido a Lundene. Nos vieron salir, evidentemente, pero ningún centinela nos dio el alto, así que me aferré a la esperanza de que nadie diera en pensar que un grupo de jinetes que se encaminaba al sur pudiera tener en realidad la intención de escapar al norte. Dejamos atrás las vivas hogueras de nuestro campamento, cuyas altas llamas, alimentadas por los hombres de Egil, intentaban lamer el firmamento.

El sendero vadeaba un río y, tras cruzarlo, corría recto entre pastos delimitados por muretes de lajas de piedra hasta alcanzar un pequeño asentamiento en el que los perros creyeron oportuno dar ladridos de alarma tras las empalizadas. No tenía más que una idea extremadamente vaga de la campiña por la que avanzábamos, pero sabía que teníamos que torcer bridas al noreste y que, del centro del grupo de cobertizos, partía un camino que enfilaba en esa dirección. Parecía una simple vereda para el ganado, a juzgar por las profundas marcas de cascos y pezuñas. Sin embargo, a los lados vi grandes losas de piedra rotas, lo que me hacía pensar que se trataba de un paso abierto por los romanos.

—¿Le ves a esto aspecto de calzada imperial? —le pregunté a Finan.

—Sabe Dios quién fue el primero en trazarla —exclamó sin mayor interés.

—La cuestión es que tenemos que dirigirnos precisamente hacia esa parte.

—Entonces es probablemente el mejor camino que podamos desear.

Me estaba orientando por las estrellas, tal y como hacíamos en el mar. Llevábamos los caballos al paso, porque tanto el caminejo como sus márgenes estaban llenos de pedruscos y asperezas. Sin embargo, antes de perder de vista las estrellas, vencidas por una invasión de nubes, su brillo y disposición me indicó que la trocha nos llevaba efectivamente al noreste, hacia las colinas peladas que empezaban a perfilarse, todavía poco claras, en el grisáceo amanecer. Temía que el escabroso sendero, apenas visible, no fuera el que buscaba y viniese a morir sin previo aviso al pie de los montes. No obstante, comenzaba a ascender lentamente hacia unas lomas aún más altas, tanto que sus cimas se embozaban tras un velo de bruma. Eché la vista atrás y observé que una mancha de humo coronaba en la lejanía la localidad de Burgham.

—¿Cuánto tardaremos en llegar a casa, señor? —preguntó lleno de ansiedad Aldwyn, mi escudero.

—Cuatro o cinco días, con suerte. Quizá seis.

Y podríamos considerarnos muy afortunados si no teníamos que lamentar la pérdida de ningún caballo. Si había elegido una ruta de montaña era también porque se trataba de la más corta, pero en esta parte de Northumbria las serranías, que caían abruptas a los valles y estaban surcadas por rabiosos torrentes, se entretenían en difuminar hasta la incertidumbre los caminos. «En este momento», pensé, «Egil debe de haber avanzado ya un buen trecho hacia el norte, rumbo a Cair Ligualid, seguido, supongo, por las tropas de Æthelstan». Mientras ascendíamos las empinadas pendientes, no dejé de mirar prácticamente un solo instante hacia atrás para tratar de discernir el bulto de un posible grupo de perseguidores. No surgió nadie de entre los jirones de niebla, pero al poco tiempo las nubes parecieron desplomarse, rendidas, y así, apoyadas sobre los verdes prados, me impidieron divisar cuanto tenía a mis espaldas. La persistente llovizna nos empapaba y, a medida que fue avanzando el día, las temperaturas comenzaron a bajar alarmantemente, obligándome a aceptar que había tomado una decisión descabellada. ¿Cómo iba Æthelstan a quererme ningún mal? Sabía lo mucho que Bebbanburg significaba para mí, y me conocía íntimamente, tanto como un hijo al padre. Yo lo había criado, protegido, amado incluso, y al final lo había guiado hasta encaramarlo en el trono que le estaba destinado.

Pero ¿qué es un soberano? Mis antepasados habían sido reyes de Bernicia, un reino desaparecido hace ya mucho tiempo, aunque en su apogeo se extendió desde el río Foirthe, en las tierras que hoy conforman el señorío de Alba, hasta la corriente del Tesa. Y ¿qué los convirtió en monarcas? El simple hecho de ser los guerreros más ricos, crueles y brutales de toda la Britania septentrional. Tenían poder, y aún fue mayor al conquistar el vecino reino de Deira y dar a la recién estrenada región el nombre de Northumbria. Lograron conservar su empuje indiscutible durante un tiempo, el justo para llegar al día en que un rey aún más poderoso encontrara ocasión de derribarlos. ¿Era eso todo lo que la realeza demandaba? ¿Fuerza bruta y fiereza despiadada? De ser así, yo mismo me habría labrado un trono en Northumbria, pero lo cierto es que jamás lo he procurado. No quería cargar sobre mis hombros semejante responsabilidad, atarme al cuello la asfixiante necesidad de controlar a todos los hombres ambiciosos que tuvieran la veleidad de probar suerte y desafiarme, ni enjaezarme, en Northumbria, al deber de someter el caos que se había adueñado de Cumbria. Todo cuanto había deseado era ser el señor de Bebbanburg, nada más.

La estrecha senda seguía serpenteando entre retazos de neblina y cortinas de lluvia fría y menuda. En algunos puntos, la pista desaparecía prácticamente por completo o atravesaba laderas de arcilla y limo petrificados. Continuamos la marcha, encaramándonos a las crestas de un mundo húmedo y callado. Finan cabalgaba a mi lado. Casi a cada paso, su garañón gris sacudía violentamente la cabeza. Avanzábamos en el más completo silencio.

La regia condición, pensé, no se reducía al mero ejercicio de un poder sin desbastar, aunque a algunos reyes eso les bastara. A Guthfrith le encandilaba el poder de la realeza, y para apuntalarlo no dudaba en sobornar a sus secuaces, llenándoles las manos de plata y de esclavos las haciendas. Sin embargo, no tenía horizonte ni porvenir. Su suerte estaba echada. De eso no me cabía la menor duda. Carecía de un poder capaz de disuadir la avidez de otros, y, si Constantino no acababa con él, sería sin duda Æthelstan quien lo abismara en el olvido. O yo mismo. Despreciaba a ese bastardo, sabía que era un rey perverso. Y, aun así, ¿cómo había logrado revestirse de tan alto título? La familia era lo único que lo había puesto en ese pedestal. Su hermano había sido rey y, por consiguiente, Guthfrith, que no tenía sobrinos, había quedado en posición de sucesor. La costumbre, la tradición habían dado a Northumbria un mal monarca en el preciso instante en el que más necesitada estaba de uno bueno.

Wessex, sin embargo, había corrido mejor suerte. En su época de mayor debilidad, cuando parecía que el dominio sajón estaba irremediablemente abocado a la perdición y que los pueblos nórdicos se iban a apoderar de toda Britania, Alfredo había sucedido a su hermano. ¡Alfredo! Un hombre doblegado por la enfermedad, de cuerpo enflaquecido y flojo, vehementemente partidario de la religión, las leyes y el saber. ¡Y pese a tan endebles credenciales seguía siendo el mejor rey que jamás hubiera conocido! ¿Qué era entonces lo que había hecho grande a Alfredo? No habían sido sus proezas bélicas ni su cutis descolorido y ceniciento. Había sido su aplomo. Había sido muy inteligente; inteligente y astuto: una rara mezcla. Poseía la autoridad del hombre que ve las cosas con mayor claridad que el resto de sus contemporáneos, de la persona que confía en que sus decisiones son las mejores que puede adoptar para el país que rige. Y por eso mismo había acabado otorgándole la gente toda su confianza. Pero había otras muchas cosas, tantas que sería ocioso enumerarlas…, aunque algunas sobresalen: creía firmemente que era su Dios quien lo había elevado a la dignidad real y puesto sobre su cabeza la responsabilidad de tan oneroso deber. En una ocasión, charlando con él en Wintanceaster, Alfredo había abierto un gran evangelio encuadernado en cuero y comenzado a pasar, entre crujidos, las ásperas y tiesas hojas del pergamino. Con un puntero cuajado de piedras preciosas, me había mostrado unas cuantas líneas garabateadas con tinta negra.

–¿Entendéis el latín?

–Sabría pronunciar lo que veo, señor, pero no entender su significado –le había respondido, preguntándome, perplejo, qué chatos signos de las Escrituras estaba a punto de leerme.

El rey cogió entonces uno de los valiosos y bellísimos cirios de la estancia para acercarlo al libro.

–Nuestro Señor –dijo, entornando los ojos para precisar la lectura– nos pide que demos de comer al hambriento, de beber al sediento, cobijo al desvalido, ropas al desnudo y cuidados al enfermo.

Estaba claro que había recitado de memoria aquellos mandamientos, porque, a pesar del puntero y la vela, sus ojos no se habían movido. Fue entonces cuando me miró con aquellas oscuras pupilas suyas.

—Ésa es justamente la descripción de mi deber, lord Uhtred, el que incumbe a todo rey.

—¿Nada dice vuestro libro de acabar con los daneses? —pregunté, agriado, sin conseguir otra cosa que un hondo suspiro por su parte.

—He de defender a mi pueblo, en efecto.

Había puesto el precioso puntero en la mesa y cerrado con mucho esmero el grueso volumen de los Evangelios.

—¡Ése es mi más importante deber, y, curiosamente, el más sencillo de todos! Tengo mastines como vos que sólo desean, y con gran ardor, entregarse a las matanzas necesarias.

Empecé a gesticular con ánimo de protesta, pero, con un ademán brusco, el rey me obligó a callar.

—Sin embargo —prosiguió—, Dios también me pide que me ocupe de mi gente, y ésa es una labor que no sólo resulta interminable, sino que no puede materializarse con la efusión de sangre de una batalla. Debo administrar la justicia divina y alimentarlos en tiempos de escasez. ¡Soy responsable de ellos!

Había levantado la vista y fijado sus ojos en los míos, y tan contrito lo vi que a punto estuve de tenerle lástima.

Pero, si eso había sentido entonces, ahora sí me inspiraba auténtica compasión. Era un buen hombre, una persona de carácter afable y comprensivo, al que la regia misión forzaba a comportarse como un salvaje. Recuerdo su expresión el día en que tuvo que ordenar el degüello de un grupo de prisioneros daneses que habían saqueado una aldea y violado a sus mujeres. Lo vi condenar a muerte a los ladrones, y también combatir, pues no pocas veces lo había seguido a la batalla. Pese a todo, cumplía a regañadientes todas aquellas exigencias del cetro, y le dolía hacerlo, porque se interponían en aquel camino de aceptación de los deberes que Dios le pedía. Había sido rey a su pesar. Alfredo habría sido mucho más feliz envuelto en el sayal de un monje o en la túnica de los sacerdotes, consagrado al paciente trabajo de restaurar y recopilar antiguos manuscritos, a las dulces tareas de enseñar a los jóvenes y atender a los desdichados.

Su nieto, Æthelstan, ocupaba ahora la más alta dignidad del reino. Y Æthelstan es astuto, amable únicamente cuando corresponde. Había demostrado ser un guerrero temible, pero carecía de la humildad del padre de su padre. En ese momento, hendiendo a lomos de mi fiel montura los retazos de niebla que envolvían con su blanco y frío sudario las colinas empapadas, mis pensamientos se entretenían en ponderar las cualidades de Æthelstan, y comprendí de pronto que poseía una característica que había brillado por su total ausencia en su abuelo: la vanidad. Se engreía de su aspecto, deseaba disponer de palacios suntuosos y uniformaba a sus hombres con mantos del mismo color para causar impresión de orden y poderío. La presunción le hacía anhelar ir más allá de lo que es dado lograr a un simple rey; ansiaba ser soberano supremo, rey de reyes. Afirmaba no querer otra cosa que la paz en la isla de Britania, pero lo que en realidad perseguía era que se le admirara por haberse elevado a las alturas de un *Monarchus Totius Brittaniæ* y esgrimir el glorioso y deslumbrante título de un emperador aupado al más encumbrado trono. Y el único modo de materializar esa ambición era esgrimir la espada, porque Hywel de Dyfed y Constantino de Alba no hincarían la rodilla por algo tan trivial como el fugaz resplandor de Æthelstan. También ellos eran reyes. Y yo sabía que Hywel, igual que Alfredo, se sentía desgarrado por las abrumadoras preocupaciones que le imponía el deber de proteger a su gente. Les había dado leyes, quería que se les hiciera justicia y trabajaba para mantener la seguridad de su pueblo. Era un hombre bueno, acaso tan magnánimo como el propio Alfredo, y también él deseaba pacificar Britania, pero no al precio de la sumisión.

Me cruzó por la cabeza la idea de que Æthelstan había permitido que la corona de oro y esmeraldas que se había ganado lo cambiara. No era una mala persona, no se trataba de un vil gusano como Guthfrith, pero su deseo de gobernar toda Britania no emanaba de una genuina preocupación por la felicidad de sus habitantes, sino de las ambiciones que le quemaban por dentro. Y Bebbanburg excitaba esa codicia. Es la mayor fortaleza del norte, un bastión capaz de plantar cara a los escoceses, y adueñarse de sus muros equivaldría a mostrar al conjunto de la isla que Æthelstan era efectivamente un rey dominador de reyes. No había espacio para los sentimientos, no estando en juego quimeras tan apetecidas como el poder y la reputación. Él llevaba camino de convertirse en Æthelstan, el soberano supremo, y yo quedaría convertido en un recuerdo.

Nos detuvimos muchas veces a lo largo de la jornada a fin de dar un respiro a los caballos, y no logramos zafarnos en todo el día de las nubes bajas que se empeñaban en meternos la humedad en el tuétano de los huesos. Al anochecer, cuando ascendíamos por el sendero a uno de los valles altos del páramo, un extraño sonido hueco me arrancó de mis sombríos pensamientos. Debí de haberme quedado medio dormido allí mismo, derrengado y como esparcido en la silla de elevado respaldo, porque en un primer momento creí que aquel ruido procedía del mundo irreal del sueño. Pero entonces volví a escucharlo: el mismo crujido de resecas resonancias.

–¿Qué demonios ha sido eso? –escupí.

–Son cadáveres de enemigos –resolvió Finan, cortante.

–¿Qué?

–¡Calaveras, señor! –exclamó, señalando al suelo.

Cabalgábamos a un costado del sendero, ya que ahí la turba reblandecida facilitaba la marcha de los animales. Observé de repente que mi garañón golpeaba un cráneo vaciado con el casco, haciéndolo rodar al borde del camino. Al volverme para atrás, vi una larga estela de grandes osamentas dispersas, costillares y montones de calaveras, en algunas de las cuales se veían perfectamente las profundas hendiduras que las hachas o las espadas habían dejado en el hueso resquebrajado.

—No han sabido echarles encima tierra suficiente —señaló mi amigo.

—¿Han? ¿Por qué usas el plural?

—Me da la impresión de que estamos ligeramente por debajo de Heahburh, así que esto que vemos por aquí deben de ser los restos de los hombres de Sköll. Nosotros sepultamos a nuestros muertos en lo alto del monte, ¿os acordáis? Y, por cierto…, mi caballo está cojeando.

En efecto, su semental no dejaba de agachar la cabeza cada vez que apoyaba el peso en la pata delantera derecha. De hecho, el movimiento, como de paloma, se había ido agudizando notablemente en la última milla.

—No va a poder llegar hasta Bebbanburg —observé.

—Tal vez le venga bien reposar una noche, ¿no os parece? Pronto caerá la oscuridad, señor, deberíamos hacer un alto.

Y así lo hicimos. Nos detuvimos a poca distancia de Heahburh, aquel nefasto escenario de muerte. Me alegré de que la niebla siguiera tercamente adherida a las colinas, ya que así evitaba la presencia de los derruidos muros que habían visto perecer a tantos hombres. Dimos agua a los caballos, hicimos unas cuantas hogueras con la escasa leña que logramos reunir, comimos un par de mendrugos de pan con queso, nos embozamos en nuestros mantos e intentamos conciliar el sueño.

Y, entretanto, no dejaba de asombrarme que tuviera que estar huyendo del muchacho que yo mismo había criado y educado para ceñir la corona.

Tardamos cuatro días en divisar la silueta de Bebbanburg. No nos quedó más remedio que dejar atrás al semental de Finan, junto a dos hombres a los que dimos órdenes de traerlo a su establo en cuanto dejara de resentirse de la cojera. Perdimos dos herraduras, pero siempre llevábamos en nuestros bártulos esas viejas botas de pezuña hechas con cuero hervido y una base de hierro que ya casi no se usan. Son muy útiles, porque, una vez se las ata en su sitio, se puede dejar que los caballos sigan adelante. Nos apresuramos sin precipitación, dado que era difícil avanzar a un ritmo superior al de la marcha humana; sin embargo, suplimos la falta de velocidad con perseverancia, aprovechando todas las horas de luz, hasta bien vencido el atardecer, y volvíamos a ensillar tan pronto como la grisácea luz de la aurora nos mostraba el camino. El tiempo se puso verdaderamente asqueroso; una lluvia recia y los gélidos vientos del este nos azotaban sin descanso. Mi único consuelo era que, si los hombres de Æthelstan perseguían a Egil y a Thorolf, también ellos tendrían que luchar para abrirse paso entre las cortinas de agua.

Por fin, el último día, como queriendo dedicarnos una especie de burla postrera, el sol hizo acto de presencia; el viento roló al suroeste, arrancando con su creciente intensidad un manto de vapor a los empapados campos que circundan la plaza fuerte de Bebbanburg. Cubrimos a caballo el istmo arenoso que desemboca en la Puerta de la Calavera. El mar rugía a mi derecha, echando a rodar sobre la arena sus inacabables legiones de olas. Su rítmica palpitación fue una anhelada bienvenida al hogar.

No se veía enemigo alguno por ninguna parte, aunque sería mejor decir que no había hombres de Æthelstan al acecho. Habíamos ganado la carrera. Creo que ésa es la mejor forma de describir la situación, aunque no estoy seguro de que fuera así. Me pregunté si no me habría alarmado en exceso, si no estaría empezando a ver adversarios donde no los había. Entraba dentro de lo posible que Æthelstan no estuviera mintiendo al asegurar que yo continuaría siendo señor de Bebbanburg aunque tuviese que residir en el lejano Wiltunscir. O peor: quizás ese obispo al que yo mismo había criado me hubiera contado una sarta de mentiras. En realidad, Oswald no me tenía ningún afecto. ¿Habría tenido la maldita ocurrencia de hacerme huir, presa del pánico, para que todo el mundo tuviera la impresión de que existía efectivamente una alianza entre Constantino y yo? Comencé a inquietarme, pensando que tal vez hubiera tomado una decisión completamente equivocada, pero justo en ese momento vi que Benedetta salía corriendo por la puerta interior de la fortaleza, seguida por mi hijo. Fue entonces, con pánico o sin él, cuando me sentí a salvo. Todo cuanto sucedía era que dos de los más poderosos reyes de toda Britania ansiaban apoderarse de mi baluarte, con el pequeño añadido de que se jaleaba al tal Guthfrith en un intento de conseguir que me acosara. Pero, con todo y con eso, por más enemigos que codiciaran el estratégico poderío de mi plaza fuerte, el mayor consuelo residía precisamente en las poderosas defensas de Bebbanburg. Me dejé caer del derrengado garañón, le di unas cuantas palmaditas en el cuello y me fundí en un estrecho abrazo con Benedetta, aliviado y dichoso por hallarme al fin entre los míos. Los inmensos batientes de la Puerta de la Calavera se cerraron con estrépito a mis espaldas, y la gran tranca que las afianzaba en su posición cayó sobre sus sujeciones, dejando fuera el mundo y sus preocupaciones. Estaba en casa.

—Pero ¿en serio piensas que Æthelstan ha dejado de comportarse como un amigo?

—Los únicos leales que tenemos son Egil y Thorolf —respondí—, y ni siquiera sé dónde se encuentran.

Nos habíamos sentado en el banco que se encuentra a las puertas del vasto salón de Bebbanburg. Sobre la rizada superficie del mar, al que el viento, amainando, había dejado en calma, comenzaban a parpadear las primeras estrellas. La luz era ya difusa y tenue, pero alcanzaba aún para distinguir la silueta de los centinelas que recorrían el camino de ronda de los murallones. Además, a nuestro asiento llegaba, difusa, la luz de la leña que ardía en las hogueras de la forja y la vaquería. Alaina nos acompañaba, y parecía entretenerse con una rueca. La chiquilla que habíamos rescatado en Lundene tras desaparecer sus padres en el caos debido a la muerte del rey Eduardo estaba preciosa. Sabíamos que su madre había vivido esclavizada y que era italiana, igual que Benedetta, y que su padre había formado parte de las tropas de Mercia. Había prometido a la niña hacer todo cuanto estuviera en mi mano para localizar a sus padres, pero la verdad es que había hecho muy pocos esfuerzos en ese sentido, así que mi promesa se resentía. Oí que Alaina decía algo en italiano y, pese a que yo no debía de conocer arriba de diez palabras en esa lengua, comprendí sin la menor dificultad que se trataba de una maldición.

–¿Qué ocurre? –pregunté.

–Que detesta tener que trabajar con la rueca –contestó Benedetta–. Y no la culpo. A mí me pasa lo mismo.

–Son trabajos de mujeres –dije ociosamente.

–Ya es casi una mujer –comentó Benedetta–. Dentro de uno o dos años tendrá que ir pensando en casarse.

–¡Ja! –exclamó desafiante la muchachita.

–¿No quieres un marido? –me extrañé.

–No. Lo que quiero es ir a la guerra.

–Pues, si eso es lo que quieres, cásate y verás…

–¡Muy amable! –me reprendió Benedetta, sin ahorrarme un pescozón–. ¿Te peleabas tú con Gisela o Eadith?

–No demasiado. Y siempre me arrepentía.

—Encontraremos un buen hombre para Alaina.

—¡Pero yo quiero ser soldado! —insistió ella, muy seria.

Meneé la cabeza.

—Eres un pequeño y despiadado demonio, ¿a que sí?

—Soy Alaina la Diablesa —respondió, henchida de orgullo y con una gran sonrisa.

Aunque me había encariñado con la chiquilla y la veía prácticamente como a mi propia hija, la verdad es que no había perdido la esperanza de encontrar a sus padres. Me recordaba a la hija que había perdido y me aguardaba en el otro mundo. Tenía los mismos cabellos de Stiorra, negros y lustrosos como el plumaje de los cuervos; igual temperamento, rebelde y con una punta de insolencia e idéntica expresión risueña y maliciosa.

—Eres una jovencita horriblemente voluntariosa, y no se me ocurre que pueda haber un solo hombre en toda la tierra que acaricie la idea de casarse contigo —dije para provocarla.

—Sí —contestó encantada—. Alaina la Horrible —se felicitó—. ¡Ayer desarmé a Hauk!

—¿Y quién es Hauk?

—El hijo de Vidarr Leifson —explicó Benedetta.

—¿Qué años tiene? Debe de rondar ya los catorce, ¿no? ¿O son quince?

—No sabe pelear —señaló desdeñosamente la muchacha.

—¿Y por qué narices tienes que pelear con él, si puede saberse?

—¡Para practicar! —exclamó, como si fuera la cosa más obvia del mundo—. Con las espadas de madera. Todos los chicos lo hacen. ¿Por qué no iba a hacer yo lo mismo?

—Porque tú eres una chica —dije con fingida severidad—. Tendrías que poner todo tu empeño en aprender a hilar, a hacer queso, a cocinar, a bordar…

—¡Que haga bordados Hauk! —cortó bruscamente Alaina—. Yo me ocuparé de luchar.

—A mí también me repatea bordar —suspiró Benedetta—. Si tú supieras…

—En ese caso, lo mejor que puedes hacer es combatir conmigo —declaró solemnemente Alaina—. Si a los chicos que pelean en tu ejército los llamáis la manada de lobos de Uhtred, ¿qué nombre les daríais a las chicas? —me preguntó—. ¿Las Arpías de Northumbria? ¿Las Alazanas del Norte?

Me encogí de hombros.

—¿Y por qué no Lobas?

—Pues eso… Seremos las Lobas de Bebbanburg. Y que los chicos carden la lana…

—Poquito vais a luchar si estáis cansadas, me parece a mí —dije—, así que será mejor que la lobita del fuerte se vaya derechita a la cama.

—¡Pero si no estoy cansada!

—*Vai a letto!* —me secundó Benedetta con autoridad, logrando que Alaina se aviniera resignadamente a hacerle caso.

—¡Es un encanto! —sonrió la italiana en cuanto la chiquilla se hubo desvanecido en el zaguán.

—¡Ya lo creo que sí! —respondí a mi vez, pensando en la hija que había perdido, en Æthelflaed, en Gisela, en Eadith. «¡Cuántos difuntos!», me dije para mis adentros. Otros tantos espectros que vagan entre las sombras de Bebbanburg, flotando, a la deriva, en la noche envuelta en el humo de las fogatas, llenándome el alma de remordimientos.

Agarrados del brazo, Benedetta y yo contemplábamos melancólicamente las olas que desfallecían en la playa, infinitas, como largas hebras plateadas por la luna.

—¿Crees que vendrán? —preguntó mi compañera, sin precisar quién.

—Sin duda.

Enserió el semblante, sumida en graves reflexiones.

—¿Te acordaste de escupir? —soltó de repente.

—¿Escupir?

Me puso delicadamente los dedos en la frente, en el mismo sitio en el que me había ungido con los santos óleos de la capilla de Bebbanburg antes de mi partida a Burgham.

–¿Escupiste o no?

–Sí.

–¡Estupendo! ¡Ya ves que estaba en lo cierto! –aseguró–. El peligro viene del sur…

–Tú siempre tienes razón –dije con el corazón alegre.

–No exageres. ¿Crees que saldremos con bien? Si vienen, digo…

–Sí. Lo superaremos. Pero tendremos que hacer un gran esfuerzo.

Esperaba que nos hicieran sufrir un asedio. Y, si mi hijo el obispo había dicho la verdad, Ealdred ya debía de estar cerca de la granja de Egil, dispuesto sin duda a marchar al sur para presentarse frente a Bebbanburg. Pese a todo, no estaba seguro de que dispusiera de los hombres suficientes para cercar eficazmente la fortaleza por tierra, y mucho menos de las naves necesarias para bloquear el puerto. Calculaba que la primera medida consistiría en rechazarlo y obligarlo a retroceder, y que después no me quedaría más remedio que preparar la fortaleza para la terrible prueba de un asedio, lo que implicaba convocar a todos mis leales, es decir, a los hombres que poseían tierras cedidas por mí, y pedirles que acudieran con sus hombres, además de bien pertrechados de cotas de malla, armas y víveres. Faltaban todavía varias semanas para que pudiéramos cosechar los campos, pero sobreviviríamos a base de queso, jamón y pescado. Teníamos que ahumar los arenques y salar la carne, almacenar forraje para los caballos, fabricar escudos y forjar armas nuevas. En primavera, había comprado un cargamento entero de duelas de fresno frisio, así que ahora tocaba cortarlas a la medida adecuada para las rodelas. Y también había que pedir a los herreros que batieran el hierro y lo templaran, convirtiéndolo en el cruel acero de las moharras de nuestras lanzas. Ya había enviado exploradores al norte y al oeste a fin de mantener la vigilancia y tener pronta noticia de la llegada de cualquier grupo de jinetes. Además, los soldados que había enviado a la descubierta también podrían avisar de lo que se avecinaba a las gentes de los asentamientos más próximos, indicándoles que estuvieran listos para huir, ya que sólo en la fortaleza lograrían hallarse a salvo.

Esperaba que los hombres de Ealdred llegaran por la mañana, aunque al encaramarme a la más alta atalaya del baluarte, junto al vasto salón de la planta noble, no vi el más mínimo resplandor en el firmamento ni por occidente ni por septentrión, lo que significaba que no había huestes acampadas en la lejanía. La mente voló a la visita de Domnall y al hecho de que me hubiera recordado que no tenía aliados, cosa en la que llevaba razón. Desde luego, contaba con amigos a lo largo y ancho de Britania, pero la amistad es frágil cuando la ambición de los reyes aviva la feroz pira de la guerra… Además, si los temores de Æthelstan eran fundados, lo que se avecinaba era la más terrible guerra de toda la historia de nuestra isla.

A la mañana siguiente, al amanecer, encargué a Gerbruht que embarcara a bordo del *Spearhafoc*, junto con cuarenta hombres, y tratara de averiguar qué suerte había corrido Egil. Soplaba un cálido viento del oeste, perfecto para impulsar con viveza la ligera nave y traerla de vuelta con idéntica rapidez, a menos que la tarde se deshiciera en calma chicha, como tantas veces ocurre en el estío. Envié asimismo un navío de menores dimensiones al islote de Lindisfarena, donde el obispo Jeremías –un verdadero orate– arengaba a sus fieles. El barco regresó con el blanco producto de las salinas de las playas que se dominan desde ese promontorio, y con la promesa del prelado de hacernos llegar víveres en breve. Evidentemente, quería que se le diera plata a cambio. Puede que Jeremías estuviera loco, y desde luego no era un hombre religioso, pero compartía el tembloroso apego de muchos obispos al relumbrar de una moneda. Necesitábamos la sal para conservar la carne de las reses que nos disponíamos a sacrificar y, de hecho, el patio exterior de mi fortaleza no tardó en inundarse de sangre, ya que había que darse prisa en matar a hachazos al ganado, y las pobres bestias, que deberían haber vivido y engordado hasta los primeros fríos del invierno, cayeron pronto para ser convenientemente descuartizadas.

También existía la posibilidad de que todos mis temores fueran fruto de la simple imaginación amedrentada. No dejaba de preguntarme si mi hijo el obispo me habría mentido. Usando de toda su sutil inteligencia, me había animado a huir de Burgham para frustrar la irrupción de Ealdred, pero ¿y si todo había sido una farsa y Ealdred ni siquiera se dirigía hacia Bebbanburg? ¿Se había limitado Oswald a convencer a Æthelstan de que yo estaba realmente conchabado con Constantino? Mi precipitada fuga debía de haber tenido todos los visos de una traición al rey, y, si Ealdred no aparecía, podía suceder que lo que se me echara encima fuese un ejército de muy superior tamaño, capitaneado por el mismísimo Æthelstan; un contingente lo suficientemente grande como para obligarnos a rendir la plaza por hambre. «Quizá se trate simplemente de la venganza de un hijo resentido», pensé, al tiempo que palpaba una vez más el martillo que llevaba prendido al cuello. Acto seguido, escupí, porque siempre valen más dos precauciones que una sola y nunca se es demasiado precavido con los ardides del destino.

Pero pronto Ealdred se dejó ver.

Oswi me advirtió de su avance. Se había apostado muy al norte de Bebbanburg, vigilando la carretera que venía de las tierras de Egil. Ealdred, pensé, debía de haber seguido el rastro de Egil, y por eso marchaba ahora al sur, directo a mi fortaleza, decidido a dar cumplimiento a las instrucciones de Æthelstan. Sin dar siquiera tiempo a Oswi de llegar hasta nosotros, hice bocina con las manos y grité:

—¡Preparaooos!

Tenía planeado dar una buena recepción a Ealdred, así que mis hombres, ansiosos por cumplir su papel, corrieron a sus puestos para responder al ataque. Deseaban llevar a efecto la celada que habíamos ideado, sin caer en la cuenta de que mi táctica podía hacer que se abatiera sobre Bebbanburg la ciega y poderosa ira de la Britania sajona. Se escondieron, en su mayor parte, en sus aposentos y dormitorios, aunque tampoco fueron pocos los que se apretujaron en el vasto salón central a fin de aguardar el momento oportuno. En cualquier caso, todos se enfundaron la cota de malla y echaron mano del yelmo y las armas. Ealdred sólo alcanzaría a divisar a media docena de soldados en las murallas; y, es más, había dado a los seis guerreros orden de parecer desaliñados y abrumados por el tedio. En cuanto Oswi cruzó al galope la estrecha faja de arena que comunicaba con nuestra fortaleza y lo vi a salvo en el patio de armas, cerramos y atrancamos la Puerta de la Calavera.

—Deben de ser cerca de doscientos, señor —me explicó Oswi al reunirse conmigo en el parapeto situado por encima de la poterna interior.

—¿Llevan mantos escarlata?

—Una parte de la mesnada viste así, señor —respondió—. Tal vez sean unos cincuenta, calculo.

Estaba claro que Ealdred, que había empezado a darse a sí mismo el nombre de señor de Bebbanburg, venía rodeado de un contingente de guardias del propio rey, las mejores tropas de Æthelstan. Sonreí.

—¡Buen trabajo! —agradecí a Oswi, antes de volver a colocar las manos en torno a la boca para hacer llegar la voz hasta Berg, el hermano menor de Egil y uno de mis más leales y diestros combatientes.

—¡Ya sabes lo que tienes que hacer! —aullé.

Por toda respuesta, Berg se limitó a sonreír y a dedicarme un gesto afirmativo. Había puesto cinco hombres bajo su mando, y ahora lo esperaban al otro lado de la Puerta de la Calavera. Todos vestían la cota de malla, pero yo les había pedido que se cubrieran adrede con un abrigo viejo de enganches rotos y cubiertos de orín. Tras ellos, el patio aparecía embadurnado de sangre, cubierto de moscardones, y repleto de animales degollados y a medio destripar. Me acerqué a los murallones que daban a tierra, oculto por la oscura sombra de un torreón, y me colé en uno de los puestos de vigilancia que los centinelas utilizaban para guarecerse en las noches de lluvia y los días de helada. Benedetta estaba a mi lado, junto con Alaina, que no cabía en sí de emoción.

–¿Vas a matarlo?

–Hoy no –respondí.

–¿Me dejarás hacerlo a mí?

–Ni hablar.

Me disponía a explicarle tajantemente las razones de mi negativa, cuando apareció el primer jinete de manto escarlata. Venía al frente de una larga hilera de caballos derrengados que, de pronto, se detuvieron a contemplar desde la aldea la maciza silueta de Bebbanburg, que debía de presentar un aspecto imponente a ese lado del puerto. Pero ¿qué era lo que les llamaba la atención? Enseguida caí en la cuenta: la inmensa peña que parece una ballena y se alza en la costa, cubierta por una corona de árboles de gran porte. Sólo puede llegarse a ella a través del istmo de arena que alcanza su base por el sur. Los soldados permanecieron un buen rato sumidos en sus observaciones, ya que de todas formas debían esperar a los rezagados. Supuse que era asimismo la primera vez que Ealdred se encontraba frente a la fortaleza y que acababa de descubrir que se trataba de una plaza fuerte formidable. Habría visto, sin duda, la cabeza de lobo que flameaba en el estandarte de mi casa, orgullosamente colocado en el punto más alto de todo Bebbanburg. Por fuerza tenía que haberse fijado también en que las murallas apenas contaban con protección, ya que sólo seis vigías se dejaban ver. Yo me había retirado instintivamente al punto más oscuro de las espesas sombras, aunque no había riesgo alguno de que Ealdred tuviera ocasión de divisarme a esa distancia.

—¿Son ellos, padre? —preguntó mi hijo, acercándose a la posición desde la que estudiaba al enemigo.

—En efecto. Ahí los tenemos. ¿No crees que sería mejor que me esperaras en el gran salón?

—Sé bien lo que tengo que hacer, no te preocupes.

—No los mataremos a menos que sea estrictamente necesario.

—¡Bah! —exclamó disgustada Alaina.

—Hay sacerdotes con ellos —señaló Benedetta—. Dos, exactamente.

—Siempre hay curas de por medio… —contesté agriamente—. Si te propones robarle algo a alguien, nunca está de más tener a Dios de tu parte.

—¡Ya vienen! —avisó mi hijo, al ver que los caballeros que se habían parado en la lejanía volvían a espolear a sus monturas y se encaminaban al sur, hacia el áspero sendero que serpenteaba hasta la Puerta de la Calavera.

Di una palmada en el hombro a mi hijo.

—¡Pásalo bien!

—Lo mismo te deseo, padre —apuntó con una sonrisa.

—Ve con él —pedí a Benedetta.

Alaina siguió a la italiana, y por un momento tuve que luchar contra la tentación de llamarlas de vuelta, sobre todo a la joven. Era evidente que la chiquilla estaba disfrutando de lo lindo, y de repente se me ocurrió pensar que lo más probable era que Ealdred se mereciera cualquier comentario burlón que pudiera dedicarle Alaina. Me giré hacia la Puerta de la Calavera, que Finan acababa de atravesar, secundado por una docena de hombres, para desaparecer en la sala de guardia. La trampa estaba armada.

Me escabullí hasta los parapetos tomando el camino de la puerta interior, pero permanecí escondido. Llevaba mis

222

mejores arreos de guerra: mi más resplandeciente cota de malla, el yelmo de plata coronado por un lobo enfurecido, los brillantes brazaletes de oro y plata, las botas altas bien lustradas, un martillo dorado sobre el pecho, un tahalí recamado en plata con *Hálito de Serpiente* en su magnífica funda, y todo ello rematado por la lujosa capa de piel de oso que había arrebatado en otro tiempo al cadáver de un fiero adversario. Uno de los centinelas de la atalaya de combate situada sobre la puerta interior me sonrió, y yo me llevé un dedo a los labios para recordarle que debía mantener el más absoluto silencio.

–Ni una palabra, señor –susurró.

El hedor de la sangre putrefacta lo llenaba todo. De hecho, no dejaría de golpearnos el olfato mientras la lluvia no tuviera el misericordioso gesto de limpiar la plaza de armas.

Oí voces procedentes del lado exterior de la Puerta de la Calavera. Alguien había empezado a dar golpes sobre uno de sus enormes batientes, probablemente con el extremo romo de la lanza. Berg ascendió lentamente los escalones del parapeto. Lo vi abrir desmesuradamente la boca en un descomunal bostezo y dirigirse acto seguido al grupo de los que aporreaban el portón de entrada, y, aunque tampoco en esta ocasión conseguí escuchar sus palabras, la verdad es que no tenía necesidad alguna de saber lo que estaba diciendo, porque era cosa planeada. Ealdred solicitaba el paso franco, explicando que era portador de una carta del rey Æthelstan a mi hijo. Berg insistió en que únicamente dejaría pasar a seis jinetes.

–Si el joven lord Uhtred concede su permiso –comenzó a desgranar pacientemente Berg las consignas acordadas–, seréis todos más que bienvenidos, pero, entretanto, sólo seis hombres.

El tira y afloja se prolongó un buen rato y acabó convirtiéndose en un pequeño altercado. Berg me comentaría más tarde que Ealdred había arremolinado a un gran contingente de caballería junto al portalón, con la clara intención de forzar la entrada si se abrían las puertas para permitir el acceso a los seis hombres anunciados.

–Al final tuve que decirle que hiciera retroceder bien lejos a los malditos canallas o no había nada que hacer, señor.

–¿Y te hizo caso?

–Así, así… En un momento dado, me insultó llamándome «maldito pagano noruego».

Los fuertes batientes terminaron por abrirse y seis jinetes penetraron por la abertura. Un instante después, mis hombres cerraron el acceso y volvieron a colocar la pesada tranca en su sitio. Al superar su nervioso garañón el umbral de nuestra fortaleza y adentrarse en el patio cubierto de cadáveres parcialmente desmembrados y charcos de sangre coagulada, una expresión de horror ensombreció el agraciado rostro de Ealdred. Lo vi mirar despreciativamente a los desarreglados centinelas. Finan, al que únicamente había incluido en esa parte del plan para cerrar a la fuerza las puertas si se hacía necesario, continuó oculto. Hubo un nuevo intercambio de palabras, pero, al igual que antes, tampoco ahora alcanzaba a escuchar lo que se decía, aunque era evidente que Ealdred estaba furioso. En su imaginación, se había figurado que mi hijo iba a acudir a recibirlo en el patio de armas, y ahora se encontraba con que era Berg quien, siguiendo las órdenes que tan detalladamente le había cursado yo, lo invitaba a pasar al gran salón, junto con sus compañeros. Al final, Ealdred no tuvo más remedio que aceptar la situación y desmontar. Uno de sus camaradas era un eclesiástico, y me pareció cómico verlo alzarse los faldones del sayal en un vano intento de sortear sin ensuciarse el suelo enfangado de sangre, moscas y piltrafas de carne. Di media vuelta y corrí a lo largo del pie del parapeto hasta llegar a la escalera que me permitía ascender a la parte trasera de la sala noble, recluyéndome, una vez en ella, en mis aposentos privados. Al poco rato, Finan se unió a mí.

–¿Están ya en el vestíbulo?

–En efecto. Acaban de llegar.

Volví a esconderme, esta vez tras la cortina que pendía sobre la puerta del propio vestíbulo, en el que mi hijo se hallaba sentado en sitio preferente y bien a la vista, flanqueado por su esposa Ælswyth y Benedetta. Una docena de hombres de mis mesnadas, todos tan greñudos y descuidados como los guerreros que habían recibido a Ealdred, holgazaneaban en los extremos del salón. Finan y yo nos dispusimos a observar el desarrollo de los acontecimientos por las estrechas aberturas que separaban el cortinón de la jamba de la puerta.

Berg escoltó hasta el zaguán a Ealdred, así como a sus cuatro soldados y al sacerdote. El cura era un joven al que no conocía. Mi hijo, acomodado en la alta mesa de protocolo del estrado, saludó despreocupadamente a Berg, y éste, incapaz de reprimir la sonrisa, anunció al visitante:

–Este hombre quiere veros, señor. Se llama Ealdred.

El aludido dio un respingo, y tuvo que dominarse al ver que se le presentaba con tan burdos miramientos.

–¡Soy lord Ealdred! –recalcó con altanería.

–Y yo soy Uhtred, hijo de Uhtred –respondió mi hijo calmosamente–. Y creo que es costumbre, al menos entre caballeros, Ealdred, dejar las espadas a la entrada del salón, ¿no es cierto?

–El asunto que aquí me trae –replicó Ealdred, avanzando un par de trancos en dirección a su interlocutor– es de la mayor urgencia…

–¿Tanto que lo que se abandona en el umbral son los modales en vez del acero?

–Os traigo una carta del rey Æthelstan –dijo con altivez Ealdred, adelantándose ahora hasta detenerse a sólo un par de pasos de la tarima.

–¡Ah, sois, pues, un mensajero!

Ealdred consiguió reprimir a duras penas una expresión de furibunda rabia, pero, temiendo un estallido, el curita de pocos años se apresuró a terciar.

—Puedo leeros la misiva, señor —se ofreció el religioso.

—Dejaré que me expliquéis el significado de las palabras más largas y complejas —le contestó mi hijo, al tiempo que se servía un bocal de cerveza—. No obstante, pese a que vuestras palabras me hagan comprender que estáis persuadido de que todos los hombres de Northumbria son bárbaros iletrados, me parece que sabré abrirme paso por la enmarañada escritura de vuestro señor sin necesidad de ayuda.

Hizo un gesto a Alaina, que se encontraba en jarras, justo detrás de Ealdred, con la cabeza bien echada hacia atrás, en clara imitación del arrogante porte del recién llegado.

—¿Querrás hacerme el favor de traérmela, Alaina?

Ealdred vaciló al ver que la chiquilla se acercaba muy decidida a él. Sin embargo, ella no dijo una sola palabra; se limitó a tender la mano imperiosamente. Al final, viendo que no tenía alternativa, sacó el pliego del bolsillo y se lo entregó.

—Creo que es costumbre, lord Uhtred —comenzó a decir, cortante—, ofrecer algún refrigerio a los invitados. ¿Me equivoco?

—Ése es ciertamente nuestro hábito —señaló mi hijo, recogiendo el guante—, pero sólo lo practicamos con los huéspedes que tienen la gentileza de dejar las espadas en la entrada… Gracias, querida —añadió al tomar la misiva de manos de Alaina, que regresó a su puesto de zapa a dos pasos de Ealdred.

—Permitidme que la lea, Ealdred —dijo mi hijo.

Acercó una vela y examinó el sello.

—Parece ser sin duda el sello del rey Æthelstan, ¿no te parece?

Había dirigido la pregunta a su mujer, que pasó revista al cuño de cera.

–Desde luego, tiene toda la pinta –confirmó ella.

–¿Conocéis a lady Ælswyth, Ealdred? –se interesó mi hijo–. Es hermana del difunto señor Æthelhelm.

Resultaba evidente que la cólera de Ealdred crecía por instantes, pero el infeliz trataba por todos los medios de mantener un tono de voz moderado.

–Lo que sé es que lord Æthelhelm era enemigo de mi rey.

–Para no ser más que un simple mensajero –observó mi hijo–, estáis llamativamente bien informado. Supongo, por tanto, que sabéis quién derrotó a lord Æthelhelm en la batalla de Lundene. –Hizo una pausa–. ¿No? Fue mi padre…

Mi hijo seguía sosteniendo la carta entre las manos, pero no hacía el menor amago de abrirla.

–Y lo que me parece muy raro, Ealdred, es que mi padre haya partido a reunirse con el rey Æthelstan y que ahora vos tengáis que traerme una carta. ¿No habría resultado más sencillo dársela a él en Cumbria?

–En el texto hallaréis la explicación –indicó Ealdred, que ya apenas ocultaba la ira.

–Seguro que sí.

Se produjo otra pausa mientras mi hijo rompía el sello y desplegaba la enorme lámina de texto que, según pude ver, llevaba estampados dos timbres más en el borde inferior.

–¡Otra vez la marca del rey! –exclamó mi hijo con fingida sorpresa–. ¿Y no es el sello de mi padre lo que veo al lado?

–Así es –se oyó corroborar a Ealdred.

–¿En serio?

Mi hijo estudió el segundo sello, que evidentemente no era mío, y tendió la carta a Benedetta.

–¿Qué pensáis, señora? ¡Ah, por cierto, Ealdred! ¿Conocéis a *lady* Benedetta? Es la señora de Bebbanburg.

–No tengo el gusto –replicó el mensajero…

Bebbanburg lo miró con aire desdeñoso, cogió un segundo velón y lo aproximó al escrito a fin de examinar el sello.

–El lobo –dijo al fin– no es correcto. El de lord Uhtred tiene cuatro colmillos; a éste sólo se le ven tres, y hay además… –Se encogió de hombros, incapaz de encontrar la palabra adecuada.

–En efecto, no son sólo los tres colmillos, también hay un borrón –observó mi hijo–. ¿Se habrá dañado el sello de mi padre durante vuestro largo viaje? Pero os veo incómodo, Ealdred; sentaos en un banco mientras trato de descifrar el sentido de las palabras con mayor número de sílabas.

Ealdred no abrió el pico, se limitó a unir las manos por detrás de la espalda. La inmediata imitación de Alaina hizo que a Ælswyth le resultara imposible reprimir una risita nerviosa. Por su parte, Ealdred, que no podía ver a la chiquilla, parecía cada vez más enfurecido.

Mi hijo comenzó a leer la carta.

–Me envía saludos. ¡Cuánta amabilidad! ¿No es cierto? Y también asegura que tiene en vos a uno de sus consejeros más leales.

–Y así es –musitó el aludido.

–En tal caso, me siento doblemente honrado, Ealdred –soltó mi hijo, esgrimiendo su mejor y más amplia sonrisa.

–Lord Ealdred –lo corrigió el heraldo, apretando los dientes.

–¡Ah! ¡Sois un lord! Santo cielo, se me había pasado por alto. ¿Y señor de qué, por cierto?

No hubo respuesta, de modo que mi hijo, sin abandonar la sonrisa, se encogió resignadamente de hombros.

–Estoy seguro de que lo recordaréis enseguida –zahirió mordazmente a su interlocutor.

Volvió a zambullirse en la lectura de la misiva, adoptando no obstante una actitud de descuido, lo suficiente, al menos, como para cortarse una buena rebanada de queso.

–¡Mi querido amigo! –exclamó al fin–. ¡Qué cosa tan extraña! ¿Debo alojaros aquí? ¿A vos y a otros doscientos hombres?

–Tal es el deseo del rey –aseguró Ealdred.

–¡Eso dice aquí! ¡Y aún añade que mi padre está de acuerdo!

–Vuestro padre reconoce los sabios designios de nuestro monarca.

–¿Ah, sí? ¿Y podríais hacer explícita a mis torpes entendederas tan prudentísima sapiencia, Ealdred?

–El soberano considera que es imperativo defender esta fortaleza de cualquier veleidad conquistadora de los escoceses.

–Me parece perfectamente lógico que mi padre se haya mostrado de acuerdo con ese objetivo…, pero ¿de veras juzga mi padre que sus propias huestes no alcanzan a cumplirlo?

–Yo mismo he visto vuestras mesnadas –saltó Ealdred, con arrogante gesto de desafío–: ¡Desaliñadas, indisciplinadas y sucias!

–¡Son un desastre… –convino mi hijo con alegre displicencia–, pero luchan como demonios!

–El rey quiere que Bebbanburg sea una plaza tan sólida como inexpugnable –insistió Ealdred.

–¡Vaya, Ealdred! ¡Cuánta sabiduría encierra la corona! –afirmó mi hijo, repantingándose en la silla y mordisqueando su pedazo de queso–. ¡Es preciso, vive Dios, proteger bien nuestro fortín! ¡Y sin ofrecer resquicio alguno a cualquier aventurero! ¿Es ésa entonces la razón de que mi padre haya añadido su sello a la carta del rey?

–Por supuesto –señaló rotundamente Ealdred, sin abandonar su postura envarada.

–¿Vos mismo lo habéis visto hacerlo?

Tras un leve titubeo, apenas perceptible, Ealdred asintió.

–Pues claro.

–¿Y de verdad me aseguráis tener título y dignidad de señor? ¿No sois entonces un simple mensajero?

–Soy señor de mis tierras –porfió el mentado.

–En tal caso, no sois más que un sapo mentiroso, y en modo alguno señor de nada; un puerco deslenguado, un marrano sin honor... –espetó mi hijo, acentuando cada sílaba y conservando en todo momento la sonrisa–. Peor aún, os veo a la altura del excremento de babosa, de un mendaz deshecho de limaza... ¡Mi padre no ha rubricado este escrito con su sello!

–¿Osáis llamarme mentiroso?

–¡Eso es exactamente lo que acabo de hacer!

Vilipendiado por las palabras de mi hijo, Ealdred montó definitivamente en cólera. Echó mano a la empuñadura de la espada y dio un paso adelante, pero, al escuchar el inquietante siseo metálico de las armas de los soldados al abandonar el brocal de sus respectivas vainas, se detuvo.

–¡Batíos conmigo! ¡Os desafío! –aulló el enviado.

–¡Os desafío...! –remedó Alaina, ridiculizando hasta el extremo la postura del heraldo.

Al percatarse de pronto de que la chiquilla no había dejado en ningún momento de gesticular a sus espaldas, Ealdred perdió los nervios. Se giró y, al ver los absurdos remedos de la muchachita, la abofeteó con todas sus fuerzas. Con un grito, la niña cayó cuan larga era sobre el suelo enlosado.

En ese mismo instante aparté de un manotazo la cortina que me había mantenido oculto.

Uno de los camaradas de Ealdred masculló una maldición, pero, por lo demás, lo único que se escuchaba en el vasto salón central de Bebbanburg era el ulular del viento y el eco de mis pasos al atravesar el estrado y bajar los peldaños que conducían al espacioso vestíbulo. Me acerqué con decisión al punto en el que se encontraba el atónito portador de la falsa misiva.

–Veo que no sólo sois un bribón taimado y embustero –le espeté–, sino un cobarde al que no sonroja golpear a una chiquilla.

–Yo... –intentó balbucir.

No pudo proseguir, porque le cerré los belfos de un moquete. También yo me había encolerizado, pero lo que me dominaba no era un torbellino de furia ciega, sino una ira fría y meditada, así que el mamporro que le arreé a mano abierta fue un acto calculado y súbito de brutal dureza. Puede que ya haya dejado atrás los bríos de la plena juventud e incluso los de la fuerza de la edad, pero desde la más temprana adolescencia no he dejado de practicar un solo día el arte de la esgrima, y eso es algo que revigoriza el brazo de cualquiera. El golpe hizo que se trastabillara. Le faltó poco para mantenerse en pie, pero terminé de desequilibrarlo de un empellón, y cayó a tierra. Ninguno de sus hombres hizo el más mínimo movimiento, lo que por otra parte nada tiene de extraño, dado que cuarenta soldados de Bebbanburg acababan de irrumpir en el vestíbulo, embutidos en sus relucientes cotas de malla y haciendo espejear en la sala el acero de sus yelmos y moharras.

Me incliné y tendí una mano a Alaina. La valiente chiquilla no había derramado una sola lágrima.

–¿Te ha saltado algún diente este patán? –le pregunté.

Alaina se recorrió toda la dentadura con la lengua y meneó la cabeza.

–Creo que no.

–Si ves que te falta alguno, dímelo, y yo te lo devolveré arrancándole los suyos a este ratón medroso.

Luego me planté a horcajadas junto a Ealdred.

–Vos no sois el señor de Bebbanburg –bramé–. Pero yo sí, y aquí me tenéis. Y ahora, antes de que pasemos a discutir los pormenores de la misiva del rey, ¡despojaos de las espadas! ¡Todos!

Uno por uno, los acompañantes de Ealdred fueron entregando las espadas a mi hijo. Tan sólo el recadero permaneció inmóvil, reacio a obedecer, así que mi hijo se limitó sencillamente a extraerle el arma de la funda. Pedí a mis hombres que acercaran mesas y bancos, y senté en ellos a los secuaces de Ealdred. Dije a un criado que me trajera cera y una vela, y, cuando volvió con el encargo, imprimí mi sello en un pedazo de vitela arrancado a la que contenía la carta de Æthelstan. Acto seguido, se lo enseñé al cura para que lo comparara con el que se había marcado en la misiva.

–¿Os parece que se trata del mismo sello?

El sacerdote miró fijamente a sus camaradas, claramente incómodo por la pregunta, pero acabó por menear negativamente la cabeza.

–No lo parece, señor –farfulló.

–La Iglesia –añadí sin compasión– es muy aficionada a las falsificaciones. Por lo general, con el fin de reclamar la propiedad de unas tierras… Se sacan de la manga un documento aparentemente rubricado por algún soberano desaparecido un par de siglos antes, añaden una copia del sello de ese desdichado, incapaz de defenderse desde el mundo de los muertos, y sostienen que el rey en cuestión les concedió en su día una buena cantidad de yugadas de magníficos pastos. ¿Es eso lo que se ha hecho en Burgham? ¿Es este sello un artificio fraudulento?

–No sabría decíroslo, señor –siguió balbuciendo el tonsurado.

–Es muy posible, pero el gorrino deshonesto que ha tenido la osadía de presentarse con esta porquería en la mano sí que podrá darnos razón de lo ocurrido –aseguré, clavando la vista en Ealdred, que no quiso abrir la boca y se negó incluso a sostenerme la mirada.

–¿No sabe el bravo guerrero que abofetea a las niñitas lo que ha pasado? –dije para provocarlo, pero él permaneció callado–. Podéis decirle al rey –continué– que conservaré Bebbanburg y que no tengo alianza alguna con los escoceses; es más, dejadle bien clarito que jamás me coaligaré con ellos.

El clérigo lanzó una mirada furtiva a Ealdred, pero resultaba evidente que no iba a decir esta boca es mía.

–Pero, pero… –comenzó a preguntar, hecho un manojo de nervios, el curita–, ¿qué pasará si os declaran la guerra?

–Mirad eso –repliqué, señalando las gruesas vigas del techo del salón, cubiertas de pendones desgarrados–. Todos esos estandartes ondearon un día en manos de los enemigos de los sajones. Algunos de sus portadores se enfrentaron a Alfredo, otros combatieron a su hijo, y hubo incluso quien plantó cara a su hija. ¿Por qué creéis que cuelgan de esos travesaños? Porque yo mismo les di muerte.

El religioso volvió a levantar la vista, dispuesto a contemplar por segunda vez las divisas. En realidad, las enseñas estaban tan destrozadas y descoloridas por el humo que difícilmente podía diferenciar los emblemas. Pese a todo, acabó por reconocer los gallardetes triangulares de los hombres del norte mezclados con los guiones de los jefes militares sajones. Los reconociera o no, estaba claro que no se le ocultaba el gran número de blasones enemigos que habían hallado allí la perdición. Era una profusión de cuervos, águilas, ciervos, hachas, jabalíes, lobos y cruces. Y, por toda recompensa, los dueños de aquellos distintivos habían recibido una húmeda fosa de muchos pies, excavada en el frío suelo sajón.

–Al cruzar el portalón de mi fortaleza –indiqué al eclesiástico–, habréis tenido ocasión de ver una buena colección de calaveras. ¿Sabéis a quiénes pertenecieron?

–A vuestros enemigos, señor –susurró.

–A mis enemigos, efectivamente, y nada me agradaría más que añadir otro puñado de blancos y pelados cráneos a los que por allí se airean.

Me puse en pie y esperé. No hice nada más. Me limité a aguardar y a dejar que el silencio se espesara hasta que a Ealdred le resultara imposible no dirigirme la mirada.

–Sólo hay un señor en Bebbanburg –espeté al fin–. Y ahora podéis marcharos. Se os devolverán las espadas en cuanto halláis abandonado la fortaleza.

Partieron acobardados y sin decir palabra. Al pasar bajo el arco del portón, vieron a los cuervos apostados, pacientes; y, mientras se abrían camino entre los charcos de sangre y las piltrafas del ganado sacrificado, debieron de observar que los guerreros no sólo vestían ahora cotas de malla limpias, sino que también blandían lanzas limpias de toda herrumbre. Sin embargo, perpetuaron su total mutismo y montaron en sus caballos sin emitir un solo sonido, dispuestos a recuperar calladamente las espadas. Y así, cubiertos de vergüenza, espolearon a los animales para enfilar hacia la Puerta de la Calavera, que se cerró con solemne estrépito a sus espaldas.

—Allá va un buen problema —señaló animadamente Finan.

Se acercó a las escaleras que ascendían al camino de ronda que dominaba los parapetos.

—¿Recuerdas la pregunta que te hizo Domnall?

—¿Cuál de todas?

—¿Cuántos aliados tienes?

Subí los peldaños con él para ver cómo Ealdred y sus hombres se alejaban al trote corto.

—Contamos con Egil —respondí con voz sombría—. Si es que aún alienta...

—¡Pues claro que está vivo! —protestó Finan con tajantes bríos—. ¡Se necesita algo más que esa cagarruta de perro de Ealdred para acabar con Egil! Pero aclárame una cosa: ¿quieres decir que Egil y nosotros dos acabamos de enemistarnos con el resto de Britania?

—Eso es exactamente lo que ha pasado —contesté.

Finan estaba en lo cierto. No teníamos aliados, pero sí toda una isla en contra. Había humillado a Ealdred, ganándome así un peligroso enemigo, tanto más cuanto que el rey prestaba atención a todo lo que decía el taimado mensajero. Era evidente que Æthelstan juzgaría que mi desplante constituía una provocación y un insulto. El rey de toda Britania iba a clasificarme ahora en el número de sus adversarios.

—¿Crees que debería arrastrarme?

Observé que Finan se sumía en profundas cavilaciones, porque la pregunta se asomaba a un abismo. Tenía el ceño marcadamente fruncido.

—Si os humilláis, señor, os creerán débil.

Muy rara vez me llamaba «señor», y sólo lo hacía cuando quería que lo escuchara con toda atención.

—¿Quieres decir que debemos retarlos a una guerra?

—¿No os tienta Wiltunscir?

—Ésa no es mi tierra —contesté—. Se me hace excesivamente blanda, mullida… No sé, como si en ella la vida resultara demasiado fácil. Y a ti, ¿te agradaría instalarte allí?

—No —admitió, tajante—. Me gusta Northumbria. Me transmite sensaciones casi tan buenas como las de Irlanda.

Sonreí ante su afirmación.

—Bueno, ¿qué te apetecería entonces que hiciera?

—Lo que siempre hemos hecho, por supuesto. Lo que hacemos una y otra y otra vez. Luchar.

Permanecimos con la vista perdida en el horizonte hasta que Ealdred y sus jinetes se perdieron de vista.

Nos habíamos quedado solos.

SEGUNDA PARTE

Obra del diablo

CAPÍTULO VII

Sin embargo, tampoco se podía decir que estuviéramos totalmente solos, porque Egil seguía vivito y coleando. Había cabalgado a matacaballo para mantener a distancia a sus perseguidores, hasta alcanzar la seguridad de su hogar media jornada antes de que Ealdred y sus jinetes hicieran acto de presencia.

–Llegó a media tarde –me explicó Egil–, echó un largo vistazo a los doscientos soldados que le devolvían la mirada desde la empalizada y desapareció por el flanco sur.

–¡Doscientos! –exclamé–. ¡Pero si tú no tienes semejante ejército!

–Basta con proporcionar una lanza a las mujeres, cubrirles los pechos con una buena coraza, ocultarles los cabellos bajo el yelmo… ¡y listo! ¿Quién sería capaz de detectar el engaño? Además, hay en mi casa hembras mucho más aterradoras que cualquiera de mis guerreros.

Aquello quería decir que Ealdred había dejado atrás los contrafuertes de la morada de Egil para dirigirse a Bebbanburg y enfilar después al sur hasta llegar a Eoferwic, donde se instaló en el palacio de Guthfrith, según nos dijeron, acompañado por más de un centenar de combatientes de Sajonia Occidental. Otros grandes contingentes de sajones habían formado guarnición en Lindcolne, lo que significaba que Æthelstan comenzaba a cerrar el cerco con el que pretendía asfixiar Northumbria.

Esto quería decir también que su siguiente paso consistiría, a buen seguro, en apretar las clavijas a Bebbanburg, aunque lo cierto es que vimos pasar lentamente lo mejor del verano sin divisar ningún enemigo en el horizonte. Dedicamos ese tiempo de inquieta espera a llenar nuestras despensas, a reforzar los parapetos, pese a que su solidez no estuviera comprometida, y a patrullar incansablemente en las regiones meridionales.

—¿Cuándo vendrán? —me preguntaba regularmente Benedetta.

—Después de que se recoja la cosecha, desde luego.

—A lo mejor desisten y no se presentan.

—Vendrán, no lo dudes.

Las amistades que había cultivado en Eoferwic me alertarían sin duda en cuanto observaran movimientos dignos de mención, aunque obviamente debían tener las manos libres para poder avisarme. Y lo mejor era que contaba con muchísimos amigos en la ciudad. Allí vivía Olla, que era dueño de una taberna y había casado a su hija Hanna con Berg. Como todos los regentes de ese tipo de establecimientos, Olla está al tanto de todos los rumores, y las prostitutas que trabajan con él le susurran sus secretos al oído. También estaba el tuerto Boldar Gunnarson, que no había dejado de servir a Guthfrith como miembro de su guardia personal ni de informarme a mí. Y no había que olvidar a los sacerdotes que trabajaban a las órdenes del arzobispo Hrothweard. Todos esos hombres, y varias docenas más, encontraban invariablemente el modo de enviarme datos y noticias. Los viajeros me transmitían sus mensajes, bien por tierra o a bordo de los barcos mercantes. La cuestión era que, desde que humillara a Ealdred, los recados repetían incansablemente lo mismo: que el mendaz heraldo del rey buscaba venganza.

Un buen día me llegó una carta de Guthfrith, aunque las palabras y giros que contenía delataban que su autor había sido un sajón occidental. El remitente del escrito solicitaba mi lealtad y juraba que, si me negaba a hincar la rodilla ante él, no dudaría en asolar mis dominios para tomar posesión del territorio, que reclamaba como propio.

Quemé la absurda carta, envié una nota de alerta a Sihtric, que capitaneaba la guarnición de Dunholm, encargada de defender mi frontera meridional, y mandé asimismo avisos al conjunto de aldeas y asentamientos que integraban mis feudos. Pero las cosas continuaron en aparente calma chicha. No se veía por parte alguna a los jinetes guerreros de Eoferwic, ni se percibía en el aire el hedor de una sola granja incendiada o el desgarrador aullido de los campesinos que descubren que el enemigo les ha robado las vacas o las ovejas.

–¡No está tomando represalias! –exclamaba Benedetta con su mejor desdén–. ¿Acaso te teme?

–Lo único que hace es aguardar órdenes de Æthelstan –aclaré.

El rey estaba muy lejos, en las regiones más distantes del sur, en Wintanceaster, e indudablemente Ealdred se mostraba reacio a tomar la iniciativa de un ataque contra Bebbanburg sin contar con la previa aprobación del soberano. Sin embargo, la autorización debió de cursarse, como se esperaba, dado que, en los estertores finales del estío, nos enteramos de que acababan de atracar en Eoferwic cuatro bajeles de Sajonia Occidental con más de un centenar de soldados a bordo y un gran cofre repleto de plata. Eran caudales destinados a pagar el sudor de los herreros de la ciudad, que a cambio debían batir el hierro para forjar moharras, y las cantinelas de los curas, a los que se había convencido de que divulgaran en sus prédicas y sermones la media verdad de que Bebbanburg era un nido de paganos. El arzobispo Hrothweard podría haber acallado todas aquellas paparruchas. Era un buen hombre, que, movido por la buena consideración en que me tenía y por lo mucho que le desagradaba Guthfrith, había aconsejado a Ealdred que no desatara una guerra entre Eoferwic y Bebbanburg. Sin embargo, el arzobispo había caído gravemente enfermo. El monje que me comunicó la nueva se llevó a la frente uno de sus larguísimos dedos y me dijo:

–El pobre anciano no sabe ya el día en que vive, señor.

–¿Está alunado?

El monje asintió en silencio. Ayudado por tres acólitos de su misma orden, tenía orden de llevar un ejemplar de los Evangelios a uno de los monasterios de Alba. Como el trayecto era largo, había buscado refugio en Bebbanburg con el único propósito de pasar la noche entre nosotros y proseguir viaje a la mañana siguiente.

–En ocasiones, su eminencia olvida vestirse, señor, y apenas logra ya articular palabra, y mucho menos predicar. Le tiemblan tanto las manos que he de darle yo de comer las gachas de que se alimenta. Además, he de deciros, señor, que ha llegado a la ciudad una remesa nueva de eclesiásticos. Se trata de religiosos de Wessex. ¡Y son feroces!

–¿Os referís a que no les gustan los paganos?

–Los detestan, señor.

–¿Está entre ellos el obispo Oswald? –pregunté.

Negó, agitando enérgicamente la cabeza.

–En absoluto, señor. Por lo general, es el padre Ceolnoth quien se encarga de dar los sermones en la catedral.

Soltó una risa agria. Yo conocía a Ceolnoth y a su hermano gemelo, Ceolberht, desde su más tierna infancia, y me caían tan pésimamente mal como yo a ellos. No obstante, Ceolberht podía esgrimir la atenuante de contar con buenos motivos para odiarme, dado que yo mismo le había saltado casi todos los dientes a patadas; un recuerdo que me proporcionó al fin un instante de satisfacción, un placer que a medida que el verano se abismaba en el naciente otoño resultaba cada vez más raro. Fue entonces cuando empezaron las incursiones y los saqueos.

Al principio, apenas pasaban de ser simples escaramuzas de poca importancia. Unos cuantos robos de ganado en la frontera sur, un granero quemado y varias nasas destruidas con el fin de dañar nuestras pesquerías. Los asaltantes, que eran invariablemente noruegos o daneses, no llevaban en ningún caso los escudos pintados con el característico jabalí colmilludo de la casa de Guthfrith, y entre ellos no había un solo sajón occidental. Envié entonces a mi hijo al sur en compañía de treinta hombres. Aunque su misión consistía en ayudar a Sihtric de Dunholm, la verdad es que al abarcar mis tierras una vasta porción de la isla y mostrarse el enemigo sumamente cauto, mis leales no encontraron nada digno de mención. Tiempo después, el adversario comenzó a asaltar nuestros barcos de pesca, a llevarse las redes y las capturas y a arrancar los mástiles de las embarcaciones. Entre mi gente nadie resultó muerto; de hecho, ni siquiera hubo heridos.

–Han sido dos navíos sajones –me dijo uno de los pescadores cuando yo recorría la costa con el *Spearhafoc* en expedición de cabotaje.

–¿Has visto si enarbolaban cruces en la proa?

–No portaban emblema alguno, señor. Pero estoy seguro de que eran sajones. ¡Basta con verles la panza!

Los buques que se construían en las regiones meridionales se distinguían por su proa abultada, totalmente diferente de las estilizadas líneas del casco del *Spearhafoc*.

–Los canallas que nos abordaron hablaban una lengua extranjera, pero sus barcos eran sajones, sin duda.

Mandé que el *Spearhafoc* patrullara todos los días por el litoral sur, generalmente al mando de Gerbruht, mientras Thorolf, el hermano de Egil, comandaba el *Banamaðr* como nave auxiliar. Sin embargo, tampoco esta vez descubrieron novedad alguna. Los robos de ganado prosiguieron, y en Eoferwic los clérigos vomitaban largos sermones plagados de ofensivos improperios en los que afirmaban que cualquier hombre que pagara renta a un señor pagano estaba condenado a las eternas llamas del infierno.

Con todo, lo cierto es que seguía sin producirse ningún derramamiento de sangre. Las reses desaparecían, los almacenes sucumbían a los pillajes, las alquerías se deshacían en humo y los barcos quedaban desarbolados, pero nadie se dejaba la vida en el empeño. Ealdred se entretenía en provocarme, y yo tenía la sospecha de que ansiaba ponerme en el brete de dar el primer golpe, dado que eso le proporcionaría el pretexto perfecto para declarar una guerra sin cuartel a las tierras de Bebbanburg. Al aproximarse el invierno, las incursiones empezaron a ser más graves: ardieron más granjas, y las mesnadas noruegas recorrieron las colinas de poniente para agredir a los aparceros de las tierras altas. Pese a todo, la muerte seguía ociosa, pero los costes se elevaban. Hubo que renunciar al cobro de las rentas, ponerse a talar árboles para reconstruir lo arrasado y movilizarse para reemplazar bestias y cosechas. Cuando menos lo esperaba, Guthfrith me hizo llegar un segundo pliego con su sello para exigirme el pago de los casi siete kilos de oro en que cifraba la imaginaria deuda que me imputaba. Entregué a las llamas ese nuevo insulto, tal y como había hecho con el anterior, pero en esta ocasión el despropósito me dio una idea.

–¿Qué tal si le damos lo que tanto desea? –sugerí del modo más inopinado.

Nos hallábamos sentados en el gran salón de Bebbanburg, cerca del gran hogar en el que crepitaba entre siseos un buen fuego de tocones de sauce. La tarde caía con inusitada lentitud para encontrarnos ya en los primeros compases del invierno, y las fuertes rachas del frío viento del este arrancaban acres resoplidos a la salida de humos que horadaba el techo. Benedetta me miraba fijamente, como si hubiera perdido la chaveta tanto como el pobre Hrothweard.

–¿Te refieres a entregarle Bebbanburg? –me interrogó, conmocionada.

–Nada de eso –respondí, poniéndome al mismo tiempo en pie–. Ven.

Al frente de la breve comitiva que formaban Benedetta, Finan y mi hijo crucé la puerta que permitía acceder a nuestros aposentos desde el estrado del salón. Al otro lado se encontraba nuestra alcoba, presidida por el abultado montón de pieles sobre el que dormíamos Benedetta y yo. Aparté de un puntapié las mantas para dejar al descubierto el suelo de gruesas planchas de madera. Entonces, pedí a mi hijo que me alcanzara una barra de hierro y, al llegar con ella en las manos, le dije que levantara los pesados tablones. Se apoyó con todo su peso en la palanca, ayudado por Finan, y entre los dos consiguieron separar uno de los pedazos de la tarima. Era un enorme trozo de madera, cuya sección cuadrada tenía nada menos que un pie de lado y una largura de dos pasos.

—Y ahora haced lo mismo con el resto de las planchas —dije—. Son siete en total.

No les estaba revelando ningún secreto. Benedetta sabía lo que se ocultaba bajo nuestro lecho, y tanto Finan como mi hijo habían tenido ya ocasión de contemplar el profundo agujero. Pese a todo, ninguno de ellos pudo reprimir un bufido de asombro cuando al fin pudimos hacer a un lado el último de los maderos y zambullir nuestros farolillos en el sombrío espacio abierto.

Lo que allí guardaba era un enorme montón de oro. Uno de esos tesoros que sólo un dragón acertaría a custodiar. El metal acumulado en toda una vida de combates y victorias. Mi botín.

—¡Santo cielo! —exclamó Finan.

Por mucho que lo hubiera visto antes, el espectáculo no dejaba de resultar pasmoso.

—¿Cuánto hay ahí?

—Más que suficiente para tentar a Ealdred —repliqué—. Y lo bastante como para distraer a Æthelstan…

—¿Distraerlo?

Benedetta observó fijamente los brillos y destellos del tesoro.

–Æthelstan –señalé– ha instituido una suerte de pacto de paz en toda Britania, con la única excepción de mi persona y mis dominios, así que me propongo entretenerlo buscándole otro enemigo.

–¿Otro enemigo? –trató de averiguar ahora mi hijo, perplejo.

–Veréis –empecé a decir, al tiempo que descendía con precaución al hoyo abierto, que en realidad era una oquedad natural excavada por los elementos en la roca sobre la que se asentaba la fortaleza de Bebbanburg.

Alcé algunas de las valiosísimas piezas allí amontonadas. Una de ellas era una fuente de oro capaz de acomodar sin problemas los cuartos traseros de un buey asado. En todo el borde, el orfebre había tallado las correrías de un sinfín de bandas de mujeres perseguidas por hombres con piernas de cabra. Había también altísimos candelabros, robados sin duda de alguna iglesia; recordé de repente que los había traído de Sköll. Vi también una inmensa cantidad de lingotes, cadenas de oro, bocales, jarras y copas. Me fijé en el bulto que formaba una gruesa bolsa de cuero que, repleta de piedras preciosas, parecía querer competir en belleza con los intrincados diseños labrados que exhibía la hermosísima espada que yacía semienterrada en un montículo de broches y fíbulas. Me encontré rodeado de rubíes, esmeraldas y brazaletes, y topé de pronto con el tosco aro dorado que un día ciñera la frente de Hæsten. Desde luego, abundaban las monedas de oro, tiradas por todas partes, como si alguien hubiera querido alfombrar con ellas el pedestal de una estatuilla romana que representaba a una mujer con una radiante corona de la que emergían, refulgentes, los rayos de un sol de oro. A su lado, un arca de madera aparecía rebosante de pedazos de plata. Mi propio padre había amasado parte de aquel tesoro, y su hermano –mi traicionero tío– había proseguido acumulando. Sin embargo, en su mayor parte, las riquezas que recorría con los ojos y las manos habían sido en otro tiempo preciadas posesiones de mis más opulentos enemigos, y si yo guardaba todo aquello, renunciando al alarde externo, era para proteger Bebbanburg en épocas de vacas flacas.

Me agaché, recogí una copa sin desbastar y se la di a Finan. Cualquiera habría dicho que el artífice de aquel objeto le había dado forma valiéndose de una piedra a modo de martillo. El recipiente presentaba una superficie rugosa y abollada, pero era de oro puro.

–¿Te acuerdas de las tumbas que encontramos al oeste de Dunholm? –le pregunté–. ¿Aquellos tres sepulcros?

–¿Los de las montañas?

–Sí, los del valle abierto en la meseta. Había una piedra enorme hincada verticalmente en tierra.

–¡Ya recuerdo! ¡La cañada del Diablo! –exclamó al venirle la imagen a la cabeza–. ¡Tres túmulos funerarios!

–¿La cañada del Diablo? –repitió Benedetta, intrigada, pero poniendo buen cuidado en persignarse ágilmente.

Finan enarboló una gran sonrisa.

–Ése era el nombre que le daba el antiguo arzobispo de Eoferwic. ¿Cómo se llamaba…?

–Wulfhere –dije, refrescándole la memoria.

–¡Eso, Wulfhere! –asintió alegremente Finan–. ¡Menudo cabroncete retorcido que era el viejo! –aulló–. Decía a todos sus feligreses que en aquellos nichos tenían los demonios su cubil, y había hecho gravitar sobre los lugareños la tajante prohibición de aproximarse a aquel lugar presuntamente maldito.

–Al poco tiempo ordenó a sus sirvientes que extrajeran la tierra de los montículos –tercié yo, para dar continuación al relato–. Todo lo que tuvimos que hacer después fue ahuyentarlos.

–¿Y cavaste con tus propias manos? –quiso saber mi hijo.

–Por supuesto –respondí con el rostro resplandeciente, mientras recorría con los dedos las rudimentarias formas de la copa de oro–. Pero esto es todo lo que encontramos.

–Y unos cuantos huesos, no lo olvidéis –agregó Finan–. Aunque eso sí: ¡ni rastro de los diablillos!

–Pues una cosa os digo, amigos míos: ha llegado la hora de que colmemos de oro las sepulturas y volvamos a rodearlas de hordas demoníacas.

Me proponía armar una celada. Iba a ofrecer oro a Guthfrith, más del que jamás hubiera soñado poseer. Y también me disponía a complacer a Ealdred, dándole lo que tanto ansiaba: una carnicería. Sería efectivamente yo quien derramara la primera sangre, y lo haría sin piedad, del modo más implacable. Sin embargo, para que la trampa funcionase, era preciso tenderla con mucho cuidado. Y, en ese sentido, lo principal era mantener el plan en el más absoluto secreto.

Los preparativos consumieron buena parte del invierno. Dejamos intactas las piezas más antiguas y ordinarias del tesoro, como la copa moldeada a golpe de piedra y un torques de aspecto brutal, y lo mismo hicimos con los lingotes. Sin embargo, redujimos a porrazos otros objetos, como los candelabros y varias de las fuentes romanas, a simples pedazos de oro sin forma definida. Æthelstan había exigido a Hywel veinticuatro libras de oro, y aun eso apenas era una parte del tributo que pedía. Sin embargo, cuando acabamos nuestra labor destructora nos encontramos con más de cien libras del precioso metal, que guardamos meticulosamente en un sólido cofre de madera. Culminamos nuestra tarea con toda discreción, sin dar indicios a nadie de lo que estábamos haciendo, ya que sólo Finan y mi hijo me ayudaron en la tarea. De ese modo no había peligro de que se filtrara el más mínimo rumor sobre el oro de Bebbanburg.

Las provocaciones de Ealdred no cesaron, pero empezaron a espaciarse hasta convertirse en acciones esporádicas. Grupos de jinetes irrumpían al amanecer en nuestras tierras para incendiar establos y graneros o dispersar al ganado. Pese a todo, no sólo seguían sin segar vidas, sino que tampoco tomaban esclavos. De hecho, sus víctimas nos decían que los asaltantes eran invariablemente hombres del norte que hablaban en danés o noruego. Al parecer, todos esgrimían grandes mazos o martillos de guerra con broqueles sin distintivo alguno. Todas aquellas incursiones me costaban mis buenas libras de plata, pero no causaban excesivos daños. Los edificios podían reemplazarse por nuevas construcciones, y nosotros mismos enviábamos grano de Bebbanburg a los más perjudicados, junto con vacas, terneros y ovejas. Seguíamos destacando soldados a caballo para que explorasen los límites de la frontera meridional, pero di órdenes expresas de que nadie cruzara la raya que separaba nuestras posesiones de las de Guthfrith. Vivíamos una guerra incruenta, hecha de agresiones que no desembocaban en combates, y desde mi punto de vista todo aquello carecía de sentido.

–Entonces, ¿por qué practican todos estos desmanes? –trató de informarse Benedetta, reprimiendo la cólera.

–Porque lo manda Æthelstan –dije, sin encontrar ninguna otra razón.

–¡Pero qué demonios! ¡Has sido tú quien le ha dado el trono! ¡Es totalmente injusto!

Su indignación me hizo sonreír.

–La codicia es más fuerte que la gratitud.

–¡Pero sois amigos! –prosiguió la bella italiana.

–No. Soy simplemente uno de los grandes señores de su reino, y no tiene más remedio si él quiere ser aún más poderoso…

–¡Escríbele! ¡Explícale que eres leal!

–No me creería. Y además todo esto se reduce a saber quién puede mear más lejos…

–¡Bah! ¡Hombres!

–Él es el rey. Tiene que salir vencedor.

–¡Pues entonces méate tú en su oreja! ¡Y hazlo a conciencia!

–Lo haré –dije con voz sombría.

Para cumplir mi promesa, pese a que el invierno no hubiera dado aún sus últimos coletazos y la nieve continuara resistiendo en los neveros agazapados en las hondonadas de los terrenos elevados, allí donde el sol apenas entibiaba el aire, partí a caballo en compañía de Finan, Egil y una docena de hombres. Enfilamos hacia el sur, por los pequeños senderos que cruzaban los montes en lugar de ir por la calzada romana, mucho más expuesta. Al anochecer, buscábamos refugio en las tabernas o las modestas y apartadas granjas del camino. Afirmábamos andar en busca de buenas tierras, y es posible que unas gentes nos creyeran y otras no, pero desde luego no gastábamos ropas de lujo ni hacíamos alarde de vistosas piezas de oro. De hecho, hasta nos cuidamos de no enfundar en los tahalíes otra cosa que simples y ordinarias espadas, de ocultar meticulosamente nuestros nombres y de pagar la posada con sucios pedazos de plata. Tardamos cuatro días en llegar a la cañada del Diablo.

La encontré tal y como la recordaba. El valle parecía suspendido en el altiplano de la cordillera. Las laderas de los montes se elevaban abruptamente al este, el oeste y el norte, pero en el extremo sur había un reborde que descendía vertiginosamente hasta hundirse en una profunda garganta fluvial por la que transitaba una vía romana, recta como una flecha. En esa vaguada se veían, dispersos, unos cuantos pinos desgreñados lamidos en sus pies por un arroyo en cuyos márgenes persistía aún el hielo. Los tres túmulos funerarios formaban una línea recta en el centro del valle, y la hierba que los cubría parecía encanecida a causa de la escarcha. Los montículos mostraban las profundas cicatrices que nosotros mismos habíamos dejado años atrás con nuestras excavaciones; costurones que sin duda habrían contribuido a multiplicar desde entonces los aldeanos de la vaguada. La enorme piedra vertical que se alzara en otro tiempo en la porción sur de la necrópolis había caído, y ahora yacía inerte en la fina hierba de turbera.

–Puro pasto estival –comentó Egil, al tiempo que arreaba una distraída patada a la cubierta verde de las aristas rocosas del valle por el que hacíamos la ronda de reconocimiento–. No sirve para nada más.

–Sí, pero es un buen sitio para encontrar oro –observé.

Nos detuvimos en el vértice más meridional de la hondonada, donde un frío viento estremeció nuestros mantos. La torrentera se precipitaba por el saliente, abismándose hasta alcanzar el río que rielaba muy por debajo, herido por la suave luz del sol de invierno.

–Ése debe de ser el Tesa –dije, señalando la corriente de agua–. La linde de mis tierras…

–¿Queréis decir que este valle os pertenece?

–Es mío, en efecto. Todo cuanto veis hasta el ribazo forma parte de mis dominios.

–¿Y al otro lado?

–Ahí comienzan las posesiones de Guthfrith –expliqué–. O quizá las de Ealdred. No es una región que reivindique, en todo caso.

Egil contempló detenidamente el ancho valle. Desde el alto promontorio en el que nos encontrábamos podíamos divisar sin dificultad la calzada, un pueblecito, una pista de tierra que nacía en el asentamiento e iba a morir en la orilla septentrional del Tesa, y un segundo sendero que se perdía entre la maleza y conducía a la ribera opuesta, claro signo de que era posible vadear la corriente.

–¿A dónde lleva la calzada? –preguntó Egil.

Alargué el brazo y señalé a levante.

–Va a unirse a la gran carretera que se oculta por allí, y después baja hasta Eoferwic.

–¿A qué distancia está la ciudad?

–Son dos días a caballo; tres, si se lo toma uno con calma.

–Entonces, este lugar –afirmó Egil, indicando el sitio mismo donde nos hallábamos– sería un buen emplazamiento para un fuerte. –Barrió con la mano el amplio espacio que nos rodeaba–. Hay agua más que suficiente, y desde aquí puede avistarse a cualquier enemigo.

–Para ser un poeta –dije, paladeando las palabras–, y noruego por añadidura, tenéis una mente harto brillante.

Sonrió, no totalmente seguro de haber entendido lo que pretendía sugerir, y añadió:

–No olvidéis que también soy un guerrero.

–¡Ya lo creo que sí! No lo dudo un solo instante, amigo mío. ¡Temible!

Eché un vistazo a la ladera más próxima, por donde un senderillo abierto por las ovejas corría colina abajo en una zona de fuerte pendiente.

–¿Cuánto creéis que se tardaría en llegar a esa aldea a caballo? –pregunté, al tiempo que señalaba el caserío situado junto al río, de cuyos tejados emanaba mansamente el humo–. Poco, diría yo, ¿no creéis?

–Poco, desde luego –estimó Egil.

–¡Finan! –llamé.

En cuanto llegó a nuestro lado, le mostré el poblacho.

–¿Podría ser una iglesia eso que veo allí abajo?

Finan, que es el hombre con mejor vista de cuantos me ha sido dado conocer, clavó las pupilas en la lejanía.

–Hay una cruz en el hastial. ¿Qué otra cosa podría ser?

Yo llevaba algún tiempo preguntándome cómo íbamos a difundir la noticia del oro que nos disponíamos a enterrar en las sepulturas, pero la sugerencia de Egil me había dado la respuesta.

–Cuando nazca la primavera –aseguré–, levantaremos aquí ese fuerte que sugerías. –Señalé el bosquecillo de pinos enclenques–. Comenzaremos a construir la empalizada con esos troncos. Luego compraremos maderas en el valle, y nos procuraremos cerveza y comida. Lo dejo en tus manos.

–¿Me lo decís a mí? –se asombró Finan.

–¡Para algo eres cristiano! –respondí–. Te daré cuarenta hombres, o cincuenta, tal vez, todos devotos de tu crucificado. Luego te encargarás de pedir al cura del pueblo que venga aquí y bendiga el fortín.

–Todavía no estará terminado –protestó Finan.

–Es que no lo acabaremos –solté–. Lo único que pretendo es que le enseñes al clérigo las piezas de oro que traemos. ¡Es más, le darás una parte del vil metal!

–Y en una semana –terció lentamente Egil–, todos los hombres del valle del Tesa estarán al tanto de que aquí hay un tesoro…

–No necesitarán siquiera tantos días –intervine–. Lo importante es que la noticia no dejará de llegar a oídos de Guthfrith y de Ealdred. –Me giré para contemplar los túmulos–. Sólo hay un pequeño problema.

–¿Y cuál es, si puede saberse? –se interesó Finan.

–Que nos hallamos muy lejos de Escocia.

–¿Y eso es una dificultad? –se preguntó Egil sin terminar de comprender.

–Tal vez podamos solventarla… –concluí enigmáticamente.

No tardaríamos en poner la carnaza en la trampa que había urdido; y no era un cebo para un rey, sino para tres, nada menos. Según las previsiones de Æthelstan, si estallaba una nueva guerra, los combates serían los más terribles que jamás se hubieran conocido en toda Britania. Eso lo había llevado a sostener que no deseaba tal contienda…, pero eso no le había impedido iniciar las hostilidades contra Bebbanburg. Se trataba ciertamente de un choque harto extraño, sin muertes y con muy pocos daños, pero al fin y al cabo no deja de ser eso, una ofensiva, y era él quien la había iniciado.

Ahora yo iba a obligarlo a terminarla.

* * *

El obispo Oda llegó a tiempo de ver la primavera trocarse en un verano esplendoroso. Se presentó en compañía de un

tonsurado de corta edad y seis guerreros fieramente engala-
nados con el iracundo dragón de rayos en las garras que
Æthelstan tenía por insignia. El amanecer había anunciado
un día excepcionalmente cálido, pero, cuando Oda cruzó
los umbrales de la Puerta de la Calavera, las primeras brumas
del año comenzaban ya a humedecer las arenas de la playa
que el oleaje no alcanzaba.

—Ni siquiera he pensado en echarme un manto sobre
los hombros esta mañana —se quejó Oda—. ¡Y ahora resulta
que salta la niebla!

—No es más que neblina —dije—; eso que los daneses
llamáis *haar*.

Los días más templados del estío, el mar del Norte desprendía una espesa cortina caliginosa que terminaba por
envolver con su blanco sudario toda la fortaleza. La mayor
parte de las veces, el sol disipaba aquel fosco relente, pero,
si el océano nos hacía llegar sus vientos del este, la bruma
alcanzaba la orilla y podía instalarse el día entero en ella, tan
impenetrable que en ocasiones nos impedía incluso ver los
parapetos costeros desde el gran salón.

—Os traigo un obsequio —dijo alegremente Oda cuando
lo invité a pasar a la antecámara.

—¿Es la cabeza de Ealdred? —pregunté, entre bromas y
veras.

—Es una dádiva real —contestó, haciendo caso omiso de
mi mal chiste.

El religioso alargó la mano hacia el joven sacerdote, y
éste le tendió un atadijo de cuero que Oda me entregó luego.

El fardelillo estaba sujeto con unas cuerdas que rompí
de un manotazo. En el interior del bulto de suave piel había
un libro.

—¡Vaya! ¡Un libro! —exclamé, dejando agria constancia
de mi decepción.

—¡En efecto, un libro! Pero no temas… —dijo Oda, casi
divertido—. No es ningún evangelio. El rey no juzga positivo

echar margaritas a los puercos. ¡Querida señora! –se interrumpió el muy zalamero al tiempo que levantaba ostentosamente los brazos para saludar con calidez a Benedetta, que venía muy contenta a nuestro encuentro–. ¡Estáis más bella que nunca!

Oda la abrazó con cariño.

–¡Os he traído un obsequio del rey! ¡Es un libro!

–¡Un libro! –repetí sin abandonar la acritud.

–Nos son extremadamente necesarios –aseguró Benedetta, dando unas palmadas para llamar a los criados–. Permitidme que os ofrezca un vaso de vino, obispo. ¡Y esta vez podréis comprobar que se trata de un buen caldo!

–Vuestros amigos de Eoferwic, obispo –comencé a decir con amargura–, han intentado detener todos los barcos que acudían a nuestras costas para comerciar. Pero, ya veis... A pesar de sus sucios esfuerzos, la navegación no se ha interrumpido y siguen llegando naves a Bebbanburg. ¡Y nos traen vino!

Conduje a Oda hasta el estrado, lejos de los indiscretos oídos de los seis guerreros que, por lo demás, habían tenido la gentileza de entregar como es debido las armas a mis ujieres y recibido como premio la amable invitación de ocupar una mesa en el extremo más alejado del salón, donde los sirvientes los colmaban de pan, queso y cerveza.

–Éste es el padre Edric, uno de mis capellanes –explicó Oda, guiando al muchachito a mi presencia–. Tenía unas enormes ganas de conoceros, señor.

–Sed bienvenido, padre Edric –saludé sin ningún entusiasmo.

Era un jovencito delgado, de tez muy pálida y expresión nerviosa. Y para colmo era prácticamente un chiquillo. No dejaba de mirar subrepticiamente el martillo que pendía de mi pecho, como si jamás hubiera visto nada parecido.

–El padre Edric es quien ha encontrado el libro que deseaba el rey –prosiguió Oda, tocando con el dedo índice el volumen que yo había dejado sin abrir encima de la mesa–. Contadle a lord Uhtred alguna de las maravillas que contiene, padre.

Edric abrió y cerró varias veces la boca, como si la tuviera reseca; tragó la poca saliva que alcanzó a reunir y volvió a intentar juntar unas pocas palabras:

–Se trata de la *Consolatione Philosophiæ*, señor.

Un marcado tartamudeo, posiblemente fruto de la momentánea inseguridad, logró que el título saliera troceado de sus labios, hasta el punto de que la consternación lo obligó a callar bruscamente, como si algún oscuro pavor le impidiera continuar.

–¿Y cuál sería la traducción? –preguntó amablemente Oda a su correligionario.

–*La consolación de la filosofía* –respondió Benedetta, muy interesada en cuestiones de letras–. ¿No es obra de Boecio? Sí, creo que sí. Italiano, claro…

–Un italiano muy inteligente –intervino Oda–. Como vos, querida señora.

Benedetta, que acababa de abrir el grueso tomo, alzó súbitamente las cejas, sorprendida.

–¡Pero si está en lengua sajona!

–La traducción es obra, mi apreciada señora, del mismísimo rey Alfredo. Y ese soberano era buen amigo de lord Uhtred, ¿me equivoco?

La pregunta recaía obviamente en mí.

–Nunca me apreció demasiado –confesé–. Sólo me necesitaba.

–¡Ooh! ¡No digáis eso! Claro que le gustabais –insistió Oda–. Vuestra religión, no, pero vos, sí. En cambio, Æthelstan –añadió, dando un brusco giro a la conversación– os teme.

Lo miré fijamente.

–¿Que me teme?

–Sois un gran guerrero, señor, y lo habéis desafiado. Los hombres perciben ese tipo de cosas sin la menor sombra de duda, y es obvio que llegan a la conclusión de que, si vos podéis poner en entredicho su autoridad y poder, otros podrán hacer lo mismo. ¿Cómo podría Æthelstan ser ungido soberano de Britania si sus señores no le rinden vasallaje?

–¿Decís que yo lo he retado? –solté con todo el desdén de mi corazón–. ¡He sido yo quien lo ha convertido en rey!

–Y el soberano –continuó Oda sin perder la calma– está seguro de que Dios se propone convertirlo en *Monarchus Totius Brittaniæ*. Tiene la profunda convicción de que eso es lo que el destino le reserva, y de que el Todopoderoso, en sus sabios designios, le ha asignado la sagrada misión de dar a Britania un tiempo de paz y prosperidad.

–Y por eso azuza a Ealdred y le pide que saquee mis tierras.

Oda volvió a pasar por alto este nuevo comentario, de sesgo mucho menos chistoso.

–Hay en los cielos una jerarquía similar a la que existe en la tierra –añadió con su sempiterna parsimonia–. Y, tal y como el Señor de la Creación ejerce su poder sobre todas las criaturas que pueblan la corte celestial y este bajo mundo, también ha de haber un monarca que se alce sobre el conjunto de las gentes que moran en sus dominios. Constantino de Alba se ha sometido a Æthelstan; Hywel de Dyfed le ha besado las manos; Owain de Strath Clota ha inclinado la cerviz; Guthfrith de Northumbria es su siervo… Sólo Uhtred de Bebbanburg se ha negado a prestar el juramento requerido.

–Uhtred de Bebbanburg –señalé amargamente– juró proteger a Æthelstan. Y eso he hecho: le di amparo y cobijo en su infancia, lo adiestré en la lucha y le puse en bandeja el trono. Yo he mantenido mi palabra, así que no hay necesidad alguna de empeñarla por segunda vez.

–Para preservar la dignidad del rey –soltó altaneramente Oda–, es preciso que todo el mundo vea que os postráis ante el rey.

–¿Dignidad? ¡No me hagáis reír! –repuse con total sarcasmo.

–Es un hombre orgulloso… –trató de matizar amablemente Oda.

–Entonces decidle a ese hombre tan arrogante que vuelva a atar a su jauría y declare públicamente que yo soy el señor de Bebbanburg, y en modo alguno Ealdred… Y no olvidéis añadir que debe pagarme en oro todos los perjuicios y pérdidas que sus hombres han provocado en mis tierras. Entonces, y sólo entonces, señor obispo, me arrodillaré ante él.

Oda exhaló un profundo suspiro.

–¡El rey estaba convencido de que aceptaríais su oferta de convertiros en señor de Wiltunscir! ¿Qué mayor generosidad que ésa?

–Bebbanburg me pertenece –dije con inamovible firmeza.

–Leed ese libro, señor –me recomendó de pronto Oda, acercándolo a mi persona–. Boecio era cristiano, pero su texto no tratará de convenceros de la conveniencia de una conversión. Es un libro de máximas y de sabias verdades, un escrito que os hará ver que la riqueza y el poder no son ambiciones que se compadezcan con un hombre virtuoso. Y que, por el contrario, las que sí se le acomodan son la justicia, la caridad y la humildad, ya que únicamente de esa probidad se obtiene el contento.

–¿Y es justamente ese *Monarchus Totius Brittaniæ* –escupí, trastabillándome en los extraños latinajos– quien me envía tal cosa?

–En su caso, su destino dicta la corona. Ningún hombre escapa a los planes de la providencia.

–Sí, sí… *Wyrd bið ful ãræd* –repliqué ásperamente, queriendo significar que tampoco yo, igual que Æthelstan, me hallaba en situación de eludir los hados–. Pero mi *wyrd* es conservar el señorío de Bebbanburg.

Oda meneó tristemente la cabeza.

—Me han enviado aquí, señor, para transmitiros un mensaje. El rey exige Bebbanburg. Necesita que sea su escudo y parapeto frente a los escoceses.

—Lo es ya —aseguré con toda determinación—. Y vos mismo acabáis de decir que Constantino ha acatado el voto de subordinación al rey. ¿Por qué temer a los escoceses, si han aceptado el vasallaje?

—Porque mienten —replicó tajantemente Oda—. Constantino remite mensajes de concordia a Æthelstan, pero al mismo tiempo manda hombres y caudales a Cumbria. Si la situación se deteriora y degenera en una guerra, vuestro rey quiere tener de su lado a los jefes nórdicos de la región.

Aquello concordaba con las informaciones que habían llegado a mis oídos: que Constantino estaba comprando las voluntades de los noruegos de Cumbria con promesas de tierras y tesoros.

—Si se declarara la guerra —afirmé con desabrida rudeza—, Æthelstan querrá tenerme de su parte.

—Desea Bebbanburg —reiteró el obispo.

—¿Y no serán más bien Ealdred e Ingilmundr quienes anhelan tenerla en sus manos? —pregunté, conteniendo la ira.

Oda vaciló, pero acabó encogiéndose de hombros.

—He pedido al rey que confíe en vos, y lo he convencido de que refrene a Ealdred.

—¿Me estáis diciendo que he de estaros agradecido?

—El monarca se ha mostrado de acuerdo —continuó el prelado, ignorando por tercera vez mis comentarios—. Además, Æthelstan os reitera la oferta inicial. Dejad que el rey ponga a su guarnición en Bebbanburg y considerad Wiltunscir como vuestro nuevo hogar.

—¿Y qué sucederá si rechazo la oferta?

—Hasta ahora, señor, el rey se ha mostrado clemente. Se ha negado a atacar con todo su poder esta fortaleza. Pero, si continuáis retándolo, él mismo se presentará aquí al frente de su ejército y su flota y os demostrará quién es efectivamente el *Monarchus Totius Brittaniæ*...

—¡Pero Uhtred es amigo suyo! —protestó vivamente Benedetta.

—Un rey no tiene amigos, querida señora, únicamente súbditos. Y lord Uhtred ha de rendirle pleitesía. —Me miró con fijeza—. Y debéis hacerlo en la festividad de San Osvaldo, señor.

Le devolví un instante la dura mirada. Me hubiera gustado decir una veintena de cosas, los sacrificios que había hecho para criar y educar a Æthelstan, el gran cuidado que había puesto en protegerlo de sus más enconados enemigos, la buena mano que había mostrado al ponerlo en la senda del trono. También me habría gustado preguntar si Æthelstan se había dejado cautivar por los ponzoñosos susurros de Ealdred e Ingilmundr hasta el punto de estar dispuesto a matarme. Pero, en lugar de todas esas quejas y justificaciones, lo que hice, para mi más completo asombro, fue preguntar sencillamente a Oda si lo que estaba diciendo era la verdad.

—¿Estáis diciendo que me declararía la guerra?

—Se limitará a tomar aquello que cree legítimamente suyo, consolidando al mismo tiempo la frontera norte de su reino a fin de protegerse de la eventual traición de los escoceses. Y vos, señor, si os sometéis antes del día de San Osvaldo, podréis ser señor de Wiltunscir. Tenéis todo el verano, señor, el estío entero a vuestra disposición para meditar bien vuestra decisión.

El clérigo hizo una pausa, dio un buen sorbo al vaso de vino y exclamó:

—¡Mmmm! ¡Qué vino tan rico! ¿Podríamos alojarnos aquí esta noche?

Sus hombres y él durmieron en mi fortaleza, pero, antes de irnos a la cama, Oda y yo salimos a pasear por el camino de ronda que corona los parapetos de Bebbanburg para charlar a solas, sin ninguna intervención externa, salvo la de la lámina del mar que divisábamos desde lo alto, a la que la luna arrancaba destellos acerados.

–Ingilmundr y Ealdred ejercen una mala influencia en Æthelstan –confesó casi inmediatamente Oda–, y lo considero más que lamentable. Sin embargo, me atrevo a decir que también presta oídos a lo que yo le digo, y tal vez sea eso lo que lo induce a no hacerse obedecer por la fuerza.

–Y entonces por qué… –empecé a decir.

–Porque ciñe la corona –me interrumpió Oda secamente–. Y en esa condición suya, que hace de él un gran monarca cristiano, temido y observado, no puede permitir que nadie lo acuse de mantener deudas de gratitud con un señor pagano.

–Alfredo jamás tuvo inconveniente en mostrarme gratitud –respondí amargamente.

–Alfredo era un hombre de una pieza al que nunca le faltó aplomo y seguridad en sí mismo –señaló Oda–. Æthelstan proclama haber sido elevado al trono por voluntad del Todopoderoso, pero nunca ha dejado de buscar y provocar hechos que confirmen esa reivindicación. Todavía hay lenguas que murmuran a sus espaldas e insisten en que procede de una cuna ilegítima, que no es más que el hijo bastardo de una vulgar ramera, así que él trata de probar una y otra vez que es efectivamente el ungido por Dios. El reconocimiento de su soberanía, unido a los juramentos que le prestaron en Burgham, demuestran tal cosa, pero la gente sigue cuchicheando y difundiendo que tolera el paganismo. –Me miró con el semblante serio–. ¿No os dais cuenta de que no puede permitirse el lujo de depender de un descreído? Por eso debe dejar claro a ojos de todos los habitantes de Britania que él es quien ejerce el mando y esgrime el cetro. Ésa es la única razón que lo empuja a rebajaros… Y está convencido, igual que yo, de que terminaréis aceptando su oferta. ¡Ciertamente, es muy generosa!

Se detuvo y me asió gentilmente del brazo.

—¿Qué debo decirle?

—Pues eso mismo.

—¿Cómo que eso mismo?

—Que su oferta es muy generosa.

—¿Y nada más, señor?

—Añadid en todo caso que lo pensaré —masculié a regañadientes.

Tal fue mi honesta respuesta, pese a saber de antemano que no habría de aceptar la regia condescendencia. No dije una palabra más.

Con el nuevo día, elevadas sus plegarias cotidianas en la capilla de Bebbanburg, Oda se echó otra vez a los caminos. Al día siguiente, al frente de cuarenta y tres soldados, todos ellos cristianos, Finan salió por la Puerta de la Calavera en dirección a las montañas.

Pusieron rumbo al sur, directos a la cañada del Diablo.

* * *

—O sea, que Æthelstan se presentará ante nuestras puertas en agosto, ¿no es eso? —me preguntó Benedetta.

Negué suavemente con la cabeza.

—El tiempo de la siega estaría demasiado cerca. Querrá que su ejército se alimente de los frutos de nuestra tierra, así que aguardará a que los graneros estén bien repletos y los campos en barbecho. Será entonces cuando aparecerá…, pero no va a poder hacerlo.

—¿Ah, no?

—¿Æthelstan busca pendencia? Pues no te preocupes, que voy a dársela…

Las incursiones de Ealdred habían llegado a su fin, de modo que entre Eoferwic y Bebbanburg se estableció una especie de paz, precaria e inestable, pero real a fin de cuentas. Me aseguré de que Guthfrith y Ealdred tuvieran noticias mías.

Marché a Dunholm para hablar con Sihtric y recorrí la costa a bordo del *Spearhafoc*. El costurón que la cañada del Diablo abría en la tierra de Northumbria se encontraba en las regiones más occidentales de mis dominios, así que opté por permanecer en la parte oriental hasta que, transcurridas tres semanas desde la partida de Finan, puse en práctica el plan de entregar a Gerbruht, el enorme guerrero frisio, mi propia cota de malla, así como mi yelmo de lobuna cresta y mi característico manto blanco. Gerbruht accedió incluso a desprenderse de la cruz y a ponerse el martillo alrededor del cuello, aunque sólo después de que el padre Cuthbert le garantizara que no corría el riesgo de abismarse en las llamas del infierno.

Afirmado en el puente del *Spearhafoc*, Gerbruht recorrió el litoral, poniendo buen cuidado en comprar con toda intención cestas de pescado a los navíos procedentes del territorio de Guthfrith. Entretanto, yo me eché a los montes junto con veinte leales, dos caballos de carga y oro suficiente para atender el rescate de un rey. Me había enfundado una cota de malla vieja y oxidada, junto con un casco sencillo y sin adornos, aunque *Hálito de Serpiente* seguía pendiendo de mi cintura. Cabalgamos a toda velocidad, y al cumplirse la cuarta tarde desde nuestra salida, llegamos al valle del altiplano, bajo un amenazador cielo plomizo.

Finan había levantado una empalizada en la cornisa de la vaguada. En realidad, era un tosco parapeto de troncos de pino apenas desbastados, y, tras tan mínimo resguardo, había construido refugios para sus hombres a base de turba y ramas. También había excavado zanjas, como si se dispusiera a erigir otros tres muros más con los que completar un fortín de planta cuadrada que asomara al valle del Tesa.

—¿Te han visto? —le pregunté nada más verlo, señalando con la cabeza la aldea que sesteaba a nuestros pies.

—¡Ya lo creo que sí! ¡O eso o están ciegos! —bromeó Finan, con aire feliz—. Y yo diría que Guthfrith también está perfectamente al tanto de nuestra presencia.

–¿Lo sabes seguro? –quise saber, sorprendido.

–Tardó sólo una semana, nada más. Al cabo de ese plazo, vimos llegar un trío de jinetes, todos daneses. Ascendieron hasta aquí con sus monturas, curiosos por descubrir lo que estábamos haciendo. Cierto es que se comportaron del modo más amistoso.

–¿Y qué les dijiste?

–Les aclaré que estábamos armando un fuerte para lord Uhtred, evidentemente –soltó Finan con una ancha sonrisa–. ¡Ah, y también les pregunté, como quien no quiere la cosa, si vivían en vuestras tierras! Eso les arrancó una carcajada –soltó una carcajada.

–¿Les dejaste que echaran un buen vistazo?

–Estudiaron las tumbas, se echaron a reír al observar la empalizada y desde luego que no nos vieron las espadas. Todo lo que debieron grabarse en el caletre fueron los esfuerzos de un grupo de hombres sudorosos empeñados en cavar fosos y descortezar árboles. Luego se marcharon al galope por esa pendiente –dijo, señalando a levante con la cabeza, en clara referencia a la calzada que discurría por la parte más honda del valle, la que conduce en último término hasta Eoferwic.

Guthfrith estaba al tanto de nuestros manejos, o eso creía él. Por mi parte, no me cabía la menor duda de que se había sido informado debidamente de nuestra presencia y actividades. En el campo es difícil quedar al margen de las habladurías, y además Finan se había cerciorado de que algunos de sus hombres bajaran a beber a la taberna del pueblo. Yo sospechaba, de hecho, que aquellos tres daneses habían sido enviados por Guthfrith, pero, aunque no fuera ése el caso, estaba claro que habían tenido que airear por fuerza la noticia y comentado a cuantos quisieran escucharlos que Uhtred de Bebbanburg estaba levantando un fuerte en las colinas que dominan el Tesa (lo que muy probablemente debía de haber causado hilaridad a Guthfrith). Puede que hubiera detenido las incursiones y saqueos, pero hasta él tuvo que comprender sin dificultad que la nueva fortificación surgida en la cañada del Diablo no iba a servirme de nada si él decidía reanudar sus maniobras. Y, desde luego, se revelaría absolutamente inútil si Æthelstan se me echaba encima con todo un ejército.

—Pronto tendrás que empezar a fabricar brea —dije a Finan.

—Será facilísimo —contestó el irlandés—. Por aquí sobran los pinos. Pero decidme: ¿para qué la voy a usar?

Pasé por alto la pregunta.

—Si alguien muestra curiosidad, contesta que tienes la sana intención de calafatear las junturas de la empalizada con ella.

Mi convicción de que Guthfrith se hallaba al corriente de lo que estábamos haciendo nacía del hecho evidente de que no había forma de ocultar lo que supuestamente tramábamos, cosa que, claro está, tampoco pretendíamos. No obstante, lo que sí necesitaba mantener envuelto en el más absoluto secreto era la forma que pretendía que adoptara la trampa que en realidad estábamos armando. Había enviado una nota a Egil en la que le pedía que lo tuviera todo dispuesto para mandarme guerreros en cuanto se lo solicitara, y no sólo había avisado a Sihtric de que iba a precisar a la mitad de su guarnición, también le había ordenado que, cuando se pusiera en camino, condujera primero sus caballos hacia el norte, como si se encaminara a la frontera con Escocia, y que después torciera bridas al oeste, penetrando en lo profundo de los montes, antes de volver a cambiar el rumbo, esta vez al sur, para terminar a orillas del Tesa. Por mi parte, yo me aprestaba a traer a mis mesnadas de Bebbanburg, y todos esos hombres, jineteando por las colinas, llamarían sin duda la atención. Se reagruparían en una cárcava poco profunda situada al oeste de la cañada del Diablo, y de sobras sabía yo que iba a resultar imposible mantener mucho tiempo oculto semejante ejército. Pese a todo, Guthfrith y Ealdred ya se habían dejado deslumbrar por los brillantes aderezos del cebo que les había puesto ante los ojos, y, si respondían con la rapidez que a buen seguro habría de inspirarles la codicia, mi plan tenía posibilidades de salir adelante.

Por todo ello, al día siguiente Finan y yo colocamos primorosamente el señuelo en su lugar. Nos pusimos a excavar en el túmulo más septentrional, partiendo denodadamente la terca tierra con unas palas de bordes afilados. Ya habíamos horadado años antes esas mismas sepulturas, y no habíamos encontrado más que huesos, astas de ciervo, puntas de flecha de pedernal y aquella solitaria y maltrecha copa de oro. Y esa mañana temprano, mientras la luna empalidecía gradualmente en el cielo inmaculado, volcamos los tesoros de Bebbanburg en el hoyo recién abierto. Lo cubrimos malamente, para que se notara el movimiento de tierras, y después procedimos a escarbar el suelo junto al montículo hasta dejar en él otra tosca cicatriz en la que poder arrojar el botín.

—Di a tus hombres que este último agujero es para fabricar la brea —sugerí—. Y luego espera dos días antes de «encontrar» el oro.

—¿Y doy un plazo de otros tres o cuatro para que la noticia llegue a los oídos de Guthfrith?

—Me parece lo más lógico —respondí, animado por la esperanza de que estuviera en lo cierto.

—¿Un señor metido a arañar la tierra? —dijo de pronto Oswi, que había montado guardia mientras trabajábamos y se nos había acercado ahora con una ancha sonrisa en el rostro—. ¡Como sigáis así, señor, acabaréis cocinando para nosotros! —bromeó.

—Este hoyo es para ti —le indiqué enigmáticamente.

—¿Para mí, señor?

—Hemos de elaborar brea.

Torció el gesto al pensar en la maloliente y sucia tarea, y acto seguido señaló con un gesto de cabeza el feo costurón que habíamos dejado en el terreno.

–¿También ahí habéis excavado, señor?

–Hace un montón de años, sí –aseguré–. Y encontramos un bocal de oro.

–Se dice que trae mala suerte molestar a los muertos, señor. Eso es al menos lo que se oye decir en la aldea…

Escupí con fuerza y pasé los dedos por los contornos del amuleto del martillo.

–La verdad es que la última vez tuvimos mucha suerte.

–¿Y en esta ocasión, señor? ¿Pensáis volver a tenerla?

Rio de buena gana al verme negar con la cabeza.

–¿Sabéis que los del pueblo han empezado a llamar a este lugar el Fuerte del Demonio?

–Pues entonces espero que sea el diablo el que nos proteja.

Finan palpó la cruz que llevaba al cuello, pero Oswi, que creía en la religión tanto como un gallo de pelea, volvió a soltar una sonora carcajada.

Abandoné la zona antes de que el sol llegara a su cénit, no sin antes mandar a dos hombres a Dunholm con un pliego de órdenes para Sihtric. Tenía que disponer de sesenta hombres en tres días, poniendo buen cuidado en decirles que partieran al norte antes de cambiar de rumbo y presentarse en el dicho Fuerte del Demonio. Una vez de vuelta en Bebbanburg, encargué a Vidarr Leifson que buscara a Egil, pues iba a necesitar que sus valientes se presentaran en cinco días en la cañada del Diablo. Vidarr, que me había acompañado al Fuerte, confiaba en saber guiar a los noruegos de Egil por el camino hasta el valle.

–Dentro de cinco días exactamente –recalqué–. No puede ser ni antes ni después.

Hechas estas gestiones, dispuse de dos jornadas enteras para preparar a mis hombres. Sólo dejaría a treinta de guardia en Bebbanburg, a las órdenes de Redbad, uno de los soldados de mi hijo. Era una persona de temple sosegado que me inspiraba la máxima confianza. Por lo demás, treinta hombres bastaban para asegurar la defensa de los parapetos, dado que no esperábamos ningún ataque. Entregué una vez más a Gerbruht mi yelmo y mi manto, y después lo envié a patrullar de nuevo las costas con orden de comprar pescado a las embarcaciones de Guthfrith y de llevar al *Spearhafoc* a lo más profundo de la desembocadura del Humbre, ya que, de ese modo, los barcos mercantes divulgarían la noticia de que Uhtred de Bebbanburg se encontraba en Eoferwic.

En cuanto empezamos a quemar la brea de los pinos, un hedor espantoso se apoderó de la vasta plaza de armas de Bebbanburg. Una vez estuvo bien caliente, embadurnamos los escudos con la negra pez. Aguzamos el filo de las armas y llenamos de víveres un montón de cestas, y Hanna, la mujer de Berg, me trajo tres pendones de guerra que había estado tejiendo en secreto.

Tres días después volví a abandonar Bebbanburg, esta vez a lomos de mi mejor garañón y al frente de cincuenta y tres guerreros curtidos en mil batallas. Juntos partimos a lo lejos, hasta perdernos entre los montes.

Y es que, entre sus riscos y quebradas, nos disponíamos a servir a Belcebú.

CAPÍTULO VIII

Reinaba el silencio en las serranías. Ni el más leve soplo de viento inquietaba las escuálidas hierbas. El alba estaba a punto de rasgar el cielo, y parecía que la tierra entera, iluminada por las estrellas, contenía la respiración. Unas cuantas nubes altas resbalaban al este, donde el horizonte parecía haber sido herido por una lámina de acero gris.

Llevaba dos noches y un día en las inmediaciones de la cañada del Diablo, pero no había visto ni rastro de los jinetes que esperábamos llegaran de Eoferwic. Si el nuevo día no precipitaba ningún acontecimiento, tendría que admitir que mi plan había fracasado, dado que resultaría imposible ocultar por más tiempo a los casi doscientos hombres y caballos reunidos en los parajes. Es verdad que no habíamos abandonado los terrenos de montaña, pero, a pesar de todo, ya nos habíamos cruzado con un pastor que conducía diligentemente su rebaño hacia el sur. Tanto el ovejero como sus mastines y corderos se habían puesto en guardia, pero desde que Finan lanzara a los cuatro vientos la noticia del descubrimiento del oro, los aldeanos habían ido encaramándose a la plataforma rocosa en que habíamos levantado el fuerte ansiosos por ver el tesoro.

Finan se lo había mostrado de mil amores, jactándose a conciencia de todas aquellas riquezas recién adquiridas, para salir después disparado a la cervecería del pueblo en compañía de media docena de acólitos. Había llevado consigo la pesada torques de oro y pagado con un pedazo de metal amarillo todo cuanto él y los suyos habían bebido y comido.

–O sea, que Guthfrith debería presentarse aquí hoy mismo, ¿no es eso? –trató de confirmar Egil–. Ese cabronazo tiene que saber ya que hemos encontrado oro.

Estábamos los dos tendidos en la hierba, observando el firmamento de levante, donde la placa grisácea se iba aclarando lentamente.

La silueta de un jinete sobre el gris lobuno del amanecer se distinguió por un breve momento. Debía de ser uno de nuestros hombres. Yo había asignado a mi hijo la responsabilidad de guiar a los exploradores, y éstos tenían a su vez la misión de vigilar la calzada que venía de Eoferwic. Tenían que otear lo que sucedía a sus pies desde lo alto de las crestas para retirarse a toda prisa en cuanto observaran la presencia de la columna de hombres de Guthfrith.

* * *

–Esperemos que no venga sin el otro engreído –dije en un acceso de rencor. Todavía me escocía que Æthelstan hubiera dado a Ealdred el título de señor de Bebbanburg, y, por mucho que me hubiera gustado degollar a Guthfrith, la verdad es que todavía me habría procurado mayor placer acabar con Ealdred.

Tras aguardar la llegada de Guthfrith todo el día anterior, mi ansiedad había ido en aumento con cada hora que pasaba sin ver aparecer su desgarbada figura en el horizonte. Aunque Finan había estado alardeando a conciencia del hallazgo de oro en la cañada del Diablo, estaba claro que todos nuestros enemigos se habrían hecho la evidente pregunta de por qué no se lo había llevado inmediatamente al norte, a Bebbanburg. Mi leal amigo había hecho creer a los aldeanos que me estaba esperando, que necesitaba cincuenta soldados más para tener la seguridad de que el oro llegara sin contratiempos a mi fortaleza, y que quería explorar los otros dos túmulos. Pero ¿se creería Guthfrith tan endeble patraña?

Sihtric de Dunholm ascendió por la pendiente que se abría a nuestras espaldas y se dejó caer a mi lado con una sonrisa y un escueto movimiento de cabeza a modo de saludo. Conocía a Sihtric desde que era un muchacho. Hijo natural de Kjartan el Cruel –uno de mis peores enemigos–, Sihtric carecía por completo de la brutal fiereza de su padre; antes al contrario, así que, al crecer y convertirse en adulto, había pasado a ser uno de mis más fiables guerreros. De rostro afilado y barba oscura, se le distinguía de lejos por la gruesa cicatriz que le corría bajo un ojo y la almenada sonrisa de cuatro simples dientes que la alegría le pintaba en la boca.

–Todavía me acuerdo de que un día fuiste un hombre atractivo –dije al verlo.

–Bueno, al menos yo lo he sido –replicó–, no como otros que yo me sé…

Cabeceó suavemente para señalar hacia el este, donde un brillante punto de luz acababa de perforar el firmamento, anunciando el incendio solar que estaba a punto de invadirlo.

–Hay humo por esa zona.

–¿Dónde? –quise saber, intrigado.

Sihtric entornó los ojos hasta convertirlos en una afilada rendija.

–Muy lejos, señor. En el valle.

–Podría ser un banco de niebla –terció Egil.

Fijándome un poco, yo mismo divisé la pálida mancha que se cernía sobre la sombría vaguada del Tesa, pero era imposible estar seguro de que se tratase de humo y no de bruma.

–Es humo –ponderó Sihtric con acento de total certeza–, y lo mejor es que por ahí no hay ninguna aldea.

Sus hombres patrullaban aquella región, y él la conocía como la palma de su mano.

–¿Podrían ser carboneros atareados en la faena? –se preguntó Egil.

–La noche pasada ahí no había nada, señor –contestó Sihtric–, y sería realmente difícil que hubieran levantado una pira de carbón en una sola noche. No, tiene que tratarse por fuerza de los hombres de Guthfrith. Esos malditos cabrones han acampado ahí.

–¿Y tienen la imprudente desfachatez de hacernos saber que se nos echan encima? –comenté, lleno de dudas.

–La gente suele ser muy insensata, señor. Y, además, Guthfrith es un rey, y sabe Dios por quién se tiene, pero, si una cosa hay innegable en esta vida, es que los monarcas y los señores no soportan el frío de la noche –afirmó con una gran sonrisa, satisfecho por su insultante indirecta–. Por lo demás, allí abajo todavía es de noche, el sol aún no ha rozado la escarcha del valle… Ya lo veréis: esa leve humareda se desvanecerá en unos minutos.

Clavé la vista en el remoto enclave por un rato. En efecto, Sihtric había dado en el clavo. El humo, o la niebla, se desvaneció sin dejar rastro en cuanto empezaron a menguar las sombras del valle fluvial. Eché instintivamente mano a la empuñadura de *Hálito de Serpiente* y rogué a los dioses que Guthfrith y Ealdred hubieran mordido el anzuelo. Me parecía muy dudoso que confiaran el uno en el otro, y eso significaba que tenían que presentarse los dos, ya que, de lo contrario, no obtendrían una parte equitativa del oro. Pero la pregunta importante era otra: ¿cuántos hombres traerían? Yo había reunido cerca de doscientos, pero ahora, mientras el sol esponjaba su radiante cabellera, evaporando las primeras gotas de rocío en el altiplano, empecé a preocuparme de que no bastaran para hacer frente a mis adversarios. Desde luego, mi plan consistía en servir ese día a las fuerzas del mal, pero, para materializarlo, era indispensable poder machacar a quienquiera que se acercara a la cañada del Diablo.

De lo que sí estaba seguro era de que penetrarían por los pliegues de los montes. Guthfrith debía de haber oído que desde el nuevo fuerte que yo acababa de construir se dominaba todo el valle del Tesa, así que era consciente de que toda maniobra de aproximación que tomara la calzada romana sería descubierta mucho antes de que sus componentes pudieran soñar siquiera con alcanzar la quebrada de la meseta. No tenía por tanto más remedio que venir a través de las colinas y aferrarse a la esperanza de sorprender y arrollar a los guerreros de Finan. De hecho, sus hombres seguían cavando zanjas, descortezando troncos de pino y despanzurrando los montículos.

El día comenzaba a coquetear con las primeras horas de la tarde cuando el primero de los exploradores de mi hijo regresó al campamento. Era Oswi, al que habíamos estado viendo de forma intermitente durante el largo rodeo que había dado por el norte para tener la seguridad de no delatar su presencia, dejando que su perfil se recortara sobre el horizonte al volver a nuestra posición. El día era ahora más cálido y, al bajarse de la silla, vimos que su fatigado caballo aparecía bañado en blanca espuma.

–Son ciento cuarenta y tres, señor –indicó–, y avanzan de cresta en cresta, como vos dijisteis.

–¿A qué distancia están?

–Yo diría que a cosa de una hora. Pero hay que tener ojo, señor, porque son astutos. Se aproximan muy lentamente, y también han destacado a algunos exploradores.

–¿No os han visto?

Soltó una risita burlona.

–Les teníamos totalmente vigilados, señor, y desde luego que no nos han visto el pelo. Vuestro hijo ha inspeccionado la parte norte con el resto de los hombres, así que no lo encontrarán, pero regresará en cuanto pueda. No quiere perderse la diversión.

Nos encontrábamos en la arista occidental de la cadena de montañas que encajonaba la cañada del Diablo. A mi izquierda, al norte, el terreno se elevaba, las pendientes se acentuaban todavía más, mientras que, por el contrario, los riscos de levante, situados justo enfrente de nosotros, descendían suavemente hasta la hilera de sepulcros. Observé con atención las cumbres orientales, tratando de entrever algún signo que delatara la presencia de un enemigo en misión de descubierta, pero no vi nada. La verdad es que tampoco esperaba sorprender ninguna maniobra particular. Si había alguien ahí fuera, estaría haciendo lo mismo que nosotros: esconderse.

–Toma un caballo de refresco –dije a Oswi– y ve a avisar a Finan. ¡No te apresures! Tómate tu tiempo…

Si algún explorador enemigo andaba al acecho, atento a cuanto ocurriera en la cañada, la vista de un jinete a toda velocidad haría saltar la alarma, mientras que un tipo avanzando al paso, camino del valle de montaña, no despertaría ninguna sospecha.

El calor iba apretando más y más. Yo seguía embutido en la cota de malla, reacio a colocarme el yelmo, ya que no quería que pudiese reflejar la luz del sol y atraer la atención de ojos curiosos decididos a detectarnos desde alguna lejana atalaya. Me había traído uno de los viejos cascos de mi padre, y sus dos enormes carrilleras de metal sólo dejaban al descubierto las pupilas. Mi escudo, que aguardaba junto a Aldwyn en el terreno bajo que se extendía a mis espaldas, había sido debidamente embadurnado de brea; se había convertido así en una rodela negra, exactamente igual a las que usaban los hombres de Owain de Strath Clota. Y Owain había acabado por aliarse con Constantino. Además, si todas nuestras adargas eran negras, en los tres estandartes de guerra que flameaban al viento se veía un puño rojo sujetando una cruz: el símbolo de Domnall, el mejor caudillo militar de Constantino. Si Æthelstan llegara a enterarse de que Uhtred de Bebbanburg había liquidado a Ealdred –y no digamos ya a Guthfrith–, no dudaría en lanzar enseguida un poderosísimo ejército contra mi fortaleza; lo tendríamos encima mucho antes de que llegara el tiempo de la siega. Por consiguiente, era indispensable achacar los hechos a otro.

—Allí hay alguien —señaló Egil.

Clavé la vista en la cima más remota, pero la hierba sobre la que estábamos tendidos me impedía ver con claridad y no pude distinguir nada.

—Son dos hombres —prosiguió Egil.

—Ya los veo —añadió Sihtric.

Oswi había alcanzado la posición de Finan, que ahora sólo contaba con treinta hombres. Los demás habían recibido órdenes de unirse a nosotros. Ni Finan ni sus guerreros vestían cota de malla, y tampoco contaban con la protección de un yelmo. Llevaban por todo armamento una espada corta, y mi amigo había renunciado incluso a *Ladrón de Almas*, su magnífico acero. Su broquel, su cota de malla, su espada y su lanza reposaban tras el punto en el que yo aguardaba, en la colina, igual que el oro. El leal irlandés fingiría huir en cuanto Guthfrith desatara el asalto; cabalgaría a tumba abierta, junto a sus valientes, hasta alcanzar la cima montañosa en la que los esperaban pacientemente sus armas y sus corazas. Al igual que el mío, también su escudo estaba recubierto de negra pez, así que, en cuanto se zambulleran en la refriega, todos creerían tener enfrente a las mesnadas de los señores del otro lado de la frontera septentrional.

—¡Por allí! —gritó Sihtric, señalando al norte con una brusca sacudida de la cabeza.

De inmediato divisé cómo un explorador enemigo se aproximaba con toda cautela, tratando de sortear los picos más altos de la cordillera. El tipo iba a pie, avanzando con mucha precaución, y se esforzaba en permanecer oculto por las crestas rocosas a fin de que nadie pudiera descubrirlo. Solté un juramento. Si progresaba media milla, más vería a mis hombres. Sin embargo, en ese mismo momento, mientras me preguntaba qué iba a pasar, el batidor llegó al barranco desde el que se precipitaba al vacío el torrente de montaña, y allí se detuvo, mirando fijamente en nuestra dirección. Quedé totalmente inmóvil. El hombre aguardó largo rato, pero al cabo debió de llegar a la conclusión de que no había necesidad alguna de andar gateando por el empinado despeñadero por el que bajaba la rápida corriente del arroyo, ya que dio media vuelta y lo perdí de vista.

El sol ya había alcanzado prácticamente el punto más alto de su recorrido. Unas cuantas nubes deshilachadas tamizaban parcialmente sus rayos. El viento, sin embargo, seguía sin hacer acto de presencia. De alguna lejana campa de poniente llegaba hasta nosotros el balido de unas ovejas. Los guerreros de Finan, que en muchos casos habían optado por desnudarse de cintura para arriba debido a las altas temperaturas, se afanaban en ensillar los caballos. Dos de ellos, ocupados en trasladar los fardos de los refugios, se esforzaban en meterlos en las albardas de cuero de dos de los animales de carga. No llevaban más que un montón de piedras, pero los exploradores enemigos debían de tener forzosamente la impresión de que se atareaban en amontonar objetos de oro. Quería que los soldados de Guthfrith creyeran que Finan se disponía a emprender la marcha, que pensaran que lo mejor que podían hacer para apoderarse del tesoro era aprovechar la ocasión y lanzarse inmediatamente al ataque. Al encasquetarme el yelmo, el hedor a sudor rancio del forro de cuero me golpeó en las narices. Tiré de las correas de las pesadas carrilleras, y después de tensarlas bien las até para protegerme la cara.

—¡Ya están aquí! —susurró Sihtric pese a saber que no había forma de que lo escucharan desde el otro extremo del risco, a media milla de distancia.

Escudriñé a conciencia el horizonte y me pareció ver a un grupo de hombres tendidos en el suelo de la arista más alta, pero no pude asegurarlo, porque el calor hacía vibrar el aire, y a esa distancia resultaba imposible determinar con certeza lo que los ojos sugerían.

—Acabo de detectar el brillo de una moharra, señor —dijo el fiel Sihtric.

—Dirás mejor dos —corrigió Egil.

Culebreé hacia atrás para regresar a la plataforma en la que aguardaban mis jinetes. Sudaban la gota gorda bajo la cota de malla y los ajustados cascos. Las moscas se habían enseñoreado del lugar y zumbaban con gran trajín sobre sus monturas.

—¡Vamos! —aullé, consiguiendo que me miraran con expresión ansiosa.

Había reunido un contingente próximo a los doscientos guerreros, todos ellos montados sobre sólidos garañones. Aferraban con determinación la embrazadura de sus siniestros escudos negros, manteniendo al mismo tiempo en ristre las largas y pesadas sarisas de asalto.

—¡Recordad! —bramé—. ¡Ahí tenéis a los hombres que han estado asolando vuestras tierras! ¡Acabad con ellos! ¡Pero no olvidéis que quiero vivos a sus cabecillas! ¡Vivos!

—¡Señor! —oí llamar urgentemente a Egil.

Se nos venían encima. Corrí de vuelta a la cima del cerro, y una vez allí me agazapé para no ser visto. Los hombres de Guthfrith se desplegaron sobre la lejana cresta hasta formar dos grandes grupos, el más pequeño a mi izquierda. Este último contingente, integrado por unos treinta o cuarenta soldados, descendía la pendiente a buena velocidad, y supuse que su cometido consistía en rodear a los leales de Finan a fin de cortarles la retirada. Sin embargo, enseguida me di cuenta de que habían maniobrado tarde: Finan y los suyos, fingiéndose presas del pánico, ya habían emprendido la huida, aparentemente tan sobrecogidos por el miedo que hasta se habían olvidado de las bestias de carga. Decidí darme el gusto de observar la escena, sin dar demasiada importancia a la posibilidad de que me descubrieran, ya que, imaginé, los enemigos que espoleaban en ese mismo instante a sus alazanes para bajar a tumba abierta la pendiente por fuerza tenían que concentrar toda su atención en la peligrosa treta, con lo que ni se enterarían de mi presencia. Esperé, sin dejar en ningún momento de indicar por señas a Aldwyn que se adelantara con mi caballo. Egil, que había vuelto al lugar en que teníamos amarrados a los garañones, saltó sobre el suyo, seguido al instante por Sihtric. Lo que yo quería era que nuestros adversarios se detuvieran en el centro del valle y que desmontaran... Sólo entonces daría la orden de asalto.

El grupo de menor tamaño, al ver que los hombres de Finan echaban a correr por los montes de poniente, tiraron del bocado y volvieron grupas para enfilar hacia los túmulos, en los que se había arremolinado el contingente más grande, que caracoleaba en torno a sus dos portaestandartes. Las banderas, en las que se adivinaban el jabalí de Guthfrith y el dragón de Æthelstan con su resplandeciente fucilazo de plata, pendían inertes por la quietud del aire. Muchos de los jinetes comenzaron a desmontar. Y, de pronto, distinguí la silueta de Ealdred en la informa barahúnda. Reconocí claramente a su semental, un gran animal de pelaje gris, y el inconfundible brillo de su bruñidísima cota de malla. Y luego lo vi avanzar con grandes zancadas hacia la reata de bestias de carga. Me icé a lomos de mi buen garañón, cogí el escudo y la lanza de combate que había confiado a Aldwyn y, haciendo una seña a mis mesnadas, me lancé al ataque.

—¡A muerteee! —grité.

Estaba furioso, buscaba venganza, y es muy probable que me pudiera la temeridad. En cuanto mi animal rebasó la línea superior del monte, recordé de súbito el descabellado comportamiento de los hombres que se envician con el juego de los dados y llegan a perder prácticamente toda la plata que llevan encima. Pensé también que, pese a su insensatez, esos hombres tan vehementemente atrapados por la pasión eran capaces de poner toda su fe en un último pedazo de metal y de arriesgar su porvenir entero en la tirada final. Si aquello funcionaba, daría a Æthelstan un nuevo enemigo, le ofrecería en bandeja una guerra inédita. Y no quedaría decepcionado, desde luego, porque iba a tratarse de una contienda auténticamente terrible. Por el contrario, si marraba el golpe y perdía la apuesta… Bien, en ese caso su represalia no conocería límites.

Tenía ante mí una pendiente extremadamente abrupta. Me eché hacia la grupa de la montura, recostándome sobre el alto borrén trasero, y el escudo, que se sacudía furiosamente en la bajada, me golpeaba con fuerza el muslo izquierdo. Tuve la tentación de frenar al caballo, pero me contuve. Vi, sin embargo, que, por los dos flancos, los guerreros se lanzaban a una carrera casi vertical ladera abajo, así que clavé espuelas. Había pedido a mis hombres que no dejaran escapar de la garganta nuestro habitual grito de guerra, que no bramaran el nombre de Bebbanburg, pero de pronto uno de ellos no pudo reprimirse.

–¡Escocia! –vociferé–. ¡Gritad Escocia!

Descendíamos entre el flamear de los blasones que Hanna había confeccionado, en los que se apreciaba claramente la roja mano de Domnall empuñando una pesada cruz.

La inclinación de la montaña disminuía un tanto a medida que nos fuimos acercando al pie de la serranía. El estruendo de los cascos de los caballos habría rivalizado con éxito frente a cualquier tormenta, y pronto el enemigo levantó la vista, inmóvil y estupefacto. Instantes después, los hombres a pie corrían como liebres en angustiosa búsqueda de sus monturas. A mi izquierda, Egil tomó un rumbo oblicuo y dirigió la punta de la lanza hacia el grupo más pequeño, cuyos integrantes se revolvían en sus caballos, en un desesperado intento de dar media vuelta y encarar al atacante. Por su parte, Sihtric galopaba en dirección a la plataforma rocosa que se asomaba a la cañada para taponar esa vía de escape. De nuestra manada de garañones parecía fluir un torrente de insignias falsas. Uno de los sementales tropezó y dio con sus huesos en tierra, justo detrás de Sihtric, haciendo que el jinete saliera dando tumbos, entre relinchos de espanto, y alanceara alternativamente la tierra con la moharra y su extremo romo. Para esquivar al caído, la avalancha de hombres y bestias se abrió como cuentan los cristianos que hicieron las aguas del mar Rojo, y de pronto noté que mi fuerte montura sorteaba hábilmente los tocones de los pinos que habíamos talado.

Armé la lanza y dejé que mi semental se pusiera en cabeza.

Y llegó el encontronazo. La carga fue desorganizada y desigual, pero lo arrasó todo con el ímpetu de los relámpagos del mismo Thor. El enemigo, despavorido, perdió toda noción de orden y disciplina. Unos cuantos afortunados desangraban de pura desesperación a sus caballos, en un dislocado intento de alcanzar la seguridad de los promontorios de levante; otros daban media vuelta y cerraban el paso a los que aullaban de terror en su deseo de escapar, pero la mayoría se limitaban a mirar fijamente a Ealdred con expresión horrorizada, como aguardando órdenes. Sólo unos pocos conservaron el temple necesario para desnudar la espada y acudir a nuestro encuentro. Uno de esos hostiles levantó el acero con la intención de apartar el mío de un golpe, pero, al alzar yo la punta de *Hálito de Serpiente* a un dedo de sus párpados, el glauco vidrio del miedo le inundó los ojos, y sólo movió el arma para detener el golpe, permitiéndome a mí bajar la hoja, hundírsela hasta la guarda en la base del pecho y hacerlo caer de espaldas sobre la propia silla. Tuve que soltar la empuñadura para asirla después y liberar el hierro con un par de tremendos tirones. Un fortísimo mandoble se abatió sobre mi escudo, y apenas tuve tiempo de entrever la silueta de un hombre que volvía grupas con la boca abierta, alejándose de mí, ensartado en la pelvis por una lanza con que lo había acometido Berg. Con un bramido, mi caballo se revolvió, y un río de guerreros de negros escudos prorrumpió en un griterío de alaridos inconexos al tiempo que barría, como una crecida, a nuestros desdichados enemigos. Entonces, vi frente a mí la lobuna capa del animal de Ealdred. El muy traidor blandía la espada a diestro y siniestro para quitarse de encima el nubarrón de hombres que le obstruía el paso. Me obligué a castigar los flancos de mi garañón para ir en su busca, dejando que *Hálito de Serpiente* dormitara un poco más en su blanda funda, pero al fin llegué a su altura, justo a sus espaldas, y, alargando el brazo, lo agarré por el cuello del camisote de malla y lo arrastré hacia mí. Se giró salvajemente en un intento de tajarme en dos con el acero, en el instante mismo en que yo doblaba bridas al caballo. Pivotando en la silla, saltó sobre la grupa de su enorme garañón, aulló algo ininteligible y cayó de bruces, absurdamente vencido por su estribo, reacio a soltarle el pie. La bestia lo arrastró varios pasos por el suelo, pero al fin se detuvo, bloqueado como estaba el paso por otros cuadrúpedos aterrorizados. Tiré el escudo y desmonté.

Ealdred me alcanzó con la espada, pero se hallaba en tierra y el sol lo tenía medio deslumbrado, así que el golpe no me zahirió. La cota de malla y los pesados brazaletes que lucía en el antebrazo se interpusieron entre la piel y el filo, y de ese modo, indemne, me dejé caer pesadamente sobre él, clavándole una rodilla en el estómago y desenvainando, ahora sí, a *Aguijón de Avispa*, mi espada corta. En realidad, ese acero mío era más bien un *seax*, es decir, un afiladísimo cuchillo corto de lomo cóncavo y punta curvada; un arma muy cabrona que apreté contra la garganta de Ealdred.

—Tira la espada —le ordené, presionándole al mismo tiempo con más fuerza el gaznate.

El terror cruzó como un oscuro espectro tras el cristal de sus pupilas, y tuvo el mágico efecto de hacer caer la espada del presuntuoso jovenzuelo. Entretanto, mis hombres me rebasaron por ambos lados al galope, dejando tras de sí una roja estela de muertos y moribundos. Muchos se habían dado a la fuga, pero me contenté con dejarlos escapar, consciente de que el relato que habrían de referir en cuanto llegaran a Eoferwic no sólo habría de ser el que a mí me interesaba, sino también el mismo que estaba llamado a viajar al sur para llegar a oídos de Æthelstan, en Wessex. Los escoceses habían faltado a su palabra.

Berg, invariablemente atento a lo que pudiera sucederme en la batalla, también había desmontado. Me puse en pie, aparté de un patadón el hierro de Ealdred, cerciorándome de que quedara lejos de su alcance, y ordené a Berg que lo vigilara.

–¡Que siga de espaldas! –grité.

–Así se hará, señor.

–¿Y dónde se ha metido Guthfrith? –bramé, lanzando una furibunda mirada a los cuatro confines de la cañada.

Casi todos nuestros enemigos ascendían en desbandada por la ladera oriental, pero unos cuantos habían optado por arrodillarse con los brazos abiertos y actitud implorante, en muestra clara de que se rendían.

–¿Dónde está Guthfrith? –repetí, y mi aullido resonó por el valle entero.

–¡Ya lo tengo! –vociferó Sihtric–. ¡Tengo a ese maldito bastardo!

El leal guerrero ya venía a nuestro encuentro, empujando a Guthfrith con el morro del caballo y utilizando la espada para evitar que el rey de Northumbria intentara hacerse el remolón.

Con las únicas excepciones de Guthfrith y Ealdred, lo cierto es que no tenía necesidad alguna de tomar prisioneros. Pedí a los hombres de Egil que despojaran de sus cotas de malla, sus botas y sus armas a los que se habían entregado, y acto seguido, Thorolf, el hermano de Egil, les ordenó trasladar a los heridos al pie de la montaña y hacerles cruzar el Tesa hasta dejarlos en tierras de Guthfrith.

–Y, si regresáis a este lado del río –gruñó–, usaremos vuestras costillas para aguzar el filo de nuestras espadas.

Su inglés, teñido de un fuerte acento nórdico, debió de evocar extrañas amenazas a los cautivos, que en su inmensa mayoría jamás habían oído hablar a un escocés.

–Y ahora seguid vuestro camino –concluyó–, antes de que nos entren ganas de comeros vivos.

De ese modo, Ealdred y Guthfrith se vieron solos. Cuando volví al punto en el que los había dejado, ya les habían quitado los yelmos y las armas, pero aparte del orgullo nada tenían herido.

–¡Arrastradlos aquí! –rugí.

Todavía llevaba el casco de las pesadas carrilleras de cuero, así que, mientras los dos desdichados eran conducidos a trompicones hasta la reata de animales de carga, me entretuve en deshacer el nudo que las sujetaba.

–¿Queréis mi oro? –pregunté a los dos a la vez.

–¿Vuestro oro? –replicó Ealdred con ínfulas belicosas–. ¡Este oro es de Northumbria!

Debía de continuar convencido de tener delante a una auténtica banda de guerreros escoceses. Aparté las carrilleras y me desprendí del casco, que lancé a Aldwyn.

–¡Es mi oro, estúpido pedazo de mierda!

–¡Lord Uhtred! –acertó a exclamar Ealdred con un hilo de voz.

–¡Vuestro es! –grité, señalando a las bestias porteadoras–. ¡Cogedlo!

Ni uno ni otro hicieron el menor movimiento. Guthfrith, con el rostro crispado en una expresión resentida, dio un paso atrás y chocó con uno de los caballos. Observé que se había colgado al cuello una cruz de plata; el precio que había pagado para seguir ocupando el trono. Al verse en aquel apuro, levantó instintivamente la mano para acariciar el amuleto, pero, al comprender de pronto que no se trataba ya del viejo martillo de Thor, detuvo ridículamente la mano en alto, fingiendo no haber cedido a aquella búsqueda de auxilio sobrenatural.

—¡Cogedlo! —grité de nuevo, desnudando la mitad de la hoja de *Hálito de Serpiente* a modo de advertencia.

Ealdred permaneció inmóvil, limitándose a fijar la vista en mí con una mezcla de miedo y odio, pero Guthfrith se volvió, levantó la solapa de piel de la albarda y descubrió que no había más que un montón de piedras.

—No hay oro —dije, dejando que la espada regresara por sí sola a su suave funda de vellón.

Ealdred examinó uno a uno a los guerreros que lo rodeaban. Todo cuanto vio fueron rostros burlones y espadas ensangrentadas.

—El rey Æthelstan se enterará de esto —dijo.

—Lo que Æthelstan oirá decir será que vos habéis roto la tregua, cruzado el río e invadido mis tierras. Y que fuisteis sorprendidos por una partida de hostigadores escoceses…

—Nunca dará crédito a tales patrañas —aseguró Ealdred, muy seguro de sí mismo.

—¡Peores majaderías se ha creído! —solté, con la mordacidad del látigo—. ¿De verdad me tiene por enemigo? ¿Piensa seriamente que los escoceses aceptarán sumisos su pretensión de enseñorearse del conjunto de Britania? Tu rey ha demostrado ser un insensato. Ha dejado que la corona le fría los sesos.

Extraje lentamente la larga hoja de *Hálito de Serpiente*, y el acero siseó siniestramente al deslizarse sobre la apretada borra de la boca del tahalí.

—Noo —rogó Ealdred al entender lo que estaba a punto de suceder—. ¡Nooo! —protestó de nuevo.

—¿Y vos os atrevéis a llamaros señor de Bebbanburg? —exclamé—. ¡Menudo señorío el vuestro, entregándoos al saqueo de las tierras que tan mendazmente decís vuestras, incendiando las granjas y robando el ganado! ¡No sois más que un enemigo de mi patria!

–¡No, señor, no! –suplicó cobardemente, sacudido por temblores.

–¿Queréis Bebbanburg? –le pregunté–. Pues no os inquietéis: reservaré tu cráneo para un hueco en la Puerta de la Calavera, en la que mis adversarios contemplan el mar con sus vacías cuencas hasta que el caos anuncie el fin del mundo.

–¡Noo! –chilló.

No pudo continuar, porque la inapelable sentencia de *Hálito de Serpiente* se abatió sobre él, rasgando su rutilante cota de malla y arañándole una costilla antes de sajarle el corazón. Cayó de espaldas, reclinado sobre uno de los mulos, y resbaló suavemente entre convulsiones hasta el pálido suelo de turba; se oyó el inconfundible rumor de la asfixia mientras crispaba débilmente los dedos sobre el pecho antes de sacudirse violentamente con un último espasmo. Quedó inmóvil, salvo por las manos, que se fueron enarcando por algún estertor reflejo hasta adoptar una suerte de forma ganchuda.

Guthfrith se había apartado otro paso más de su camarada de armas. Después de ver cómo moría Ealdred y apoyaba yo la bota en el pecho del cadáver para liberar la espada, sus ojos pasaron de la enrojecida lámina a mi rostro para regresar enseguida al acero.

–¡Diré a Æthelstan que han sido los escoceses! –aseguró.

–¿Me tomas por idiota?

Clavó sus ojos en los míos. Estaba aterrorizado, pero dio muestras de bastante valor en ese momento. Intentó hablar, se le atrancó la garganta y se aclaró la voz.

–Señor –imploró–, una espada, por favor.

–¡Quisisteis que me postrara ante vos –escupí–, así que hincad vos ahora la rodilla!

–¡Una espada, por lo que más queráis!

Tenía los ojos arrasados en lágrimas. Si le arrebataban el aliento sin un arma en las manos, jamás alcanzaría el Valhalla.

—¡De rodillas! —bramé.

Obedeció. Miré rápidamente a mis hombres.

—Que uno de vosotros le dé un *seax*.

Vidarr desenvainó su espada corta y se la tendió a Guthfrith, que agarró la empuñadura con las dos manos. Dejó que la punta del arma descansara sobre la hierba y luego levantó la vista hasta encarar sus ojos húmedos a los míos. Quiso decir algo, pero sólo consiguió acentuar los temblores que lo sacudían de arriba abajo. Acabé de un solo golpe con su vida. Algún día nos volveríamos a ver en el Valhalla.

Había mentido a Ealdred. No estaba dispuesto a ensuciar con su calavera la puerta de Bebbanburg, pero Guthfrith sí hallaría un lugar en ella. Para Ealdred, tenía otros planes...

Pero antes de continuar con mis estratagemas derribamos la empalizada que Finan había levantado, amontonamos los cadáveres de nuestros enemigos, salvo el de Ealdred, sobre la pila de maderos y les prendimos fuego. El humo se elevó a gran altura, y una negra columna se erigió en la atmósfera sin viento. Luego despojamos a Ealdred de la cota de malla, las botas, la cruz y todo cuanto llevaba encima de valor, envolvimos sus restos en un par de mantos y lo despachamos hacia Bebbanburg. Una vez allí, metimos el despojo en un féretro, le pusimos una cruz en el pecho y lo enviamos a Eoferwic, una ciudad que ya no tenía rey... Junto al muerto viajaba una carta en la que yo decía lamentar la muerte de Ealdred a manos de una horda de guerreros escoceses. La misiva iba dirigida a Æthelstan, *Monarchus Totius Brittaniæ*.

Ya sólo me quedaba aguardar pacientemente a ver qué movimientos hacía ahora el flamante soberano.

* * *

Constantino negó haber ordenado aquel ataque contra Ealdred y Guthfrith, pero también ser el instigador de los problemas que agitaban Cumbria; esto no era cierto, y Æthelstan lo sabía. Constantino había llegado incluso a nombrar gobernador de Cumbria a Eochaid, uno de sus jefes militares. Había quien afirmaba que el tal Eochaid era su propio hijo, mientras que otros sostenían que sólo era sobrino. De lo que no había duda era de que se trataba de un joven tan sagaz como despiadado que había conseguido hacerse con la lealtad de los noruegos de Cumbria valiéndose del soborno, la astucia y unas cuantas degollinas. Æthelstan había puesto al frente de Cumbria, en calidad de señores, a Godric y Alfgar, pero ninguno de ellos se habría atrevido a aventurarse a caballo por las montañas sin la protección de un centenar de soldados como mínimo; lo que significaba que hasta la mismísima Burgham, en la que Æthelstan había intentado imponer su autoridad al conjunto de Britania, se hallaba ahora, *de facto*, bajo el señorío de Constantino.

Esto explicó que las encendidas protestas con las que Constantino negó ser el instigador del asalto no encontraran oídos propicios en Wessex. Sin embargo, seguían corriendo muchos rumores, y Æthelstan estaba decidido a descubrir la verdad. Envió a un sacerdote al lejano Wintanceaster: un hombre adusto, de rostro anguloso y grave, al que todos llamaban padre Swithun. Éste viajaba en permanente compañía de tres curitas jóvenes, provistos sin excepción de bolsitas de cuero con los aperos propios de los amanuenses: tinta, cálamos y pergaminos. El padre Swithun se mostró bastante cortés, y de hecho no sólo pidió permiso para acceder a Bebbanburg, también admitió con franqueza sus propósitos.

—Me han pedido que averigüe la verdad sobre la muerte de lord Ealdred —me dijo.

Creo que el tonsurado abrigaba la leve esperanza de que yo le negara la entrada, pero, en lugar de oponerme, les di la bienvenida y les ofrecí posada, cama, caballeriza y viandas, así como la promesa de referirles todo cuanto supiera.

—Me parece muy bien, señor —agradeció el recién llegado al poco de iniciar la charla en el gran salón–, pero ¿estaríais dispuesto a jurar esas verdades sobre esto que voy a enseñaros?

Acababa de sacar de su morral una cajita de marfil finamente labrada.

—¿De qué se trata? —pregunté, intrigado.

Swithun abrió el pequeño y primoroso objeto con gesto solemne.

—Es la uña del dedo gordo de Lázaro, al que nuestro Señor levantó de entre los muertos.

—Se lo juro por la uña que usted quiera —señalé—, pero, como no vais a dar crédito al juramento de un pagano, me pregunto por qué os habéis molestado en venir.

—Porque me han dado instrucciones de hacerlo —afirmó Swithun con delicadeza.

Era un individuo enjuto e inteligente, un tipo de persona con el que yo estaba perfectamente familiarizado. Al rey Alfredo le encantaban esa clase de hombres de Iglesia y tenía en alta estima su profundo dominio de las más insignificantes minucias, su honesta manera de ser y su devota entrega a la verdad. Religiosos como ése habían redactado el código jurídico de Alfredo, pero el padre Swithun se encontraba ahora en Northumbria, una tierra en la que la primacía de toda ley emana de la espada.

—¿Matasteis vos a lord Ealdred? —preguntó súbitamente.

—No.

Los cálamos rascaron el pergamino.

—¿Lo mantenéis, pese a que sea cosa sabida que os desagradaba?

—Sí.

Swithun frunció el ceño. Las cañas de los escribas continuaron su áspero susurro.

—¿Negáis esa rencilla?

—No me disgustaba —aseguré—. Lo odiaba. Era un jovencito pretencioso y ahíto de privilegios. Un impertinente pedazo de mierda…

Creciente frenesí de raspaduras. Uno de los sacerdotes de más corta mocedad sonreía disimuladamente.

–Los escoceses niegan haber enviado a combatiente alguno, señor –trató de presionarme Swithun.

–Pues claro que lo niegan. ¿A quién puede extrañarle?

–También insisten en que la muerte de lord Ealdred se produjo a muchas millas de distancia de las tierras escocesas. ¿Sería correcto decir que a unos tres días a caballo...? –se interrogó al aire.

–Probablemente a cinco –contesté, con ánimo de cooperar.

–Y el rey Constantino nos ha hecho notar que nunca en su vida ha viajado tan profundamente en el reino de Æthelstan.

–¿Qué edad tenéis? –inquirí de pronto.

Swithun hizo una pausa, ligeramente desconcertado e incómodo por la pregunta, pero acabó encogiéndose de hombros.

–Tengo treinta y nueve años, señor.

–¡Sois demasiado joven! Constantino debió de subir al trono cuando vos teníais... ¿qué?, ¿once, doce años? ¡Pues apenas trece lunas después de ceñir la corona hizo que trescientos mesnaderos escoceses incendiaran los graneros que jalonan la ciudad de Snotengaham! Y ésa no fue su única incursión... Yo mismo he visto a sus guerreros desde los muros de Ceaster. ¿Te acuerdas de aquello, Finan?

–Como si hubiera sucedido ayer –respondió mi amigo.

–Y esas regiones tan meridionales de... –me detuve un instante, aparentemente indeciso–, ¿dónde decís que pereció Ealdred? ¿En el valle del Tesa?

–Allí mismo, en efecto.

–Pues deberíais repasar las crónicas, padre –comencé a decir–. En ellas descubriréis lo frecuentemente que Northumbria ha sufrido los desmanes de los escoceses. ¡Hasta el mismísimo norte de Mercia han llegado, amigo mío!

Mentía como un descosido, igual que el propio Finan, ya que dudaba seriamente de que el padre Swithun quisiera visitar todos los monasterios de Northumbria y Mercia en los que pudiera haber monjes dedicados a la elaboración de crónicas, y, aunque lo hiciera, todo lo que conseguiría sería revisar páginas y páginas de desinformadas vaciedades. Meneé la cabeza y puse una expresión entristecida.

—Además —indiqué, fingiendo la espontaneidad de quien acaba de tener una ocurrencia inopinada—, no creo que esos hombres vinieran de las tierras de Constantino.

—¿Ah, no? —La voz de Swithun me mostró cierta perplejidad.

—Yo creo que procedían de Cumbria. Es decir, de un territorio mucho más cercano. Y los escoceses están sembrando la alarma en esa región, no lo olvidéis.

—Muy cierto —convino Swithun—, pero el rey Constantino nos ha asegurado de todos los modos posibles que el ataque no fue obra de sus hombres.

—¡Pues claro que no eran guerreros suyos! Eran huestes de Strath Clota, pues Owain es ahora su aliado. Se ha valido de ellos para poder negar, convincentemente, que sus partidarios se hayan atrevido a bajar tan al sur.

—También ha rechazado esa acusación —me cortó Swithun con estudiada amabilidad.

—Si fuerais habitante de Northumbria, padre, sabríais que los escoceses nunca han sido dignos de confianza.

—Pero el rey Constantino ha jurado decir verdad sobre el cíngulo de san Andrés, señor —protestó el religioso…

—¡Ah, entiendo! —aseguré, simulando convicción—. ¡Por fuerza ha de estar diciendo la verdad!

El curita joven volvió a esbozar una sonrisa. Pero el padre Swithun enserió la cara y se centró en otra de las páginas de notas que había repartido por la mesa.

—He estado en Eoferwic, señor, y he hablado con algunos de los hombres del rey Guthfrith que consiguieron salir indemnes de la refriega. Uno de ellos se dice convencido de haber visto vuestro caballo.

—Eso es imposible —dije tajantemente.

—¿Imposible? —Swithun alzó delicadamente una ceja.

—Imposible, sí, porque mi garañón estaba aquí, en el establo. Y yo me encontraba a bordo de mi barco.

—Sí, en efecto. También nos han informado de eso —confesó Swithun—. Sin embargo, la certeza del hombre al que me refiero parecía inamovible… Dice que vuestro caballo —añadió, deteniéndose por un momento para consultar sus notas— tiene una extraña marca blanca.

—¿Y mi montura es la única de toda Britania que muestra esa señal de color claro? —estallé, verdaderamente divertido—. Vayamos a las caballerizas, padre. ¡Encontrará al menos veinte animales con esa marca!

No obstante, de haberme hecho caso, también habría descubierto el espléndido garañón plateado de Ealdred, al que había dado el nombre de Snawgebland, es decir, «Nevasca». Si me arriesgué fue porque me parecía más que dudoso que Swithun quisiera indagar en nuestros establos. Y, efectivamente, declinó la invitación.

—¿Y el oro? —se interesó después.

Volví a reír al escuchar aquellas palabras, pero esta vez en son de burla.

—¡No había oro alguno! ¡Y ningún dragón tampoco!

—¿Ningún dragón…? —se asombró delicadamente Swithun.

—Sí, ya sabéis, para custodiar el tesoro —expliqué—. ¿Creéis en los dragones, padre?

—Por fuerza han de existir —afirmó, sabiendo que pisaba terreno resbaladizo—. Lo sé porque aparecen mencionados en las Escrituras.

Pareció dolorosamente incómodo durante unos instantes, afanado en recoger sus notas.

—¿Os dais cuenta cabal de las consecuencias que se derivan de la muerte del rey Guthfrith, señor?

–Sí. Y la primera es que las mujeres de Eoferwic podrán sentirse más seguras.

–Bien, pero Anlaf de Dyflin reclamará el trono de Northumbria. ¡Es probable que ya lo haya hecho! Y no es algo que puede juzgarse deseable.

Me miró con fiereza, casi acusatoriamente.

–Pensé que sería Æthelstan quien reivindicara el señorío de esas tierras –respondí.

–Y así es, pero Anlaf podría impugnar su derecho.

–Entonces habrá que propinarle una buena tunda a ese Anlaf –aseguré, percatándome de que aquélla era muy posiblemente la única verdad de cuanto había estado diciendo en tan larga entrevista. Mentía con ánimo ligero, sin remordimiento alguno, igual que mis hombres. Hasta los que profesaban la religión cristiana habían jurado ignorar cómo había podido producirse la muerte de Ealdred. Aunque debo reconocer que una de las cosas que me ayudaron a conseguir tal aquiescencia en los soldados que adoraban al Cristo fue la absolución que les prometió el padre Cuthbert, a quien presenté esa misma noche, durante la cena, al arisco Swithun.

–Estaba debidamente casado, ¿sabéis? –soltó sin más preámbulo el padre Cuthbert en cuanto lo puse en presencia del investigador.

–Estaba, decís… –balbució Swithun, totalmente desconcertado.

–¡Casado por la Iglesia! –replicó Cuthbert animadamente, al tiempo que fijaba sus inertes ojos de ciego en un punto que parecía hallarse más allá de la oreja derecha de su interlocutor.

–¿De quién habláis? ¿Quién estaba casado por la Iglesia? –insistió Swithun, que no salía de su asombro.

–¡El rey Eduardo, por supuesto! Bueno, entonces sólo era el príncipe Eduardo, ¡pero os aseguro que estaba canónicamente unido a la madre del rey Æthelstan! ¡Yo mismo los casé! –señaló con ingenuo orgullo el padre Cuthbert–. ¡Y todas esas patrañas de que la madre del rey era hija de un pobre pastorcillo son puras idioteces! Era hija del obispo Swithwulf y se llamaba Ecgwynn. En aquellos años, yo tenía una vista de lince, no creáis, y puedo confirmaros que se trataba de una jovencita preciosa –suspiró con melancolía–, un verdadero encanto.

–Jamás he dado crédito a la idea de que el rey hubiera podido nacer fuera del sacrosanto vínculo del matrimonio –salmodió muy rígido el padre Swithun.

–¡Pues no es poca la gente que ha optado por lo contrario! –tercié yo con énfasis.

Swithun apretó aún más las cejas en su ya de por sí ceñudo semblante, pero acabó por asentir de mala gana.

Poco después, en cuanto empezaron a servirnos las viandas, lo obsequié con una larga serie de relatos y anécdotas de la mocedad de Æthelstan, exponiéndole, hasta en sus más mínimos pormenores, la protección que yo mismo le había brindado, evitando así el triunfo de sus numerosos enemigos, consumidos por el deseo de impedirle el acceso al trono. Le expliqué también que yo había sido quien había rescatado al padre Cuthbert, arrancándolo de las garras de unos individuos que lo habrían matado sin dudarlo un instante para evitar que difundiera la verdad del enlace entre Eduardo y la dulce Ecgwynn. Después, algo fatigado por no conseguir que el padre Swithun abandonara su hieratismo ni con la más trepidante de las aventuras, dejé que otros se encargaran de exponer el combate que habíamos librado mis hombres y yo en la Crepelgate de Lundene para derrotar finalmente a todos aquellos adversarios.

La visita de los religiosos terminó a la mañana siguiente, cuando los investigadores se marcharon con los morrales repletos de embustes y la cabeza aún caliente por el rescoldo de los lances y peripecias de la crianza y protección del soberano al que servían, que, según les habíamos recalcado,

disfrutaba del trono porque nosotros éramos quienes habíamos luchado para dárselo.

–¿Dirías que te ha creído? –quiso saber Benedetta
mientras contemplábamos alejarse a los curas por el camino del sur.

–No –repuse, convencido.

–¿No?

–Los hombres de ese temple tienen un olfato especialmente agudo para detectar la verdad. Pero no sabe a qué
atenerse… Piensa que lo he engañado, pero no alcanza a saberlo con certeza.

La bella italiana me enlazó por el brazo y reclinó tiernamente la cabeza sobre mi hombro.

–¿Y qué va a decir entonces a Æthelstan?

–Que muy probablemente fue mi mano la que mató a
Ealdred –respondí, encogiéndome de hombros–. Y que Northumbria ha quedado envuelta en una espiral de caos, ya que
Æthelstan se ha proclamado rey de la región, Constantino
aspira a serlo y Anlaf cree haberlo logrado ya.

Todo cuanto pude hacer, y no era poco, fue reforzar
los parapetos de Bebbanburg.

* * *

La muerte de Ealdred me había provocado una siniestra satisfacción, pero conforme fue avanzando el verano empecé
a sospechar que había sido un error. El plan consistía en atri-
buir toda la culpa a los escoceses a fin de apartar de mí la
previsible cólera de Æthelstan, y dirigirla en cambio hacia
Constantino. Sin embargo, los informes que el rey de toda
Britania había recibido de Wessex, enviados por algunos de
sus amigos, daban a entender a las claras que Æthelstan no
se había llamado a engaño. Desde luego, no me mandó ningún mensaje, pero varios de mis confidentes me hicieron saber que se enfurecía cada vez que hablaba de mí y de Beb-

banburg. Así pues, todo cuanto había conseguido había sido sumir a Northumbria en el caos.

La cuestión es que Constantino supo aprovechar aquella situación de desafuero. No en vano ceñía una corona, lo que hacía que viviera en permanente ansia de tierras y más tierras, pues tal era la mejor dádiva que ofrecer a sus señores. Los señores tenían aparceros, y éstos blandían lanzas, cultivaban la tierra y criaban ganado. Y ambas cosas, mieses y reses, se cambiaban por dinero, la más adaptable de las materias, que para todo sirve, incluso en este caso para comprar nuevas lanzas. Cumbria no era la mejor de las tierras, pero contaba con buenos valles fluviales en los que el cereal crecía alto y espigado y con montes de pasto para los rebaños de ovejas, sin olvidar que su fertilidad no era menor que la del resto del duro reino de Constantino. Por eso, el soberano de los escoceses quería añadirla a sus pendones.

El desorden que siguió a la muerte de Guthfrith, con un Eoferwic incapaz de designar a un rey con fuerza suficiente como para reclamar el señorío de todo el territorio, hizo que Constantino se envalentonara. Eochaid, al que había nombrado «gobernador» de Cumbria, había asentado sus reales en Cair Ligualid. Este astuto caudillo había proporcionado plata a la iglesia de la zona, así que, un buen día, los monjes recibieron un precioso cofrecillo, cubierto de rojas incrustaciones de cornalina –tantas que la arquilla diríase perlada de sangre–, y hallaron en su interior un pedazo del pedrusco en el que san Conval había cruzado, según la leyenda, el mar que media entre Irlanda y Escocia. Los hombres de Eochaid se apostaron en los muros de Cair Ligualid. Casi todos se pintaron la cruz en el escudo, aunque algunos prefirieron conservar las negras adargas de Owain de Strath Clota. En toda aquella confusión, al menos Anlaf, que afirmaba ser el sucesor de Guthfrith, optó por no tomar ninguna iniciativa de reclamar Northumbria. Circulaban, no obstante, informes que sostenían que andaba distraído por sus enemigos nórdicos y que sus ejércitos habían empezado a asestar durísimos golpes en lo más profundo de Irlanda.

En cualquier caso, la presencia de todos aquellos broqueles escoceses implicaba que las tropas de Constantino se habían adentrado ya en el corazón de Cumbria. Se hallaban al sur del largo murallón que un día levantaran los romanos, y Eochaid no cesaba de destacar partidas de guerreros a zonas aún más meridionales, situadas en el territorio de los lagos, con órdenes de exigir rentas y tributos a los colonos noruegos. La mayoría pagaba sin rechistar, porque los que se negaban veían sus granjas destruidas y a sus mujeres e hijos llevados como esclavos. Constantino lo negaba; rechazaba incluso la acusación de haber nombrado a Eochaid gobernante de Cumbria, manifestando con descaro que el joven no sólo actuaba por su cuenta y riesgo, sino que todo cuanto hacía no era sino una repetición legítima de lo que sus predecesores nórdicos habían hecho al llegar de Irlanda con el ánimo de apropiarse un pedazo de tierra, cuyos ásperos pastos se les antojaban frescos. Si Æthelstan no podía gobernar sus propias tierras, ¿qué porvenir podía esperar? Acudirían hombres decididos y se apoderarían de cuanto quisieran, así que Eochaid no era más que uno de esos muchos aventureros.

Cuando Egil llegó a Bebbanburg a bordo de su esbelta nave, el *Banamaðr*, el verano llegaba lentamente a su fin. Traía noticias.

—Hace tres días vino a verme un hombre llamado Troels Knudson —dijo en cuanto tomó asiento en el salón con una buena jarra de cerveza en la mano.

—Un noruego —gruñí.

—Un noruego, efectivamente —se detuvo un instante, como para hacer memoria, y añadió—: de Eochaid.

Aquello me sorprendió, aunque en realidad no tenía razón alguna para ello. La mitad de los hombres de las tierras que Eochaid afirmaba gobernar eran colonos noruegos, y los que aceptaban su dominación recibían un buen trato. No había misioneros que intentaran convencerlos de adorar al dios clavado en la cruz, las rentas no eran altas y, si estallara una guerra, cosa que por fuerza acabaría ocurriendo, lo más probable era que esos noruegos optaran por combatir en el muro de escudos de Eochaid.

—Si es Eochaid quien lo envía —comenté—, es imposible que ignorara que vendrías a informarme.

Egil asintió en silencio y luego concluyó:

—Eso mismo señaló Troels.

—Por lo tanto, fueran cuales fuesen las noticias que te diera, está claro que están pensadas para que también yo las conozca.

—Y casi seguro que vienen de Constantino —opinó Egil.

Se detuvo un momento para subir a Alaina a su regazo. La chiquilla había hecho muy buenas migas con él. Tenía un don especial con las mujeres, porque a todas agradaba.

—Te he hecho un barco —le dijo.

—¿Uno de verdad?

—No. Uno pequeñito, de madera de haya.

Sacó el regalo de la faltriquera. Era muy hermoso y casi tan grande como su propia mano. Carecía de mástil, pero tenía unas diminutas bancadas de remo y una fina proa en la que Egil había tenido el detalle de tallar una cabeza de lobo.

—Puedes llamarlo *Hunnulv* —dijo el joven.

—¿*Hunnulv*?

—Quiere decir «loba». ¡Será el terror de los mares!

Alaina estaba encantada.

—Algún día tendré un barco propio —declaró—. Y se llamará *Hunnulv*.

—¿Y cómo piensas comprarte una embarcación? —le pregunté.

—No tendré que hacerlo yo… Pero tú sí —afirmó triunfante, al tiempo que me dedicaba la más desvergonzada de las sonrisas.

–Estoy pensando en mandarla a una de las granjas de los montes –confesé a Egil–. A una de las más humildes, para que tenga que trabajar de sol a sol.

Alaina levantó la vista buscando la mirada de Egil.

–¡No va a hacerlo! ¡Habla por hablar! –le dijo en tono confidencial.

–De sobra sé que no tiene esa intención –le contestó Egil, sonriendo a su vez.

–Bueno, ¿y qué hay de Troels Knudson? –le recordé.

–Dice que se avecina una guerra.

Solté un segundo gruñido.

–Eso no es ningún secreto.

–Si hay una guerra, ¿podré pelear? –quiso saber Alaina, súbitamente enardecida.

–No –respondí tajante–. Estarás muy ocupada yendo a buscar agua al pozo y quitando la mierda de oveja de tus vestidos.

–La guerra no es un sitio al que deban ir las niñas pequeñas –añadió Egil amablemente.

–En resumen, que Eochaid nos ha enviado a un noruego para contarnos una novedad de pacotilla, ¿no es eso?

–Lo que nos dice –prosiguió Egil– es que los herreros de Wessex y Mercia ya han empezado a batir el hierro de una enorme remesa de moharras, que Æthelstan ha comprado trescientos caballos traídos de Frankia y que en Hamptonscir se están talando sauces para hacer escudos.

–Eso también es cosa sabida –repliqué, aunque en realidad no tenía ni idea de que Æthelstan hubiera adquirido más monturas.

–La cuestión es que casi todas esas rodelas y puntas de lanza –continuó mi interlocutor– parten rumbo a Lindcolne.

Fruncí el ceño, indeciso. No me decidía a dar crédito a las palabras de Egil.

–Pues yo había oído que las enviaban a Mameceaster.

–Unas cuantas, sí. Pero la mayor parte acabarán en Lindcolne.

–¿Y cómo demonios saben eso?

Egil me miró con un deje de conmiseración en la mirada.

–Si fueras Constantino, ¿cuánta plata estarías dispuesto a pagar por recibir noticias fiables de la corte de Æthelstan?

–Más de la que ya gasto.

–Æthelstan ha despachado lanzas a Mameceaster –expuso Egil–, y además poniendo buen cuidado en que todo el pueblo viera los caballos en que iban cargadas. Sin embargo, ha hecho llegar muchas más a Lindcolne, aunque en este caso las ha hecho viajar en barco.

–Río arriba, claro –murmuré.

–Y la gente no tiene ocasión de ver qué hay en los bultos que se estiban a bordo. ¡Si los cubres con una lona, no hay manera de averiguarlo! Podría ser cualquier cosa, nabos, verduras…, lo que sea. De hecho, los navíos de transporte aguardan en el estuario de Lindcolne. ¡Y son doce, nada menos!

–O sea que Æthelstan está construyendo una flota –musité de nuevo.

–Dirás dos –me corrigió Egil sin amilanarse–: una en el Mærse y otra en el Temes. Sin embargo, Eochaid cree que los mejores carpinteros de ribera han sido enviados a los astilleros del Temes.

–¿Ha sido Troels quien te ha contado todo eso?

–Y aún hay más… Æthelstan había enviado tropas en auxilio de Hugo de Frankia, y resulta que ahora ha dado orden de que regresen a Britania.

–Entonces, ¿va a haber guerra? –saltó Alaina, en el colmo de la emoción.

–Muy bien, pero ¿dónde van a iniciarse las hostilidades? –pregunté.

Egil permaneció callado.

–¿Y cuál es el mensaje de Troels?

–Que Eochaid vería con buenos ojos una alianza.

O sea, que volvíamos al punto de partida. Al final, se repetía la oferta que Domnall se había traído de Escocia. En realidad, nunca había dado a Constantino una respuesta formal a su ofrecimiento, pero la verdad es que tampoco había resultado necesario. Mi silencio había sido un rechazo, pero, al parecer, Constantino no había abandonado la esperanza de tener a Bebbanburg de su lado.

–¿Y qué significa ese pacto? ¿Que nosotros luchamos junto a Eochaid y que él también combate en nuestras filas? –pregunté.

–No sería únicamente Eochaid. También lo harían Constantino y Owain. Sería una coalición de las tierras del norte: Alba, Strath Clota, Cumbria, las Islas…

Egil iba contando las distintas naciones levantando uno a uno los dedos de la mano, y eso me hizo alzar la mía bien abierta, para detenerlo.

–Y Bebbanburg.

–Y Bebbanburg –repitió él.

Lo miré con fijeza. Era un hombre inteligente y uno de los mejores amigos que jamás haya tenido, y, sin embargo, había veces en que se comportaba de un modo que se me antojaba incomprensible y misterioso. Era noruego y pagano. ¿Quería que yo me sumase a ese trato entre los pueblos del norte? ¿Y qué me convenía decidir a mí en todo este asunto? Desde luego, mi objetivo ha sido siempre conservar Bebbanburg, legársela a mi hijo, sentado en aquel mismo instante junto a mí y pendiente de cada una de las palabras que estábamos pronunciando.

–¡Ya sé montar a caballo! –exclamó de pronto Alaina, exultante–. Me ha enseñado Finan.

–Shhh… Calla un poco, pequeña.

–¿Qué opinas del asunto? –pregunté a mi hijo.

Se encogió de hombros.

—Todo depende de si Æthelstan planea atacarnos o no.

—Eochaid insiste en que debéis resolveros a actuar en un sentido o en otro antes de que Æthelstan dé orden de marchar a sus ejércitos.

—Si es que efectivamente inicia los combates –intervino mi hijo.

Pasé por alto esa última observación. Æthelstan iba a entrar en guerra, no me cabía la menor duda, pero ¿contra quién dirigiría su cólera? ¿Me tenía efectivamente por enemigo? Por otra parte, Constantino se estaba preparando para el inminente choque y quería que la fortaleza de Bebbanburg pelease en su bando. Sin embargo, me exigía declararle lealtad antes de que su regio adversario se lanzara a la batalla. ¿Qué interés podría tener en ayudarme si yo no me decantaba previamente en su favor? Si Æthelstan asediaba Bebbanburg, Constantino tendría las manos libres para seguir provocando desmanes en Cumbria, y hasta para continuar avanzando hacia el sur y penetrar en Mercia, donde sin duda acariciaba la expectativa de conseguir aliarse con los pequeños reinos galeses.

—Con independencia de lo que yo decida –dije a Egil–, tienes plena libertad para determinar la opción que más te convenga.

Sonrió al oírme decir esas palabras.

—Soy soldado de vuestras mesnadas, señor.

—Os libero de ese juramento.

—Al sabueso le gusta la correa –respondió, ensanchando todavía más la sonrisa.

—No entiendo nada –intervino de pronto Benedetta, con el semblante muy serio–. ¿Qué importancia pueden tener Lindcolne o Mameceaster?

—Son plazas cruciales –replicó suavemente Egil.

—Hay dos calzadas que conducen a Escocia –expliqué–. Si se progresa por la costa occidental de la isla, es preciso pasar por Mameceaster para después atravesar Cumbria. Si se opta en cambio por este otro litoral, hay que llegar hasta

Lindcolne para alcanzar Eoferwic, y, una vez superado Eoferwic, hay que dejar atrás las tierras que domina nuestra querida fortaleza de Bebbanburg para tener expedito el camino a las tierras de Constantino.

—Además, si a Æthelstan le preocupa en alguna medida la agitación que se está apoderando de Cumbria —terció Egil, asumiendo la segunda parte de los motivos de que las ciudades que había evocado Benedetta tuviesen tantísima relevancia—, tendrá que tomar la ruta de poniente. No olvidéis que él reivindica el señorío de Cumbria. Puede obligar a Eochaid a replegarse de nuevo a Escocia, y de hecho no le resultaría excesivamente difícil hacerlo... Pero ¿qué ocurriría si decidiese tomar esta otra vía, la que pasa por delante de Bebbanburg? ¿Con quién estaría luchando? Desde luego, no contra Eochaid...

—¡Pero si es tu amigo! —protestó una vez más Benedetta.

—Eso es agua pasada, me temo —contesté.

Se produjo un espeso silencio. Mi mente voló a la lejana tarde en que Æthelflaed, mi querida Æthelflaed, me había pedido que jurara solemnemente proteger a su sobrino. Y así lo había hecho yo, a diferencia del joven, que había roto su parte del compromiso con el pretexto de que no había acabado con su enemigo; aquello en realidad era cierto, aunque con la pequeña y doble salvedad de que yo sí que había sido la causa de la muerte de ese adversario, y de que, al provocar su desaparición, había perdido además parte de mis mejores hombres. Mi honor estaba intacto, pero ¿qué decir del suyo?

—Yo no quebranto la palabra dada —declaré dignamente.

—Ya he dicho que al sabueso le gusta la correa —murmuró de nuevo Egil.

—Entonces ¿no formaremos ninguna liga de los pueblos del norte? —preguntó mi hijo, haciéndome comprender por su expresión que le parecía la decisión más sensata y menos peligrosa.

—No creo —sostuve con firmeza— que en verdad Æthelstan pretenda perjudicarme. Me debe demasiado para arriesgarse al desprestigio… Si los espías indican a Constantino que se están acumulando armas en la ruta de levante, es porque Æthelstan le ha tendido una trampa. ¡Este rey de toda la Britania es un hombre muy astuto! Está llevando a Constantino a creer que su intención es lanzar un ataque por esa región del país, ¡y en realidad no es lo que se propone! Asestará el golpe en Cumbria, y con tanta violencia y rapidez como el rayo que relumbra en sus escudos y estandartes. —Miré a Egil—. Di a Troels que mi respuesta es no…

—Así lo haré —replicó con toda calma mi leal compañero.

—Padre —comenzó a decir mi hijo, que se detuvo al dirigirle yo una mirada furibunda. Pero tomó aliento y prosiguió—: Æthelstan quiere Bebbanburg, ¡eso está claro! Y, sin duda, también desea expulsar de Cumbria a los escoceses. Sin embargo, mucho me temo que lo que persigue es hacerse con el control de toda Northumbria… ¿Y qué mejor sitio que éste para empezar a materializar ese objetivo?

—¡Æthelstan echará a los malditos escoceses de Cumbria! —insistí con la máxima determinación—. ¡Tomará la ruta occidental!

Cinco semanas más tarde, Æthelstan se puso en marcha. Su flota ascendió al norte ceñida al litoral, y su ejército siguió la calzada romana que conducía a las regiones más septentrionales. Y, tal como había temido mi hijo, tomó la ruta oriental. En Lindcolne, cuya guarnición estaba formada por las tropas que Æthelstan había enviado a la ciudad después del encuentro de Burgham, sus soldados recibieron rodelas nuevas, pintadas con brillantes colores, y largas sarisas de moharras de acero. Sólo entonces reanudaron la marcha.

Directos a Bebbanburg.

CAPÍTULO IX

Los barcos fueron los primeros en llegar.

Apenas seis el primer día. Eran navíos típicos de Sajonia Occidental, de pesadas proas romas e impulsados por los cuarenta o cincuenta remeros de a bordo. Pese a que corriera muy poco viento, todas las embarcaciones habían izado las velas, y en cada una de ellas se veía el dragón armado de un rayo que Æthelstan había adoptado como símbolo. En lo alto de todas las rodas se elevaba, altanera, una cruz.

Los buques se acercaron a la costa de las islas de Farnea, metiéndose para ello por el amplio canal que los separaba de las playas de Bebbanburg. Pero, a pesar de su amplitud, la zona es muy traicionera, salvo que el timonel conozca muy bien las aguas. Se presentaron en formación de hilera, y todos comprendimos rápidamente que el buque de cabeza contaba con un piloto experimentado, porque las naves sortearon los escollos y remaron hasta alcanzar una posición desde la que divisar sin dificultad nuestros altos murallones. Entonces, los remeros retrocedieron, y los hombres situados en las plataformas de la espadilla hicieron pantalla con la mano para poder observarnos sin que el sol les deslumbrara, sin por ello, sin embargo, contestar a nuestros gestos de saludo. Más tarde, al volver a maniobrar desde las bancadas para orientar los barcos hacia alta mar, el sol de la atardecida arrancó rítmicos destellos cristalinos al cansino sube y baja de las palas de los remos.

–Parece que no es aquí donde se dirigen –gruñó Finan, al comprobar que las naves no hacían amago de penetrar en nuestro puerto.

En lugar de atracar en nuestro amarradero, la reducida comitiva naval siguió al buque-guía hasta el grupo más meridional del archipiélago de las Farnea para pasar allí la noche. Habían tenido mucha suerte, porque los vientos continuaban en calma. Hubieran estado más resguardados en el fondeadero de Lindisfarena, cuyo escaso calado lo convierte en un punto muy seguro, pero también es verdad que allí mis hombres los podrían haber atacado sin problemas.

–Bueno, ¿qué me dices? ¿Vienen en son de paz o no? –quiso saber Benedetta al percatarse, al alba, de que los seis mástiles se erguían velozmente sobre el contorno de las islas.

–Yo dirían que buscan pelea –dije.

Poco después, envié un barco de pesca a las islas. Encargué a Oswi la misión de averiguar qué podían andar tramando, poniendo buen cuidado de entregarle un sayal impregnado del apestoso olor del pescado más rancio para que pudiera hacerse pasar por un simple miembro de la dotación de pescadores.

–No son pacíficos, señor –confirmó un rato después–. Nos han dicho claramente que nos larguemos.

Cuando recibí la noticia, el sol había llegado a la mitad de su carrera, y, al cabo de un tiempo, uno de los aparceros del sur se presentó al galope y me dijo que se nos echaba encima un ejército.

–¡Maldita sea, señor! ¡Vienen a millares! –chilló.

No tardamos mucho en ver elevarse la primera columna de humo en el flanco meridional. Todos habíamos visto antes el cielo tiznado con ese tipo de manchurrones de hollín que se aupaban a los cielos estivales como patente señal de que una granja estaba siendo pasto de las llamas. Acabé contando hasta seis antes de enviar dos jinetes al norte para avisar a Egil.

Al caer la noche, arribaron veintitrés navíos más. La mayoría eran muy parecidos a los seis primeros, es decir, buques de proa redondeada y casco pesado y torpe, aunque invariablemente provistos de buenas tripulaciones. Había una docena de cargueros, y todas las embarcaciones, incluidas las seis que habían encontrado refugio en las islas, consiguieron sortear los bancos de arena e introducirse en el dédalo de canales y bajíos que rodean las playas de Lindisfarena. Los hombres que poblaban ahora el mar superaban las posibilidades de respuesta de mi guarnición. Todo lo que podíamos hacer era observar la evolución de los acontecimientos y contemplar, al anochecer, el resplandor de las fogatas que sonrosaban el firmamento de las tierras del sur.

Con el alba, llegó el ejército. Primero se presentaron los soldados de caballería, más de trescientos en total, y después aparecieron las huestes de infantería, obligadas a avanzar fatigosamente, dado que el día comenzaba a templarse. Vimos gran cantidad de animales de carga y mulos, así como mujeres abrumadas por el peso de enormes fardos, y luego nuevas oleadas de hombres y caballos. Conté al menos mil cien guerreros, pero sabía que habría más dispersos por la larga calzada del sur. Nuevos grupos de jinetes cruzaron la aldea para enlazar con las tropas llegadas a bordo de las naves. Los aldeanos ya habían huido de sus casas y habían entrado en la fortaleza portando su ganado al frente. Los enemigos recién llegados ocuparon esos hogares, y, por lo que alcanzábamos a ver, apenas estaban causando daños. Yo tenía tres navíos fondeados en el puerto, y entre ellos, además de los ocho pesqueros del lugar, se encontraba el *Spearhafoc*. No había colocado guardia alguna en los bajeles, así que al ejército que nos rodeaba le habría resultado sencillísimo apoderarse de ellos o incendiarlos, pero nadie saltó de las embarcaciones para huir a nado; tampoco se presentó nadie en la Puerta de la Calavera con la intención de parlamentar. Por otro lado, yo no tenía ningunas ganas de enviar a nadie para averiguar las intenciones de aquellos mesnaderos y proponer algún pacto. Sin embargo, contemplé, extrañado, que una partida de hacheros se afanaba en talar una arboleda situada en el extremo sur de la aldea para después tronchar las ramas y apilarlas en un inmenso montón, al que prendieron fuego. La humareda ascendió al cielo entre rabiosas volutas.

La tarde iba mediada cuando llegó Æthelstan. Una interminable hilera de soldados se dispuso ordenadamente a ambos lados de la carretera antes de que él apareciera al fin. A medida que el rey se aproximaba, empezamos a oír, a ritmo creciente, el estruendo del generalizado batir de los astiles de las lanzas y el acero de las espadas sobre los escudos. De pronto, los hombres prorrumpieron en vítores, y cinco magníficos portaestandartes quebraron la línea del horizonte. Agitaron sus banderas de derecha a izquierda a fin de desplegar por completo el trapo en el aire quieto. Dos de ellos esgrimían el pendón personal del monarca, con el dragón y el rayo; en las manos de otros dos oscilaban los colores del saurio de Wessex, y el quinto zarandeaba un confalón blanco con una cruz escarlata.

Tras ellos se agrupaban largas filas de jinetes, todos protegidos por los yelmos y las cotas de malla. Formaban columnas de cinco en fondo, y la mayoría montaban garañones de capa gris. Ninguno había osado desprenderse del amplio capote rojo que los distinguía, pese a la calurosa jornada. No pude reprimir una mueca de disgusto al ver los mantos encarnados, porque me recordaban a los secuaces de Æthelhelm, pese a que los tabardos de los caballeros de Æthelstan fuesen de un rojo más vivo. Acabaron desplegándose veinte filas de soldados de caballería, y tras ellos surgieron otros dos abanderados con blasones adornados con la fiera silueta del dragón. Justo a sus espaldas, recortada su silueta solitaria sobre el amarillo claro de la pista, emergió Æthelstan a lomos de un formidable garañón lobuno.

Aun en la distancia, tenía un porte deslumbrante. Cualquiera habría dicho que su cota de malla era de plata bruñida, pero lo que más destacaba era su reluciente yelmo blanco, coronado por un círculo de oro. Cabalgaba muy tieso, recta la espalda, en un gesto de orgullo, y agradecía con la mano enguantada los vítores de los hombres que bordeaban la calzada. En el bocado de su alto caballo plateado, que acomodaba la silla sobre una manta carmesí, tintineaba entre destellos el oro de los arreos. Æthelstan echó un rápido vistazo a la enorme pira que ardía en el extremo meridional de la aldea, que todavía desprendía una gruesa columna de humo negro.

Tras el soberano aparecieron tres sacerdotes vestidos con negros ropones montados sobre caballos del mismo color, seguidos a su vez de cinco gonfaloneros más, a la cabeza de otros cien jinetes de capote púrpura.

–Ahí va el *Monarchus Totius Brittaniæ* –saltó secamente Finan.

–¿Has aprendido latines?

–Tres palabras solamente, y ya me parecen demasiadas... Pero ¿cuántos hombres se ha traído?

–Los suficientes –respondí.

Hacía ya un buen rato que había detenido la cuenta, pero debía de haber al menos mil quinientos, y aún seguían apareciendo tropas por el sur, sin olvidar que una docena de buques de guerra de Sajonia Occidental maniobraban frente a las playas para acercarse a las costas de Bebbanburg todo cuanto les permitía el miedo a quedar embarrancados. El mensaje no podía ser más claro. Bebbanburg estaba rodeada por tierra y por mar, y dentro de nuestros parapetos disponíamos exactamente de doscientos ochenta y tres guerreros.

–¡Que el diablo se lo lleve! ¡Yo misma me ocuparé de invocarlo! –bramó Benedetta, en el arrebato más feroz de venganza que le había conocido hasta entonces.

La italiana se había acercado a Finan y a mí con Alaina agarrada de la mano.

–¿Tienes poderes para convocar a Satanás? –se asombró Finan.

–Vengo de Italia –respondió la bella mujer, con un profundo orgullo–. ¡Pues claro que tengo la potestad de hacerlo!

Al pasar la mano por el martillo que llevaba al cuello, me cruzó por la mente el pensamiento de que necesitaba que Thor asestara un tremendo mazazo a la multitud de hombres que se agrupaba en la barra arenosa que conducía hasta la Puerta de la Calavera. Ninguno de ellos se había aventurado todavía a hollar la pista, pero al momento siguiente una docena de criados, con sendos mulos sujetos de la brida, se aproximaron al portalón. Detuvieron la marcha, poniendo buen cuidado en quedar bien lejos del alcance de nuestros arqueros, y acto seguido, ante nuestros atónitos ojos, desplegaron una tienda y se apresuraron a montarla, suspendiendo espléndidos cortinajes escarlata y oro de cuatro enormes postes. Hincaron profundamente las estacas de sujeción en la arena y tensaron los vientos, mientras otros tres sirvientes traían a la carrera alfombras, escaños y banquetas, que luego introdujeron hábilmente en el interior, guarecido ya del sol. Finalmente, dos de los portaestandartes hicieron acto de presencia con los blasones al viento: en uno de ellos campeaba el dragón de Sajonia Occidental, y en el otro tremolaban los emblemas del propio Æthelstan. Una vez convenientemente desplegadas y exhibidas las señales, los abanderados hundieron a media asta el palo de las divisas en la blanda arena, flanqueando así a uno y otro lado el largo tapiz por el que se accedía a la tienda, directamente orientada hacia la puerta de Bebbanburg. Entretanto, Æthelstan, montado a horcajadas sobre su inmenso garañón gris, contemplaba distraídamente las olas.

Al fin se retiraron los intendentes. La leve brisa, transformada súbitamente en viento, agitó sin previo aviso las banderas y cubrió de rizos de plomo las aguas de la ensenada, haciendo que las naves se alejaran rápidamente de la costa. El rey aprovechó el momento para desmontar y, acompañado de un único presbítero, penetró en la tienda.

–Es el obispo Oda –aseguró Finan.

Æthelstan se detuvo un instante antes de desaparecer en el regio refugio, abierto de par en par. Se volvió y levantó la vista, para intentar divisarme en el punto en el que calculaba que podía encontrarme yo, justo encima de la Puerta de la Calavera. Quedó un instante en suspenso, y finalmente me dedicó una reverencia cargada de ironía. Sólo entonces dejó que la regia tienda le ofreciera su cobijo.

–Son sólo dos hombres –dije a Finan–. Igual que nosotros.

–¡Si vas, quizá se le ocurra matarte! –observó Benedetta, incapaz de disimular la alarma que le teñía la voz.

–¿A Finan y a mí? ¿En leal combate contra un rey y un obispo? –La besé–. Ruega por sus almas, *amore*.

–¡Llama al diablo! –la instó Alaina, hecha un manojo de emociones encontradas.

–¡Reza más bien para que no lo necesitemos! –gruñí, antes de bajar las escaleras para ir al encuentro de mi hijo–. Si ves que se aproximan hombres a la tienda –le dije–, haz salir un número igual por nuestra puerta.

Me volví e hice un gesto de cabeza a Redbad.

–¡Ábrela!

La enorme tranca que aseguraba el cierre del acceso principal a la fortaleza salió de sus anclajes; los pivotes de sujeción crujieron con fuerza, y los dos pesados batientes de la poterna bascularon sobre sus goznes, dejándonos el paso franco.

Y así fue como Finan y yo salimos al encuentro del monarca.

* * *

Yo vestía la cota de malla y ceñía a *Hálito de Serpiente* en la cintura. El estiércol que cubría el patio exterior, por el que habían pasado los aldeanos a remolque de sus rebaños, me había manchado las botas, y el sudor me embadurnaba el cuerpo. Por fuerza debía de oler como una marta arrinconada. Sonreí.

—¿De qué te ríes? —se interesó Finan con expresión severa.

—Nos tienen acorralados, ¿no crees?

—¿Y te parece gracioso?

—Mejor reír que llorar, ¿no te parece?

Finan pateó una piedra suelta, haciendo que saliera despedida y rodara a ras de arena.

—Aún no han acabado con nosotros. —La duda se le había instalado en su voz.

—Te gustará Wiltunscir —le dije—. Huertos rebosantes, hermosas mujeres, vacas rollizas, ricos pastos...

—Estás rebozado en mierda —me cortó—, y hueles peor que una boñiga, dicho sea de paso.

Y guardamos silencio, porque la suntuosa tienda estaba cada vez más cerca. Me adelanté a Finan y me agaché para introducirme por la baja abertura. Vi inmediatamente a Æthelstan, recostado cuan largo era en una silla bellamente labrada. Bebía a pequeños sorbos una copa de vino. Debía de tratarse por fuerza de cristal romano, porque el objeto era de lo más delicado. Sonrió y alargó amistosamente la mano para indicarnos la presencia de dos sillas vacías.

—Sed bienvenidos, señor —dijo amablemente.

Me incliné.

—Majestad —respondí con toda cortesía, antes de dirigirme con un leve movimiento de cabeza al prelado Oda, sentado muy tieso a la derecha de Æthelstan—. Señor obispo —saludé, al tiempo que Oda imitaba mi gesto sin decir palabra.

—¡Finan! —exclamó Æthelstan, contento de volver a ver al irlandés—. ¡Siempre es un placer contemplar vuestra fea cara!

—El placer es mutuo —replicó el aludido con una inclinación de puro protocolo—. Querréis sin duda que dejemos fuera nuestras espadas, ¿verdad?

—Pero, Finan —soltó el rey, con fingido desconsuelo—, ¿un irlandés sin espada? ¿Dónde se ha visto eso? No resultaría natural. Sentaos, haced el favor. No nos acompaña hoy ningún criado, así que disponed a vuestro gusto del vino, os lo ruego.

Barrió la tibia atmósfera de la tienda con la mano para señalar una mesa en la que había vino, más bocales de cristal y un platillo de plata con almendras.

Al sentarme, escuché crujir la silla bajo mi peso. Æthelstan volvió a dar un sorbito a la copa. Llevaba únicamente un sencillo círculo de oro sobre los largos cabellos, que, por una vez, no estaban rizados con hilos dorados. La reluciente cota de malla contrastaba con las largas botas de suave cuero negro, y más aun con los anillos de oro e incrustaciones de esmeraldas y rubíes que embellecían los dedos de sus magníficos guantes. Se giró para volver a echarme un vistazo, evidentemente divertido, y una vez más me cruzó por la cabeza la misma idea que siempre me acudía a la mente cuando lo veía: la de que se había convertido en un hombre de enorme atractivo.

La sólida nariz, subrayada por una boca firme, daba a su alargado rostro, de ojos muy azules y correctamente separados, una expresión de serena determinación, pese a que en sus labios pareciera no faltar nunca el atisbo de una sonrisa inminente.

—Es extraño, ¿verdad? —dijo para quebrar el espeso silencio—. Que los problemas vengan tan tenaz e invariablemente del norte, ¿no os parece?

—Yo diría, en cambio, que los nuestros ascienden desde el sur —refunfuñé.

El monarca dejó pasar el comentario.

—¿Dificultades en Cent? No, en absoluto. No hay agitación alguna en esa región, o al menos hace mucho tiempo que todo está tranquilo. ¿En Anglia Oriental? Tampoco. Todo el mundo me ha aceptado como rey. ¿Mercia? También leal. ¡Hasta Cornwalum es una balsa de aceite! Es bien probable que no les gustemos nada a los galeses, pero no alteran la armonía. ¡Paz y prosperidad por todas partes! —Se detuvo para coger una almendra—. ¡Hasta que miro al norte!

—¿Cuántas veces os he dicho que no se puede confiar en los escoceses, majestad?

Æthelstan encajó el comentario con una sonrisa irónica.

—¿Y os parece que el pueblo de Northumbria es de fiar? —preguntó el soberano.

—Si no recuerdo mal, fueron precisamente sus gentes las que lucharon en favor de vuestra causa.

—Sí, pero eso no responde a mi pregunta. ¿Es de fiar el pueblo de Northumbria?

Le miré directamente a los ojos.

—Jamás he roto ninguno de los juramentos que os he hecho, majestad.

Me devolvió la mirada con un semblante en el que creí detectar un aire divertido. Si yo había acabado pareciéndome a una marta arrinconada, fétida y en grave peligro, era porque él se había erigido en amenaza. Él era la fiera corrupia, el predador de predadores.

—Desde que murió Guthfrith —comenzó a decir, volviendo a romper el breve silencio que se había instalado—, Northumbria se ha abismado en el caos.

—La situación ya era caótica antes de su muerte —repliqué con brusquedad—. Mis granjas caían, pasto de las llamas, y vuestro amigo Constantino se entretenía llenando de gentes de armas las tierras de Cumbria.

—¿Mi amigo Constantino?

—¿Acaso no os ha prestado juramento?

—La palabra dada ya no es lo que era —repuso Æthelstan con displicencia.

314

—Eso estáis haciéndome ver, majestad —contesté con deliberada dureza.

No le gustó mi tono, así que aguzó el filo de la agria pregunta que soltó:

—¿Cómo es que no me comentasteis que Constantino os había enviado emisarios?

—¿Se me exige acaso que os informe de todos los visitantes que acuden a mi fortaleza?

—Os ofreció una alianza —insistió el rey, con creciente acidez en el timbre de voz.

—Y la sugirió de nuevo el mes pasado.

El círculo de oro se inclinó al asentir suavemente el rey con la cabeza.

—Por boca de un hombre llamado Troels Knudson, ¿no es cierto?

—En efecto. Un hombre de Eochaid, por cierto.

—¿Y qué le respondisteis al tal Troels Knudson, señor?

—Bien lo sabéis ya, majestad —repliqué tratando de contener la indignación. —Hice una pausa—. Estáis perfectamente al tanto y, pese a todo, majestad, os plantáis aquí…

—¡Con mil ochocientos hombres! Sin contar a los tripulantes de las naves. ¿Creéis que se hallarán a salvo en la rada de Lindisfarena?

—Algunos tocarán fondo cuando baje la marea —advertí—, pero la pleamar los sacará del apuro. Pueden considerarse razonablemente seguros… Pero, decidme, ¿por qué os habéis llegado hasta aquí?

—¡Para amedrentaros, por supuesto! —saltó con una gran sonrisa—. Pero no habéis probado el vino…

Finan echó un bufido.

—La última vez que nos disteis de beber, majestad, creímos estar trasegando puros meados de cabra…

—Bueno, éste es muchísimo mejor —aseguró el aludido, al tiempo que alzaba la copa—. ¿He conseguido atemorizaros, señor?

—Desde luego.

—¿De cuántos hombres disponéis?

—De bastantes menos que vos, majestad.

Volvió a dedicarme una larga y escrutadora mirada, y una vez más tuve la sensación de que le asomaba al rabillo de los ojos un extraño y risueño no sé qué.

—¿Tenéis miedo, lord Uhtred?

—¡Pues claro que lo tengo! —confesé—. He combatido en más batallas que años tenéis vos, majestad, y antes de batirme el temor fue siempre mi aliado. Sin miedo no puede un hombre echarse al campo de batalla. Ruego invariablemente no tener que ver nunca otra masacre. ¡Nunca!

—¿Vais a entregarme Bebbanburg?

—No.

—¿Preferís que hablen las espadas?

—Bebbanburg es mío —repetí obstinadamente—. Sólo un favor os pido…

—¡Hablad!

—Cuidad de los míos. De Benedetta, de las mujeres…

—¿Y vos?

—Mi única ambición es ya morir en Bebbanburg.

—Quiera Dios que así sea —concluyó Æthelstan solemnemente.

Sonrió de nuevo, pero aquel gesto de impostada amabilidad empezaba a irritarme. Jugaba conmigo como el gato con el ratoncillo.

—¿Queda algo por decir, majestad? —pregunté con acritud.

—¡Ya lo creo! ¡Muchísimo!

—¡Pues entonces decidlo! —Me puse en pie—. Tengo cosas que hacer.

—Sentaos, señor. —Había en su voz un súbito arrebato de ira, pero aguardó a que lo obedeciera—. ¿Matasteis vos a Ealdred? —preguntó, todavía airado.

—No —mentí.

Clavó los ojos en los míos, y yo hice otro tanto.

Se oía el crepitar de las rompientes en la vecina playa. Ninguno de los dos abrió la boca. Preferimos mirarnos sin decir nada. Fue Æthelstan quien rompió el silencio.

–Constantino sostiene que no ha sido él.

–Y yo digo exactamente lo mismo. Sois vos quien debéis decidir a cuál de los dos creer.

–¿Le habéis hecho la misma pregunta a Owain, majestad? –terció Finan.

–¿A Owain? No…

–Yo estaba allí –aseguró mi amigo–, y vi lo que sucedió: los escudos que embrazaban los mesnaderos que acabaron con Ealdred eran negros.

–¡Owain es un títere de Constantino! –rugió, implacable, el rey–. Y Constantino niega haber enviado hombre alguno al sur.

Finan se encogió de hombros.

–Como dice lord Uhtred, no se puede confiar en los escoceses.

–¿Y de quién puedo fiarme en el norte?

La cólera no acababa de abandonar a Æthelstan.

–Tal vez pudierais fiaros del hombre que juró protegeros –intervine sosegadamente–. Y que siempre ha respetado ese compromiso.

Volvió a hundir sus pupilas en las mías, y comprendí que la rabia se desvanecía poco a poco de su ánimo. Recuperó la sonrisa.

–Habréis visto que me he tomado la libertad de quemar varios de vuestros árboles.

–Mejor árboles que casas.

–Y todas las llamaradas que habéis visto, señor, han salido de la leña de los bosques. Ni una sola responde al incendio de los asentamientos de vuestros vasallos.

Hizo una pausa, como si aguardara alguna reacción por mi parte, pero sólo consiguió que le mantuviera la mirada.

–¿Pensasteis que había incendiado vuestras granjas?

–En efecto.

–Y eso es también lo que estarán pensando los escoceses.

Volvió a detenerse, meditabundo.

–Los escoceses nos deben estar observando. Creen que voy a lanzar a mis ejércitos contra ellos, así que estoy seguro de que habrán enviado exploradores a vuestras tierras para controlar nuestro avance. –Extendió una mano para gesticular hacia el flanco oeste–. ¿Se hallarán al acecho en esos montes…?

Asentí, prudente.

–Es muy probable, señor.

–Eso de permanecer agazapados, en ocultas labores de vigilancia, es algo que se les da muy bien –observó Finan con aire huraño.

–Después de una semana o dos, está claro que Constantino comprenderá que no he venido a batallar con él, sino a aplastar a lord Uhtred, que ha decidido desafiarme. Sabrá que estoy aquí para conquistar su fortaleza. Para mostrar a toda Britania que no hay señor que disponga de tropas suficientes para oponerse a mis designios.

Hizo una pausa y se giró hacia el obispo Oda, que no había dicho esta boca es mía desde que entráramos en la tienda.

–¿A qué he venido, monseñor? –le preguntó el rey.

–A hacer saber a todos que no hay en la isla un solo señor capaz de haceros frente, majestad.

–¿Y qué señor está llamado a recibir esa lección?

Oda se frenó y me dedicó una larga mirada, que, para mi sorpresa, vino acompañada de una discreta mueca sonriente y ladina.

–Constantino, evidentemente.

–Constantino, en efecto –repitió Æthelstan.

Finan lo entendió todo mucho más rápidamente que yo, pues no en vano seguía todavía boquiabierto, mirando como un pasmarote al rey, que sólo escuchó la risita del irlandés.

–¡Lo que estáis haciendo es invadir las tierras de Constantino! –exclamó el fiel Finan, triunfante.

–Sólo dos personas están al corriente de estos planes –señaló el monarca, enseñando al fin su juego y encantado de verme tan atónito–: El obispo Oda y yo mismo. Todos los hombres de mi ejército están convencidos de que me he presentado aquí para hacer pagar cara la afrenta a Bebbanburg. ¡Y puedo deciros que a muchos no les gusta nada la idea! Os consideran un amigo, lord Uhtred, aunque sí creen que me habéis retado… ¿Y qué pensáis que habrán escuchado decir los espías de Constantino?

–Lo que todos los soldados de vuestras huestes juzgan cierto –repuse, sin salir aún del estupor.

–Y no sólo las tropas del ejército, señor, también todos los varones de mi corte piensan que, si estoy aquí, es para mataros de hambre. He dejado dicho que no deseo perder hombres tratando de escalar vuestros parapetos, y que por lo tanto dejaremos que la inanición nos entregue las llaves de la fortaleza. ¿Y cuánto me llevará eso? ¿Tres meses?

–Bastante más –repliqué secamente.

–Sea como fuere, eso es lo que creerá Constantino, porque ahora son sólo cuatro los hombres que están al tanto de la argucia. Nosotros. He de permanecer aquí una semana, tal vez dos, para que Constantino sepa lo que quiere saber. Habrá despachado avanzadillas para mantener vigilada la frontera, sin duda, pero, en cuanto quede enteramente persuadido de que se me ha metido entre ceja y ceja apoderarme de Bebbanburg, enviará nuevas tropas a sembrar el pánico en la región de Cumbria.

Aún seguía tratando de comprender la treta que había ideado el rey, y, al cabo de un rato, empecé a preguntarme quién era el burlado. ¿El caudillo de los escoceses, que daría por sentado que Æthelstan había puesto cerco a Bebbanburg? ¿O yo? Me quedé mirando a mi regio anfitrión sin saber qué decir. De hecho, mi silencio parecía divertirle.

–Dejemos que los escoceses crean que estoy aquí para daros una lección, señor –dijo de pronto–. Pero ¿cuál os parece que debería ser nuestro siguiente paso?

–Eso, ¿cuál? –lo animé.

–Pues, una vez conseguido lo primero, señor, marcharé al norte con mis valientes y arrasaré Escocia.

Era evidente que se regodeaba con la sola perspectiva.

–¿Y vais a hacerlo con mil ochocientos hombres nada más? –pregunté en tono claramente dubitativo.

–Hay más en camino. Y no hay que olvidarse de la flota.

–Constantino quiere hacerse con Northumbria –intervino nuevamente Oda en un tono próximo al aburrimiento–. Sus señores han entendido que su presencia en Burgham fue una humillación. Si quiere salvar la cara y recuperar su autoridad es preciso que acierte a proporcionarles tierras, conquistas… ¡y victorias! Ésa y no otra es la razón de que fomente las incursiones y cree problemas en esta región. Sin embargo, aún tiene el descaro de negarlo. Así que alguien tiene que recordarle que Northumbria forma parte de Englaland.

–Y da la casualidad –cortó Æthelstan– de que yo soy el rey de toda Britania.

Se puso en pie, sacó una bolsita de cuero de un morral y la llenó de almendras.

–Llevaos esto como presente para vuestra dama. Aseguradle que no corre peligro alguno. –Me tendió el presente–. Y vos, señor, tampoco habéis de temer… ¿Creéis en mis palabras?

Dudé un instante, un larguísimo instante, pero acabé asintiendo.

–Sí, majestad.

El rey no pudo reprimir una mueca de disgusto al ver mi vacilación, pero después se sacudió la pesadumbre de encima y se encogió de hombros.

–Debemos mantener la comedia una o dos semanas. Después partiré raudamente al norte. De hecho, espero vuestra ayuda cuando me ponga en marcha. Quiero que los escoceses vean que los estandartes de Bebbanburg ondean entre las huestes que me acompañan.

—Así se hará, señor —prometí.

La charla se prolongó un rato más, pero no tardamos en despedirnos.

Finan y yo regresamos lentamente hasta la Puerta de la Calavera, donde la cercenada cabeza de Guthfrith aún conservaba algunos mechones de pelo lacio y varios pedazos de carne reseca por la que porfiaban los cuervos. Nuestros pies hacían crujir la arena, y un frío viento de alta mar vino a estremecer las finas hierbas dunares.

—¿Confías en él? —quiso saber Finan.

—¿De quién puede uno fiarse en las gélidas tierras del norte? —respondí, remedando las interrogantes del monarca.

Todo lo que sabía era que Æthelstan estaba en pie de guerra.

Pero ¿contra quién?

* * *

—No tiene sentido —insistió Benedetta esa noche.

—¿No?

—Dice que Constantino se ha sentido humillado, ¿no es eso? O sea, que el rey de los escoceses está sembrando el caos porque lo han derribado de su pedestal. ¿Y lo que se propone hacer Æthelstan para arreglarlo es avasallarlo de nuevo? ¡Sólo conseguirá que se eternicen las discordias!

—Tal vez tengas razón.

—No, nada de «tal vez»… ¡Tengo razón! El dragón no miente. El mal viene del norte… ¡Y Æthelstan está despertando al maldito saurio! Ya me dirás tú si se puede estar más en lo cierto, vamos.

—Tú siempre das en el clavo, *amore* —aseguré—; por algo eres italiana.

Me arreó un porrazo sorprendentemente fuerte en el brazo y se echó a reír, y yo, que seguía allí tumbado sin poder conciliar el sueño, pensé que Benedetta veía efectivamente con mucha claridad las cosas. ¿Tenía Æthelstan verdaderas expectativas de conquistar Escocia? ¿Y cómo iba a arreglárselas para someter a las indómitas tribus de tan agreste territorio? ¿O era que me había mentido? ¿Me había dado a roer el hueso de un inminente ataque contra Escocia para pillarme desprevenido y lanzar un súbito asalto sobre Bebbanburg?

No quedaba más remedio que esperar. Por las noches, el firmamento resplandecía, iluminado por las hogueras del ejército del rey; y de día, el humo, celoso de las nubes que se amontonaban, subía hasta ellas para tiznarlas. En el punto en el que poco antes se había alzado la llamativa tienda se elevaba ahora una empalizada más alta que un hombre, provista de un escalón desde el que poder combatir en posición de ventaja. Resultaba más que evidente que la construcción se había erigido allí para detener cualquier salida que se nos ocurriera, impidiendo así que penetráramos en el vasto campamento militar al que cada día llegaban más y más hombres. Los navíos de Æthelstan patrullaban frente a las playas, y habían recibido el refuerzo de otros seis barcos de guerra. Puede que no fuera un asedio de verdad, pero desde luego lo parecía.

Pero unas dos semanas después de su llegada, el monarca partió hacia el norte. El ejército tardó una jornada entera en levantar el campo. Cientos de hombres y caballos, seguidos de varios centenares de mulas, todos tomaron rumbo al norte por la calzada que conduce a Escocia. Y desplegando las velas como el dragón las alas, pues no en vano lo lucían como emblema, también las embarcaciones desaparecieron por el horizonte, encomendándose a los vientos estivales, seguidos, tal y como había prometido, del *Spearhafoc*. El rey no me había mentido.

Había dado mi palabra a Æthelstan de que lo ayudaría, pero no tenía la menor intención de desguarnecer Bebbanburg. Me escudé en la edad.

–¿Un mes, o quizá más, a lomos de un rocín, majestad? Soy ya demasiado viejo para tantos ajetreos. Enviaré a mi hijo y a mis cien mejores jinetes, pero, si me lo permitís, prefiero unirme a vuestra flota.

Æthelstan me miró fijamente un largo rato.

–Quiero que los escoceses vean nítidamente vuestro estandarte –dijo–. ¿Lo llevará vuestro hijo?

–Por supuesto. Y en mi vela aullará la cabeza de lobo, majestad.

Le vi una expresión casi ausente cuando asintió.

–Traed, pues, vuestras naves, y sed bienvenidos.

No creo equivocarme si digo que hubo un tiempo en el que Æthelstan me habría implorado que cabalgase a su lado y que me situara hombro con hombro con él, al frente de mis hombres. Ahora, sin embargo, la edad y el poder lo habían hecho dueño de una inmensa confianza en sus propias fuerzas, y andaba persuadido sin remedio –amargo pensamiento– de que me había vuelto demasiado viejo para resultar de utilidad. Quería verme marchar al norte, pero sólo para ufanarse a los cuatro vientos de haberse ganado mi lealtad.

Y así fue como, acompañado de una tripulación de cuarenta y seis guerreros, maniobré con el *Spearhafoc* para abandonar el puerto y sumarme a la flota real que navegaba en silencio hacia el septentrión, a impulsos de un vientecillo fresco y racheado. Por más que Æthelstan me hubiera pedido que aportara todos mis barcos, o la mayoría cuando menos, preferí limitarme simplemente al *Spearhafoc* a fin de dejar al grueso de mis fieles como guarnición en Bebbanburg, a las órdenes de Finan. Él siempre había detestado el mar, mientras que yo, en cambio, lo adoraba.

El mar me pareció, no obstante, extraño esa jornada. Estaba en calma. El viento sur no soliviantaba las olas, sino que henchía el inmenso pecho del océano al ritmo de un largo y resplandeciente suspiro. La flota de Æthelstan avanzaba sin prisas, contentándose con acoplarse a la pausada marcha del ejército que hollaba la ruta del norte. Algunos de los barcos del soberano acortaron incluso el trapo para no rebasar a los pesados cargueros que transportaban las vituallas. Era un día cálido para correr ya los últimos del verano, así que no nos extrañó hundir la proa en un nacarado halo de bruma. Poco a poco, el *Spearhafoc,* que es un navío notable, fue colándose entre los orondos bajeles de la flota. Mi buque era el único que tenía a un animal en el mascarón de proa, el arrogante gavilán de los bosques de Bebbanburg, pues todos los demás singlaban con la cruz al frente. Al mando del más grande, un enorme bajel de planchas de madera pálida llamado el *Apóstol,* viajaba Coenwulf, jefe de la flota de Æthelstan, y, al acercarnos a su borda, un hombre nos hizo señas desde la plataforma del gobernalle. Coenwulf se hallaba apostado en pie junto al que nos había saludado, poniendo todo su empeño en hacer ver que nos ignoraba adrede. Torcí la espadilla hasta conseguir que el *Spearhafoc* se aproximara lo suficiente a la nave capitana como para arrancar un grito de alarma al hombre que agitaba los brazos.

—¡No debéis poneros al frente de la flota! —berreó.

—¡Nooo te oiigooo! —aullé a mi vez.

Coenwulf, un petulante individuo de rostro congestionado, muy al tanto de su noble cuna, giró las caderas y nos miró con mal ceño.

—¡Vuestro sitio está en la retaguardia! —chilló sin más preámbulos.

—¡Sí, sí! ¡Nosotros también rezamos para tener más viento! —bramé de nuevo, al tiempo que hacía jubilosas aspas con los brazos y empujaba con todas mis fuerzas la espadilla—. ¡Chulo de mierda! —dije en confianza a Gerbruht, que se limitó a sonreír.

Coenwulf volvió a vociferar algo, pero esta vez sí que me fue imposible escuchar sus palabras, así que dejé que el *Spearhafoc* siguiera su bordada hasta encabezar la escuadra.

Esa noche, los barcos de Coenwulf buscaron refugio en el estuario del Tuede, y yo bajé a tierra para entrevistarme con Egil, al que encontré en la plataforma de combate de su empalizada, observando atentamente lo que sucedía aguas arriba, ya que las fogatas del campamento de Æthelstan enrojecían el cielo. Debían de hallarse muy lejos, en el primero de los vados que permitían cruzar el río.

—O sea, que realmente tenía el propósito de llevar a cabo ese descabellado plan, ¿no? —preguntó retóricamente mi amigo.

—¿Te refieres a lo de invadir las tierras de Constantino…? Parece claro que sí, desde luego.

—Azuzando al dragón, ¿verdad?

—Eso mismo me decía Benedetta…

—Es una mujer muy lista —replicó Egil.

—¿Y yo qué soy, un idiota?

—No. Vos sois un hombre con suerte —sonrió—. Os dirigís al norte, ¿no es cierto?

—En prueba de lealtad, sí.

—Entonces os acompaño. Podríais necesitarme.

—¿Yo? ¿He oído bien? ¡Pues no dice que voy a necesitarlo…!

Volvió a alegrar la cara.

—Se avecina una tormenta.

—¿Qué? ¡Nunca había visto un tiempo tan estable!

—Pues yo os digo que huele a tempestad. Puede que tarde dos, tal vez tres días en presentarse, pero, creedme, llegará…

Egil se aburría de lo lindo. Le encantaba el mar, así que subió a bordo del *Spearhafoc* con todo su equipo: la cota de malla, el yelmo, las armas y su inmenso entusiasmo. Dejó a su hermano Thorolf al frente de sus dominios.

–¡Fijaos en cuánta razón llevo! –exclamó a modo de saludo al trepar por la regala y plantarse en el puente–. ¡Ya veréis qué zambombazo pega la tronada! ¡Y a no tardar, ya os digo!

Estaba en lo cierto. La borrasca nos embistió por el oeste, justo después de haber fondeado la flota en la ancha rada del Foirthe, al que Egil daba el nombre de río Negro. Coenwulf había ordenado que sus naves echaran el ancla cerca de la orilla sur. Habría preferido sin duda embarrancar los buques en los bajíos de arena, pero el ejército de Æthelstan seguía todavía tierra adentro, a muchas millas de distancia de la costa, y no volvería a ver el mar hasta que cruzara el Foirthe, de modo que Coenwulf temía que Constantino tuviera la veleidad de atacar los barcos si los veía varados. Por eso prefirió lanzar por la borda las piedras de anclaje. Yo tenía muchas dudas respecto de la posición de las tropas de Constantino, y no creía que se hallaran en las inmediaciones, ni mucho menos, pero el terreno que se abría más allá de la ribera meridional ascendía un buen tramo en suave pendiente y acababa empinándose hasta culminar en una agreste sucesión de montes; y sabía que allá lejos, en lo más alto, había un asentamiento protegido por un formidable baluarte.

–Dun Eidyn –dije, señalando al mismo tiempo el humo que asomaba por encima de los peñascos–. En otra época, mi familia llegó a gobernar todas las tierras que se extienden hasta Dun Eidyn.

–¿Dun qué? –se asombró Egil.

–Es una fortaleza –contesté–, y también hay un asentamiento de muy buen tamaño.

–Y estarán rezando para que el viento del norte les traiga una buena galerna –comentó Egil con expresión sombría–, así podrán dedicarse al pillaje de las naves que naufraguen. ¡Y ya os aseguro yo que si es por tormenta la van a tener!

Sacudí la cabeza. La flota había fondeado en una amplia bahía en la que el viento venía del suroeste, por la parte de tierra.

–Han buscado refugio aquí.

–Sí, pero sólo les va a valer de momento –insistió Egil–. El viento no tardará en rolar y traer ráfagas del norte.

Levantó la vista y estudió las nubes, cada vez más oscuras, que corrían raudas hacia el mar.

–Al amanecer, ese viento norte batirá las costas con una furia destructora. ¿Dónde están los pesqueros?

–Se ocultan de nosotros.

–Nada de eso. Ellos sí que se han puesto al abrigo. ¡Los pescadores saben lo que se les viene encima!

Observé el perfil aguileño de mi amigo, su rostro curtido por el sol y la sal. Me consideraba un buen marino, pero sabía que Egil me superaba.

–¿Estáis seguro? –le dije.

–Con estas cosas nunca se puede tener una seguridad completa… El tiempo es caprichoso, ya lo sabéis. Pero yo no echaría aquí el ancla. Buscad amparo bajo las rocas de la orilla norte.

Egil me veía dudar.

–Señor –dijo con el semblante más serio que le hubiera visto nunca–, ¡guareceos al norte!

Decidí confiar en él, así que maniobramos con el *Spearhafoc* hasta aproximarnos al *Apóstol* de Coenwulf, a quien hice señas para indicarle que la flota debería cruzar el ancho estuario fluvial para quedar cubierta bajo los acantilados de la ribera septentrional. Sin embargo, Coenwulf se tomó a mal la advertencia. Charló unos instantes con otro hombre, probablemente el timonel del *Apóstol*, y acto seguido se giró hacia nosotros e hizo bocina con las manos:

–¡El viento va a seguir soplando del suroeste! –vociferó a pleno pulmón. ¡Deberíais permanecer con nosotros! ¡Ah, y mañana quedaos en la cola de la flota! –remató.

–¿Sabes si es buen marino? –quiso saber Egil.

–No distinguiría un barco de otro así se lo metieran por el mismísimo culo –respondí–. Si le han dado el mando de la flota, es únicamente por ser muy rico y gran amigo de Æthelstan.

—¿Y os ordena quedaros aquí?

—No estoy bajo su mando —gruñí—, así que nos vamos —dije, al tiempo que señalaba la distante costa—. Y esperemos que llevéis razón...

Izamos el trapo y dejamos que el *Spearhafoc* enderezara el rumbo y partiera velozmente al norte. Cortamos las ondas hasta alcanzar una isla rocosa, en la que fondeamos la nave, muy cerca de la playa. Debíamos ser un extraño espectáculo: una embarcación solitaria, mecida por la brisa del suroeste, que sin embargo soplaba cada vez más fría. Al caer la noche, se levantó un ventarrón, y el suave bamboleo de nuestra nave se convirtió en un zarandeo en toda regla. Las olas rompían contra el tajamar del *Spearhafoc*, rociando de espuma toda la cubierta.

—Las nubes siguen trayéndonos aire del suroeste —dije a modo de advertencia.

Si la maroma del ancla se partía, podríamos tenernos por muy afortunados si lográbamos evitar que el viento nos estrellara contra los escollos.

—Rolará, estaos seguro —me espetó Egil.

Y, en efecto, el viento dobló el rumbo. Empezó a soplar de pleno poniente, cada vez con mayor fuerza, acompañado de una punzante lluvia fría. Después torció de nuevo y empezó a llegar del norte, tal y como Egil había predicho. Poco después aullaba sin control en los aparejos, y, pese a que no podía ver nada en la oscuridad de la noche, supe inmediatamente que las terribles ráfagas estaban batiendo las aguas del anchuroso río, transformándolas en un turbulento caos de espuma. Pese a que nos hallábamos al socaire de la costa, el *Spearhafoc* se meneaba como si tuviese vida propia y quisiera encabritarse y sacudirse de encima el agua que se abatía sobre el puente. Empecé a temer que cediera el ancla. Un relámpago hendió el cielo occidental.

—¡Los dioses han montado en cólera! –bramó Egil.

Estaba sentado a mi lado, en los peldaños de la plataforma del gobernalle, pero no había más remedio que gritar para hacerse oír.

—¿Por culpa de Æthelstan?

—Quién sabe… Pero una cosa sí os digo: Coenwulf está de suerte.

—¿Que está de suerte, decís…?

—Ya casi estamos en marea baja. Si la tempestad los empuja contra la costa, la mar soliviantada le permitirá mantenerse a flote y evitará que se partan las naves en los bajíos.

La noche fue muy larga y pasada por agua, aunque, por fortuna, el viento no nos dejó helados. En la proa había una zona donde ponerse a cubierto, pero Egil y yo permanecimos a popa, arrostrando los golpes de viento y la lluvia torrencial, turnándonos de cuando en cuando para achicar el agua que escupían las sentinas, incapaces de contener el turbión. A lo largo de las horas, la lluvia fue escampando poco a poco, menguando lentamente el viento. De rato en rato, una ráfaga más fuerte que las demás sacudía el barco en el mismo momento en que los reflujos de la marea la hacían girar en redondo. Sin embargo, al romper el alba y trazar perfiles grises en los límites del mar, el viento se atemperó y empezaron a abrirse claros entre las deshilachadas nubes, como si las estrellas, al desvanecerse, hubieran sosegado la ira de Thor.

Al pedir al *Spearhafoc* que enfilara al sur, observamos que en la ribera meridional del Foirthe reinaba el más absoluto caos. Muchos de los navíos se habían visto arrojados contra la costa, entre ellos todos los de carga. La mayor parte habían tenido la buena fortuna de quedar simplemente varados, pero cinco habían tocado fondo y estaban medio hundidos. Varios grupos de hombres se esforzaban en sacar del trance a los cargueros, mientras otros cavaban como podían bajo el casco de las embarcaciones a fin de favorecer el avance de la marea. Sin embargo, lo peor era que los escoceses dificultaban adrede la realización de todos aquellos trabajos. Debía de haber unos cien hombres, algunos de ellos a caballo. Sólo había una posibilidad: que hubieran venido desde Dun Eidyn, y desde luego se lo estaban pasando en grande cubriendo de pullas y burlas a los sajones encallados. Pero no tardaron en pasar a cosas más serias que las simples mofas. Sus arqueros comenzaron a arrojar una verdadera lluvia de flechas sobre los marineros enfrascados en la dura labor de liberar las naves de la trampa de arena y cieno en que habían quedado atascados, obligando a los nuestros a agazaparse tras los escudos, interponiéndose a la vez entre ellos y los dardos. Varios de los defensores se reagruparon para intentar rechazar a los arqueros escoceses, pero éstos, que podían moverse con gran libertad al no llevar puestas las pesadas cotas de malla, se retiraron sin mayores problemas para reaparecer instantes después, en otra parte de la playa aún más próxima al agua, a fin de reanudar el hostigamiento. Había también unos treinta soldados de caballería, y enseguida nos dimos cuenta de que parecían estar a punto de cargar contra las partidas de zapadores que pugnaban por extraer los buques del lecho marino. Esto obligó a Coenwulf a formar una serie de muros de escudos.

—¿Los ayudamos? —preguntó Egil.

—Tiene casi un millar de soldados bajo su mando —repuse—. ¿De qué le serviríamos nosotros, que sólo somos un puñado de hombres?

Al acercarnos a las embarcaciones que seguían ancladas a pocas brazas de la costa, arriamos la vela del *Spearhafoc* para ocultar nuestra cabeza de lobo. El *Apóstol* de Coenwulf era uno de los barcos que permanecían a flote. Remamos hasta situarnos muy cerca, y pude ver que Coenwulf había ordenado que casi toda la tripulación bajara a tierra, así que apenas quedaba un insignificante grupito de guerreros a bordo.

–¡Vamos al norte! –les grité–. ¡Decidle a vuestro jefe que vamos a intentar averiguar si esos malditos canallas están esperando la llegada de una flota!

Uno de los tripulantes del *Apóstol* asintió, aunque sin dar ninguna respuesta, así que volvimos a izar la verga a lo más alto del mástil, tensamos las escotas, metimos los remos y escuché de inmediato el grato sonido del agua al deslizarse a toda velocidad por los esbeltos flancos del *Spearhafoc*.

–¿En serio te dispones a partir al norte? –trató de averiguar Egil.

–¿Se te ocurre algún plan mejor?

Sonrió.

–Soy noruego. ¿Y qué hacemos los de mi pueblo en caso de duda…? ¡Al norte!

–Constantino tiene barcos en estas costas –dije–, y alguien tiene que ocuparse de ellos.

–Además, no tenemos nada mejor que hacer –convino Egil, renovando la sonrisa, y yo sospecho que lo que le causaba aquel íntimo regocijo era la convicción de que la búsqueda de la flota de Constantino no era más que un pretexto para quitarnos de encima a Coenwulf y dejar que el *Spearhafoc* saliera a alta mar y se pusiera a la cabeza de la flota de Æthelstan.

El viento volvía a soplar del suroeste, dándonos un empuje perfecto. El sol ya se había desperezado por completo y se dejaba ver entre las nubes dispersas, arrancando una miríada de destellos de luz a las verdes aguas del mar. Los hombres habían tendido a secar capotes y ropas en el puente y las jarcias del *Spearhafoc*, aprovechando la brillante luz del día. Empezaba a hacer calor.

–Si lleváramos un par de mujeres a bordo –exclamó alegremente Egil–, la vida no podría ser mejor.

–¿Mujeres en un barco? –me alarmé, tocando mi amuleto–. Eso es llamar a la mala suerte.

–¿Te niegas a dejar que viajen contigo?

331

—No creas, ha habido veces en que he tenido que hacerlo —respondí—, pero nunca fue de buena gana.

—En Snæland —comentó—, había un barco pesquero cuya tripulación estaba formada íntegramente por mujeres. ¡Y eran los mejores marinos de toda la isla!

—¿Qué clase de hombre confiaría su nave a una dotación de féminas? —grité, alarmado.

—Pues un hombre que no era un hombre: la embarcación era propiedad de una «fémina», como tú dices. Una criatura deliciosa, por cierto; siempre y cuando te guste el olor a pescado, claro.

Egil acarició el martillo que llevaba al cuello.

—¡Pobre chiquilla! ¡Desapareció sin dejar rastro! Nadie volvió a verla… Ni a ella ni al navío.

Solté un resoplido de incredulidad, y Egil soltó una carcajada. Era él quien manejaba la espadilla; estaba claro que le encantaba maniobrar un buque tan veloz como el *Spearhafoc* por las llanuras del océano barridas por el viento. Pronto dejamos atrás la embocadura del Foirthe y doblamos el rumbo para enfilar al norte, ciñéndonos, no obstante, a la costa y manejando invariablemente el timón para no alejarnos de los escasos puertos y estuarios fluviales, a fin de descubrir si alguno de los bajeles de Constantino se hallaba en ellos, al acecho de la flota de Coenwulf. Pero no había ni rastro de barco alguno. Los pequeños pesqueros, al avistarnos, se retiraban a toda velocidad, angustiados por ganar la orilla, asustados. Nosotros, sin embargo, no les hacíamos ni caso y nos limitábamos a saludarlos con grandes aspavientos.

Al caer la tarde, viramos a levante, hacia mar abierto, para continuar navegando a oscuras cerca de una costa desconocida. Amainamos parcialmente el trapo, y Gerbruht, Egil y yo nos turnamos al timón. En cuanto nos vimos bien lejos de tierra, volvimos a doblar para seguir el rumbo que marca Scipsteorra, la estrella que guía a las naves y brilla siempre al norte. Al rayar el alba el horizonte de Oriente, tensamos las escotas y cazamos las velas para regresar al litoral, oculto ahora bajo un denso manto nuboso. El *Spearhafoc* surcaba ágilmente las aguas, escorándose bajo el constante empuje de los vientos del suroeste. Nos hallábamos a plena luz del sol, pero varias borrascas oscurecían la tierra. Y de una de esas trombas plomizas surgieron de pronto los cuatro buques que se nos echaron encima.

Egil fue el primero en divisar las velas. Unos diminutos rectángulos grisáceos, apenas recortados sobre el ceniciento color de las nubes. Sin embargo, apenas unos instantes más tarde distinguíamos ya los cascos.

—No son precisamente cargueros —advirtió Egil—. Las velas son demasiado grandes.

Las cuatro embarcaciones seguían perdidas en la lejanía. De hecho, la que estaba más a poniente, y por tanto más próxima a la costa, se desvaneció unos momentos, tragada por otra negrísima turbonada. Como el *Spearhafoc* navegaba al noroeste y ellas al frente de un ventarrón del suroeste, volví a torcer la espadilla para repetir la bordada al norte, lo que me permitió comprobar que nuestros cuatro amiguitos imitaban el giro.

—¡Esos canallas vienen a por nosotros! —gruñí—. Han debido ver nuestra silueta recortada sobre el disco del sol naciente, y a estas alturas ya habrán detectado al trasluz de la vela iluminada el sombrío perfil de la cabeza de lobo. Sabrán que somos un navío pagano y pensarán que venimos a saquear cualquiera de las aldeas de la costa o a asaltar algún buque de carga.

Egil era de la misma opinión.

—Es imposible que nos tomen por miembros de la flota de Coenwulf.

—Aún no han podido averiguarlo. No creo que ya les hayan llegado noticias de ese asunto.

Tras poner rumbo al norte, el *Spearhafoc* comenzó a tajar las aguas a ritmo creciente. No sólo sentía retemblar la espadilla en las manos, también escuchaba el suave roce de la espuma al deslizarse por el casco.

—No lograrán darnos caza —aseguré.

—Pero desde luego lo van a intentar —respondió Egil.

Y así fue, efectivamente. Llevaban toda la mañana siguiendo nuestra estela y, aunque el *Spearhafoc* era más veloz, no estaban dispuestos a abandonar la persecución.

Teníamos al enemigo a la zaga.

CAPÍTULO X

–¡Malditos cristianos de Escocia! –refunfuñó Egil.

Los cuatro barcos que venían a darnos caza blandían cruces en la proa.

–Y no creas… No andan escasos de tripulantes –avisé.

–¿Te refieres a que nos superan en número?

–Sí. ¿Por cuánto crees tú que nos dominan?

–¿Cuatro a uno? ¿Cinco?

Egil entornó los párpados para estudiar a los que trataban de abordarnos.

–Casi me dan lástima –añadió.

Pasé por alto su burlona bravata. Había ralentizado adrede la marcha del *Spearhafoc*, aflojando los cabos para permitir que aquellos perros se nos aproximaran. Sabía que nuestro navío los vencería en una carrera, pero, como no me hacía demasiada gracia seguir singlando al norte, viré a estribor para dirigirme de nuevo a alta mar. Sin embargo, las cuatro embarcaciones continuaron ciñendo nuestra estela, abriéndose hasta formar una línea. De ese modo, si decidía torcer el timón al sur, me vería obligado a pasar al menos muy cerca de alguna de ellas, exponiéndome a su embestida. Así que ahí estábamos, navegando una vez más al norte, con los cuatro perseguidores acortando progresivamente las distancias. Y ya no resultaba difícil ver que viajaban repletos de guerreros hasta los topes. Dejé que las dos naves más veloces se acercaran lo suficiente para poder distinguir los barbados rostros de aquellos malnacidos y sus ruines yelmos de combate, que nos observaban muy fijamente desde lo más alto de las proas. Entonces, satisfecha mi curiosidad, tensé brutalmente las escotas, la vela se infló de un golpe y noté la inmediata respuesta del *Spearhafoc*.

–Tal vez se den por vencidos –dije, al tiempo que el navío se escoraba por la acción del viento, haciendo que el agua rozara con suave y sibilante viveza el casco y la quilla de nuestro drakar.

Insistimos en huir, pero los cuatro predadores se mostraron implacables. Dos de ellos tenían mayor eslora que los otros, y eran por tanto más veloces, pero ni aun así podían igualar el ritmo de mi *Spearhafoc*. Pese a todo, todavía olisqueaban nuestro rastro cuando el sol se zambullía ya en las aguas de poniente, oscureciendo el cielo y las aguas.

La noche apenas nos dio un respiro. Hacía tiempo que las borrascas de la mañana se habían disipado y el cielo estaba raso, clareado por una media luna, surgida mágicamente del horizonte. Viré una vez más al este, impulsado por un suave viento, y los cuatro navíos calcaron la maniobra, aunque los dos de menor tamaño no eran ya más que un par de sombras renegridas en el lejano cuadrante meridional. Pensé en enfilar al sur, pero el viento había amainado, así que para superar en velocidad a nuestros enemigos y pasar entre su mal tejida red habríamos tenido que remar. Claro que ellos habrían podido hacer otro tanto y, en ese caso, un choque nos habría obligado a comprobar si nuestra inferioridad numérica era efectivamente un problema o no. Además, empezaba a sentir la euforia de la libertad del marino, el deseo de no regresar jamás a tierra, de no volver a sufrir la correa del malhumorado Coenwulf y de navegar adonde me llevara el destino. Æthelstan no me necesitaba. Sólo me había pedido que navegara junto a las unidades de su flota como muestra de lealtad, y yo ya se la había probado al dejarlo en compañía de mi hijo y sus soldados. Decidimos seguir entonces la estrella del norte, sin descanso, surcando toda la noche las olas de plata y abriendo a nuestro paso un surco de extrañas fosforescencias.

—Ran nos ve con muy buen ojo —exclamó quedamente Egil, absorto en la contemplación de las parpadeantes chispas líquidas.

—Pues el otro debe de estar guiñándoselo a ellos —solté, señalando al mismo tiempo con un displicente gesto de cabeza a nuestros más próximos perseguidores.

Me intrigaba que fueran tan tenaces. ¿Acaso habían reconocido la silueta del *Spearhafoc*? Su vela y el gavilán de la proa resultaban extremadamente característicos, pero era raro verla navegar en aguas tan septentrionales. Quizá se tratara simplemente de que aborrecían las embarcaciones de los paganos, que no se engreían de la cruz de la que tanto alardeaban los cristianos. ¿Nos confundían tal vez con simples merodeadores o piratas? En cualquier caso, ¿por qué perseguirnos tan encarnizadamente? Los dos navíos grandes habían sacado los remos un tiempo y conseguido así acortar distancias, pero a lo largo de la noche llegó un momento en que el viento volvió a cobrar fuerza, y el *Spearhafoc* se escabulló de nuevo ante sus mismas narices.

—En realidad, estamos haciendo un favor a Coenwulf —comenté a Egil, al ver que se despertaba después de haber descabezado un sueñecito, dispuesto a ocuparse del timón en mi lugar.

—¿Un favor? ¿A qué te refieres?

—A que si ésos son los únicos barcos que tiene Constantino en estas costas, los estamos alejando de la flota que manda el tipo ése. Debería estarnos agradecido.

—Por fuerza tiene que haber más naves —reflexionó Egil.

Sabíamos que Constantino poseía una escuadra de unos veinte buques en el litoral levantino de sus tierras, ya que las necesitaba para proteger sus dominios de las incursiones noruegas. La cuestión era que esos navíos, pese a no ser suficientes para derrotar a Coenwulf, podrían causarle un sinfín de problemas. Se suponía que su flota tenía que navegar de bolina por la costa, ascendiendo siempre al norte y sin perder contacto con las fuerzas terrestres de Æthelstan, permanentemente atento a suministrarles víveres, cerveza y armas.

Me había quitado de encima el irritable talante de Coenwulf, pero mi única justificación para la partida había sido el claro pretexto de ir en busca de la flota de Constantino, y ahora resultaba más que posible que hubiéramos pasado por alto su paradero durante la noche. Si los navíos escoceses llegaban a tener noticia de la presencia de los de Coenwulf, resultaba indudable que pondrían inmediatamente rumbo al sur para plantar cara a la flota de Æthelstan, y obviamente nuestra misión habría consistido en tomarles la delantera y advertir a los nuestros de su llegada. Sin embargo, los cuatro insistentes moscardones nos empujaban cada vez más al norte... Escupí en cubierta.

—¡Tendríamos que enfilar al sur —dije— y averiguar dónde están esos malditos barcos!

—Pues, mientras esos cuatro anden por aquí —comentó Egil—, lo veo imposible.

Se giró y observó atentamente las lejanas embarcaciones que la luna blanqueaba.

—Pero ya no aguantarán demasiado —añadió con aplomo—. Y nosotros tampoco, si no echamos un sueñecito... Parece que acabes de salir de la tumba, amigo mío —exclamó con énfasis.

Me fui a dormir, y casi toda la tripulación me imitó. Pensé que me despertaría en un par de horas, pero no abrí los ojos hasta que el sol naciente apareció en el horizonte, ayudado por el vozarrón de Gerbruht, que bramaba no sé qué desde la plataforma del gobernalle. Tardé en entender lo que pasaba; sus palabras se me antojaban ininteligibles. De pronto, me di cuenta de que gritaba en su lengua nativa, el frisio, y que por eso me parecía estar oyendo sonidos sin sentido. Al incorporarme, la rigidez de las piernas me arrancó una mueca de incomodidad.

—¿Qué demonios pasa?

—¡Un barco mercante, señor!

Observé que el gigantesco Gerbruht había arriado la vela y que las olas nos mecían junto a un panzudo carguero.

—¡Han partido todos al norte! —aulló el timonel, un fornido individuo de espesas barbas.

El idioma frisio se parecía al nuestro, así que ahora, bastante más despejado, no encontré difícil comprender el diálogo.

—¡Son quince en total!

—*Dankewol!* —respondió Gerbruht, al tiempo que berreaba órdenes para que la tripulación volviera a izar el trapo.

Navegábamos viento en popa. El *Spearhafoc* tuvo un sobresalto cuando la vela se infló bruscamente, y trastabillé por el puente hasta dar con el pie del mástil.

—¿Seguimos viajando al norte? —pregunté.

—Así es, señor. Al norte, siempre al norte —confirmó alegremente Gerbruht.

Me encaramé a lo alto de la plataforma de la espadilla y pasé revista al horizonte meridional, pero no vi ya bajel alguno…

—Han abandonado la caza —aseguró Gerbruht—. ¡Creo que nos han tomado por vikingos y que sólo querían que nos marcháramos!

—¿Y entonces quiénes son los que van hacia el norte?

—Los barcos de la flota de Constantino, señor.

Gerbruht sacudió vigorosamente la cabeza para señalar al carguero, cuya proa avanzaba ya hacia el este.

—Los de ese navío panzón me han explicado que hace tres días estaban en el puerto y que asistieron a su partida. ¡Quince barcos enormes!

—¿Y tú los crees?

—¡Sí, señor! Son cristianos.

Palpé el martillo que llevaba al cuello. Tres delfines nadaban a la par del *Spearhafoc*, y enseguida pensé que su aparición era un buen augurio. No había tierra a la vista, aunque al oeste un montón de blancas nubes camuflaba el reino de Constantino. Así que su flota se dirigía al norte…, pero ¿por qué? Tenía la completa seguridad de que la noticia de la invasión de Æthelstan aún no había llegado tan al norte, ya que, de lo contrario, esos quince buques de guerra hubieran tomado rumbo sur para sembrar el caos en la flota de Coenwulf.

—¡Lo que tenemos que hacer es ir al sur! —grité.

—Lord Egil me ha dicho que vayamos en busca de esos barcos, señor.

—¡Esos malditos navíos han ido al norte… ¡Es lo que acabas de decirme!

—Al norte, sí, pero ¿dónde, señor? ¿A Orkneyjar?

—¿Para qué narices iban a subir hasta allá arriba? —pregunté, atónito—. Son islas dominadas por los noruegos.

—No tengo ni idea, señor, pero la noche pasada lord Egil me aseguró que debíamos enfilar hacia Orkneyjar.

En la voz del bueno de Gerbruht reverberaban ecos lastimeros. Como buen frisio y mejor marino, su mayor dicha consistía en sujetar la espadilla entre sus hábiles manos y sentirla vibrar con el empuje de las olas y la velocidad del barco, así que estaba meridianamente claro que todo lo que deseaba era seguir volando con el viento en lugar de bregar y porfiar con él para caer al sur.

—¿Habéis estado alguna vez en Orkneyjar, señor? —se interesó.

—Sí, en una ocasión —recordé—. Pero no podemos viajar ahora hasta allí…

—Pues lord Egil me aseguraba que valía la pena visitar esas tierras.

—¡Pues claro! ¿Qué tiene eso de extraño? Es noruego, el muy jodido, y se muere de ganas de trincar con sus primos.

—Dice que allí podremos obtener información importante, señor.

«Al menos, eso», pensé, «es muy cierto». Dudaba que los quince barcos hubieran puesto proa a las islas, a menos que quisieran cruzar espadas con los noruegos de la zona, claro. Me parecía mucho más probable que Constantino quisiera tener su flota lista para el ataque en la costa occidental de Britania, pues de tal forma alimentaría sus esperanzas de alterar todavía más el poquito orden que aún reinaba en Cumbria. Además, el comandante de su flota estaba aprovechando el poco habitual respiro de buen tiempo que para rodear las traicioneras costas del norte de Escocia. Sin embargo, de ser así, lo más lógico era que no consiguiéramos noticia alguna en Orkneyjar. Si las embarcaciones escocesas no habían recalado en las islas, entonces por fuerza tenían que haber navegado a poniente.

—¿Dónde está Egil? –dije, para zanjar la conversación.

—Duerme, señor.

Era consciente de que Æthelstan querría verme en el sur, pero el hechizo del viento me detuvo. Con Finan al frente, Bebbanburg estaba a salvo, y desde luego no tenía ningunas ganas de ir a remolque de la flota de Coenwulf, que ya estaría ascendiendo lentamente por el litoral, suponiendo que hubieran conseguido salir del atolladero en el que se habían metido. Podía unirme a ellos y dar la impresión de ser un leal vasallo o dejar que el *Spearhafoc* surcara la espalda del mar y continuara al norte hasta llegar a las agrestes islas de Orkneyjar, donde quizá me enterara de lo que sólo los noruegos sabían. «En tiempos de guerra», me dije a mí mismo para terminar de convencerme, «la información es tan preciosa como el oro». Meneé la cabeza y me oí decir:

—Deja que el *Spearhafoc* despliegue las alas.

—¡A sus órdenes, señor! –exclamó encantado Gerbruht.

Tomé un rico desayuno a base de cerveza, pan duro y queso. El océano era un desierto: ni una sola vela a la vista, y por toda compañía los delfines, que parecían disfrutar haciendo carreras con nuestro navío. Un manto de nubes gravitaba sobre la tierra y la hacía invisible, pero por lo demás el cielo seguía despejado. Pasado el mediodía, percibí por un momento los contornos de un acantilado, muy lejos, al oeste, y poco después avistamos las poco prominentes islas que jalonan las aguas que palpitan al norte de los dominios de Constantino.

—¿Conoces a alguien aquí? —pregunté a Egil, que se había despertado al fin y acababa de llegarse a popa envuelto en un ramalazo de viento que, encaprichado de su larga cabellera rubia, había dado en agitarla al tiempo que henchía la vela que impulsaba al *Spearhafoc*.

—¡Ya lo creo! Al *jarl* Thorfinn, a quien vi por primera vez en Snæland —se alegró el aludido.

—¿Y nos recibirán de buen grado?

—Bueno… Por algo lo llaman «Partecráneos» —puntualizó Egil con una gran sonrisa.

—¡Ah, es él!

Había oído hablar del tal Partecráneos; pocos hombres habría que no supieran de su existencia, al menos de oídas. Sin embargo, todo cuanto sabía de él era que lo aureolaba una gran reputación como caudillo nórdico y que llevaba siempre a mano un hacha de guerra de larguísimo mango a la que daba el nombre de *Hausakljúfr*, que significa precisamente eso: partecráneos.

—¿Vive en Orkneyjar?

—Sus hermanos y él gobiernan las islas —explicó Egil.

—Bueno, no hay mucho que gobernar —resoplé.

—Puede, pero eso no les quita poder. Partecráneos nos echará un par de rugidos, pero lo más probable es que nos deje con vida. Sé que le caigo bien.

—Vamos, que podría acabar conmigo y darte después la bienvenida a ti, ¿no es eso?

—Eso espero —soltó con sorna Egil, enarbolando de nuevo su deslumbrante sonrisa—. Así podré quedarme con el *Spearhafoc*; suponiendo que Partecráneos no tenga la misma idea, claro.

Echó un rápido vistazo al desgarrado gallardete que tremolaba frenéticamente en lo alto del mástil para indicarnos la dirección del viento.

—Pero no os apuréis, señor: viviréis. El *jarl* Thorfinn es el hermano espabilado y tiene las entendederas suficientes para no granjearse enemigos innecesarios.

Y, con tan tranquilizadora perspectiva, proseguimos viaje al duro septentrión. Sabía que todas las islas de Orkneyjar, así como las que se encontraban todavía más al norte, estaban pobladas por colonos noruegos. Se dedicaban a pescar y a criar ganado, aunque muy desigual, porque tenían vacas escuchimizadas y ovejas fuertes y bien aclimatadas al correoso clima de tan norteñas regiones. Sin embargo, su principal medio de vida eran las salvajes incursiones de saqueo que hacían por las costas de Britania, Frisia y Frankia. Constantino debía detestar su presencia, pero no eran los únicos noruegos que se habían asentado en sus playas occidentales, por no mencionar que también se veía obligado a soportar el asentamiento de los sajones de Æthelstan en el sur y que ya tenía suficientes problemas encima como para entretenerse en irritar a los despiadados hombres de Thorfinn.

—No vayáis a creer que todos tienen dos dedos de frente —me confió Egil, partiéndose de risa—, pero no hay uno solo que no sea un auténtico *úlfhéðnar*, evidentemente —añadió, mucho más serio—. Sobre todo, Thorfinn. Una vez lo vi luchar totalmente desnudo... y daba miedo verlo.

Ya había oído hablar antes de los *úlfhéðnar*. De hecho, hasta los había combatido, incluso; en Heahburh, por cierto. Es el nombre que los pueblos del norte dan a los guerreros-lobo, y enfrentarse a un *úlfheðinn* en el campo de batalla es la experiencia más aterradora que pueda vivir un hombre. Además de creerse invulnerables, están convencidos de que pueden alzar el vuelo y de que el espíritu de Fenrir, el lobo que compaña a los dioses, los posee. Un *úlfheðinn* ataca con el frenesí de un demente, echando escupitajos y lanzando aullidos, arrastrado por la fiebre del beleño negro con el que se embadurna la piel. Sin embargo, por temibles que resulten, no es imposible derrotarlos. Un guerrero-lobo arremete brutalmente, sin pensar, sin ton ni son, y carece del control que se requiere para permanecer en un muro de escudos. Siempre se han juzgado capaces de triunfar por sí solos frente a cualquier envite, pero lo cierto es que un hombre solo que se enzarce en una lucha contra un muro de escudos corre un riesgo indecible. Los *úlfheðnar* son espeluznantes, incluso heridos acostumbran a seguir peleando como un animal acorralado, pero es posible acabar con ellos.

—En la Puerta de Bebbanburg tengo la calavera de un *úlfheðinn* –comenté a Egil–. Me encantaría darle un compañero.

Mi amigo sonrió al oír mis palabras.

—Me han dicho que Thorfinn también colecciona cráneos...

Llegamos a las ateridas costas de las islas a última hora de la tarde. Egil, que conocía bien aquellas aguas, se puso al timón del *Spearhafoc*. Lo primero que me llamó la atención fue que los barquitos pesqueros no huían de nosotros. Como no llevábamos ninguna cruz en la proa, dieron por supuesto que éramos noruegos, y sabían que ningún buque solitario se atrevería a penetrar en el gran puerto excavado al sur de la mayor de las islas a menos que estuviese tripulado por gentes amistosas. Al doblar un cabo, nos convertimos en un espectáculo para las focas de la orilla, que no nos quitaron el ojo de encima hasta tenernos bien lejos. Después acortamos el trapo para deslizarnos sin ruido por el inmenso ancladero. Entre fondeados y varados, había allí una veintena de embarcaciones, por lo menos, todas con proas arrogantemente rematadas por cabezas de serpientes y dragones.

—Está subiendo la marea –dijo Egil–. ¿Quieres que encallemos la nave?

—¿Crees que estaremos a salvo?

–El *jarl* Thorfinn no va a atacarnos, no temas.

Su voz transmitía seguridad, así que encauzamos suavemente la proa hacia los guijarros de la playa. La quilla rechinó, el casco dio una sacudida, y quedamos inmovilizados. Una docena de chozas de techo de turba bordeaba la ensenada, y por los respiraderos en los tejados de todas ellas se escapaba un hilillo de humo. Tenían que estar quemando madera que hubiera llegado a la deriva, o quizás algo de tierra mezclada con rastrojos en descomposición, porque en los montes, de escasa altura, no crecían árboles. Bajo los tenderetes en que ahumaban sus buenas tajadas de carne de foca y pescado, ardían asimismo otros fuegos. Uno o dos tipos salieron de las cabañas, se nos quedaron mirando y, satisfechos de que no representásemos ninguna amenaza, volvieron a colarse por la estrecha abertura de las casuchas. Un perro echó una meadita en el pie de roda del *Spearhafoc* para después marcharse husmeando hasta un montón de cabezas de bacalao apiladas al borde de la línea de pleamar. En la playa había varios barquitos pesqueros, aún más empequeñecidos por la proximidad de los navíos de cabeza de dragón.

–Siendo un muchacho –comenzó a explicar Egil–, solían encargarme que extrajera la carrillera a las cabezas de los bacalaos.

–Es el mejor bocado –reconocí, señalando al mismo tiempo con la cabeza la hilera de casitas–. ¿Thorfinn vive aquí? –exclamé, asombrado por el reducido tamaño del asentamiento.

–Su casa se encuentra al otro lado de la isla –aclaró Egil, indicando el norte con un gesto–. Pero no tardará en saber que estamos aquí. Sólo tenemos que sentarnos a esperar…

Anochecía prácticamente cuando vimos aparecer a dos jinetes por el norte. Se aproximaban con cautela, con las manos prudentemente apoyadas en el pomo de la espada. Hasta que reconocieron a Egil, porque entonces saltaron a su encuentro y lo saludaron con franca alegría.

–¿Dónde está tu barco? –preguntó uno de los recién llegados.

Se refería al *Banamaðr*, la nave de Egil, reconocible por su serpiente de proa.

–A buen recaudo, en mi hogar –respondió Egil.

–Nos han dicho que sólo un hombre puede acompañarnos a palacio.

–¿Uno nada más?

–Tenemos otros visitantes y no disponemos de bancos para todos. Y tampoco hay cerveza suficiente.

–Iré con mi amigo –afirmó Egil con aplomo, haciendo una seña en mi dirección.

El hombre que acababa de hablar se encogió de hombros.

–Tráelo si quieres... Al *jarl* no le importará que seáis dos.

Dejé a Gerbruht al cuidado del *Spearhafoc*, con estrictas instrucciones de que no hubiera hurtos ni peleas ni problemas.

–Somos forasteros y, si nos toleran, es como invitados –expliqué a la tripulación–. Si necesitáis comida, que no es el caso, porque tenemos más que suficiente, ¡la pagáis! ¿Me oís?

Di a Gerbruht un puñado de plata en trozos y después salté junto a Egil por la borda, chapoteé un trecho por la rada, añadiendo ligeros rizos a las suaves ondas del vasto fondeadero, y enseguida alcancé la playa.

–Tendréis que caminar –dijo con cara divertida uno de los jinetes, así que los seguimos hacia el norte por un sendero que serpenteaba entre pequeños campos de cebada. En algunos ya se había recogido la mies, y mujeres y niños rebuscaban granos y espigas perdidas a la menguante luz del crepúsculo.

–¿Qué tal ha ido la cosecha? –se interesó cortésmente Egil.

–¡Insuficiente, como siempre! ¡Habrá que tomar parte de la que amontonan los campesinos del sur!

–Bueno –empezó a responder Egil–, ¡aunque tuvierais toda la necesaria seguiríais yendo a por más! ¿A que sí?

–¡Y que lo digas! –estalló jocoso el de a caballo.

No fue un trayecto largo. Tras cruzar una cresta de terreno no muy alta, vimos un asentamiento de dimensiones más considerables en la orilla de una bahía de roca desnuda, protegida por siete drakares anclados. Un edificio largo y achaparrado presidía el centro de la aldea, y enseguida comprobamos que los jinetes se dirigían precisamente hacia allí.

–¿Tengo que entregar la espada a alguien? –pregunté a nuestros escoltas, consciente de que la mayor parte de los *jarls* y los reyes insistían habitualmente en que los hombres no portaran armas en sus residencias. Las espadas, las hachas y la cerveza juntas nunca auguran veladas felices.

–¡Quedáosla! –escupió alegremente nuestro acompañante–. ¡Os superamos en número!

Cruzamos el anchísimo umbral y entramos en un salón iluminado por varios hachones de sebo y dos enormes fogatas. Había al menos un centenar de hombres en los bancos, pero todos enmudecieron al vernos. Entonces, el gigantón que ocupaba la mesa de aparato bramó un peculiar saludo.

–¡Egil! ¿Cómo no me has dicho que era tu barco?

–¡He venido en el de un amigo, señor! ¿Qué tal estáis?

–¡Aburrido! –Fue la estentórea respuesta.

El ciclópeo anfitrión afiló los ojos para observarme mejor a través del humo condensado en la estancia.

–¿Has venido con tu padre?

–No. Es un amigo, como os he dicho –explicó Egil, recalcando la palabra «amigo».

El hombretón, que debía de ser Thorfinn el Partecráneos, me miró con ceño malhumorado.

–Acercaos –gruñó, y Egil y yo mismo recorrimos obedientemente el largo suelo de tierra batida de la sala, bordeando los dos hogares en que ardían sendas lumbres de humeante turba, hasta encontrarnos frente al estrado bajo en cuya mesa noble se acomodaba una docena de comensales.

Thorfinn había percibido perfectamente bien el hincapié con que Egil había anunciado su amistad conmigo, y existía la posibilidad de que aquel detalle lo hubiera llevado a pensar que quizá no apreciara mi compañía. Me miró fijamente, y lo que vio –un hombre de barbas grises envuelto en un rico manto de color oscuro que además se adornaba con una torques de oro en el cuello y ceñía una hermosa espada– lo dejó muy intrigado. Yo clavé igualmente la mirada en él. Era un noruego de abultada musculatura y frente prominente que lucía una espesa barba negra que hacía resaltar hasta la incomodidad sus ojos, de un azul intensísimo.

–Los amigos tienen nombres, ¿verdad? –preguntó de sopetón–. El mío es Thorfinn Hausakljúfr.

–Y el mío Uhtredærwe –contesté.

Era el insulto con el que intentaban denigrarme los cristianos. Significa Uhtred «el Malvado».

–Tienes delante a lord Uhtred de Bebbanburg –especificó Egil.

La reacción en la sala de banquetes me halagó sobremanera. El silencio que se habían impuesto los presentes para escuchar las palabras que intercambiábamos Thorfinn, Egil y yo mismo se convirtió en un declarado murmullo de admiración. Unos cuantos hombres se pusieron en pie para observarme mejor. Thorfinn se limitó a mirarme fijamente, y después, para mi gran sorpresa, soltó una sonora carcajada.

–Conque Uhtred de Bebbanburg, ¿eh? ¡Si resulta que eres un anciano!

–Sí, pero son muchos los que han intentado matarme y, como ves, con poco éxito –respondí.

–¡No serán más de los que se han propuesto hacerme otro tanto a mí! –respondió el barbudo Thorfinn.

–Entonces ruego a los dioses que también os concedan llegar a edad avanzada.

–¿Y qué hace Uhtred de Bebbanburg en el salón de mi morada? –preguntó el inmenso noruego.

–He venido a conocer a Thorfinn el Partecráneos –contesté–, y a ver con mis propios ojos si realmente es tan formidable como cuenta la gente.

–¿Y te lo parece? –rugió Thorfinn, abriendo los enormes brazos en cruz para permitirme apreciar su envergadura.

–No os veo más grande que a Ubba el Horrendo –aseguré–, y ése murió por mi mano; tampoco más que a Cnut Largaespada, desde luego, al que también arranqué el corazón. Y os diré más, Thorfinn Partecráneos: muchos eran los hombres que temían como al abismo a Svein el del Caballo Blanco, pero se enfrentó a mí y perdió la vida…, igual que Sköll el *úlfheðinn*. Y ahora todas sus calaveras decoran la puerta de mi fortaleza.

Thorfinn mantuvo un largo instante los ojos clavados en los míos antes de volver a troncharse ruidosamente de risa. Su jocoso regocijo hizo que todos los reunidos en la sala comenzaran a aporrear las mesas y a deshacerse en vítores de júbilo. A los noruegos les encantan los buenos guerreros y adoran la jactancia de los valientes. Mi comportamiento había encandilado a todos; bueno, a todos menos a uno.

El único descontento era el hombre que se sentaba a la derecha de Thorfinn, el lugar de mayor honor para el leal compañero de armas. En su rostro no se leía la más mínima señal de contento. Se trataba de un joven guerrero, pero lo que me llamó inmediatamente la atención fue el pensamiento de que era el tipo más feo que jamás había visto en mi vida, aunque también alguien rodeado de una aureola de poder y peligrosidad. Se había tatuado un dragón rugiendo en la frente, y en sus ojos, muy separados, brillaban unas pupilas extremadamente pálidas, como de agua, suspendidas sobre la ancha boca, cuyos finos labios describían un malhumorado arco, como ansiosos por abismarse en el mentón. El cabello castaño estaba peinado en una docena de largas trenzas, igual que la barba. Su rostro tenía algo de animalesco, aunque no podía decir que se tratara de ninguna bestia conocida; y, desde luego, si alguna existía de su clase, no sería de las que me entretuviera en cazar.

Era un semblante salvajemente brutal, marcado por unos ojos fijos, inertes, imperturbables, dotados de la pétrea anticipación de un depredador. Estaba claro que era persona de alto rango, porque no sólo lucía una cadena de oro finamente labrada en torno al cuello, sino que se ceñía las sienes y la parte superior de las trenzas con un sencillo aro de ese mismo metal precioso. Tenía en la mano un largo puñal de fina hoja de acero, que usaba presumiblemente para la comida. De pronto, me señaló con la punta de la afilada arma mientras solicitaba la atención de Thorfinn. Le cuchicheó algo al oído, obligándolo a inclinarse ostentosamente. Hechas las confidencias, el enorme jefe de los isleños de Orkneyjar me observó largamente y se enderezó.

–¡Lord Uhtred! –exclamó con el semblante encendido de placer–. Reuníos con vuestro rey –ordenó.

Quedé confuso un instante, pero me las arreglé para encontrar las únicas palabras adecuadas a la circunstancia.

–¿A qué rey os referís?

–¿Tenéis más de uno? –El súbito tratamiento de cortesía no auguraba nada bueno.

–¿Acaso rendís cuentas a más de uno? –preguntó Thorfinn, divertido.

–No, pero Constantino reclama para sí mis tierras, y lo mismo hace Æthelstan.

Tuve un momento de vacilación, pero después, tras estudiar una vez más los rasgos del joven de ojos pálidos, comprendí de golpe lo que había querido decir Thorfinn. ¿Cómo podía haber ocurrido aquello? Un repentino sentimiento de irrefrenable cólera me empujó a proseguir:

–Y me dicen que hay un insolente joven en Dyflin que también pretende erigirse en dueño de mis dominios.

A Thorfinn se le heló la sonrisa. La sala entera recuperó el mutismo, más espeso que antes.

–¿Insolente? –gruñó Thorfinn, con una peligrosa vibración en la voz.

–¿Acaso no lo es reclamar un trono que jamás se ha visto? ¿Y qué mayor insolencia puede haber que intentar sentarse en él? Si basta con reivindicaciones y bravatas, ¿qué me impide a mí exigir el reino de Dyflin? Es fácil pretender un trono; hacerse con él es cosa muy distinta.

El joven de pupilas acuosas clavó el cuchillo en la mesa, convirtiéndolo en una vibrante amenaza.

–Nada es más sencillo que tomar las tierras sajonas –dijo.

Su voz era dura y cavernosa. Me miró con toda la fijeza de sus extraños ojos deslavados. Thorfinn podía retozar cuanto quisiera en su fama de guerrero formidable, pero aquel individuo lo era de verdad. Se levantó con lentitud, sin apartar de mí sus claras pupilas.

–Tenéis ante vos –dijo con firmeza– al soberano de Northumbria.

Los hombres de la sala hicieron circular un bisbiseo de aprobación.

–Guthrum ya intentó conquistar uno de los reinos sajones –dije a mi vez, acallando las murmuraciones.

O sea, que aquél era Anlaf, rey de Dyflin, y por tanto nieto de Guthrum.

–Yo luché en aquél ejército –continué– que le hizo emprender la huida, presa del pánico. ¡Mis guerreros y yo empapamos de sangre noruega las laderas de aquel campo de justas!

–¿Te atreves a negar que te hallas frente a tu rey? –vociferó Anlaf.

–Constantino tiene tropas en Cumbria –respondí–, y Æthelstan ocupa la ciudad de Jorvik. ¿Dónde están tus hombres?

Hice una pausa para permitirle una respuesta, pero no dijo una palabra.

–Y muy pronto –añadí–, los hombres del rey Æthelstan se adueñarán también de Cumbria.

Anlaf dio un respingo de burlona incredulidad.

–Æthelstan es un imberbe; un cobarde que sólo sabe soltar gañidos como una perra asustada. No se atreverá a declararle la guerra a Constantino...

–Entonces, tal vez os interese saber –solté sin más preámbulos– que el ejército de ese lampiño timorato se encuentra ya al norte del río Foirthe, y que su flota asciende en este mismo momento hacia el norte, a escasa distancia de la costa.

Anlaf y Thorfinn quedaron mudos, sin más recurso que esas miradas fijas que tanto les gustaba prodigar. La sala entera era un páramo silente. No tenían ni idea de lo que sucedía. Pero, ciertamente, ¿cómo podrían haberlo averiguado? En su viaje, las noticias no tienen forma de llegar antes que el barco o el caballo que las lleva, y el mío había sido el primer buque en atracar en Orkneyjar desde la irrupción de Æthelstan en tierras de Constantino.

–Os está diciendo la verdad –intervino Egil secamente.

–¿Ha estallado una guerra? –preguntó Thorfinn, recobrándose del pasmo.

–El rey Æthelstan –expliqué– está harto de las traiciones escocesas. No aguanta ya que los noruegos se proclamen señores de sus posesiones, así que sí, ha estallado la guerra.

Anlaf tomó asiento. No dijo una sola palabra. Sus aspiraciones al trono de Northumbria arraigaban en el linaje, pero, para materializar esas reivindicaciones, necesitaba que las regiones del norte se vieran envueltas en el caos, y la información que acababa de transmitirle lo debían llevar a pensar que las huestes de Æthelstan estaban acabando con el desorden. Por consiguiente, si realmente anhelaba ver cumplidos sus deseos de regir sobre Northumbria y acomodar un día las posaderas en el trono de mis tierras, lo que ahora se imponía era luchar contra Æthelstan. Y ese súbito convencimiento lo había dejado mudo. Me fijé en que pensaba intensa y aceleradamente, y comprendí enseguida que no le gustaban nada las perspectivas de lo que vislumbraba en el caletre.

Thorfinn enserió todavía más la cara.

—¿Decís que la flota de ese perro endeble viaja ahora mismo al norte?

—La dejamos en el Foirthe, desde luego.

—Sin embargo, hace ya tres días que los navíos de Constantino rebasaron las costas de estas islas, y llevaban rumbo oeste.

Aquello confirmaba al menos lo que yo venía sospechando: que Constantino desconocía los planes de Æthelstan, y que tal ignorancia lo había incitado a enviar sus embarcaciones al litoral de Cumbria a fin de hostigar a la población.

—Los hombres de Constantino no conocen todavía la noticia —señalé.

—¡Un banco! —aulló Thorfinn, sentándose en el suyo y dando un fuerte golpe en la mesa—. ¡Para mis invitados! —gritó, señalando el extremo de la mesa noble.

Mientras nos dirigíamos al lugar designado para acomodarnos entre los comensales y saludar a los sirvientes que nos traían bocales de cerveza, Anlaf no nos quitó el ojo de encima.

—¿Fuisteis vos quien acabó con la vida de Guthfrith?

—Así es —respondí sin pensármelo dos veces.

—¡Era mi primo!

—Y no os gustaba en absoluto —repliqué—. Es más, vuestra propia apuesta por subir al trono, tal y como la habéis planteado, dependía de que no continuara con vida… Así que, visto lo visto, hasta podríais darme las gracias.

Un coro de mal reprimidas risitas nerviosas recorrió el salón, aunque una fiera mirada en redondo de Thorfinn las acalló al instante. Anlaf arrancó la daga que acababa de hincar en la mesa.

—Dime algo que me impida matarte...

—Que mi muerte no os traería nada bueno. En primer lugar, porque soy un invitado presente en la gran sala del palacio de Thorfinn. Y, en segundo lugar, porque no soy enemigo vuestro.

—¿Ah, no?

—Todo cuanto me preocupa, «majestad» —le di ese título honorífico porque era efectivamente rey, al menos de Dyflin—, es mi hogar: Bebbanburg. El resto del mundo puede abismarse en el caos, si ése es su gusto. Pero no os confundáis: defenderé mi patria con uñas y dientes. No me importa quién reine en Northumbria con tal de que me deje en paz.

Bebí un poco de cerveza y cogí una de las ancas de oca asada que se amontonaban en una fuente.

—Además —proseguí con alegre semblante—, vos lo habéis dicho: ¡ya soy viejo! Pronto estaré en el Valhalla, charlando con toda la panda de primos vuestros que he enviado al otro mundo. ¿Qué interés podríais tener en mandarme allí antes de tiempo?

Mis comentarios aumentaron el reprimido regocijo general, del que Anlaf no participó en absoluto, ya que, desentendiéndose de mis pullas, prefirió enzarzarse en nuevos cuchicheos con Thorfinn. Entretanto, el arpista desgranaba melancólicas melodías y las criadas se ajetreaban entre jarras de cerveza y bandejas de buenas viandas. El heraldo que nos había ido a buscar a la playa para que acudiéramos ante la presencia de Partecráneos, había dicho que en la mansión se padecía gran escasez de cerveza, pero, sin embargo, parecía haberla en abundancia. No era de extrañar, por tanto, que el runrún de la sala fuese poco a poco en aumento hasta convertirse en una especie de bramido ronco. No hubo forma de detener la barahúnda hasta que Egil pidió que se le pasara el arpa. Todo el mundo prorrumpió en vítores y aplausos al escuchar la petición, pero se hizo el silencio en cuanto mi amigo empezó a pulsar las cuerdas.

Tocó una canción que él mismo había inventado, una balada repleta de acciones marciales, de campos de batalla regados por ríos de sangre, de cuervos ahítos de la carne muerta de un sinfín de enemigos. Sin embargo, en ningún momento salieron de su garganta versos que indicaran el nombre de los combatientes ni la identidad de los vencedores o de los vencidos. Yo ya la había escuchado antes. Egil la llamaba «el cantar de la matanza».

–Con él les advierto –me dijo en una ocasión– del destino que les aguarda y les recuerdo que estamos todos chiflados. Y, evidentemente, a todos los tarambanas les encanta...

Al desvanecerse suavemente el último acorde, los asistentes le dedicaron una calurosa ovación. El arpista de Thorfinn continuó su pausada labor, pero poco a poco empezamos a ver que algunos hombres cabeceaban y se quedaban dormidos, mientras que otros se perdían pòr el oscuro ángulo septentrional de la sala, buscando a trompicones la blandura de sus lechos.

–¿Volvemos al barco? –me preguntó Egil en voz baja.

–Ya hemos averiguado lo que queríamos.

Era verdad. Nos habíamos enterado de que el grueso de los barcos de Constantino había partido a poniente, y eso era una gran noticia para Æthelstan. «Supongo que mi deber es transmitírsela», suspiré profundamente.

–¿Te parece que salgamos con la marea de la mañana? –pregunté retóricamente a Egil.

–Sí. Y espero que role el viento –comentó mi amigo–, porque si continúa soplando del suroeste tendremos una navegación extremadamente trabajosa.

Egil se puso en pie. Hizo ademán de acercarse a Thorfinn para agradecerle la hospitalidad, pero el corpulento jefe nórdico roncaba ya a placer, despatarrado sobre la misma mesa, de forma que saltamos del estrado al piso de la sala y caminamos hasta la salida.

—¿Conocías a Anlaf? —quise saber en cuanto salimos al límpido aire de la noche.

—Para nada. Aunque tiene una bonita fama, ya sabes...

—Eso he oído.

—Brutal, inteligente y ambicioso.

—Un noruego, vaya.

Egil se echó a reír.

—Mi única ambición es componer una canción que suene hasta el día en que bramen las trompetas del fin del mundo.

—En ese caso, tendrás que perder menos tiempo detrás de las mujeres.

—¡Ah, pero será un cántico para ellas! ¿Para quién, si no?

Nos alejamos del asentamiento de Thorfinn, avanzando lentamente entre las largas tiras de carne de foca puestas a secar en tinglados de madera, y acabamos saliendo a los campos de cebada. La luna jugaba al escondite con las nubes. A nuestra espalda se oyó el grito de una mujer, seguido de unas risotadas masculinas. Los aullidos de un perro se sumaron a la algarabía. Soplaba una ligera brisa. Nos detuvimos al llegar a la ensenada sur. Allí estaba el *Spearhafoc*.

—Lo voy a echar de menos —dije.

—¿Es que vas a venderlo? —comentó Egil, sorprendido.

—No, pero nadie ha dicho que haya navíos en el Valhalla —expliqué casi en voz baja.

—Habrá embarcaciones en el Valhalla, amigo mío, no lo dudéis —aseguró—. Y también océanos que surcar, fuertes vientos para impulsarnos y lejanas islas que visitar, y pobladas por hermosas mujeres...

Sonreí. De pronto, me giré sobresaltado: acababa de oír pasos justo detrás de nosotros. Busqué instintivamente el pomo de *Hálito de Serpiente*, pero sólo al volverme distinguí que quien nos seguía era Anlaf. Éste, al ver que tenía la mano en la empuñadura, extendió en el aire las dos manos para indicar que no pretendía agredirnos. Venía sin compañía. La luna dejó ver su resplandeciente disco entre las nubes, como queriendo añadir palidez a aquellos ojos desleídos y herir el oro que le abrazaba el cuello con el mismo halo blanco que se estrellaba sin brillo en el tosco metal de la guarda de su acero. Un arma sin pejigueras decorativas. Una simple herramienta. Y los hombres decían que sabía usarla.

–Egil Skallagrimmrson –dijo a modo de saludo–, debes venir a Dyflin.

–¿«Debo», majestad?

–¡Nos gustan los poetas! ¡La música! Y vos, lord Uhtred, deberíais acudir también.

–No soy poeta. Y me temo que no os gustaría oírme cantar…

Una afilada sonrisa saludó mi comentario.

–Quisiera hablar con vos –dijo, señalando al mismo tiempo un enorme pedrusco varado a un palmo del camino. ¿Tendríais la bondad de sentaros junto a mí?

Nos acomodamos en la piedra. Anlaf permaneció un buen rato en silencio, aunque sin perder de vista la elegante silueta del *Spearhafoc*.

–¿Es vuestro barco? –aventuró al fin, saliendo de su mutismo.

–Mío es, majestad.

–Parece ágil y maniobrable –aseguró entre dientes–. ¿Es frisio?

–Frisio, en efecto –confirmé.

–¿Qué se propone Æthelstan? –escupió bruscamente.

–Dar un escarmiento a los escoceses.

–¿Por qué?

–Por eso, por ser escoceses…

Asintió sin disgusto.

–¿Cuántos hombres trae?

–Por lo menos dos mil, y probablemente más.

–¿Cuántos soldados podría llegar a reunir?

Me encogí de hombros, dado que se trataba de una pregunta con grandes probabilidades de no tener respuesta.

–Tal vez cuatro mil, ¿quién podría saberlo? Quizá más, si levanta en armas a los campesinos y gentes del *fyrd*.

–Bastantes más –me corrigió Egil–. Podría ponerse al frente de cinco mil guerreros sin necesidad de recurrir al *fyrd*.

–Eso mismo pienso yo –coincidió Anlaf–. Movilizó a mil hombres en Ceaster y Mameceaster –pronunció con sumo cuidado aquellos topónimos, extraños a su oído–. Además, ha desplegado una flota en el río Mærse. Ésa es, a mi juicio, la razón de que Constantino haya desplazado sus naves. Cree que se avecina una invasión de Cumbria.

–Y, en cambio, lo que va a hacer Æthelstan es penetrar por el este.

–¿Qué pensáis que puede suceder? –Sus pálidos ojos se clavaron en los míos.

–¿Quién podría saberlo, majestad?

Asintió con un abrupto movimiento de cabeza.

–Lo que quiero decir es: ¿qué pasará si Constantino sobrevive? ¿Cómo os parece que acabará la cosa?

–Los escoceses son un pueblo orgulloso –dije– e indómito. Sin duda, clamarán venganza.

–¿Desea Æthelstan gobernar a los escoceses?

Medité unos instantes el asunto. No era fácil discernirlo, pero al fin sacudí negativamente la cabeza.

–Lo que reclama es el territorio de Northumbria, eso es todo. Y también quiere verlos abandonar Cumbria.

Anlaf frunció el ceño, concentrado ahora en sus propias reflexiones.

–Constantino no presentará batalla en esta ocasión –comenzó a decir–. Al menos, no mientras Æthelstan acierte a evitar los errores de bulto. El escocés se retirará a las tierras altas de las que es señor indiscutible. Aceptará el correctivo, lo encajará y lo digerirá… Habrá escaramuzas, sin duda, y morirán muchos hombres también. Sin embargo, Constantino aguardará. Si Æthelstan lo sigue a las montañas, se encontrará de pronto en unas tierras baldías en las que es difícil transitar, y hasta sobrevivir, acechado por más enemigos de los que sus fuerzas le permitirían rechazar, sin comida y sin pertrechos. No le quedará más remedio que emprender la retirada. Entonces, el día en que menos se lo espere, Constantino levantará un ejército contra él e irrumpirá en sus tierras de improviso. –Hizo una pausa para mirarme muy fijamente a los ojos–. Y verá llegado el fin de Englaland.

–Puede que tengáis razón –admití sin el menor convencimiento–, pero Æthelstan siempre podrá poner en pie de guerra a más guerreros que Constantino.

–¿Lo pensáis de veras?

Anlaf calló un momento, pero al ver que su pregunta no obtenía respuesta esbozó su afilada sonrisa.

–Constantino quiere algo más que Cumbria –añadió en suave tono confidencial–. Se propone desbaratar el poder de los sajones, y para lograrlo verá con muy buenos ojos a sus posibles aliados.

–Los noruegos –solté con voz neutra.

–Los noruegos, los daneses, los paganos… Nosotros. ¡Pensadlo, señor! Æthelstan odia a los paganos. Quiere aplastarlos, expulsarlos de sus tierras. Pero Constantino es muy astuto. Sabe que somos poderosos y necesita brazos fuertes. Tiene que procurarse escudos, espadas y lanzas, y está dispuesto a pagar con tierras sajonas a quien le preste un buen servicio de armas. Un rey nos desprecia, y el otro nos recibe con los brazos abiertos. ¿Por quién creéis que lucharemos nosotros, los hombres del norte?

–Por Constantino –repliqué francamente desolado–. Pero, me asalta una duda, ¿diríais que seguirá dándoos esa calurosa bienvenida después de saberse victorioso? Él también es cristiano…

Anlaf pasó por alto la pregunta.

—A Æthelstan se le ofrece ahora una oportunidad, y sólo una: la de degollar a todo combatiente al norte de Cair Ligualid, borrar a los escoceses de la faz de la tierra. Pero sabed una cosa: no lo hará, porque es imposible, y aun suponiendo que no lo fuese, su enfermiza religión le dirá que es un pecado. En cualquier caso, como os digo, es cosa que no puede hacerse. No tiene hombres suficientes. Por eso habla tan a la ligera de escarmentar a los escoceses, sin saber que el castigo no funcionará con ellos, que lo único que traería la paz sería su aniquilación. Sí, muy bien…, incendiará unas cuantas aldeas, matará a un puñado de incautos, proclamará el triunfo y se marchará… Y entonces el norte se abalanzará sobre él como una manada de lobos hambrientos.

Me acordé del dragón, de la estrella fugaz y de la oscura profecía del padre Cuthbert, convencido de que el mal vendría del norte.

—¿Me estáis diciendo que os disponéis a combatir en el bando de Constantino?

—Él sabe perfectamente bien que deseo hacerme con Northumbria. Y puede que acabe poniéndola en mis manos.

—¿Qué interés podría tener Constantino en colocar a un monarca pagano de Noruega en su frontera sur? —pregunté.

—Sencillamente, el saber que ese soberano se comportaría mejor que un sajón que se arroga el título de señor de toda Britania. Sin olvidar que Constantino reconoce mi derecho a reclamar Northumbria. Y no voy a pasar por alto ese detalle… —Me miró con feroz determinación—. Y menos aún ahora que mis posibilidades han aumentado con la muerte de Guthfrith.

—¿Me estáis dando las gracias? —le espeté, muy divertido.

Anlaf se puso en pie.

—Os estoy advirtiendo —sentenció con frialdad—. Cuando bajen los lobos del norte, lord Uhtred, poned buen cuidado en elegir bien el bando en el que lucháis. –Hizo una seña con la cabeza a Egil–. Y vos también, Egil Skalla-grimmrson.

Alzó la vista al cielo, para estudiar el viento.

–¿Decís que la flota de Æthelstan navega hacia el norte?

–Así es.

–¿Y se propone llegar hasta estas lejanas costas?

–Hasta donde Æthelstan juzgue oportuno.

–Entonces yo largaría velas mañana mismo y regresaría a casa… Volveremos a vernos.

No dijo ninguna palabra más. Sólo dio media vuelta y se encaminó al asentamiento de Thorfinn.

Lo observé alejarse. Me vinieron a la cabeza las palabras del rey Hywel, porque Anlaf las había repetido casi una por una: que escogiera bien el bando en el que me alineaba.

–¿Qué ha venido a hacer Anlaf a estas islas? –pregunté a Egil.

–A reclutar soldados –respondió mi compañero–. Está reuniendo un ejército de hombres del norte. Tiene inten-ción de presentárselo después a Constantino, como leal con-tribución a su causa.

–Y quiere teneros a su lado.

–Y también a ti, amigo mío. ¿Os tienta la oferta?

¡Pues claro que me resultaba apetecible! Una Northum-bria pagana era una perspectiva más que seductora, un país en el que cualquier hombre pudiera adorar a sus dioses sin temor de ver alzarse sobre su cuello la espada cristiana. Sin embargo, incluso una Northumbria pagana tendría que bre-gar con los cristianos, tanto al norte como al sur, y ni Cons-tantino ni Æthelstan podrían resistir demasiado tiempo una presencia pagana tan próxima. Además, Anlaf no me inspi-raba confianza. Trataría de apropiarse de Bebbanburg en cuanto le pusiera los ojos encima.

–Todo cuanto anhelo –dije a Egil– es morir en Beb-banburg.

Guthrum, el abuelo de Anlaf, había sido incapaz de derrotar a Alfredo, y ese fracaso había permitido que los sajones occidentales expandieran su poder, llegando casi a materializar el viejo sueño de la nación sajona unificada que tanto acariciara Alfredo. Y, ahora, el nieto de Alfredo intentaba culminar ese proyecto, sin sospechar que, en el norte, otro nieto, el de Guthrum, afilaba la espada con la fría mirada puesta sagazmente en el porvenir.

El mal venía del norte

* * *

El buen tiempo se mantenía, pero el viento, que continuaba arreciando tercamente, aunque más del sur que del oeste, hizo que nos adentráramos profundamente en el mar del Norte antes de poder virar de proa y acercarnos al litoral escocés. Tardamos tres días en descubrir que la flota de Æthelstan se hallaba más al norte de lo que había calculado. Coenwulf había conseguido desembarrancar casi todas las naves del fangoso cepo del Foirthe, así que ahora se hallaban casi todas varadas en una ancha y longilínea banda arenosa, cuyo horizonte se veía emborronado por varias columnas de humo en el claro cielo de poniente, señalando con precisión los puntos en que las tropas de Æthelstan administraban a los asentamientos costeros la dura medicina de la antorcha. Doce buques de guerra de Coenwulf patrullaban la orilla, ofreciendo protección a los navíos encallados. Dos de ellos acudieron precipitadamente a nuestro encuentro, pero, al acercarse lo suficiente y ver la cabeza de lobo de nuestra vela, ralentizaron la marcha y dieron media vuelta.

–¿Qué hago? –gritó Gerbruht desde la plataforma de la espadilla.

Nos aproximábamos al fondeadero por el flanco sur, y yo, en la proa, agarraba con una mano al bien tallado gavilán que presidía la roda, escudriñando ansiosamente los bajíos que se extendían más allá de la playa. Se veían tiendas y abrigos en los campos, lo que sugería que buena parte del ejército de Æthelstan, o quizá todo él, había asentado allí los reales. Destacaba de entre todas, obviamente, la llamativa tienda de ricas telas escarlata y oro que había tenido ocasión de ver frente a la Puerta de la Calavera de Bebbanburg.

–¿Cómo está la marea? –pregunté a Gerbruht, pero fue Egil quien me contestó:

–¡Baja! ¡Y aún no ha terminado!

–Entonces enfila directamente hacia la costa y deja reposar el banco en la arena, pero hazlo con suavidad.

Vi entonces al *Apóstol*, el barco de Coenwulf, y, al tiempo que hacía una señal al hombre del gobernalle, ordené:

–¡Encállalo lo más cerca que puedas del *Apóstol*!

Conforme singlábamos suavemente entre las rompientes, vi varios grupos de hombres que llevaban sacos a las naves varadas. Los soldados estaban rapiñando las cosechas de la zona. Con un sonido grave, la quilla del *Spearhafoc* resbaló sobre el fondo costero; la embarcación se detuvo bruscamente, y arriamos la vela. Egil se unió a mí en la proa.

–¿Bajamos a tierra?

–Sí. Pero sólo tú y yo.

Hice señas para hacerle notar que pensaba presentarme en la rutilante tienda encarnada.

–Tengo la sensación de que Æthelstan se encuentra ahí ahora mismo.

Dejé una vez más a Gerbruht a cargo de la nave.

–Podéis bajar a tierra –dije a mis hombres–. ¡Pero no os metáis en líos ni os lieis a mamporros con nadie!

Casi todos los miembros de mi tripulación eran noruegos, y muchos llevaban el martillo de Thor al cuello. Sin embargo, sólo unos pocos habían tenido ocasión de desembarcar durante el viaje, así que se merecían un descanso de las labores marineras.

–¡No provoquéis ninguna pelea! –volví a advertirles–. Y quiero veros de vuelta en el barco al anochecer.

–Medirán los puños con alguno, ya puedes estar seguro –comentó Egil en cuanto echamos a andar por la playa en dirección a la tienda del rey.

–¡Pues claro! –respondí–. Ya sabes que son un poquito lelos… Æthelstan no estaba en el campamento. Se había internado tierra adentro a caballo en compañía de cuatrocientos hombres, y era sin duda el artífice de todos los incendios que tiznaban de humo las crestas de las suaves colinas. Dos guardias protegidos por sendas cotas de malla custodiaban sus aposentos de campaña, pero me bastó un gruñido malhumorado para conseguir que nos dejaran entrar, aunque a regañadientes, en la rutilante tienda, donde aún tuve que carraspear otro poco para que uno de los criados nos trajera una jarra de cerveza. Hecho esto, nos limitamos a esperar.

Æthelstan regresó a última hora de la tarde, con un ánimo verdaderamente exaltado, y pareció agradarle mucho mi visita.

–¡Lo hemos arrasado todo! –exclamó con jactancia, mientras se despojaba de la hermosa cota de malla–. Pero volved a sentaros, por favor. ¿Eso es cerveza?

–Y muy buena, por cierto –confesé.

–Es parte de cuanto hemos pillado en uno de los asentamientos de la costa. –Tomó asiento y me observó detenidamente–. Coenwulf me dijo que habías abandonado la flota… Me habló incluso de deserción.

–La última vez que tuvimos vuestros buques a la vista, majestad, estaban todos a sotavento, y oponiendo gran resistencia a los escoceses que los acosaban por todas partes. Así las cosas, y para dar tiempo a que Coenwulf sacara las naves del lío en que él mismo las había metido, pensamos que sería más oportuno salir en busca de la flota de Constantino.

El rey sonrió, comprendiendo al instante que el comandante de sus escuadras me caía definitivamente mal.

—Hemos oído que los navíos de Constantino han tomado rumbo norte, que huyen de nosotros –explicó Æthelstan–. ¿Cuántos son, quince poco más o menos? –preguntó.

—Quince, efectivamente –confirmé–, pero no se hallaban de estampida, majestad. De hecho, ni siquiera sabían que estabais aquí.

—A estas alturas ya lo habrán averiguado –contestó sombríamente el rey–. Bueno, ¿y qué es lo que planean? ¿Tratan de buscar refugio en las islas septentrionales? ¿Aguardan la llegada de nuevos barcos para aumentar sus fuerzas y lanzarnos un ataque?

—¿Es eso lo que teme Coenwulf?

—Al menos, es lo que sospecha.

—Pues en tal caso se equivoca, porque navegan al oeste.

—Es probable que se dirijan a Cumbria –terció Egil–. No volveréis a verlos en una larga temporada.

Æthelstan volvió a dedicarnos una larga y escrutadora mirada. Estaba claro que nada de todo aquello lo pillaba por sorpresa.

—¿Estáis seguros?

—Por completo –respondí–. Creemos que ha dejado cuatro naves en estas costas y que probablemente prefieren permanecer en puerto tras haber avistado vuestra flota.

—¡En tal caso, lo que me traéis son unas noticias magníficas! –exclamó alegremente el rey–. ¡Y debo deciros también que vuestro hijo ha me proporcionado unos servicios extremadamente útiles!

—¿Sabéis si ha perdido algún hombre? –me interesé.

—¡Ni uno solo! Los escoceses no están dispuestos a presentar batalla.

Se detuvo, y de pronto, al ver que los cortinajes de la tienda se abrían para dejar paso a Ingilmundr, esbozó una sonrisa.

El alto noruego se frenó en seco al vernos, pero acertó a forzar inmediatamente la sonrisa y a dedicarme una pequeña reverencia de compromiso.

—Lord Uhtred —saludó.

—*Jarl* Ingilmundr —repliqué fríamente.

Me había desagradado desde el momento mismo en que tuve ocasión de conocerlo a orillas del Mærse. Era un hombre joven, de un atractivo físico asombroso. Su nariz, recta como una espada y su larga cabellera, sujeta detrás de la nuca con una lazada de cuero, le llegaba prácticamente hasta la cintura. La primera vez que nos encontramos lucía un martillo de Thor en torno al cuello, pero ahora el brillo de una cruz se balanceaba en el extremo de una cadena de oro.

—Os presento al *jarl* Egil Skallagrimmrson.

—He oído hablar de vos —comentó Ingilmundr cortésmente.

—¡Es lo menos que cabría esperar! —le respondió Egil en tono jovial.

—Ingilmundr se ha traído doscientos mesnaderos de Wirhealum —nos interrumpió Æthelstan con arrebatado entusiasmo—. ¡Y puedo aseguraros que son hombres extremadamente valiosos, por cierto!

—¡Claro, son noruegos! —señaló pícaramente Egil.

—Pues, en efecto, los considero un espléndido ejemplo —dijo el rey.

—¿Un ejemplo? —me extrañé.

—Sí, una buena muestra de que todos los hombres son bien recibidos en Englaland. Siempre que sean cristianos, evidentemente.

Æthelstan dio unas palmaditas al asiento que se hallaba a su lado, invitando a Ingilmundr a acomodarse en él. Acompañó el gesto con una entristecida mirada al martillo que oscilaba en mi pecho.

—Lord Uhtred nos trae buenas noticias —anunció a Ingilmundr—: La flota de los escoceses se ha marchado. Y sin intenciones de regresar, a lo que parece... ¡Se han largado a la costa oeste! –aseguró triunfante.

–Huyen de vos, majestad –apuntó Ingilmundr.

–Pues podría no ser el caso. Si lord Uhtred está en lo cierto, ¡ni siquiera estarían enterados de nuestra presencia en estos pagos! En cualquier caso, todos nuestros rivales se han dado a la fuga.

–¿Todos vuestros rivales? –pregunté, intrigado.

–¡Esos canallas no se atreven a plantarnos cara! Bueno, sí, claro, nos acosan un poquito siempre que pueden... Lo único que significa eso es que no podemos enviar al interior pequeñas partidas de forrajeo. Pero no se atreverán a desafiar a nuestro ejército. Sabemos que Constantino dispone de bastantes hombres, de unos mil quinientos como mínimo, aunque esa cifra no incluye a sus aliados de Strath Clota, ¡pero no nos atacarán! Prefieren permanecer al acecho en las montañas.

–Os temen, majestad –volvió a observar Ingilmundr, decididamente aficionado la lisonja.

Æthelstan obsequió el cumplido con una cálida sonrisa. Le encantaban los halagos, e Ingilmundr acertaba a destilarlos sabiamente. Pensé que parecía un tipo untuoso y resbaladizo, como la carne fresca de las focas.

–¡Y hacen bien! –fanfarroneó el rey–. ¡De hecho, después de esta campaña, espero que a Constantino le aumente todavía más el miedo!

–Pero podría darse el caso de que creciera también su cólera... –observé.

–¡Por supuesto que estará furioso! –escupió el rey, incapaz de reprimir un acceso de ira–. Se pondrá como una hidra, temblará de espanto y se sabrá bien escarmentado.

–Y acosado por la venganza –insistí.

Æthelstan me miró fijamente unos instantes y terminó por suspirar.

–¿Y qué va a hacer? Me he internado en lo más profundo de sus tierras, pero se niega a combatir. ¿Acaso pensáis que sabrá desenvolverse mejor en mis dominios? Si da un solo paso más allá de la linde que limita los suyos, lo aplastaré, y es plenamente consciente de ello. Poseo más lanzas, más espadas y más plata. Puede sentir todos los deseos de desquite que quiera, pero todo cuanto tiene es impotencia. Impondré la paz en Britania, lord Uhtred, y lo único que está pasando es que Constantino ha empezado a darse cuenta del coste que tiene la alteración de esa paz.

—¿Contáis con más hombres que Constantino, majestad? —se interesó Egil con la mayor moderación.

—Así es —respondió secamente Æthelstan.

—Pero ¿qué ocurriría si Constantino logra agrupar a vuestros enemigos? Los noruegos de las islas septentrionales, los colonos daneses, los soldados de Strath Clota, los señores de los reinos de Irlanda… ¿Seguiríais superándolos en número?

—Eso no va a suceder —contestó Ingilmundr.

—¿Y por qué no? —quiso aclarar Egil en el más cortés de los tonos.

—¿Cuándo nos hemos unido nosotros, los noruegos?

Era una buena pregunta, y Egil lo hizo notar inclinando levemente la cabeza. Los hombres del norte, fueran daneses o noruegos, llevaban justa fama de ser luchadores formidables, aunque también eran conocidos por la triste condición de pendencieros.

—Además —cortó Æthelstan—, Constantino es cristiano. ¡De hecho, en una ocasión, me dijo que su mayor ambición consistía en retirarse a un monasterio! No, señor mío; no confiará su suerte al acero de los paganos. Si solicitara la ayuda de los noruegos, todo lo que conseguiría sería auspiciar la llegada de nuevos enemigos a sus tierras. Y, por muy traicionero que sea, hay que reconocer que no es ningún idiota. —Frunció un momento el ceño—. Es más, ¿qué ganaría Constantino si se aliara con los noruegos? ¡Querrán una recompensa! ¿Y qué va a darles? ¿Tierras?

—Northumbria —dije quedamente.

—¡Bobadas! —concluyó categóricamente el rey—. ¡Northumbria es justamente el trofeo que anhela cobrarse Constantino! En nombre de Dios, ¿por qué iba a colocar a un soberano noruego en el trono de Eoferwic?

—Porque desea algo más que Northumbria —respondí.

—¿Y qué es, si puede saberse?

—La destrucción del poderío de los sajones, majestad. Vuestro mismísimo reino.

Creo que era consciente de que había dicho la verdad, pero prefirió desentenderse de mis advertencias.

—En tal caso —sentenció Æthelstan—, tendré que enseñarle que no hay forma de aniquilar el poder de los sajones —aseguró con suficiencia—, porque me pondré a la tarea de desbaratar su insensatez y lograré instaurar la paz que tanto anhelo.

—Y yo conservaré Bebbanburg —comenté a mi vez, como quien no quiere la cosa.

El rey pasó por alto mi apostilla, pero Ingilmundr me echó una mirada envenenada.

—Mañana marcharemos —afirmó súbitamente el rey—, así que es preciso descansar bien esta noche.

Se puso en pie, consciente de que el protocolo nos obligaría a seguir su ejemplo.

Aquello era una despedida. Me incliné respetuosamente, pero a Egil todavía le quedaba una duda en la faltriquera.

—¿Marchar adónde, majestad? —preguntó.

—¡Más al norte, por supuesto! ¡Al norte! ¡Siempre al norte! —respondió Æthelstan, recuperado el buen humor—. ¡Al lejanísimo norte! Voy a enseñar a Constantino que no hay lugar en todo su reino al que me sea vedado llegar. ¡Vamos al extremo más septentrional de nuestra Britania!

Aquello dejaba definitivamente claro que el *Monarchus Totius Brittaniæ* estaba decidido a demostrar que su regio título respondía a la verdad. Sus lanzas relumbrarían por doquier, desde las playas de Wessex a los gélidos acantilados del norte. Æthelstan creía que ese brillo estamparía el sólido sello de su autoridad en los lúgubres y rebeldes territorios de la cima de Englaland. Y, en efecto, los escoceses no se enfrentarían a él. Aún no. Por eso se habían replegado a sus altas montañas, desde las que contemplarían sus movimientos, quietos, pacientes, dispuestos a aguardar, justamente para acariciar mejor sus sueños de venganza.

Recordé entonces los fríos y pálidos ojos de Anlaf.

Escoge con cuidado el bando en el que luchas.

TERCERA PARTE

La matanza

CAPÍTULO XI

Cuando al fin avistó la costa de Escocia, batida por grandes rompientes empeñadas en socavar sus imponentes despeñaderos boreales, un sinfín de vocingleras aves marinas salió al encuentro del ejército de Æthelstan, vigilado desde las alturas por las majestuosas águilas, insensibles al viento frío y cortante. Nadie presentó batalla. Igual que las rapaces, los exploradores escoceses observaban el movimiento de tropas de los recién llegados, pero Constantino mantuvo a sus mesnaderos muy lejos, a poniente. El rey sajón había arribado a una tierra desolada y hostil, barrida por un incesante viento que anunciaba ya los primeros rigores del invierno.

Permanecimos entre los buques de la flota, aunque no sabría decir con qué objetivo, porque no había una sola embarcación que nos desafiara. Mientras las huestes de Æthelstan hacían por tierra su camino, la escuadra sajona había puesto proa a los septentrionales confines del reino de Constantino, encomendándonos, entre otras, la tarea de degollar al ganado, entregar a las llamas las barcas de pesca, apoderarnos de las raquíticas provisiones de grano y derribar las modestísimas casuchas techadas con turba. Fue aquí, en este punto en que la tierra se abisma en el océano formando abruptos acantilados, donde Æthelstan se declaró victorioso. Cuando bajé a tierra en aquel Finisterre, Æthelstan me invitó a un acto que dio en llamar banquete, aunque en realidad no pasaba de ser el cónclave de una veintena de hombres que, agolpados en una tienda azotada por el viento, hallaron magro consuelo en envasar correosas tajadas de carne de buey, olvidando el sabor rancio de la cerveza que trasegábamos. Mi hijo se contaba entre los comensales.

—Es un país horrendo —observó—: frío, húmedo y pobre.

—¿No te han atacado?

—Apenas unas cuantas escaramuzas —respondió con una mueca de desdén hacia aquel enemigo acoquinado—. Nada más.

Los comentarios llegaron a oídos de Æthelstan.

—¡Presenté batalla! —gritó desde el otro lado de la mesa—. ¡Y planté las varas de avellano!

—Creía que sólo los hombres del norte seguían esa costumbre, majestad.

—Sí —replicó el rey—, pero los batidores de Constantino nos han visto hacerlo. ¡Y ellos saben muy bien lo que significa! ¡Por eso no ha osado Constantino enseñarnos su feo rostro! —concluyó exultante.

Se trataba de una vieja tradición, presente en Britania gracias a los hombres llegados a bordo de naves con forma de dragón. Plantar las varas de avellano equivalía a elegir un campo de batalla e invitar al enemigo a combatir. «Pese a todo», pensé, «Constantino es demasiado listo para morder ese anzuelo». Sabía perfectamente que las tropas de Æthelstan superaban en número a las suyas, así que concedería a los sajones aquella fácil victoria y reservaría fuerzas para otra ocasión. Por eso y no por otra cosa había permanecido vacío el espacio delimitado por las varas de avellano.

Así las cosas, pusimos proa al sur.

Dejé que el *Spearhafoc* cabalgara las olas, dejando muy atrás a la torpe y pesada flota de Æthelstan. Por fin, un frío día de otoño, llegó el ansiado momento de rodear los bajíos de Lindisfarena y de volver a deslizarnos sin ruido en el bello puerto de Bebbanburg. Benedetta me esperaba, y un enorme fuego de madera de deriva caldeaba en mi honor el gran salón del baluarte. Sentí enseguida la grata sensación de hallarme nuevamente en casa.

Tres semanas más tarde, el ejército de Æthelstan pasó frente a la fortaleza. Pese a no haber librado una sola batalla, el monarca seguía pletórico de energía cuando me acerqué a su campamento, levantado al otro lado de la Puerta de la Calavera. Aseguraba a todo el que quisiera escucharlo que habían humillado a los escoceses.

–¡Han retirado sus fuerzas de Cumbria! –exclamó–. El miserable Eochaid se ha ido, y Alfgar ha regresado a Cair Ligualid.

Alfgar era uno de los dos señores que Æthelstan había enviado a Cumbria en misión de paz.

–¡Espléndido, majestad! –solté jovialmente a mi vez, consciente de que decirle cualquier otra cosa no habría servido más que para incomodarlo.

Era muy posible que Eochaid hubiera retornado a Escocia, pero no me cabía la menor duda de que los colonos noruegos de Cumbria seguirían buscando protección en las tierras del norte, y, aunque Alfgar y su guarnición pudieran hallarse otra vez en Cair Ligualid, lo cierto era que continuaban cercados, y además por un pueblo hosco y hostil.

–¿Querríais cenar con nosotros esta noche, majestad?

–¡Con mucho gusto, lord Uhtred, lo haré encantando!

Trajo consigo una veintena de hombres a la fortaleza. Ingilmundr, que era de la partida, merodeaba por las murallas, preguntándose sin duda cómo ingeniárselas para asaltarlas. Me alegró ver que el obispo Oda también integraba la comitiva, ya que a él, al menos, sí que podía considerarlo bienvenido. Busqué un momento para hablar a solas con él, aprovechando que ambos nos habíamos sentado bajo la fría luz de la luna a contemplar el mar azotado por el viento.

–Me he entrevistado con Anlaf –le dije.

–¿Lo sabe el rey? –fue la lógica contestación.

–No le he dicho nada… Bastante sospechoso le soy ya para darle todavía más hilos que trenzar.

–Pero ¿no os dais cuenta de que acabará enterándose?

–¿Por vos?

–No, mi señor, en absoluto.

–Sin duda oirá algún rumor –dije–, y lo negaré en redondo.

–¿Como negasteis haber matado a Guthfrith?

–El mundo vive mejor sin ese malnacido –afirmé ásperamente.

–He observado que habéis incluido un cráneo nuevo en vuestra puerta –dijo Oda con sibilina astucia. Y se echó a reír por lo bajo al ver que no le respondía ni en un sentido ni en otro.

–Bueno, contadme. ¿Qué quiere Anlaf?

–Northumbria.

–No me sorprende.

–Y está persuadido de que Constantino se la entregará en bandeja.

Oda acarició la cruz que le oscilaba en el pecho.

–¿Y por qué habría de tolerar Constantino a un rey nórdico y pagano en su frontera meridional?

–Para humillar a Æthelstan, desde luego. Y porque sabe que Æthelstan jamás permitirá que los escoceses asuman el gobierno de Eoferwic.

–¿Y qué razones tendría Æthelstan para aceptar que Anlaf asentara su gobierno en esa localidad?

–No lo consentirá de ningún modo –aseguré–, pero ¿qué ocurriría si Anlaf tuviera por aliados a los escoceses? Imagina que se une incluso a los hombres de Strath Clota, a los de las islas Suðreyjar... A todos los paganos del norte.

–¿A «todos» los paganos del norte? –preguntó Oda con clara intención alusiva, clavando manifiestamente los ojos en mi martillo.

Reí amargamente.

–No temáis, no se asociará conmigo –contesté–. Permaneceré aquí, consagrado a la tarea de aumentar la altura de nuestros parapetos.

Oda sonrió.

–¿Porque os sentís ya demasiado viejo? Creo recordar que Beowulf tenía vuestra edad en la época en que se enfrentó al dragón, señor. Y mató a la bestia.

Me recordé a mí mismo, sentado justamente allí, delante de la gran sala de Bebbanburg, el día en que escuché por primera vez el relato de aquel gran dragón que hendía el aire en su largo vuelo al sur, batiendo el mar con sus alas de plata y sometiendo hasta los últimos confines del mundo.

–Beowulf era un héroe –repliqué–. Y es verdad, mató al dragón, pero perdió la vida en el empeño.

–Cumplió con su deber, amigo mío –respondió Oda a su vez, deteniéndose súbitamente para atender al estribillo de los cánticos que hacían retemblar los muros del salón.

Æthelstan se había traído a un arpista de su confianza, y en ese momento interpretaba el célebre cantar de Ethandun, en el que se narra la derrota que Alfredo infligió a Guthrum y a su vasto ejército. Los hombres golpeaban las mesas con las manos y desgranaban los versos a voz en cuello, especialmente al llegar a las estrofas en que Uhtred el Nórdico segaba a mandobles el vigor de sus enemigos.

–Poderosa era su espada –bramaban– e imperioso su apetito. Muchos guerreros daneses lamentaron aquel día.

¿Era yo el último hombre vivo de cuantos lucharon en la colina de Ethandun?

–¿Sabéis si vive todavía Steapa? –pregunté a Oda.

–¡Sí! Viejo como vos, pero aún conserva las fuerzas. Quería acompañarnos en el viaje a Escocia, pero el rey le ordenó que permaneciera en su fortaleza.

–¿Por la edad?

–¡Qué va! ¡Todo lo contrario! Se lo pidió porque necesitaba un guerrero fuerte y animoso que fuera capaz de defender la costa en caso de que los lobos del norte vinieran a varar sus embarcaciones.

Steapa también había combatido en Ethandun, y tanto él como yo debíamos de contarnos ya entre los muy escasos supervivientes de aquella gran contienda. Era un tipo enorme y un guerrero temible. Al principio fuimos adversarios, pero acabamos cuajando una íntima amistad. En su primera juventud, Steapa se había visto esclavizado, pero supo ascender hasta hacerse con el mando de la guardia personal de Alfredo. En sus buenos tiempos, los hombres habían dado en llamarlo irónicamente Steapa Snotor, es decir, Steapa «el Avispado», porque lo consideraban un pelín lento de entendederas. Sin embargo, sabían perfectamente que tenían que andarse con mucho ojo, porque Steapa había demostrado ser un guerrero tan perspicaz e indómito como letal.

–Me gustaría volver a verlo –comenté, repentinamente abrumado por la nostalgia.

–¡Entonces venid con nosotros al sur!

Meneé negativamente la cabeza.

–Me temo que va a haber problemas en el norte. Es más sensato que me quede donde estoy.

Oda sonrió y me apretó afectuosamente el brazo.

–Os preocupáis en exceso, amigo mío.

–¿Lo creéis de veras?

–No va a estallar ninguna gran guerra. Anlaf tiene enemigos noruegos en Irlanda. Si ordena cruzar el mar a su ejército, esos rivales se apoderarán de sus tierras, y, si en la expedición lleva sólo a la mitad de su ejército, no dispondrá de hombres suficientes para conquistar Northumbria, ni siquiera con la ayuda de Constantino. Strath Clota afirma no tener ánimos belicosos, pero, ahora que ha comprobado la debilidad de Constantino, ¿qué le impide renovar los ataques? ¿Y de verdad crees que los paganos noruegos serán capaces de cerrar filas tras un solo hombre, de obedecerlo dócilmente? Jamás lo han hecho, así que ¿por qué habrían de hacerlo ahora? No, amigo mío. Es verdad; hay mucho ruido en el norte, pero eso se debe únicamente a que son pueblos levantiscos y ruidosos. Lo único cierto es que hemos golpeado a los escoceses y obtenido así su sumisión. Es mucho más probable que los pueblos del norte acaben contendiendo entre sí que enfrentándose a nosotros. Y os diré otra cosa: estoy en condiciones de aseguraros que habrá paz. Æthelstan será coronado en Eoferwic, y, Dios lo quiera, Englaland será al fin una realidad tangible.

–¿Dios lo quiera? –pregunté agriamente.

–Un pueblo, una nación, un dios.

Sin saber muy bien por qué, aquella declaración hizo que me sintiera condenado a la extinción. ¿Sería quizá porque implicaba el fin de Northumbria? Pasé suavemente la mano por la empuñadura del cachetero que llevaba prendido al cinturón. Por respeto a la presencia de Æthelstan, no habíamos permitido que nadie ciñera la espada en nuestro gran salón, pero el mango de aquel puñalito bastaba para asegurar mi viaje al Valhalla. Más de una vez había asistido a un episodio de muerte súbita en las grandes salas de banquetes, hombres que se caían del banco agarrándose el pecho con la mano crispada. Y, aunque yo me sentía bien, era perfectamente consciente de que la muerte se hallaba ya en camino. «Y no tardará en llegar», pensé, y una punzada de arrepentimiento me atravesó la mente y me ensombreció el ánimo, tal como las nubes que campean sobre los océanos agrisan las olas. Podía darse fácilmente la circunstancia de que jamás alcanzara a conocer el desenlace de aquella enrevesada situación, que nunca me fuese dado saber si Constantino se cobraría al fin su ansiada venganza o no, si Anlaf lograría cruzar con su flota el estrecho que lo separaba de Inglaterra o si mi hijo conseguiría defender Bebbanburg de todo lo que el mundo diera en arrojarle con su ciega furia.

–Vamos dentro, mi señor –dijo Oda, incorporándose–, está empezando a refrescar.

–¿Sigue Æthelstan empeñado en hacerse con Bebbanburg? –pregunté sin más preámbulos.

–Creo que no, señor. Esa vehemente pasión murió al expirar Ealdred.

–Entonces debería darle las gracias a quien acabara con él, fuera quien fuese.

–Muchos de nosotros coincidimos con ese parecer, señor –aseguró calmosamente Oda–, porque Ealdred fue un mal consejero de nuestro rey.

Por un momento, pensé que estaba a punto de mostrarme gratitud por aquel gesto mío, pero se limitó a sonreír y se alejó.

Dejé que cruzara los umbrales del salón, pero yo permanecí fuera, sentado en el mismo sitio, deleitándome con la contemplación del mar y las nubes que la luna teñía de tonos plateados. Quería ver al dragón, pero no tuvo la gentileza de presentarse. Si el endriago continuaba dormitando, no lo sé, pero desde luego en mis sueños estaba más que despierto...

De no haberme recordado Oda la antigua saga de Beowulf, seguiría semienterrada en el fondo de mi mente, prácticamente relegada al olvido. Beowulf era miembro de los gautas, una de las tribus nórdicas que partieron en otro tiempo a la tierra de los daneses para cobrarse la vida de cuantos monstruos les saliesen al encuentro. Fue Beowulf quien mató al simiesco Gréndel y más tarde a su poderosa madre. Al final, transcurridos cincuenta inviernos más, acabó por liquidar al fementido dragón. Es un relato que acostumbraba a cantarse, versificado, en fiestas y festines, en las bien servidas mesas en que los guerreros banquetean, inundando de humo y cánticos los vastos salones señoriales.

Con todo, y por más que durmiera, el dragón norteño se me aparecía en sueños. Noche tras noche me despertaba bañado en sudor. Invariablemente, Benedetta me decía que había estado dando gritos de pavor. Mi bella italiana me acogía en sus brazos y me reconfortaba, pero el dragón regresaba siempre, aterradoramente fiel. No acudía sustentado en esas enormes alas que hacían estremecer el mar, según dice el cuento, sino recorriendo como una fría serpiente el inframundo, cruzando parajes cubiertos de pasadizos sostenidos por antiquísimas columnas coronadas por corroídos arcos de piedra labrada que las llamas de sus belfos, abiertos como cuevas, iluminaban con sórdida luz sobrenatural. Debería haber permanecido sumido en la somnolencia, con su vasto y tardo corpachón desplomado sobre una montaña de oro, entre riscos de yelmos desigualmente amontonados y cordilleras de copas y fuentes atravesadas por valles de brazaletes trenzados y gemas de fina talla. Sin embargo, cada vez que me visitaba en sueños tenía los ojos bien abiertos y se arrastraba hacia mí como un presagio lúgubre.

Soñé que me abismaba en un túmulo sepulcral. Sabía que lo era, pero no cómo lo había averiguado. Sabía también que el dragón se había entretenido arrasando con sus llamaradas las granjas y los hogares de mi gente. ¿Cómo ignorar que había que matarlo? Soy el señor de Bebbanburg, el guardián de mi pueblo, y por tanto sobre mis hombros gravita el deber de dirigirme a la necrópolis en que guardaba sus dorados tesoros para matar a la bestia. Me había armado con un gran escudo de hierro salido de las forjas de Deogol, el herrero de Bebbanburg. Era una adarga muy pesada, pero un simple brazal de madera de sauce habría quedado reducido a ascuas y cenizas con la primera vaharada del dragón; y por eso me cubría con el metálico pavés mientras la bestia culebreaba rabiosa, dispuesta a dar conmigo. El animal bramaba, no de miedo, sino de furor, mientras alzaba la gran cabeza en busca de un movimiento delator. Me agaché, y la mortífera llamarada me rozó, rugiendo como un millar de tormentas. El fuego me envolvía, me abrasaba, me despellejaba… Volvió de un rojo incandescente el escudo, y hasta la mismísima tierra tembló cuando al fin reuní fuerzas, me abrí paso y blandí la espada.

Nunca me veía empuñando a mi fiel *Hálito de Serpiente*. Era, por el contrario, un acero vetusto, cubierto de cicatrices y hendiduras, un arma de hoja curtida en la batalla. De pronto supe que su nombre era *Nægling*, y que significaba «Garra». Una garra contra un dragón. Cuando al fin la quimera se encabritó de nuevo, decidida a hundirme en el pecho una última y fatal lengua de fuego, la ataqué con *Nægling* en ristre, ¡y fue un buen golpe! Hundí el mellado metal en la testuz del horrendo reptil, entre los ojos. Una estocada certera en su punto vulnerable, pero *Nægling* se me hacía añicos en la mano. Ése era el momento en que el cuerpo se despertaba, noche tras noche, empapado y despavorido, herido por las llamas que el saurio vomitaba, haciéndome perder el equilibrio y aislándome en un anillo infernal que me consumía, sin más medios que una espada quebrada en la mano desollada. Temía conciliar el sueño, porque dormir era soñar y soñar era asistir a mi propia muerte. Rara era la noche en que el dragón no se escabullía de la guarida de oro y acababa despertándome yo abrumado de terror. Con el tiempo, conforme fueron alargándose las interminables noches de invierno, el sueño cobró visos de mayor realismo aún. El dragón escupía por segunda vez su rugiente catarata de fuego, obligándome a desprenderme del escudo, al rojo vivo, y a descartar la empuñadura inútil de *Nægling* para sacar la espada corta. A mi derecha vino de pronto un compañero, resuelto a pelear conmigo. No era Finan, sino Sigtryggr, mi yerno fallecido. Pese a que su broquel de madera ardiera, mi valiente camarada blandía el arma larga en la derecha y clavaba implacablemente la acerada punta en la testa del dragón, mientras yo lo imitaba con *Bitter*. ¿*Bitter*? Mi *seax* se llamaba *Aguijón de Avispa*, no *Bitter*, sin embargo, esta *Bitter* demostró tener la hoja mejor templada que *Nægling*, porque su brillante filo rasgó limpiamente el pescuezo del dragón, derramando por doquier un fuego líquido que me alcanzó en el brazo, haciéndome sufrir tormentos abismales. Escuché dos gritos de dolor, porque el del monstruo coreaba el mío. La inmensa alimaña se desmoronó, las llamas fenecieron y, al ver a Sigtryggr arrodillado junto a mí, supe que mis días habían llegado a su fin y que las alegrías de la existencia se extinguían como las agonizantes pavesas del dragón muerto. Y entonces era cuando despertaba.

–¿Has vuelto a tener ese sueño? –se interesó Benedetta, solícita.

–Hemos matado al dragón, pero estoy muerto.

–No has muerto –aseguró ella con leal tenacidad–. Estás aquí, conmigo.

–Me ha ayudado Sigtryggr.

–¡Sigtryggr! –exclamó sorprendida Benedetta–. Era pariente de Anlaf, ¿no es así?

–Y de Guthfrith, sí.

Aparté las pieles con las que me cubría en el lecho. El acerado frío de la noche invernal dominaba la estancia, pero me sentía acalorado.

–El sueño es un presagio –dije.

Era algo que ya había repetido antes, un centenar de veces, pero ¿cuál era su significado? El dragón tenía que ser una imagen de los ejércitos de Constantino y sus aliados, y al trabar combate con ellos me atraparía en sus redes la muerte. Sin embargo, mi aliado era un escandinavo, un hombre llamado Sigtryggr, que era primo de Anlaf. ¿Quería eso decir que estaba destinado a luchar hombro con hombro con Anlaf? ¿Se rompía *Nægling* por haber elegido luchar en el bando equivocado? Busqué a tientas la tranquilizadora empuñadura de *Hálito de Serpiente*. Nunca dejaba lejos la espada, de modo que, si la muerte se presentaba al amparo de la oscuridad, quizás hallara ocasión de blandirla contra ella.

–Ese sueño no significa nada –dijo severamente Benedetta–. Es un viejo cuento de terror. Nada más.

–Te equivocas. Todos los sueños significan algo. Son mensajes.

–¡Entonces ve en busca de una anciana que pueda explicarte ese arcano sentido que anhelas! Luego ve tras otra y consúltale; te dará una interpretación diferente. Un sueño es un sueño, nada más.

Mi querida Benedetta trataba de tranquilizarme. Sabía que creía en los sueños tanto como yo, y que también los juzgaba signos del más allá, pero no se me ocultaba que deseaba negar la verdad de ese sueño en el que un dragón abandonaba la ciudadela de sus tesoros para convertir el mundo en un horno mortal. Pese a toda su angustia, el sueño se desvanecía al clarear el alba. ¿Era Escocia el dragón? No daba esa impresión, porque parecía que Æthelstan estaba efectivamente en lo cierto y que los escoceses se habían arredrado. Las incursiones de los ladrones de ganado habían disminuido mucho, y Eochaid se mantenía alejado de Cumbria, donde los noruegos, aunque a regañadientes y con mala cara, pagaban las rentas agrarias a Godric y a Alfgar. Transcurridos ya dos años desde que Æthelstan avanzara hacia el norte, los escoceses llegaron a enviar incluso una embajada a Eoferwic, donde el rey sajón tenía instalada la corte. Y hasta trajeron regalos: un precioso Evangelio y seis colmillos de morsa hábilmente labrados.

–Nuestro rey –comenzó por decir en tan solemne ocasión el obispo que hacía las veces de portavoz de los delegados, al tiempo que se inclinaba en profunda reverencia ante Æthelstan– también os hará llegar el tributo pendiente.

Cualquiera habría dicho que mordía las palabras al comunicar la nueva.

–Llega tarde –observó Æthelstan severamente, sentado en el alto trono que un día perteneciera a Sigtryggr con la larga cabellera nuevamente cubierta de brillantes trenzas rizadas sujetas con hilos de oro.

–Llegará, majestad –aseguró el obispo.

–¿Pronto?

–Pronto, en efecto –repitió el prelado.

Me dijeron que las cargas se habían satisfecho al fin y que los caudales se habían entregado en Cair Ligualid, aunque mis informadores no especificaron si se había abonado o no la cantidad total. Yo me había entrevistado con Æthelstan en Eoferwic, y pareció complacido al verme. Se metió conmigo a cuenta de mi barba cana y se mostró extremadamente amable con Benedetta, pero por lo demás nos ignoró. Me fui tan pronto como pude, ansioso por regresar enseguida al santuario de Bebbanburg, donde el sueño persistió por las noches, aunque ahora no me visitara con tanta frecuencia. Cuando se lo conté a Finan sólo conseguí arrancarle una carcajada.

–Si lucháis contra un dragón, amigo mío, prometo estar a vuestro lado. ¡Y ya os aseguro yo que lo convertiremos en la bestia más desdichada de la tierra! Añadiremos su cráneo a esa magnífica puerta. Sería una maravilla verlo, ya lo creo que sí...

En los doce meses siguientes, el sueño fue perdiendo intensidad y acabó por desvanecerse enteramente. De vez en cuando volvía, pero era muy raro. Una noche, en la época de la cosecha, Egil se presentó en Bebbanburg, y mis guerreros se pusieron a aporrear las mesas para exigirle jovialmente una canción, y él les refirió las aventuras de Beowulf. Ni siquiera así di yo en revivir el sueño. Me senté y escuché atentamente el desenlace de la peripecia en la que Beowulf, aupado ya al trono de los gautas, envejecido y canoso, bajaba al profundo túmulo sepulcral armado con su escudo de hierro, del valor que necesitó para desenvainar a *Nægling*, su acero de combate, de su desesperación al ver que el arma se rompía y del terrible final en el que Beowulf, secundado por un fiel compañero, lograba acabar con la bestia con su espada corta, *Bitter*, aunque a costa de perder él mismo la vida en el empeño.

Los guerreros siempre pecan de sentimentalismo. Pese a que mis hombres se supieran al dedillo la historia, no me sorprendió demasiado ver que el largo relato los dejaba absortos hasta el punto de arrancar una lagrimita a más de uno. Egil pulsaba las cuerdas más graves del arpa y elevaba su potente voz:

—*Swa begnornodon Geata leode, hlafordes hryre...*

Juro que varios sollozaban mientras Egil desgranaba los versos de la ceremonia fúnebre, llenando el salón del lamento de los leales a Beowulf, que, abatidos de pesar ante su señor muerto, prorrumpían en gemidos y aseguraban que, de todos los reyes, él había sido el mejor, el más generoso, el más amable y el más merecedor de honores. Y, cuando al fin vibró el último acorde, Egil me guiñó un ojo, consciente de que la sala no tardaría en estremecerse al son de los vítores y el batir de puños en las mesas. Tuve en ese momento la certeza de que el sueño volvería a rondarme esa misma noche, pero el fuego y la bífida lengua del dragón permanecieron lejos de mis sienes, así que, a la mañana siguiente, acaricié la empuñadura de *Hálito de Serpiente* invadido por una oleada de júbilo al comprobar que seguía vivo.

Era el clarear de un día dedicado a estruendosos festejos, acontecimiento que tenía la invariable virtud de encandilar a mis mesnaderos. Había comprado caballos en Eoferwic, nada menos que treinta y cinco magníficos sementales en la flor de la edad; tras llevarlos a una banda arenosa situada justo al otro lado de la Puerta de la Calavera, allí los cercamos. Habían acudido también muchos aldeanos. Las mujeres, que se habían presentado cargadas de cacerolas y pucheros, y los niños, expectantes y llenos de entusiasmo, aguardaban a que yo declarara abiertas las festividades, y a mi orden todos comenzamos a hacer ruido. ¡Y menudo ruido! Los hombres entrechocaban las espadas y aporreaban los escudos con el extremo de las lanzas, los niños lanzaban agudos chillidos, las mujeres sacudían las ollas hasta cascarlas, y todo el mundo se esforzaba en generar un fragor capaz de levantar a los muertos y sacarlos despavoridos del cementerio de Bebbanburg, coquetamente dispuesto a menos de cincuenta pasos de distancia. Egil seguía con nosotros, así que hice bocina con las manos para gritarle al oído:

—¡Os toca cantar!

—¿Yo? ¿Cantar? ¿Y por qué iba a hacerlo?

—¡Bueno, ya sabes que lo que intentamos conseguir es que se asusten los caballos!

Se echó a reír y se puso a insultarme a voz en grito; no era una canción, pero ciertamente daba miedo. En cualquier caso, no quitábamos el ojo de encima a los animales. Solemos embestir a caballo en las batallas. Bueno, está claro que la mayor parte de las veces preferimos armar un muro de escudos, de modo que nuestros garañones permanecen en lo más hondo de la retaguardia, pero de cuando en cuando nos montamos a horcajadas sobre ellos para medirnos con el enemigo en el campo de justas en el que perecen los valientes, y ahí es donde todo hombre comprueba que un caballo asustado resulta totalmente inútil. No obstante, sabemos que es posible entrenar a los sementales para que superen su instintivo recelo a los tumultos, para que pasen por alto el griterío, el metálico clangor de las afiladas embestidas y el ulular de los ataques, y por eso mismo intentamos acostumbrarlos a toda clase de batatholas y barullos, a fin de que no teman ni se llenen de espanto en el hervidero de un combate.

Ese día, sin embargo, mientras competíamos por desgañitarnos y ensordecer al mundo, apareció, silenciosamente, un jinete de poniente.

Finan fue el primero en divisarlo, y al momento me dio un discreto toquecito en el codo. Me volví, para ver a un caballo exhausto, rebozado en espumarajos de sudor, y a un jinete de ojos muy abiertos que apenas podía tenerse en la silla por la fatiga. A punto estuvo de irse al suelo al desmontar. De hecho, sólo el brazo de Finan impidió que se cayera.

—Señor... —consiguió articular—. Señor...

Y transmitió su mensaje.

El dragón volaba hacia al sur.

* * *

—¡Los escoceses, señor! —exclamó el exhausto mensajero.

Tanto era su cansancio que prácticamente no acertaba a pronunciar palabra, así que alcé amistosamente las manos y puse en las suyas un bocal de cerveza.

—Bebe —le dije—. Ya hablarás luego.

—¡Los escoceses, señor! —explicó después de apurar ansiosamente el vaso—. Han comenzado a invadir…

—¿Cumbria? —traté de adivinar.

—Me envía el señor Alfgar, señor. Marcha ahora mismo hacia el sur.

—¿Alfgar?

—Ha partido para unir sus fuerzas a las de Godric, señor.

Los hombres empezaron a agolparse a nuestro alrededor, ávidos de noticias. Les hice retroceder y pedí a Aldwyn que llevara a la fortaleza el caballo del heraldo.

—Necesita agua —dije al muchacho—. Una vez que haya bebido cuanto quiera, oblígalo a caminar suavemente un rato antes de instalarlo en el establo.

Entonces, senté al mensajero en un gran tronco de madera de deriva que el sol y el salitre habían blanqueado y lo animé a referirme con más calma las noticias. Según dijo, los escoceses habían cruzado el río Hedene aguas arriba de Cair Ligualid.

—¡Vienen a centenares, señor! ¡Y yo diría que hasta por millares se cuentan! Hemos tenido mucha suerte.

—¿Suerte? ¿Qué es eso de suerte?

—Nos habían dado un aviso. Había un puñado de hombres cazando con los halcones al amanecer, junto al río, y al ver lo que se les venía encima salieron al galope y dieron la señal de alarma.

–¿Los viste?

–¿A los escoceses, señor? ¡Por supuesto! Llevan escudos negros. El señor me ordenó que viniera hasta aquí para advertiros.

–¿Y cuándo ha ocurrido eso que cuentas?

–Hace tan sólo una semana, señor. ¡He cabalgado como un loco! ¡Pero he tenido que evitar a los escoceses!

No pregunté si Alfgar había enviado otro recadero a Æthelstan, porque era evidente que le habría dado prioridad sobre un simple caudillo militar como yo, pero tampoco me sentí obligado a creerlo. El hombre respondía por Cenwalh, y por su forma de hablar deduje que era un sajón occidental, pero eso no descartaba necesariamente la sospecha de que pudiera tratarse de un hombre a sueldo de Constantino. Había muchos sajones en Escocia. Algunos eran forajidos que buscaban refugio; otros, hombres que habían ofendido a un gran señor y habían tenido que huir al norte para eludir su inexorable castigo. En cualquier caso, resultaba evidente que la rara astucia de enviar a un tipo a persuadirme de que partiera lejos de Bebbanburg no era cosa que superara las dotes estratégicas de los escoceses. Si despojaba a la fortaleza del grueso de los guerreros y cruzaba Britania para hacer frente a un enemigo imaginario, Constantino tendría el campo abierto para presentarse ante la Puerta de la Calavera con sus tropas y lanzarse al asalto de mis parapetos.

–¿Has visto algún noruego? –pregunté a Cenwalh.

–No, señor, pero los noruegos de Cumbria lucharán a favor de Constantino.

–¿Tú crees?

–Nos odian, señor. Detestan la cruz. –Su voz vaciló al ver el martillo que pendía de mi cuello.

–¡Volvemos a la fortaleza! –ordené a mis hombres.

Recuerdo bien ese día. Era una jornada otoñal de mucho sol y poco viento, de mares apacibles y suave calidez. La cosecha estaba casi recogida por completo, y el plan era ofrecer un festín a los aldeanos. Sin embargo, ahora tenía que contar con la posibilidad de que lo que relataba Cenwalh fuera cierto. Pedí a Egil que volviera sin tardanza a casa y que, una vez allí, enviara exploradores al norte del Tuede a fin de buscar cualquier signo de que el ejército escocés se estuviera agrupando en la zona. Después envié mensajes a los hombres que además de guerrear en mis mesnadas se dedicaban a cultivar los campos de mi señorío, ordenándoles que se presentaran en Bebbanburg en compañía de sus leales. Por último, despaché un jinete a Dunholm para avisar a Sihtric de que podría necesitar su ayuda.

Después me limité a esperar, aunque ni los míos ni yo permanecimos mano sobre mano. Nos dedicamos a afilar las lanzas, a reparar las cotas de malla y a colocar rebordes de hierro en los escudos de tablas de sauce.

—Entonces, ¿tienes intención de ir? —averiguó Benedetta.

—He jurado proteger a Æthelstan.

—¿Y necesita que se cuide de él un anciano?

—Lo que precisa son los guerreros de ese vejestorio —afirmé pacientemente.

—¿Pero no habías dicho que era tu enemigo?

—Ealdred era el adversario. Æthelstan sólo se dejó engañar.

—¡Vaya! —exclamó la italiana, exasperada.

Estuve tentado de saludar su franqueza con una sonrisa, pero la sensatez me animó a no mover un solo músculo de la cara.

—¡Æthelstan tiene un ejército tras el que resguardarse! —añadió, sin desfallecer—. ¡Cuenta con los soldados de Wessex, de Anglia Oriental, de Mercia…! ¿Ha de solicitar también tu ayuda?

—Si me manda llamar, acudiré —dije con perfecta gravedad.

—Quizá no solicite tu presencia.

De pronto pensé que también podía darse el caso de que Alfgar hubiera sucumbido al pánico. A lo mejor, Constantino estaba saqueando el norte de Cumbria y, tras apropiarse de la cosecha y reunir ganado suficiente para colmar sus ambiciones, optara por retirarse a Escocia. ¿O debía perseverar en la sospecha de que el relato de Cenwalh pudiera no responder a la verdad? No podía saberlo, pero el instinto me decía que el dragón y la estrella fugaz se habían puesto al fin en marcha. Estábamos en guerra.

–Si vas –afirmó rotunda Benedetta–, yo iré contigo.

–De ninguna manera –respondí con toda firmeza.

–¡No te pertenezco! ¡No soy ya esclava de nadie! ¡Y tampoco me has tomado por esposa, así que soy una mujer libre! ¡Tú mismo lo dijiste! ¡Iré adonde me dé la gana!

Era como tratar de discutir con una tempestad, de modo que no añadí una sola palabra. Sólo esperé.

Llegaron más noticias, pero tampoco resultaban fiables; se trataba de simples rumores. Los escoceses se encontraban al sur del río Ribbel y continuaban avanzando. Las presuntas informaciones hablaban de una marcha un tanto sinuosa: primero habían retrocedido un poco hacia el norte, después habían tomado rumbo al este, hacia Eoferwic, donde se les había unido un ejército de escandinavos. Habían trabado batalla cerca de Mameceaster y salido triunfantes, aunque al día siguiente habían vencido los sajones. Alfgar había muerto, decían unos, mientras que otros sostenían que perseguía enconadamente a unas tropas escocesas derrotadas que huían al norte. No había nada seguro, pero las noticias –divulgadas en la mayor parte de los casos por boca de los mercaderes (ninguno de los cuales se animaba a decir que hubiera visto efectivamente un ejército o una batalla)– me convencieron de que debía enviar unas cuantas partidas al oeste con la misión de recabar algún informe digno de confianza. Les di orden de que no cruzaran a Cumbria, pero debían mantenerse alerta por si divisaban a algún fugitivo. De hecho, fue una de esas mesnadas, la que encabezaba mi hijo, la que finalmente aportó noticias realmente preocupantes.

—Olaf Einerson ha cabalgado a poniente al frente de dieciséis hombres —indicó puntualmente mi hijo—. Llevan consigo armas, escudos y cotas de malla.

Olaf Einerson era un aparcero hosco y pendenciero que se había apoderado de las tierras de su padre y que siempre se había mostrado reacio a pagarme la renta acordada.

—Lo sé por su esposa —prosiguió mi hijo—. Me asegura que ha ido a reunirse con los escoceses.

Otros informes sostenían que había grupos de daneses y noruegos que cabalgaban en dirección oeste, al otro lado de los montes, acompañados de tropas a pie. Por su parte, Berg, que había salido en descubierta junto con treinta hombres para intentar averiguar más cosas, nos contó a su vuelta que había rumores de que algunas tropas escocesas estaban visitando los asentamientos daneses y noruegos y ofrecían plata y promesas de más tierras a los capitostes. Así las cosas, la única certeza que tenía era que Bebbanburg no se hallaba sometida a ninguna amenaza inmediata. Egil había conducido a sus hombres a los profundos riscos y quebradas septentrionales y cabalgado prácticamente hasta el estuario del Foirthe, aunque sin encontrar nada de nada. Nos trajo la nueva a Bebbanburg, y con él llegaron también su hermano Thorolf y setenta y seis soldados a caballo.

—Avanzaremos juntos —dijo alegremente.

—No sé si estaré ya para esos trotes —confesé.

Poniendo cara de no haber entendido algo, se puso a mirar ostentosamente por todo el patio de armas de la fortaleza, que estaba abarrotado de tropas, al haber convocado yo a todos los hombres de mis propiedades.

—Por supuesto que vas a partir —dijo, tajante.

—Pero has de saber —lo advertí, que si monto en mi garañón será para pelear en el bando de Æthelstan, no en el de los hombres del gran norte.

–Por supuesto –asintió mi amigo.

–Y todos esos pueblos nórdicos se pondrán del lado de Constantino –añadí, antes de proseguir, tras una pausa–: Y no vuelvas a decir «por supuesto»

–Pero –fingió titubear el leal Egil– ¡por supuesto que combatirán con el escocés! –exclamó con una gran sonrisa–. Yo lucharé con vos y con los vuestros. Le perdonasteis la vida a mi hermano, me habéis dado tierras y me honráis con tu amistad. ¿Por quién queréis que luche?

–¿Contra los noruegos?

–Contra vuestros enemigos, señor –aseguró solemne, al tiempo que marcaba una pausa–. ¿Cuándo partimos?

Sabía que había estado retrasando la decisión, convenciéndome a mí mismo de que tendría la paciencia suficiente para esperar que un mensajero de confianza confirmara las habladurías. ¿Era el miedo lo que me hacía vacilar? Había rogado a los dioses que nunca más volvieran a ponerme en un muro de escudos. Me había dicho y repetido hasta la saciedad que Æthelstan no necesitaba el respaldo de mis hombres. Había escuchado las súplicas de Benedetta, y también había recordado al dragón: lo había visto saliendo del gran túmulo de sus dorados tesoros con las fosas nasales incendiadas. «¡Por supuesto que tenía motivos para tener miedo!», habría dicho sin duda Egil. Sólo los jóvenes y los necios parten a la guerra de buen grado. Y, pese a todo, había ultimado ya todos los preparativos bélicos, había congregado a mis hombres y afilado las moharras.

–Los escoceses siempre han sido vuestros enemigos –prosiguió Egil en voz baja y sin abandonar el tono formal.

No dije una palabra.

–Además, señor, si no marcháis al campo de batalla –añadió–, Æthelstan desconfiará más que nunca de vos.

–No me ha mandado llamar.

Egil lanzó una mirada de consternación a Finan, que se había unido a nosotros en la parte del parapeto que se asomaba al mar. Una ráfaga de viento agitó la larga cabellera gris del irlandés, refrescándome la memoria y haciéndome ver que nos habíamos hecho viejos y que las batallas son riñas sólo aptas para jóvenes.

—Estamos esperando que Æthelstan nos haga llegar su carta de emplazamiento —señaló Egil a Finan a modo de saludo.

—¡Sabe Dios si los mensajeros se hallan en condiciones de cruzar Northumbria en tiempos como éstos! —ponderó sabiamente Finan.

—Mis aparceros son leales —señalé, aferrándome obstinadamente a mis últimas verdades.

—Así es, señor —confirmó Finan—; al menos, por regla general.

El tono dubitativo con el que mi buen irlandés parecía haber corregido la primera parte de su afirmación me hizo ver que no todos debían ser fieles seguidores de la causa sajona. Olaf Einerson ya había aceptado unirse a los invasores, y sin duda habría otros desertores. En cualquier caso, todo mensajero que viniera del sur tendría que evitar los asentamientos de los hombres del norte.

—Bueno, decidnos, ¿qué creéis que está sucediendo? —preguntó Egil.

Dudé, y a punto estuve de confesar que no tenía ni idea y que me limitaba a esperar noticias fehacientes, pero aquellos hombres eran mis dos mejores amigos, mis más firmes compañeros de armas, así que les dije la verdad:

—Creo que los escoceses han empezado a urdir su gran venganza.

—Entonces, ¿a qué esperáis, señor? —preguntó Egil en tono extremadamente suave.

Le respondí en el mismo tono de voz.

—A reunir el coraje suficiente.

Ninguno de los tres sentimos necesidad de pronunciar una sola palabra más. Permanecí con la mirada fija en las olas que se quebraban entre blancas cenefas de espuma en los escollos de las islas de Farnea. Me hallaba en mi hogar, en el lugar que más amaba en el mundo, y no quería emprender la marcha y tener que recorrer de lado a lado el ancho territorio de Britania para luchar en el enésimo muro de escudos.

—Saldremos mañana —dije al fin, de mala gana—. Al amanecer.

Y es que el dragón volaba ya hacia el sur.

* * *

Monté a lomos de mi corcel muy en contra de mi voluntad. No tenía en modo alguno el pálpito de que aquella lucha fuera realmente conmigo. Al sur acampaba Æthelstan, un rey que se había vuelto en mi contra tras dejarse deslumbrar por sus propios sueños de gloria, mientras que al norte rebullía un inquieto Constantino, el monarca que siempre había querido apoderarse de mis tierras. No odiaba a ninguno de los dos, pero tampoco me merecían confianza alguna. Y desde luego no deseaba verme arrastrado a sus pendencias. Sin embargo, por mucho que me costara reconocerlo, la querella también me incumbía. Fuera cual fuese el desenlace, el choque estaba llamado a decidir el destino de Northumbria, y ésa es la única tierra que reconozco como patria. Mi tierra está compuesta de altos montes y peñascos, de hermosas costas arenosas batidas por el mar, y de gentes duras y aguerridas que se ganan la vida arrancando frutos a la tierra infértil y al océano frío. Si Beowulf tomó su caballo para combatir al dragón, fue porque debía cumplir su deber como garante de la población. Y resultaba obvio que mis gentes no querían que los gobernara el inveterado enemigo escocés. Tampoco podía decirse que les entusiasmara bregar a las órdenes de los sajones del sur, ya que los consideraban un pueblo reblandecido que siempre andaba en busca de privilegios; sin embargo, si las espadas se desperezan en las vainas y brilla la moharra de las lanzas, pelearán con los sajones. Los norueugos y los daneses de Northumbria podrían unirse a Constantino, pero sólo porque anhelan que se les deje en paz para adorar a placer a los dioses que juzgan verdaderos. A mí también me habría gustado disponer de esa libertad, pero la historia es tan inexorable como el destino. Northumbria no podría sobrevivir por sí misma, y por esa razón no le queda más remedio que elegir al rey que habrá de gobernarla; y yo, siendo como soy el más relevante señor de toda Northumbria, opté por el hombre al que una vez juré proteger. Así pues, cabalgamos para reunirnos con Æthelstan.

Y así recorrimos una vez más la conocida senda que conduce hasta Eoferwic. Una vez allí, seguiríamos la calzada romana, cruzaríamos Scipton, salvaríamos los montes y alcanzaríamos el caserío de Mameceaster. Pedía a los dioses que el ejército de Constantino no hubiera tenido tiempo de llegar tan lejos, porque, si atravesaba la hilera de castros y plazas fuertes que protegen la frontera norte de Mercia, se encontraría en condiciones de arrasar y saquear a su antojo los ricos campos de esa hermosa región. Me hallaba al frente de más de trescientos guerreros, de los cuales treinta y tres pertenecían a las huestes de Sihtric de Dunholm y a las temibles mesnadas escandinavas de Egil. Todos íbamos a caballo, seguidos por los más de cincuenta sirvientes a los que habíamos confiado la misión de guiar a las mulas que acarreaban víveres, forraje, escudos y lanzas. Sólo había dejado cuarenta hombres al cuidado de Bebbanburg, al mando de Redbad, un leal soldado frisio que, en caso de dificultad, contaría con la ayuda de las gentes de Egil, a quienes yo mismo había animado a encontrar refugio tras los parapetos de la fortaleza. No había signos de ninguna invasión escocesa en la costa levantina, pero los hombres de Egil dormirían mejor sabiendo que sus mujeres y sus hijos gozaban del amparo de mis formidables muros.

—Si ves que se aproximan los escoceses —le había comentado alegremente Egil a Redbad—, da un yelmo a todas las mujeres y ponlas a patrullar en las murallas. ¡Las tomarán por feroces soldados! Eso bastará para meter el miedo en el cuerpo a los escoceses.

Seguíamos sin saber qué había ocurrido en la costa occidental de Britania. La población de Eoferwic era presa de un gran nerviosismo y su guarnición permanecía alerta, pero no se había enviado a ningún contingente al este. Tras la muerte de Guthfrith y Ealdred, el cabecilla de la ciudad era Wulfstan, el nuevo arzobispo. Cuando me lo presentaron, me encontré frente a un hombre enjuto e irascible que me saludó con recelo.

—¿Por qué vais a la guerra? —quiso saber.

—¿Y por qué la guarnición no ha enviado hombres a levante? —dije por toda respuesta.

—Su tarea es proteger la ciudad, no recorrer Britania movidos por un simple rumor.

—¿Y si Æthelstan sale derrotado? —repuse.

—¡Tengo buenas relaciones con los pueblos del norte! La iglesia sobrevivirá. ¡Nadie puede derrotar a Cristo, lord Uhtred!

Recorrí con la mirada la habitación en la que nos hallábamos reunidos, una lujosa estancia construida por los romanos, caldeada por un gran fuego y cubierta por unos gruesos tapices de lana que embellecían las paredes con representaciones de Cristo y los apóstoles. Debajo, coquetamente dispuesto en largas mesas de madera, había un verdadero tesoro en vasijas de oro, fuentes de plata y relicarios con incrustaciones de piedras preciosas. En tiempos del arzobispo Hrothweard, jamás habían brillado tales riquezas en aquella sala. ¿Quería eso decir que Wulfstan aceptaba dineros de sus feligreses? En tal caso, los señores de Escocia lo sobornarían, no me cabía duda. Y Anlaf haría otro tanto.

—¿Tenéis noticias? —le pregunté.

—Se asegura que los escoceses se están desplazando hacia el sur —dijo desdeñosamente—, pero Alfgar y Godric se enfrentarán a ellos antes de que logren alcanzar las calles de Mameceaster.

—Alfgar y Godric —comenté— no deben de contar con más de setecientos hombres. Y aun dudo que sean tantos. Los escoceses triplicarán esa cifra… Es más, tal vez cuenten con la ayuda de los noruegos de Irlanda.

—¡No se atreverán! —contestó con excesiva precipitación, y luego, dándose cuenta de su indiscreción, me miró indignado—. Anlaf es un caudillito de poca monta, nada más. No osará abandonar sus marismas irlandesas.

—Lo que se rumorea… —comencé a decir.

—Un hombre de vuestra experiencia debería saber que no es prudente hacer caso de las habladurías —me interrumpió Wulfstan de muy malos modos—. Voy a permitirme daros un consejo, señor: dejad que sea el rey Æthelstan quien se ocupe de estos escarceos con los escoceses.

—¿Tenéis noticias de su majestad? —traté de averiguar, haciendo caso omiso del resto de sus palabras.

—¡Supongo que está reagrupando a sus huestes! No necesita las vuestras.

—Es posible que él no sea de vuestro parecer —repliqué con toda calma.

—¡Entonces ese chico es idiota! —explotó al fin el prelado, incapaz de seguir reprimiendo la ira—. ¡Un lamentable estúpido! ¿Habéis visto sus cabellos? ¡Rizos dorados, nada menos! ¡No es de extrañar que los hombres lo llamen «niño bonito»!

—¿Habéis visto luchar al niño bonito? —pregunté, sin obtener respuesta—. Porque yo, sí —continué—, y es formidable.

—En tal caso, no precisa ni vuestras fuerzas ni las mías. No penséis ni por un momento que soy un hombre irresponsable, capaz de dejar indefensa la ciudad. Y, si me permitís persistir en los consejos, señor, os recomendaría que os ocuparais de vuestra propia fortaleza. Nuestra tarea es mantener la paz en las zonas orientales de Northumbria.

—Entonces, si Constantino se alza con la victoria –inquirí–, ¿qué pretende? ¿Que esperemos de brazos cruzados a que nos ataquen?

Me miró con desprecio.

—Pues, aun admitiendo que os pusierais en marcha –aseguró obviando lo que acababa de decirle–, ¡me temo que llegaríais tarde! La batalla habrá terminado para cuando os presentéis. Quedaos en casa, señor, quedaos en casa.

«Este hombre carece de sentido común», pensé. Britania no conocería la paz en si Constantino ganaba, mientras que, si era Æthelstan quien salía triunfante, era indudable que tomaría buena nota de quién lo había apoyado y quién se había arrugado o acoquinado ante la sola idea de combatir. Dejé a Wulfstan en su suntuosa morada, mal dormí una noche en los antiguos cuarteles romanos de Eoferwic, y por la mañana conduje a mis hombres hacia poniente. Atravesamos las ricas tierras de cultivo próximas a la ciudad y después ascendimos lentamente por los montes. Nos hallábamos en una región ovejera, así que el segundo día, cerca ya de Scipton, nos encontramos con un montón de rebaños, todos desfilando al este tras las huellas de los pastores. Al ver que nos aproximábamos, los animales se dispersaron por la calzada romana, pero no tardamos en comprobar que no sólo eran las numerosas ovejas, seguidas de unas cuantas cabras, las que trataban de huir de nosotros: familias enteras de lugareños nos esquivaban con idéntica determinación. Los hombres me trajeron a un trashumante que aseguraba haber sufrido el ataque de unos escoceses.

—¿Llegaste a verlos? –le pregunté.

—Vi el humo, señor.

—No sigas ahí, de rodillas, y ponte en pie, hombre –dije, irritado.

Lo único que se veía a lo lejos era un amontonamiento de nubes grisáceas suspendidas sobre el flanco occidental del horizonte. ¿Podía tratarse de humo? Era imposible saberlo.

—Dices haber visto humo... Muy bien, ¿y qué más?

—Gente corriendo, señor. Dicen que pulula una horda por esta zona.

—Pero ¿una horda de qué? —traté de averiguar sin resultado.

Hablamos con otros fugitivos, y todos contaban la misma historia. Todo resultaba muy confuso. El pánico se había apoderado de la vertiente oeste de las colinas, y la única idea concreta que pude sacar de los aterrados pobladores de aquellas tierras altas fue la de que habían viajado al sur con la intención de encontrar un camino que los condujera a la dudosa seguridad de los murallones de Eoferwic. Todo parecía sugerir que las fuerzas de Constantino seguían devastando Cumbria, muy al norte de la frontera de Mercia.

Finan era del mismo parecer.

—Ese canalla debería estar avanzando más rápidamente. ¿Crees que está encontrando resistencia?

—Tal vez la de Godric y Alfgar —señalé.

—¡No puede ser! ¡No tienen hombres suficientes! ¡Esos malditos cabrones harían bien en retirarse!

—¿Podría ocurrir que Æthelstan les haya procurado refuerzos?

—El arzobispo lo habría sabido, ¿no os parece?

—Wulfstan no acierta a decidir a qué bando pertenece —exclamé sin levantar la voz.

—Pues ya os aseguro yo que no le hará ninguna gracia encontrarse con Anlaf.

—Constantino lo protegerá...

—Quizás es que Constantino ha emprendido la retirada —reflexionó mi amigo—. A lo mejor ha vapuleado a Æthelstan y está convencido de haberlo escarmentado bastante...

–No tiene pinta de ser eso –lo contradije–. Constantino no es ningún tonto. Sabe perfectamente bien que no se apalea a un enemigo; hay que arrancarle las jodidas tripas, esparcirlas por el suelo y mear encima...

Montamos el campamento cerca de Scipton, una pequeña población con dos iglesias, ambas en ruinas. Había granjas danesas en las inmediaciones, y las gentes de la zona nos explicaron que la mayor parte de sus propietarios e inquilinos se habían marchado, siempre al oeste. Pero ¿contra quién se proponían luchar? Yo sospechaba que habían ido a unirse a las fuerzas de Constantino, y, de hecho, muchos de los locales, al ver que mis hombres hablaban noruego o danés, pensaron que nosotros estábamos haciendo exactamente eso mismo.

Al día siguiente continuamos viaje, encaminándonos primero al sur y después al oeste. Seguíamos topándonos con fugitivos que se apresuraban a apartarse de nuestro camino. Hablamos con algunos de ellos, sin conseguir que dejaran de referirnos la misma cantinela: que habían visto humo y oído rumores de un inmenso ejército escocés, un contingente que por cierto parecía crecer con cada nuevo informante. Una mujer con dos niños pequeños aferrados a sus faldas afirmó haber visto con sus propios ojos a los jinetes extranjeros.

–¡Cientos de hombres a caballo, señor! ¡Cientos!

Las densas vaharadas grises seguían emborronando el horizonte por el norte y el oeste, así que acabé convenciéndome de que algunas de las franjas más oscuras que se alzaban a lo lejos debían de ser efectivamente columnas de humo. Apreté el paso, obsesionado por la predicción del arzobispo Wulfstan, tan seguro de que la batalla ya se habría dirimido. Los grupos de gentes en fuga eran cada vez más numerosos, y ahora viajaban además en nuestra misma dirección. De hecho, ya no intentaban superar las colinas, sino que se encaminaban al sur, hacia los pétreos parapetos de Mameceaster. Envié exploradores por delante para reconocer el camino, que estaba lleno de cagarrutas de oveja y boñigas de vaca.

Llegamos a Mameceaster al día siguiente. Ante nuestro avance, la guardia cerró las puertas a cal y canto, temiendo sin duda que fuésemos hombres de Constantino. Tuvimos que superar un tedioso intercambio de argumentos para persuadirlos de que tenían delante a Uhtred de Bebbanburg y no a un enemigo. El comandante de la guarnición, que respondía por Eadwyn, nos proporcionó las primeras noticias sólidas desde que Cenwalh se presentara sobre su exhausto jamelgo en Bebbanburg.

—Ha habido una batalla, señor –dijo con ánimo sombrío.

—¿Dónde? ¿Qué ha sucedido?

—Al norte, señor. Han matado al señor Godric. Y su colega Alfgar se ha dado a la fuga…

—¿En qué parte del norte ha sido la lucha? –traté de precisar.

Agitó la mano, entre ansioso y angustiado.

—Al norte… No sé muy bien dónde, señor.

Los fugitivos del derrotado ejército sajón habían hallado refugio en Mameceaster, y Eadwyn mandó llamar a tres de los recién llegados. Éstos contaron que Alfgar y Godric, los dos hombres que Æthelstan había nombrado señores de Cumbria, habían congregado a sus soldados y marchado al norte para plantar cara a los escoceses.

—Fue todo muy rápido, señor. Teníamos pensado combatir junto a un caudaloso arroyo. Pensamos que eso los detendría…

—Y no fue así, claro.

—Eran hombres venidos de Irlanda, y nos rodearon por el flanco izquierdo, señor. ¡Unos auténticos salvajes! ¡No dejaban de aullar! ¡Fue horroroso!

—¡Irlandeses! –exclamé, consciente de lo que temibles que podían resultar.

—No, señor, eran escandinavos, pero llegados de la isla verde. Llevaban halcones pintados en los escudos.

—¡Anlaf! —soltó Egil sin ambages.

Ésa fue la primera confirmación que tuvimos de que Anlaf había cruzado el estrecho y de que no sólo nos enfrentábamos a un ejército de escoceses, sino a una alianza entre los hombres de Constantino y los noruegos de Irlanda. Y si Anlaf había convencido a los señores de las islas, entonces también teníamos en contra al *úlfheðnar* de las Suðreyjar y las islas de Orkneyjar. Los reyes del norte habían venido a destruirnos.

—¡Escandinavos, señor! ¡Cientos de escandinavos! —gritó uno de los hombres—. ¡Enloquecidos como demonios!

Los tres hombres seguían aturdidos por la terrible derrota. Uno de ellos no sólo había visto morir a Godric, también le había tocado contemplar el trabajo de las imponentes hachas nórdicas, que habían destrozado el cadáver hasta convertirlo en una informe masa sanguinolenta. Según aseguraron, Alfgar había salido huyendo del campo de batalla sin esperar a que terminara el choque; había saltado a lomos de su caballo al ver que guerreros escoceses y los escandinavos de Irlanda tenían rodeados a los soldados que aún permanecían en pie.

—Nosotros también salimos de estampida, señor —confesó uno de ellos—. Todavía me parece estar oyendo los aullidos de dolor y espanto… Esos desdichados no tenían escapatoria.

—¿Dónde ha sido la refriega?

Pero no lo sabían. Lo único que pudieron decirme fue que Godric les había ordenado marchar al norte durante dos días seguidos, que había encontrado el arroyo que confiaba interponer como obstáculo entre su ejército y los invasores, y que allí había encontrado la muerte.

—Ha dejado viuda a una pobre muchacha —ponderó Eadwyn, abatido.

Eadwyn no había tenido noticia alguna de Æthelstan. Me instó a permanecer en Mameceaster y a sumar a mis mesnaderos a los hombres de su guarnición, porque había recibido la orden de defender Mameceaster a pie firme. Era evidente que todos los castros situados a lo largo de la frontera norte de Mercia habían recibido la misma orden, pero eso no constituía una indicación útil. Necesitábamos saber dónde se encontraba Æthelstan y el punto al que se encaminaban Constantino y Anlaf.

—¿Planearán asestar un nuevo golpe en el este, en los feudos centrales de Mercia? ¿O se propondrán continuar avanzando hacia el sur?

—Se dirigen al sur —señaló Egil, con un aplomo que me llamó mucho la atención.

—¿Y cómo estáis tan seguro? —pregunté.

—Si Anlaf se encuentra aquí —comenzó a aclarar Egil.

—Y así es —lo cortó Finan en tono grave.

—… es porque piensan quedarse cerca de la costa. La flota de Anlaf habrá traído víveres.

—¡No les faltará comida! —exclamé—. La cosecha ha sido buena.

—Sí, pero Anlaf querrá retirarse si las cosas se tuercen —puntualizó Egil—. Y eso significa que no querrá alejarse demasiado de sus naves.

Aquello tenía su lógica, aunque, si Egil estaba en lo cierto, ¿qué haría Anlaf una vez que llegara a Ceaster? En ese punto, el litoral daba un brusco giro al oeste para internarse profundamente en las tierras de Gales, así que perdería el contacto con la flota si continuaba avanzando al sur.

—Ceaster —solté de pronto.

Egil me miró desconcertado.

—¿Qué queréis decir con «Ceaster»?

—Que ahí se dirigen… Si la conquistaran, podrían instalar su campamento principal en la fortaleza de la ciudad y tendrían abierta una vía directa hacia el corazón de Mercia. ¡No hay duda: van a Ceaster!

A veces tengo la impresión de que las ideas surgen de la nada. ¿Es consecuencia de un instinto trabajado a lo largo de toda una vida confiada a la cota de malla y a la solidez del valor en el muro de escudos? ¿O acaso se me había ocurrido por pensar simplemente en lo que yo haría si estuviera en la piel de Anlaf o Constantino? No sabíamos dónde estaban nuestros enemigos e ignorábamos los planes de Æthelstan. Lo único evidente era que la idea de mantener a mis hombres tras los muros de Mameceaster no serviría para nada.

–Enviad un mensajero al sur –ordené a Eadwyn–, y pedidle que busque a Æthelstan. Debe comunicar al rey que partimos hacia Ceaster.

–Pero ¿qué pasará si se presentan aquí? –preguntó Eadwyn, muy nervioso.

–Eso no va a ocurrir –le aseguré–. Van a Ceaster.

Y la razón fundamental era que Constantino y Anlaf deseaban humillar a Æthelstan. Querían arrancarle el corazón por las ambiciones y planes que trataba de aplicar en Englaland; ansiaban calentar con su orina el frío cadáver del engreído monarca de toda Britania.

Y yo había llegado a la más absoluta convicción de que intentarían conseguirlo en Ceaster.

CAPÍTULO XII

La campiña que se extendía al norte del Mærse se hallaba desierta. Las granjas habían sido abandonadas, los graneros se hallaban vacíos, y los lugareños se habían llevado el ganado al sur, aunque también encontramos cinco rebaños de reses cuyos pastores habían preferido enfilar hacia el norte. No vimos ninguna reata grande; en la más pequeña conté siete vacas, y quince en la más importante.

—Son escandinavos —informó secamente Finan tras interrogar a los primeros pastores.

—¿Creéis que todo este trasiego podría deberse a que las gentes del campo temen la incursión de algún destacamento? Eso significaría que ya han llegado a Ceaster —sugerí.

—Tiene toda la pinta —contestó mi buen irlandés—. Pero es igualmente probable que lo único que quieran sea vender leche y carne a Anlaf. ¿Queréis que les confisquemos las cabezas de ganado y nos las llevemos al sur?

—No. Dejad que se marchen.

No quería que los animales nos ralentizaran la marcha, y tampoco me importaba que Anlaf consiguiera algo de carne; a esas alturas, el ejército que se dirigía al sur debía de haber acaparado ya gran cantidad de reses y estaría muy bien abastecido. Me giré sobre la silla y observé los largos penachos de humo que indicaban los puntos en que las granjas sajonas eran pasto de las llamas. No se hallaban más cerca que antes. Estaba claro que un ejército invasor evolucionaba a sus anchas al norte de nuestra posición, pero parecía haberse detenido a un día de viaje del Mærse, poco más o menos.

Conocía bien el territorio, pues no en vano había pasado muy buenas épocas en Ceaster. Se trataba de una faja de tierras montañosas y tribus rebeldes, parcialmente colonizada por los sajones, que vivían en incómoda e inestable coexistencia con sus vecinos daneses y noruegos, cuyos guerreros disfrutaban cruzando la frontera para robar ganado en Mercia; o eso era al menos lo que sucedía en los tiempos en que yo me hallaba al mando de la guarnición de Ceaster. Como es obvio, nosotros, para no ser menos gentiles, les habíamos pagado con la misma moneda, barriéndolos en una veintena de escaramuzas. Precisamente, me entretenía regodeándome con el recuerdo de aquellos rabiosos ajustes de cuentas cuando observé una gran algarabía a poca distancia de nosotros.

La última y más grande manada de reses llevaba rumbo norte. Los rehaleros que las guiaban se negaban a despejar el camino y a apartar al ganado para dejarnos vía libre. Una mujer alta y corpulenta se había puesto a gritar desaforadamente a los soldados que iban en vanguardia, una veintena de combatientes de Egil. Clavé espuelas para lograr que Snawgebland acelerara el paso y se acercara a la mujer que sermoneaba y cubría de escupitajos a los desconcertados nórdicos. Era danesa, y estaba meridianamente claro que exigía saber qué rumbo llevaban. Cuando los hombres le hicieron comprender al fin que nos dirigíamos a Ceaster, la matrona soltó un áspero gruñido y se puso a chillar, asegurando que no éramos más que una pandilla de traidores.

–¡Deberíais luchar por los viejos dioses! ¡Sois vikingos, qué demonios! ¿Creéis que Thor os dejará con vida después de esto? ¡Estáis condenados!

Algunos de los hombres de Egil parecían atemorizados, así que no me extrañó observar su expresión de alivio al ver que Egil, que cabalgaba a mi lado, le decía a la mujer que no había entendido nada.

–Nuestros enemigos también son cristianos, mujer. ¿O acaso piensas que Constantino lleva el martillo al cuello?

–¡Constantino lucha por nuestra gente!

–Y nosotros lo hacemos por nuestro señor –replicó Egil.

–¿Un señor cristiano? –remedó burlonamente.

Era una mujer huesuda de pesado porte y rostro congestionado. Debía de andar entre los cuarenta y los cincuenta años. Me percaté de que, entre la media docena de arrieros que la acompañaban, sólo había ancianos y chiquillos, lo que me llevó a pensar que el marido y los hombres físicamente en forma habían partido al norte para unirse a las fuerzas de Anlaf.

–Escupo sobre vuestro señor y sus asquerosos feudos –aulló ella–. ¡Espero que se ahoguen en su sucia sangre de cristianos!

–Es un señor pagano –explicó Egil, más divertido que molesto. Hizo un gesto en mi dirección–. Y además es un buen hombre –añadió.

La mujer me miró fijamente, y sin duda se fijó en mi martillo. Soltó un nuevo gargajo.

–¿Vas a unirte a los sajones? –preguntó con voz cascada.

–Soy sajón –le indiqué en danés, la lengua en que ella hablaba.

–¡Entonces te maldigo –vociferó–, te maldigo por traicionar a los dioses! ¡Te maldigo en nombre del cielo, del mar y de la tierra en la que hallarás la tumba!

La mujer forzaba la garganta en un intento de acompasar la acumulación de maldiciones con el aumento del tono.

–¡Te maldigo en nombre del fuego, del agua, de los alimentos que te nutren, de la cerveza que bebes!

Me apuñalaba con los dedos a cada nueva imprecación.

–¡Maldigo a tus hijos! ¡Morirán con agonía interminable! ¡Que los gusanos del inframundo les roan la osamenta! ¡Y tú…! ¡Tú, bastardo traidor, aullarás eternamente, de espanto y dolor, en el infierno! ¡Tus entrañas se retorcerán entre infinitos e insoportables tormentos! ¡Que tus…!

No pudo continuar. Acababa de escuchar otro bramido a mis espaldas y, al volverme, vi salir a un jinete de entre
los sirvientes que llevaban de la brida las mulas de carga. Había sido un grito femenino. La amazona, envuelta en un
grueso manto oscuro y con la cabeza oculta bajo una gran
capucha negra, se había lanzado al galope hacia la mujer que
nos increpaba, y ahora saltaba ágilmente de la silla y, cayendo sobre la campesina, mucho más voluminosa que ella, la
derribó al suelo. La encapuchada perseveraba en su interminable rugido. No entendía absolutamente nada de lo que
decía, pero desde luego no disimulaba su cólera.

Era Benedetta. No contenta con abalanzarse sobre la
mujerona, empezó a aporrearle la cara a dos manos, sin dis-
minuir el volumen de su grito de rabia. Mis hombres comenzaron a jalearla. Toqué suavemente con los talones los ijares
de Snawgebland, pero Egil, que se retorcía de risa, extendió
la mano y me detuvo.

–Déjala –pidió.

El ataque había pillado por sorpresa a mujer; le había cortado el aliento, pero ya empezaba recuperarse. Estaba claro que duplicaba en volumen a Benedetta y que
era más alta que ella. Se incorporó pesadamente, esforzándose en apartar a su oponente, comparativamente menuda, pero la italiana se las arregló para permanecer a horcajadas sobre el vientre de la comadre y proseguir con sus
desaforados berridos, y continuó abatiendo inmisericorde-
mente los puños sobre su enrojecido rostro, en el que se
veían ya las primeras salpicaduras de la sangre que había
empezado a manarle de las narices. La víctima soltó un directo a la cara de Benedetta, pero ésta, por fortuna, consiguió bloquearlo con el antebrazo. Sin embargo, la violencia de la arremetida dejó súbitamente callada a la italiana,
que comprendió de pronto el peligro que corría. Volví a
avanzar un par de trancos sobre mi montura, y de nuevo
Egil paró mis impulsos.

—Va a llevarse la victoria —me aseguró, pero yo no lo veía tan claro.

Y ahí vino mi asombro, porque Benedetta se reveló más rápida que yo. Alargó la mano, encontró un adoquín suelto en la desencajada cuneta de la calzada romana y golpeó con él con terrible fuerza en el cráneo a la desdichada.

—¡Auu! —chilló Finan, con una ancha sonrisa.

Mis mesnaderos, tanto noruegos como sajones, se echaron a reír y prorrumpieron en fuertes vítores. De hecho, las palmas y ovaciones redoblaron en cuanto vieron que la grandullona caía de espaldas, evidentemente aturdida y con la boca abierta, ignorando la sangre que se abría suavemente paso entre las calvas de su rala cabellera. Benedetta soltó un feroz gruñido en italiano. En los últimos tiempos, había conseguido aprender un poco su idioma, así que creí reconocer las palabras «lavar» y «boca». Todavía estaba intentando dar sentido a aquellos retazos de su discurso cuando vi que Benedetta estiraba el brazo derecho y cogía un buen pedazo de boñiga de vaca, húmeda y asquerosa.

—¡Oh, no! —exclamó Finan, próximo a la carcajada.

—¡Oh, sí! —lo contradijo Egil alegremente.

—*Ti pulisco la bocca!* —gritó Benedetta, al tiempo que aplastaba el puñado de mierda en la boca de la mujer, abierta de par en par.

La otra farfulló algo, y Benedetta, que no quería que la salpicara de estiércol, se puso velozmente en pie. Se agachó y se limpió las manos en las faldas de su oponente y acto seguido se volvió hacia mí.

—¡Sus maldiciones no funcionan! —dijo triunfante—. ¿Suelta mierda por la boca? Pues que coma mierda. He vuelto a embutirle en el gaznate todas las porquerías que ha estado berreando. ¡Eso es todo!

Se giró, escupió a la mujer y se aupó de nuevo a lomos de su caballo. Los guerreros seguían ovacionándola. Benedetta había deshecho todos los sortilegios que la membruda

411

mujer hubiera podido introducir en las cándidas e impresionables mentes de los más jóvenes soldados de Egil. Los hombres de armas adoran las peleas y admiran a los vencedores, y Benedetta había convertido un mal presagio en un buen augurio. Mi bella amiga guio al caballo hasta ponerse a mi altura.

–¿Lo ves? –afirmó, tranquila–. Me necesitabas. ¿Quién de vosotros tiene poder para combatir el mal de ojo?

–No deberías estar aquí –contesté con sequedad.

–¡No olvides que he sido esclava! –exclamó ásperamente–. ¡Llevo toda la vida oyendo a los hombres decirme lo que he de hacer! ¡Ahora nadie me da órdenes! ¡Ni siquiera tú! Pero no te preocupes, ¡yo te protejo!

–Sabes que he ordenado a mis hombres que no podían traer a sus esposas… –expliqué.

–¡Ja! ¡Hay muchas mujeres disimuladas entre los criados! Los hombres no os enteráis de nada…

Aquello era muy probablemente cierto, y, a decir verdad, su presencia me reconfortaba.

–Pero, si tenemos que entablar combate –insistí–, ¡haz el favor de mantenerte alejada!

–¿Y si me hubiera quedado en Bebbanburg, qué? ¿Quién te hubiera protegido de las maldiciones de esa estúpida? ¡Dime! ¿Quién?

–¡No vais a conseguir nada! –gritó Egil en tono divertido.

Alargué la mano y acaricié la mejilla de Benedetta.

–Gracias…

–¡Y ahora vámonos! –anunció con satisfecho orgullo.

Y así fue como nuestra comitiva reinició la marcha.

* * *

Si la victoria de Benedetta sobre la ogresa de Dinamarca había sido un primer agüero, algo jocoso, el segundo se reveló mucho más siniestro. Habíamos cabalgado tierra adentro hasta el vado más cercano de cuantos podían permitirnos cruzar el Mærse, pero nos llevó tiempo, porque, al torcer bridas para enfilar al oeste y tomar la conocida ruta a Ceaster, ya con el río a la espalda, el firmamento comenzaba a oscurecerse. El horizonte ya se había vuelto oscuro por oriente, mientras que por occidente era un caótico amasijo de sombrías nubes quebradas por los moribundos dardos de fuego del sol poniente. Un viento helado soplaba desde ese cielo de llamas cenicientas, espantando los mantos de los hombres y las crines de los caballos.

–Va a llover –dijo Egil.

–Rogad a Dios que podamos adelantarnos al aguacero y llegar a Ceaster antes de que estalle –gruñó Finan.

Y, en ese preciso instante, las rojinegras brasas del crepúsculo se abrieron, hendidas por un blanco fucilazo.

Y no fue un relámpago corriente, sino una nervadura silenciosa que desgarró toda la anchura del horizonte con tal resplandor que por un instante la tierra entera se inundó de vivísimos perfiles en blanco y negro. Un momento después, restalló el trueno, un bramido de ira de Asgard cuyo monstruoso estruendo rodó por encima de nuestras cabezas, estremeciendo de pavor instintivo a hombres y animales.

Snawgebland irguió la cabeza y estiró con fuerza de la brida, y tuve que calmarlo. Dejé que se levantara un instante sobre las patas traseras para que liberara la tensión, que sentía cómo le recorría el cuerpo en forma de violento temblor; después lo animé a avanzar unos pasos, hasta que pareció recuperar la sensación de normalidad.

–Se nos echa encima –anunció Egil.

–¿Qué? ¿La tormenta?

–La batalla –me corrigió, al tiempo que se acariciaba el martillo del cuello.

El rayo había descargado en la vertical de Wirhealum. ¿Qué significaba aquel presagio? ¿Que el peligro venía del oeste? ¿Que surgiría por el flanco de la isla de Irlanda, en la que Anlaf había conseguido el dominio sobre todos sus enemigos y por ellos ahora codiciaba las hermosas tierras de Northumbria? Espoleé a Snawgebland, ansioso por ganar los murallones de Ceaster antes de que la tormenta, que venía del mar, alcanzara la costa. Una nueva exhalación culebreó hasta el suelo. Era un chispazo más modesto, pero chascó mucho más cerca, tajando el cielo hasta impactar en las colinas bajas y los fértiles pastos de Wirhealum, la tierra entre los ríos. Entonces comenzó a llover. Al principio fueron sólo unas cuantas gotas gruesas y dispersas, pero pronto comenzó a diluviar torrencialmente. El ruido era tan fuerte que me vi obligado a gritar para que Egil oyera mi advertencia:

–¡Estamos en un cementerio! ¡Una necrópolis romana! ¡No os apartéis de la calzada!

Los hombres se aferraban a las cruces y los martillos, elevando plegarias para que los dioses no despertaran a los muertos y los sacaran de unas tumbas llamadas a exhalar el frío de varios siglos. Una tercera centella partió en dos el cielo, iluminando, a lo lejos, los parapetos de Ceaster.

Tuvimos que aguardar un buen rato empapándonos bajo la lluvia hasta persuadir a los guardias de las altas murallas romanas de que éramos un contingente amigo. De hecho, sólo tras conseguir que llamaran al obispo –mi hijo– y que éste se personara en la plataforma de combate asomada a la enorme arcada del acceso principal, se dignó al fin la guarnición a abrir de mala gana las ciclópeas puertas.

–¿Quién manda aquí? –grité a uno de los soldados de la guardia cuando crucé a espuela el portalón iluminado por dos chisporroteantes antorchas.

–¡Leof Edricson, señor! –contestó el interpelado.

Jamás había oído hablar de él. Tenía la esperanza de que la ciudad se hallara al mando de un soldado al que conociera, de alguno de los muchos individuos junto a los que había combatido o de un hombre que pudiera ayudarnos a encontrar cobijo. Pero enseguida me di cuenta de que no iba a resultar fácil, porque la ciudad estaba repleta de refugiados y de las reses que habían llevado con ellos. Nos abrimos paso entre las cabezas de ganado, y me dejé caer de la silla de Snawgebland en la plazoleta que tantas veces había visitado, frente al gran palacete de Ceaster. Le pasé las riendas a Aldwyn.

–Tendrás que esperar aquí hasta que encontremos dónde pernoctar –Y, volviéndome, llamé–: ¡Finan! ¡Egil! ¡Thorolf! Venid conmigo. ¡Tú también...! –grité a mi hijo.

Me acompañó asimismo Benedetta. Al verla, uno de los guardias avanzó con la intención de bloquearle el paso, pero la ceñuda mirada que le eché bastó para que retrocediera precipitadamente, y lo cierto es que ya no encontramos mayores obstáculos en nuestro camino hasta el vasto salón construido por los romanos, en cuyo hogar central ardía vivamente una enorme fogata. Debía de haber un centenar de hombres allí, y todos nos dedicaron una hosca expresión.

–¡Una mujer! –escupió uno de ellos, indignado–. ¡El salón de los guerreros está vedado para las mujeres! ¡Salvo que sean sirvientas! –tuvo aún el cuajo de agregar.

Era un hombre alto y delgado con una barba lacia y gris y un brillo de preocupación en las pupilas.

–¡Tiene que irse! –soltó, señalando a Benedetta.

–¿Quién sois vos? –traté de averiguar.

Pareció enfurecerse todavía más, como si yo tuviera obligación de estar bien informado de su nombre.

–¡Lo mismo podría preguntaros yo! –replicó, desafiante.

Entonces oí que entre los hombres que se apelotonaban a sus espaldas comenzaba a circular mi nombre envuelto en susurros admirativos, y al momento el tipo modificó bruscamente su actitud.

–Señor... –acertó a pronunciar entre tartamudeos.

Por un instante, llegué a creer que iba a hincarse de rodillas.

—¿Sois vos Leof Edricson? —pregunté, arrancándole un débil movimiento afirmativo de cabeza.

—¿Sois de Mercia?

Volvió a asentir.

—¿Y desde cuándo se niega a las mujeres el acceso a esta sala? —exigí saber.

—Es el salón de los guerreros, señor… Entrar aquí es un alto privilegio.

—Pues esta mujer que aquí veis acaba de embutirle diez pellas de mierda en la boca a una danesa malhablada —comenté como al descuido—, así que es tan guerrera como cualquiera de los presentes. Pero eso no es todo —agregué—: tengo otros trescientos soldados ahí fuera. Todos empapados, hambrientos y exhaustos. Es preciso procurarles acomodo.

Senté a Benedetta en un banco cerca de las alegres llamas de la hoguera. La lluvia golpeaba fuertemente la cubierta de la sala, que, mal techada, dejaba colar el agua por una docena de lugares. A lo lejos, por el flanco de poniente, el estallido de otro trueno agitó la acerada lámina del cielo.

—¡Trescientos! —repitió como para sí Leof Edricson, quedando después sumido en un cohibido silencio.

—¿Tenéis forma de darles cuartel, señor?

—No cabe ya un alma en la ciudad, señor.

—Entonces dormirán aquí, y con sus mujeres…

—¿Mujeres? —parecía que le hubieran arreado con una maza en la cabeza.

—Sí, sobre todo ellas. —Me volví hacia mi hijo—. Ve a buscarlos. Que los criados sujeten los caballos.

Sonrió, pero justo en ese momento se abrió la puerta del salón y vi entrar a mi hijo mayor, el intrépido obispo. Su túnica sacerdotal chorreaba agua como si llevara una fuente escondida bajo el paño. Observó detenidamente a su hermano y empezó a hablar, pero se cortó, y, sin previo aviso, se precipitó hacia mí.

–¡Padre! –exclamó.

No respondí.

–¡Habéis venido!

Parecía aliviado.

–Veo que el padre Eadwyn os ha alcanzado, ¿no es cierto?

–¿Quién demonios es el padre Eadwyn?

–¡Santo cielo! ¡Hace ya una semana que lo envié a vuestro encuentro! –explotó, angustiado.

–¿Habéis pedido a un sacerdote cristiano que cruce Northumbria en los tiempos que corren? Me temo que lo habéis arrojado a los brazos de la muerte… ¡Estaréis contento! ¿Podéis contarme qué narices está pasando?

Había dirigido estas dos últimas palabras a Leof, pero parecía totalmente incapaz de contestar. Fue mi hijo el obispo quien finalmente atendió a mi petición, aunque tuve la impresión de que nadie, ni siquiera él, sabía excesivamente bien lo que podía estar sucediendo más allá de los muros de Ceaster, salvo que Ingilmundr, quien tanto se pavoneaba de su amistad con Æthelstan, había devastado las tierras próximas a la ciudad.

–¡Ingilmundr! –aullé con rabiosa amargura.

–Nunca me había inspirado confianza, el muy bastardo –terció mi hijo

–A mí tampoco –coincidí.

Sin embargo, Æthelstan se había puesto poco menos que en manos de Ingilmundr, convencido de que el apuesto escandinavo era la prueba fehaciente de que los paganos podían convertirse en leales vasallos cristianos. Sin embargo, parecía claro que Ingilmundr debía de llevar meses conspirando con Anlaf, y que ahora había decidido pasar a la acción y dedicarse a robar reses, confiscar grano e incendiar granjas. Y lo que era aún peor: empezaba a dárselas de conquistador, y por eso había tomado la pequeña plaza fortificada de la orilla sur del Mærse.

417

—¿Sabéis si se ha apoderado de Brunanburh? —pregunté horrorizado.

—Desde luego, he ordenado a la guarnición que abandone la posición —admitió Leof—. Sólo había un contingente reducido. No habría podido resistir un ataque.

—¿Estáis diciéndonos que le habéis entregado el castro así como así, por las buenas? ¿No destruisteis primero los muros?

—Echamos abajo la empalizada —trató de excusarse Leof, poniéndose a la defensiva—. Pero lo importante es mantener Ceaster hasta que llegue el rey.

—¿Y cuándo tiene pensado personarse aquí? —lo interrogué con una punta de socarronería.

Nadie tenía la menor idea.

—¿No habéis tenido noticias de Æthelstan?

Nuevamente la respuesta fue un estrepitoso silencio.

—¿Está al menos al tanto de las fechorías de Ingilmundr? —inquirí.

—Hemos despachado varias partidas de heraldos —contestó Leof—. ¡Espero que no penséis que no sabemos lo que tenemos obligación de hacer! —dijo, haciendo acopio de algo de gallardía.

—¿Y habéis mandado algún contingente capaz de plantar cara a Ingilmundr? —repliqué, trocando la sorna en crítica directa.

—Cuenta con muchísimos guerreros —respondió Leof con expresión lacrimosa—. ¡Demasiados!

Estudié el rostro de sus hombres, y me di cuenta de que algunos bajaban la testuz, avergonzados. La mayoría, sin embargo, parecía tan asustada como su cabecilla, que de pronto volvió a fruncir el ceño al comprobar que mis desaliñados combatientes, acompañados por una veintena de mujeres, comenzaban a apiñarse en el vestíbulo.

—En otro tiempo —aseguré en tono grave—, los hombres de Mercia sabían mostrarse fieros en la batalla. Ingilmundr se ha pasado al enemigo, y vuestra misión, vuestro único cometido, era aniquilarlo –dije, clavando la mirada en Leof.

–No tengo hombres suficientes –respondió patéticamente Leof.

–Entonces ya podéis rezar para que sea yo quien supla vuestra falta –contesté con dramatismo.

–Es posible que… –comenzó a balbucir tentativamente mi hijo, el obispo, antes de interrumpirse, abrumado por la duda.

–¿A qué te refieres?

–Es posible que Leof tenga razón, padre –dijo, retomando el hilo de su pensamiento–, y que la tarea más importante consista justamente en asegurarse de que Ceaster no caiga en manos de nuestros adversarios.

–La labor decisiva –gruñí, remedando sus palabras– es garantizar que vuestra preciosa Englaland no se derrumbe como un árbol podrido. ¿Por qué crees que Ingilmundr se ha rebelado?

–Porque es pagano –aseguró categóricamente mi hijo, en claro desafío.

–Y porque está atrapado en Wirhealum. ¡Piénsalo! Si Æthelstan se presenta al frente de un ejército, Ingilmundr sólo tendrá dos formas de salir con vida de ese burgo: puede huir en barco, o marchar como una exhalación frente a los murallones de Ceaster para intentar replegarse a las regiones septentrionales.

–No lo logrará si el ejército del rey se halla acantonado aquí –insistió Leof.

–Y lo sabe. Es más, también es perfectamente consciente de que no tiene hombres suficientes para derrotar a Æthelstan. Entonces, ¿por qué lucha? Porque sabe que pronto tendrá una hueste en la que respaldarse. No es ningún estúpido… Si se ha levantado en armas, es porque tiene la certeza de que un gran ejército no tardará en acudir en su ayuda, y vos le habéis permitido acumular el trigo y la carne que necesita para alimentarlo.

Cualquier otra posibilidad carecía de sentido a mis ojos. Se acercaba un ejército, tropas y tropas de escoceses enfurecidos y ansiosos de venganza, secundados por una horda de noruegos paganos ávidos de botín. Decidí que, a la mañana siguiente, montado sobre Snawgebland, intentaría descubrir si estaba o no en lo cierto.

* * *

El alba trajo el fin de la tormenta, que sin embargo dejó tras de sí un cielo frío y húmedo del que descendían breves descargas de lluvia que nos empapaban la cara. Así hicimos todo el camino a caballo hasta Wirhealum. Una antigua calzada romana bajaba hasta el centro de la península, uniendo Ceaster con el puerto, que se abría, rodeado de marismas, en la costa noroeste. Yo conocía bien la región de Wirhealum: una larga faja de tierra entre los ríos Dee y Mærse, cuyas orillas se hallaban festoneadas de bajíos de cieno y arena. La tierra firme aparecía surcada por una multitud de arroyos, pero era también una bendición de buenos pastos y bajas colinas boscosas. Grupos de noruegos que habían fingido convertirse al cristianismo habían colonizado la mitad septentrional, mientras que la parte sur, más próxima a Ceaster, había sido siempre sajona. Sin embargo, en los últimos días, esos mismos sajones habían sido expulsados de sus asentamientos, después de haber asistido impotentes al incendio de sus granjas, a la devastación de sus graneros y al robo de sus reses.

En esta ocasión, pese a tener que avanzar al frente de la práctica totalidad de mis trescientos hombres entre ráfagas de viento y una cortina de lluvia, pensé que era mejor evitar la calzada romana. Buena parte de su longitud discurría por un valle ancho y poco profundo, serpenteando entre espesos pastizales, bordeados a su vez por pendientes montañosas de escasa altura y pobladas de densos bosques. Cualquier enemigo potencial podría, agazapado en esas arboledas, vigilar el camino, manteniendo al mismo tiempo ocultos a sus hombres al amparo de la fronda, y finalmente tendernos una emboscada. De hecho, yo sospechaba que ya nos habían visto. Ingilmundr no era ningún idiota, así que lo más seguro es que hubiera desplegado exploradores para mantener Ceaster bajo control. Preferí, sin embargo, ocultarme y no facilitarle las cosas, y menos animarlo a armar una celada. Para conseguirlo, guié a mis hombres por entre los grandes árboles que cubrían la serranía del flanco oriental. Progresábamos con lentitud, caracoleando entre robles y hayas, siempre tras el rastro de Eadric, Oswi y Rolla, que iban por delante explorando el terreno a pie. Eadric, que era el mayor, ya que debía de tener poco más o menos mi edad, se adelantó hacia el centro de la pendiente. Era el mejor explorador que jamás hubiera tenido, y poseía una asombrosa habilidad para permanecer oculto y detectar enemigos menos duchos que él en el arte de esconderse. Oswi, uno de los huérfanos que habíamos rescatado en Lundene, no conocía los páramos, roquedos y llanadas como Eadric, pero era astuto e inteligente. Y el danés Rolla era un hombre de vista agudísima que sabía proceder con suma cautela, salvo que se viera arrastrado a una pelea, porque entonces se volvía tan cruel y sañudo como una comadreja; fue él quien, al encontrarse en el flanco oriental de la cordillera, dio la voz de alarma y nos indicó que había avistado al enemigo. Al observar que nos avisaba con gestos perentorios, alcé la mano para detener a los hombres, desmonté y, acompañado por Finan, me acerqué al punto en el que se hallaba Rolla.

Finan fue el primero en reaccionar.

–¡Dios mío! –exclamó suavemente.

–Han juntado buena jauría, ¿eh? –dijo Rolla.

Me puse a contar los hombres de una de las columnas que seguía una trocha pegada a la ribera del río Mærse. La retaguardia todavía permanecía oculta por las anfractuosidades del terreno, pero calculé que debíamos tener delante a unos cuatrocientos hombres a caballo, todos rumbo al interior de la región. A nuestra izquierda percibía vagamente los restos de Brunanburh, la fortaleza que Æthelflaed había ordenado construir a orillas del Mærse. «A lo mejor Leof tenía razón», pensé con pesar, «y la guarnición de Ceaster carece de hombres suficientes para hacer frente a los noruegos de Ingilmundr».

—¿Creéis que esos canallas están tratando de rebasarnos para situarse a nuestra espalda? —preguntó Finan.

Negué con la cabeza.

—Hace muy poco que hemos salido de Ceaster. No han tenido tiempo de reunir semejante contingente, ni siquiera admitiendo que nos hubieran visto salir de la ciudad.

—Espero que tengáis razón, señor —gruñó Rolla.

—¡Y aún vienen más! —saltó Finan, tras darse cuenta de que un nuevo grupo de lanceros aparecía al otro lado de las ruinas.

Encargué a mi hijo que partiera con seis hombres para advertir a los soldados de Ceaster que unos quinientos jinetes hostiles se dirigían al interior de la península.

—Leof no hará nada de nada —refunfuñó Finan.

—Puede dar aviso a las gentes de los asentamientos más cercanos —respondí.

La columna fue desvaneciéndose gradualmente en la lejanía. Sus componentes, pegados siempre al sendero de la costa, habían circulado entre los vastos pastos verdes y las fangosas marismas en que se congregaban a millares correlimos, ostreros y zarapitos. La marea estaba baja. Pensé que, si hubieran querido darnos caza, habrían elegido la otra cresta, ya que, de haberse escondido allí, entre el denso follaje de los árboles, habrían podido salir como saetas y cortarnos la retirada atravesando velozmente el ancho valle bajo.

—Sigamos —ordené.

–Si ha enviado quinientos hombres tierra adentro –quiso saber Egil en cuanto regresé junto a los jinetes–, ¿cuántos puede conservar aún Ingilmundr en su refugio?

–Tal vez no los suficientes –contestó rápidamente su hermano Thorolf, aullando como un lobo.

Egil era el mayor de los tres hermanos. De complexión menuda, poseía un notable atractivo físico, por no mencionar que sabía divertir a sus amigos. Se acercaba al campo de batalla como quien se dispone a disputar una partida de *tæfl*: con cautela, meditabundo y buscando el punto flaco del adversario, para atacar después con la letal presteza de una serpiente. Thorolf, en cambio, no sólo era dos años más joven, sino un guerrero de los pies a la cabeza: corpulento y con una barba negra y larga que acentuaba los matices sombríos de su rostro. Nunca se le veía más feliz que en las ocasiones en que blandía su gran hacha de guerra. Se lanzaba al combate como un toro enfurecido, seguro del poder que le conferían su formidable estatura y su innegable habilidad. Berg, el más joven, vivo gracias a mi clemencia, se parecía más a Egil, pero carecía de la afilada inteligencia de su hermano mayor. Sin embargo, puede que fuera el más hábil de los tres en una lucha con espadas. En cualquier caso, todos me caían bien, merecían mi máxima confianza y eran diestros combatientes.

En ese momento, cuando penetrábamos en lo más profundo del agreste paisaje de Wirhealum, los tres cabalgaban junto a mí. A nuestra derecha, rumoreaba el ancho río Mærse, cubiertas sus enlodadas orillas del blanco plumaje de un sinfín de pájaros; y, a nuestra izquierda, los ricos pastos del valle iban dando paso al brezal por el que discurría la calzada romana, recta como una lanza. Al pasar los últimos caseríos destruidos, vimos que al frente aún quedaban algunas granjas en pie, lo que significaba que estábamos cruzando la línea invisible que separaba la zona sajona de la península de los asentamientos noruegos.

Por un momento, tuvimos incluso la sensación de que en Wirhealum reinaba la paz, pues ya no volvimos a ver un solo hombre armado. De hecho, por un instante, casi un suspiro, aquel dilatado paisaje se me antojó sumido en la silenciosa quietud de un campo sepulcral. Los grajos volaban ansiosos para ganar el Mærse y, mucho más lejos, a nuestra izquierda, una niña guiaba tres vacas a una granja delimitada por una bien trazada cerca. Entretanto, las aguas de la marea fluvial rebrillaban en el amplio y poco profundo valle. Como un relámpago azul, un martín pescador cruzó el riachuelo que culebreaba entre las hondas y fangosas riberas. El arroyo, muy crecido a causa del reciente aguacero, bajaba con aguas turbias y presurosas. En la cresta de los montes más alejados, la espesa cubierta arbórea ascendía como una mancha oscura, entreverada de oro por el follaje de los robles y teñida de los encendidos destellos carmesíes de los hayedos, formando en conjunto una fronda de hojas carnosas e inmóviles en el aire quieto.

Fue un momento sumamente extraño, y sentí como si el mundo contuviera la respiración. Me quedé contemplando, embelesado, la paz, los pastos, la fértil campiña verde que los hombres anhelaban. Hubo un tiempo en que los galeses fueron señores de estas tierras, pero después habían visto llegar y partir a los romanos, para sufrir después la embestida de los sajones, que, a golpe de lanza y de espada, habían regado con sangre el suelo de Gales. Aquello provocó la desaparición de los antiguos nombres, porque, evidentemente, los nuevos amos se apoderaron del país y lo llamaron de otro modo: lo denominaron Wirhealum, que significa «herbazal cubierto de mirto de turbera». Aquello me hizo recordar a Æthelstan, que siendo sólo un niño había matado a un hombre junto a una acequia repleta de esas plantas. La mente voló también a la bella Æthelflaed, la hija de Alfredo, que una vez me pidió reunir un buen manojo de hojas de mirto, consciente de que servía para mantener lejos a las pulgas. Sin embargo, nada había podido espantar a los nórdicos, ni siquiera aquellas fragantes hojas tan adversas a los parásitos. Se presentaron de rodillas, rogando que se les diera un puñado de tierra, aunque fuera pobre, y jurando venir en son de paz. Tanto Æthelflaed como Æthelstan les habían concedido pastos y haciendas, creyendo ingenuamente en sus promesas de armonía y convencidos de que, con el tiempo, también se hincarían de hinojos ante el dios clavado.

Pero no vimos por las inmediaciones a ninguno de aquellos fieros falsarios. A nadie, en realidad, salvo a la pequeña niña que pastoreaba su ganado.

–Tal vez se hayan ido todos al este –sugirió Egil, con más voluntad que convicción.

–¿Creéis que quinientos hombres bastarían para invadir Mercia?

–Son noruegos, no lo olvidéis –dijo jovialmente.

Eadric nos indicó por gestos que siguiéramos, y progresivamente fuimos internándonos en los dominios de los noruegos. El frondoso follaje de los árboles empezaba a mostrarse tocado por los primeros rubores otoñales, pero seguía cumpliendo su función, ofreciéndonos un magnífico resguardo. Sin embargo, los pájaros lo desbarataban todo, pues traicionaban nuestro avance al huir a medida que nos acercábamos. Estaba nervioso. El enemigo podía superarnos en número, rodearnos o tendernos una trampa. Pese a todo, lo cierto es que ese enemigo continuaba sin dar señales de su presencia. No había aves que levantaran el vuelo y abandonaran el refugio de las boscosas densidades de la lejana sierra, ni tampoco se veían jinetes cabalgando por la calzada romana o el sendero que bordeaba el Mærse. Pero justo entonces regresó Rolla con nueva información.

–Señor –me llamó discretamente–, hay algo que debo enseñaros…

Lo seguimos hasta la linde del bosque, y allí volvimos a tender la vista al otro lado del río, escudriñando el vasto espacio vacío que se extendía más allá de él, por la anchurosa espalda del mar. Y de pronto los vi: una nutrida escuadra de guerra.

—¡Dios mío! —volvió a alarmarse Finan.

Había barcos procedentes de las regiones septentrionales, una verdadera flota. Conté cuarenta y dos, pero tal vez fuesen más. Apenas había viento, así que avanzaban a remo. Y su objetivo parecía ser conducir tropas al extremo de la península. De hecho, los navíos que iban en cabeza se encontraban ya a tiro de arco de tierra.

—Dingesmere —solté sin más preámbulo—. Se dirigen a Dingesmere.

—¿Dingesmere? ¿Y eso qué es? —preguntó Egil.

—Un puerto —respondí—. Y muy grande, por cierto.

Se trataba en realidad de un extraño fondeadero situado en el cabo de Wirhealum que más se adentraba en el mar. Allí se había formado una especie de laguna litoral de aguas salobres y muy escaso calado en la mayor parte de su extensión. Gruesos ribetes de cieno y juncos ceñían la albufera, a la que se accedía por una maraña de canales repletos de bancos de arena. Sin embargo, Dingesmere era lo suficientemente grande y profundo, incluso con las mareas más bajas, como para procurar cobijo seguro a una flota entera.

—¿Queréis que vaya a echar un vistazo, señor? —preguntó Eadric.

Todavía estábamos demasiado lejos para poder divisar los anchos marjales que cubrían el extremo de la península, y algo me hacía sospechar que nuestros adversarios ya se habrían congregado allí a cientos. No quería arriesgar la vida de mis hombres metiéndolos de cabeza en un nido de avispas, pero tenía que saber si ya se había acantonado o no un ejército en algún punto próximo a Dingesmere.

–Me parece demasiado peligroso –dije a Eadric de mala gana–. Tengo la corazonada de que nos aguarda un ejército completo.

–O no tardará en desplegarse –matizó Egil, sin perder de vista el oscuro enjambre de bajeles que se perdía en lontananza.

–No me verán, señor –insistió Eadric con su habitual aplomo–. Hay un montón de ramblas en las que esconderse.

Asentí. A punto estuve de decirle que se anduviera con cuidado, pero preferí ahorrarme las palabras, porque Eadric siempre se mostraba cauto, y también conocía a fondo su oficio.

–Te esperaremos allí detrás –le indiqué, señalando con la cabeza el pie de la sierra.

–¡Me lo voy a pasar de miedo, señor! –aseguró exultante mi mejor explorador.

–Te esperamos.

–Quizá no llegue hasta el anochecer –advirtió.

–Ve –repuse con una gran sonrisa.

Y así lo hicimos. Aguardamos sus noticias, sin dejar de vigilar atentamente los barcos que cabeceaban a lo lejos.

–Ésos no vienen de Irlanda –comentó Thorolf–. ¡Todos vienen del norte!

Y así era. Seguían apareciendo más barcos y todos hacían cabotaje en dirección sur. Una posibilidad era que los noruegos de Irlanda hubieran cruzado el estrecho y tocado tierra demasiado al norte, pero los marinos de las regiones nórdicas no cometen ese tipo de errores.

–Es el ejército de Constantino –concluí–. Eso es lo que ocurre. Son los escoceses.

–¿En naves noruegas? –gruñó disconforme Thorolf.

Los barcos que entreveíamos en la lejanía enarbolaban cabezas de animales en la proa, no cruces. Además, los cascos eran más esbeltos que los de los navíos escoceses, bastante más pesados.

–Son aliados –argumenté–. Anlaf está transportando al ejército de Constantino.

–Pero ¿por qué? –preguntó Egil–. ¿Por qué los escoceses no se han limitado a proseguir la marcha por tierra?

–Por los castros.

Me entretuve un instante a explicar que Æthelflaed había construido una cadena de plazas fortificadas en la frontera septentrional de Mercia.

–¿Cuántos hombres creéis que trae Constantino? –inquirí al terminar.

–¿Mil quinientos? –aventuró Finan–. Tal vez más, si los guerreros de escudos negros se han sumado a sus huestes…

–Pues van a formar una columna larguísima al rebasar esos castros –señalé–. Y no olvidéis que una de sus principales preocupaciones es sufrir el ataque de una de esas guarniciones. –Hice volver grupas a Snawgebland–. Será mejor que retrocedamos un poco, cosa de una milla.

Si estaba en lo cierto, y si los barcos de Anlaf estaban transportando a las tropas escocesas a Wirhealum, entonces el ejército del propio Anlaf ya debía de haber desembarcado, lo que significaba que nos encontrábamos demasiado cerca del extremo de la península como para podernos sentir a resguardo. Todo cuanto podíamos hacer ahora era esperar a Eadric, pero sería mejor aguardar un poco más cerca de Ceaster. Así que, una vez tomada la decisión, regresamos a través del follaje incipientemente arrebolado, y ya a cubierto y habiendo apostado centinelas para vigilar los movimientos que pudieran producirse al norte, desmontamos y nos limitamos a matar el tiempo. Se levantó algo de viento, y los barcos, perdidos a lo lejos, izaron uno a uno las velas. A eso de media tarde debíamos de haber visto desfilar unas ciento cincuenta embarcaciones. Por el este, el humo de las granjas incendiadas por la hilera de jinetes que habíamos visto pasar antes empezó a ensuciar el firmamento.

—Dijo que volvería al caer la noche —me recordó de pronto Finan—. Y todavía falta un rato.

Se notaba que empezaba a preocuparme por Eadric.

—¡Además, ese tipo es perro viejo, hombre! ¡Sabe lo que se hace! Ni en mil años alcanzarían a descubrirlo. Se escabulliría hasta del mismo diablo…

Me hallaba sentado en la umbría franja del lindero del bosque, con la vista fija en el ancho páramo cubierto de breñas que interrumpía la cicatriz de la calzada romana. Por debajo de donde me encontraba, fluía un arroyo al pie de la empinada ladera, encajonado entre abruptas riberas de lodo.

—No veo nutrias —señalé.

—¿Nutrias? —se extrañó mi amigo irlandés, sentado junto a mí.

—Es un buen sitio. De los que suelen gustarle.

—Las habrán cazado a todas. La piel de nutria se vende a muy buen precio, ya lo sabes.

—Y, sin embargo, hay martines pescadores… Acabo de ver un par.

—Mi abuela solía decir que los martines pescadores traen buena suerte.

—Espero que lleve razón. —Esbocé una sonrisa tensa y acaricié el amuleto de mi martillo.

Justo en ese momento, surgió de entre la maleza la silueta de Oswi. Volvía a la carrera, sorteando los troncos de los árboles como si lo persiguiera un lobo.

—¡Hombres, señor! ¡Vienen hombres! ¡Por la carretera!

Miré al norte, pero no vi nada.

—Están todavía muy lejos, señor —precisó Oswi, acuclillándose a mi lado—. Deben de ser unos treinta…, todos a caballo. Y llevan estandartes.

Aquello era muy raro. A todos los soldados nos gusta enorgullecernos de nuestros colores cuando nos encaminamos al campo de batalla, pero es extrañísimo que los dejemos ver cuando viajamos en grupos reducidos.

–Podría tratarse de una maniobra de distracción –sugerí–, para impedir que no notemos que llega un contingente que se nos acerque por entre los árboles.

–No he visto nada en los bosques, señor –me tranquilizó Oswi.

–¡Vuelve sobre tus pasos y cerciórate!

–Será mejor que montemos a caballo –observó prudentemente Finan, y aún no había terminado de acomodarme en la silla de mi garañón cuando vimos ya muy cerca a los jinetes enemigos.

–Son treinta y cuatro –detalló Finan.

–Y dos de ellos enarbolan unas gruesas ramas –matizó Egil, que acababa de unirse a nosotros.

Permanecimos ocultos en las sombras, pero ya bien aupados a lomos de nuestros animales.

–¡Ramas! –exclamó Finan–. ¡Muy cierto! Dos de los jinetes en la vanguardia llevan ramas repletas de hojas de color castaño. Eso es señal de que cabalgan en son de paz.

–¿Creéis que podrían dirigirse a Ceaster? –pregunté.

–¿Para qué? ¿Para exigir la rendición de la ciudad?

–¿Y qué otra intención podrían tener?

–Será mejor que los adelantemos y lleguemos allí antes que ellos –señaló Finan con expresión sombría–. Aunque sólo sea para asegurarnos de que al canalla ese de Leof no se le ocurra decirles que sí…

Sin embargo, antes de poder abrir siquiera la boca para responder, la mitad de los hombres a caballo abandonaron la calzada y se desplegaron por el brezal que separaba la carretera del arroyo. Avanzaban en pequeños grupos, deteniéndose cada pocos pasos para observar todo cuanto los rodeaba. Se tomaban un trabajo inmenso en mirar por todas partes, como si se propusieran medir y comprar un pedazo de tierra. Y eso me llamó mucho la atención. Por su parte, el grupo de mayor tamaño permaneció en la calzada. Uno de los hombres llevaba un haz de lanzas, pero los dos que transportaban las frondosas ramas con intención pacífica avanzaron a medio galope hacia la serranía desde la que los observábamos.

–¡Ejércitos malnacidos! ¡Saben que estamos aquí! –se lamentó Finan sin la menor ambigüedad.

Los dos extraños trataban de aguzar la vista para distinguir alguna silueta sospechosa entre los árboles. Claramente, nos andaban buscando. Y, al poco rato, comenzaron a agitar la ramazón, como queriendo asegurarse de que recibiéramos su mensaje, aparentemente conciliador.

–Basta de cautelas –dije sin el menor entusiasmo–. Me temo que, si lo que intentan plantear es una tregua, tendremos que averiguar de quién narices se trata.

Finan, Egil, Thorolf y Sihtric me acompañaron hasta el pie de la loma. La pendiente no era demasiado pronunciada, pero, al llegar a la base del monte, la ribera del arroyo no sólo era peligrosamente abrupta, sino resbaladiza a causa del fango. Además, la corriente misma, crecida por la reciente tormenta, bajaba arremolinada y veloz, inundando los espesos carrizales que crecían en los bordes de la cárcava. Uno de los hombres que portaba las ramas pasó al trote a la orilla opuesta.

–El rey os pide que no crucéis el río.

–¿Qué rey? –lo interpelé.

–Todos. ¿Estáis dispuestos a mantener la tregua?

–¡Sólo hasta la caída de la noche! –respondí a voz en cuello.

Asintió con un gesto, arrojó al suelo la incómoda rama y espoleó a su montura para reunirse con el vasto grupo de hombres del que poco antes se había separado. Éstos, entretanto, se habían replegado un trecho para aproximarse a Ceaster, donde habían tirado de las riendas hasta detenerse junto a un puente de madera por el que la carretera salvaba el torrente. Terminada la maniobra, habían vuelto grupas, y por eso levantaban ahora la vista para examinar lo que acontecía en un punto de la calzada que se elevaba suavemente hasta coronar una cresta de escasa altura en la que otra partida de caballistas aguardaba órdenes. La escasa altura del promontorio no merecía siquiera la denominación de sierra, y corría transversalmente a la carretera.

–¿Qué demonios están haciendo? –se interrogó Sihtric en voz alta.

Fue Egil quien le dio la respuesta:

–Están marcando los límites de un campo de batalla.

–¿Van a luchar? –se asombró Finan.

–El atadijo que llevan bajo el brazo no son fasces de lanzas –aseguró Egil, señalando con la cabeza a los jinetes que, a lo lejos, trasladaban en largo bulto militar–. Son varas de avellano.

Finan lanzó un escupitajo en dirección a los rápidos…

–Malditos cabrones… Æthelstan debería hacernos saber la postura que va a adoptar en todo esto.

Egil estaba sin duda en lo cierto. El enemigo había elegido un campo de justas, y ahora se disponía a enviar noticia del desafío a Æthelstan, dondequiera que se hallase. Todo al más puro estilo de las tradiciones noruegas: escójase un espacio para la riña, envíese a un heraldo con la información relativa al reto y, una vez aceptado éste, póngase punto final a todas las incursiones, incendios y saqueos. A continuación, el rival aguardará sin moverse del sitio a su contrincante y, llegado el momento, combatirá fieramente en el terreno elegido. Luego, el perdedor deberá ceder a todas las demandas que se le hagan.

–¿Y qué pasa si Æthelstan no acepta el desafío? –quiso saber Sihtric.

–En ese caso, los noruegos pondrán cerco a Ceaster –expliqué– y penetrarán hasta el corazón de Mercia.

Eché un vistazo a levante, donde ya ascendía en el cielo el humo de los incendios que habían provocado los invasores.

–Es más –proseguí–, una vez que se hayan internado en Mercia, continuarán su progresión, siempre al sur. Su propósito pasará a consistir entonces en liquidar a Æthelstan y acabar con su reino.

En ese momento, los hombres que habían estado en el montículo se pusieron en marcha, cabalgando en nuestra dirección.

–Anlaf –dijo Finan, señalando con la cabeza a un jinete que portaba un estandarte con la efigie de un halcón. Una docena de hombres a caballo estaban liderados por el propio Anlaf, quien, pese a que el día había caldeado, seguía envuelto en una gigantesca piel de oso que le cubría por entero la cota de malla. Destellos de oro le brillaban en el cuello y en las bridas de su garañón. Llevaba la cabeza descubierta, salvo por un fino aro dorado. Una ancha sonrisa le iluminó el rostro al aproximarse a la ribera del arroyo.

–¡Lord Uhtred! –aulló–. ¡Llevamos todo el día observando vuestros movimientos! ¡Podría haberos matado cien veces! –alardeó.

–Muchos lo han intentado, majestad –repliqué.

–Tenéis suerte de que hoy me sienta invadido de un ánimo clemente –aseguró con fría jovialidad–. ¡Hasta le he perdonado la vida a vuestro explorador! Se giró sobre la silla e hizo un gesto a los guerreros apostados en la calzada. Tres de ellos clavaron espuelas y, al acercarse, vi que Eadric, con las manos atadas a la espalda, formaba parte del grupito.

–Es un anciano –continuó diciendo Anlaf–, igual que tú. ¿Conoces a mis compañeros?

Distinguía, en efecto, la identidad de dos de ellos. Cellach, hijo de Constantino y príncipe de Alba, me dedicó una grave inclinación de cabeza a modo de saludo. El que se hallaba a su lado era Thorfinn Hausakljúfr, caudillo de Orkneyjar, más conocido por el mal nombre de Thorfinn Partecráneos; ceñía su célebre hacha de guerra de larguísimo mango y enseñaba los dientes con sonrisa de lobo.

–Príncipe Cellach –comencé a decir para honrar al escocés–, confío en que vuestro padre se encuentre bien de salud.

–Lo está –respondió Cellach sin mover un músculo.

–¿Viaja con vosotros? –me interesé, consiguiendo tan sólo que Cellach inclinara afirmativamente la cabeza–. En tal caso, enviadle mis recuerdos –añadí–, y decidle que espero que pronto pueda regresar a su hogar

Me pareció sumamente interesante que Constantino no hubiera participado en la elección del campo de batalla. Era un indicio de que Anlaf, mucho más joven que él, capitaneaba el ejército. Y, de hecho, Anlaf, pensé, era probablemente un enemigo formidable, mucho más peligroso que el viejo Constantino. Entonces vi que la extraña y descomunal boca de Anlaf, que más tenía de fauces que de rostro reconocible, me dedicaba otra muestra de su bestial sonrisa.

–¿Habéis venido para sumaros a nuestras huestes, lord Uhtred? –preguntó.

–Tengo la sensación de que contáis ya con hombres más que suficientes, majestad, y que no necesitáis de mi concurso.

–¿Vais a pelear a favor de los cristianos?

–El príncipe Cellach lo es, amigo mío –señalé.

–Igual que Owain de Strath Clota –recalcó Anlaf, al tiempo que señalaba a un tipo de cabellos grises que me miraba con expresión ceñuda desde la silla de su descomunal corcel–. Pero ¿quién sabe? –se preguntó, enseñando los dientes–. Si los dioses nos conceden la victoria, tal vez se conviertan.

Lanzó una mirada a los jinetes que habían conducido a Eadric hasta la orilla del torrente.

–Dejad que se ponga en pie –ordenó antes de volverse en mi dirección–. ¿Conocéis a Gibhleachán de Suðreyjar?

Suðreyjar era el nombre que daban los noruegos al numeroso grupo de tormentosas islas que jalonan las agrestes costas occidentales de Alba, y su rey, Gibhleachán, era el gigante que me acababa de señalar, encaramado a la silla, y bajo cuyo encorvado porte relucía, furibundo, un amenazador par de ojos de siniestro presagio. La espesa barba negra, tan larga que coqueteaba casi con la cintura, me guio la vista hasta la inmensa espada que de momento mantenía en su rica funda. Lo saludé con una inclinación de cabeza, y él respondió con un escupitajo.

–El rey Gibhleachán me tiene aterrado –bromeó Anlaf en tono jovial–. Asegura que sus hombres son los más fieros guerreros de Britania. ¡Son todos *úlfheðnar*! ¡Todos! ¿Sabéis lo que son los *úlfheðnar*, lord Uhtred?

–Bastantes han muerto a mis manos –repuse–, así que, en efecto, sé lo que significa.

Soltó una sincera carcajada.

–¡También mis hombres son *úlfheðnar*! ¡Y ya os aseguro yo que ganan batallas! No hace mucho que vencimos precisamente a un hombre que hoy está junto a nosotros…

Se detuvo un instante para señalar a un individuo de aspecto taciturno encaramado a un alazán de imponente alzada.

–Os presento a Anlaf Cenncairech. Hace sólo unas semanas era rey de Hlymrekr, ¡pero ha dejado de serlo porque he destruido su flota! –afirmó, guasón–. ¿No es cierto Costroso?

El tipo de abatida figura se limitó a asentir débilmente.

–¿Qué es eso de Costroso? –pregunté en voz baja a Egil.

–Es el nombre del último gran rival que se opuso a Anlaf en Irlanda –respondió mi amigo con idéntica discreción.

–¡Y ya ves! ¡Ahora Costroso y sus hombres luchan a mis órdenes! –anunció con orgullo Anlaf–. Y otro tanto os insto a hacer a vos, lord Uhtred, pues soy vuestro rey.

–¿Rey de Northumbria? –me asombré, antes de estallar también yo en una risotada–. Es más fácil decirlo que hacerlo.

–Pues vamos a probarlo aquí, y a no tardar –soltó el bárbaro Anlaf–. ¿Veis aquellas varas de avellano? Vais a llevarle un mensaje a vuestro niño bonito, ese que va por ahí pavoneándose con un título de soberano de toda Britania que sólo él se ha dado. Puede vérselas conmigo aquí mismo, dentro de una semana. Si ganamos, cosa que haremos, Alba no volverá a pagar tributo. Y Northumbria será mía. Wessex me entregará gabela de oro, y en abundancia... Hasta es posible que también me siente en su trono. ¡Yo seré el rey de toda Britania!

–¿Y qué pasará si Æthelstan declina vuestra amable invitación? –tanteé.

–En ese caso, pasaré a espada a los sajones, incendiaré sus pueblos, destruiré sus ciudades, me llevaré a sus mujeres y las usaré para mis pasatiempos, y convertiré en esclavos a sus hijos... ¿Qué me decís? ¿Le llevaréis mi mensaje?

–Lo haré, majestad.

–Podréis cruzar el río cuando nos hayamos ido –replicó Anlaf como al descuido–, pero recordad que la tregua sigue vigente. –Echó un rápido vistazo a Eadric–. ¡Al agua con él! –ordenó.

–Desatadlo primero –exigí.

–¿Eres cristiano, viejo? –preguntó Anlaf a Eadric, que parecía sufrir lo indecible.

No comprendió la pregunta, así que me miró con expresión interrogativa.

–Quiere saber si eres cristiano –dije, traduciendo la extraña lengua de Anlaf.

–Sí, señor. Lo soy.

–Dice que sí –indiqué a Anlaf.

–Entonces dejad que su dios demuestre el poder que le atribuyen. ¡Echad a ese anciano a los remolinos!

Uno de los jinetes que había escoltado a Eadric desmontó. Era un guerrero de estatura imponente, y aún lo parecía más dado que mi experto explorador nunca había destacado por su altura. El titán sonrió, agarró a Eadric como si fuera un cervatillo y lo arrojó sin esfuerzo alguno a las embravecidas aguas. Eadric soltó un gañido antes de impactar contra la terrosa corriente; al momento desapareció entre los rápidos. Egil, que era el más joven de cuantos presenciábamos la escena, saltó de su montura, pero no tuvo tiempo de dar un solo paso porque, antes de que pudiéramos reaccionar, nuestro hombre reapareció en la superficie, echando un verdadero surtidor por la boca.

—¡Ni siquiera cubre, señor!

—¡Parece que su dios tiene efectivamente algún poder! —grité a Anlaf, que parecía extremadamente pesaroso, pues aquello no era un buen augurio para sus planes.

Sin embargo, pese a que Eadric parecía capaz de vadear el río con los tobillos atados y la sucia espuma a la altura de la barbilla, le estaba resultando muy difícil mantener el equilibrio, así que supe de inmediato que no tenía la menor posibilidad de salir de allí gateando por la tiesa y resbaladiza pared de lodo que limitaba el cauce. Me giré e hice bocina con las manos para que me oyeran los hombres apostados en el altozano.

—¡Echadme una lanza! ¡Y tratad de no ensartarme!

Una jabalina describió un airoso arco sobre las copas de los árboles y fue a impactar con ruido sordo a escasos pasos del punto en el que me encontraba. Thorolf debía de haber adivinado mis planes, porque desmontó antes de que yo mismo pudiera hacerme con el arma, y, cogiéndola, tendió el extremo romo a su hermano.

—¡Baja sin miedo! —dijo.

Egil se deslizó con destreza ribazo abajo, compensando los desequilibrios agarrándose a la lanza que su hermano sujetaba por la otra punta. Penetró sin contemplaciones entre los carrizos, alargó la mano y asió a Eadric por el cuello del jubón.

—¡Vamos! ¡Sal de ahí!

Uno y otro perdieron pie en el barro escurridizo, pero al final Egil y Thorolf lograron dejar en lugar seguro a Eadric, y sólo entonces cortaron las ataduras de cuero que le sujetaban manos y pies.

–Lo siento, señor –se disculpó al llegar a mi posición–. Me acerqué demasiado, y un maldito chiquillo me descubrió.

–No tiene importancia. Lo fundamental es qué estás vivo.

–¡Tiene cosas que contarte! –bramó Anlaf al otro lado del torrente. E inmediatamente volvió grupas y partió a galope tendido, espoleando salvajemente los ijares de su garañón.

Permanecimos en nuestra atalaya, sin dejar de observar cómo nuestros enemigos hincaban varas de avellano en el suelo húmedo. Anlaf impartía instrucciones a diestro y siniestro, y cuando hubo acabado nos dedicó un saludo burlón y se esfumó en la lejanía.

–Bueno, ¿y qué es todo eso que tienes que decirme? –pregunté a Eadric, envuelto ya en la capa de Sihtric.

–¡Esos canallas han venido a cientos, señor! ¡No había forma de contarlos! Bullen como abejas en el campamento…, y la laguna está repleta de barcos. Debe de haber unos doscientos, como mínimo.

–Bien…, así que ésa es la razón de que no te haya quitado la vida –me dije en voz alta–. Quería que nos informaras.

–Y siguen llegando hombres y más hombres –terció inteligentemente Egil.

Envié a Eadric a la cima del montículo, y acto seguido guie a mis compañeros río arriba hasta encontrar un lugar que nos permitiera cruzarlo sin peligro. Los caballos descendieron la pendiente a trompicones, recorrieron esforzadamente un enfangado lecho fluvial tapizado de juncos y se lanzaron al agua para ascender después por la otra orilla y alcanzar la plataforma que Anlaf había elegido como escenario de combate.

Cabalgué en línea recta hasta el punto en que el puente salvaba las aguas. Allí estudié el horizonte septentrional. Pensé que, si Æthelstan aceptaba el desafío, valdría la pena estudiar el lugar, ya que nos hallábamos a unos doscientos pasos de la posición que sin duda elegiría el rey para ordenar a sus mesnaderos la formación del muro de escudos. Visto desde la arbolada serranía, el breñal me había parecido prácticamente llano, sólo con un ligero desnivel que ascendía al páramo en el que Anlaf preveía reunir a los suyos. Sin embargo, ahora que lo contemplaba desde la calzada, la pendiente daba la impresión de ser bastante más pronunciada, sobre todo por la izquierda, donde el terreno se elevaba abruptamente en busca de las estribaciones occidentales de la sierra. Si una masa compacta de soldados se lanzaba a la carga cuesta abajo, el flanco izquierdo de Æthelstan creería haber recibido la terrible descarga del martillo de Thor.

—Y yo que llevaba no sé cuánto tiempo rezando para no volverme a ver en un muro de escudos —musité con tristeza.

—Y vuestro deseo se cumplirá —oí decir a Finan, a mi lado—. Os quedaréis ahí, sentado muy formalito en vuestro puto caballo, dispuesto a no hacer otra cosa que no sea dictarnos las órdenes que debemos obedecer.

—¿Acaso vos también me veis mayor?

—Yo no he dicho nada de eso, señor.

—No, porque en ese caso tendríais que juzgaros anciano también —solté entre irritado y divertido.

—Bueno —empezó a decir mi buen Finan—, lo mío es distinto: soy irlandés, y ya sabéis, los irlandeses morimos en combate.

—Aunque los hay que viven sin cerrar ni un momento la bocaza —repliqué.

Avanzamos al trote por el camino hasta lo alto de la colina, de escasa altura, y allí nos volvimos para contemplar el terreno que habíamos dejado atrás. Eso era justamente lo que Anlaf y sus huestes iban a tener delante el día de la batalla, así que traté de imaginarme cómo sería el ancho valle cuando lo atravesara un larguísimo muro de escudos sajones.

—Sus planes están clarísimos —me oí decir, como si las palabras hubieran escapado de mi boca.

—¿Una carga de caballería por el flanco derecho? —sugirió Egil.

—Efectivamente. Y aprovechando la pendiente más fuerte —añadió Thorolf—. Quebrarán el espinazo del ala izquierda de Æthelstan, y después embestirán al centro de su ejército…

—Y ahí será donde se produzca la carnicería… —resaltó Sihtric—, porque los dos arroyos nos cerrarán el paso.

Había expuesto aquella dura previsión al tiempo que señalaba una zona poblada de altos carrizales, lo que muy probablemente delataba la presencia de un curso de agua de menor tamaño allí donde en su momento se habría instalado el flanco izquierdo de nuestro ejército. Aquel regato iba a confluir en el de mayor caudal, y de hecho las ramblas excavadas en el terreno reblandecido por las dos aguas se distinguían con toda facilidad, gracias justamente a los cimbreantes juncos que festoneaban sus riberas. La convergencia de ambos riachuelos se producía de forma muy paulatina, así que su unión se hallaba justo al oeste de la estrecha pasarela por la que la calzada dejaba atrás la torrentera, para proseguir después en dirección a Ceaster.

—Estamos en suelo pantanoso —gruñó malhumoradamente Finan.

—Si el contingente de Æthelstan se parte en dos —reflexionó Egil—, esa doble cárcava se convertirá en una trampa. Será una degollina…

—Por eso ha elegido Anlaf este campo de batalla —dije.

Según mis conjeturas, lo más lógico era que Æthelstan ordenara desplegar un muro de escudos de unos seiscientos pasos de anchura entre los dos caudales. Eso era mucho muro, ya que se armaría un frente larguísimo y sería necesario alinear cerca de mil hombres en cada hilera. Sin embargo, cuanto más se avanzara hacia el fondo de la formación, tanto más disminuiría también la distancia entre los extremos de la fila, ya que la cuña que trazaban los arroyos forzaría la disposición. El río que teníamos a la izquierda, el que acabábamos de superar, era más hondo y más ancho. Me quedé mirándolo un buen rato, pensando en cómo enfocaría yo el ataque si me encontrara en el pellejo de Anlaf; trataba de determinar sobre todo si la estrategia y el lugar me daban confianza o no en las posibilidades de victoria. Estaba seguro de que el célebre ariete de lobos hambrientos de Anlaf podía escindir las tropas de Æthelstan como el hacha al madero, describiendo después un movimiento envolvente para rodear a las líneas sajonas y dejarlas encajonadas y sin oportunidad de replegarse a causa de la caudalosa corriente.

—Æthelstan no debe aceptar el desafío —dijo Thorolf, rotundo.

—Si lo hace, perderá Ceaster —respondí—. Leof no resistirá ni dos días a las alimañas de Anlaf.

—Pero entonces el rey podrá enfrentarse en otro sitio al matarife ese, vencer al muy canalla y recuperar Ceaster.

—No —repliqué—. Si yo fuera Æthelstan, aceptaría con gusto la provocación.

Nadie dijo esta boca es mía. Todos parecían examinar, absortos, la trampa que había armado Anlaf.

—Atacarán en toda la longitud del muro de escudos del rey —continué—, pero dispondrán las mejores tropas a su derecha. Cuentan con la ventaja de pelear en un terreno más elevado, así que galoparán pendiente abajo con todas sus fuerzas, tratando de quebrar el ala izquierda de Æthelstan, y después acorralarán al resto del ejército de Englaland en esa cuña de tierra que termina en la corriente grande.

—Va a ser una masacre —repitió Egil.

–¡Ya lo creo, una escabechina! –coincidí–. Pero ¿quién va a exterminar a quién? Ésa es la cuestión. Si yo fuera Æthelstan, dejaría que Anlaf presionara mi flanco izquierdo hasta que éste estuviera obligado a retroceder…

Mis camaradas quedaron callados, mirándome fijamente a la cara. Nadie pronunció una sola palabra, pero en sus rostros se leía la duda. Salvo el de Finan, que parecía la mar de divertido.

Thorolf rompió el incómodo silencio.

–¿Nos superarán en número?

–Es muy probable –reconocí.

–Sin duda –aseguró Egil con voz grave.

–Y Anlaf no es ningún idiota –prosiguió Thorolf con calma–. Desplegará a sus mejores hombres, a los *úlfheðnar*, a su derecha.

–Desde luego, eso es exactamente lo que yo haría –concedí, guardándome en secreto la esperanza de que mis hombres no tuvieran que pelear en el ala izquierda de Æthelstan.

Thorolf me observó con el ceño prieto.

–Son soldados extraordinariamente crueles y aguerridos, señor. Nadie en toda Irlanda ha conseguido superarlos.

–Forzarán el repliegue de las líneas de Æthelstan y las empujarán hasta que el río les cierre el paso –resumí–. Después, ya sabéis lo que pasará: que nuestras fuerzas quedarán atrapadas como el conejo en la talega.

–Aprisionadas y muertas –concluyó Thorolf con semblante abatido.

–Sin embargo, estáis convencido de que podemos llevarnos la victoria… –intervino Finan, dirigiéndose a mí con la misma sonrisa jovial de antes. –Miró entonces a Thorolf–. Suele pensar esas cosas –remató.

–Bien… Decidnos de una vez qué tenéis en mente –pidió Egil ya un tanto impaciente.

–Lo que Anlaf planea es tan evidente –expliqué– y está tan claro que es una estrategia ganadora… Resulta todo tan meridiano que lo que me ronda por la cabeza es si Anlaf habrá sabido mirar más allá de lo obvio. Está convencido de alzarse con el triunfo con un ataque brutal, un asalto feroz de sus más encallecidas huestes sobre el flanco izquierdo de Æthelstan, pero ¿qué ocurriría si los planes salen mal?

–Sí, eso, ¿qué pasaría? –me acució Egil, quien parecía estar en vilo.

–Que nosotros seríamos los vencedores.

Lo único malo era que la victoria dependía de que Æthelstan fuese de mi mismo parecer.

Y, en cualquier caso, sucediera lo que sucediese, Sihtric, Egil y Thorolf tenían razón. Iba a ser una carnicería.

CAPÍTULO XIII

–¡Menudo arrogante! –explotó Æthelstan, furioso–. ¡Hay que tener cuajo para desafiarme! ¡A mí!

Habían transcurrido apenas dos días, y nos los habíamos pasado sobre nuestras monturas, cabalgando sin descanso al sur en busca del rey, a quien finalmente encontramos en el tramo de la calzada romana que ascendía al norte, bordeando la linde de los reinos galeses. El ejército había acampado esa noche en las inmediaciones, y el rey se solazaba en su llamativa tienda, instalada en el centro de un inmenso y desparramado océano de refugios y caballos atados a piquetes. El obispo Oda se hallaba a su lado, junto con su primo, el príncipe Edmund, y media docena de señores. Todos los presentes contemplaban con rostro tenebroso un pedazo de tela en el que yo mismo había trazado con un trozo de tizne el plano del campo de batalla que Anlaf había elegido.

–Los reyes suelen hacer de la arrogancia una costumbre –solté sin rodeos.

Æthelstan me dedicó una mirada encendida, consciente de que me refería a sus intentos de hacerse con Bebbanburg.

–No tenemos por qué aceptar su baladronada –escupió, completamente irritado.

–Desde luego que no, majestad.

–¿Qué puede hacer ese fantoche si me niego a seguirle el juego?

–Poner cerco a la ciudad de Ceaster –supuse– y asolar nuevas regiones de la Mercia septentrional.

–Estamos a punto de poner fin a esas incursiones –continuó protestando el malhumorado soberano.

–Supongamos que le plantáis cara, majestad. ¿Dónde os conviene hacerlo? ¿Frente a los murallones de una Ceaster conquistada por el enemigo? Bien, pero para eso deberéis llegar hasta allí, y lo primero que hará será destruir el puente que cruza el Dee, lo que os obligaría a avanzar al menos dos días más por las tierras del interior, dándole con ello más tiempo para sus preparativos.

–Leof sabrá defender la plaza.

–Leof se está meando ahora mismo en los calzones.

Æthelstan me miró con mala cara. Llevaba el cabello peinado con sencillez, sin perifollos ni rizos trenzados con hilos de oro. Vestía asimismo unos simples ropajes de color oscuro.

–¿De cuántos hombres dispone Anlaf?

Era la tercera vez que me hacía la misma pregunta.

–Sólo puedo hacer conjeturas, pero yo diría que unos tres mil.

En realidad, me reconcomía la sospecha de que la cifra real de guerreros de nuestro rival fuese muy superior, pero no era momento de añadir temores al ensombrecido ánimo del rey.

–En cualquier caso, son muchos –continué–, y los escoceses todavía no han terminado de sumarse a los que ya ha reunido al norte.

–¡Y lo hacen por mar! ¿Cómo es que nuestros barcos no los han detenido ya?

No hubo respuesta, porque Æthelstan sabía perfectamente bien cuáles eran las razones de tanta inacción. Sus naves seguían en la embocadura del Sæfern, y, además, aun en el caso de que hallara el modo de enviar la flota al norte, la triste realidad era que no tenía navíos suficientes para hacer frente a la inmensa escuadra de Anlaf.

—Digamos que lo acompañan al menos tres millares de hombres —proseguí, implacable—, y sin duda aún habrán de llegar más de las islas de Orkneyjar y de Irlanda.

—También yo obtendré más si decido demorar la decisión.

—Tenéis más que suficientes, majestad —señalé en voz baja.

—¡Pero son menos que los suyos! —chilló airado.

—No olvidéis que vuestro abuelo también se vio superado en número en Ethandun —le recordé—, y que eso no le impidió salir airoso.

—Eso me repite Steapa una y otra vez —dejó escapar el rey, con aire fatigado.

—¡Steapa! ¿Va a unirse a vuestras huestes, majestad?

—Ha insistido en hacerlo —respondió el soberano, frunciendo amargamente el ceño—. ¡Pero es un anciano! ¡Igual que tú!

—Steapa —dije enérgicamente— es uno de los mejores combatientes que jamás se haya visto en Wessex.

—Eso me dice la gente.

—¡Pues no hagáis oídos sordos, majestad, y valeos de él!

Se revolvió, incómodo, en la silla.

—¿Y también he de escucharos a vos? —replicó con malas pulgas.

—Sois el rey, señor. Podéis hacer lo que os plazca.

—¿Incluso luchar con ese engreído canalla en un terreno de su elección?

—Ha delimitado un campo de justas que lo coloca en posición de ventaja —comencé a decir con el mayor tacto posible—, pero que también nos brinda una magnífica oportunidad de hacerle morder el polvo.

Nadie más había tomado la palabra desde que me presenté en la tienda, ni los hombres de Æthelstan ni Finan, que era el único que me acompañaba. De hecho, había cubierto el largo viaje hacia el sur sólo con seis hombres, ya que había

447

preferido dejar a Egil, Thorolf y Sihtric en Ceaster. Y, si había elegido a Finan, era por la doble razón de que lucía la cruz cristiana en el pecho y de que Æthelstan lo apreciaba mucho. No era de extrañar, porque se trataba de una persona pródiga en sonrisas, y eso era justamente lo que estaba haciendo en ese momento. Finan sonreía.

—Tenéis razón, majestad —dijo suavemente el irlandés—. Anlaf es arrogante y un auténtico salvaje, pero eso es precisamente lo que le impide cualquier clase de sutileza...

Æthelstan asintió, complacido.

—Continuad —dijo.

—Todas las contiendas que ha librado en Irlanda las ha ganado gracias a un ataque directo y brutal, majestad, valiéndose invariablemente de ejércitos más numerosos que los de sus enemigos. Se ha hecho famoso por lanzar aterradoras embestidas con sus *úlfhéðnar* y por provocar siempre un baño de sangre. Los soldados lo temen, y en eso basa él su confianza, porque un adversario aterrorizado está ya medio vencido. Lo que desea es que vos aceptéis el envite y combatáis en el lugar que ha escogido porque le parece un terreno propicio para infligiros una derrota.

Al decir estas palabras, Finan señaló el pedazo de tela cubierto de las toscas líneas que yo había garabateado con un tizón.

—Está persuadido de hallarse en condiciones de destruir el ala izquierda de vuestro ejército para rodear después las huestes que todavía os queden en pie y teñir de rojo las aguas del torrente.

—¿Y por qué demonios habríamos de darle entonces la oportunidad de ver satisfechos sus deseos? —preguntó oportunamente el rey.

—Porque no tiene calculada ninguna otra estrategia en caso de que falle —aseguró Finan, sin abandonar el tono tranquilo—. Es consciente de que su plan puede funcionar perfectamente bien, así que no ha juzgado necesario pensar en ninguna alternativa. Ahora mismo, debe de estar atiborrándose de cerveza en algún edificio de Wirhealum, pidiendo encarecidamente a sus dioses que le concedan lo que anhela, ya que, si lo obtiene, no será ya rey de Northumbria, sino soberano de toda Britania. Eso es lo único que tiene ante los ojos, su más ferviente y exclusivo deseo.

Se produjo un nuevo silencio. No se oían más que las lejanas estrofas de algún grupo de guerreros eufóricos que cantaban en el campamento. El príncipe Edmund, que, mientras Æthelstan no se casara y tuviera un hijo, era el heredero al trono, fue el primero en romper el hechizo:

–No obstante, si no aceptamos la elección del terreno –comenzó a decir–, podríamos elegir otro que nos convenga más. ¿Por qué no señalar un espacio en el que la ventaja caiga de nuestro lado?

–¿Y dónde está ese terreno, mi señor? –inquirió Finan.

Si había dejado que fuera mi fiel Finan quien expusiera nuestros argumentos, era porque me había dado la sensación de que lo único que yo estaba consiguiendo era irritar al rey.

–Si no nos presentamos en Ceaster en los próximos cinco días –prosiguió Finan–, el puente que cruza el Dee desaparecerá. Leof entregará la plaza sin lucha, porque Anlaf le ofrecerá unas buenas condiciones. Y, una vez que se apodere de la población, su ejército penetrará en Mercia. Entonces, nosotros saldremos en su persecución, y él aprovechará la coyuntura para elegir un nuevo campo de batalla; pero si lo hace será sólo tras estar seguro de que le permite disfrutar de una ventaja todavía mayor.

–Bueno, también pudiera suceder que nosotros lográramos atraparlo en algún punto –reflexionó Æthelstan.

–Es posible, majestad –se avino a conceder Finan, echando mano de su notable paciencia–, pero deberíamos tener en cuenta lo contrario, ¿no lo creéis así? Sin embargo, lo que yo os aseguro es que dispondréis de una buena oportunidad de aniquilarlo en Wirhealum.

–¡Ja! –gruñó súbitamente Coenwulf desde el asiento que ocupaba junto a los demás señores. Llevaba un buen rato mirándome con muy mala cara. Yo le había correspondido con una sonrisa, y, obviamente, aquello sólo había servido para enfadarlo todavía más.

Æthelstan pasó por alto el arranque de Coenwulf.

–¿Decíais que Anlaf se halla al frente de ese gran ejército? ¿No es Constantino su jefe supremo?

–Anlaf es quien ha elegido el campo del honor, majestad –contesté yo.

–¿Y Constantino lo ha permitido?

–Eso parece, señor.

–Pero ¿cómo es posible?

Había planteado los interrogantes con cierto tono de indignación, como si le ofendiera que Constantino aceptara desempeñar un papel secundario.

Finan siguió actuando como portavoz de Bebbanburg.

–Anlaf tiene fama de ser un buen guerrero, majestad. Nunca ha perdido una batalla, ¡y por el cielo que ha librado muchas! Constantino, pese a ser un soberano sabio y prudente, no tiene esa misma reputación.

–¡Nunca ha perdido una batalla! –repitió con airado escepticismo el rey–. ¿Y todavía creéis que podemos vencerlo en un terreno que él ha elegido?

–Podemos aniquilarlo, majestad. –Finan sonrió–. Y por una buena razón: porque sabemos lo que se propone. Por eso estaremos listos para contrarrestar su plan, preparados para darle la respuesta que merece.

–Hacéis que parezca pan comido –terció muy molesto Coenwulf–. Sin embargo, es Anlaf quien cuenta con superioridad numérica. Más aún, también ha elegido cómo y dónde luchar. ¡Es una locura aceptar su propuesta!

–Al final, tendremos que plantarle cara en algún sitio –ponderó pacientemente Finan–, y en este caso tenemos al menos la ventaja de saber la estrategia que planea en Wirhealum.

–¡Mejor diréis que creéis conocerla! –lo interrumpió Coenwulf.

–Y esos *úlfhéðnar*... –se oyó decir a Æthelwyn, otro de los señores, que tomaba por primera vez la palabra–. Me preocupan...

Vi que todos los demás asentían con claras muestras de coincidir con sus inquietudes.

–Los aquí presentes no han tenido que vérselas con ellos –dije–. Yo sí. Y no es difícil arrancarles el corazón.

–¡No es difícil, dice! –saltó Coenwulf, incapaz de seguir reteniendo la rabia que le bullía en el pecho.

–Se creen invulnerables –expliqué– y atacan como verdaderos locos. Son temibles, pero basta con detener su primera y brutal embestida con el escudo para sorprenderlos. Después, si se les hunde la espada corta en la panza, caen al suelo entre convulsiones como cualquier otro mortal. He matado a muchos de esa forma.

Æthelstan encajó mi jactancia con una mueca de disgusto.

–Tanto si combatimos a Anlaf en Wirhealum como si optamos por hacerlo en otra parte, tendremos que hacer frente a los *úlfhéðnar* –resumió el rey para apartar de un plumazo la objeción de Æthelwyn. –Me miró a los ojos–. ¿Qué os hace estar tan seguro de que podemos alzarnos con la victoria en Wirhealum? –exigió saber.

Vacilé, luchando contra la tentación de inventarme una fantasía susceptible de persuadir a mis interlocutores. El embuste podía guardar relación con un segundo soberano que respondía por Anlaf y había sido señor de la región de Hlymrekr, aunque ahora nuestro bárbaro y retador Anlaf se burlara de él llamándolo Costroso y lo obligara a poner a sus mesnadas a las órdenes de su conquistador. Mi idea era sugerir que sus hombres no iban a estar dispuestos a pelear con el mismo denuedo que los demás y que si conseguíamos desbaratar su formación también lograríamos quebrar las filas de Anlaf. El problema era que ni yo mismo daba crédito a tales patrañas. Los hombres de Hlymrekr lucharían por su vida con tanta fiereza como los de Anlaf. Al verme en aquel aprieto, llegué a la conclusión de que lo mejor era mirar directamente a los ojos a Æthelstan y hablarle con toda sinceridad.

—Porque tendremos ocasión de romper su muro de escudos, majestad.

—¿Y cómo vamos a lograrlo? —explotó, indignado, Coenwulf.

—De la misma forma que tantas veces he conseguido deshacer los muros de escudos de otros enemigos —repliqué con burlona socarronería.

Se produjo un incómodo silencio. Mis palabras habían sido entendidas como una muestra de arrogancia, pero en cualquier caso ninguno de los presentes tuvo agallas para poner mi comentario en tela de juicio. Era verdad que había echado abajo muchas paredes de rodelas, y todos lo sabían, tal y como también sabían que había participado en más batallas que cualquiera de ellos. Nadie abrió el pico, pero todos miraban a Æthelstan y estudiaban su reacción. Al volverme, vi que me observaba con el ceño fruncido. Creo que tenía la sensación de que mi respuesta había sido en realidad una evasiva.

—Y, si finalmente vamos a combatir en Wirhealum, ¿he de tomar una decisión esta misma noche?

—Si queréis llegar a tiempo a Ceaster, sí —señalé sin ambages.

El rey seguía clavando sus pupilas en las mías. Tenía una expresión vacía, como si no pretendiera significarme nada, sino limitarse a dejar la vista perdida en mi dirección. Le mantuve la mirada. Él era quien debía tomar una resolución, y era consciente de que su trono dependía de que acertara. Tampoco ignoraba que Finan había estado hablando en mi nombre poco antes. Sin embargo, el aplomo con el que habíamos explicado Finan y yo nuestras posibilidades de triunfo lo tenía intrigado.

–Quedaos conmigo, lord Uhtred –dijo al fin–. El resto podéis haceros la merced de tomar un buen descanso.

–Pero… –trató de argumentar Æthelwyn.

–¡Marchaos! –rugió el monarca–. ¡Todos! ¡Fuera de aquí!

Aguardó a que desfilaran uno a uno, y en cuanto nos quedamos a solas llenó de vino dos bocales y me tendió amablemente uno.

–Habéis hablado con Anlaf –dijo fríamente.

–Así es.

–¿Os ha pedido que luchéis por su causa?

–Desde luego.

–¿Y cómo puedo saber yo que no le habéis dicho que sí?

–Recordando que hice el juramento de protegeros y que jamás lo he roto.

Sentado, apuré tranquilamente el bocal de vino que me había servido Æthelstan (que, sin embargo, a mí me supo agrio) mientras él recorría a grandes trancos las gruesas alfombras de su regia tienda.

–Æthelwyn asegura que no debo confiar en vos.

Æthelwyn era uno de los últimos señores. No había tenido ocasión de conocerlo, y desde luego jamás había luchado a mi lado en un muro de escudos.

–¡Ealdred os dijo exactamente lo mismo! –solté de forma brusca y brutal–. ¡Igual que Ingilmundr!

Acusó el golpe, pero siguió con su preocupado deambular.

–Yo quería ser rey –le oí decir en voz muy baja.

–Yo os he aupado al trono.

Pasó por alto mi impertinencia.

–Deseaba ser un buen rey, como mi abuelo. ¿Cómo consiguió serlo él?

–Pensando antes en los demás que en sí mismo –respondí–. Además, era muy inteligente. Y vos también lo sois…

Se detuvo y se volvió súbitamente hacia mí.

–Matasteis a Ealdred.

Era una afirmación, no una pregunta.

Vacilé un instante, pero acabé llegando a la conclusión de que había llegado el momento de contestarle con franqueza.

–Sí, en efecto.

Torció el gesto, dolido.

–¿Por qué lo hicisteis?

–Para protegeros.

Me callé que le ahorraba así también el error de seguir un mal consejo. De todas formas, eso era algo que el rey ya había averiguado por sí mismo.

Me miró, con un semblante extremadamente serio y pensativo.

–En ese caso, sois vos quien habéis provocado esta guerra. Y supongo que también acabasteis con Guthfrith, ¿no es cierto?

–Así es –dije–. Pero este conflicto se venía gestando desde hace tiempo. Y habría estallado con independencia de que Ealdred o Guthfrith vivieran o no.

Asintió lentamente.

–Supongo que lleváis razón –repuso sin levantar la voz. De pronto, se dio media vuelta y me lanzó una mirada acusadora–. Tenéis a Frost…

–¿A quién?

–El garañón. Se lo había regalado a lord Ealdred.

–Generosa dádiva –dejé escapar–. Pero le he cambiado el nombre. Yo lo llamo Snawgebland. ¿Queréis que os lo devuelva?

Negó con la cabeza. Parecía haber encajado con sorprendente frialdad mi confesión, pero supuse que siempre había sospechado que sólo yo podía ser el autor de la muerte de Ealdred. Además, tenía problemas bastante más graves de los que ocuparse.

–Siempre he temido que, si Guthfrith desaparecía, vos pudierais ocupar el trono de Northumbria.

–¡Yo! –exclamé entre asombrado y divertido–. ¿Y para qué iba yo a complicarme así la vida?

No dejaba de medir con paso agitado las alfombras, echando de cuando en cuando un vistazo al pedazo de tela. Al cabo de un rato, se detuvo y se quedó mirado el tosco plano.

–Lo que temo –dijo– es que Dios quiera castigarme.

–¿Y por qué habría de hacerlo?

–Por mis pecados –explicó en tono casi inaudible.

–Fue Dios mismo quien permitió que tomarais el cetro –señalé con énfasis–. Él es quien os permitió hacer las paces con Hywel, quien os animó a invadir Escocia. Y nadie sino ese Dios vuestro es también quien va a dejaros culminar lo que vuestro abuelo puso en marcha.

–Eso está prácticamente ultimado. Y, sin embargo, todo podría irse al traste en un solo día. ¿Será ése el castigo divino?

–¿Y por qué habría de favorecer vuestro Dios a Anlaf antes que a vos?

–Para darme un escarmiento por mi orgullo.

–Anlaf es tan orgulloso como vos –razoné.

–Es un hijo de Satanás.

–En ese caso, vuestro Dios luchará contra él y lo aniquilará.

Volvió a recorrer la tienda de arriba abajo.

–Constantino es un buen cristiano.

–¿Y por qué se alía entonces con un pagano?

Se paró en seco y me dedicó una sonrisa irónica.

–Me parece que eso también podría decirse de mí.

–Sí, pero estáis asociado a paganos, majestad, en plural: a mí y a Egil Skallagrimmrson.

–¿Luchará con nosotros?

–En efecto.

–Vaya… Menos mal. Podría haber sido peor –reflexionó Æthelstan con un hilo de voz.

–¿De cuántos hombres disponéis, majestad? –pregunté sin rodeos.

–De algo más de mil sajones occidentales –repuso– y de mil seiscientos soldados de Mercia. Luego están vuestros hombres, por supuesto, y todos los que continúan llegando a diario.

–¿Y el *fyrd*? –me interesé.

El *fyrd* era el contingente reclutado entre las gentes del pueblo llano; un ejército de labriegos, guardabosques y aldeanos.

–Sí… Suman otros mil combatientes en total –reconoció–, pero sólo Dios sabe si servirán de verdadera ayuda contra los guerreros de Anlaf.

–Aun contando con el *fyrd* –anuncié–, es probable que tengáis menos brazos que Anlaf. Pero eso no tiene por qué impediros la victoria.

–¿Y cómo es eso? –exigió saber, súbitamente reanimado–. ¿Nos caerá el triunfo en el regazo simplemente porque acertemos a combatir con más saña?

–No…, pero sí porque vamos a hacerlo con más cabeza que ellos –repliqué, al tiempo que tomaba el carboncillo y comenzaba a garabatear unas cuantas líneas nuevas en la tela. Y fui explicando su significado sobre la marcha–. Así –concluí– es como podréis alzaros con la victoria.

Contempló atentamente el burdo dibujo.

–¿Y por qué no habéis mostrado el plan a Æthelwyn y los demás?

–Porque, si se informa a una docena de hombres de la táctica de una batalla antes de librarla, no pasará demasiado tiempo antes de que se la cuenten a otra buena docena de amigos o camaradas, y éstos a su vez se la transmitirán a otros y a otros… ¿Cuánto creéis que tardaría Anlaf en tener cumplida noticia de nuestro plan?

Asintió complacido, conforme con lo que acababa de escuchar, sin dejar de estudiar atentamente el trozo de tela.

–¿Y si pierdo? –preguntó tranquilamente.

–Se acabó Englaland.

No podía apartar la vista de los cambios que había añadido al mapa.

–El arzobispo Wulfhelm me dice que Dios desea que conserve el trono –comentó suavemente–. Es algo que a veces se me olvida…

–Confiad en vuestro Dios –lo aconsejé–, y creed también en vuestras tropas. Luchan en defensa de sus hogares, de sus esposas, de sus hijos.

–Pero eso de combatir el un punto elegido por Anlaf… –dijo, torciendo el gesto, dubitativo.

–Si lo vencéis en un lugar que él mismo ha escogido, lo humillaréis. Probaréis a todos que sois quien decís ser: *Monarchus Totius Brittaniæ*.

Esbozó una breve sonrisa.

–¿Tratáis de apelar a mi orgullo, señor?

–El orgullo es buena cosa en un guerrero, majestad.

Me observó y, por un brevísimo instante, me pareció tener delante al chiquillo a quien había educado, un muchachito obligado a vivir en constante espera de la muerte, pero muy valeroso.

–¿De veras pensáis que podemos ganar? –preguntó.

No me atreví a dejar traslucir mis dudas. Di unos golpecitos en el mapa de tela.

–Haced lo que os aconsejo, majestad, y antes de que acabe el mes seréis efectivamente soberano de toda Britania y veréis bajar crecidos los arroyos de Wirhealum; crecidos con la sangre de vuestros enemigos.

Hizo una larga pausa y al fin asintió.

–Cabalgad a Ceaster al amanecer, señor. Os daré a conocer mi decisión antes de que partáis.

Salí al exterior, donde la noche se había enseñoreado ya del paisaje. Sin embargo, antes de dejar caer tras de mí los cortinajes que cerraban la tienda, vi que el rey había caído de rodillas, absorto en profundas oraciones.

Empezaba a chispear.

* * *

Al día siguiente, Steapa se unió a nuestra columna. Seguía siendo un hombretón de estatura y complexión formidables, y su rostro, que continuaba infundiendo temor a quienquiera que lo contemplase malamente, todavía le daba aires de ser un guerrero capaz de recurrir a la más extrema violencia a la menor provocación. Aun así, se le veía avejentado. La primera vez que lo vi me pareció temible, pero no tardé en comprender que bajo su siniestro exterior había un alma amable. Tenía ya los cabellos y la barba blancos, y su rostro anguloso aparecía surcado de profundas arrugas. Pero la edad no le impedía montar con soltura ni blandir la gran espada que había recibido su bautismo de sangre degollando a los enemigos de Alfredo.

—Debí acabar también contigo –gruñó a modo de saludo cuando nos encontramos.

—Bueno, nunca has tenido fuerza ni habilidad para conseguirlo –bromeé yo a mi vez–. Siempre has sido demasiado lento. Te mueves como un almiar.

—Si lo hacía era sólo para darte una oportunidad…

—Es curioso, pero eso mismo hacía yo…

Mucho había llovido desde la época en que combatimos entre nosotros por orden de Alfredo. En teoría, nuestro último enfrentamiento debía dirimir mi culpabilidad o inocencia, pero las fuerzas invasoras de Guthrum habían interrumpido el duelo. Eso nos impidió concluir el choque, que seguía como pendiente de resolución, y desde luego nunca he dejado de temer la eventualidad de un enfrentamiento con Steapa, ni siquiera después de convertirnos en amigos.

–Quizá valga la pena terminar aquella pelea –sugerí–. Me sería fácil venceros ahora que además de lento sois viejo.

–¡Viejo! –bramó el formidable guerrero–. ¿A quién llamás viejo? ¿Os habéis visto reflejado en el río? Parecéis una de esas porquerías que mascan los perros y terminan escupiendo.

Cabalgaba con nosotros porque Æthelstan, que había sufrido toda la noche el asalto de las dudas, había decidido enviarlo a que estudiara el campo de batalla que había elegido Anlaf.

–Si Steapa coincide con tu criterio –me había asegurado el rey al amanecer–, di a Anlaf que allí nos veremos las caras.

Preferí no discutir. Al final, la decisión la tenía que tomar el rey, y sólo él. Pero desde luego me había sorprendido mucho que escogiera a Steapa para ese cometido. Lo lógico habría sido esperar la escolta de un señor más joven. Sin embargo, Æthelstan tenía buenas razones para optar por Steapa.

–Ha librado más combates que cualquiera de nosotros –había comentado Æthelstan al alba–. ¡De hecho, lleva en la piel más guerra que vos mismo! –exclamó–. Y desde luego sabe cómo aprovechar las ventajas del terreno… Pero lo mejor es que no dejará que vuestra labia lo persuada si vuestra opinión no le convence.

–¿Y qué pasará si no lo veis tan claro como yo? –pregunté a Steapa mientras avanzábamos al norte.

–Que haremos que ese malnacido muerda el polvo en otro sitio. Pero os aseguro que me siento muy feliz de saberme al margen de toda esa tropa… –comentó, sacudiendo la agrisada cabeza para señalar el ejército de Æthelstan–. Ahí no hay más que putos clérigos y señoritingos que creen que su mierda huele mejor que la de los demás.

* * *

Æthelstan también marcharía en breve al norte siguiendo
nuestros pasos, pero no cruzaría el Dee a menos que Steapa
le asegurara que el campo de batalla nos ofrecía una buena
oportunidad de victoria. Si a Steapa no le hacían gracia la
cuña de terreno de Wirhealum ni los dos arroyos que la delimitaban, nuestro monarca destruiría el puente romano que
atravesaba el Dee, abandonaría Ceaster a su suerte y prose-
guiría hacia el este con el objetivo de encontrar otro punto
en el que medirse con los invasores.

—Luchemos donde luchemos, va a ser un encontronazo muy sangriento —comentó Steapa.

—Ya lo creo.

—Nunca me ha gustado pelear con noruegos. Son unos
jodidos chiflados.

—Yo diría que a ellos tampoco les agrada demasiado la
idea de batirse con nosotros —repliqué.

—Además, me han dicho que los noruegos de Irlanda
utilizan flechas.

—Sí, sí, no te han engañado. Lo hacen —intervino Finan
en tono seco.

—Pues nosotros haremos otro tanto —aseguré.

—De acuerdo, pero Anlaf dispondrá de más arqueros
—continuó Finan—. Están acostumbrados a echar mano del
arco. Colocan a los arqueros tras el muro de escudos y lanzan una verdadera cortina de dardos… Eso significa que tendremos que agachar la cabeza y levantar el escudo.

—¡Santo cielo! —musitó casi cómicamente Steapa entre
dientes.

Sabía lo que estaba pensando. No tenía más ganas
que yo de verse una vez más en un muro de escudos. Llevábamos una vida de combates; contra los galeses y contra
otros sajones, contra los escoceses, los daneses y los noruegos… Y ahora nos tocaba dar la talla frente a una alianza

de escoceses, daneses y noruegos. Iba a ser auténticamente horroroso.

Los cristianos nos decían que nuestro deber era hacer las paces, que teníamos que fundir las espadas y convertirlas en arados. Sin embargo, todavía no he visto a un solo rey cristiano prender la forja y convertir en maleable hierro las armas con las que combate. Cuando peleáramos con Anlaf, ya fuera en Wirhealum o en el profundo interior de Mercia, nos las tendríamos que ver también con los hombres de Constantino y los guerreros de Owain de Strath Clota, y casi todos eran cristianos. Los sacerdotes de ambos bandos elevarían sus sollozantes plegarias al dios del madero, le implorarían ayuda y aullarían sus deseos de venganza y victoria. Todo aquello me parecía un enorme sinsentido... Æthelstan bien podía arrodillarse antes su deidad, pero Constantino estaría haciendo otro tanto, igual que Owain. ¿De verdad le importaba al dios clavado quién pudiera encargarse de gobernar Britania?

Apretamos el paso para adelantar nuestra llegada a las tierras del norte, y yo no paraba de darle vueltas a estas consideraciones. Seguíamos la calzada romana, soportando una intermitente sucesión de aguaceros que nos hacían llegar el gélido aliento de los montes de Gales. ¿Y qué podíamos esperar de sus habitantes, por cierto? Yo estaba personalmente convencido de que Anlaf había enviado emisarios tanto a Hywel como a los reyezuelos galeses de segundo orden. Sin embargo, todos ellos tenían buenas razones para detestar a Æthelstan, que los había obligado a doblar la rodilla y a pagarle tributo. En cualquier caso, yo sospechaba que Hywel no iba a mover un dedo. Sabía bien que no le agradaban los sajones, y él tenía muy claro que si Æthelstan desataba la furia de sus mesnadas en los montes, su país se vería sumido en el más negro de los horrores. Hywel dejaría que los noruegos y los escoceses combatieran contra su viejo enemigo. Si la balanza se inclinaba de su lado, trataría de hacerse con todas las tierras que pudiera rapiñar, y, si el triunfador era finalmente Æthelstan, Hywel cruzaría la frontera con una gran sonrisa y acumularía fuerzas con discreción.

—Os veo pensativo, señor —dijo Finan en un jocoso tono acusador—. Conozco esa cara.

—Es mejor no romperse demasiado la cabeza —ponderó Steapa—. Es un hábito que sólo sirve para atraer problemas.

—Me preguntaba qué es lo que nos impulsa a luchar —confesé.

—El hecho de que esos malditos bastardos quieran apoderarse de nuestras tierras —respondió Steapa—. Por eso tenemos que acabar con ellos.

—¿Combatían ya entre sí antes de que llegaran los sajones? —pregunté.

—¡Pues claro! —insistió Steapa—. Esos estúpidos desgraciados vienen peleando unos con otros desde la noche de los tiempos. Después se enfrentaron a los romanos y, cuando al fin se fueron las legiones, se alzaron contra nosotros. Y, si algún día consiguen vencernos, cosa que jamás lograrán, dicho sea de paso, volverán a pegarse entre ellos.

—O sea, que es el cuento de nunca acabar.

—¡Dios! —explotó Finan—. ¡Estáis pesadísimo!

Mi mente seguía girando en torno a viejas imágenes de mis muchos muros de escudos, un lugar en el que el terror es rey. Cuándo éramos niños y escuchábamos cánticos en el gran salón de Bebbanburg, todo cuanto deseábamos era hacernos mayores para convertirnos en guerreros, vestir la cota de malla, encasquetarnos el reluciente yelmo, ceñir al costado una espada capaz de infundir miedo al adversario, lucir gruesos aros de metales preciosos en los antebrazos, oír a los poetas ensalzar nuestras hazañas… Sin embargo, la realidad de ese sueño absurdo e infantil se resumía en situaciones marcadas por el espanto, la sangre, la mierda, los gritos de terror, el llanto de los agonizantes y la muerte. Los cantares no narran nada de eso; se limitan a disfrazar la verdad en un intento de hacerla parecer gloriosa. Lo sabía muy bien: me había batido a pie firme en muchísimos muros de escudos, y ahora cabalgaba con la obligación de dirimir en mi fuero interno si deseaba o no resistir una vez más en una de esas formaciones, en la más grande en la que jamás me hubiera visto abocado a participar. Pero esta vez me temía lo peor...

Wyrd bi∂ ful āræd.

* * *

Llegamos a Ceaster a última hora de la tarde siguiente. Leof se mostró sumamente aliviado al vernos, pero instantes después, en cuanto se enteró de que todavía existía la posibilidad de que la batalla se dirimiera en Wirhealum, su alegría se trocó en desesperación.

—¡No es posible! —chilló.

—¿Por qué? —me asombré.

—¿Qué ocurrirá si sale vencedor?

—Que moriremos —dije brutalmente—. En cualquier caso, aún no se ha tomado una decisión firme.

—¿Y qué pasará si el rey prefiere doblar el pulso de sus enemigos en otra parte?

—En ese caso, deberéis defender Ceaster del asedio al que seguro será sometida y conservarla hasta que podamos acudir en vuestra ayuda.

—Pero... —empezó a decir.

—¿Tenéis familia en la plaza? —preguntó secamente Steapa.

—Sí, mi mujer y tres hijos.

—¿Y os gustaría que los violasen? ¿Que los convirtieran en esclavos?

—¡Por supuesto que no!

—En ese caso, proteged Ceaster.

A la mañana siguiente, bajo la persistente llovizna, cabalgamos hacia el norte con ánimo de alcanzar el campo de batalla que tan cuidadosamente había delimitado Anlaf. Stea-pa seguía echando pestes de Leof.

–¡Asqueroso! ¡Estúpido cobarde! –gruñía.

–Podríamos sustituirlo –planteé.

–Sería lo mejor –repuso mi fornido compañero, aco-modándose en la silla y sumiéndose en un largo silencio, aunque al cabo de un rato me dedicó una inesperada sonri-sa–. ¡Qué agradable ha sido saludar a Benedetta!

Había conocido a mi bella italiana en el gran salón de Ceaster.

–¿Os acordabais de ella?

–¡Pues claro! Nadie olvida a una mujer así. Siempre me ha inspirado compasión. No deberían haberla esclavizado.

–Bueno…, ya no es esclava.

–¿Y no os habéis casado con ella?

–Supersticiones italianas –respondí.

Se echó a reír.

–La verdad es que da lo mismo. Mientras se acueste en vuestra cama…

–¿Y qué me decís de vos? –me interesé. Sabía que su mujer había muerto.

–No duermo solo, señor, si eso es lo que deseáis saber –contestó con sorna al tiempo que señalaba con la cabeza el puente que cruzaba el torrente de mayor caudal, cerca del pun-to en el que confluía con el otro curso de agua–. ¿Ése es el río? –preguntó.

–Fijaos en las varas de avellano que están clavadas justo en la otra orilla.

–¿Queréis decir que tendremos el puente a nuestras es-paldas?

–Así es.

Clavó espuelas para acercarse rápidamente a la pasarela, que apenas era otra cosa que un montón de troncos mal corta-dos y tendidos entre las altas riberas. La anchura de la obra sólo permitía pasar una modesta carretilla de granja. Steapa detuvo al caballo a la entrada del paso y examinó el caudal grande, el profundo barranco que lo encajonaba y los juncos que tapizaban ambas orillas. Soltó un bufido, pero permaneció callado. Lo único que hizo fue dar media vuelta para estudiar las varas de avellano más próximas, plantadas cien pasos más al norte y que se abrían al punto en el que se iniciaba el suave ascenso del breñal hacia la cresta baja de las estribaciones serranas. Se trataba a primera vista de un campo de batalla muy poco prometedor, ya que no sólo otorgaba una posición de ventaja al enemigo, sino que prometía atraparnos en el terreno pantanoso que bordeaba las lodosas aristas de las dos torrenteras.

Steapa animó a su caballo a seguir adelante hasta situarlo junto a las varas que actuaban a manera de mojón. Finan, Egil, Thorolf, Sihtric y una docena de guerreros más eran de la partida. De hecho, dos de los que nos acompañaban sostenían en alto sendas ramas, frondosas y húmedas, cubiertas de hojas otoñales empapadas de relente.

—Imagino que esos mierdecillas nos estarán observando, ¿no os parece? —dijo abruptamente Steapa al tiempo que señalaba con la cabeza los árboles que se erguían en la cresta occidental.

—No me cabe la menor duda.

—¿Qué es eso? —añadió de repente, apuntando con el brazo extendido a una zona en la que se veía una decrépita empalizada, lánguidamente tendida en la cima de la sierra.

—Es Brynstæþ. Una granja.

—¿Es ahí donde se acantonan los hombres de Anlaf?

—Por un tiempo, sí —respondió Egil—, pero hace dos días que partieron.

—Pues me parece que lo más probable es que se encuentren allí ahora mismo —discrepó Steapa con cara de claro disgusto.

Continuó la inspección, siempre a caballo. Nos guio hasta la cresta baja en la que las varas marcaban la zona en la que Anlaf tenía la esperanza de armar su muro de escudos.

–Si realmente cree que vamos a aceptar este emplazamiento, es que nos toma por idiotas –concluyó.

–No necesita demasiadas confirmaciones. Ya está más que convencido de que Æthelstan es un frívolo y un imbécil.

Dejó escapar un nuevo resoplido y animó suavemente a su garañón a avanzar al paso hacia poniente, hasta encaramarse al punto más elevado de la sierra.

–Supongo que vuestra idea es que se propone atacar galopando colina abajo, ¿verdad? –trató de cerciorarse, sin perder de vista el puente.

–Exactamente.

–Sí, pues yo pienso lo mismo –replicó tras una larga pausa reflexiva.

–Pero creo que también redoblará la embestida por toda esa línea.

Steapa asintió con un leve cabeceo.

–Sin embargo, la carga más letal la hará aquí, en esta pendiente.

–Justo al pie de la ladera –coincidí.

Steapa volvió a considerar detalladamente la suave inclinación del terreno.

–Eso es desde luego lo que yo haría –señaló, convencido.

Frunció el ceño, lo que indudablemente indicaba que no había dejado de cavilar en las alternativas que pudiera guardarse Anlaf en el coleto. Sin embargo, cuantas más veces examinaba el campo de batalla, más me convencía de que no cabía imaginar ningún otro plan. Si Æthelstan atacaba por la derecha, el ejército quedaría atrapado por la corriente de agua más profunda. Un puñado de hombres lograrían sin duda escapar lanzándose a la cárcava para cruzar al otro lado, pero, con el pánico y la desbandada, muchos perecerían ahogados y la inmensa mayoría serían masacrados. Sin olvidar que los que huyeran serían perseguidos y liquidados por los jinetes de Anlaf, que en realidad pertenecerían casi todos a las mesnadas de Ingilmundr; es decir, a las mismas huestes que habíamos visto partir a levante, decididos a asolar las tierras de Mercia situadas más allá de Ceaster. Tenía serias dudas de que Anlaf o Constantino hubieran traído caballos suficientes, ya que resulta extremadamente difícil y complicado transportarlos por barco. Si estaba en lo cierto, eso significaba que sólo disponían de los animales que ya se encontraran en Wirhealum, con lo que esa cabalgada en pos de los fugados tal vez no fructificara. Ahora bien, si los planes que había esbozado con el carboncillo en mi maravilloso pedazo de tela acababan por llevarse a la práctica, las tornas se invertirían; los cazadores serían los cazados, con Anlaf a la cabeza de la fuga y nuestros hombres a su grupa.

—Supongamos que Anlaf lanza la acometida más fuerte por su izquierda —sugirió Steapa.

—Eso nos obligaría a retroceder hasta el arroyo pequeño, que es más fácil de cruzar.

—Y, además, nuestro adversario perdería la ventaja de la cuesta —intervino sagazmente Finan.

Steapa enserió la cara. Estaba al tanto de lo que yo le había propuesto a Æthelstan, pero también sabía que el enemigo tenía ideas propias.

—Ese Anlaf del que tanto hablas, ¿es hombre astuto?

—No es ningún idiota, eso os lo aseguro.

—Pues está claro que él sí que va a tenernos por unos memos rematados como aceptemos.

—Espero de veras que lo piense… Dejémosle que nos tome por unos lerdos arrogantes convencidos de poder desbaratar su muro de escudos. Que se diga que vamos a perder por no tomarlo en serio.

—Pues me parece que vais a tener ocasión de hacerlo antes de lo que creéis —gruñó súbitamente Thorolf.

Nos volvimos al instante. Por el horizonte septentrional se acercaba una veintena de hombres a caballo. Aunque, a decir verdad, también ellos blandían la ramazón de tregua.

—Necesito pensar un momento —dijo Steapa, espoleando al mismo tiempo a su caballo para descender la pendiente por la que creía que Anlaf optaría por desencadenar su ataque más despiadado. Galopó hasta el terreno bajo en el que el flanco izquierdo de Æthelstan tenía pensado desplegar su muro de escudos y acto seguido describió una amplia curva para bordear la ribera del arroyo. Me fijé en que observaba minuciosamente la corriente de la torrentera de menor caudal, pero, antes de que me diera cuenta, torció bridas, clavó espuelas y regresó al punto en el que nos encontrábamos. En ese momento me fijé en que el propio Anlaf se encontraba entre los hombres que venían a nuestro encuentro. Lo acompañaban Constantino e Ingilmundr. Aguardamos.

—¡Maldito hijo de puta! —bramó por lo bajo Steapa al ver quién iba al frente de la comitiva.

—¿Te refieres a Ingilmundr? —pregunté.

—¡Bastardo! ¡Traidor! —escupió el fornido Steapa.

—Sí, pero al menos sabe que Æthelstan no es ningún cretino.

—¡Pues vos diréis, pero bien que lo ha tenido engañado todo el tiempo que ha querido! ¿No os parece?

Quedamos todos en silencio mientras los jinetes, que ya no estaban lejos, se acercaban. Tiraron de las riendas a unos doce pasos de nuestra posición, y Anlaf nos dedicó su mejor sonrisa.

—¡Lord Uhtred! ¡Habéis vuelto! ¿Me traéis la respuesta de vuestro rey?

—Sólo he salido para ejercitar un poco a mi caballo —dije en tono de jocosa displicencia—, pero también para enseñar a lord Steapa esta preciosa campiña.

—Lord Steapa —repitió Anlaf como paladeando el nombre.

Sin duda había oído hablar del formidable guerrero cuya montura piafaba a mi lado, aunque sin duda lo consideraba únicamente un hombre de otra época, célebre en los tiempos de su abuelo, pero nada más.

–¿Otro viejo guerrero? –aventuró despreciativamente.

–Os acaban de llamar anciano –traduje para Steapa.

–Pues decidle que es un mierdecilla y que le voy a abrir en canal, de las pelotas al gaznate.

No tuve que reproducir sus palabras, porque Ingilmundr se encargó de hacerlo, y al segundo siguiente el aludido soltó una carcajada. Pasé por completo del apuesto desertor y centré la mirada en Constantino. Muchas veces me había entrevistado ya con él, y lo respetaba. Le dirigí una breve inclinación de cabeza.

–Majestad, lamento veros en estas circunstancias.

–No tenía ningún deseo de venir –aseguró–, pero vuestro soberano es insufrible. ¡Monarca de toda Britania!

–Es efectivamente el rey más poderoso de la isla –repliqué.

–Eso es justamente, lord Uhtred, lo que aquí hemos de dirimir.

Hablaba con frialdad, pero noté un cierto eco de pesar en el timbre de su voz. Era ya un hombre mayor, apenas unos años menor que yo, y su austero rostro, de correctas facciones, mostraba los profundos surcos de la edad, y su barba, totalmente blanca, no contribuía precisamente a desmentirlo. Vestía, como siempre, un amplio manto de intensos tonos azules.

–Si abandonáis vuestras reivindicaciones en Cumbria y regresáis con vuestros hombres a Alba –expliqué–, no habrá ya nada que dirimir, majestad.

–Salvo la titularidad del señorío de Northumbria –repuso Constantino.

–¿Permitiríais que su gobierno quedara en manos de un pagano? –pregunté, señalando con la cabeza a Anlaf, a quien Ingilmundr traducía la conversación palabra por palabra.

–Siempre será mejor contar con un pagano que sufrir a un niñato arrogante que nos trata como a perros.

–Pues os aseguro que Æthelstan os tiene por un buen cristiano, majestad –señalé–, y que está persuadido de que todos los que profesan esas creencias en Britania deberían concertarse para vivir en paz.

—¿A sus órdenes? —rugió Constantino.

—No. Bajo su protección.

—No necesito que los sajones me protejan de nada. Deben comprender que Escocia no admite humillaciones.

—En ese caso, abandonad estas tierras —lo avisé—, porque Æthelstan viene de camino al frente de un ejército, un ejército que nunca ha conocido la derrota —recalqué—, y si permanecéis aquí vuestra humillación será mayor.

—¡Que vengan esas tropas! —bufó Ingilmundr en lengua sajona—. ¡Nuestras lanzas tienen hambre!

—Y, en cuanto a vos —comencé a decir—, traicionero pedazo de mierda, tened la seguridad de que alimentaré con vuestra carroña a los cerdos de Sajonia.

—¡Basta! —gruñó tormentosamente Steapa—. ¿Es aquí donde queréis combatir a mi rey?

—Si se atreve a venir, sí —afirmó Ingilmundr, traduciendo la contestación de Anlaf.

—En ese caso, prolongad la tregua una semana más —exigió Steapa.

La primera reacción de Anlaf al escuchar la traducción de Ingilmundr pareció ser de sorpresa, pero no tardó en convertirse en un torvo recelo que provocó el silencio de todos.

—¿Aceptáis batiros en este terreno? —trató de cerciorarse al fin.

—Decidle que, en efecto, nos avenimos a pelear en este punto —me pidió Steapa—, que aquí será donde le propinemos la paliza que está pidiendo a gritos. Es un sitio tan bueno como cualquier otro. ¡Y a fin de cuentas nuestras huestes nunca han perdido una batalla!

—¿Me tomáis por imbécil? ¿Tenéis el cuajo de solicitar otra semana? ¿Para qué? Para reunir más hombres y llevarlos a la muerte.

–Necesitamos ese tiempo para traer hasta aquí a nuestros soldados –respondió Steapa.

Anlaf contestó con una simple inclinación de cabeza, pero sin dirigir siquiera una mirada a Constantino.

–Una semana a partir de hoy mismo –accedió.

–Y hasta entonces –volvió a exigir Steapa– deberéis permanecer al norte de esas varas de avellano. Por nuestra parte, nosotros nos mantendremos al sur –dijo, señalando la hilera de palos hincados en tierra más allá del puente.

–De acuerdo –se apresuró a transigir Constantino, quizá para dejar claro que tenía tanta capacidad de decisión como Anlaf.

–Volveremos a vernos –auguró Steapa.

Sin más, volvió grupas y se encaminó sin mayores ceremonias en dirección al puente. Ingilmundr observó a Steapa mientras descendía la suave pendiente del futuro terreno de combate.

–¿Le ha concedido Æthelstan autoridad para zanjar este asunto? –se extrañó el pérfido noruego.

–Ya veis que sí –repliqué.

–¡Y aún lo llaman Steapa Snotor! –exclamó burlonamente Ingilmundr antes de traducir a Anlaf el significado de ese antiguo insulto.

El señor de Irlanda se echó a reír.

–¡Steapa «el Estúpido» deberían llamarlo! Nos veremos las caras en una semana, lord Uhtred.

Ni siquiera le respondí. Me limité a torcer bridas para que Snawgebland diera media vuelta y partir al trote y reunirme con Steapa. Llegué a su altura en el momento en que se disponía a cruzar el paso.

–O sea, que sois de mi misma opinión, ¿no es eso? –dije.

–Si no los rechazamos aquí –explicó Steapa–, perderemos Ceaster y Anlaf se internará hasta llegar a las regiones más septentrionales de Mercia. Al final tendríamos que volver a enfrentarnos, pero él elegiría una colina más alta que ésta, una ladera más inclinada, y el choque sería doblemente duro. No es el mejor sitio para batirse con estos borricos…, pero, sí, lleváis razón. Hay motivos para creer que aquí tendremos una buena oportunidad de salir vencedores.

Los cascos de nuestros animales hirieron ruidosamente los maderos del puente.

—Anlaf se hallará en una posición de ventaja —continuó Steapa—, y no va a ser fácil.

—Nunca lo es.

—¿Ni siquiera teniendo a Dios de nuestra parte? Estaos seguro: podemos ganar —dijo persignándose.

Al día siguiente, cabalgamos hacia el sur para reunirnos con Æthelstan, que conducía al ejército hacia el norte. La suerte estaba echada. Pelearíamos en Wirhealum.

* * *

Si Steapa había insistido en prolongar la tregua una semana había sido para dar tiempo a que las mesnadas del rey alcanzaran la ciudad de Ceaster. Sin embargo, la marcha sólo necesitó tres días, y en la tarde del tercero se celebró un servicio religioso en la iglesia que Æthelflaed había erigido. Æthelstan insistió en que todos sus señores asistieran a misa en compañía de algunos hombres escogidos. Yo me presenté flanqueado por cincuenta de mis mejores cristianos. Los monjes entonaron sentidos cánticos, los hombres realizaron la lenta sucesión de reverencias, genuflexiones y posiciones erguidas que exigía el ceremonial, y, finalmente, mi hijo el obispo subió al altar y soltó una prédica.

Yo no tenía intención de ir, pero Æthelstan me ordenó que me dejara ver, así que me acantoné en las últimas filas, entre las alargadas sombras que hacían bailotear en la nave los enormes cirios, y me acoracé internamente en previsión de los sinsentidos que mi hijo pudiera desgranar. Era famoso por el odio que profesaba a los paganos, y desde luego yo esperaba una diatriba que, aparentemente dirigida a Anlaf, contuviera alambicados refinamientos en los que yo mismo me pudiera dar por aludido.

Pero me llevé una sorpresa. Habló de la tierra que defendíamos, un reino, dijo, de granjas y bien podados sotos, de lagos y pastos de montaña. Se refirió a nuestras familias, a nuestras esposas, a nuestros hijos. Fue un buen sermón, pronunciado con sosiego, pero con la suficiente claridad para que llegara sin problemas a los oídos de todos.

–¡Dios –dijo– está de nuestro lado! Ésta es nuestra tierra, y ha sido invadida. ¿Cómo no va a estar Dios con nosotros?

Al escuchar aquellos razonamientos, supuse que los obispos de Constantino debían de haber proclamado soflamas similares cuando Æthelstan invadió las regiones de su rey.

–¡Reclamaremos la posesión de todas las tierras que nos pertenecen por derecho! –prosiguió mi hijo–. ¡Northumbria forma parte de Englaland, y lucharemos por nuestra patria! ¡Sí, sé muy bien que Northumbria está llena de paganos! –añadió, haciéndome gemir para mis adentros–. Pero en Englaland también los hay… ¡Hasta el obispo Oda nació siendo pagano! ¡Sí! ¡Y yo mismo fui educado en el paganismo de Northumbria! ¡Sin embargo, ambos somos Ænglisc! –Había empezado a alzar la voz–. ¡Los dos somos cristianos! ¡Y uno y otro somos también obispos! ¿Cuántos en este templo tienen padres paganos?

La pregunta pilló por sorpresa a los presentes, pero, poco a poco, algunos comenzaron a alzar la mano, incluido mi hijo. Me asombró que fueran tantos los brazos dispuestos a confesar una ascendencia pagana, pero la mayor parte de las tropas de Æthelstan venían de Mercia, y hacía ya mucho que los daneses venían colonizando y gobernando las regiones septentrionales de esas tierras. Mi hijo bajó al fin la mano.

–¡Pero ya no somos ni daneses ni sajones –continuó en tono exaltado–, y tampoco somos paganos ni cristianos!

¡Somos Ænglisc! —concluyó exultante—. ¡Y Dios estará con nosotros!

Fue un buen sermón. La verdad es que los nervios nos atenazaban a todos. No había un solo hombre en todo el ejército de Æthelstan que ignorara que nos disponíamos a luchar en un terreno elegido por nuestros contrincantes. De hecho, un rumor había recorrido, veloz como una saeta, las filas de la soldadesca, pues se aseguraba que el mismísimo Æthelstan había desaprobado la aceptación del envite por parte de Steapa.

—¡No tiene sentido! —protestó airadamente Æthelstan en nuestro encuentro.

—No es un terreno perfecto, pero probablemente no podamos hallar ninguno que lo aventaje —respondí.

Eso ocurrió al día siguiente del sermón de mi hijo, poco después de que el monarca y yo mismo exploráramos, junto a una docena de guerreros, la cresta boscosa que se extendía a la izquierda del frente de combate en el que se encontraría el rey. Había enviado a Eadric y a Oswi a explorar la sierra. Les pedí que batieran la zona hasta llegar a la ruinosa empalizada de Brynstæþ, y a su regreso nos aseguraron que no se veían enemigos de ninguna clase entre los árboles que crecían al otro lado del asentamiento. En ese momento, otros cincuenta jinetes se acercaban al campo de justas. Avanzaron todo lo posible al norte, hasta el límite mismo de lo que permitía la tregua. Uno de ellos vestía el característico manto regio de Æthelstan, así como el yelmo coronado por un aro de oro. Era evidente que el adversario los estaría observando, pero por el momento no se había visto a ningún mesnadero de Anlaf al sur de la divisoria acordada. Pese a todo, no me quedó más remedio que confiarme a la suerte y esperar que las indagaciones de Æthelstan en la serranía no hubieran sido detectadas por los batidores contrarios.

Æthelstan se había enfundado una ajada cota de malla de color parduzco y un casco baqueteado en mil batallas. No se distinguía de cualquier otro soldado destinado a defender su estandarte en el muro de escudos.

Cabalgaba prácticamente en silencio, absorto en la contemplación del espacio, ya que desde lo alto de la cresta se podían apreciar perfectamente todos sus contornos. Tras el examen, se dirigió a la derruida estacada de Brynstæþ…

—¿Quién vivía aquí? —se interesó.

—Una familia sajona —contesté—. Eran dueños de casi todas las tierras que se divisan desde aquí. Vendían madera y criaban un pequeño rebaño de ovejas.

Lo oí gruñir.

—Servirá —dijo antes de girarse para volver a estudiar el valle en el que la carretera avanzaba en derechura hasta perderse en una azulada lejanía que casi permitía adivinar el mar.

—¿Lucharán con nosotros los noruegos de Egil?

—Son nórdicos, majestad, como bien decís. Por supuesto que pelearán.

—Os colocaréis en el ala derecha —me anunció—, muy cerca de ese arroyo.

Se refería al más caudaloso de los dos.

—Vuestra misión será rechazar el ariete izquierdo de Anlaf, haciéndoles creer que ésa es nuestra táctica.

Sentí un vergonzante alivio al constatar que no se me había destinado al flanco izquierdo, donde se esperaba la más fiera acometida de los combatientes de Anlaf.

—Los obligaremos a retroceder —prometí—, pero sin que se alejen demasiado.

—Eso, que no queden fuera de nuestro alcance —coincidió—. Yo diría incluso que lo mejor es que permanezcan a tiro de lanza. Basta con que les cerréis el paso, impidiéndoles cualquier movimiento. Con eso me basta.

Teníamos menos hombres que el enemigo y, si en nuestro avance los distanciábamos en exceso, estaríamos dejando atrás nuestras propias filas, con lo que su número quedaría todavía más mermado cuando nuestros camaradas quisieran colmar el creciente espacio entre las dos corrientes.

—Y aún hay otra cosa que podéis hacer por mí, señor —añadió sorpresivamente el rey.

—Decidme, majestad.

—Tenemos que ganar esta batalla —reiteró—, y después deberemos ocupar Cumbria. ¡Hay que golpearlos donde más les duela! ¡Son un hatajo de rebeldes!

Se refería a los daneses y noruegos que se habían asentado en esa inestable región para sumarse ahora en masa al ejército de Constantino en su avance al sur.

—Es perfectamente posible, majestad —le aseguré—, pero vais a necesitar un montón de hombres para lograr ese objetivo.

—Más hombres vais a precisar vos —me corrigió, antes de hacer una breve pausa para escudriñar nuevamente los perfiles del valle que se abría a nuestros pies—. Godric ha fallecido sin dejar heredero.

Æthelstan había puesto a Godric al frente de la Cumbria septentrional. Había perdido la vida al intentar interceptar a Constantino para frenar su progresión. No sólo se trataba de un hombre fornido que había desaparecido en plena juventud; los informes decían también que era un valiente. El ataque escocés lo había arrollado; el muro de escudos que había armado se había desmoronado, y él mismo había perecido al intentar reagrupar a sus hombres.

—Cerca de doscientos hombres de su casa consiguieron salir indemnes del campo de batalla —explicó Æthelstan—, y es probable que sigan vivos y se oculten en los montes.

—Así lo espero —repliqué.

—Por eso quiero que tomes posesión de sus tierras y sus hombres.

Preferí permanecer callado, al menos de momento. Era consciente de que se habían concedido a Godric vastas extensiones de tierras en el norte de Cumbria, y, si pasaban a mis manos, los dominios de Bebbanburg se extenderían de costa a costa, formando una suerte de banda en la mitad norte de Britania. Tendría que dotar de guarniciones tanto a Cair Ligualid como a otra docena de poblaciones más. Me convertiría en una barrera sajona capaz de contener el avance de los escoceses, y eso me parecía una buena cosa. Sin embargo, en ese breve momento de silencio me sentí también confuso.

—Aún no hace cuatro meses, majestad, intentasteis arrebatarme Bebbanburg. ¿Y queréis ahora duplicar la extensión de mis tierras?

Æthelstan acusó el golpe.

—Necesito contar con un hombre fuerte en la frontera de Escocia —explicó.

—¿Aunque sea un viejo?

—Vuestro hijo será quien herede la totalidad del feudo.

—Así es, majestad.

Un gavilán voló en círculos muy por encima del campo de batalla. Inclinó levemente las alas para aprovechar el escaso viento y se elevó todavía más, hasta perderse en el horizonte septentrional. Pasé largamente los dedos por los contornos del martillo que llevaba como amuleto al cuello y di gracias a Thor por enviarme ese feliz augurio.

—Pero hay un problema —continuó el rey.

—Era de esperar —dije pausadamente.

—No ha dejado herederos, así que la dueña de sus tierras es ahora su viuda, Eldrida. Puedo compensarla por la pérdida de sus posesiones, pero, como comprenderéis, no me sobra la plata. La guerra la consume con avidez.

—Desde luego —respondí con mucha cautela.

—Por eso deseo que os caséis con ella —soltó al fin el soberano.

Lo miré fijamente, horrorizado.

—¡Tengo ya una mujer!

—Pero no estáis casado.

—Es como si lo estuviera, majestad.

—¿Os habéis unido de algún modo? Quiero decir: ¿habéis realizado algún tipo de ceremonia pagana? —preguntó, alarmado.

Vacilé un instante, pero preferí decirle la verdad.

—No, majestad.

—Entonces casaos con Eldrida.

No sabía qué decir. Fuera quien fuese, Eldrida debía de ser a todas luces jovencísima, lo suficiente como para ser mi nieta. ¿Cómo iba a casarme con una chiquilla?

—Soy… —empecé a decir, pero me callé porque no se me ocurría nada.

—No os estoy pidiendo que os acosteis con ella —saltó, irritado, Æthelstan—. Bueno, sí, sólo una vez, para que sea legal. Luego podréis mandarla a paseo, enviarla al lugar que mejor os plazca y quedaros con tu Benedetta.

—Es que eso es justamente lo que me propongo hacer: seguir con ella —repuse secamente.

—Es una formalidad —insistió—. Cásate con la muchacha, quédate con sus tierras y su fortuna y defiende el norte. ¡Es un obsequio, lord Uhtred!

—No lo es para ella —dije a mi vez.

—¿Y a quién le importa? Es una mujer rica y posee una gran hacienda. Además, hará lo que se le pida.

—¿Y si perdemos la batalla? —pregunté.

—Eso no va a ocurrir —respondió, tajante—. No podemos permitírnoslo. Y, si así fuera, una horda de escoceses y noruegos se lanzará sobre la desdichada doncella, y no con buenas intenciones… Y la misma suerte correrán todas las demás mujeres de Englaland. Aceptad esta dádiva, señor.

Asentí suavemente con la cabeza, pues eso era todo lo que podía hacer por el momento. Volví la vista al valle, donde, en un par de días, estaríamos luchando.

Por Englaland.

CAPÍTULO XIV

Al día siguiente, Æthelstan sacó a su ejército de Ceaster y se adentró en el breñal que tapizaba el valle que separaba las dos crestas montañosas. Acampamos a ambos lados de la calzada, a escasa distancia del estrecho puente que nos conduciría al lugar en el que habíamos aceptado medirnos con Anlaf y Constantino. Los caudillos se habían cobijado en varias tiendas, pero casi todos los demás nos arreglamos con un sencillo refugio hecho con las ramas que nos ofrecían los árboles de la sierra oriental. Nos había llevado prácticamente el día entero conducir a la soldadesca a pie hasta el punto de acampada y cortar la madera necesaria para los abrigos de pernocta y las hogueras. Æthelstan dio orden de descansar, aunque yo me encontré dudando de que esa noche fueran muchos los guerreros capaces de conciliar el sueño. A última hora llegaron varios carros cargados de vituallas y lanzas de repuesto. Los únicos que no marcharon con nosotros ese día fueron los quinientos jinetes de Sajonia Occidental que partieron de Ceaster al morir la tarde y se vieron obligados a acampar a la retaguardia del ejército. Steapa se hallaba al frente.

—Esta noche he tenido un sueño —me dijo antes de que abandonáramos la ciudad.

—De buen presagio, espero.

—Se me aparecía Alfredo. —Hizo una pausa—. Nunca conseguí entenderlo.

—Muy pocos lo conseguían —confesé.

—En el sueño lo veía intentar ponerse la cota de malla, pero la cabeza no le cabía por la abertura.

La voz de Steapa era vivo reflejo de su desconcierto.

–Eso significa que mañana vamos a hacernos con la victoria –dije con decidido aplomo.

–¿Vos creéis?

–¡Claro! ¿No veis que eso significa que no necesitamos su cota de malla?

Sólo podía implorar a los dioses que fuera verdad.

–¡Nunca se me habría ocurrido! –exclamó Steapa, más tranquilo.

Pero aún parecía horadado por alguna duda.

Me disponía ya a montar en Snawgebland cuando vi que adelantaba un paso en mi dirección. Creí que iba a juntar las manos en forma de estribo para ayudarme a subir a la silla, pero en vez de eso me arreó tímidamente un brusco y tosco abrazo.

–Que Dios os acompañe, señor.

–Nos veremos mañana por la tarde –le aseguré– en un campo de batalla cubierto de cadáveres enemigos.

–Rezaré por eso.

Me despedí tiernamente de Benedetta, no sin cerciorarme de que dispusiera de un buen caballo y una pesada bolsa de piezas de plata.

–Si perdemos –le dije–, ¡sal de la ciudad, cruza el puente que salva el Dee y pon rumbo al sur!

–No perderéis –contestó con fiero aplomo–. ¿Y sabes por qué? ¡Porque no voy a perderte!

Quería acompañarme a la batalla, pero se lo prohibí terminantemente y, al final, ante mi insistente determinación, había terminado por aceptar, aunque a regañadientes y con una condición. Soltó el cierre de la pesada cruz de oro que llevaba al cuello y la depositó dulcemente entre mis manos.

–Llévala por mí –pidió–. Te guardará de todo mal.

Me entraron dudas. No quería ofender a mis dioses, y sabía bien que la cruz era valiosa, entre otras cosas porque era un regalo que Benedetta había recibido de manos de la reina Eadgifu.

—¡Póntela! —ordenó perentoriamente—. ¡Te protegerá! ¡Lo sé seguro!

Me colgué la joya y la vi oscilar sobre mi pecho, junto al martillo de plata.

—¡Y no te la quites! —me advirtió, muy seria.

—Por nada del mundo. Nos vemos en unas horas, cuando hayamos vencido.

—¡Ya puedes asegurarte de vapulearlos bien a todos! —me recomendó, casi en tono de regañina.

Dejé a Benedetta en compañía de Eadric, a quien había explicado que lo veía demasiado mayor para pelear y que prefería encargarle la seguridad de mi hermosa italiana, con la específica petición de que la llevara lo más al sur posible si perdíamos el envite. Besé a Benedetta y partí. Lo último que pude ver fue que tenía los ojos arrasados en lágrimas.

No le dije nada de que Æthelstan me había ofrecido una esposa. La proposición me había causado tanto espanto a mí como rabia habría de provocarle sin duda a ella. De hecho, esa misma mañana tuve ocasión de entrever brevemente a la viuda Eldrida. Se dirigía a la iglesia en compañía de seis monjas y, vestida con aquellos apagados ropones grises, puntual y únicamente resaltados por una pesada cruz de plata, ella misma parecía también una religiosa. Era una muchachita regordeta y de corta estatura, con un rostro que se me antojó similar al de un lechoncito enfadado. Pero tenía que reconocer que aquel cochinillo valía una fortuna.

Poco después nos encontramos acampados al sur del puente, listos para marchar a la batalla al amanecer. Cenamos un poco de pan, fiambre, queso y cerveza. Al caer la noche empezaron a caer algunos chaparrones. La oscuridad nos permitió divisar a lo lejos, al norte, más allá del suave montículo en el que nos jugaríamos la vida, el resplandor de los fuegos de campamento enemigo. Habían dejado atrás la ensenada de Dingesmere, donde tenían amarrados los barcos en que habían llegado, para luego avanzar en dirección sur hasta llegar al lugar en el que ahora se encontraban. No había un solo hombre en nuestro contingente que no tuviera los ojos fijos en aquel vasto relumbrar del horizonte, preguntándose cuántos guerreros se habrían agrupado en torno a esas fogatas. En su campamento, Æthelstan se hallaba rodeado por más de tres mil soldados, sin contar a los campesinos y gentes del *fyrd* que poco podían contribuir a rechazar a los bien entrenados guerreros de Anlaf. Æthelstan contaba asimismo con los quinientos valientes acampados a nuestras espaldas, a cosa de dos millas de nuestra posición. Sin embargo, yo calculaba que Anlaf y Constantino debían de capitanear un ejército próximo a los cinco mil combatientes. Había quien insistía en asegurar incluso que disponían de seis o siete mil gentes de armas, pero la verdad es que nadie sabía con seguridad cuántos se aprestaban de veras a quitarnos la vida y la hacienda.

Tomé el refrigerio vespertino en compañía de mi hijo, Finan, Egil y Thorolf. Hablamos poco y comimos menos. Sihtric se unió a nosotros, pero sólo para trasegar unos bocales de cerveza.

—¿Cuándo termina la tregua? —se interesó.

—A medianoche.

—Pero no presentarán batalla en tanto no despunte el día —sostuvo Egil.

—Atacarán más bien entrada la mañana —lo corregí.

Colocar los ejércitos en formación llevaba tiempo, y aún después había que aguardar a que los fanfarrones terminaran de alardear entre las filas, ofreciéndose a un combate singular.

La lluvia tamborileaba sobre la vela que habíamos sujetado de mala manera entre cuatro postes a modo de tosco refugio.

—El suelo va a acabar empapado —observó Finan en tono sombrío—. Será resbaladizo.

Nadie dijo nada.

–Deberíamos descansar un poco –dije, pese a saber que nos iba a resultar difícil pegar ojo.

Pensé que también al enemigo se le resistiría el descanso, y la tierra mojada se le hurtaría bajo los pies tan traidoramente como a nosotros. Comenzó a arreciar la lluvia, y recé para que se prolongara hasta el alba y perdurara todo el día, consciente de que a los noruegos de Irlanda les gustaba emplear arqueros, y la humedad destensaría las cuerdas de sus arcos.

Paseé discretamente entre las hogueras de mis hombres. Dije lo habitual en estos casos. Les recordé que se habían entrenado a conciencia para el combate; que las horas y los días, los meses y años dedicados a perfeccionar su técnica los mantendrían sanos y salvos en la jornada que teníamos por delante. Sin embargo, no se me ocultaba que muchos de ellos iban a perder necesariamente la vida a pesar de su destreza. El muro de escudos es implacable. Un sacerdote oraba junto a un puñado de guerreros cristianos de mis huestes. Preferí no interrumpirlo y me limité a decir al resto que se alimentasen, durmiesen cuanto pudieran y confiaran en la victoria.

–¡Somos los lobos de Bebbanburg –exclamé con energía contenida– y nunca hemos conocido la derrota!

Un súbito aguacero me obligó a acercarme a las fogatas de más vivas llamas, en el centro del campamento. Esperaba no tener que batirme hasta el tramo final de la mañana, pero me había enfundado ya la cota de malla, más que en previsión de cualquier sorpresa por el agradable calor que proporcionaba el revestimiento de cuero. Al darme cuenta de que en la vistosa tienda real lucía la luz de unas velas decidí encaminarme, como al descuido, hacia sus ricos cortinajes. Los dos guardias de la entrada me reconocieron y, como no llevaba daga ni espada, me dejaron pasar.

–No está aquí, señor –dijo uno de los centinelas.

Aun así, entré, sólo para burlar a la inclemente lluvia. Salvo por el cura de bordados sayales que rezaba de rodillas sobre un cojín, frente a un improvisado altar de campaña al que habían sujetado una cruz de plata, el recinto estaba vacío. Al oír las pisadas, se volvió. Era mi hijo, el obispo. Me detuve en seco y a punto estuve de ceder a la tentación de abandonar la estancia, pero él se levantó, sorprendido por la incomodidad que traslucía mi rostro, aunque no menos estupefacto que yo mismo.

–Padre –comenzó a decir en tono vacilante–, el rey ha ido a hablar con sus hombres.

–Otro tanto estaba haciendo yo.

Decidí quedarme. La lluvia no tardaría en animar a Æthelstan a regresar a la tienda. Al margen de la posibilidad de compartir los mutuos temores y esperanzas, no había ninguna razón explícita que me impulsara a hablar con el monarca. Me acerqué a una mesa, donde reposaba una jarra de barro llena de un vino que por una vez no olía a vinagre, así que me serví un vaso.

–Supongo que no le importará que le sise un poco de este brebaje. –Caí de pronto en la cuenta de que mi hijo miraba fijamente la pesada cruz de oro que llevaba al cuello. Me encogí de hombros–. Benedetta ha insistido en que la lleve. Dice que me protegerá.

–Y lo hará, padre.

Pareció vacilar. Tal vez por eso estuviera acariciando la cruz que él mismo portaba sobre el pecho.

–¿Hay alguna posibilidad de victoria?

Lo miré de frente y estudié su pálido semblante. Los hombres decían que se parecía mucho a mí, aunque yo no veía la semejanza por ninguna parte. Parecía nervioso.

–Podemos vencer –dije, al tiempo que me acomodaba en un escabel.

–¡Pero si nos superan terriblemente en número!

–He librado muchas batallas en inferioridad numérica –dije–. No es cuestión de cifras, sino del destino.

–Dios está de nuestro lado –respondió, pero en el tono de su voz gravitaba la duda.

–Pues qué bien...

Mi comentario sonó a sarcasmo, y lo lamenté de inmediato.

–Me ha gustado tu sermón.

–Te vi en el templo –contestó antes de enseriar el ceño, como si no tuviera la seguridad de haber predicado la verdad. –Se sentó en un banco, sin suavizar lo más mínimo la gravedad del rostro–. Si mañana nos vence el enemigo...

–Será una masacre –lo interrumpí–. Nuestros hombres quedarán atrapados entre las dos cárcavas. Algunos conseguirán escapar por el puente, pero es estrecho... Otros gatearán malamente entre las escabrosidades de los ribazos. Aun así, la inmensa mayoría perecerá de un modo horrendo.

–¿Por qué combatir aquí, entonces? –preguntó con una expresión que era la viva imagen del asombro.

–Porque Anlaf y Constantino creen que no podemos ganar. Rebosan confianza. Y vamos a valernos de esa seguridad para infligirles una derrota que no olvidarán. –Hice una pausa–. No será fácil –concluí.

–¿No tienes miedo?

–Siento terror –sonreí–. Sólo un chiflado encara sin temor una batalla. Pero hemos preparado bien a nuestros hombres y ya hemos sobrevivido a otros envites. Sabemos cómo actuar.

–Lo mismo habrá hecho nuestro enemigo.

–Desde luego.

Di un sorbo al vino. Estaba agrio.

–No habías nacido cuando combatí en Ethandun. El abuelo de Anlaf luchó contra el de Æthelstan en ese choque. Y también entonces nos superaban en número. Los daneses se lanzaron a la lucha henchidos de aplomo y engreimiento; nosotros, en cambio, estábamos desesperados.

—Dios nos hizo ganar esa batalla.

—Eso mismo decía Alfredo. ¿Quieres saber lo que pienso? Creo que éramos conscientes de que perderíamos nuestros hogares y nuestras tierras si nos vencían, y eso nos hizo blandir las armas con la fiereza de quien sólo tiene dos salidas: la victoria o la muerte. Y vencimos.

—¿Y te parece que mañana puede pasar lo mismo? Ruego para que así sea…

Estaba verdaderamente asustado, lo que me hizo preguntarme si no había sido realmente lo mejor que abrazara el sacerdocio, porque estaba claro que nunca habría conseguido hacer de él un buen soldado.

—Debo tener fe —concluyó en tono plañidero.

—Pues tenla en nuestros guerreros —repuse.

Llegaron hasta la tienda los cánticos de algunos de los acampados, lo que desde luego me sorprendió bastante. Los hombres con los que había hablado poco antes se habían quedado rumiando oscuros pensamientos sobre la suerte que el inminente día les reservaba, y su ánimo no era precisamente propicio al canto. Tampoco habíamos escuchado ningún himno guerrero en el campamento enemigo. Y hete aquí que, de repente, un reducido grupo de soldados prorrumpía en roncos cantares.

—Tienen la moral muy alta —dije.

Se produjo un incómodo silencio. El sonido de los descompasados cánticos se escuchaba cada vez más cerca, un perro se puso a ladrar, y la lluvia prosiguió su cansino repiquetear en el techo de la tienda.

—No he tenido ocasión de darte las gracias —dije—. Por el aviso que me diste en Burgham. Habría perdido Bebbanburg de no ser por ti.

Por un instante vi a mi hijo aturullado, sin saber muy bien qué decir.

–Todo fue una artimaña de Ealdred –explicó al fin, recuperado ya de la sorpresa–. Quería conquistar el norte. No era un buen hombre.

–¿Yo sí lo soy? –me interesé, dedicándole una sincera sonrisa.

No respondió. Todo lo que hizo fue fruncir el ceño al escuchar los cánticos, cada vez más fuertes, y santiguarse.

–El rey me ha comentado que fuiste tú quien le sugirió cómo salir vencedor de esta batalla –señaló, dejando traslucir nuevamente a las claras su nerviosismo.

–Sólo le sugerí una estrategia.

–¿Y en qué consiste?

–Es algo que no podemos contar a nadie. Imagínate que Anlaf enviara una partida de furtivos a nuestro campamento a fin de hacerse con un prisionero. ¿Qué crees que pasaría si ese desdichado tuviese conocimiento de una información crucial? –Sonreí–. Eso complicaría mucho las cosas a tu Dios, ¿no te parece? Caso de que tenga intención de concedernos la victoria, claro.

–Eso es lo que va a hacer –aseguró, intentando aparentar aplomo–. ¡El Señor hará mañana maravillas ante nosotros!

–¡Di eso a nuestras tropas! –exclamé, poniéndome al mismo tiempo en pie–. ¡Convéncelas de que Dios está de nuestro lado! ¡De que deben luchar lo mejor que sepan, pero con la certeza de que Dios acudirá en su ayuda!

Derramé deliberadamente el vino sobre las alfombras. Pensé que Æthelstan debía de haber elegido refugio en otra parte y que ya era hora de regresar al lado de mis valientes.

Mi hijo también se incorporó.

–Padre –le oí decir, vacilante. Tenía los ojos llenos de lágrimas–. Lo siento. Nunca he conseguido ser el hijo que hubieras querido.

Me quedé helado al ver lo mal que lo estaba pasando. Y yo me sentí desamparado por el mismo sentimiento.

–¡Pero si lo eres! –exclamé–. ¡Te has convertido en un señor de la Iglesia! ¡Estoy muy orgulloso de ti!

–¿De veras? –preguntó, sin poder dar crédito a mis palabras.

–Uhtred –dije, usando el nombre que le había negado en otro tiempo en un arranque de ira–, yo también lo siento.

Le tendí los brazos, y nos fundimos en un abrazo. Jamás hubiera creído que volvería a abrazar de nuevo a mi hijo mayor, pero apreté con tanta fuerza, con tanto ahínco, que los hilos de oro y plata de las bordaduras de su túnica me arañaron las manos. Sentí en los ojos el escozor del llanto.

–Sé valiente –acerté a balbucir, sin soltar el abrazo– y recuerda: cuando ganemos, vendrás a visitarnos a Bebbanburg. Puedes decir misa en nuestra capilla.

–Me encantaría.

–Sé fuerte y ten fe –le dije–. Verás cómo salimos con bien de ésta.

Me marché, y me enjugué los ojos con los puños en cuanto abandoné la tienda y me separé del cálido resplandor de los cirios que ardían en su interior. Pasé frente a las fogatas en que se arremolinaban los hombres, agazapados bajo la lluvia, escuché las voces de las mujeres que charlaban quedamente en el interior de los refugios. Todas las prostitutas del norte de Mercia habían seguido al ejército y, por las trazas, también las de Wessex habían imitado su ejemplo. Las canciones militares que los hombres vociferaban hasta enronquecer se escuchaban ya muy lejos, a mis espaldas. «Están borrachos», pensé. Estaba ya a punto de llegar a los fuegos del campamento de mis soldados cuando me percaté de que las marciales melodías se transformaban en una batahola de voces enfurecidas. Un chillido rasgó la noche, y al instante resonó el inconfundible choque metálico de las espadas. Nuevos gritos. No llevaba encima más arma que un puñalito, pero di media vuelta y corrí hacia el lugar del que procedía el tumulto. Otros hombres se precipitaron en mi misma dirección, hacia una súbita llamarada de espeluznantes dimensiones. La tienda del monarca ardía por los cuatro costados. Las telas, impermeabilizadas con cera, desprendían una luz cegadora. A mi alrededor, todo eran chillidos e insultos. Los hombres iban de un lado para otro, con las espadas en la mano; el terror les hacía agitarse con los ojos abiertos de par en par. Volví la vista hacia los centinelas que custodiaban la entrada de la tienda real. Estaban muertos. Las feroces lenguas de fuego de los tapices y finas telas pintaban perfiles amarillos en sus cadáveres. Los guardias personales de Æthelstan, perfectamente distinguibles por sus capas de color escarlata, estaban acordonando la tienda. Otros tiraban violentamente de los tejidos y brocados incendiados para echarlos al suelo y apartarlos de lo que el fuego no había mordido aún.

–¡Se han ido! –bramó una voz–. ¡Se han ido!

Sin que supiéramos cómo, un grupo de esbirros de Anlaf se había colado sigilosamente en el campamento. Ellos eran los autores de los extemporáneos cánticos que habíamos estado oyendo, fingiendo estar ebrios. Los animaba la expectativa de asesinar a Æthelstan y arrebatar así el nervio al ejército, justo en vísperas de la batalla. Sin embargo, el soberano ni siquiera estaba cerca de su vistoso refugio de campaña. Lo único que habían encontrado había sido a un obispo.

El rey no tardó en llegar a los abrasados restos de su tienda.

–Pero ¿es que no había centinelas? –le oí preguntar, colérico, a uno de sus acólitos.

De pronto nuestras miradas se cruzaron.

–Lord Uhtred… Lo siento…

Mi primogénito había muerto. Mil estocadas ensangrentaban su suntuosa casulla. Le habían robado la pesada cruz pectoral. Alguien había sacado a rastras el cuerpo de la tienda en llamas, pero ya era tarde. Me arrodillé a su lado y le acaricié el rostro, intacto y con una extraña expresión de sosiego.

—Lo siento muchísimo —repitió amargamente Æthelstan. No podía articular palabra.

—Habíamos hecho las paces, majestad.

—Mañana haremos la guerra —replicó el rey en tono áspero—. Será una lucha terrible. Y vengaremos su muerte.

¿Realmente iba a hacer el Señor maravillas ante nosotros al día siguiente? No lo sabía. La única certeza era que mi hijo mayor se había ido y que las llamas de las fogatas me temblaban borrosamente en las pupilas mientras regresaba junto a mis hombres.

* * *

Una tenue luz grisácea perforó el horizonte. Clareaba. Los pájaros trinaban en las copas de los densos bosques como cualquier otro día. La lluvia había cedido durante la noche, pero en el preciso instante en que salía del refugio cayó un aguacero. Me dolían las articulaciones, pesado recordatorio de mi edad. Immar Hergildson, el joven danés a quien había salvado de la horca, vomitó junto a los rescoldos de una hoguera.

—¿Bebiste mucho anoche? —le pregunté, al tiempo que arreaba una patada a un perro que se había precipitado a comerse lo que Immar había echado.

Se limitó a menear negativamente la cabeza. Estaba pálido, asustado.

—Ya has estado antes en un muro de escudos —le dije—. Sabes perfectamente qué has de hacer.

—Sí, señor.

—No olvides que ellos también tienen miedo —comenté, señalando al norte, donde acampaba el enemigo, al otro lado de la suave cresta.

—Sí, señor —respondió, titubeante.

–Tú preocúpate sólo de evitar los arteros lanzazos al suelo –dije–, y nunca te desprotejas. Ten siempre el escudo en alto.

Era algo que Immar tendía a olvidar cuando practicábamos. Un tipo de la segunda fila adversaria podía apuntar traicioneramente con la lanza al tobillo o la pantorrilla de sus contrincantes, y, en esos casos, la reacción espontánea del danés era bajar el escudo, exponiéndose con ello a que le atravesaran con la espada el pecho o la garganta.

–No te preocupes. Todo saldrá bien.

Aldwyn, mi escudero, me trajo un bocal de cerveza.

–Hay pan, señor, y también algo de carne.

–Cómetelos tú –pedí–. No tengo apetito.

Mi hijo, el único que me quedaba ya, se acercó a mí. Estaba tan pálido como Immar y otros muchos.

–Ha sido Ingilmundr –me aseguró.

Se refería obviamente a que había sido el traidor noruego el que se había infiltrado en nuestro campamento y asesinado a mi hijo mayor.

–¿Cómo lo sabes? –le pregunté, ansioso.

–Varios hombres lo reconocieron, padre.

Parecía lógico. Ingilmundr, el apuesto y espigado noruego que había jurado lealtad a Æthelstan, que había fingido ser cristiano, que había recibido tierras en Wirhealum y que había trabado alianza secreta con Anlaf, se había puesto al frente de un grupo de indeseables y forzado la vigilancia de nuestro campamento al amparo de la oscuridad. Sabía bien cómo funcionaba el ejército de Æthelstan y hablaba nuestra lengua. Así, valiéndose de todo lo aprendido bajo la embozada apariencia de un hombre fiel a Æthelstan, había aprovechado una fría noche de lluvia para presentarse en su tienda a matarlo, animado por la esperanza de dejarnos descabezados, sin líder y temblando de temor. En vez de eso, sin embargo, todo lo que había conseguido era acabar con mi hijo, aprovechando después, muy al estilo de todo pérfido intrigante, huir embozado en las sombras de la noche.

–Es un mal augurio –dije, con el ánimo entenebrecido.

–Todo lo contrario, padre, es señal de buena fortuna.

–¿Y por qué habría de serlo? –me asombré.

–De haber perpetrado el golpe tan sólo unos minutos antes, habríais muerto.

Me había pasado la noche tendido y alerta, sin poder conciliar el sueño a causa de ese mismo pensamiento.

–Tu hermano y yo nos habíamos reconciliado –expliqué–. Justo antes de su muerte…

Recordé nuestro apretado abrazo y los silenciosos sollozos del obispo Uhtred en mi hombro derecho.

–He sido un mal padre –dije blandamente.

–¡No!

–Ya es demasiado tarde para remediarlo –exhalé con una suerte de ronquera áspera–. Pero hoy será el último día en que ese gusano de Ingilmundr vea lucir el sol. Y me encargaré personalmente de que sea una muerte dolorosa.

En ese momento vestía únicamente las brafoneras y el sayal, pero Aldwyn me trajo mi mejor jubón y la cota de malla frisia. Estas prendas de guerra, con los pesados eslabones metálicos de la coraza, el gambesón forrado de cuero y los anillos de oro y plata en el cuello y los puños del camisote, me dieron un porte digno y un ánimo combativo. Me embutí en los antebrazos los ricos brazaletes del rango, rutilantes trofeos de pasadas victorias destinados a proclamar ante el enemigo que quien les cercenaba la vida era un señor de la guerra, un curtido caudillo militar. Me calcé las pesadas botas entretejidas con tiras de hierro y provistas de espuelas de oro. Me ceñí en el lado derecho de la cintura los arreos de la espada corta que, cubiertos de un fino brocado de rombos de plata, sostenían a *Aguijón de Avispa*, y a continuación me até en la parte izquierda el tahalí mayor, que, cuajado de cabezas de lobo, el blasón de mi casa, daba acomodo a la hermosa e implacable *Hálito de Serpiente*. Dos vueltas di, en torno al cuello, a una bufanda de fina seda blanca, regalo de Benedetta, y de ella colgué una gruesa cadena de oro, con el martillo de plata bien visible sobre el corazón, acompañado de la cruz, también de oro, que habría de ofrecerme protección, según mi hermosa italiana. Una fíbula me sujetó sobre los hombros un manto negro como una noche sin luna, y rematé mi atavío con mi mejor yelmo de combate, coronado por un lobo de plata. Golpeé fuertemente el suelo con los pies para encajar a fondo el calzado y di unos cuantos pasos para que los pesados caparazones se asentaran sobre el cuerpo. Aldwyn, el huérfano que había rescatado el Lundene, me observó con los ojos redondos de sorpresa. Tenía ante sí la viva imagen de un señor de la guerra, del campeón de Bebbanburg, del paladín de Britania. El pobre Aldwyn sólo veía gloria y poder, inconsciente del miedo que me agriaba las entretelas del estómago, que amenazaba con ponerme en ridículo, que daba a mi voz el rasposo timbre de un pavor instintivo.

–¿Has ensillado a Snawgebland?

–Sí, señor.

–Tráelo. Y una cosa más, Aldwyn…

–¿Señor?

–Quédate detrás de mí en el muro, muy por detrás. ¿Entendido? Van a llover flechas, así que ponte fuera de su alcance. Si te necesito te daré una voz. Y ahora ve a por el caballo.

De todos los grupos que acompañaban a Æthelstan, el nuestro iba a ser el primero que cruzara el puente y se adentrara en el campo de batalla. Me había pedido que defendiera el flanco derecho, bien pegado al borde del arroyo más profundo. Todo parecía indicar que los enfrentamientos más duros habrían de producirse en el ala izquierda, sobre la que Anlaf iba a desatar la ira de sus más fieros noruegos. Pero eso no significaba que el costado derecho no fuera a sufrir otra brutal embestida. Sabíamos que todo el que se enfrentara a nosotros tendría unas indecibles ansias de quebrar nuestro muro de escudos, ya que de ese modo sus mesnadas lograrían irrumpir, como una riada humana, tras la retaguardia de Æthelstan.

Coloqué a Egil y a sus hombres junto al curso de agua, después desplegué las huestes de Bebbanburg en cuatro hileras, y luego Sihtric formó a mi izquierda a sus soldados. Tras ellos, en el larguísimo centro de su frente de combate, el rey dispuso a los leales de Mercia, dejando su flanco izquierdo, el que según todas nuestras sospechas debía plantar cara a los noruegos de Anlaf, en las fiables manos de quinientos guerreros de élite de Sajonia Occidental.

Una lluvia torrencial descargó súbitamente por el cuadrante de poniente. Fue muy breve. Duró sólo dos o tres minutos, y luego escampó. Adelanté quince pasos mis líneas. Todavía no se veía a ningún enemigo, pero yo sospechaba que Anlaf estaba reuniendo a su ejército al otro lado de la cresta baja que cruzaba de lado a lado el valle, decidido a no dejarse ver hasta el último momento, cuando lanzara al fin su pavoroso avance. Sin embargo, al comprender que nos iba a tocar una larga espera, ordené a los hombres de la última fila que desenvainaran las espadas cortas y cavaran agujeros en el suelo, despejando así de la alta hierba empapada una amplia faja de terreno. La anchura de cada uno de esos boquetes era de un par de palmos por tres de profundidad. Una vez hechos, los rellenamos todos con el material que habíamos segado. Aunque no pudiéramos divisarlo, el enemigo nos estaría observando, pero estaba bastante seguro de que no comprenderían lo que estábamos haciendo. Además, daba igual, ya que, aunque se percataran, estarían demasiado ocupados para fijarse en nada que no fuera el filo de nuestro acero y el tope de nuestros escudos. Una vez bien disimulados los hoyos, retrocedimos los quince pasos que habíamos avanzado.

Me situé tras mis hombres a lomos de Snawgebland. Egil y Sihtric también iban a caballo. Uno y otro habían apartado a una docena de soldados, a los que habían apostado muy por detrás del muro de escudos a fin de reservarlos como refuerzo en caso de apuro. Pedí a Finan y a veinte hombres a su mando que se desplegaran a la espalda del parapeto humano que habíamos formado. Desde luego, eran cifras peligrosamente reducidas si finalmente se derrumbaba el muro de escudos y había que tapar los huecos de los caídos. No obstante, los hombres de Æthelstan también habían adelgazado alarmantemente las líneas, así que no teníamos más remedio que arreglárnoslas. También contaba con una docena de saeteros provistos de sus fuertes arcos de caza. Me resistía a emplear un número mayor. Las flechas obligarían al enemigo a bajar la cabeza y alzar los escudos, pero, en el choque de dos murallones de adargas, la matanza no corría a cargo de los dardos, sino de las hojas que blandían los guerreros.

Æthelstan en persona cabalgaba a lo largo del frente, escoltado por el obispo Oda y seis jinetes armados. La estampa del monarca irradiaba esplendor. Su garañón iba guarnecido con riquísimo arnés. Un magnífico paño escarlata tapizaba la silla, las espuelas del caballista eran de oro, y hasta las bridas del animal mismo aparecían engalanadas con oro, metal con el que también se había labrado la finísima corona en que culminaba la cimera. Un manto encarnado le cubría los hombros, dejando a la vista la radiante cota de malla sobre la que oscilaba una cruz de oro. El tahalí, de oro igualmente todo él, había sido un regalo de Alfredo a su padre. Al verlo arengar a las tropas me vino a la memoria la silueta de su difunto abuelo enfrascado en el mismo empeño en Ethandun. Alfredo se había mostrado más nervioso en el discurso que en el fragor de la refriega. Todavía me parecía estar viendo su frágil y delgada silueta envuelta en un manto azul y escuchar el agudo timbre de su voz desgranando lentamente las palabras, escogidas con esmero. Æthelstan manifestaba más aplomo y manejaba más ágilmente el verbo. Cuando llegó a nuestra altura, rocé suavemente los ijares de Snawgebland para situarme a su lado. Orienté con todo cuidado los pasos de mi montura para evitar la franja de suelo horadado y presenté mis saludos al soberano con una inclinación de cabeza…

—Majestad —dije—, aquí me tenéis. Sed bienvenido.

Sonrió.

—Veo que lucís una cruz, lord Uhtred —exclamó en voz bien alta al tiempo que señalaba con la frente el adorno de oro de Benedetta—. Pero ¿a qué llevar también esa baratija pagana? —preguntó.

—Esta fruslería, majestad —respondí, haciéndome oír con idéntica concisión—, me ha acompañado en más batallas de las que alcanzo a recordar. Y de todas hemos salido los dos triunfantes.

Los hombres de Bebbanburg prorrumpieron en vítores al oír mis palabras, y Æthelstan disfrutó del estallido expansivo, que aprovechó, antes de que amainara, para enardecer aún más los ánimos diciéndoles que luchaban por sus hogares, por sus esposas y por sus hijos.

—¡Y, sobre todo —concluyó—, combatís por la paz! Peleamos para expulsar de nuestro suelo a Anlaf y a sus secuaces, para embutir en la dura cabeza de los escoceses la certeza de que traspasar las lindes de nuestros dominios no les hará ganar más tierra que la de sus tumbas. —No apelaba al cristianismo, con la clara conciencia de que allí mismo, en su flanco derecho, había noruegos y daneses decididos a defender su corona—. ¡Rezad vuestras plegarias —bramó— y luchad como sabéis! ¡Vuestro dios os guardará, os protegerá y os recompensará! ¡Y yo también!

Se produjo un griterío entusiasta, y Æthelstan me lanzó una mirada interrogativa, como si se preguntara qué tal lo había hecho. Sonreí.

—Gracias, majestad —le dije.

Me alejó mansamente unos cuantos pasos del grueso de mis hombres.

—¿Serán de fiar vuestros noruegos? —preguntó en voz muy baja.

—¿Es eso lo que os preocupa?

—Inquieta a algunos de mis hombres. Y también me importuna a mí, sí.

—Combatirán lealmente, majestad —repliqué—, y, si me equivoco, Bebbanburg será vuestro.

—Me temo que, si os llamáis a engaño —contestó—, estaremos todos muertos.

—Se conducirán como hombres de honor. Lo juro.

Echó un vistazo a la cruz en mi pecho.

—¿Y ese símbolo?

—Hechicerías de mujer, señor. En realidad, es de Benedetta.

—En tal caso, os aconsejo que recéis para que el sortilegio funcione y os proteja. No, mejor: que nos ampare a todos. Steapa está listo, así que lo único que hemos de hacer es aguantar a pie firme las embestidas de nuestros adversarios.

—Y salir victoriosos, majestad.

—Sí, eso también —dijo—, eso también.

Tras estas palabras, el rey volvió grupas y regresó a sus arengas en la línea de vanguardia…

Y justo entonces fue cuando apareció el enemigo.

* * *

No lo vimos de inmediato. Sólo lo oímos.

Notamos el sordo retumbar de un mazo que parecía estremecer el breñal entero. Era el sonido de un tambor, de un enorme timbal de guerra. Alguien lo percutió tres veces. El tercer impacto fue la señal del inicio de las hostilidades, el aviso para que la soldadesca comenzara a golpear los escudos con la espada. Un inmenso y gutural griterío invadió el páramo, acompañado por el cadencioso batir del gigantesco atabal, que parecía latir como el corazón de una monstruosa bestia oculta. Casi todos mis guerreros se hallaban en ese momento sentados en el suelo, en tensa posición de espera. El palpitar de la guerra les hizo ponerse en pie como un solo hombre y salir en pos de las rodelas a la carrera, para, acto seguido, permanecer alerta, fijos los ojos en el punto en que la calzada se desvanecía al otro lado de la sierra.

La trepidación del tímpano, las armas y las gargantas lo llenaba todo, y, sin embargo, nuestro oponente seguía sin dejarse ver. Lo primero que asomó, partiendo la parda arista de la cresta, fueron sus estandartes: una larga hilera de pendones de brillantes colores en los que flameaban águilas, halcones, lobos, hachas, cuervos, espadas y cruces.

—Nos toca bregar con los escoceses —me dijo súbitamente Finan.

Sus blasones azules ondeaban en el flanco izquierdo de nuestro adversario, lo que significaba que los hombres de Constantino serían los que se abalanzaran sobre mi muro de escudos. El halcón cernido de Anlaf ocupaba el ala derecha; aquello confirmaba mis sospechas: la peor y más importante arremetida sería la que se abatiera sobre nuestro costado izquierdo.

—¡El destino ha sido clemente con nosotros! —rugí para que me oyeran mis hombres—. ¡Nos ha deparado a los hombres de Escocia! ¿Cuántas veces los hemos derrotado ya? ¡Enseguida verán que somos los lobos de Bebbanburg! ¡Y temblarán de miedooo! —aullé.

Siempre se dicen estupideces antes de una batalla, pero son simplezas necesarias. Decimos a los que van a luchar lo que tanto ansían escuchar. Sin embargo, son los dioses quienes deciden nuestra suerte.

—Yo diría que no han desplegado tantos arqueros como otras veces, ¿no os parece? —susurró Finan.

Los ejércitos escoceses habían alineado saeteros, desde luego, pero no demasiados. Levanté la vista al cielo y vi que las nubes se amontonaban a poniente. ¿Volvería a jarrear? Un aguacero amortiguaría la letal amenaza de los dardos.

–¿Estáis seguro de querer que vuestro hijo pelee en primera línea? –preguntó Finan.

Era cierto. Una punzada de angustia me atravesó el espinazo. Había situado a mi hijo, al único que me quedaba, en el centro del primer ariete de contención.

–Su deber es ocupar esa posición –conseguí decir, no sin esfuerzo.

Lo era porque estaba llamado a ser el siguiente señor de Bebbanburg, y tenía que demostrarse dispuesto a correr los mismos riesgos que los hombres a los que habría de mandar. Hubo un tiempo en el que ése habría sido mi puesto, al frente y en el centro del muro de escudos de mis leales, pero la edad y el buen juicio me habían asignado un espacio menos adelantado.

–Es su deber luchar ahí –repetí, antes de añadir–: pero he dado orden de que lo rodeen hombres de calidad.

De pronto, como se disipa el humo de un tizón de un manotazo, olvidé los peligros a que se exponía mi hijo. El enemigo había asomado al fin la cara por encima de la cresta.

Los jinetes avanzaban en vanguardia, formando una larga línea de un centenar de hombres, poco más o menos. Unos portaban los banderines triangulares de los noruegos. Tras ellos surgió, son solemne lentitud, la maciza silueta del muro de escudos. La inmensa formación atravesaba el valle, partiéndolo en dos con adargas de todos los colores. Sólo los negros paveses de Strath Clota, alineados junto a los escoceses de Constantino, rompían la algarabía de tonos. Tras el muro de escudos, sobresaliendo por encima de las cabezas como una empalizada andante, un bosque de moharras devolvía, cobrizos, los rayos del primer sol de la mañana. El enemigo se detuvo en el vértice de la serranía, batiendo los escudos, rugiendo su visceral desafío. Supe de inmediato que todos y cada uno de mis hombres estaban en ese momento haciendo lo mismo que yo: tratar de determinar su número. Era imposible, evidentemente, dado que las filas estaban demasiado compactas, pero calculé que debíamos tener, como mínimo, cinco mil hombres enfrente.

¡Cinco mil! Quizás el temor añadiera magnitud al ejército adversario, pero, viendo cómo la horda feroz torturaba los brazales mientras vomitaba su catarata de insultos, sentí verdadero miedo. Me recordé a mí mismo que Guthrum había puesto en pie de guerra casi el mismo número de soldados en Ethandun y que, a pesar de todo, los habíamos vencido. De hecho, también aquellos hombres embrazaban negros broqueles, igual que las tropas de Owain de Strath Clota. ¿Debía ver un augurio en ello? Me vino a la memoria que, tras la batalla, me sorprendió comprobar que la sangre apenas destacaba sobre la oscura pátina de los escudos desparramados por el suelo.

–Yo diría que hay seis filas –señaló Finan–, puede que siete.

Nosotros sólo disponíamos de tres. Bueno, en realidad eran cuatro, pero la cuarta apenas contaba con un puñado de guerreros y no podía considerarse un auténtico parapeto humano. Por si fuera poco, las huestes adversarias crecían a ojos vista a medida que avanzaban, y no por la proximidad, sino porque sus componentes se veían obligados a apretujarse para dejar hueco a la riada de hombres que, a derecha e izquierda, convergía hacia el centro del escenario. Nunca bastaba con liquidar a los combatientes de la hilera inicial de un muro de escudos. Para quebrar la formación era imprescindible abrir una brecha irremediable en las seis filas, o en las siete, o en todas las que fuesen finalmente capaces de reunir. Tenía la garganta seca y acidez de estómago. De repente, sentí que un músculo de la pierna derecha se ponía a titilar. Acaricié el martillo de plata y escudriñé el cielo en busca de un presagio, pero no vi nada. Así el puño de *Hálito de Serpiente*.

El enemigo decidió apoyar la parte baja de las rodelas en el suelo. Los escudos pesan bastante, por lo que el brazo que sujeta el broquel se fatiga mucho antes que el que blande el hierro. Pero, por mucho que las adargas hubieran quedado en posición de descanso, el acero de las espadas y el astil de las lanzas continuó martirizando el improvisado tamboril de las salvaguardas.

—No avanzan —observó Finan, haciéndome comprender de pronto que si hablaba era a impulsos de los nervios. Aunque, de hecho, todos estábamos inquietos.

—¿Crees que aguardan nuestra embestida? —preguntó.

—Desde luego tienen la esperanza de vernos salir a la carga —gruñí.

Estaba clarísimo que ése era su mayor anhelo. Querían vernos chapalear pesadamente cuesta arriba, en un desmañado intento de ganar la cima de la suave pendiente cubierta de brezos empapados. Sin embargo, pese a que Anlaf considerara un estúpido a Æthelstan por haber aceptado ese campo de batalla, por fuerza debía de saber que no íbamos a abandonar por nada del mundo el terreno bajo que nos había correspondido. Entretanto, sus cabecillas cabalgaban de un lado a otro de la vasta hilera frontal que formaban los escudos hincados en tierra y detenían de cuando en cuando las monturas para arengar a las tropas. Sabía lo que estaban diciendo: «¡Fijaos en vuestros enemigos! ¡Ved que son muy pocos! ¡Contemplad su debilidad! ¡Tened la seguridad de que los arrollaremos fácilmente! ¡Y no olvidéis el botín que os aguarda! ¡Mujeres, esclavos, plata, reses, tierras!». Hasta mí llegó entonces la onda expansiva de los alaridos de júbilo de las mesnadas enemigas.

—Veo una cerrada formación de lanceros en las filas escocesas —indicó Finan.

Pasé por alto el comentario. No podía dejar de pensar en Skuld, la norna que esperaba al pie de Yggdrasil, el gigan-

501

tesco fresno que sostiene la totalidad del mundo, y supe, sin lugar a dudas, que las cizallas con las que cercena la vida de los simples mortales estaban ese día terriblemente aguzadas. Al fin y al cabo, ella es quien se encarga de cortar el hilo que nos permite alentar entre los vivos. Sé que hay hombres que piensan que Skuld abandona durante la batalla el poyo en el que se arrellana junto a las gruesas raíces de Yggdrasil para sobrevolar el tumulto de gritos, estocadas y lanzazos, atareada en decidir quién perdura y quién fenece. Tal vez fue eso lo que me hizo volver a levantar la vista al firmamento, como si esperara divisar a una mujer de cenicienta túnica sostenida por dos poderosas alas y armada con unas tijeras de brillo capaz de opacar al mismo sol. Sin embargo, todo cuanto alcancé a observar fue el veloz desfile de una plomiza legión de nubes.

—¡Santo Dios! —exclamó casi en un murmullo Finan, obligándome a girar la cabeza a tiempo de distinguir a un puñado de jinetes que descendían a medio galope la leve pendiente. Venían directos hacia nosotros.

—¡No les hagáis caso! —ordené.

Los jinetes que se nos acercaban no eran más que los engreídos idiotas que ansiaban batirse en combate singular. Acudían con la intención de guasearse y alcanzar fama de bravos adalides.

—¡Dejad los escudos en el suelo! —grité—. ¡Y no hagáis el menor caso a esos mamones!

Ingilmundr estaba entre ellos. Blandía en la derecha el brillante acero de su espada, *Escarbahuesos*. Al verme, hizo dar un bandazo a su montura para enfilar hacia la zona en que se alineaban mis hombres.

—¿Habéis venido a morir, lord Uhtred? —vociferó.

El animal, un garañón negro, piafaba muy cerca de los boquetes que habíamos disimulado en el suelo, pero dio media vuelta en el último momento y recorrió a la carrera la larga hilera de combatientes de Bebbanburg. Tenía un porte magnífico con su pulida cota de malla, su blanco manto, las riendas esmaltadas en oro y un ala de cuervo rematando el yelmo. Sonreía ostentosamente. Me señaló directamente con la punta de *Escarbahuesos*.

—¡Venid a luchar, lord Uhtred!

Me giré para tender la vista sobre las impetuosas aguas del arroyo, ignorándolo de manera totalmente deliberada.

—¿Os falta valor? ¡Hacéis bien en arredraros! Hoy es el día de vuestra muerte. ¡Y eso va también por todos vosotros! No sois más que un rebaño de corderos, listos para el degüello.

Fue entonces cuando se fijó en el estandarte triangular de Egil, sobre el que planeaba su emblemática águila.

—¡Y tú, hombre del norte! —dijo en la lengua común a ambos—. ¿Crees que los dioses habrán de concederte su favor en esta jornada? ¡En tu recompensa trenzan ya hebras de dolor, agonía y muerte!

En las filas de Egil alguien soltó de pronto un estrepitoso pedo, y se desató una carcajada general. Los hombres comenzaron entonces a golpear los escudos, e Ingilmundr, incapaz de incitar a nadie a batirse en duelo con él, volvió grupas y dejó que un suave galope llevara su fina estampa hasta el contingente de tropas de Mercia que nos cubría el flanco izquierdo, aunque tampoco esos soldados mordieron el anzuelo. Todos permanecieron en silencio, con las adargas en tierra, analizando fríamente a ese enemigo que tanto afán ponía en lanzarles burlas y provocarlos. Un jinete que embrazaba la siniestra rodela de las huestes de Owain se aproximó con expresión de desafío. No dijo una sola palabra; escupió en el suelo, frente a la hilera de nuestra formación, y dio media vuelta.

—Estaba contándonos —dijo Finan.

—Pues no creo que haya necesitado muchos dedos —contesté.

¿Cuánto tiempo estuvimos allí, aguardando? Me pareció una eternidad, pero por mi vida que no logro recordar si fueron unos instantes o un buen palmo de la carrera del sol. Ninguno de nosotros aguijoneó al caballo para recoger el reto. Æthelstan nos había ordenado hacerles caso omiso, así que todos aquellos atolondrados jóvenes de poca sesera desgranaron sus chanzas y se pavonearon orgullosamente sobre sus corceles, pero nosotros permanecíamos mudos y quietos como peñas. El cielo comenzó a ensombrecerse y el mar nos envió, como a ráfagas, un sutil desfile de cortinas de lluvia. Algunos de mis hombres optaron por sentarse. Empezaron a pasarse cántaras de cerveza. Un sacerdote de Mercia se acercó a nuestras filas, y vi que algunos de sus integrantes se arrodillaban ante él para recibir en la frente la señal de la cruz mientras musitaban una plegaria.

Estaba claro que Anlaf abrigaba la esperanza de que avanzáramos a su encuentro, pero no era ningún tonto, y por fuerza debía saber que no éramos tan idiotas. Si nos lanzábamos al ataque, tendríamos que extender nuestras tropas para cubrir el espacio de la cuña creciente que formaban los riachuelos, con lo que nuestros hombres se dispersarían todavía más. Y además tendríamos que progresar cuesta arriba, así que era obvio que le correspondía a él desatar las hostilidades. Sin embargo, todo lo que hacía era aguantar a pie firme, sin moverse, quizá con la expectativa de que aumentara nuestro espanto, desbordándonos sin remedio, aterrorizados ante la inmensa legión de carniceros que había puesto en orden de combate.

–Esos malnacidos se están reorganizando –señaló oportunamente Finan, haciéndome ver que los escoceses situados en el extremo izquierdo de las filas enemigas habían decidido mover a sus hombres. Parte de los que habían ocupado posiciones centrales en el muro de vanguardia recibieron orden de desplazarse a los flancos, y otros acudieron a sustituirlos.

–Están inquietos, ¿no creéis? –pregunté, y llamé a Egil–: ¡*Svinfylkjas*, Egil! –aullé.

–¡Ya lo veo!

La *svinfylkjas* era el nombre de lo que acostumbramos a denominar «hocico de verraco», porque es una formación de ataque que imita el perfil de los colmillos del jabalí. Nuestro oponente, en lugar de lanzar al choque su parapeto de escudos contra el nuestro, estaba disponiendo en tres grupos a los hombres más fuertes y a sus mejores combatientes. Cuando se hallaran cerca de nosotros, esos bloques humanos adoptarían un perfil de cuña e intentarían perforar nuestro muro de adargas tal y como hace el puerco salvaje para desgarrar una cerca de zarzos. Si funcionaba, el desenlace no sólo sería rápido y brutal, sino que abriría huecos de sangre en nuestro muro de rodelas. Luego, por ellos irrumpirían los escoceses, decididos a agrandar las brechas hasta desbaratar nuestras protecciones y arremeter por la retaguardia a los hombres de Æthelstan. Era evidente que Constantino estaba al tanto de que el plan de Anlaf consistía en demoler el baluarte humano de nuestro flanco izquierdo, pero quería compartir la gloria de lo que juzgaba una victoria cantada, y por esa sola razón había decidido desplegar a sus más formidables guerreros en esos dientes de sierra, o de jabalí, para arrojarlos como un alud sobre mis hombres, convencido de poder quebrar el ala derecha de nuestro ejército antes de que los noruegos nos arrollaran por el flanco izquierdo.

–¡Confiad en Dios! –se oyó gritar a alguien.

Me giré. El obispo Oda salía a caballo de entre las filas de los soldados de Mercia para enardecer a los míos.

–¡Si Dios está con nosotros, no habrá fuerza humana capaz de vencernos!

–La mitad de esos combatientes son paganos –le aclaré en cuanto estuvo a mi altura.

–¡Odín os guardará! –vociferó, usando ahora su danés nativo–. ¡Thor enviará un poderosísimo fucilazo que aniquilará a toda esa chusma de baja ralea!

Tensó la brida y detuvo al caballo junto al mío. Una ancha sonrisa le cruzaba el rostro.

–¿Mejor así, señor?

–Tenéis mi aprobación, señor obispo.

–Siento muchísimo –dijo en voz apenas audible– lo de vuestro hijo.

–Yo también –contesté, desolado.

–Era un hombre valiente, señor.

–¿Valiente? –me sorprendí, recordando los temores de mi hijo.

–Os plantó cara. Hay que tener coraje para hacerlo.

No quería seguir hablando de mi desdichado hijo.

–Cuando empiece la pelea, monseñor –comencé a decir–, retiraos a lo más hondo de la retaguardia y permaneced allí. A los noruegos les gusta arrojar flechas, y vos sois un blanco apetecible.

Oda vestía su ropón episcopal, cubierto de cruces bordadas, pero observé que por el filo del gorjal asomaba la cota de malla.

Volvió a sonreír.

–Cuando se inicie la refriega, señor, me hallaréis justo al lado del rey.

–En ese caso, cercioraos de que no se aventure por la vanguardia.

–Nada de cuanto pueda decirle alcanzará a frenar sus ímpetus. Ha ordenado al príncipe Edmund que se mantenga en posiciones retrasadas.

Edmund, hermanastro de Æthelstan, era el heredero designado.

–Edmund debe luchar –aseguré–. El soberano no tiene nada que demostrar; en cambio, Edmund sí.

–Es un joven intrépido –me aseguró Oda, aunque sólo obtuvo de mí un gruñido de contrariada suspicacia.

No me gustaba el tal Edmund, pero tenía que reconocer que sólo lo había visto hacía tiempo, cuando apenas era un mocoso engreído. Y lo cierto es que ahora oía hablar bien de él a mis hombres.

–¿Habéis visto los cambios que han hecho los escoceses en la formación? –se interesó Oda.

–¿Os ha pedido Æthelstan que me preguntéis eso?

–En efecto –reconoció con una nueva sonrisa.

–Están armando tres *svinfylkjas*, monseñor. –Como era danés, no era preciso explicarle a Oda el significado de la palabra–. Pero vamos a pasarlos a espada a todos.

–Os veo muy confiado, señor.

Necesitaba que alguien lo tranquilizara un poco.

–No os equivoquéis, monseñor, estoy más que asustado. Me pasa siempre que las armas hablan.

Lo vi encogerse casi imperceptiblemente, afectado por mi brusca sinceridad.

–¡Pero la victoria es nuestra! –insistió el prelado, buscando una confirmación categórica y evidenciando en cambio la escasez de su propia convicción–. Vuestro hijo mora ya en el cielo, señor, y, aunque Dios sabe ya todo lo que hoy se dirime, el primogénito de Bebbanburg le habrá explicado aún más detalles de lo que defendemos. ¡No podemos perder! El cielo está de nuestro lado.

–¿De veras creéis en esas cosas? ¿No se os ha ocurrido pensar que los sacerdotes del bando contrario estarán diciéndoles esas mismas cosas a los escoceses?

Pasó por alto mis interrogantes. Sus manos no paraban de retorcer nerviosamente las riendas.

–¿A qué están esperando?

–Quieren que tengamos tiempo suficiente para contar su enorme número. Saben que cuanto más tarden más asustados estaremos.

–Pues les está funcionando –exclamó sin levantar la voz.

–Decidle al rey que no tiene nada de qué preocuparse, al menos no por lo que pueda sucederle a su flanco derecho. Está en buenas manos.

Acaricié el martillo, con la sola esperanza de estar en lo cierto.

–Y por lo que hace al resto… Bueno, será mejor que rece.

–Lo hace constantemente, señor –respondió el prelado, al tiempo que extendía la mano para que se la estrechara–. ¡Que Dios os acompañe, señor! –exclamó con sentimiento.

–Y a vos, monseñor.

Lo vi alejarse nuevamente en dirección a Æthelstan, bien plantado sobre su corcel en el centro de nuestras líneas, rodeado por una docena de guerreros de su guardia personal. Miraba fijamente al enemigo con deliberada intención de manifestar su voluntad de desafío. De repente tiró con fuerza de las riendas, obligando al garañón a dar un paso atrás. Inmediatamente después, recompensó la obediente respuesta de la bestia alargando el brazo y dándole unas palmaditas en el cuello. Me giré justo a tiempo de ver la causa del extraño que le había hecho la montura.

El enemigo acababa de alzar los escudos para bajar las lanzas.

Al fin se habían decidido a actuar.

* * *

El adversario avanzaba lentamente sin dejar en ningún momento de golpear el acero contra el frontal de las rodelas. Si se aproximaban sin prisas, era para mantener uniformemente trabado el muro de escudos y formar una línea de ataque lo más recta posible. Sin embargo, también ellos dejaban traslucir su nerviosismo. El miedo siempre atenaza al combatiente, por mucho que supere abrumadoramente en número al rival, aunque tenga la oportunidad de combatir en posición de ventaja y aun teniendo la victoria segura y prácticamente al alcance de la mano. La imprevista irrupción de una moharra por el costado, el demoledor impacto de un hacha lanzada desde lejos, el voraz filo de un acero blandido en imparable molinete; cualquier cosa puede acabar con la vida del guerrero, incluso en el instante mismo del triunfo.

Mis hombres se pusieron en pie y trabaron los brazos. Las adargas resonaron con fuerza con el entrechocar de la imponente hilera. En la columna de vanguardia, ya todos esgrimían la espada o el hacha. Los lanceros permanecían en la segunda oleada. Los integrantes de la tercera hilera debían prepararse para arrojar las jabalinas antes de desenvainar la espada o blandir el hacha de guerra. La cuarta línea, sin embargo, mostraba más huecos entre sus componentes, ya que no contábamos con efectivos suficientes.

Aflojé las correas que sujetaban firmemente a *Hálito de Serpiente* a su funda forrada de vellón, aunque sabía que, si desmontaba y terminaba uniéndome al muro de broqueles, tendría que recurrir a *Aguijón de Avispa*, mi daga de asalto. La extraje de su ligero tahalí y observé el relumbrar de la hoja, no mucho más larga que mi antebrazo. La punta había recibido una forma agudísima a fin de poder perforar despiadadamente todo cuanto quisiera interponerse en su camino. El filo estaba tan bien trabajado que podía afeitarme con él, mientras que el lomo, partido en ángulo obtuso, ofrecía toda la resistencia necesaria a los golpes, ya que era grueso y extremadamente sólido. Si *Hálito de Serpiente* era un arma noble, un acero digno de un caudillo militar, *Aguijón de Avispa* era ese asesino astuto y marrullero que le saca a uno de los peores apuros. Recuerdo el exaltado movimiento de júbilo que me invadió frente a la Crepelgate de Lundene al perforar la panza de Waormund, el ronco sonido que salió de su garganta cuando el hierro le cercenó el sucio aliento y su lento trastabillarse al desangrarse poco a poco, casi gota a gota, con el drenaje de acero. Aquella victoria era la que había aupado a Æthelstan al trono de Britania. Volví la vista a la izquierda, y vi que el monarca se hallaba a lomos de su corcel, muy cerca de las tropas de Mercia, donde ofrecía un blanco fácil a los arqueros y lanceros enemigos. El obispo Oda se hallaba muy cerca de él, justo al lado del portaestandarte.

Aldwyn era quien sostenía mi enseña, y la emblemática cabeza de lobo flameaba. La hacía ondear de un lado a otro con el fin de dar a conocer a los escoceses, sin la menor sombra de duda, que se enfrentaban a los lobunos combatientes de Bebbanburg. El águila de Egil también batía el paño al viento. Thorolf, su hermano, ocupaba el centro de la primera fila. Su alta figura de barba negrísima añadía fiereza a su porte, rematado por el hacha de combate que sostenía en la diestra. El enemigo se hallaba a trescientos pasos de distancia, y se divisaba ya la cruz de cian de Constantino bordada sobre su regio blasón, junto a la otra cruz que empuñaba la mano roja de Domnall y, justo a su izquierda, el pabellón negro de Owain.

—Seis filas —señaló Finan—, y también un buen grupo de malditos arqueros.

—¡Enviemos los caballos a la retaguardia! —grité—. ¡Y zambullámonos en el cuerpo a cuerpo! ¡Traedme el escudo!

A espaldas de Ræt, el hermano pequeño de Aldwyn, en el extremo más alejado del puente, vi de pronto la gran aglomeración de gentes de Ceaster que habían venido en tropel con la sana intención de asistir al terrible encontronazo. Pensé que se trataba de una masa de individuos sin juicio, de locos temerarios que no sabían dónde se estaban metiendo. Aunque sabía que Æthelstan les había prohibido aquella insensatez, también era consciente de que ese tipo de órdenes carecían de sentido, porque desde luego nadie les hacía nunca el menor caso. Se suponía que los guardias apostados a las puertas de la ciudad debían detenerlos, pero la guarnición que había quedado en la plaza estaba formada por ancianos y heridos, así que a la sobreexcitada muchedumbre no le había debido de resultar difícil burlar su oposición. Algunas de las mujeres se habían traído incluso a sus hijos, y, si nuestro ejército se quebraba, si emprendíamos la huida y sucumbíamos al caos, todas esas madres y su tierna chiquillería se hallarían en el más absoluto de los desamparos, y desde luego no tendrían la menor oportunidad de alcanzar la relativa seguridad de los muros de la urbe. También había sacerdotes, que elevaban las manos al cielo para suplicar un feliz desenlace a su dios de manos y pies taladrados.

Ræt regresó a trompicones, parcialmente vencido por el peso del inmenso pavés. Desmonté, lo liberé de su carga y le tendí las riendas de Snawgebland.

–Llévatelo de vuelta al puente –le dije–. ¡Pero estate atento a mi señal! Volveré a necesitarlo.

–Sí, señor. ¿Me dejáis que lo monte un rato?

–¡Lárgate! –chillé.

Se aupó como pudo a la silla, me dedicó una sonrisa embelesada y sacudió los talones. Sus piernas no eran todavía lo bastante largas para alcanzar los estribos. Di una fuerte palmada en la grupa del fornido animal y me uní a la cuarta hilera.

No tardé en verme envuelto en un nuevo compás de espera. Oía perfectamente los alaridos del enemigo, veía sobresalir los rostros por encima del remate de los escudos y percibía el destello de las hojas que se aprestaban a llevarnos a la tumba. Aún no habían adoptado la formación de hocico de verraco, e imaginé que querían sorprendernos, pero estaba perfectamente claro que el hombre que mandaba al grupo más cercano al arroyo había situado a sus combatientes más corpulentos en el centro de la fila de vanguardia. Tres inmensos soldados del más brutal aspecto y provistos de hachas de guerra verdaderamente ciclópeas se encontraban en el vértice mismo de la inminente cuña. Obviamente iban a ser ellos quienes dieran mordiente al frente de ataque más adelantado. Con la boca abierta, los tres aullaban al unísono echando chispas por los ojos, semicubiertos por la base del pesado yelmo. El rumbo de su progresión los llevaba a chocar ineludiblemente con los hombres de Egil. Estaban a doscientos pasos.

Miré una vez más a mi izquierda, donde los noruegos de Anlaf seguían los pasos del resto de la columna de avance. ¿Pretendían convencernos de que su plan consistía en concentrar sus más furiosos esfuerzos en el flanco de su izquierda? La hilera inicial empezó a acortarse, ya que, en su avance, el enemigo se introducía cada vez más en el terreno que delimitaban los dos riachuelos convergentes; allí, al ser menor el espacio, no les quedaba más remedio que apretar filas. Vi que Anlaf cabalgaba detrás de sus hombres. La claridad del día arrancaba brillantes destellos de plata a su casco. Sus acólitos portaban su blasón de tela negra, surcada por el raudo vuelo de un halcón blanco. Por su parte, Ingilmundr progresaba por el centro, bajo un estandarte que adornaba el aletear de un cuervo. Las espadas aporreaban con abrumador estruendo los escudos, los bramidos del enemigo se oían con intensidad creciente y el gran timbal de guerra batía rítmicamente su presagio de muerte. Sin embargo, seguían sin apresurarse; buscaban amedrentarnos, deseaban que nuestras pupilas viesen acercarse la negrura del final, ansiaban nuestra tierra, nuestras mujeres, nuestra plata.

Cien pasos tan sólo. Con un suave silbido, las filas de retaguardia de nuestro rival dispararon las primeras flechas.

–¡Escudos en alto! –rugí, aunque no había necesidad, dado que la primera fila ya se había agazapado tras las adargas, mientras los soldados de la segunda hilera colocaban las suyas inmediatamente por encima de las cabezas propias y las de sus compañeros, dejando que sus camaradas de la tercera columna cerraran el caparazón. Los dardos impactaron con su característico golpe sordo. Unos cuantos consiguieron colarse entre las grietas de la protección. Escuché la imprecación de alguien que había sentido en la piel la dura punta de una saeta, pero no sufrimos ninguna baja. Mi escudo detuvo dos de las flechas, y por fortuna una tercera rebotó en el borde de hierro. Levanté el escudo ligeramente por encima del casco, y a su amparo pude ver que nuestros rivales habían empezado a acelerar el paso. A mi derecha empezaba a formarse el *svinfylkjas*, dado que los hombres de la primera hilera se adelantaban a los demás. Entonces me fijé en que un segundo hocico de verraco estaba surgiendo justo frente a mí, directamente orientado al punto en el que se encontraba mi hijo.

Entonces, una cuarta flecha golpeó la parte baja del remate de mi rodela y salió despedida. Una pulgada más y me hubiera acertado en pleno yelmo.

Nunca me había parapetado en las últimas filas de un muro de escudos, al menos no desde que alcanzara el cargo de señor. Sin embargo, esta vez mis hombres esperaban verme en la retaguardia. Tenía ya una edad y querían protegerme, lo que no dejaba de representar un problema, dado que los hombres ya habían empezado a echar regularmente vistazos a sus espaldas para asegurarse de que no me hubieran alcanzado las flechas que ahora arreciaban, con creciente intensidad, sobre el frente de avance de Æthelstan. En el centro de la fila, en el punto en el que los noruegos de Irlanda terminarían chocando con los soldados de Mercia, un caballo dio un brinco, y todos vimos que la grupa, traspasada por las flechas, había quedado cubierta de sangre. Odiaba tener que permanecer en retaguardia. Un hombre ha de liderar a los suyos. De repente, como iluminado por una súbita inspiración, tuve la inapelable certeza de que Skuld, la norna que en ese mismo instante sobrevolaba, rauda y atenta, el terreno en el que íbamos a batirnos, ya estaba eligiendo a sus víctimas, y también supe que me castigaría duramente si optaba por esconderme detrás de mis valientes.

Había envainado a *Aguijón de Avispa*, convencido de que no iba a necesitarla, pero mis últimos pensamientos me animaron a sacarla de su letargo.

—¡Fuera de mi camino! —berreé.

Antes ardería en las tinieblas del infierno cristiano que dejar que mis leales lucharan contra un *svinfylkjas* sin mí. Me abrí paso a empellones entre las prietas hileras, aullando y pidiendo a gritos que me abrieran paso. Tras avanzar un buen trecho, conseguí colarme entre mi hijo y Wibrund, un frisio de imponente estatura que blandía un hacha contrapesada con plomo para un equilibrio perfecto. Me agaché, protegido por el escudo, y desnudé el acero de *Aguijón de Avispa*.

—No deberíais estar aquí, padre —me reconvino mi hijo.

—Si caigo —repuse—, cuida de Benedetta.

—Desde luego.

Al ver que me unía a la primera línea, un estallido de gutural aprobación recorrió las mesnadas enemigas. Todo el que diera muerte a un señor de la guerra tenía la seguridad de hacerse un nombre. Alcé la vista por encima del remate del escudo y observé la ira, el miedo y la determinación del bosque de barbados rostros que teníamos delante. Querían verme sin vida, ansiaban acrecentar su reputación. Deseaban que el cantar de Uhtred el Fenecido aireara sus nombres en los salones de Escocia. Fue entonces cuando levantaron el vuelo las lanzas y el hocico de verraco escupió su bramido de guerra.

Así nació la batalla.

CAPÍTULO XV

Las lanzas surgieron, como bólidos celestes, de las últimas filas del ejército escocés, cayendo con golpe sordo y mortífero sobre nuestros escudos. Tuve suerte: una moharra impactó en la mitad superior de mi rodela con tanta fuerza que la punta asomó por el otro lado, atravesando sin dificultad las compactas planchas de sauce. Por fortuna, el propio peso del astil liberó el filo, haciendo que el arma cayera a mis pies en el instante mismo en que me incorporaba para resistir la embestida del hocico de verraco. Los escoceses se abatieron sobre nosotros como una jauría de perros rabiosos, ojos y bocas abiertas, hachas en ristre y lanzas dispuestas a hundirse en las costillas. Y entonces descubrieron la celada de los boquetes que habíamos excavado en tierra.

Un enorme tipo de facciones brutales ocupaba el vértice de la cuña militar. Una frondosa barba le cubría el pecho y la cota de malla. La boca, medio desdentada, rugía o mascullaba alguna barbaridad inaudible, secundada por una mirada fija y enloquecida que el muy canalla clavaba en mí, como si a través de mí entreviera el Valhalla. Alguien le había decorado con una cruz el curtido y mellado yelmo. Observé en su escudo la roja mano de Domnall, pero no tenía tiempo para entretenimientos, porque frente al emblema brillaba el filo de su terrible hacha. La levantó con la clara intención de enganchar mi escudo con su acero, descubrirme como el zorro al ratón bajo la hojarasca y así poder hundirme en el cráneo el pico que remataba el tope del arma. Pero, de repente, el pie derecho se le coló en uno de los agujeros que horadaban el suelo. Vi cómo se le abrían los ojos de asombro mientras tropezaba y caía con la lentitud de un árbol centenario hasta dar de bruces en su propia adarga y resbalar sin control sobre el campo embarrado. Quedó así a merced de Wibrund, el corpulento frisio de mi derecha, que le hundió el hacha de contrapesos de plomo en la cabeza, partiendo el yelmo y esparciendo sus sesos en la hierba. Un primer hilo de sangre iluminó con su brillo escarlata la grisura del día. El resto del hocico de verraco quedó sumido en el caos. Al menos tres hombres habían dado con las narices en tierra, zancadilleando sin pretenderlo a quienes los seguían y obligándolos a aletear con las rodelas en la mano en un desesperado intento de recuperar el equilibrio. Mis hombres salieron en tromba a su encuentro, clavando y despedazando. El pretendido ariete de hombres quedó transformado en una masa informe de sangre, cuerpos inertes y soldados agonizantes. Las hileras que corrían a sus espaldas, sin tiempo de frenar, golpearon por detrás a los que les precedían y los empujaron al desastre, aumentando la confusión y los tropiezos.

Un jovencito cuyo rostro apenas aparecía manchado por un suave bozo pelirrojo consiguió mantenerse en pie y se vio súbitamente encarado a mí. Preso de una confusa mezcla de rabia y cólera, liberó la inmensa tensión con un grito de terror enfurecido, descargando al mismo tiempo sobre mi escudo la espada que sujetaba en la diestra. El golpazo fue tremendo, pero conseguí pararlo con el brazal. El pavor y la precipitación le habían hecho olvidar todo lo que sin duda había trabajado en los entrenamientos, porque la violencia de la estocada le obligó a girar todo el cuerpo a la izquierda y a descubrir el flanco al estirar el brazo del escudo. Fue muy sencillo ensartarle a *Aguijón de Avispa* en el estómago. Vestía una cota de malla vieja y mohosa, cubierta de rasgaduras remendadas con bramante. Recuerdo haber pensado que quizá se tratara de una vieja protección desechada por su padre. Lo sostuve con la adarga mientras le rasgaba el vientre hasta la base del cuello, girando luego el acero antes de liberarlo de un tirón. Cayó exánime a mis pies con una suerte de sollozo sin aliento. Fue mi hijo quien hundió el puñal en el cuerpo tembloroso y puso fin a su agónica respiración.

Entonces, un hacha se abatió sobre mi broquel con ímpetu bastante para partir la maltrecha madera. Vi asomar por dentro el recién aguzado filo de la hoja y comprendí al punto que el arma había quedado trabada. Tiré hacia atrás de la embrazadura con todas mis fuerzas, obligando al hombre a precipitarse sobre mí. Una vez más, *Aguijón de Avispa* apuñaló de abajo arriba las vísceras del atacante. Todo se hacía sin pensar, fruto de una vida de práctica, facilitada todavía más por la confusión del atónito rival. Mi agresor se aferró al hacha bloqueada en un loco intento de zafarse del intensísimo dolor que le perforaba las entrañas, aunque sólo consiguió hacerme girar el pavés. Liberada de ese modo el arma, le aplasté la cara con el umbo del escudo y le clavé a *Aguijón de Avispa* en la ingle hasta la guarda. Todo había sucedido en el tiempo que precisan dos o tres buenas bocanadas de aire y, sin embargo, tan brevísimo instante había bastado para sumir en el más monumental desbarajuste la ofensiva de los escoceses. Los cuerpos de los muertos y los heridos hacían rodar por tierra a quienes aún avanzaban sobre los dos pies, y todo el que tropezaba iba a unirse al tétrico y sanguinolento obstáculo. Los soldados que iban en zaga de cuantos caían comprendieron la trampa oculta entre las hierbas y, al ver el blando amasijo de carne, piel y huesos a que habían quedado reducidos sus compañeros, cambiaron la brusca temeridad de la primera aproximación por la cautela; dejaron de proferir insultos y trataron de rodear a los muertos. Entonces, al comprobar que sus escudos ya no estaban tan juntos como antes y no cerraban el paso de las armas, la prudencia se apoderó aún más de ellos. Las precauciones enervan a cualquiera, y con eso acababan de perder la única ventaja que actúa en favor de quien ataca en un muro de escudos: el puro y simple empuje de la arrebatada furia que el miedo hace arder en las venas del soldado.

–¡Lanzas! –rugí, para señalar a los míos que los lanceros avanzaran hacia la vanguardia.

Los escoceses ya no se hallaban en condiciones de embestirnos. Lo único que podían hacer era sortear con mucho cuidado los huecos recubiertos de hierba que habíamos taladrado, rebasar la montaña de camaradas muertos y moribundos e intentar atacarnos sin dejarse el pellejo en el empeño. Sin embargo, eso mismo los exponía a la afilada acometida de nuestras sarisas de astil de fresno.

Habíamos logrado frenar la primera carga y causado graves destrozos en su columna de vanguardia, y los escoceses habían quedado convertidos en una ensangrentada barrera para los combatientes que estaban a punto de relevarles, quienes, desde luego, preferían contentarse con esperar en vez de lanzarse nuevamente al ataque e ir a parar, de muerto en muerto y de tropiezo en tropiezo, a las demoledoras fauces de acero de nuestro incólume muro de escudos. Nos insultaban a gritos y aporreaban los escudos con sus armas, pero sólo unos pocos reunían el coraje suficiente para atacar, y aun ellos se replegaban lastimosamente en cuanto las lanzas partían en su busca. En ese momento, vi a Domnall. Con el rostro arrebatado por la furia, se afanaba en arrastrar hombres y más hombres a fin de constituir una nueva avanzadilla en primera línea. De pronto, una mano me atrapó súbitamente por el cuello de la cota de malla y tiró de mí hacia atrás.

–¡Viejo estúpido! –gruñó Finan mientras me sacaba a empujones hasta la última fila–. ¿Queréis que os maten?

–Están vencidos –contesté.

–Son escoceses. –Fue la respuesta–. Sólo estarán vencidos cuando hayan expirado. Volverán a la carga. Esos malditos canallas siempre regresan con fuerzas redobladas. Dejad que sean los jóvenes quienes se ocupen de ellos.

Me había llevado a la retaguardia del muro de escudos, donde seguían lloviendo dardos, pero sin causar ya demasiados daños, dado que los arqueros que disparaban tras el muro enemigo hacían describir un gran arco a las flechas a fin de no herir a sus propios compañeros de armas. Miré a la izquierda, donde el parapeto de broqueles de Æthelstan aguantaba a pie firme en toda la línea, aunque también es cierto que el ala derecha del ejército de Anlaf, cuyos integrantes formaban parte, según sospechábamos, del contingente más peligroso, todavía no había entrado a medirse con los nuestros.

–¿Dónde está Æthelstan? –pregunté.

Desde mi posición se apreciaba que no había nadie a las riendas de su caballo, perfectamente distinguible por la espléndida carona que asomaba bajo la silla, pero a quien no se veía por ninguna parte era al rey.

–¡Es tan idiota como vos! –estalló Finan–. ¡Se ha metido en el muro de los soldados de Mercia!

–Saldrá indemne –dije–, lo acompaña su guardia, y no olvidéis que él sabe defenderse.

Me agaché, arranqué un puñado de hierba áspera y la utilicé para limpiar la hoja de *Aguijón de Avispa*. Cerca, uno de mis arqueros se inclinaba para untar la punta de la flecha en una bosta de vaca y después enderezaba el torso, enganchaba el culatín de la flecha en la cuerda y la enviaba por encima de nuestro muro de escudos.

–Ahorra proyectiles –le indiqué–. Esos malnacidos aún no han desistido.

–No parecen demasiado fieros, ¿no creéis? –comentó Finan en un tono en el que casi se percibía un reproche al enemigo.

Pero tenía razón. Las tropas escocesas habían lanzado un ataque brutal en un feroz intento de quebrar mi pared de rodelas. Sin embargo, los agujeros que habíamos practicado en el suelo les habían cortado las alas, y la carnicería subsiguiente les había dejado conmocionados.

Habían colocado a sus mejores y más implacables guerreros en los hocicos de verraco, pero ahora estaban casi todos muertos. No era de extrañar que el resto de las huestes de Constantino se mostraran recelosas y se contentaran con simples bravatas amenazadoras, sin la menor prisa en intentar una nueva acometida. Mis hombres, en cambio, enardecidos por el éxito, abucheaban a sus rivales y se burlaban de ellos invitándolos a acercarse para ir al Valhalla. Observé que Constantino se guarecía en la retaguardia, a lomos de un garañón de capa lobuna sobre el que flameaba el brillante manto azul de los reyes de Escocia. Nos observaba atentamente, pero no se le veía hacer el menor esfuerzo por animar a sus hombres a avanzar, así que supuse que la acción anterior había respondido a su deseo de abatirse sobre los leales de Bebbanburg y mostrar así a Anlaf que podían salir vencedores de la batalla sin ayuda de los broncos noruegos de Irlanda. Sin embargo, el empeño había sido un fracaso, y sus hombres habían sufrido un horrendo revés.

Estaba claro que los escoceses habían decidido optar por la cautela, pero lo más curioso era que ocurriera lo mismo en el resto de las filas enemigas. Tampoco ellos habían logrado gran cosa, ya que no habían podido desbaratar la formación de mis hombres ni perforar el mucho más nutrido contingente de tropas de Mercia. En cualquier caso, se habían puesto a resguardo y permanecían fuera del alcance de las lanzas: ni el brazo del más fuerte de los nuestros habría conseguido alcanzarlos. Seguían aullando, y de cuando en cuando algunos amagaban con una salida, aunque sólo para retroceder al más mínimo contacto con las unidades de Mercia. La lluvia de flechas había escampado. Ya sólo caía sobre nosotros alguna que otra lanza despistada. La primera acometida había sido tan fiera como imaginaba, pero, al resultar rechazada, la enloquecida horda parecía haber perdido su rabia, así que, al poco de comenzar, la batalla se había detenido a uno y otro lado de los enfrentados muros de escudos.

Aquello me pareció muy extraño. Por regla general, la primera colisión de los muros de escudos marca el peor y más encarnizado choque de una batalla, ya que las energías contenidas se liberan en una larga tormenta de acero y rabiosas embestidas, de forma que los hombres, todavía muy enteros, tratan de abrir brecha en las filas enemigas para romper su formación. Ese encontronazo inicial es terrible, puesto que los guerreros, excitados por el miedo, intentan poner rápidamente fin a la contienda. Y, si en ese cruel inicio del derramamiento de sangre, las embestidas no consiguen partir el murallón humano, los hombres se repliegan y se ponen al abrigo de cualquier ataque para recuperar el aliento y tratar de averiguar otro modo más efectivo de desmantelar al enemigo. Cuando por fin se sienten recuperados y con planes de ataque renovados, vuelven a blandir las armas. Sin embargo, en este choque, el oponente, tras entrar al contacto y fracasar, se había retirado precipitadamente, dispuesto a esperar en una zona lejos del alcance de nuestros lanzazos. Seguían resultando amenazadores y no dejaban de bramar insultos, pero no tenían ninguna prisa en desencadenar el segundo asalto. Entonces me fijé en que no dejaban de echar apresurados vistazos a su derecha; dirigían la vista hacia la suave pendiente en la que continuaban, impasibles, los temibles noruegos de Anlaf.

—Ha cometido un error —concluí.

—¿Quién? ¿Constantino? —trató de confirmar Finan.

—Anlaf. Ha explicado a sus hombres lo que tiene planeado, y acaba de descubrir que no sienten deseos de morir.

—¿Y quién podría querer tal cosa? —replicó Finan secamente, aunque denotando en su expresión que mis palabras lo habían confundido.

–Todos ésos –barrí el horizonte con el seax para dirigir la aguda vista de mi amigo al varado muro de escudos de nuestros enemigos– saben perfectamente que Anlaf proyecta llevarse la victoria situando a los noruegos a su derecha. Así las cosas, ¿por qué morir en una pelea que es simplemente el prolegómeno de ese feroz ataque nórdico? Los escoceses quieren que esa acometida provoque el pánico en nuestras filas y las desarme. Deben decirse que sólo entonces tendrá sentido blandir de nuevo el acero. Quieren que los noruegos ganen la batalla por ellos...

Estaba seguro de haber dado en el clavo. Nuestros rivales habían oído decir que los imponentes *úlfhéðnar*, los cuasi invictos noruegos de Dyflin, vencedores de múltiples batallas, reducirían a astillas el flanco derecho de Æthelstan, aplastando de ese modo a nuestro ejército. Y lo que ahora estaban haciendo era simplemente limitarse a esperar que se produjera el anunciado milagro, reacios a entregar la vida sin permitir antes que los hombres de Dyflin les pusieran la victoria al alcance de la mano. En cualquier caso, el brezal seguía siendo un hervidero de actividad y bramidos jactanciosos. Eran miles las gargantas que berreaban blasfemias y consignas. El ciclópeo timbal de guerra continuaba con su terca pulsación, pero lo único que no se oía eran los auténticos sonidos de una batalla: los gritos, el entrechocar de los aceros, los avisos, los lamentos. Æthelstan nos había ordenado no atacar, limitarnos a defender, permanecer en nuestras posiciones, contener al enemigo hasta que se abrieran brechas en su muralla de rodelas. Y por el momento su ejército había cumplido lo pedido. Seguían produciéndose escaramuzas a lo largo de las paredes de adargas, con la misma intermitencia con que los hombres reunían el coraje suficiente para agredir al rival. Se daban, por tanto, breves conatos de lucha, pero el parapeto de broqueles de Æthelstan se mantenía indemne. Si su destino era acabar desmoronado, sería únicamente por acción de los soldados de Anlaf, ya que el resto de las tropas se contentaban con aguardar su fiera acometida. Con todo, los furibundos noruegos de Anlaf seguían detenidos a cien pasos del ala izquierda del rey de toda Britania. Lo más probable era que Anlaf los estuviera reservando, movido por la esperanza de que Æthelstan traspasara hombres de ese flanco inactivo al centro de sus tropas para reforzar esa sección central, pero debilitando al mismo tiempo su porción izquierda, directamente encarada con el jefe de los escandinavos de Irlanda. Sin embargo, nada de eso sucedería a menos que las operaciones de las tropas de Mercia acabaran en desastre. «De lo que no hay duda», pensé, «es de que Anlaf no tardará en dar rienda suelta a sus salvajes *úlfhéðnar*, y cuando vengan», me dije, «la batalla se reanudará en toda su crudeza».

Fue en ese momento cuando Thorolf creyó poder propiciar con su sola mano la victoria.

Al igual que yo, Egil permanecía por detrás de sus leales, dejando a su hermano la posición de cabecilla del muro de escudos. De hecho, habían quebrado uno de los hocicos de verraco y dejado en el campo de batalla, justo enfrente de sus propias posiciones, un buen montón de cadáveres. Los escoceses que les habían plantado cara se contentaban ahora con escupir sucios improperios, aunque sin decidirse a agregar muertos a la chorreante pila de vencidos. Su muro de escudos había encogido, y no sólo por el gran número de hombres que había perdido en la turbamulta del primer asalto, sino también porque todos los parapetos de paveses tienen tendencia a moverse a la derecha. Cuando los hombres arremeten contra el enemigo y empiezan a volar las afiladas alas de acero de hachas, lanzas y espadas, tenazmente empeñadas en abrir siquiera una rendija en la cerrada formación de escudos, los combatientes se agolpan instintivamente a su derecha, buscando la protección del broquel del compañero. Eso era justamente lo que habían hecho los escoceses, y la leve deriva, sumada, había terminado por dejar un pequeño hueco en el extremo mismo de su hilera, de tal modo que se adivinaba un paso entre los escudos y la honda quebrada en que se abismaban los riachuelos. La abertura tenía tan sólo uno o dos pasos de anchura, pero esa exigua posibilidad fue para Thorolf motivo de tentación suficiente. Había derrotado a los mejores hombres que Constantino había alcanzado a reunir en su contra, y ahora veía la oportunidad de rebasar por el flanco al enemigo. Si podía ponerse a la cabeza de sus valientes, colarse con ellos por aquel resquicio hasta situarse a espaldas de la columna constantiniana y agrandar la grieta, lograría situarse por detrás del muro de escudos escocés, sembrar el pánico entre ellos e iniciar un desmoronamiento general que sin duda desbarataría la formación enemiga.

Thorolf no preguntó nada a Egil, y tampoco consultó conmigo su intención, simplemente trasladó a un puñado de sus mejores guerreros a la parte derecha de la fila y, plantado delante de su murallón de rodelas con las piernas abiertas y los brazos en jarras, comenzó a cubrir de burlas a los escoceses, azuzándolos y retando a cualquiera de ellos a venir a medirse con él. Ninguno tuvo agallas de responder al desafío. Era un hombretón imponente, de sólida estatura y anchos hombros, así que no es de extrañar que nadie se hiciera ilusiones de vencerlo. Por si fuera poco, su anguloso rostro, que dejaba entrever las pobladas cejas bajo el reluciente yelmo rematado por un ala de águila, campeaba sobre el escudo, en el que también descollaba el aguileño perfil de la emblemática rapaz del clan familiar, presto a secundar al brazo derecho en el que brillaba su temible arma favorita: una pesada hacha de guerra enastada a la que daba el nombre de *Ebria de Sangre*. Lucía un aro de oro en el cuello, y en sus fornidos antebrazos destellaban también los anillos conquistados, dándole el aspecto de lo que efectivamente era: un guerrero nórdico de importante renombre.

De repente, sin dejar de desgranar bravatas mientras recorría la línea de vanguardia, dio media vuelta y, saliendo a toda velocidad en dirección al hueco, bramó a sus hombres pidiéndoles que lo siguieran, como así fue. Thorolf derribó al primer oponente, a quien arreó tal mandoble con *Ebria de Sangre* que el escudo salió hecho astillas; el filo de la enastada del noruego se hundió en la base del cuello del desdichado y alcanzó incluso el corazón. Con un rugido de ardor marcial, Thorolf trató de proseguir el avance, pero el hacha se había atascado en las costillas de su primera víctima, y no tuvo forma de impedir evitar que una lanza lo hiriera en el costado. Gritó de rabia, y el alarido se hizo progresivamente más agudo, hasta tropezar y encajar la embestida de la oleada de escoceses que se abalanzaron a su encuentro. Formaban parte de las tropas de reserva de Constantino, pues el astuto rey los había enviado apresuradamente al contragolpe, en previsión de la desatada tormenta de lanzazos y estocadas en que se convirtió la lucha por aquel hueco vital, puerta posible a la victoria convertida ahora en umbral de muerte para Thorolf Skallagrimmrson, que exhalaba su último suspiro al borde del arroyo, traspasada y rota la cota de malla, que, incapaz de contener la sangre, drenaba de fuerza vital al cuerpo inerte, vaciado entre los juncos crecidos a orilla de las impetuosas aguas. El escocés que había alanceado a Thorolf arrancó del pecho del compañero el hacha mortífera y, blandiéndola contra un segundo noruego, lo golpeó con tales ímpetus que dio con sus huesos en la cárcava del río. Los escoceses lo acribillaron entonces con las moharras, y el joven soldado cayó rodando en la corriente. Se enrojeció la espuma mientras se hundía a plomo, lastrado por la malla.

Los hombres que habían seguido a Thorolf se replegaron a toda prisa, dando así el relevo a los escoceses, ávidos de aprovechar su turno de chanzas y abucheos. El lancero que había rejoneado a Thorolf presumió de trofeo; levantando a *Ebria de Sangre* en alto, nos pidió que acudiéramos a él si andábamos en busca de la muerte.

–De ése me ocupo yo –exigió Egil, al ver que me colocaba a su lado con ánimo de auxiliarlo.

–Lo siento –me excusé.

–Thorolf era un buen hombre –comenzó a decir mi amigo.

Las lágrimas nublaban la vista a Egil, pero, a pesar de todo, desnudó el fino acero *Adder*, su espada, y, dirigiendo la punta al escocés que proseguía sus alardes con el hacha de Thorolf, repitió:

–Pero ése es para mí.

En ese momento, el gran tambor, oculto tras las huestes de Anlaf, reanudó la cadencia, haciendo retumbar el aire con renovado y más acelerado ritmo. Estalló una estentórea ovación, y los noruegos de Anlaf comenzaron a bajar la pendiente con la fuerza de un lento e implacable alud.

* * *

Los hombres de Anlaf hicieron tronar en la vaguada su desafiante mugido, avanzando al choque y apretando el paso hasta lanzarse a una desorganizada carrera. Muchos eran *úlfhéðnar* y se creían invencibles, pues estaban convencidos de que sus arrebatos de ira y violencia bastarían para despedazar al vasto contingente de sajones occidentales que Æthelstan había alineado en su ala izquierda. Yo no lo sabía entonces, pero el mismo rey se había incorporado a ese flanco para combatir a la cabeza de sus leales, pero, al ver que los noruegos cargaban, ordenó la retirada.

Ésa es justamente una de las decisiones más difíciles para cualquier caudillo militar. Mantener sólidamente unido un muro de escudos que se ve obligado a retroceder requiere la más férrea de las disciplinas. Los hombres deben procurar que las rodelas se toquen en todo momento mientras poco a poco y paso a paso van hacia atrás, al mismo tiempo que ven cómo una vociferante horda de enfurecidos chiflados se les viene encima. No obstante, los sajones occidentales se cuentan entre los mejores guerreros de Britania. Por eso no me extrañó que una voz ritmara los pasos, midiendo con pauta segura el imparable retroceso. Aquellos que se hallaban junto al arroyo pequeño empezaron a apretujarse unos contra otros, a causa de la mengua de espacio que imponía el sesgo oblicuo de la corriente de agua. Algunas de las hileras rompieron filas para formar de nuevo tras las tres que continuaban el sostenido movimiento de repliegue. Al final, el frente de combate de Æthelstan se combó como un arco tensado al máximo. Después, tras retroceder unos veinte pasos, se detuvo, y en el valle restalló un largo chasquido cuando se reacomodaron los escudos y, afirmando el pie, encajaron la embestida noruega. Fue una carga dentada y desigual, ya que fueron los más los primeros en trabar contacto con los sajones occidentales, brincando sobre los paveses como si pretendieran superar de un salto la valla humana valiéndose simplemente de la velocidad. Deberían de haber sabido que las lanzas los alcanzarían al vuelo y que los broqueles se cerrarían como las escamas de un dragón, que los sajones defenderían el campo. La carga de los noruegos enardeció al resto de las huestes de Anlaf, que arrancaron de súbito y, con ello, sacaron de su letargo a la batalla e insuflaron nuevas fuerzas al estrepitoso torbellino de aceros y al entrechocar de escudos. Pronto la cuña de los dos arroyos se convirtió en un pandemonio. Los negros escudos de Strath Clota arañaban terreno a mis hombres, y los escoceses se afanaban en apartar a los muertos de su camino con la sana intención de embestirnos, según aullaba el hombre que los dirigía, el mismo que había acabado con Thorolf y que ahora blandía, muy ufano, su larga hacha.

–¡Maldito canalla! –exclamó Egil entre dientes.

–No… –empecé a decir, sin conseguir que me escuchara, pues mi afligido compañero ya no estaba a mi lado, sino lejos, a la carrera, pidiendo a gritos a sus hombres que se apartaran de su camino.

Cuando el escocés lo vio llegar, una inquieta sombra de angustia le cubrió el semblante. Pero se rehízo y, mugiendo a su vez un desafío, levantó el escudo al cielo, donde, por un instante, se perdió de vista, pues lo llevaba pintado de azul. Y, en el momento mismo en que el escocés alzaba el hacha por encima de su cabeza, Egil salió como una exhalación de entre sus hombres.

El escocés era un botarate. Había aprendido a pelear a espada y a sostener la pica, pero no estaba familiarizado con el hacha, así que la blandió a lo bestia, pensando que la fuerza bruta bastaría para astillar y echar a un lado el escudo de Egil. Éste, sin embargo, frenó en seco su carrera y se echó hacia atrás, de modo que el hacha, en su curva trayectoria, arrastró con ella al infeliz, quien, desesperado, sólo pudo contemplar por el rabillo del ojo la estocada que le lanzaba *Adder*, al tiempo que, impotente, trataba de detener el peso de su enorme arma. El templado acero de Egil se hundió en su estómago, y el escocés se retorció de dolor. Acto seguido, le aplastó en las narices el águila que decoraba su escudo, giró la espada, le rasgó el vientre de arriba abajo y, al extraer el hierro, desparramó sobre el cadáver de Thorolf las tripas de su verdugo. Liberada del puño que la sujetaba, el hacha prosiguió su vuelo y cayó al río, mientras Egil tajaba una y otra vez al agonizante, desprendiendo pedazos de carne y hueso de su cabeza y sus hombros. Al fin, uno de sus hombres lo agarró y lo obligó a retroceder, justo cuando el resto de los escoceses acudían al lugar, resueltos a vengar a su compañero, que había quedado transformado en una trémula masa sanguinolenta.

—Me siento totalmente inútil —confesé a Finan con un quedo gruñido.

—Deja que los jóvenes hagan su labor —respondió pacientemente el irlandés—. Recuerda que tú mismo los has entrenado.

—¡Pero hay que luchar!

—Si necesitan de los viejos —dijo Finan—, será señal de que las cosas van verdaderamente mal. —Se dio media vuelta para observar cómo evolucionaba la batalla de los sajones occidentales de Æthelstan—. No pelean nada mal.

Los sajones seguían con su lento repliegue, pero ahora lo hacían de forma sostenida, curvando su vanguardia y dejando que los hombres de Mercia se colocaran en el centro. «Anlaf», pensé, «debe de creer que la batalla está ganada». No había conseguido romper el muro de escudos del rey, pero lo estaba obligando a recular y no tardaría en acorralarnos sin remedio, cegadas las salidas por la impetuosa torrentera. Anlaf se hallaba ahora tan cerca que no se me hacía difícil distinguirlo. A lomos de un gran garañón negro, berreaba órdenes a sus soldados, instándolos a lanzar un ataque en toda la línea. Había desenvainado la espada y no cesaba de señalarnos con ella, deshechas las facciones en un incontenible gesto de furia. Sabía que tenía la partida en el bolsillo y estaba seguro de haber urdido un plan para la victoria. Sin embargo, aún no había roto nuestras filas, y ardía de impaciencia. Vi cómo se acercaba a Constantino y vociferaba algo que no pude oír en el fragor de los encontronazos, pero el soberano escocés espoleó al caballo, se adelantó un trecho y repartió instrucciones a gritos.

Pronto comprendí que había mandado a sus tropas que atacaran de nuevo. Ya era una cuestión de orgullo. ¿Quién sería el primero en desmantelar nuestra formación? Los noruegos machacaban el centro y la izquierda de Æthelstan, y ahora aparecían los escoceses, dispuestos a probar que su fiereza nada tenía que envidiar a la de los salvajes *úlfheðnar*. Vi que Domnall, hacha en mano, se abría paso a empujones para alcanzar el frente de combate. Se puso a la cabeza de una ofensiva dirigida contra Egil, mientras el príncipe Cellach se echaba sobre mis hombres, a paso de carga, soltando su alarido de guerra. Una vez más, varios asaltantes perdieron pie en los boquetes disimulados en la ladera, mientras otros, empujados por los que les venían a la zaga, tropezaban con los muertos. Sin embargo, el grueso de los asaltantes venía con la lanza en posición y el brillo de las hachas en lo alto. Eché un rápido vistazo a la serranía de la parte oeste, pero no vi nada, así que me uní a mis bravos, que estaban empezando a retroceder ante el empuje de los escoceses. Berg, que comandaba mi flanco izquierdo, aullaba a los hombres, instándolos a mantener firmemente unidas las adargas. Sin embargo, la inmensa rabia que se había apoderado de los escoceses los había vuelto terribles. Vi caer a Rolla, partido el yelmo de un hachazo, y observé que Cellach se colaba por el hueco y daba cuenta de Edric, el que un día fuera mi criado. Pero lo peor era que Cellach llevaba una estela de guerreros a las espaldas. Roja de sangre, la espada del príncipe se plantó frente a Oswi, que a duras penas alcanzó a parar el mandoble con el escudo. Respondió con una veloz acometida de la daga, que sin embargo Cellach apartó con un golpe de rodela. Cellach, poseído del furor marcial, arreó un tremendo porrazo a Oswi con la adarga y éste cayó de espaldas; luego, el escocés retó a la tropa de la tercera fila. Hacha en mano, uno de ellos arremetió contra él, pero Cellach desvió el arma con la espada y trató de ensartar a Beornoth, que en el último momento se las arregló para frenar el malintencionado filo con el seax. Sin embargo, el pavés de Cellach volvió a barrer a su oponente. Entretanto, Oswi se retorcía en el suelo para zafarse de la turbamulta que lo pisoteaba, pese a tener la pierna derecha gravemente herida por un lanzazo. En ese momento, el príncipe alzó el acero, dispuesto a lanzar otra estocada. Su furibundo ataque había funcionado como una suerte de hocico de verraco improvisado, y lo cierto es que su terrible ímpetu había abierto una brecha de sangre en las dos primeras filas. Cellach ya sólo tenía que superar a Beornoth para traspasar nuestras líneas, y sus hombres lo seguirían sin dudar. Si conseguía perforar nuestro muro de escudos, la batalla estaría perdida, y Cellach era perfectamente consciente de la situación.

–¡A mí! –grité a los hombres que Finan y yo habíamos mantenido en reserva, al tiempo que echaba a correr en dirección al murallón de adargas en el que Cellach cantaba ya victoria sin dejar de martillar a Beornoth con el metálico umbo del escudo.

De un golpe, eché a Beornoth a un lado y cargué hacia delante usando el escudo como ariete, hasta obligar a Cellach a dar un paso atrás. Yo era más fornido, más alto y más pesado que él, e igual de belicoso, así que mi pavés aún le hizo ceder otro paso. Me reconoció. Sabía perfectamente quién era, y hasta me tenía en buena consideración, pero no dudaría en arrancarme el corazón si se le presentaba la oportunidad. De niño había vivido como rehén en mi fortaleza, y yo mismo lo eduqué en sus inicios; de mis manos había aprendido a manejar el broquel y la espada. De hecho, había terminado por tomarle afecto. Con todo, estaba allí para matarlo. Finan se encontraba a mi lado, avanzando a empellones a fin de cubrir la brecha que Cellach había abierto, y sus hombres nos protegían las espaldas. El príncipe luchaba con la espada larga, mientras que yo tenía a mi fiel *Aguijón de Avispa*.

–Vuelve a la retaguardia, muchacho –rugí, aunque ya no fuese ningún chiquillo, sino un guerrero hecho y derecho, además de heredero de la corona de Escocia y un hombre dispuesto a poner el triunfo en manos de su padre y de Anlaf.

Pero la cuestión era otra: una espada larga no es un arma apropiada para luchar en un muro de escudos. Al ver que me lanzaba una estocada, ofrecí la rodela al filo para trabarla, y una vez la madera hubo fijado la hoja dejé que la adarga agotara su inercia tirando hacia atrás de la espada. Eso lo obligó a girar en redondo, lo que aproveché para exagerar el movimiento del escudo, de modo que el príncipe descubrió el flanco a Finan, quien, situado ahora a mi derecha, al instante arremetió con su largo puñal, decidido a perforar su cota de malla a la altura del talle. Cellach bajó instintivamente el escudo para bloquear el seax de Finan, y con ello puso su destino en manos de *Aguijón de Avispa*. Él se dio cuenta enseguida de la situación. Me miró. Sabía que había cometido un error y, en el momento en que hice resbalar la pulida hoja de *Aguijón de Avispa* sobre el borde metálico del escudo, casi me pareció percibir una mirada suplicante en su rostro. Pero mi hoja fue directa a la garganta. La sangre me empapó la cara, cegándome por un momento. Sin embargo, no tenía necesidad de ver para saber que Cellach se desplomaba lentamente al suelo, pues demasiado bien me lo indicaba el acero que, prendido de su cuello, descendía con suavidad.

—Esto es demasiado violento para unos ancianos como nosotros —aseguró Finan, mientras asestaba un tajo con la daga a un tipo grueso de luengas barbas y pecho ensangrentado que intentaba vengar a Cellach. El irlandés le cortó la mano y luego ascendió a la velocidad del rayo para abrirle la mejilla. El hombre retrocedió a trompicones, y Finan lo dejó marchar. Alguien sacó a rastras el cuerpo sin vida de Cellach de nuestro muro de escudos. Un príncipe viste siempre una cota de malla valiosa, por no hablar de los tahalíes tachonados de oro, de la plata con la que acostumbran a guarnecer el cinto ni del oro que se cuelgan en el pescuezo. Además, mis hombres sabían que yo siempre he compartido con ellos el botín de las batallas.

Los hombres de Finan taponaron la vía abierta en la pared de paveses, pero la muerte del príncipe había encorajinado a los escoceses, y éstos, que se habían replegado al otro lado de la horripilante hilera de cadáveres, no tardarían en volver, y esta vez con Domnall a la cabeza.

Y, en efecto, pronto Domnall se presentó por mi derecha, gritando a sus hombres que se cobraran cumplida venganza. Era un individuo de notable estatura, con una reputación de implacable salvajismo en el campo de batalla. Y estaba claro que ahora buscaba pelea. Se propuso perforar a viva fuerza nuestro muro de escudos, ansioso por canjear mi vida por la muerte de Cellach. Y así, saltando por encima de los cadáveres que sembraban el terreno y precedido por un mugido de cólera, se abalanzó sobre nosotros.

Antes de poder mover un músculo, Finan salió a su encuentro. Colérico, el inmenso escocés, armado con una espada inmensa, se dispuso a triturar al pequeño irlandés que sólo portaba un simple seax. Sin embargo, Finan era el espadachín más rápido que jamás haya visto. Los escoceses, que habían vuelto a intentar el avance, se detuvieron unos instantes para contemplar a su cabecilla; él era el campeón guerrero de su rey, un famoso e indómito militar. Su punto débil era la rabia y, aunque ésta puede dar la victoria a quien se deja arrastrar por ella, también puede obnubilar el entendimiento y la cordura. Describiendo un gran arco, la larguísima hoja de doble filo de Domnall se abalanzó sobre Finan, que eludió la estocada con un paso atrás. Entonces, el escocés estiró el brazo con todas sus fuerzas para golpearlo con el escudo y hacerle perder el equilibrio, pero Finan se hizo a un lado, soltó un latigazo de acero y rasgó la cota de malla, justo por encima de la muñeca en la que Domnall sostenía el arma. Una vez más, tuvo que retroceder para evitar el remate metálico del canto del pavés de su rival, que venía hacia él con la fuerza de un zarpazo y que a punto estuvo de volarle la cabeza. Con la agilidad de una serpiente, el irlandés basculó a la derecha y tiró un puntazo alto con la espada corta; hirió así el brazo con el que Domnall sostenía el broquel y después, sin dejar de abrirse a su derecha, arremetió y hundió el seax en la cota de malla de su oponente, perforando el jubón de cuero interior y rasgándole el costillar a la altura de la axila. El gigante escocés dio un traspiés y retrocedió un par de pasos. Estaba asombrado y herido, pero no derrotado. Ahora la rabia se había esfumado, dejando tras de sí una fría y reflexiva determinación.

Los hombres de Escocia jaleaban con cánticos de ánimo a su adalid, urgiéndolo a continuar, opacados a ratos por mis propios hombres, que vitoreaban a Finan. Domnall estaba tocado, pero era un individuo de enorme corpulencia, capaz de encajar terribles castigos sin dejar de combatir. Acababa de comprobar que Finan era tan veloz como escurridizo, pero, creyendo aún que podía superarlo a pura fuerza, volvió a describir un vasto molinete con la espada y descargó sobre Finan un mandoble capaz de partir en dos a un buey. Mi amigo paró el mazazo con la rodela, pero el impacto fue tan feroz que perdió parcialmente el equilibrio, lo que permitió que Domnall lo embistiera con el umbo y lo tirara de espaldas. Domnall pretendía ya asestar el golpe de gracia, pero, como Finan se revolvía como un gato, optó por cubrirse con el maltrecho escudo, dejando bajo el montante para incitar a Finan al ataque. Quería que permaneciera al alcance de su espada, ya que de ese modo el seax, mucho más corto, no podría herirle de nuevo.

–¡Acércate, bastardo! –masculló.

Finan aceptó la invitación y se desplazó a la derecha, pero lejos del montante de Domnall. Sin embargo, tropezó con un herido y dio un traspiés. Comenzó a agitar el brazo con el que empuñaba la daga, en un intento de conservar el equilibrio. De inmediato, Domnall vio el hueco y lanzó una poderosa estocada. No sabía, sin embargo, que Finan sólo había fingido... Impulsándose por sorpresa con el pie derecho, basculó velozmente todo el peso a la izquierda, bajando al mismo tiempo el escudo para desviar el golpe y conseguir que no lo atravesara. Entonces, con la rapidez del rayo, el puñal asestó un demoníaco tajo en el cuello de su adversario. El reluciente yelmo del escocés tenía una faldilla de malla que le protegía la zona, pero el seax la perforó, y Finan, apretando los dientes, comenzó a cortar en redondo mientras Domnall se desplomaba.

Los escoceses mugieron de cólera al tiempo que comenzaron a encaramarse a trompicones sobre los muertos y moribundos para vengar a su líder. Al ver que se abalanzaban sobre él como una jauría, Finan se escabulló entre las filas del muro de adargas. A voces, ordené avanzar a mis hombres al encuentro del adversario en el punto en el que los cadáveres se oponían a la progresión de los enfurecidos escoceses. Los escudos chocaron con fuerza, umbo contra umbo. Empujamos con todas nuestras fuerzas. El tipo que presionaba mi escudo no paraba de gritarme, y sus espumarajos de ira volaban por encima del remate de las rodelas. El aliento le olía a cerveza, y notaba perfectamente los golpazos que arreaba con su broquel sobre el mío en un intento de distraerme a fin de que no me percatara de los ocultos esfuerzos que hacía para introducir por alguna rendija su espada corta y sajarme a conciencia la barriga. Se las ingenió para utilizar el umbo del pavés y desplazar a la izquierda el de mi escudo, y sentí que el seax resbalaba sobre mi cintura... De repente, dio un grito ahogado: Vidarr Leifson le partía el hombro con el hacha en el instante mismo en que otra segur salía inopinadamente de la segunda fila escocesa para tratar de impactar sobre mi astillada rodela. El porrazo partió el remate de hierro y abrió una gran brecha en las tablas de sauce, y decidí utilizar los restos del escudo para empujar a la izquierda a mi asaltante y dejarle el flanco expuesto a una puñalada. En ese momento, Immar Hergildson, el mismo que de madrugada se había mostrado aterrorizado, embistió con la lanza baja desde nuestra segunda fila y abatió a mi contrincante.

Conseguimos frenarlos. Habían atacado con una fiereza extraordinaria, pero paradójicamente nos defendía un monte de cadáveres. Es imposible mantener bien cerradas las filas de un muro de escudos teniendo que evolucionar sobre un terreno sembrado de cuerpos, así que la bravura no bastó a los escoceses. Nuestro parapeto se mantuvo unido, pero el de ellos empezó a deshacerse, y no les quedó más remedio que volver a retirarse, ya que no querían morir a manos de una formación más sólida. Vidarr Leifson enganchó con el hacha el cuerpo sin vida de Domnall y lo arrastró, junto con el rico botín de sus adornos y vestiduras, hasta introducirlo en la parte del campo de batalla que teníamos bajo control. Los escoceses amagaron varias veces y arreciaron sus burlas, pero no volvieron a atacar.

Dejé a mi hijo al mando en el muro de escudos y regresé junto a Finan.

—Creo que ya estás demasiado viejo para estos menesteres —le dije con una suerte de gruñido inquieto.

—Domnall tampoco era ningún chiquillo. Debería haber mostrado más prudencia.

—¿Te ha dado?

—No. Unas magulladuras, nada más. No será esto lo que me mate, no te preocupes. ¿Qué ha sido de tu cuchillo?

Bajé la vista y me di cuenta de que me habían birlado el cachetero. Alguien debía de haberse fijado en que la funda colgaba de uno de los tahalíes y la había cortado, posiblemente el escocés de los salivazos que había conseguido introducir el seax entre los escudos antes de expirar. Era zurdo, y de haber orientado la estocada una pulgada más a su derecha me habría rebanado la cintura.

—Tampoco es que fuera excesivamente valioso —aseguré—. Sólo lo usaba para comer.

Y si eso era lo peor que alcanzaba a sucederme en la batalla bien podía considerarme dichoso.

Nos desplazamos hasta la zona donde atendíamos a los heridos, justo en la retaguardia, protegido por las diferentes líneas del muro de escudos. Allí encontramos a Hauk, el hijo de Vidarr. Un sacerdote al que no conocía de nada le estaba poniendo unos vendajes. Había sido su primera batalla y, a juzgar por la mutilada cota de malla y la sangre que le manchaba el hombro derecho, parecía que acabaría siendo la última. Roric se afanaba en apilar el botín. En el creciente montón, destacaba el rico yelmo de Cellach, cubierto de filigranas de oro y rematado por unas plumas de águila. Si sobrevivíamos, la contienda parecía llamada a legarnos muchos trofeos, sin duda espléndidos en más de un caso.

–Vuelve a formar –pedí a Roric.

Las muertes de Cellach y Domnall dieron paso a una nueva pausa. Con su ataque, los escoceses a punto habían estado de romper nuestro baluarte humano. Sin embargo, habíamos resistido, y por eso mismo había ahora más guerreros en nuestra zaga, algunos llorando, pero la mayoría muertos. El hedor de la sangre y la mierda nos rodeaba. Tendí la vista a la izquierda; allí los hombres de Mercia se las estaban arreglando para resistir, pero parecía que las tropas habían mermado peligrosamente. Todo me llevaba a pensar que los mercianos carecían de tropas de reserva, lo que hacía todavía más inquietante la presencia de tantísimos heridos en el espacio protegido que se abría tras las líneas de combate. Anlaf se había reincorporado al ala derecha de sus mesnadas, la que había obligado a retroceder hasta la calzada a los sajones occidentales de Æthelstan, de modo que el extremo septentrional del puente se hallaba ya en manos de los noruegos. La ruta a Ceaster había quedado consiguientemente abierta, guardada tan sólo por un pequeño grupo de sajones occidentales formados en un muro de adargas en la punta sur de la pasarela, pero eso no inquietaba lo más mínimo a Anlaf. Ceaster podía esperar. Todo lo que quería era arrinconarnos en la cuña formada por los dos cursos de agua y machacarnos. Por eso aullaba a sus noruegos, azuzándolos para acabar con los sajones occidentales de Æthelstan. Un jinete abandonó de pronto la refriega y se lanzó al galope hacia la retaguardia de nuestro muro de escudos. Enseguida distinguí al obispo Oda.

–¡Por el amor de Dios, señor –gritó–, el rey necesita ayuda!

Todos estábamos faltos de ella. El enemigo percibía tentadoramente cerca la victoria y nos presionaba con fuerza. Los sajones occidentales habían intentado recuperar la cabeza norte del puente, pero sin éxito. Eso los había puesto en un terrible aprieto, igual que a los soldados de Mercia. Y Anlaf reunía más hombres para hacer frente a los sajones occidentales. Desde luego, él sí tenía reservas, mientras que nosotros prácticamente carecíamos ya de recursos, pese a que Steapa y sus jinetes siguieran escondidos.

–¡Señor! –volvió a gritar Oda–. ¡Aunque sólo sea un puñado de guerreros!

Elegí a doce hombres, convencido de que no podía prescindir de ninguno más. Los mercianos estaban más cerca de Æthelstan, pero su muro de escudos ya no admitía más mermas. La longitud de nuestra barrera de paveses era en ese momento la mitad de la original, y estaba alarmantemente desguarnecida, pero la verdad era que la batalla más fiera se estaba librando junto al vistoso estandarte del rey. Nervioso, el caballo de Oda trotaba en un palmo de tierra, justo a mi lado.

–¡El monarca insiste en combatir! ¡No debería estar en primera línea!

–Él es quien ciñe la corona –dije–. ¡Ha de dar la cara!

–¿Dónde está Steapa? –se interesó Oda. En su voz noté el pánico.

–¡Está al llegar! –chillé, esperando que fuese cierto.

Poco tardamos en llegar al terreno en el que gemían los heridos entresacados de las filas de sajones occidentales de Æthelstan. Conduje a mi reducida comitiva hasta las columnas de combate, aunque para ello hube de rugir a un montón de hombres que se hicieran a un lado y nos dejaran paso libre. Folcbald, mi enorme y leal frisio, y su primo Wibrund se contaban entre mis acompañantes. Ellos me ayudaron a forzar el paso hasta el punto donde Æthelstan esgrimía el acero. ¡Su estampa era magnífica! La fina cota de malla aparecía cubierta de sangre noruega, tenía el escudo partido al menos en tres puntos y la espada era roja hasta la guarda. Pese a llevar ya largo rato en la batalla, su ardor no sólo no había disminuido, sino que aún animaba al adversario a medirse con su acero. Los atacantes tropezaban una y otra vez con los cuerpos, y hasta los *úlfheðnar* se mostraban reacios a embestir a aquel hombre enfurecido. Querían ver muerto al rey, claro, y sabían que su degüello significaría el comienzo de la más total y absoluta victoria. Pero, para lograrlo, primero tenían que mirar cara a cara al rápido y mortífero filo de su bien templada arma. A izquierda y derecha del monarca había tropas de capote escarlata que sostenían una denodada lucha. Los escudos sajones se estrellaban contra los umbos de los broqueles noruegos; las lanzas, en su avance, tajaban brazos, piernas y torsos, y las hachas pulverizaban los tableros de sauce que embrazaban los guerreros. Sin embargo, Æthelstan había logrado hacer un hueco a su alrededor, en un ligero avance. Era el amo del combate; dominaba a sus adversarios, se mofaba de ellos. De pronto, un enorme noruego de negrísimas barbas y resplandecientes ojos turquesa bajo el baqueteado yelmo irrumpió con una larga hacha enastada en el espacio despejado que rodeaba al rey. Se trataba de Thorfinn Hausakljúfr, *jarl* de Orkneyjar. Tenía una veta de locura en la mirada, y sospeché que se había untado la piel con el famoso ungüento de beleño negro; había dejado de ser un simple caudillo nórdico para transformarse en un *úlfheðinn*, en un soldado poseído por el espíritu del lobo. Tal vez por eso se puso a aullar frente a Æthelstan mientras blandía su terrible hacha de guerra.

–¡Llegó tu hora, niño bonito! –vociferó, aunque inútilmente, porque dudo mucho que el rey comprendiera el noruego.

Con todo, a nadie se le habrían podido escapar las muy concretas intenciones del fornido caballero, así que Æthelstan detuvo un instante sus agitadas maniobras para permitir que el grandullón se pusiera a su altura. Thorfinn peleaba sin escudo, fiándolo todo a su única arma, *Hausakljúfr*, un hacha célebre en todo el norte. Se lo veía tan empapado de sangre como al propio Æthelstan, pero no se atisbaba una sola herida. Era sangre sajona, y Partecráneos quería más.

Blandió el pesado acero con una sola mano. Æthelstan detuvo el golpe con el escudo, pero la hoja abrió un boquete enorme en las tablas de sauce. Entonces, raudo, el rey movió a la izquierda la maltrecha protección, con la esperanza de llevarse consigo el hacha y exponer de ese modo el corpachón de Thorfinn a un puntazo de su espada. Pero el noruego se movía con una agilidad pasmosa; dio un rápido paso atrás, retorció la enastada, desasiéndola de las maderas, y arremetió de nuevo, esta vez con la intención de descargar toda su fuerza en el brazo con el que Æthelstan esgrimía el hierro. De haber acertado, habría cercenado el brazo del monarca, pero éste era de tan vivos movimientos como el propio noruego y consiguió echar la espada hacia atrás a tiempo de encajar el golpe muy cerca de la guarda. Se oyó un siniestro crujido, y vi que la espada del rey acababa de partirse; nuestro soberano se había quedado con una hoja de no más de un palmo en la mano. Thorfinn soltó un bramido de triunfo y barrió el aire con el hacha para darse impulso, pero Æthelstan detuvo la descarga con el desparejado escudo. Reculó de inmediato, pero *Hausakljúfr* había cobrado vida propia y se abatía con terca y despiadada insistencia, una y otra vez, sobre el broquel, convertido en un inservible amasijo de astillas y agujeros. El enfurecido *jarl* de Orkneyjar levantaba ya una vez más el hacha, dispuesto a asestar el golpe de gracia sobre el yelmo ceñido de oro del monarca.

El obispo Oda, que estaba a mi lado, saltó del caballo y comenzó a gritar al rey en su nativa lengua danesa, pidiéndole que aguantara a pie firme, al tiempo que extraía de su funda a mi *Hálito de Serpiente*. Y todo ello a una velocidad endiablada. Æthelstan alzó el pavés, frenó la brutal carrera del hacha con la adarga, que exhaló en un último nubarrón de astillas, y, girando el rostro, alcanzó a ver que Oda le arrojaba mi espada. El golpe brutal había hincado de rodillas a Æthelstan, pero al escuchar la llamada de Oda y ver caer del cielo aquella hoja, hizo un último esfuerzo y, tras agarrarla al vuelo, describió un vertiginoso arco con el acero. Pilló por sorpresa a Thorfinn hiriéndolo en el muslo izquierdo, recuperó el impulso e, incorporándose, aplastó las erizadas púas del escudo destrozado en el rostro de su atacante. El gigantón del norte echó la pierna atrás para ofrecer a su fiel *Hausakljúfr*, la *Partecráneos*, espacio suficiente para el golpe definitivo. Pero Æthelstan, rápido como el rayo de su estandarte, le asestó una terrible estocada con *Hálito de Serpiente*, y, agarrándola con las dos manos, hundió con todas sus fuerzas la hoja entera en el vientre de Thorfinn. Lo que siguió fue una verdadera carnicería: el rey retorció el hierro, arriba y abajo, de lado a lado, sin piedad, hasta ver caer a la *Partecráneos*, lacia como una melena desatada, seguida del oscuro cuerpo del *jarl*. El monarca plantó entonces la ensangrentada bota en el pecho del noruego y arrancó de cuajo el indemne acero enterrado en la carne, todavía temblorosa.

Y entonces llegó Steapa.

* * *

Al principio no nos dimos cuenta de que se aproximaba. Folcbald y Wibrund se hallaban a mi lado. Luchábamos denodadamente para quitarnos de encima a una horda de noruegos enrabietados, locos por vengar la muerte de Thorfinn. Gerbruht, uno de mis más leales hombres de confianza, intentaba protegerme con el escudo por el costado derecho. Sin embargo, lo tenía tan encima que no me quedó más remedio que gritarle que se hiciera a un lado y me dejara espacio para maniobrar con *Aguijón de Avispa*. Yo estaba forcejeando en ese momento con un noruego que respondía a los topetazos que le arreaba con el escudo con sus propias embestidas. Aquello era una auténtica lucha de carneros, aunque desde luego el tipo aquel intentaba ensartarme con la espada. Hice a un lado a Gerbruht empujándolo con el hombro y dejé que el de Noruega deslizara la hoja entre nuestras dos adargas. Esperé su golpe con el agudísimo filo de *Aguijón de Avispa* preparado para recibirlo, y, en cuanto vi asomar el antebrazo por el hueco, dejé que él mismo se abriera las carnes con mi seax. El impulso le impidió frenar la mano a tiempo, y sólo el dolor le advirtió de su error y lo obligó a renunciar. Él sólo se había cortado músculos y tendones hasta el hueso, así que no me costó ningún esfuerzo clavarle la daga en las costillas. Todo cuanto podía hacer ahora era martillearme con la rodela, ya que el brazo con el que blandía la espada había quedado inutilizado. Tampoco podía retroceder, ya que se lo impedía la turbamulta que lo presionaba por detrás. Me contenté con utilizarlo como parapeto humano mientras la sangre que manaba de su muñeca cercenada no lo debilitara hasta hacerlo caer en tierra. Sólo entonces escuché, por encima de los aullidos de las gargantas y el entrechocar de los aceros, el tronar de la caballería salvadora.

Steapa había permanecido oculto en la colina de poniente, bien cobijado por la otoñal espesura, justo detrás de la descompuesta empalizada de Brynstæþ. Se le había ordenado aguardar hasta que la batalla hubiera experimentado un vuelco y el ala izquierda de Æthelstan se hubiera visto forzada a replegarse hasta el límite de los arroyos. Debía esperar a que el enemigo estuviera peleando de espaldas a la serranía occidental.

Y ahora acudía al fin, al frente de quinientos jinetes de brillantes corazas de malla a lomos de formidables garañones. El plan de Anlaf pasaba por utilizar la ligera pendiente del monte para lanzarse al asalto del flanco izquierdo de Æthelstan, pero ahora era Steapa quien se valía de la misma estratagema, y en una cuesta bastante más inclinada de los montes, para caer como un alud sobre su retaguardia. De hecho, los hombres de Anlaf lo entendieron enseguida. La presión sobre nuestras líneas disminuyó enseguida, y los noruegos comenzaron a desgranar a gritos la advertencia de que se les venía encima una tromba humana con todas las trazas de arrollarlos cuesta abajo y arrastrarlos a su perdición.

—¡Ahora! —chilló Æthelstan—. ¡Adelante!

Los hombres que apenas unos momentos antes combatían convencidos de hallarse condenados se sintieron de pronto renacer, y, con nuevas energías, todo el frente de ataque de los sajones occidentales echó a correr hacia delante, imparable, entre guturales gritos de júbilo y asombro.

Los soldados de a caballo espolearon a los corceles y enfilaron a galope tendido la pequeña torrentera. La mayoría saltaron limpiamente el barranco, otros descendieron las enfangadas riberas entre bruscas sacudidas, pero todos alcanzaron con idénticos ímpetus la orilla opuesta. Al menos dos monturas tropezaron y cayeron, pero el resonante rodar de los miles de cascos hizo saber al valle que la carga proseguía su curso. Pese a todo, los rugidos de los jinetes conseguían imponerse al griterío general y al sordo trueno de la caballería. Casi todos los soldados de Steapa esgrimían la lanza. Los vi venir con las moharras bajas, imponentes, y cada vez estaban más cerca de la vulnerable retaguardia del murallón de adargas de Anlaf.

Estalló el caos. La zaga de un parapeto de rodelas es justamente el lugar al que se arrastra a los heridos, el terreno en el que los caballerizos atienden a los animales y donde un puñado de arqueros dispara sus flechas. Y todos esos hombres, o cuando menos los que alcanzaban a moverse, se vieron obligados a correr a la desesperada para hallar cobijo en la hilera más retrasada de broqueles. Pero esa fila había dado media vuelta, en un intento descorazonado de reorganizar el muro. Los paveses percutían con metálicos chasquidos, pero los hombres, vencidos por el pánico, los apartaban de un manotazo, lanzaban chillidos de angustia y gritos de socorro. Y entonces fue cuando los aplastaron los jinetes.

La nobleza del caballo lleva a los garañones a evitar toda colisión con una pared de hombres, pero los combatientes y criados de la retaguardia habían abierto una brecha en la precaria formación, y por ella irrumpía la caballería. Arremetieron con la fiereza de los *úlfheðnar*, perforaron las defensas enemigas, se colaron por todas las aberturas y segaron sin piedad corazas y costillas. Encabritaron a los caballos y abatieron la maza sobre el espantado rival, quebrando espinazos y aterrando a los que huían. El muro entero se desmoronó y se dispersó a los cuatro vientos, enloquecido. Los hombres de Anlaf sólo ansiaban una cosa: correr. Y entonces los sajones occidentales abandonaron las sarisas y desenvainaron las espadas. Divisé de pronto cómo Steapa, con una cólera temible, asestaba tajos y partía a un hombre desde el hombro hasta la mitad del pecho. Al volver grupas Steapa para salir en persecución del enemigo en fuga, la hoja arrastró, prendido, al desdichado.

Mis hombres y yo mismo nos adelantamos y nos zambullimos de cabeza en la vorágine. El muro de escudos que poco antes nos acosaba, una barrera verdaderamente impenetrable poco antes, se deshizo como el humo de una hoguera, y nos sumergimos en un frenesí de muerte. Tuve que arrancar la espada al cadáver de un noruego, porque ahora, en plena desbandada del rival, no era momento para enzarzarse en una lucha cuerpo a cuerpo con el seax. Había sonado el día de la matanza. Los enemigos en fuga nos ofrecían la espalda, así que empezaron a caer como moscas. Algunos reunieron el valor suficiente para dar media vuelta y presentar batalla, pero los arrollaron nuestras furibundas ansias de venganza. Los más afortunados consiguieron hacerse con una montura y, clavando espuelas, galoparon a matacaballo hacia el norte, la mayoría por la calzada romana que desemboca en Dingesmere. Los hombres de Steapa partieron tras ellos, mientras Æthelstan se desgañitaba pidiendo que le trajeran un corcel. Los miembros de su guardia personal, todos envueltos en los característicos mantos escarlata, caracoleaban a lomos de sus garañones. En una pausa, vi que el rey, todavía con *Hálito de Serpiente* en la diestra, se aupaba de un brinco a la silla y echaba a cabalgar en pos de los fugitivos.

Los escoceses, que eran los que combatían en la zona más alejada del punto en el que los jinetes de Steapa habían desbaratado el muro de escudos, fueron los últimos en romper filas. Tardaron un buen rato en comprender que todo había acabado y que ya no había forma de evitar el desastre. Sin embargo, al darse cuenta de que sus aliados paganos deshacían precipitadamente la formación, también ellos giraron sobre sus talones y pusieron pies en polvorosa. Me puse a buscar a Ræt, que tenía mi caballo, pero enseguida caí en la cuenta de que debía de haber cruzado el puente antes de que los hombres de Æthelstan lo rebasaran en su obligado retroceso. Me puse de cara al campamento y bramé su nombre, pero no vi ni rastro de él. Entonces se me acercó Wibrund con un semental bayo cogido de las riendas.

—Lo más probable es que perteneciera a alguno de los protectores del monarca, señor —explicó—. Y también es muy posible que haya muerto.

—¡Ayúdame a montar! —pedí.

Hinqué espuelas y partí raudo al norte, gritando el nombre de Egil al pasar junto a mis hombres. Se volvió y me miró.

—¡No salgas tras los que huyen! —aullé—. ¡Quédate aquí!

—¿Por qué?

—¡Eres noruego! ¿Crees que los hombres de Æthelstan se darán cuenta de que estás con nosotros?

Llamé a Berg, el más joven de los hermanos de Egil, y le ordené que reuniera a veinte cristianos con los que proteger a las tropas de nuestros noruegos. Tomadas esas disposiciones, partí al galope.

–¡Reuníos conmigo en cuanto podáis…! –vociferé al salir a mi hijo y Finan, que querían acompañarme pero no encontraban ninguna montura.

El garañón que me habían prestado se abrió astutamente camino entre los montones de cadáveres. Entre los muertos también vi a hombres de mis mesnadas. Reconocí a Roric, con la garganta cercenada y la cara cubierta de sangre, y me cruzó por la cabeza la negra sospecha de que lo había enviado a la muerte al pedirle que dejara de enredar entre los despojos. Beornoth, un buen guerrero que sin embargo había topado con otro más hábil, estaba tendido de espaldas, con expresión de sorpresa en el semblante; sus ojos y su boca abiertos eran ahora pasto de las moscas.

No pude ver qué o quién lo había herido, pero vi brillar un intento de sonrisa en el pálido rostro de Oswi, tumbado en el suelo y con un prieto vendaje en la pierna malherida. La sangre empapaba la tela.

–Aún no ha llegado tu fin –lo animé–. ¡Peores cosas he visto!

Y había, en efecto, muchas otras cosas, demasiadas, tantas como viudas y huérfanos en las tierras de Constantino y las nuestras. En cuanto hube rebasado al paso los pestilentes montículos de cadáveres, castigué los ijares de mi bayo y volví a galopar.

La tarde iba llegando a su fin y las sombras se alargaban, inconfundibles, pero por algo que aún no entiendo tal cosa me sorprendió. La batalla me había parecido muy corta; aterradora y breve, para ser más exactos. Sin embargo, estaba claro que debía de haber durado mucho más de lo que yo pensaba. Se estaban abriendo claros entre las nubes y la luz del sol, que caía sobre los muertos y dibujaba sombras oscuras que, por un milagro de la fantasía, parecían moverse, empeñadas en proseguir la huida que las nornas habían negado a los cuerpos inertes. La soldadesca saqueaba a los caídos, despojándolos de mallas y corazas, hurgando en las bolsas en busca de monedas. Pronto cuervos y cornejas se darían un banquete en el campo de batalla. El breñal aparecía cubierto de espadas, lanzas, hachas, arcos y yelmos, pero lo que más abundaba eran los escudos, abandonados a la carrera por unos hombres desesperadamente animados por la voluntad de aventajar a sus perseguidores. Vi al frente al grupo de jinetes que capitaneaba Steapa. Cabalgaban al trote ligero, sin excesivas prisas, ajustando simplemente la velocidad a su objetivo: superar a los fugitivos para herirlos de gravedad con la moharra o con una profunda estocada que les impidiera seguir avanzando. Después, sin más, los abandonaban a su suerte, sabedores de que los compañeros de armas que los seguían a pie acabarían con ellos. Observé el flamear del pendón de nuestro soberano, el victorioso dragón armado de un poderoso rayo. Ondeaba al viento en la calzada romana, así que volví levemente el cuello de mi garañón y me encaminé a su encuentro. Al llegar a la suave elevación de terreno en la que se había agrupado el ejército de Anlaf, detuve el corcel. El panorama me dejó atónito. Manadas de fugitivos corrían por el ancho valle, y tras ellos, entre sus móviles bandas, serpenteaban, despiadadas, nuestras tropas. Eran como lobos entre ovejas. Había hombres que, tratando de rendirse, encontraban la muerte, y supe entonces que los soldados de Æthelstan, libres ya de la fatídica losa de la inminente derrota, daban rienda suelta a su sensación de alivio con una orgía de sangre.

Permanecí en el altozano contemplando el espectáculo. También yo noté que crecía en mí una nueva serenidad, junto con un extraño desapego, como si aquella batalla no hubiera tenido nada que ver conmigo. La victoria pertenecía a Æthelstan. Me palpé el pecho en busca del amuleto en forma de martillo, que había ocultado bajo la cota de malla por temor a que me tomaran por un enemigo pagano. Pese a las hechicerías de Benedetta y las virtudes de su cruz, lo cierto es que al entrar en combate no creía que los dioses

547

fueran a darme ocasión de sobrevivir. Y, cuando al fin se dejó ver el enemigo, aquella gran horda de adargas y aceros, sentí que había llegado mi hora. Sin embargo, allí estaba, absorto en la contemplación de una jubilosa matanza.

Alguien pasó junto a mí trastabillándose, bebido como por ensalmo. Llevaba un bien trabajado casco y, ceñido a la cintura, un tahalí vacío, adornado con plaquitas de plata.

—¡Hemos vencido, señor! —chilló el hombre.

—¡Ya puedes decirlo! —coincidí, pensando en lo que un día dijera el rey Alfredo. Lo que estaba desarrollándose ante mis ojos era justamente la materialización de su mejor sueño político, el sueño de un país piadoso que diera cabida a todos los sajones. Una lúcida intuición me llevó a comprender de pronto que Northumbria había dejado de existir. ¡Curiosa victoria esa en la que mi patria expiraba como el adversario vencido! Me hallaba irremisiblemente en Englaland, una nación surgida de un frenesí de muerte en un valle ensangrentado.

—¡El señor ha realizado una gran cosa! —escuché vociferar a alguien a mis espaldas.

El obispo Oda, calmosamente acomodado en su montura, sonreía.

—¡Dios nos ha concedido una espléndida victoria!

Alargó la mano en mi dirección, y yo se la estreché torpemente con la izquierda, pues en la derecha aún sostenía el acero prestado.

—¡Y veo que lucís una cruz, señor! —exclamó en el colmo de la dicha.

—Sí… Ha sido Benedetta quien me la ha dado.

—¿Para protegeros?

—Eso dijo justamente.

—¡Y así ha sido! ¡Venid, señor!

Espoleó a su caballo y yo lo seguí, pensando en cuántas veces me habían preservado los sortilegios femeninos a lo largo de los años.

Pero quedaba por librar aún una última batalla antes de que feneciera el día. Los caudillos escoceses y noruegos, volando a lomos de velocísimos corceles, habían dejado atrás a sus perseguidores en una loca galopada al único lugar seguro: el puente de sus navíos. Sin embargo, algunos de sus acólitos habían permanecido *in situ* y tomado posiciones para retrasarnos y dar tiempo a que culminaran con éxito la huida. Formaban ahora un muro de escudos en la cima de un montículo de escasa altura cuando vi de pronto a Ingilmundr, y comprendí al punto que debía de tratarse de los hombres afincados en Wirhealum. Habían recibido aquellas tierras de manos de sus protectores y fingido ser cristianos, pero sus mujeres e hijos aún habitaban en las granjas de la península, así que ahora combatían por la salvaguarda de sus hogares. Había apenas trescientos soldados repartidos en dos hileras, y, entre característicos chasquidos, la formación trataba de mantener prieta la barrera de broqueles. Sabían, sin duda, que iban a morir o quizá se creyeran acreedores de la clemencia del monarca. Los guerreros de Æthelstan, amontonados y en desorden, encararon la barrera. Eran más de mil, y su número crecía de instante en instante. Los leales de Steapa también estaban allí, aunque sus caballos parecían exhaustos. Junto a ellos resollaba igualmente la guardia montada de Æthelstan.

Ingilmundr dio un paso al frente para dejarse ver delante del murallón de adargas. Luego se encaminó al punto en el que se hallaba el rey, que seguía blandiendo a *Hálito de Serpiente*. El apuesto noruego parlamentó largo rato con el soberano; no pude oír sus peticiones ni las respuestas de Æthelstan, pero momentos después Ingilmundr hincaba la rodilla en señal de vasallaje. Dejó el acero en la hierba, lo que sin duda indicaba que el rey le perdonaba la vida, ya que ningún pagano aceptaría morir sin ir armado. Oda pareció tener la misma impresión que yo.

—El rey peca de clemente —comentó con claro tono de desaprobación.

Æthelstan incitó al caballo a avanzar un par de trancos, aprovechando que Ingilmundr todavía se hallaba a poca distancia. Se inclinó en la silla y dijo algo que debió gustar a Ingilmundr, porque lo vi sonreír y asentir con suave bamboleo de cabeza. De repente, Æthelstan impulsó a *Hálito de Serpiente* en un amplio arco y descargó un violentísimo golpe. El cuello del noruego se convirtió en un surtidor de sangre. Pero el rey no había terminado: asestó estocadas, puntazos y reveses, una y otra y otra vez, tajando la carne y reduciéndola a pulpa. Sus hombres aullaron en señal de júbilo y venganza, y se agruparon y salieron en tromba, dispuestos a barrer a los nórdicos. Volvió a escucharse el siniestro entrechocar de escudos, la colisión de los metales, los gritos, el terror… Pero todo terminó en un abrir y cerrar de ojos, así que los mesnaderos del rey continuaron con la persecución, dejando tras de sí un reguero de muertos y moribundos que parecía descender, como un riachuelo de sangre, la pendiente del escueto altozano.

Al caer la noche, llegamos al puerto de Dingesmere, justo a tiempo de divisar la huida de los buques, decididos a ganar a remo la bocana del Mærse. La gran mayoría se hallaban ya muy lejos, pero casi todos navegaban prácticamente de vacío, puesto que las dotaciones encargadas de defenderlos se habían hecho a la mar sin esperar a nadie, dejando así a cientos de camaradas a merced del enemigo, que desde luego no se reprimió los odios y degolló cuanto encontró a su paso. Teñidas de rojo quedaron las someras aguas del marjal. Hubo entre los desdichados quien imploró piedad, pero los hombres de Æthelstan no la tuvieron, y el juncal bebió ese día sangre en abundancia.

Cuando Finan y mi hijo me alcanzaron, permanecieron, como yo, atónitos y atentos al espectáculo que se desarrollaba ante nuestros ojos.

–Todo ha terminado –comentó Finan, como queriendo confirmar en voz alta una realidad que aún se le antojaba increíble.

–En efecto –coincidí–. Se ha acabado. Es hora de volver a casa.

Una súbita punzada de añoranza se apoderó de mí al recordar las playas de Bebbanburg y sus olas cristalinas y la larga faja de arena, batida por el salado viento marino.

En ese momento, Æthelstan se acercó a nosotros. Todo en su figura exhalaba severidad: la cota de malla, el manto, la montura, la silla; nada había quedado libre de la negra mancha de sangre coagulada.

–Buen trabajo, majestad –lo saludé.

–Dios nos ha concedido la victoria.

El cansancio se había adueñado de su voz, y no era de extrañar, porque sin duda había sido él quien más duramente había combatido en el muro de escudos. Bajó la vista y contempló largamente el fiel acero de *Hálito de Serpiente*. Luego fijó la mirada en mí. Vi en sus ojos la risueña chispa de la ironía.

–Bien me ha servido hoy, señor.

–Es una espada magnífica, majestad.

Me la ofreció por la empuñadura, agarrándola por la hoja.

–Cenaréis conmigo esta noche, lord Uhtred.

–Como ordenéis –dije, al tiempo que empuñaba mi arma, agradecido por el gesto.

No podía guardarla en la funda en tanto no la hubiera limpiado, así que me deshice del hierro prestado y sostuve en alto a *Hálito de Serpiente* mientras regresábamos con premura a caballo por la ruta larga, tratando de evitar que la creciente oscuridad nos dificultara la marcha. Las mujeres iban de un lado a otro, registrando los cadáveres. Todas llevaban una daga de hoja larga para dar la puntilla a los que no se decidían a morir. Puro sentido práctico, porque sólo querían acelerar el saqueo de sus pertenencias. Y a nuestro alrededor las primeras fogatas perforaron las tempranas tinieblas de la noche.

Todo había acabado.

EPÍLOGO

Soy Uhtred, hijo de Uhtred, engendrado por Uhtred, cuyo padre también respondía por Uhtred. Todos fueron señores de Bebbanburg, como yo lo soy ahora, pero últimamente la gente ha dado en llamarme «Señor del Norte». Mis tierras se extienden desde el ventoso mar del Norte a las costas que miran a Irlanda, y, aunque soy ya anciano, mi labor consiste en frenar a los escoceses, en impedirles que desciendan al sur y se adentren en las tierras que nos hemos acostumbrado a designar con el nombre de Englaland.

He impuesto la paz en Cumbria. Lo logré enviando a Egil y a mi hijo en incursiones de castigo en las regiones pobladas por muñidores de entuertos. A los más viles los colgaron, y a otros les quemaron las haciendas, pero no olvidaron dar tierras a los valientes que combatieron con nosotros en el breñal de Wirhealum. Gran parte de Cumbria sigue ocupada por daneses y noruegos, pero viven en buena concordia con los sajones y sus hijos han aprendido a hablar la lengua sajona. De hecho, hay incluso algunos que adoran ya al crucificado dios de los cristianos.

Nos enorgullece pertenecer a la tierra de Northumbria, pero ahora todos somos Ænglisc y tenemos a Æthelstan por soberano de Englaland. Su espada quebrada pende ahora de un muro en el gran salón palaciego de Wintanceaster, aunque no me he tomado la molestia de viajar tan al sur para comprobarlo. El rey se ha mostrado generoso conmigo y me ha recompensado con oro y plata ganados en el campo de batalla de Wirhealum, donde tantos hombres yacen enterrados.

Tres días después de los combates, celebramos un espléndido banquete. Æthelstan habría querido que se organizara la noche misma de la contienda, pero los hombres estaban agotados, por no hablar de los numerosos heridos que precisaban atención. Prefirió esperar, por tanto, a tener ocasión de congregar a sus capitanes en Ceaster. Corrieron menos viandas que cerveza; es más, lo que nos echaron de comer no tenía buen sabor. Había pan, unos cuantos jamones y un asado que yo juraría salido de los cuartos traseros de alguno de nuestros pencos. Puede que la gran sala de Ceaster acogiera a unos ciento veinte hombres esa velada, que sólo iniciamos después de que el obispo Oda oficiara misa en el templo. Un arpista pulsó las cuerdas de su instrumento, pero no entonó cántico alguno, porque no había cantar capaz de hermosear la matanza. Lo entendimos como un festín de la victoria, y supongo que así era, pero, en tanto no llegaron los bocales de cerveza con esa maravillosa llave que deslía las lenguas de los hombres, la verdad es que todos creímos habernos metido de cabeza en un funeral. Æthelstan pronunció un discurso en el que lamentó la pérdida de dos señores, Ælfine y Æthelwyn, aunque después cubrió de elogios a los leales que le atendían en los bancos. Arrancó vítores de entusiasmo al señalar la osadía del gran Steapa, que había recibido un lanzazo en el brazo del escudo al desbaratar sus jinetes el murallón de adargas de Anlaf. También me mencionó a mí, y me llamó «señor de la guerra de Englaland». Y entonces los hombres prorrumpieron en una ovación.

¡Englaland! Recuerdo que la primera vez que oí ese nombre se me hizo raro. El rey Alfredo había soñado con una Englaland unida, y yo estuve a su lado en la marcha que realizó para dejar a sus espaldas las marismas de Sumersæte y atacar al vasto ejército acaudillado por el abuelo de Anlaf.

–Debimos perecer en Ethandun –me dijo un buen día Alfredo–, pero Dios estaba de nuestro lado. Englaland perdurará por siempre.

Entonces no di crédito a sus palabras. Aun así, largos años había pasado combatiendo para hacer realidad ese sueño, a veces a regañadientes. Y hete aquí que ahora el nieto de Alfredo vencía al fin a las alianzas del norte y lograba que Englaland se extendiera desde las colinas de Escocia al mar del sur.

–Dios nos ha confiado este país –proclamó gravemente Æthelstan en el salón de banquetes de Ceaster–, y Dios lo guardará por nosotros.

Sin embargo, el dios de Æthelstan había permitido que Anlaf y Constantino escaparan de Wirhealum. Anlaf incuba ahora su rencor en Dyflin mientras masculla entre dientes que volveremos a saber de él; y es posible que lleve razón, porque es joven, ambicioso y vengativo. Me cuentan que, sin embargo, el rey de los escoceses ha renunciado al trono y se ha recluido en un monasterio. Es Indulf, su segundo hijo, quien sostiene ahora las riendas de sus tierras. Siguen produciéndose incursiones en el lado sur de mi frontera norte, y continúan los robos de ganado, pero ya no son tan frecuentes ni atrevidos, porque si damos con los ladrones los matamos e hincamos sus cabezas en los árboles, para que nadie que pretenda imitarlos pueda decir que se ha llamado a engaño.

El dragón y la estrella no mentían. El peligro venía del norte, y el dragón feneció en el breñal de Wirhealum. Domnall y Cellach se dejaron en él la vida. Lo mismo le ocurrió a Anlaf Cenncairech, al que todos daban en llamar «Costroso». Cenncairech había sido rey de Hlymrekr, en Irlanda, pero su tocayo de Dyflin lo había vencido en buena lid, obligándolo después a luchar por sus colores en Wirhealum. Owain de Strath Clota también encontró la muerte entre los dos ríos, abatido por los soldados de Sihtric en medio de la turbamulta de sus propias rodelas negras. Gibhleachán, rey de las islas de Suðreyjar, recibió un lanzazo en la espalda al intentar huir. Los poetas aseguran que ese día siete reyes fenecieron, y quizá lleven razón, pero la verdad es que algunos eran simples caciques, cabecillas deseosos de darse a sí mismos trato de soberano. Mi gobierno impera sobre tierras más vastas que las de más de un monarca, pero no me doy a mí mismo más título que el de señor de Bebbanburg, y eso es, de hecho, lo único que siempre quise ser. Es un honor que pasará a manos de mi hijo, y del hijo de su hijo. A veces me siento en la terraza que se abre justo delante del gran salón y observo a los hombres y mujeres que me sirven. Después miro el mar infinito, las nubes que se amontonan tierra adentro, sobre los montes, los muros a los que tan recientemente he ordenado dar mayor altura, y musito una plegaria de gratitud a los dioses que tanto tiempo y tan bien llevan cuidando de mí.

Benedetta se sienta a mi lado y reclina en mi hombro la cabeza, y de cuando en cuando también ella lanza un vistazo al salón que hice levantar en el extremo más septentrional de nuestra fortaleza. Entonces, sonríe. Allí vive mi esposa. Æthelstan insistió en el casamiento –hay días en que pienso que sólo lo hizo para humillarme–, pero lo cierto es que Eldrida, la joven cuyo rostro me sigue pareciendo de lechoncillo amoscado, se ha convertido en mi mujer. Creía que Benedetta se subiría por las paredes, pero me asombró descubrir que lo juzgaba divertido.

–Pobre muchacha –exclamó sin inflexión en la voz. Y desde entonces no ha vuelto a hacerle el menor caso.

Eldrida me tiene miedo, aunque más aún teme a mi italiana. En cualquier caso, me entregó las tierras de Cumbria, como ella misma deseaba. Intento ser amable con ella, pero todo cuanto quiere es orar piadosamente. He mandado levantar una capilla privada para su uso particular y acepté que se trajera dos curas a Bebbanburg. Escucho sus plegarias cada vez que me aproximo a la Puerta del Mar. Eldrida me asegura que reza por mí, y tal vez sea por eso por lo que aún respiro.

Finan también vive, pero se ha vuelto más lento, aunque lo mismo he de decir de mí. Pronto dejaremos este mundo. Finan quiere que su cuerpo sea llevado a Irlanda para descansar con sus antepasados, y Egil, al que acucia el inagotable impulso de navegar de todos los noruegos, ha prometido cumplir su deseo. Por mi parte, lo único que pido es morir con la espada en la mano. Por eso Benedetta y yo compartimos el lecho con *Hálito de Serpiente*. «Entiérrame con ella», suelo decir a mi hijo, y él me ha prometido que la espada irá conmigo al Valhalla. Y, una vez me encuentre en el vasto y espléndido salón de los dioses, coincidiré con muchos de los hombres con los que un día luché y envié por mi mano al más allá. Al fin reconciliados, banquetearemos juntos y observaremos la tierra de los hombres que se extiende a nuestros pies. Los veremos batirse como otrora hicimos nosotros, y así proseguirá el mundo su andadura hasta que estalle el Ragnarok y todo perezca devorado por el caos.

Pero hasta el día en que deba subir al palacio de los dioses pienso permanecer en Bebbanburg. He luchado por esta bendita tierra. Me la robaron, pero acerté a recuperarla, y contra todos y cada uno de mis enemigos la he defendido. Por eso, cada vez que me siento en la explanada, me pregunto si dentro de mil años la fortaleza seguirá en pie, orgullosa e invicta en su melancólica contemplación de mar y tierra. Creo de veras que permanecerá entera, incólume, hasta que estalle el Ragnarok y hiervan los océanos, se resquebrajen los montes y se inflamen los cielos. Entonces, y sólo entonces, terminará la historia.

Wyrd bi∂ ful āræd. El destino es inexorable.

«Jamás hubo en nuestras islas una matanza semejante».

Crónica anglosajona, 938 d. C.,
en referencia a la batalla de Brunanburh.

UN APUNTE HISTÓRICO

La batalla de Brunanburh se libró en el otoño del año 937 d. C. Æthelstan, soberano de los reinos de Wessex, Mercia y Anglia Oriental, derrotó al ejército capitaneado por el rey de la irlandesa Dyflin, Anlaf Guthfrithson, y por Constantino de Escocia. Se les unieron también los hombres de Strath Clota, los guerreros nórdicos de lo que hoy son las Orcadas y las Hébridas, y algunos simpatizantes de la septentrional Northumbria. Todos salieron derrotados. La *Crónica anglosajona* cantó en verso las excelencias de la victoria, señalando al mismo tiempo que «jamás hubo en nuestras islas una matanza semejante». Muchos años después todavía se la conocía sencillamente como «la gran batalla».

Fue indudablemente un choque formidable, una degollina como ha habido pocas. Y una de las más importantes contiendas en suelo británico. Michael Livingston, el mayor experto en la pugna de Brunanburh, indica en su libro *The Battle of Brunanburh: A Casebook* que «los hombres que combatieron y murieron en ese campo de justas forjaron la carta política futura: un mapa que sigue siendo el que actualmente nos orienta. Y no es difícil argumentar que la batalla de Brunanburh fue una de las más significativas de la larga historia de las islas británicas, y no sólo de Inglaterra. [...] El destino de la nación se decidió en un solo día y en un único escenario».

Esa nación era Inglaterra, y Brunanburh fue el instante de su fundación. Al inicio de la peripecia vital de Uhtred había cuatro reinos sajones: Wessex, Mercia, Anglia Oriental y Northumbria. El rey Alfredo tenía el sueño de unirnos en una misma entidad política y cultural. Para lograrlo, debía rechazar a los invasores daneses que se habían adueñado de Northumbria, Anglia Oriental y el norte de Mercia. El hijo de Alfredo, Eduardo, y su hija Æthelflaed reconquistaron Anglia Oriental y Mercia, pero Northumbria conservó obstinadamente su independencia, gobernada por gentes pertenecientes a los pueblos nórdicos. Escocia la limitaba por el norte y el reino sajón de Æthelstan la ceñía por el sur, pero a ambos les interesaba su destino. Mas si Æthelstan deseaba materializar el sueño de su abuelo y alumbrar una Inglaterra unida, Constantino temía y odiaba el creciente poder de los sajones, cuyo señorío sólo podría aumentar si llegaban a incorporar Northumbria a los dominios de Inglaterra.

El aumento de dicho poder quedó demostrado en el año 927 d. C. en Eamont Bridge, en Cumbria, cuando Æthelstan exigió que Constantino y los gobernantes de Northumbria comparecieran ante él para jurarle lealtad. De hecho, ya había requerido previamente el mismo vasallaje de Hywel de Dyfed. Æthelstan pasó entonces a darse a sí mismo el nombre de *Monarchus Totius Brittaniæ*, pese a contentarse con dejar a Guthfrith en el trono de Northumbria. Por un lado, la muerte de Guthfrith hizo que su primo, Anlaf de Dyflin, se viera legitimado para reclamar el cetro de Northumbria, y, por otro, generó nuevas inestabilidades (dado que también aumentó la influencia de Constantino en Northumbria, sobre todo en Cumbria, su región más occidental). Fue esa agitación la que determinó que Æthelstan invadiera Escocia en el 934 d. C. El ejército y la flota alcanzaron las estribaciones más septentrionales del reino de Constantino, pero al parecer los escoceses eludieron un encontronazo en toda regla, dejando el campo libre. Æthelstan se entregó al saqueo de sus tierras.

Esto hizo que se agriara el «problema del norte», agravado ahora por el odio y la humillación. Dos veces se vio afrentado Constantino: primero en Eamont Bridge, y más tarde al ser víctima de la invasión de Æthelstan, que se reveló incapaz de detener. Por eso estaba decidido a aniquilar, o a menguar severamente al menos, el creciente poder de los sajones. Y por eso también trabó alianza con Anlaf. Al invadir las tierras de Æthelstan en el 937, su objetivo consistía en vengarse de los sajones y en aupar a Anlaf al trono de Northumbria, que debía convertirse en un parapeto geográfico susceptible de amortiguar las tensiones que pudieran surgir entre Constantino y sus más peligrosos enemigos. Ese empeño fue el que fracasó en Brunanburh, con lo que fueron finalmente los sajones quienes incorporaron Northumbria a sus posesiones. Y eso es también lo que explica que los reyes de Wessex pasaran a ser soberanos de Inglaterra. No es exagerado decir que antes de Brunanburh Inglaterra no existía. Sin embargo, cuando las primeras luces del crepúsculo fundieron sus tonos encarnados con los más intensos del campo ensangrentado, la nación ya había venido efectivamente al mundo.

Pese a las muchas razones que hacen de Brunanburh una batalla decisiva, resulta curioso que haya caído en el olvido. Y no es sólo que no se haya guardado memoria de ella, es que durante siglos nadie ha tenido ni la más remota idea del escenario en que librarse. En el transcurso de los años, son muchos los lugares que han reivindicado ser el emplazamiento real de la contienda, desde el sur de Escocia al condado de Durham, pasando por Yorkshire. También son varias y muy ingeniosas las teorías que se han aducido, en su gran mayoría basadas en el topónimo y en las pistas que permitían deducir las antiguas crónicas. Sin embargo, ninguno de estos intentos ha aflorado la menor certeza. De entre todas esas tesis, destacaban dos. Una insistía en que la batalla tuvo que haberse dado cerca del río Humber, en la costa este de Inglaterra, y la otra se inclinaba por la península del Wirral. En el siglo XII, un monje llamado Juan de Worcester escribió una historia en la que decía que Anlaf y Constantino capitanearon una flota hasta el río Humber, y desde entonces la afirmación ha venido embarullando los debates. Anlaf partió efectivamente de Irlanda al frente de una nutrida escuadra, pero resulta simplemente fantasioso pensar que prefirió recorrer prácticamente la mitad del perímetro litoral de Gran Bretaña para alcanzar la embocadura del Humber cuando le bastaba con cruzar directamente el estrecho brazo de mar que media entre Dublín y la costa occidental de Inglaterra. Lo que se echaba en falta en la disputa entre unos y otros eran las pruebas arqueológicas. Sin embargo, en los últimos años, las investigaciones llevadas a cabo por un grupo de voluntarios (bajo el nombre de Wirral Archaeology) han sacado finalmente a la luz los datos que faltaban, pues han descubierto un conjunto de artefactos y fosas funerarias que sitúan la batalla de Brunanburh claramente en la península del Wirral. Para encontrar de manera rápida y sencilla el punto en el que se dirimió la justa basta decir que, si uno toma en dirección norte la autopista M53, se alcanzará el sitio en el que se produjo la matanza justo al noroeste de la salida 4.

Las diferentes crónicas de la batalla, en su mayor parte escritas años y hasta siglos después de los hechos, recogen la muerte de un obispo la noche anterior al choque. Los hechos que acabaron con la vida del prelado, cuyo nombre no figura en los textos, se achacan al propio Anlaf, quien, a semejanza de otro hecho de armas similar –atribuido al rey Alfredo–, se habría infiltrado en el campamento de Æthelstan para intentar liquidar al rey, aunque, al no dar con él, se cobró venganza en el obispo. En el 937 no existía aún el obispado de Chester, así que la versión que aquí presento es enteramente ficticia, igual que el gesto de Oda al apoderarse de la espada de Uhtred en el momento más encarnizado de las hostilidades. Ese episodio también procede de las crónicas, que sostienen que el obispo realizó un milagro al proporcionar un arma a Æthelstan al ver que el acero del monarca se partía. El obispo Oda, hijo de unos invasores daneses, terminaría convirtiéndose en arzobispo de Canterbury.

¿Se decidió con antelación el teatro del encontronazo? ¿Se delimitaron efectivamente sus contornos con varas de avellano? Ha llegado hasta nosotros el fragmento de un documento conocido con el nombre de *Saga de Egil Skallagrimmrson* en el que su protagonista –el noruego que da nombre al texto y que al parecer luchó en el bando de Æthelstan– indica que se usaron ramas de ese árbol para acotar el terreno en el que ambos ejércitos acordaron verse las caras. Parece una idea verdaderamente extraordinaria, pero se trata en realidad de una convención propia de la época, y por esa razón la he utilizado en mi relato. Dado que otras fuentes afirman que Æthelstan reaccionó tarde a la invasión, y que esa posibilidad suscita otra pregunta: ¿por qué Constantino y Anlaf no se adentraron más en el país tras concentrar sus tropas en la península del Wirral?, he considerado que la existencia de un punto de choque previamente concertado ofrece una explicación satisfactoria.

La batalla de Brunanburh es el acontecimiento fundacional de Inglaterra, aunque no por eso abandonaron los noruegos sus ambiciones. Æthelstan falleció en el 940, apenas tres años después de su gran victoria. Anlaf regresó a Inglaterra y consiguió apoderarse del trono de Northumbria, haciéndose más tarde con una parte de la Mercia septentrional. El rey Edmund, sucesor de Æthelstan, logró expulsarlo, restaurando así el reino de Inglaterra que su hermanastro y predecesor ganara en Brunanburh.

Me resulta extraño que no conozcamos bien los pormenores del surgimiento de Inglaterra. He tenido la suerte de recibir una buena educación, pero recuerdo que mis profesores pasaron prácticamente de puntillas por el período anglosajón, deteniéndose únicamente en el rey Alfredo para iniciar después una narración más detallada en el 1066. No obstante, Guillermo el Conquistador, nieto a su vez de un invasor vikingo, se adueñó de un país que ni siquiera existía al morir Alfredo. No hay duda de que Alfredo soñó con una nación unificada, pero fueron su hijo, su hija y su nieto los que hicieron realidad ese sueño. En el 899 d. C., el año en que falleció Alfredo, los daneses todavía eran señores de Northumbria, Anglia Oriental y el norte de Mercia. Seguía habiendo cuatro reinos, y fue un milagro que Wessex sobreviviera a la matanza. En el 878, Alfredo tuvo que huir a las marismas de Somerset, y todo parece indicar que Wessex estaba a punto de caer en manos de los daneses. Sin embargo, en la batalla de Ethandun, Alfredo derrotó a Guthrum e inició la expansión de su territorio, sentando las bases de la situación que cincuenta y nueve años más tarde habría de desembocar en la carnicería de Brunanburh, propiciando con ello la unificación de los cuatro reinos sajones. Es realmente una historia asombrosa.

NOTA DEL AUTOR

Agradezco enormemente a Howard Mortimer, de Wirral Archaeology, que me haya enseñado muchos de los objetos descubiertos en la ubicación histórica de la batalla de Brunanburh, así como su generosidad al darme a conocer de primera mano la zona del Wirral. Su colega, Dave Capener, me proporcionó una valoración por escrito de las particularidades del choque, y en ella me he basado, de manera casi literal, al redactar este relato de ficción. Cat Jarman, un arqueólogo de la Universidad de Bristol, me ayudó a resolver muchas de las numerosas preguntas e incógnitas que bullían en mi cabeza, igual que el doctor Jarman, que identificó el puñalito hallado en el campo de batalla y que Wirral Archaeology tuvo la esplendidez de regalarme. Tengo igualmente contraída una deuda de gratitud con todos los integrantes de Wirral Archaeology que me han brindado apoyo y consejo, y les pido disculpas por haber simplificado un tanto las características del terreno a fin de facilitar la lectura. Agradezco asimismo que Michael Livingston compartiera conmigo sus planteamientos, ¡y sobre todo que reviviera en mi memoria el gran período en el que Beowulf mató al dragón!

Dedico *El señor de la guerra* a Alexander Dreymon, el actor que ha dado vida a Uhtred en la serie de televisión, y a través de él quiero agradecer también la labor de todos los extraordinarios actores, productores, directores, escritores y técnicos, cuyo talento tanto ha aportado a estas novelas. He de reconocer del mismo modo los desvelos del maravilloso personal de HarperCollins, que siempre me ha respaldado y asistido, igual que mi agente literario, Anthony Goff. Y, por encima de todo, he de agradecer la ayuda de mi esposa, Judy, que ha soportado con su habitual gracia y paciencia catorce años de muros de escudos y degollinas militares. A todos: ¡muchas gracias!

NARRATIVAS HISTÓRICAS EDHASA
TÍTULOS PUBLICADOS

★ También editado en Pocket Edhasa / (•) también en edición digital / (-) también en rústica con solapas

Esta edición de *El señor de la guerra*,
de Bernard Cornwell,
se terminó de imprimir en CPI Black Print,
el 21 de septiembre de 2023